# L'Amant de lady Chatterley

D. H. Lawrence

# L'Amant de lady Chatterley

*Édition présentée et annotée*
*par André Topia*
*Professeur à l'université*
*de Paris III*
*Traduction*
*de F. Roger-Cornaz*
*Postface*
*d'André Malraux*

ÉDITIONS FRANCE LOISIRS

Édition du Club France Loisirs,
avec l'autorisation des Éditions Gallimard

Éditions France Loisirs,
123, boulevard de Grenelle, Paris
www.franceloisirs.com


ISBN : 978-2-298-00671-1

# INTRODUCTION

*Suivant en cela Lawrence qui n'a cessé d'affirmer que* L'Amant de lady Chatterley *n'est « pas un roman de sexe*[1] *» et que « le sexe est hélas l'un des pires phénomènes aujourd'hui*[2] *», nous parlerons peu ici de « sexe », et en revanche beaucoup d'espace, de territoire, de géographie : espace individuel ou communautaire, territoire mental ou topographie du corps, géographie de l'appartenance ou de la séparation, topique du clivage ou du rassemblement. Une même polarité centrale relie en effet l'œuvre de Lawrence à celles de George Eliot et Thomas Hardy : appartenir ou ne pas appartenir, que ce soit à une communauté géographique, sociale ou historique, à un couple, ou surtout à soi-même. C'est dans cette allégeance toujours problématique que la revendication individuelle trouve à la fois son tremplin et ses limites : « C'est une chose curieuse, mais la volonté collective d'une communauté révèle la* base *de la volonté individuelle*[3] *».*

*Mais ce qui distingue Lawrence, c'est que, pour lui,*

1. Lettre du 15 mars 1928 à Curtis Brown. Mis à part les citations de *L'Amant de lady Chatterley,* tous les passages de Lawrence sont traduits par l'auteur de l'Introduction.
2. Lettre du 15 mars 1928 à George R. G. Conway.
3. *Apocalypse* (1931), chapitre 4.

*une « communauté », ce peut être aussi bien le circuit vital qui s'instaure entre deux êtres, la « conjonction[4] » mystique qui les relie à « l'ancien rythme païen du rituel cosmique[5] », que le lien qui unit tout un groupe social. Sans cette polarité l'être lawrencien est un cœur de mystère inconnu à lui-même. Il ne s'appartient pas et flotte souvent à distance de lui-même, dans une altérité qui oscille entre la retraite dans les frontières d'une intégrité figée et un abandon à la prise de possession par l'autre. Il s'explore en explorant l'autre et a besoin de cette dialectique de la découverte pour fixer les contours mêmes de son être et cristalliser des latences qui, sans cette interaction, resteraient amorphes.*

*Cette circulation vitale trouve son expression métaphorique dans la théorie de la lumière exposée par le comte Dionys dans « La Coccinelle ». À partir de découvertes récentes de la physique montrant que la lumière du soleil a besoin de particules de matière en suspension sur lesquelles se réfracter, il développe la vieille idée mystique selon laquelle la lumière originelle, noire et invisible, ne devient lumière blanche visible qu'en se heurtant à la matière :*

Il n'y aurait pas de lumière s'il n'y avait pas de réfraction, pas de particules de poussière et de matière pour rendre visible le feu obscur [...]. Même le soleil est obscur. C'est seulement son enveloppe de poussière qui le rend visible[6].

*C'est là une parfaite définition de la dynamique du sujet lawrencien : chaque être est un noyau d'obscurité qui ne parvient à s'éclairer que si son regard ou sa parole*

4. « À propos de *L'Amant de lady Chatterley* », *Phoenix II*, p. 506. Voir Annexes.

5. *Ibid.*, p. 509. Voir Annexes.

6. *Three Novellas*, Harmondsworth, Penguin, 1975, p. 35.

*trouvent en face d'eux un obstacle sur lequel se réfracter ou résonner, un point de fixation leur permettant d'échapper à leur latence originelle. C'est ce va-et-vient dynamique qui donne toute leur charge d'émotion aux rapports apparemment antagonistes entre Ursula et Birkin dans* Femmes amoureuses, *March et Henry dans « Le Renard », Daphné et Dionys dans « La Coccinelle », Hannele et le capitaine Hepburn dans « L'Homme et la poupée », et plus tard Connie et Mellors dans* L'Amant de lady Chatterley. *Pour accueillir l'étincelle de vie qui lui permettra de se régénérer, la femme doit accepter une prise de possession par un autre, véritable voyage initiatique vers une métamorphose qui de toute façon restera inachevée et problématique. Appartenir? Ne pas appartenir? Le paradoxe est alors que c'est en instaurant cette complémentarité que chaque être peut faire surgir ce qu'il y a de plus unique en lui.*

*La même tension dialectique s'appliquerait à la question de l'appartenance collective. Elle explique l'apparente contradiction de la trajectoire de Lawrence, qui fut d'une part un écrivain en marge, un rebelle toujours prêt à se démarquer de l'*establishment *littéraire et social, parfois crispé sur une affirmation sans compromis de sa différence, au point d'avoir été catalogué comme un écrivain « scandaleux » — et d'autre part a aspiré toute sa vie à un idéal de « communauté organique » et de « lien de sang », regrettant l'Angleterre pré-industrielle de l'« ancienne chaleur du sang[7] » et cherchant à entraîner ses disciples à fonder avec lui en Amérique la communauté utopique de « Rananim ». En fait, la défense désespérée du territoire propre à chaque individu, le refus de réduire son noyau d'intégrité, vont de*

7. « À propos de *L'Amant de lady Chatterley* », *Phoenix II*, p. 513 Voir Annexes.

*pair avec l'affirmation d'un lien d'allégeance, d'un circuit d'interaction qui, loin de détruire la différence des êtres, est le réseau sur lequel cette différence se construit. Seul le mot de « polarité » rend à peu près cette tension jamais résolue entre séparation et fusion. Selon les mots de Birkin dans* Femmes amoureuses *(chap. 13), « c'est une façon de maintenir le moi dans un équilibre et une intégrité mystiques — comme une étoile équilibrée par une autre étoile ».*

*On trouverait dans les tensions de l'espace anglais — tensions historiques et sociales du territoire, tensions esthétiques du paysage — l'une des sources de cette oscillation lawrencienne entre appartenance et fracture, entre allégeance et séparation. Tout en représentant pour Lawrence une continuité spatiale et temporelle, cet espace lui est apparu en effet de plus en plus comme un tissu déchiré et morcelé par les mutations historiques.*

*Comme en témoignent* Amants et fils *et* L'Arc-en-ciel, *le modèle de l'appartenance s'enracine pour lui dans la communauté rurale conçue idéalement comme un ensemble « organique » et liée à un paysage inchangé malgré les empiétements grandissants de l'industrialisation. Dans* Amants et fils, *la famille ouvrière, tout en vivant dans un environnement industriel, conserve un cordon ombilical vital avec une Angleterre telle qu'elle a pu exister — ou telle que Lawrence a pu imaginer qu'elle existait — avant les bouleversements de la révolution industrielle. L'espace parvient à intégrer le vieux paysage rural et le paysage industriel sans que l'équilibre soit rompu.*

*Il ne faut certes pas exagérer l'aspect « rural » du modèle communautaire de Lawrence. Dans l'article « Nottingham et le pays minier[8] », il reproche aux*

8. « Nottingham et le pays minier » (1930), *Phoenix*, p. 139.

*Anglais d'avoir été incapables, au contraire des Italiens, de créer de véritables communautés urbaines. Ce qui compte pour lui, c'est moins la distinction entre ville et campagne, que la différence entre agglomérat amorphe et lien d'appartenance organique. Ce lien peut exister dans une cité et être absent dans un village. Ainsi, dans* Amants et fils *(1913), la cellule familiale des Morel vit dans un environnement, la courée minière, qui n'a rien de rural, et pourtant la petite rue où s'alignent les maisons ouvrières maintient intactes les valeurs de communauté et de solidarité d'un « village ». Inversement, on le verra, dans* L'Amant de lady Chatterley *(1928), les villages qui entourent Wragby ont toute l'impersonnalité d'une immense banlieue et ne sont plus que les restes méconnaissables « de la vieille Angleterre des diligences et des cottages » (chap. 11).*

*C'est au nom de cette cellule humaine « organique » que Lawrence s'est élevé pendant toute sa vie contre l'esprit d'individualisme « mécaniste » qu'il associe à l'industrialisation, contre cette fragmentation en unités grégaires qui a mis fin à ce qu'il appelle « l'ancienne et chaleureuse unité communautaire qui vient du sang*[9] *». Même s'il a tendance — et il n'est pas le seul — à idéaliser l'harmonie et la solidarité de la communauté rurale d'avant les* enclosures *et la révolution industrielle*[10]*, il a parfaitement senti qu'une fracture irréversible s'est produite dans la seconde moitié du* XVIIIe *siècle :*

C'est cela, je le répète, la tragédie de la vie en société aujourd'hui. Dans la vieille Angleterre, l'étrange lien

9. « À propos de *L'Amant de lady Chatterley* », *Phoenix II*, p 513.

10. Sur cette tendance fréquente à l'idéalisation de l'*open field village* et de la *rural democracy* avant les *enclosures* on lira l'étude remarquablement nuancée de Raymond Williams dans *The Countrv and the City*, Londres, The Hogarth Press, 1985, pp. 96-107.

du sang maintenait les classes unies. Les châtelains pouvaient être arrogants, violents, brutaux et injustes, pourtant d'une certaine manière ils étaient *unis* au peuple, faisant partie du même flux de sang. Nous sentons cela chez Defoe, ou Fielding. Puis, chez la mesquine Jane Austen, cela a disparu [11].

*Cette cassure n'est en fait que la conséquence d'une double évolution historique qui, entre le* XVIIe *et le* XIXe *siècle, a profondément transformé toute la structure économique et sociale de l'Angleterre. Il s'agit d'une part des* enclosures, *c'est-à-dire du passage des* commons *(champs communaux) aux champs clôturés, d'autre part, pendant la seconde moitié du* XIXe *siècle, de l'effacement progressif de l'agriculture britannique* [12].

*Dans l'ancien système rural du* open field *(champ ouvert), les* commons *avaient une fonction non seulement économique, mais aussi sociale. Les pauvres avaient de multiples droits sur les terrains communaux du village et grâce à cet espace partagé, c'est toute une vie communautaire qui persistait, indépendamment des propriétés individuelles. De plus, les* commons *profitaient à toute une zone plus ou moins marginale de la population : des gens à l'habitation plus ou moins fixe, souvent des itinérants. Ainsi, au* XVIIe *siècle, les forêts et les terrains communaux étaient devenus le refuge de multiples marginaux à tradition itinérante, non conformiste, anarchiste, qui refusaient de s'intégrer dans l'ordre social* [13]*. Ce n'est pas un hasard si l'appropriation et la culture collective des* commons *furent au pro-*

11. « À propos de *L'Amant de lady Chatterley* », p. 513.

12. Voir sur ces deux points E. J. Hobsbawm, *Industry and Empire*, Harmondsworth, Penguin, 1969, et E. P. Thompson, *The Making of the English Working Class*, Harmondsworth, Penguin, 1980.

13. Voir Christopher Hill, *The World Turned Upside Down : Radical Ideas During the English Revolution*, Harmondsworth, Penguin, 1975.

*gramme de Winstanley et des* Diggers *(1649-1650), l'un des groupes les plus radicaux parmi les sectes puritaines qui fleurirent pendant la révolution cromwellienne. Les* commons *apparurent souvent comme des zones instables, dangereuses, alimentant les mouvements religieux et sociaux, et qu'un gouvernement centralisé se devait d'éliminer.*

*Dès 1815, l'Angleterre des haies avait succédé à celle des campagnes ouvertes. Les conséquences en furent un véritable déchirement non seulement du monde rural, mais de tout le tissu social anglais. Beaucoup de petits propriétaires durent vendre leur exploitation et devinrent des* country labourers *(ouvriers agricoles), alimentant ainsi un véritable exode rural. Les habitants des villes perdirent tout contact avec ceux des campagnes et un profond clivage d'intérêts sépara de plus en plus ville et campagne, riches et pauvres.*

*Un des effets de cette transformation fut la création de réserves de gibier gardées par des* game-keepers *conformément aux lois sur la chasse, les* Game Laws *de 1816 qui prévoyaient pour les braconniers des peines pouvant aller jusqu'à la déportation. On retrouvera dans la littérature cette image de la chasse comme boucherie réservée aux riches et du garde-chasse comme chien de garde des grands propriétaires. Dans* Tess *de Thomas Hardy, l'héroïne assiste à l'agonie de faisans massacrés aveuglément par des chasseurs, et dans* L'Amant de lady Chatterley, *le statut de garde-chasse de Mellors est lourd d'implications symboliques : il est à la fois le protecteur des bois de Sir Clifford et le braconnier sur le corps de Connie.*

*Au processus de clôture et de remembrement succède au cours du* XIX^e^ *siècle un véritable effacement de l'agriculture britannique en tant que force économique majeure. À partir de 1840, les agriculteurs sont une minorité dans le pays, au point qu'en 1930 l'agriculture, qui ne fournit du travail qu'à cinq pour cent de la population active, représente moins de quatre pour cent du Produit national brut. Pourtant, et c'est là un trait spécifiquement anglais, les valeurs du mode de vie rural continuent de dominer la société. Le décalage ne cesse de grandir entre la place réelle de l'agriculture dans la vie économique du pays, qui va en s'amenuisant, et son rôle social, idéologique et symbolique qui, lui, continue d'être tout aussi important. Les propriétaires terriens dominent la vie politique et sociale, et appartenir aux* upper classes, *c'est posséder un* estate *(propriété) et une demeure à la campagne. On assiste ainsi au paradoxe d'une idéalisation de la* country house *aristocratique et du village pittoresque au moment même où la paysannerie est en train de disparaître. Encore maintenant, à voir les images-clichés de campagne verdoyante, de roseraies et jardins, de chasse au renard et de landes sauvages qu'aime à véhiculer l'Angleterre sur elle-même, on pourrait penser qu'elle a davantage conservé un mode de vie rural que la France. Mais il faut faire la différence entre pastoral et rural, et l'histoire remet les choses en place.*

*En effet, a partir de 1885, on assiste à une abdication de la vieille aristocratie terrienne, ou plutôt à ce qu'on pourrait appeler un déplacement des centres du pouvoir. De nombreuses terres sont vendues à une bourgeoisie industrielle et commerçante qui cherche un* status symbol, *comme, dans* Tess, *la famille Stoke, négociants du nord de l'Angleterre qui achètent le nom ancien des d'Urberville. La vieille aristocratie cesse de s'intéresser à la terre et préfère l'industrie et la finance. Pourtant le mode de vie rural associé à la propriété terrienne reste le signe distinctif de cette classe dominante. Tous ces gens, que l'on trouve ensuite dans les conseils d'administration et au Stock Exchange, cultivent une façade de vieille Angleterre rurale selon la bonne règle victorienne qui* veut que l'on ne mentionne pas d'où vient l'argent, ni les lieux dans lesquels se font vraiment les affaires. De là cette image abondamment répandue par les romans de P. G. Wodehouse — et qui continue d'alimenter les reportages photographiques des magazines anglais — du lord occupé à tailler ses rosiers ou du grand financier menant la vie rude du gentleman farmer.

Le destin du poète John Clare (1793-1864) illustre bien cette contradiction historique. Tout en appartenant à une culture rurale enracinée dans une longue tradition de chanteurs de ballades paysannes, il vit à un moment où toute cette Angleterre est en train de disparaître et de devenir « littérature ». En 1820, ses premières poésies vont d'abord être admirées par l'establishment littéraire et social de Londres pour leur « naturel » et leur « pittoresque », mais en 1827, puis en 1835, ses recueils suivants ne se vendent pas car le goût a changé, et il se retrouve abandonné par ceux-là mêmes qui avaient fait sa célébrité. Le poète-paysan n'est plus à la mode. Les charmes de la vie et de la culture rurales sont ainsi élevés au rang de goût littéraire au moment même où cette vie et cette culture sont en train d'être irrémédiablement détruites par les remembrements agraires.

La procession des femmes, le club-walking, au début de Tess (1891) témoigne de façon émouvante de ce décalage entre deux univers. La cérémonie répète en effet un rituel très ancien, enraciné dans des cultes païens qui ont survécu à l'introduction du christianisme et témoignent de la persistance d'une vieille culture paysanne communautaire. Mais il est clair que dans l'épisode, tel qu'il est décrit par Hardy, cette culture est en train de mourir et que ce qui était une tradition vivante est devenu une exhibition pathétique. Comme les paysans qui dansent dans The Fool (1975) d'Edward Bond les femmes sont ici montrées sur la place publique devant les regards indifférents ou goguenards de spectateurs qui *sont davantage des voyeurs que des participants à un rite. Là aussi la culture paysanne est en train de devenir folklore.*

*Ces déchirements du tissu économique et social anglais, l'espace de* L'Amant de lady Chatterley *en porte les stigmates plus que tout autre roman de Lawrence. Ainsi, contrairement à ce qui se passe dans* Amants et fils *(1913) ou dans* L'Arc-en-ciel *(1915), la population qui vit de l'agriculture, les fermiers, en est absente. Il n'y a plus rien entre le propriétaire terrien industriel, Clifford, et la masse indifférenciée des ouvriers de la mine qui sont ses salariés. Ironiquement, les seules personnes qui accomplissent des tâches tant soit peu agricoles sont Connie, l'aristocrate, et Mrs Bolton, la gouvernante, que l'on voit faire du jardinage et repiquer des fleurs. La pastorale s'est substituée à la vie paysanne véritable.*

*Seulement treize ans séparent* Amants et fils *de la rédaction de* Lady Chatterley, *mais le monde a changé. Dans* Amants et fils, *le cordon ombilical qui relie la cité minière à la campagne n'est pas rompu. La ferme des parents de Miriam représente un contrepoint vital au monde des habitations ouvrières. On passe de l'un à l'autre dans un va-et-vient fluide, sans véritable solution de continuité. Au contraire, dans* Lady Chatterley, *il n'y a plus qu'un face à face d'incompréhension entre le domaine de Clifford et la cité ouvrière, deux univers juxtaposés, mais qui s'ignorent : « Reste de ton côté, et moi je resterai du mien ! Étrange négation de ce battement qui unit les cœurs des hommes » (chap. 2). La grande demeure ancienne est accolée aux cheminées de la mine et aux habitations des mineurs : « ... Le village de Tavershall, qui commençait presque aux grilles du parc et traînait, sur une longue et sinistre lieue, sa ligne désordonnée et brutale, d'une laideur désespérée » (chap. 2). La classe dominante maintient un mode de vie aristocratique rural, tout en ayant sans cesse devant les yeux les conséquences de ses entreprises industrielles sur l'habitat et le paysage. Tout se passe comme si l'espace anglais s'était rétréci, devenu trop étroit pour contenir les deux mondes à la fois. D'où une sensation d'étouffement et de promiscuité dans les premiers chapitres : « un simulacre de réalité » (chap. 2). L'espace vital manque, et tout le roman est en quelque sorte la quête d'une enclave de vie.*

*Une des règles du code victorien était de cacher les lieux d'où venait l'argent, de dissimuler les « Usines Sataniques*[14] *» de Blake derrière le paravent d'une Angleterre rurale à la Jane Austen. Or, dans* Lady Chatterley, *le paravent tombe : les deux espaces se voient et se touchent. Et leur jonction produit une espèce de court-circuit qui va les corrompre et les décomposer tous les deux, comme se décomposent mutuellement le glacier et la terre qu'il recouvre dans « L'Homme et la poupée ». Cette promiscuité contre nature ne fait qu'accélérer le processus de dégénérescence des deux classes, chacune dans une direction opposée : celle des ouvriers vers l'animalité, celle du maître vers une espèce de folie technologique, un peu comme deux pôles qui se repoussent, déclenchant une dérive qui devient vite incontrôlable.*

*On retrouverait la même ironie, et le même malentendu, au début de la nouvelle « Le Renard » (1923). Les campagnes étant désertées à cause du départ des hommes à la guerre, ce sont deux femmes, March et Banford, qui entreprennent de gérer une ferme — et échouent pitoyablement. La guerre n'a fait qu'accélérer l'effacement du monde agricole et sa prise en charge par des couches sociales inaptes à cette tâche. C'est pour-*

14. William Blake, Préface au poème *Milton* (1804-1808).

*quoi l'arrivée inattendue du jeune paysan Henry, loin de faire de lui un intrus, rétablit sur place le véritable possesseur des lieux et remet les choses en ordre. Mais Henry apparaît vite comme un paysan d'avant la révolution industrielle. C'est plutôt un chasseur, un prédateur itinérant qui passe son temps à parcourir les champs et les bois et se rattache davantage à une campagne des* commons *qu'à celle des propriétés encloses. Tout comme le palefrenier Lewis dans* St Mawr *(1925), il est plus à l'aise dans les espaces sauvages que dans les terres cultivées, et comme Lewis, il appartient à une espèce en voie de disparition qui n'a plus sa place dans le paysage anglais, et il va partir en Amérique.*

*Dans* Lady Chatterley, *les exclamations de ravissement de Connie devant la pureté encore intacte de la forêt, ou sa volupté à replanter des œillets, ne sont pas exemptes d'un enthousiasme esthétique un peu factice et sont bien éloignées du lien authentique qu'a un paysan avec sa terre. Et aussi bien chez Mellors que chez Connie, on sent le désir d'échapper à l'espace étouffant qu'est devenue l'Angleterre.*

*Ce désir de fuite traverse la plupart des œuvres de Lawrence postérieures à la Première Guerre mondiale. L'espace anglais est trop clôturé, trop divisé en parcelles qui se touchent et empêchent le paysage de respirer, trop « occupé » pourrait-on dire. Ainsi, le renard apparaît comme un des derniers survivants d'une époque où l'on pouvait circuler dans un espace libre de haies et sa mort participe d'une logique inéluctable. Dans* St Mawr, *c'est le cheval qui incarne cet appel des grands espaces, cette nostalgie des temps archaïques, et c'est accompagnées du cheval que Lou et sa mère gagneront les montagnes américaines pour échapper à l'étouffement du paysage anglais, à « cette promiscuité, cette sensation d'adhé-*

*rence, cette sensation d'être fondue dans un seul bloc avec tout le reste*[15] *».*

*Dans* Lady Chatterley, *non seulement les villages qui entourent Wragby Hall sont des agglomérats amorphes, mais la terre elle-même est en train de se décomposer. Tout un échange métaphorique relie cette terre au corps de Connie, « grisâtre et sans sève » (chap. 7) : de même que son corps de femme apparaît comme un champ en jachère, un* waste land *stérile, de même la terre porte les stigmates d'un corps malade, rongé par le cancer de l'industrie. Comme une forge souterraine rappelant le monde des enfers de la mythologie classique, le feu de la mine brûle sans discontinuer :*

> Et quand le vent soufflait de là, ce qui arrivait souvent, la maison était pleine de la puanteur qu'exhalait cette sulfureuse combustion des excréments de la terre. Mais, même par les jours calmes, l'air avait toujours une vague odeur de souterrain. Et même sur les roses de Noël, le charbon tombait en petits flocons noirs, manne de ces cieux maudits (chap. 2).

*Dans ce monde maudit, la manne, nourriture divine, devient poison, et les roses de Noël, signe du renouveau du cycle chrétien, sont scarifiées par la souillure industrielle. Le sol est comme infecté par une suppuration sous-cutanée et les flammes rouges des hauts-fourneaux « brûlaient et oscillaient, enflant et se tuméfiant comme des brûlures douloureuses » (chap. 2). Une espèce d'alchimie malfaisante est en train de métamorphoser la texture même de la terre.*

*De multiples images organiques illustrent dans le roman cet empoisonnement général. Les hideuses pierres*

15. *St Mawr* et *The Virgin and the Gipsy*, Harmondsworth, Penguin, 1971, p. 101.

*tombales qui dépassent du sol, « aussi abominables que de fausses dents » (chap. 7), semblent empêcher les cadavres de rejoindre le cycle de la végétation, et les scories de la production minière deviennent les « excréments de la terre » (chap. 2). On retrouve ici la métaphore excrémentielle déjà associée chez Hardy au processus de la machine : dans* Tess, *la batteuse à vapeur dévore les gerbes de blé et ne laisse que la paille, « les* faeces *du même glouton vrombissant » (chap. 47). Chez Lawrence, comme chez Hardy, le processus de transformation par la machine — qu'il s'agisse de la séparation entre paille et grain ou de l'extraction du charbon — est la négation des cycles naturels. La machine dissocie la matière et en exhibe les scories de façon presque obscène.*

*Cette alchimie monstrueuse va jusqu'à une véritable transmutation minérale. De même que, dans « L'Homme et la poupée », le corps à corps entre le glacier et la terre produit au fond des crevasses une quasi-réaction chimique et donne à la glace « un bleu intense de sulfate de cuivre », de même ici la combustion industrielle accomplie dans le sous-sol altère le gravier du parc dans sa substance même :*

Quand le roc et les détritus du monde souterrain avaient brûlé et rendu leur soufre, il devenait rose vif, couleur de crevette les jours secs, et plus foncé, couleur de crabe, par temps humide (chap. 5).

*Et ce n'est pas un hasard si cette métamorphose est sous le signe de l'univers des crustacés, crevettes et crabes. Ce bestiaire est en effet pour Clifford, on le verra, le symbole de la dégénérescence de l'espèce humaine. La terre est en train de régresser, tout comme les hommes, vers les échelons inférieurs de la grande chaîne des êtres.*

*Au milieu de cette décomposition, la forêt de Sherwood, l'ancienne forêt de Robin des Bois, reste la seule enclave de sauvagerie et de liberté qui subsiste encore. C'est là que s'est retranché Mellors, au plus profond des fourrés, dans sa cabane de garde-chasse.*

*L'espace sauvage peut être chez Lawrence un lieu de refuge ou une source de mort, les deux fonctions se rejoignant dans le rôle régénérateur de la violence. Il peut être le refuge pastoral de ceux qui refusent de se conformer à la loi sociale dominante, comme c'est le cas dans* Lady Chatterley. *Il rappelle alors la forêt shakespearienne*[16]*, antidote vital à la corruption de la cour, comme la forêt d'Ardenne dans* Comme il vous plaira, *ou encore les bois et les* commons *où se réfugient, dans* The Fool *d'Edward Bond, les paysans en révolte contre les* enclosures *des grands propriétaires fonciers. Mais il peut être aussi un lieu de violence vitale qui apporte un renouveau au monde civilisé, comme la forêt qui jouxte la ferme dans « Le Renard », d'où partent les incursions de rapine contre l'espace domestiqué du poulailler, mais aussi l'étincelle qui va redonner vie à la ferme.*

*Plus généralement, le contraste entre la forêt-refuge de Mellors et la lèpre industrielle qui gagne inexorablement du terrain autour de lui renvoie à une polarité, qu'on retrouve tout au long de la littérature anglaise, entre un espace civilisé, policé, mais stérile, et un espace de sauvagerie, représentant à la fois une menace de violence primitive et une source de régénération. On en trouverait des exemples dans des œuvres aussi différentes que* Le Roi Lear, Les Hauts de Hurlevent *d'Emily Brontë ou* Le Retour au pays natal *de Thomas Hardy.*

*Pourtant, dans* Lady Chatterley, *la forêt est trop*

16. Sur le rôle de l'espace sauvage chez Shakespeare, voir l'étude de Richard Marienstras, *Le Proche et Le Lointain*, Éditions de Minuit, 1981.

*cernée de civilisation, trop enserrée de mines et d'usines pour être encore source de violence. Elle est un tissu troué de brèches, là où des arbres ont été abattus pour étayer des tranchées pendant la guerre. Et Mellors est une créature beaucoup plus ambivalente que le marqueur de moutons du* Retour au pays natal *de Hardy. Son statut de garde-chasse fait en effet de lui un être divisé par une double allégeance, à la forêt et au monde civilisé dont son mariage lui a laissé les cicatrices. Il est à la fois le gardien du territoire de son maître et le prêtre de son propre sanctuaire.*

*En outre, contrairement à ce qui se passe dans « Le Renard », ce n'est pas Mellors qui quitte sa forêt pour aller chercher Connie, mais c'est elle qui, poussée par une force qu'elle comprend à peine, plonge délibérément à travers les arbres, jusqu'à la petite clairière où Mellors a sa cabane et où elle pressent qu'elle va trouver une source de renouveau, écartant les branches « dans l'étroit sentier, entre les jeunes sapins épais et hérissés » (chap. 10), comme pour s'enfoncer dans un passage souterrain mystérieux qui va la mener jusqu'au secret d'elle-même, image inversée de l'histoire de la Belle au bois dormant. C'est Connie qui la première fait intrusion dans le territoire que Mellors, instruit par ses déboires précédents avec les femmes, cherche à protéger. Toute la charge d'émotion de la suite du roman vient de ce que, tout comme dans « La Coccinelle » le comte Dionys, blessé et au bord de la mort, va faire comprendre à Daphné qu'elle est en train de mourir et lui indiquer le chemin d'une autre vie, de même ici Mellors va peu à peu entrevoir une guérison possible tout en faisant revivre Connie.*

*Ce qui reste de la forêt de Sherwood rappelle une Angleterre disparue, un temps où les arbres couvraient la plus grande partie du pays. Elle témoigne d'un passé communautaire, presque tribal, et fait resurgir un vieux fond religieux païen, peu à peu refoulé au cours de l'histoire : « Le bois gardait quelque chose du mystère de la vieille Angleterre [...]. L'endroit se souvenait, se souvenait encore » (chap. 5). C'est ce même passé qui anime le palefrenier gallois, Lewis, dans* St Mawr, *lorsque, traversant une forêt avec Mrs Witt, il évoque les fées et le mystérieux « peuple de la lune*[17] *», premiers habitants mythiques des bois. De même ici, la forêt est le lieu d'une continuité, le réceptacle de ce qui reste d'une vieille mémoire collective.*

*Mais la forêt est aussi le lieu où Connie reprend possession de son propre espace intérieur, reconstitue son être dissocié et clivé par Clifford : « Elle aimait tout ce qu'il y avait d'*intérieur *dans ce reste de forêt » (chap. 5). Et le cottage de Mellors est rose comme « l'intérieur d'un champignon » (chap. 8) dans lequel pénètre Connie, entrant ainsi jusqu'au cœur même de la nature. Cet espace intérieur autonome est précisément ce qui manque à Clifford. L'intégrité territoriale de son moi a éclaté, divisée physiologiquement par la paralysie de toute la partie inférieure de son corps, mais aussi écartelée entre deux réseaux opposés qui n'apportent que dissociation et dépendance : le circuit technologique qui fait de lui une créature quasi cybernétique, et le circuit régressif infantile qui le transforme en enfant à la mamelle. La forêt est au contraire un lieu de rassemblement, de réintégration, de concentration, au sens presque mystique du terme. C'est là que le corps vidé, désinvesti, de Connie va se retrouver re-centré et ré-investi.*

*Pour Connie et Mellors, la forêt sexualisée devient alors la « connexion » qui unit les deux corps des amants. Connie ressent son corps « comme une forêt qui gémit, du gémissement vague et heureux d'un printemps*

17. *St Mawr* et *The Virgin and the Gipsy*, Harmondsworth, Penguin, 1971, pp. 110-111.

bourgeonnant » (chap. 10). Et Mellors apparaît comme une émanation païenne de la forêt, relié aux arbres et à la végétation par tout un échange symbolique de termes sexuels. Un jeune pin surgit « dressé » (erect) et le sexe de Mellors est appelé « le pistil solitaire d'une invisible fleur » et un « bourgeon de chair » (chap. 10). L'espace morcelé devient espace organique rassemblé.

Pourtant, mis à part les moments d'extase quasi religieuse dans la forêt, Connie entretient avec l'espace qui l'entoure des rapports d'étrangeté, de dépossession, d'aliénation. Ses déambulations sont des errances, des dérives dans un univers qu'elle n'arrive pas à reconnaître comme sien. Dans cette expérience d'arrachement à un espace familier, dans cette cassure du cordon ombilical qui rattache tout individu à un territoire géographique ou symbolique, on retrouve un fil qui court à travers toute la littérature anglaise. Les errances géographiques y sont en effet souvent le symptôme d'un désordre profond qui affecte tout le rapport entre l'homme et son univers. On en trouverait de multiples exemples, depuis le roi Lear errant sur la lande au milieu de la tempête jusqu'aux exilés sociaux itinérants comme le jeune balayeur Jo dans Bleak House (1853) de Dickens, les ouvriers agricoles en proie à une véritable transhumance dans Tess (1891), l'employé de bureau Leonard Bast, que sa course erratique conduit à la mort dans Howards End (1910) de E. M. Forster, Septimus qui, dans Mrs Dalloway (1925) de Virginia Woolf, déambule halluciné dans un Londres d'apocalypse, ou Dorothy, la fille de pasteur amnésique qui a perdu toute identité et appartenance sociale dans Une fille de pasteur (1935) de George Orwell.

L'œuvre de Lawrence offre de nombreux exemples de ces moments de dérive où un individu voit ses liens avec *son univers habituel se dissoudre à la suite d'une crise, un peu comme si un ancrage était coupé, comme si un réseau d'appartenance au monde était tranché. Cette errance peut s'achever dans la mort, comme la montée aveugle de Gerald dans les glaces à la fin de* Femmes amoureuses, *mais elle débouche souvent aussi sur une purgation cathartique et une réévaluation radicale de soi-même.*

*Ainsi, à la fin de* St Mawr, *Lou et sa mère quittent l'espace compartimenté et verrouillé de l'Angleterre pour dériver vers l'Amérique dans une espèce d'errance irréelle, ne trouvant nulle part de nouvel ancrage, et finalement venant se plonger au Nouveau-Mexique dans une extase un peu effrayante, au sein d'une nature sauvage qui est la négation même de tout ce qui est humain. On aboutit alors à une dissolution du moi dans ce* « wild spirit » *où la seule ambition de l'homme ne peut être que de se hisser à une hauteur sacrificielle pour accéder au mystère de la nature. Mais l'annihilation est un prix chèrement payé et le roman s'achève sur une inquiétante incertitude.*

*Dans « L'Homme et la poupée », la dérive est aussi la voie, même incertaine, du salut. Après la mort de sa femme et la rupture avec Hannele, le capitaine Hepburn voit les amarres de son être brisées et se laisse aller à une pérégrination flottante et désinvestie à travers le* no man's land *qu'est l'Europe en désintégration lente après la Première Guerre mondiale. C'est à la lumière de cette dérive qu'il faut comprendre son combat singulier avec le glacier et l'affirmation apparemment dérisoire de sa victoire sur ce formidable déploiement des pouvoirs de la nature.*

*Enfin, dans « La Coccinelle », le comte Dionys est lui aussi au début de la nouvelle en proie à un arrachement et à une dérive. Étranger, blessé, exilé, absent à son propre corps et aux autres, il semble ne pas appartenir à* l'espace où le hasard l'a jeté. Pourtant, par un remarquable retournement dialectique, cette non-appartenance au monde aboutit à une appartenance plus profonde à un autre monde, celui de l'invisible. Semblable au voyage de l'âme dans la tradition orphique et néo-platonicienne, la dérive permet alors de briser les liens avec la chair et de trouver un nouvel ancrage dans un corps mystique.

Dans Lady Chatterley, Connie fait elle aussi son expérience épiphanique de l'arrachement au monde, de l'état d'étrangère au sein de son environnement le plus immédiat. C'est lors de sa grande vision de l'Angleterre, au cours de sa promenade en voiture dans la campagne au chapitre 11. Elle voit alors, comme par une illusion d'optique, se superposer sur le tissu originel de la terre anglaise les métamorphoses cauchemardesques du nouveau paysage industriel : un espace en train de changer irrémédiablement, bientôt méconnaissable.

Mélange de voyage initiatique et de descente aux enfers, cette grande lamentation sur l'état de l'Angleterre a des échos bibliques, renvoyant à la fois aux livres prophétiques de l'Ancien Testament et à l'Apocalypse, textes dont Lawrence avait été imprégné par son éducation congrégationaliste. Télescopant le passé, le présent et l'avenir, elle rappelle le Blake de Jerusalem (1804-1820) et annonce le Orwell de Coming Up for Air (1939) et de 1984 (1949).

L'épisode s'inscrit dans la série des grandes scènes visionnaires qui ponctuent l'œuvre lawrencienne après la Première Guerre mondiale : vision de l'avenir de la société industrielle par Gerald dans Femmes amoureuses, vision du glacier par le capitaine Hepburn à la fin de « La Poupée du capitaine », vision apocalyptique de l'avenir de l'humanité par Lou, lors de l'accident de cheval, dans St Mawr.

Le simple fait que Connie fasse tout ce trajet en voiture et non à pied montre à quel point elle est désormais coupée du paysage qui l'entoure. On est loin du contact avec la terre anglaise qui caractérisait les nombreuses marches à pied de l'héroïne de Tess. Alors que, dans ses pérégrinations à travers le Wessex, Tess s'enfonce dans le paysage dont elle suit les contours et sinuosités, au contraire les lieux que traverse Connie se déroulent comme une succession de décors quasi fantasmatiques au milieu desquels elle avance comme une somnambule en proie à des visions, à travers un espace en état de mue monstrueuse, livré à des dislocations dépourvues de toute nécessité organique.

Ce voyage de Connie se déroule à la fois dans l'espace et dans le temps. À l'espace homogène de l'Angleterre rurale des commons et des villages s'est substitué un entrelacs de parcelles de terrain, un réseau morcelé, démembré : « Un curieux jeu de dominos auquel jouaient d'étranges " maîtres " à la surface de la terre surprise. » Le territoire anglais devient une espèce de patchwork, fait de coutures et empiècements, une étoffe trouée où les rares îlots de la vieille Angleterre ne sont plus que des « restes déguenillés ». Passant du brun noirâtre des maisons ouvrières les plus anciennes à la teinte rosâtre des constructions plus récentes dont la brique ne s'est pas encore décolorée, puis à la « brique rougeâtre et crue » des maisons neuves, le tissu urbain ressemble à une peau dont on peut distinguer les mues successives ou les cicatrices plus ou moins anciennes.

Mais Connie plonge aussi dans le temps, faisant surgir comme dans un film au déroulement accéléré des périodes successives de l'histoire anglaise dont il ne reste plus que des traces. Cette succession de plans rapides aboutit à un effet de télescopage, véritable course vers la destruction. Tous ces siècles d'histoire ne se sont déroulés que pour aboutir à ces « grands emplâtres de brique sur la campagne désolée ». Une Angleterre est en train d'en effacer une autre :

Ça, c'est l'histoire. Une Angleterre en efface une autre [...]. L'Angleterre industrielle efface l'Angleterre agricole ; une signification en efface une autre. La nouvelle Angleterre efface la vieille Angleterre. Et la continuité n'est pas organique mais mécanique.

*Pourtant, la transmutation n'est pas encore achevée, et la phase intermédiaire présente se caractérise par un collage brutal de zones hétérogènes imposé par les lois économiques. Connie, qui se scandalise de voir la mine de Shipley s'élever à la lisière même de la magnifique demeure de Sir Leslie Winter, joyau de l'architecture du* XVIII*e siècle, est en retard sur la marche de l'histoire. Car pour la nouvelle classe dominante, l'aristocratie convertie à l'industrie, qui a abandonné les domaines agricoles pour les conseils d'administration et les actions en bourse, les considérations esthétiques pèsent bien peu en face d'une exigence autrement plus pressante, celle du profit maximal. Ainsi, le squire Winter n'est choqué ni par les puits de mine devant son parc, ni même par les groupes de mineurs qui passent, indifférents, le long de ses bassins ornementaux : « Les mineurs ne sont sans doute pas aussi décoratifs que des biches, mais ils sont beaucoup plus rentables. » Et le prince de Galles, en visite chez Sir Leslie, renchérit ainsi :*

S'il y avait du charbon sous le parc de Sandringham, j'ouvrirais une mine dans la pelouse, et je croirais faire de l'excellent jardinage. Oh ! je ne demande pas mieux que d'échanger les biches contre des mineurs, à ce prix.

*En bons gentlemen-hommes d'affaires, entre une beauté qui ne rapporte pas et une laideur qui fait fructifier le capital, ces aristocrates n'hésitent pas. On est loin du gouffre qui, dans* Bleak House *(1853) de Dickens, séparait le monde de l'aristocrate terrien, Sir Leicester Dedlock, de celui du maître de forges du Nord, Mr Rouncewell, et de l'indignation qui secouait Sir Leicester à la simple pensée que Mr Rouncewell puisse mettre sur le même plan la noble demeure ancienne et l'usine métallurgique (chap. 27).*

*L'ironie est que ce rapprochement géographique entre propriétaires et mineurs ne contribue en rien à rapprocher les classes, bien au contraire. C'est une juxtaposition purement mécanique et non organique. Le mineur doit être près de la mine et il se trouve que la mine est par hasard près de la demeure aristocratique. Pour Lawrence, le lien organique entre maîtres et travailleurs était même beaucoup plus solide dans l'Angleterre préindustrielle, quand les deux groupes étaient séparés, chacun dans son espace propre, village ou château, chacun obéissant à sa propre loi interne : « Les châtelains pouvaient être arrogants, violents, brutaux et injustes, pourtant d'une certaine manière ils étaient* unis *au peuple, faisant partie du même flux de sang*[18]. *» À présent, cette polarité, antagoniste mais vitale, entre village et château a été remplacée par une dérive purement fonctionnelle dans laquelle sont entraînés aussi bien les maîtres que les ouvriers, une espèce de gravitation mécanique les attirant vers un espace intermédiaire qui ne les englobe dans un même lieu que pour mieux les dissocier.*

*Déjà dans* Tess, *on voit poindre une déterritorialisation de cette sorte lorsque apparaissent juxtaposés deux mondes qui s'ignorent, les paysans qui moissonnent et le mécanicien préposé à la batteuse :*

18. « À propos de *L'Amant de lady Chatterley* », *Phoenix II*, p. 513. Voir Annexes.

Il était dans le monde agricole, mais n'en faisait pas partie. Il servait le feu et la fumée ; ces habitants des champs servaient la végétation, le climat, le gel et le soleil. Il se déplaçait avec sa machine de ferme en ferme, de comté en comté [...]. N'ayant avec les indigènes que des relations strictement indispensables, comme si quelque malédiction ancienne le condamnait à venir ici contre sa volonté, dans ses pérégrinations au service de son maître plutonien (chap. 47).

*Le déplacement incessant de la machine annule les frontières entre les villages et les comtés et introduit un nivellement mécanique dans le vieil ordre organique de l'espace rural. Comme les mineurs de Sir Clifford, l'homme de la batteuse n'a de point d'ancrage que selon les nécessités de la machine, et comme eux il est en proie à une dérive purement mécanique, une circulation impersonnelle et anonyme, sans passé, sans attaches, la nouvelle errance des serviteurs de la machine.*

*Quant à la loi d'équivalence entre les mineurs et les biches énoncée par le prince de Galles, elle est symptomatique de ce nouveau code d'échange du capitalisme. À la loi esthétique selon laquelle les biches avaient leur place dans un paysage conçu comme un ensemble harmonieux, conforme aux canons classiques de l'époque georgienne, s'est substituée la loi mécanique du capitalisme, la productivité. La formule selon laquelle un mineur vaut plus qu'une biche n'a rien à voir avec un nouvel humanisme, bien au contraire. Alors que les biches faisaient partie d'un ensemble esthétique, les mineurs sont des jetons que l'on peut déplacer, ajouter ou retrancher selon les nécessités économiques du moment, de même qu'on peut creuser ou reboucher des trous dans les parcs selon les besoins des houillères.*

*Mais le squire Winter est lui-même peu à peu enserré*

*dans un cercle de plus en plus étroit par la prolifération des mines qui empiètent sur son territoire, le rendant étranger, assiégé dans son propre domaine : « Il se sentait évincé. C'était lui qui n'appartenait plus au domaine. » Cet enfermement rappelle le cercle du nécromancien auquel Dickens, dans une image prémonitoire de* Bleak House *(chap. 12), compare la situation des aristocrates terriens, enfermés dans leurs privilèges du passé. Comme des nécromanciens, ils dessinent autour d'eux un cercle à l'intérieur duquel ils croient être les maîtres, sans voir que le cercle est en train de se rétrécir sous la pression de forces extérieures, « des réalités, et non des fantômes », qui viennent battre à sa frontière, et que ce qu'ils prennent pour la maîtrise d'un territoire est en fait un isolement grandissant. Mais la différence, c'est que, pour Dickens, ces « réalités » qui encerclent l'aristocratie annoncent une dynamique de progrès, alors que chez Lawrence classe dominante et classe ouvrière participent de la même inertie.*

*Le voyage symbolique de Connie s'achève sur une vision apocalyptique : cet espace monstrueux a fini par produire des hommes à son image. Les mineurs lui apparaissent comme des mutants, une race nouvelle de monstres dont les corps ont peu à peu subi la contagion de la mine : « Visages gris d'un monde souterrain, yeux qui montraient le blanc, nuques courbées par le toit des puits, épaules déformées. » Ils sont l'émanation quasi biologique d'un nouvel âge de fer, le résultat d'une espèce de mutation génétique qui a fait d'eux des êtres parfaitement adaptés au travail souterrain, et à cela seulement :*

Étrange faune, peut-être, des filons, qui était apparue, innombrable, à l'appel du charbon. Créatures d'un autre monde, élémentaires, serviteurs du charbon, comme les ouvriers du métal, élémentaires eux aussi, étaient les serviteurs du fer. Des hommes qui n'étaient pas des hommes, mais des esprits du charbon, du fer, de la glaise. Faune des éléments : carbone, fer, silicium. Élémentaires, ils avaient peut-être un peu de l'étrange et inhumaine beauté des minéraux, du fer, du charbon, le poids, le bleuté, la résistance du fer, la transparence du verre ! Créatures élémentaires, étranges et tordues, du monde minéral (chap. 11).

*Certes il serait tentant de voir dans cette quasi-mutation génétique l'aboutissement concret de la grande découverte faite par Gerald, dans* Femmes amoureuses, *de « la pure instrumentalité du genre humain » (chap. 17), où il voit l'aboutissement suprême de la société industrielle. Mais il y a une différence de taille entre l'idéal de fonctionnalité mécanique de Gerald et les créatures amorphes que sont devenus les mineurs dans* Lady Chatterley. *Dans* Femmes amoureuses, *Gerald imagine un véritable cosmos ordonné dans lequel le mécanique s'est substitué à l'organique, et où circule, depuis le* primum mobile *de l'industriel jusqu'à la matière inanimée, en passant par les ouvriers médiateurs, une même énergie. Les corps des ouvriers deviennent des corps-machines, canaux par où passe le flux d'énergie du moteur central :*

Les éléments étaient donnés : d'abord la Matière résistante du sous-sol ; ensuite les instruments de son asservissement, instruments humains et métalliques ; et finalement sa propre volonté pure, son propre esprit. Il faudrait une merveilleuse adaptation de myriades d'instruments humains, animaux, métalliques, cinétiques, dynamiques, un mouvement merveilleux par lequel des myriades d'ensembles minuscules se jetteraient dans une vaste totalité parfaite (chap. 17).

*Or, dans* Lady Chatterley, *c'est le capitaine d'industrie Clifford qui accède à cette connexion idéale, à ce branchement parfait sur les réseaux du circuit industriel, transformant son corps en véritable corps-prothèse. Mais ce branchement cybernétique est un circuit fermé qui ne nourrit que lui. Les mineurs sont loin de cette harmonie purement mécanique et dérivent plutôt vers la matière brute, le minéral, le minerai, vers ce que, dans* Femmes amoureuses, *Gerald appelait avec exaltation « la Matière résistante du sous-sol ». Seule la première partie de la prophétie de Gerald s'est accomplie : les mineurs de* Lady Chatterley *ont bien perdu leur humanité, mais ils n'ont pas accédé à une surhumanité technologique qui ferait d'eux des automates parfaits. Ils ont plutôt dégénéré vers la matière brute amorphe que leur travail instrumental même était censé transformer. Tout l'échec de la société industrielle est pour Lawrence dans ce décalage.*

*On voit ainsi au cours du roman la classe dominante industrielle, en la personne de Clifford, et le monde ouvrier subir chacun une évolution, au sens quasi biologique du terme, chacun dans une direction opposée, chacun selon son mécanisme et sa trajectoire propres.*

*La mutation de Clifford, qui en quelques années opère une conversion extraordinairement rapide de l'état de propriétaire terrien à celui d'industriel, nous donne presque un condensé de l'histoire de la classe dominante anglaise, passée de la propriété foncière à l'industrie. Mais Clifford veut aller plus loin, et le processus d'évolution devient chez lui une espèce de machine folle. Au lieu de chercher à réconcilier les deux pôles du corps et de l'esprit dissociés par son infirmité, il transforme son être divisé en être double, faisant évoluer chacun des deux pôles dans une direction opposée et menant ainsi la division jusque dans ses conséquences ultimes.*

*À un bout de la chaîne, il pousse à l'extrême la logique*

de l'entreprise industrielle jusqu'à une espèce de mutation technologique qui fait de lui une créature synthétique surhumaine, s'alimentant directement dans les courants d'énergie issus de la mine. On le voit ainsi traîner son corps mutilé dans un baquet jusqu'au fond des puits pour lui donner une nouvelle vie, version symétrique monstrueuse de la régénération que vit Connie dans la forêt :

Et, en vérité, il semblait renaître. La vie, *maintenant* revenait en lui [...]. Il sentait la vie affluer vers lui, la vie du charbon, la vie du puits. Même l'air malsain de la mine lui était meilleur que l'oxygène (chap. 9).

Il devient alors une espèce de mutant cybernétique, une machine à brûler de l'énergie et qui consume sans même laisser de restes. Il cherche d'ailleurs à mettre au point un nouveau combustible qui brûle sans laisser de scories, rêvant d'un accaparement sans partage de la matière. Une des photos célèbres de l'époque montre des mineurs cherchant à survivre pendant une grève en allant chercher des restes de charbon utilisable sur des crassiers. Le progrès technologique selon Clifford rendrait impossible même cette récupération des restes, car il n'y aurait plus de restes.

Mais à l'autre pôle, Clifford subit une autre transmutation tout aussi monstrueuse, régressive celle-là, dans laquelle Mrs Bolton, sa gouvernante, joue le rôle de catalyseur. Elle est le point de fixation sur lequel, par une espèce de catharsis, Clifford peut se purger de ses sens comme d'une excroissance physiologique devenue inutile du fait de l'évolution biologique. Elle lui permet d'aller jusqu'au bout de cette dissociation entre le biologique et le mental dont il a lui-même fait la théorie, imaginant que l'amour physique pourrait complètement disparaître « si nous cultivions les enfants dans des *bouteilles » (chap. 7). Il a en effet découvert avec délectation dans un ouvrage philosophico-religieux*[19] *que notre univers est en train de « s'user physiquement et de monter spirituellement » (chap. 16), régi par une espèce de dieu biologiste monstrueux qui accélérerait l'évolution darwinienne et fabriquerait des mutants dont les fonctions physiologiques seraient peu à peu éliminées au profit de mécanismes purement mentaux :*

Croyez-moi, s'il y a un Dieu, quel qu'il soit, il élimine lentement du corps les boyaux et le tube digestif pour produire un être plus élevé et plus spirituel (chap. 16).

*On pense alors à la dissociation biologique que décrit H. G. Wells dans « La Machine à remonter le temps » (1895) : un monde dans lequel l'humanité s'est, au cours des siècles futurs, séparée en deux branches, les Éloi, êtres raffinés mais stériles et décadents, qui vivent à la surface, et les Morlocks, êtres souterrains revenus à l'animalité, descendance monstrueuse des ouvriers des mines, chacune des deux lignées ayant dégénéré dans sa propre direction jusqu'à une séparation radicale et un état de guerre entre les deux races.*

*L'être même de Clifford va se trouver de plus en plus écartelé entre ces deux lignes d'évolution que sont la mutation technologique et la régression charnelle. Mais cet écartèlement est vécu par lui comme une libération, car il lui permet de dissocier radicalement deux pôles qui se gênaient et se neutralisaient l'un l'autre, et de parachever ainsi la séparation annoncée par Tommy Dukes : « Mais une fois que vous vous êtes lancé dans la vie mentale, vous avez cueilli le fruit. Vous avez rompu le lien entre le fruit et l'arbre : le lien organique » (chap. 4).*

19. Voir n. 132.

*Au lieu d'intégrer dans une personne unifiée le pôle sensuel et le pôle mental, Clifford les coupe l'un de l'autre et, en les isolant, leur permet un développement autonome et sans frein, les laissant aller jusqu'au bout de leur dérive. À la place du réseau complexe, mais équilibré, qu'est une personne, on aboutit à des espèces d'excroissances aux ramifications hypertrophiées dont le développement n'a plus de contrepoids.*

*Ainsi, Clifford est à un bout de la chaîne le surhomme cybernétique, « une de ces créatures de l'avenir » (chap. 8), purement branché sur les circuits des machines, brûlant dans son corps les minerais comme un haut-fourneau, et à l'autre bout une créature-mollusque, chair molle enfermée dans une coquille dure :*

> ... avec au-dehors, une dure carapace d'efficacité et, au-dedans, une pulpe molle, un de ces extraordinaires animaux, crabes ou langoustes, du monde moderne, industriel et financier, invertébrés de l'ordre des crustacés, avec des carapaces d'acier, comme des machines, et des intérieurs de pulpe molle (chap. 10).

*L'ironie est que les poissons, mollusques, et plus généralement les créatures des grands fonds sous-marins sont précisément le bestiaire par lequel Clifford se plaît à figurer la dégradation morale de l'humanité qui l'entoure :*

> ... ce monde qui nous semble la surface de toutes choses est, en réalité, le fond d'un océan profond : tous nos arbres sont des végétations sous-marines et nous sommes nous-mêmes une curieuse faune sous-marine, vêtue d'écailles, et qui se nourrit de rebuts, comme les crevettes (chap. 17).

*Quant à Mrs Bolton, elle joue le rôle d'une espèce de bathyscaphe qui lui permet de plonger dans ces profondeurs sous-marines, parmi ces créatures à mi-chemin entre l'animal et le végétal. Alors que Clifford se nourrit du feu, du métal, du carbone de ses mines, il voit les êtres qui l'entourent sous le signe d'une eau amorphe propre à toutes les mutations et décompositions, descendant vers les échelons les plus bas de la grande chaîne des êtres : « la jungle sous-marine de l'humanité » (chap. 17). Le déversement de commérages que lui livre Mrs Bolton sur la vie des habitants de Tavershall lui fournit le combustible qu'il va brûler, semblable à une espèce de haut-fourneau humain, pour en extraire les nouvelles qu'il écrit. C'est donc logiquement en écoutant les récits de sa gouvernante que se ravive son intérêt pour la mine et l'industrie : la transformation du minerai et le processus d'écriture relèvent pour lui d'une même alchimie. Et c'est Mrs Bolton qui lui fait prendre conscience de ce pouvoir :*

Mrs Bolton avait fait de lui un homme, bien plus que Constance n'avait jamais pu. Constance le maintenait à l'écart, le rendait sensible et conscient de lui-même et de ses propres états d'âme. Mrs Bolton ne l'intéressait qu'aux choses extérieures. Au-dedans, il commençait à mollir. Mais au-dehors il commençait à exister (chap. 9).

*Clifford apparaît ainsi de plus en plus, à mesure que le roman avance, comme un véritable être parasite qui phagocyte tous ceux qui l'entourent : Connie lui sert de cage de résonance lors de ses lectures à haute voix de Racine ou de Whitehead, Mellors sert à pousser sa voiture à moteur en panne lors d'un épisode où l'on voit le corps du garde-chasse peu à peu vidé de ses forces par le véritable vampire qu'est son maître, Mrs Bolton lui fournit la substance de ses nouvelles, ses mineurs extraient les minéraux dont il brûle l'énergie. Tout ce qui l'entoure n'est finalement là que pour alimenter ce monstrueux corps-prothèse parasite qui s'y est fixé et en aspire la substance : « Il avait si bonne mine [...]. Il engraissait » (chap. 8).*

*Mais en même temps, si Clifford engouffre dans son corps toute l'énergie qui l'entoure, c'est finalement pour produire toujours plus de vide : « Un vide terrible semblait le menacer quelque part, de quelque façon, un abîme; et dans cet abîme, son énergie s'écroulerait » (chap. 10). Car son corps n'a pas de contours. Il a une carapace, mais une fois cette carapace enlevée, sa chair inerte comme celle des mollusques menace de se répandre dans un flux polymorphe. C'est pourquoi elle a sans cesse besoin de branchements et de points de fixation. Elle n'est que fuite vers des connexions extérieures où sa dissociation composite et flottante puisse trouver un investissement figé.*

*Ainsi, le mollusque mutant qu'est Clifford regroupe, tout en les maintenant dissociés, les deux extrêmes de la chaîne d'évolution : l'inertie biologique de la régression charnelle et la carcasse à la dureté métallique de la machine industrielle. Aucun réseau organique n'unit la chair à la coquille, de sorte qu'il incarne une version parodique terrifiante du « Only connect » de E. M. Forster[20] : toutes les connexions lancées par chacune des deux zones se font par des fixations externes, mais jamais de l'une à l'autre. Toute la dureté a émigré dans la coquille, toute la mollesse s'est concentrée dans la chair. Chacune des deux substances a trouvé sa perfection pure, une perfection proprement monstrueuse. On a là un exemple parfait de cette polarité binaire destructrice que Lawrence avait déjà condamnée sous la forme du glacier dans « L'Homme et la poupée » : chacune des deux substances — l'armature rigide de la glace et le corps de la terre — s'affrontent dans leur pureté nue, et*

20. Épigraphe de *Howards End* (1910).

*chacune est condamnée, pour cette raison même, à être corrompue et contaminée par l'autre. Clifford et le glacier, tous deux des êtres doubles associant un corps amorphe à une enveloppe dure, ne sont que deux avatars de la même binarité délétère.*

*Car cette hypertrophie de la fonctionnalité cybernétique va de pair avec une sensibilité tout aussi exacerbée à l'autre bout de la chaîne. On retrouve dans la fixation érotique de Clifford sur le corps de Mrs Bolton le même mouvement de décharge et de recharge qui caractérise son branchement sur le réseau industriel. On pourrait en effet presque dire qu'il se « branche » sur le corps de Mrs Bolton en lançant vers elle des connexions régressives. De même que dans le réseau industriel il dépense de l'énergie mentale et se recharge en brûlant du combustible, de même avec Mrs Bolton il se donne des points de fixation charnels sur lesquels il décharge une sensualité amorphe qui cherche à s'investir, et se recharge en lui léchant les seins. La nourriture du combustible épuré et celle du corps maternel sont complémentaires. Chacun des deux circuits est un circuit fermé qui s'épuise dans sa dépense même. Car ce que recherche Clifford, ce n'est ni un progressisme prométhéen, ni une relation de tendresse, mais un accomplissement pervers, « une intimité de perversion » (chap. 19) qui prend tout et n'apporte rien, une pure dépense et consommation d'énergie.*

*Et cette perversion trouve son accomplissement lorsque apparaît le lien indissociable entre l'enfant régressif et l'homme d'affaires efficace : l'efficacité de l'un est très exactement à la mesure de la régression de l'autre, comme deux processus devenus absolument interdépendants :*

Cet homme-enfant perverti était maintenant un vrai homme d'affaires : quand il s'agissait de ses intérêts, il redevenait un vrai mâle, aussi pénétrant qu'une aiguille, aussi impénétrable qu'un morceau d'acier. [...] Sa passivité même, sa prostitution à la Magna Mater semblaient lui donner une vue plus profonde sur les questions matérielles, lui prêter une sorte de force inhumaine. De ce croupissement dans les émotions intimes, il semblait tirer une seconde nature, froide, presque visionnaire, parfaitement adaptée aux affaires pratiques. En affaires, il se montrait tout à fait inhumain (chap. 19).

*On comprend mieux alors la fureur apparemment démesurée de Mellors contre Bertha Coutts : le plaisir par le clitoris tel que le pratique l'épouse du garde-chasse est finalement assez proche de la dissociation qui régit le corps de Clifford. Ce qui scandalise Mellors — et à travers lui Lawrence — ça n'est pas tant l'exclusion de l'homme du plaisir que la transformation du corps de la femme en une véritable petite usine à plaisir qui « moud son café », utilisant le corps de l'homme comme combustible, devenant une machine semblable* mutatis mutandis *au corps mutant de Clifford, c'est-à-dire reconstituant en miniature et exaspérant jusqu'à la folie toute la frénésie de production et de transformation qui mène la société industrielle à sa perte :*

Elle devint de plus en plus difficile à faire jouir, et elle me déchirait là en bas, comme si elle avait eu un bec. [...] Il lui fallait agir elle-même, moudre elle-même son propre café. Et cela la reprenait comme une crise inévitable ; il fallait qu'elle se laisse aller ; et elle déchirait, déchirait comme si elle n'avait plus de sensation qu'au bout de son bec, tout au fin bout de ce bec qui frottait et déchirait (chap. 14).

*Outre la métaphore de l'usine, on voit se dessiner là toute une topique du corps qui est exactement l'inverse de cette circulation des flux qui symbolise pour Lawrence la relation entre homme et femme :*

L'homme et la femme sont deux rivières de sang, deux flux distincts éternels qui ont le pouvoir de toucher et de communier et ainsi de régénérer, se renouvelant l'un l'autre sans briser les subtiles frontières, sans confondre ni mélanger. Et le phallus est le lien de connexion entre les deux rivières, qui instaure l'unité des deux flux et engendre de leur dualité un seul circuit pour toujours [21].

*Le corps de Bertha représente exactement le contraire de cette polarité fluide et ouverte. C'est un corps qui concentre l'énergie sur une minuscule partie (« au fin bout de ce bec ») pour la transformer en plaisir — tout comme Clifford aspire les vapeurs de la mine et l'irradiation maternelle de Mrs Bolton. Et tout comme lui, Bertha ne veut pas qu'il y ait de reste, se retenant et attendant pour commencer son plaisir que l'autre l'ait achevé.*

*Au contraire, le corps rassemblé de Mellors s'oppose au corps dissocié de Clifford. Il apparaît sur le mode de la différence sans coupure, de la diversité sans division. Alors que Clifford est une figure centrifuge qui trouve son accomplissement dans des fixations aliénantes sur des réseaux extérieurs qui l'aspirent, Mellors est une figure centripète où les polarités viennent se rassembler. D'où l'insistance de Lawrence sur les* contours *du corps de Mellors, lorsque Connie entrevoit pour la première fois le corps nu du garde-chasse. Il s'agit là pour elle d'une véritable vision :*

21. « À propos de *L'Amant de lady Chatterley* », *Phoenix II*, p. 506. Voir Annexes.

> ... non pas la matière de la beauté, pas même le corps de la beauté, mais une irradiance, la flamme chaude, blanche, d'une vie solitaire révélée en contours qu'on pouvait toucher : un corps ! (chap. 6).

*À la migration aliénante du corps de Clifford, qui a une carapace mais pas de contours, s'oppose la vibration multiple et harmonieuse du corps de Mellors, le mot anglais de* lambency *(traduit par « irradiance ») donnant l'image de la flamme qui lèche une surface sans consumer ce sur quoi elle brûle, c'est-à-dire l'inverse du feu de Clifford qui consume sans laisser de restes.*

*Le corps de Mellors est un circuit de polarités et connexions internes, complémentaires, harmonieuses, au contraire de Clifford qui cherche des connexions extérieures pour empêcher l'écoulement de son vide central. Ainsi, lorsque Connie, faisant à sa manière un blason du corps masculin, décrit les diverses toisons qui poussent sur les différentes parties du corps de son amant, elle ne fait que circuler à travers un territoire à la fois autarcique et infiniment ouvert :*

> — Tu as quatre espèces de poil, lui dit-elle. Sur la poitrine ils sont presque noirs ; et tes cheveux ne sont pas foncés ; mais ta moustache est dure et d'un rouge sombre ; et tes poils, ici, tes poils d'amour, sont un petit buisson rouge (chap. 15).

*Alors que le corps de Clifford est régi par une dissociation radicale en substances pures de tout alliage — et qui donc se détruisent l'une l'autre — le corps de Mellors vibre d'une multitude d'infinies différences, reliées au même réseau qui les englobe et leur permet de jouer les unes avec les autres. C'est sur toute la surface du corps le même poil, et en même temps ce n'est jamais le même, un peu comme les herbes d'un pré peuvent être de la même espèce végétale, mais avoir d'infinies variétés de forme et de couleur.*

*Ce dégradé harmonieux de couleurs rappelle ici la figure, si prégnante chez Lawrence, de l'arc-en-ciel, où l'on passe insensiblement d'une couleur à une autre par une succession de différences sans solution de continuité. Les différences entre les toisons de Mellors contribuent à unifier le territoire de son corps tout en maintenant sa vibration interne et en le faisant chatoyer d'une multitude de reflets qui sont la vie même.*

*Le roman s'achève pourtant sur une inquiétante incertitude : il n'est pas certain que l'homme arc-en-ciel soit en mesure de reconstituer l'espace dissocié du crabe cybernétique. Mais ce qui est sûr, c'est qu'entre les pièges de l'allégeance et les mythes de l'appartenance, la voie lawrencienne, fragile, paradoxale, souvent incomprise, reste peut-être, par-delà les dérives, le plus sûr moyen d'échapper aux monstres.*

André Topia

## NOTE DE L'ÉDITEUR

Plusieurs dialogues assez importants de ce livre sont écrits en patois du Derbyshire. On n'a pas tenté de les traduire en patois français. La traduction de F. Roger-Cornaz a d'autre part été relue et des modifications ponctuelles ont été faites lorsque c'était possible sans remettre en cause l'ensemble de l'entreprise.

ques. Nos pensées sexuelles traînent et rampent dans une obscurité, une peur secrètes qui nous viennent de nos rudes ancêtres, encore à demi bestiaux. Dans ce domaine seul, le domaine sexuel et physique, notre esprit n'a pas évolué. Maintenant il nous faut rattraper le temps perdu et mettre en harmonie la conscience de nos sensations corporelles avec ces sensations elles-mêmes, la conscience de l'acte avec l'acte lui-même, et les faire vivre en bonne intelligence. Cela ne saurait aller sans un respect convenable pour la sexualité, sans une crainte convenable pour l'étrange expérience du corps ; cela ne saurait aller sans le libre usage des mots prétendus obscènes, parce que ces mots font naturellement partie de la conscience que l'esprit a du corps. L'obscénité n'apparaît que si l'esprit méprise et craint le corps, si le corps hait l'esprit et lui résiste.

Le cas du colonel Barker nous éclaire sur l'étendue du mal. Le colonel Barker était une femme qui se faisait passer pour un homme. Le « colonel » s'était marié et avait vécu avec sa femme dans une parfaite « entente conjugale ». Et la pauvre femme avait toujours cru qu'elle était mariée normalement à un vrai homme. La cruauté de sa situation, quand elle fut enfin détrompée, défie tout commentaire. Une telle situation est monstrueuse. Et pourtant, il y a, de nos jours, des milliers de femmes prêtes à se laisser tromper de la sorte et à persister dans leur erreur. Pourquoi ? Parce qu'elles ne savent rien, qu'elles sont incapables de penser sexuellement. Elles sont, en cela, de pauvres sottes. Il vaut mieux donner ce livre à toutes les jeunes filles de dix-sept ans.

Il en est de même du respectable maître d'école, du vénérable pasteur qui, après des années de sainteté et de vertu, passent en correctionnelle à soixante-cinq ans, pour outrages à de petites filles. Ceci arrive au

années passées à les vivre par un combat, nous mèneront enfin où nous voulons atteindre, à cette chasteté véritable et accomplie, à cette plénitude, qui n'est possible que si notre action sexuelle et notre pensée sexuelle sont en harmonie et si l'une ne met pas obstacle à l'autre.

Loin de moi la pensée que toutes les femmes devraient courir après leurs gardes-chasse et les prendre pour amants ! Loin de moi la pensée qu'elles devraient courir après qui que ce soit ! Beaucoup d'hommes et de femmes, de nos jours, ont tout à gagner à s'abstenir, à demeurer sexuellement seuls, tout à fait purs ; et, en même temps, à connaître et à comprendre plus complètement la sexualité. Notre époque est plus propre à la compréhension qu'à l'action. Il y a eu tant d'action dans le passé ! Il y a eu surtout tant d'action sexuelle, une si fatigante répétition des mêmes choses, sans pensée correspondante, sans compréhension. Notre tâche, maintenant, est de comprendre la sexualité. De nos jours, cette compréhension, consciente et entière, est plus importante que l'action elle-même. Après des siècles de ténèbres, l'esprit demande à savoir, et à savoir pleinement. Le corps est, au fond, assez à l'arrière-plan.

De nos jours, quand les hommes agissent sexuellement, la moitié du temps ils jouent un rôle. Ils agissent conformément à ce qu'ils croient qu'on attend d'eux. Au contraire, c'est, en réalité, l'esprit qui travaille ; et le corps a besoin d'être provoqué. La raison en est que nos ancêtres ont si assidûment agi sexuellement, sans jamais y penser et y rien comprendre que, maintenant, l'acte tend à devenir mécanisme ennuyeux, décevant, et qu'une fraîche compréhension mentale peut, seule, rafraîchir l'aventure.

En matière sexuelle, l'esprit est en retard ; à vrai dire, il l'est en tout ce qui concerne les actes physi-

cocktail et s'en servent pour railler leurs aînés! Avancés, dédaigneux, ils méprisent un livre comme *L'Amant de lady Chatterley.* Ce roman est bien trop simple et trop naturel pour eux. Ils y trouvent des mots sales qui ne les intéressent pas, et une attitude devant l'amour qui leur semble démodée. Pourquoi tant d'histoires ? Prenez l'amour comme un cocktail ! Ce livre, disent-ils, révèle une mentalité de garçon de quatorze ans. Mais peut-être que la mentalité d'un garçon de quatorze ans, qui garde un peu de respect habituel et de peur normale devant les choses sexuelles, est plus saine que la mentalité de la jeune personne à cocktails qui ne respecte rien et n'a rien autre à faire, pour s'occuper l'esprit, qu'à jouer avec les jouets de la vie, et particulièrement avec l'amour, et qui perd son esprit au cours de ce jeu !

Ainsi, entre le puritain morne et rassis, toujours menacé de succomber sur le tard à l'indécence sexuelle ; entre la personne à la mode de la jeune génération qui dit : « Nous pouvons tout faire ; si nous voulons penser une chose nous pouvons la faire » ; et, enfin, le barbare à l'âme basse, à l'esprit impur qui recherche la saleté, le champ d'action de ce livre est bien étroitement limité. Mais je leur dis, à tous : « Gardez vos perversions, si cela peut vous faire plaisir, vos perversions de puritanisme, ou de dévergondage à la mode, ou de simple grossièreté. Quant à moi, je défends mon livre et ma position : la vie n'est acceptable que si l'esprit et le corps vivent en bonne intelligence, s'il y a un naturel équilibre entre eux, et s'ils éprouvent un respect naturel l'un pour l'autre. »

Paris, 1929.

D. H. Lawrence.

moment où le ministre de l'Intérieur, devenant vieux lui-même, demande à grands cris et impose un silence pudique sur toutes les matières sexuelles. Comment se fait-il que l'aventure de cet autre vieux monsieur, éminemment respectable et « pur », ne lui donne pas à réfléchir ?

Mais les choses en sont là. L'esprit garde, au fond de lui, une antique peur du corps et de la puissance du corps. Et c'est *l'esprit* qu'il importe de libérer, de civiliser sur ce point. La terreur que le corps inspire à l'esprit a rendu fous d'innombrables hommes. L'insanité d'un grand esprit comme Swift s'explique, en partie, par cette cause. Dans le poème adressé à sa maîtresse Celia et qui a pour refrain ces paroles insensées : « Mais... Celia, Celia, Celia chie[2] », nous découvrons ce qui peut arriver à une grande intelligence frappée de panique. Cet homme de tant d'esprit était incapable de voir qu'il se couvrait de ridicule. Naturellement, Celia chie ! Qui n'en fait pas autant ? Et si elle ne le faisait pas, ce serait bien pis. Quelle absurdité ! Et songez à la pauvre Celia, humiliée dans ses fonctions naturelles par son « amant » ! C'est monstrueux. Et tout cela est la faute de ces mots tabous et de cette inconscience où nous laissons l'esprit en matière physique et sexuelle.

En contraste avec le puritanisme qui dit : « Chut ! » et qui produit l'imbécile sexuel, nous trouvons la jeune personne dans le train, émancipée et avancée, qui n'écoute aucun « chut » et qui « fait ce qui lui plaît »... Loin de craindre le corps et d'en nier l'existence, les jeunes gens avancés vont à l'autre extrême et le traitent comme une sorte de jouet bon pour qu'on s'en amuse ; un jouet vaguement déplaisant, mais dont on peut tirer un peu d'amusement avant qu'il vous abandonne. Ces jeunes gens se moquent de l'importance de la sexualité, la traitent comme un

natives qui appartiennent à l'intelligence, et nous épargne ces réactions physiques, violentes et irraisonnées, si menaçantes pour la décence sociale. Autrefois, l'homme avait l'esprit trop faible ou trop cru pour considérer son corps et ses fonctions corporelles sans s'embarrasser de mille réactions physiques dont il n'était pas le maître. Il n'en est plus ainsi. La culture et la civilisation nous ont enseigné à séparer le mot du fait, la pensée de l'acte ou des réactions physiques. Nous savons, aujourd'hui, que l'acte ne suit pas, nécessairement, la pensée. En réalité, pensée et action, mot et fait, sont deux formes séparées de la conscience, deux vies que nous menons séparément. Nous avons, très sincèrement, besoin de continuité. Mais, quand nous pensons, nous n'agissons pas, et, quand nous agissons, nous ne pensons pas. La grande nécessité, c'est d'agir selon ses pensées, et de penser selon ses actes. Mais, tant que nous sommes en pensée, nous ne pouvons pas vraiment agir et, tant que nous sommes en action, nous ne pouvons pas vraiment penser. Ces deux conditions, celle de la pensée et celle de l'action, s'excluent mutuellement. Pourtant, il faut qu'elles coexistent en harmonie.

Et c'est là la vraie signification de ce livre. Je veux qu'hommes et femmes puissent *penser* les choses sexuelles pleinement, complètement, honnêtement et proprement. Même si nous ne pouvons pas *agir* sexuellement à notre pleine satisfaction, sachons, au moins, penser sexuellement avec plénitude et clarté. Toutes ces histoires de jeunes filles virginalement blanches, comme une page où rien n'est écrit, ne sont que sottises. Une jeune fille et un jeune garçon sont un lacis tourmenté, une bouillante confusion de sentiments sexuels et de pensées sexuelles que le temps seul pourra débrouiller. De longues années passées à penser honnêtement les choses sexuelles, de longues

# PRÉFACE DE L'AUTEUR[1]

Malgré tout ce qu'on pourra dire, je déclare que ce roman est un livre honnête, sain, et nécessaire aux hommes d'aujourd'hui. Les mots qui, d'abord, semblent scandaleux, ne scandalisent plus du tout au bout d'un moment. Est-ce parce que notre intelligence est dépravée par l'habitude ? Nullement. C'est simplement que les mots scandalisaient notre œil ; mais ils n'ont jamais scandalisé notre esprit. Que les gens sans esprit continuent de se scandaliser : ils ne comptent pas. Les gens d'esprit s'aperçoivent qu'ils ne sont pas scandalisés, qu'au fond ils ne l'avaient jamais été... et ils éprouvent une sensation de soulagement.

Et tout est là. En tant qu'êtres humains, nous sommes, aujourd'hui, évolués et cultivés bien au-delà des tabous qui sont inhérents à notre culture. Il est très important de reconnaître ce fait.

Pour les hommes des Croisades, les mots avaient sans doute une puissance d'évocation dont nous ne pouvons nous faire aucune idée. La puissance évocatrice des mots prétendus obscènes dut être très dangereuse pour les natures simples, obscures, violentes du Moyen Âge ; elle est peut-être encore trop forte, aujourd'hui, pour les natures basses, incomplètes, mal évoluées. Mais une vraie culture nous permet de ne donner à un mot que les réactions mentales et imagi-

de plus haut. Et maintenant elles le savaient avec plus de précision que jamais. La belle et fière liberté de la femme était supérieure à toute espèce d'amour sexuel ! Par malheur, le point de vue des hommes était si arriéré ! Ils s'entêtaient comme des chiens à vouloir l'acte sexuel.

Et la femme était bien forcée de céder. L'homme était comme un enfant plein d'appétits. Si la femme ne lui cédait pas, il ferait l'enfant, se rendrait insupportable, s'en irait en gâtant ce qui aurait pu être si agréable. Mais une femme pouvait céder à un homme sans céder son moi profond et libre. Les poètes, les gens qui parlent de l'amour ne semblaient pas en avoir assez tenu compte. Une femme pouvait prendre un homme sans s'abandonner vraiment. Au contraire, elle pouvait user de l'acte sexuel pour acquérir un pouvoir sur l'homme. Pendant l'acte physique, elle n'avait qu'à se retenir, laisser l'homme finir et se répandre, sans jouir elle-même. Et puis, elle pouvait prolonger l'étreinte et achever son spasme en ne faisant de lui qu'un instrument.

Quand la guerre éclata et qu'elles furent en hâte rappelées chez elles, les deux sœurs avaient eu toutes deux leur aventure amoureuse. Aucune n'avait jamais aimé un jeune homme sans s'être sentie très près de lui en paroles ; il leur fallait des conversations passionnantes. Le profond, l'extraordinaire, l'incroyable intérêt qu'il y avait à causer passionnément, heure après heure, jour après jour, pendant des mois avec un jeune homme vraiment intelligent ; voilà ce qu'elles n'avaient jamais imaginé avant d'en faire l'expérience ! La promesse paradisiaque : « Tu auras des hommes avec qui tu pourras causer », n'avait jamais été exprimée et elle s'était accomplie avant qu'elles eussent compris tout ce que contenait cette merveilleuse promesse.

Et ensuite, dans l'intimité qu'avaient provoquée ces vives et vivifiantes discussions, si l'acte sexuel devenait plus ou moins inévitable, il fallait s'y résigner. Il marquait la fin d'un chapitre et, en lui-même, il était passionnant aussi : c'était une curieuse, une passionnante vibration au fond du corps, un spasme final où l'on s'affirmait soi-même, comme le dernier mot passionnant d'une discussion et semblable à cette rangée de points qu'on met parfois au bas d'un paragraphe pour en marquer la fin et qui indique une interruption dans le thème.

Quand les deux jeunes filles — Hilda avait vingt ans et Constance dix-huit — rentrèrent en Angleterre en 1913 pour les grandes vacances, leur père vit clairement qu'elles avaient eu leur aventure amoureuse.

« *L'amour avait passé par là* », comme dit quelqu'un. Mais il était lui-même un homme à aventures, et il laissa la vie suivre son cours. Quant à leur mère, atteinte d'une maladie nerveuse et à quelques mois de sa mort, elle voulait seulement que ses filles fussent « libres », pussent « se réaliser ». Elle-même n'avait jamais pu tout à fait se réaliser : ce bien lui avait été refusé. Dieu sait pourquoi, car elle avait de la volonté et de la fortune. Elle accusait son mari. Mais la faute en était plutôt à une vieille impression d'autorité qui pesait sur son esprit ou sur son âme, et dont elle ne pouvait se débarrasser. Sir Malcolm n'y était pour rien; il laissait sa femme nerveuse, hostile, courageuse, libre d'aller à ses petites affaires, pendant qu'il allait aux siennes.

Ainsi les jeunes filles étaient « libres ». Elles retournèrent à Dresde, à leur musique, leur université, leurs jeunes gens. Chacune aimait son jeune homme et en était aimée avec toute la violence d'un attrait mental. Toutes les belles choses que les jeunes gens pensaient,

C'était en 1920. Ils retournèrent, Clifford et Constance, chez lui, à Wragby Hall, le domaine de famille. Son père était mort, Clifford avait hérité du titre; il était Sir Clifford, et Constance était Lady Chatterley. Ils vinrent commencer la vie en commun dans le château, un peu à l'abandon, des Chatterley, avec un revenu un peu insuffisant. Clifford avait une sœur, mais elle était partie. Il n'avait pas d'autres parents proches. Son frère aîné était mort à la guerre. Estropié pour la vie, sachant qu'il ne pourrait jamais avoir d'enfants, Clifford revint aux fumeux Midlands[4] pour faire vivre, tant qu'il le pourrait, le nom de Chatterley.

Il supportait assez allégrement son sort. Il pouvait aller et venir dans une petite voiture qu'il manœuvrait lui-même, et il en avait une autre, avec un moteur, pour se promener lentement dans le beau parc mélancolique dont il était en réalité si fier malgré les airs détachés qu'il se donnait en en parlant.

Il avait tant souffert que sa capacité de souffrir s'était quelque peu épuisée. Il restait étrangement vif, et joyeux, et presque gai, avec son beau teint, son air de santé, ses yeux bleu clair, brillants et provocants. Il avait de larges et fortes épaules, des mains puissantes. Il était coûteusement vêtu, portait de belles cravates de Bond Street[5]. Et pourtant sur son visage perçait encore le regard qui épie, l'air un peu absent de l'estropié.

Il avait été si près de perdre la vie que ce qu'il lui en restait lui était merveilleusement précieux. On lisait clairement dans l'inquiet éclat de ses yeux l'orgueil d'être encore vivant après une telle aventure. Mais il avait été si touché qu'en lui quelque chose était mort; quelques-uns de ses sentiments avaient disparu; il y avait comme un vide d'insensibilité.

Constance, sa femme, était une belle fille saine et

# I

Nous vivons dans un âge essentiellement tragique ; aussi refusons-nous de le prendre au tragique. Le cataclysme est accompli ; nous commençons à bâtir de nouveaux petits habitats, à fonder de nouveaux petits espoirs. C'est un travail assez dur : il n'y a plus maintenant de route aisée vers l'avenir : nous tournons les obstacles ou nous grimpons péniblement par-dessus. Il faut bien que nous vivions, malgré la chute de tant de cieux.

Telle était à peu près la situation de Constance Chatterley. La guerre avait fait écrouler les toits sur sa tête. Et elle avait compris qu'il faut vivre et apprendre.

Elle avait épousé Clifford Chatterley en 1917, pendant une permission d'un mois qu'il avait passée en Angleterre. Ils avaient eu un mois de lune de miel, après quoi il était reparti pour le front des Flandres[3]. Et six mois plus tard, il était ramené en Angleterre plus ou moins en morceaux. Constance, sa femme, avait alors vingt-trois ans ; lui, vingt-neuf.

Il avait une merveilleuse emprise sur la vie. Il ne mourut pas ; ses débris semblèrent se rejoindre. Il resta deux ans entre les mains des médecins. Puis on le déclara guéri, et on le renvoya à la vie avec la moitié inférieure de son corps, à partir des hanches, paralysée pour toujours.

campagnarde avec des cheveux doux et bruns, un corps solide, et de lents mouvements pleins d'une énergie peu commune. Elle avait de grands yeux étonnés, une voix douce et moelleuse, et semblait venue tout droit de son village natal. Ce n'était nullement le cas. Son père était le vieux Sir Malcolm Reid, membre de l'Académie royale de peinture, qui avait eu son heure de célébrité. Sa mère avait été un des membres cultivés de la Société Fabienne[6], en ces beaux jours un peu préraphaélites[7]. Au milieu d'artistes et de socialistes cultivés, Constance et sa sœur Hilda avaient reçu ce qu'on pourrait appeler une éducation esthétiquement sans conventions. On les avait menées à Paris, à Rome, à Florence, pour leur faire respirer une atmosphère d'art ; et on les avait menées aussi ailleurs, à La Haye et à Berlin[8], aux grands congrès socialistes où les orateurs parlaient toutes les langues civilisées et où personne ne s'étonnait de rien.

Ainsi les deux jeunes filles, dès leur enfance, avaient vécu à leur aise parmi les théories d'art et les spéculations politiques. Elles étaient à la fois cosmopolites et provinciales, de ce provincialisme cosmopolite qui distingue l'art quand il s'allie à un pur idéal social.

À l'âge de quinze ans, on les avait envoyées à Dresde[9] pour étudier la musique entre autres choses. Et elles s'y étaient bien amusées. Elles vivaient librement parmi les étudiants, elles discutaient philosophie, sociologie et art avec les hommes ; elles valaient bien les hommes ; elles valaient plus qu'eux puisqu'elles étaient femmes. Elles partaient en balade dans les bois avec de solides jeunes gens qui portaient des guitares. Elles chantaient les chants des *Wandervögel*[10] ; elles étaient libres ! Libres ! C'était le grand mot : libres de courir le monde, de parcourir les forêts matinales, avec de vigoureux jeunes gens aux belles voix, libres de faire ce qu'elles voulaient et, surtout, de dire ce qu'elles voulaient. C'était la conversation qui comptait le plus, l'échange passionné de paroles! L'amour n'était qu'un accompagnement.

Avant d'atteindre dix-huit ans, Hilda et Constance avaient toutes deux essayé de l'amour. Les jeunes gens avec qui elles causaient si passionnément et chantaient si joyeusement et campaient sous les arbres avec tant de liberté, désiraient, cela va sans dire, aller plus loin. Les jeunes filles hésitaient; mais on avait tant discuté l'amour, on avait tant déclaré qu'il était de première importance! Et les hommes étaient si humbles, si implorants! Pourquoi une jeune fille n'aurait-elle pas agi en reine, et fait le don d'elle-même?

Ainsi elles avaient fait le don d'elles-mêmes, chacune au jeune homme avec qui elle discutait le plus subtilement, le plus intimement. La discussion était la plus grande chose; l'amour, les rapports charnels n'étaient qu'une sorte de retour à l'instinct, une espèce de réaction. Ensuite, on aimait un peu moins le jeune homme, on avait une légère tendance à le détester comme s'il avait violé une intimité secrète, une liberté défendue. Car toute la dignité d'une jeune fille, toute sa signification dans l'existence ne consistaient qu'en l'accomplissement d'une parfaite, d'une pure, d'une noble liberté. Que pouvait signifier la vie d'une jeune fille sinon le rejet des anciennes et sordides relations entre sexes, de l'ancienne et sordide sujétion?

Et, de quelque sentimentalité qu'on l'eût peinte, toute cette question de sexe était une des relations, une des sujétions les plus anciennes et les plus sordides. Les poètes qui l'avaient glorifiée étaient surtout des hommes. Les femmes avaient toujours su qu'il y avait quelque chose de meilleur, quelque chose

exprimaient, écrivaient, ils le pensaient, l'exprimaient, l'écrivaient pour les jeunes filles.

Le jeune homme de Constance était musicien. Celui de Hilda, technicien. Mais ils ne vivaient que pour leurs jeunes filles — du moins en tout ce qui touchait l'esprit et les mouvements de l'esprit. Pour le reste, ils n'obtenaient pas grand-chose ; mais ils ne le savaient pas.

En eux aussi, on voyait clairement que l'amour avait passé — l'expérience physique de l'amour. C'est une curieuse, subtile, mais indiscutable transmutation que l'amour physique opère sur le corps des hommes et des femmes : la femme fleurit, s'arrondit subtilement, ses jeunes aspérités s'adoucissent, elle prend une expression anxieuse ou triomphante ; l'homme devient plus tranquille, plus intérieur, la forme même de ses épaules et de ses reins est moins affirmée, plus hésitante.

Dans le trouble causé au fond de leur corps par l'acte physique, les deux sœurs faillirent succomber à l'étrange puissance du mâle ; mais bien vite elles se ressaisirent, prirent l'acte physique comme une simple sensation, et gardèrent leur liberté ; tandis que les hommes, par gratitude pour l'expérience physique qu'elles leur avaient permise, leur donnèrent une parcelle de leur âme : après quoi ils ressemblèrent un peu à quelqu'un qui a perdu un franc et trouvé dix sous. Le jeune homme de Constance montrait une tendance à la bouderie, celui de Hilda au sarcasme. Mais c'est ainsi que sont les hommes : ingrats et jamais satisfaits ! Quand on les prend, ils vous critiquent parce qu'on les prend ; et quand on les laisse, ils vous critiquent aussi pour quelque autre raison, ou sans raison du tout : ce sont des enfants mécontents que rien ne peut satisfaire quoi que fasse la femme.

Sur ces entrefaites, la guerre éclata. Hilda et

Constance furent renvoyées en hâte chez elles, où elles étaient déjà venues en mai pour l'enterrement de leur mère. Avant la Noël de 1914, leurs deux jeunes Allemands étaient morts; sur quoi les sœurs pleurèrent et aimèrent passionnément les jeunes gens; mais, par-dessous, elles les oublièrent : ils n'existaient plus.

Les deux sœurs vécurent dans la maison de leur père, plus exactement de leur mère, à Kensington[11]. Elles fréquentèrent le jeune groupe de Cambridge[12], le groupe qui affichait la « liberté », les pantalons de flanelle, les chemises échancrées au cou, une sorte d'anarchie bien élevée des sentiments, une sorte de voix murmurante et chuchotante, et une sorte de façon d'être ultra-sensitive. Hilda, pourtant, épousa tout à coup un homme de dix ans plus vieux qu'elle, un membre plus âgé du même groupe, un homme assez riche, muni d'une charge de famille bien rétribuée dans le gouvernement; il écrivait aussi des « essais » philosophiques. Elle vécut avec lui dans une petite maison de Westminster[13] et fréquenta cette sorte de monde gouvernemental qui n'est pas au sommet de l'échelle mais qui est, ou voudrait être, la vraie puissance intelligente de la nation; un monde qui sait ce qu'il dit, ou qui fait comme s'il le savait.

Constance eut un petit emploi de guerre et fréquenta les porteurs de flanelle intransigeants de Cambridge qui, jusqu'à nouvel ordre, se moquaient de tout. Son « ami » était Clifford Chatterley, jeune homme de vingt-deux ans, qui était rentré en hâte de Bonn, où il étudiait la technique de l'industrie minière. Auparavant il avait passé deux ans à Cambridge. Il était maintenant sous-lieutenant dans un régiment chic, pour pouvoir, en uniforme, se moquer de tout avec plus d'élégance.

Clifford Chatterley était, socialement, supérieur à Constance. Constance appartenait à l'intelligentsia

ce n'étaient pas des sardines, c'étaient des harengs; parfois seulement un poisson-chat ou un congre.

Il y avait quelques habitués qui étaient presque toujours là : des condisciples de Clifford à Cambridge. Il y avait Tommy Dukes qui était resté dans l'armée et était général de brigade.

— L'armée me laisse du temps pour penser, disait-il, et m'épargne toute part dans la bataille de l'existence.

Il y avait Charles May, un Irlandais qui écrivait des chroniques scientifiques sur les étoiles. Il y avait Hammond, écrivain aussi. Tous avaient à peu près le même âge que Clifford. C'étaient les jeunes intellectuels du jour. Ils croyaient tous à la vie intérieure. En dehors de cela, tout ce qu'on faisait n'avait pas, à leurs yeux, grande importance : c'était affaire personnelle. Personne ne songe à vous demander à quelle heure vous allez aux cabinets : cela n'a d'intérêt que pour vous.

Et il en est de même pour presque tous les actes de la vie de tous les jours : l'argent que vous gagnez, l'amour que vous avez pour votre femme, les « aventures » que vous pouvez avoir. Tout cela ne regarde que vous, et, comme d'aller aux cabinets, n'a d'intérêt que pour vous.

— Tout ce qu'on peut dire du problème sexuel, disait Hammond, qui était long et mince et avait une femme et deux enfants, mais qui était beaucoup plus lié encore avec une dactylographe, c'est qu'il n'y a rien à en dire. Exactement, il n'y a pas de problème. Nous n'avons aucune envie de suivre les gens au w.-c.; pourquoi voudrions-nous les suivre au lit avec une femme ? Et c'est là tout le problème. Et si nous ne nous occupions pas plus du lit que du w-c., il n'y aurait pas de problème. Tout cela n'a aucune signifi-

# IV

Constance avait toujours pressenti que sa liaison avec Mick, comme on l'appelait, ne mènerait à rien. Pourtant, aucun autre homme ne semblait l'attirer. Elle était attachée à Clifford. Il lui demandait une assez grande part de sa vie, et elle la lui donnait. Mais elle aussi demandait une part de la vie d'un homme, et cela Clifford ne le lui donnait pas, ne pouvait pas le lui donner. Alors Michaelis l'occupait par moments. Mais elle savait par pressentiment que cela prendrait fin. Avec Mick, rien ne pouvait durer. Le fond même de sa nature l'obligeait à rompre toute attache, et à redevenir libre, isolé, chien perdu. C'était pour lui une nécessité première, bien qu'il dît toujours : Elle m'a plaqué !

On prétend que le monde est plein de possibilités. Mais elles se réduisent à bien peu de chose dans la plupart des cas. Il y a beaucoup de bons poissons dans la mer... peut-être ; mais la grande masse semble n'être que sardines et harengs ; et si vous n'êtes pas vous-même sardine ou hareng, il est peu probable que vous trouviez beaucoup de bons poissons dans la mer.

Clifford faisait des progrès en renommée ; il gagnait même de l'argent. On venait le voir. Constance avait sans cesse des gens à recevoir à Wragby. Mais quand

riche ; mais lui, à l'aristocratie — non pas la grande aristocratie, mais l'aristocratie tout de même. Son père était baronet ; sa mère, fille d'un vicomte.

Mais Clifford, tout en étant mieux élevé, plus « du monde » que Constance, était aussi plus provincial et plus timide. Il était à son aise dans le « grand monde » étroit de l'aristocratie terrienne ; mais il était timide et craintif devant cet autre vaste monde qui comprend les hordes de la bourgeoisie, du peuple et des étrangers. Pour tout dire, il était un peu effrayé par l'humanité moyenne et basse et par tous les étrangers qui n'étaient pas de son milieu. Il était comme paralysé par le sentiment d'être sans défense, bien qu'il eût toutes les défenses du privilège. C'est là un curieux phénomène, mais un phénomène caractéristique de notre temps.

C'est pourquoi la paisible assurance d'une jeune fille comme Constance Reid l'impressionnait : elle était tellement plus à son aise que lui dans ce monde diabolique du dehors.

Et pourtant lui aussi était un rebelle, en rébellion même contre sa classe. Ou peut-être que rebelle est un mot trop fort, beaucoup trop fort. Il partageait seulement cette répugnance générale, voulue par la mode, pour toute sorte de convention et toute sorte d'autorité véritable. Les pères étaient ridicules : le sien, si obstiné, l'était suprêmement, les gouvernements étaient ridicules, le gouvernement anglais, avec son opportunisme, l'était particulièrement. Les armées étaient ridicules et particulièrement les vieux généraux durs à cuire, — et ce Kitchener [14] à figure rouge suprêmement. Même la guerre était ridicule, bien qu'elle tuât pas mal de gens.

En somme, tout était un peu ridicule, ou très ridicule ; en tout cas, tout ce qui touchait à l'autorité, que ce fût dans l'armée, dans le gouvernement ou dans l'université, était au plus haut degré ridicule. Et les classes dirigeantes, pour autant qu'elles prétendaient diriger, étaient ridicules aussi. Sir Geoffrey, le père de Clifford, était intensément ridicule dans son zèle à abattre ses arbres et à arracher les hommes, comme des mauvaises herbes, de ses mines, pour les jeter à la guerre ; ridicule, en étant lui-même si protégé et si patriote ; mais aussi en dépensant pour la patrie plus d'argent qu'il n'en avait.

Quand Miss Chatterley — Emma — vint à Londres pour travailler dans les hôpitaux, elle tourna doucement en ridicule Sir Geoffrey et son patriotisme obstiné. Herbert, le frère aîné et l'héritier du titre, en riait franchement, bien que ce fussent ses propres arbres qui tombaient pour soutenir les tranchées. Mais Clifford souriait seulement, un peu mal à l'aise. Certes, tout était ridicule. Mais si, soi-même, on était atteint aussi par le ridicule ? Du moins des gens d'une autre classe, comme Constance, pouvaient être sérieux sur certains sujets ; ils croyaient à quelque chose.

Ils prenaient assez au sérieux le sujet des Tommies[15], la menace de conscription, les restrictions de sucre et de sucre d'orge pour les enfants. Certes, dans toutes ces choses, les autorités étaient radicalement fautives. Mais Clifford ne pouvait le prendre à cœur. Pour lui, les autorités étaient ridicules en elles-mêmes, et non pour des questions de Tommies et de sucre d'orge.

Et les autorités se sentaient ridicules, et se conduisaient un peu ridiculement, et tout, pour un temps, semblait en proie à une sorte de folie. Et puis, là-bas, les choses s'aggravaient, et, en Angleterre, Lloyd George[16] venait sauver la situation. Et ceci surpassait même le ridicule ; les jeunes gens qui riaient de tout cessaient de rire.

En 1916, Herbert Chatterley fut tué, et Clifford devint l'héritier. Cela même le terrifia. Il était si profondément imbu de son importance comme fils de Sir Geoffrey et enfant de Wragby, qu'il ne pouvait y échapper. Et pourtant il savait que cela aussi, aux yeux du vaste monde vivant, était ridicule. Maintenant il était l'héritier, et responsable de Wragby. N'était-ce pas terrible ? N'était-ce pas aussi magnifique et, en même temps, peut-être, tout à fait absurde ?

Sir Geoffrey se refusait à voir l'absurdité. Il était pâle et tendu, replié sur lui-même et obstinément décidé à sauver son pays et sa propre position malgré Lloyd George, malgré n'importe qui. Il était si séparé, si divorcé de cette Angleterre qui était réellement l'Angleterre, si parfaitement incapable qu'il approuvait même Horatio Bottomley [17]. Sir Geoffrey tenait pour l'Angleterre et Lloyd George, comme ses ancêtres avaient tenu pour l'Angleterre et saint Georges [18], et il ne comprit jamais qu'il y avait une différence. Ainsi, Sir Geoffrey abattait des arbres et vivait pour Lloyd George et l'Angleterre, pour l'Angleterre et Lloyd George.

Et il voulait que Clifford se mariât et lui donnât un héritier. Clifford sentait que son père était désespérément anachronique. Mais en quoi était-il plus avancé lui-même, sauf par ce sentiment du ridicule de toutes choses et du ridicule suprême de sa propre position ? Car, bon gré, mal gré, il prenait son titre et Wragby au grand sérieux.

La guerre avait perdu son joyeux entraînement, tué par trop de mort et d'horreur. On avait besoin d'être soutenu et réconforté ; on avait besoin d'une ancre pour s'attacher à une terre solide : on avait besoin d'une femme.

Les Chatterley, deux frères et une sœur, enfermés

ensemble à Wragby, avaient vécu singulièrement isolés malgré toutes leurs relations. Le lien de famille était étroit entre eux parce qu'ils sentaient tous trois leur isolement, la faiblesse de leur position, en dépit ou peut-être à cause du titre et de la terre. Ils se sentaient séparés de ces Midlands industriels où ils passaient leur vie ; et ils se sentaient séparés de leur propre classe par le caractère difficile, obstiné, renfermé de Sir Geoffrey, dont ils se moquaient, mais dont ils ne voulaient pas qu'on se moquât.

Ils avaient déclaré qu'ils vivraient toujours tous les trois ensemble. Mais maintenant Herbert était mort, et Sir Geoffrey voulait que Clifford se mariât. Sir Geoffrey avait à peine formulé ce désir : il parlait si peu. Mais à l'insistance muette, silencieuse de ce désir, il était difficile de résister.

Mais Emma dit : non ! Elle avait dix ans de plus que Clifford et elle sentait que le mariage de Clifford serait une trahison envers tout ce que les enfants de la famille s'étaient promis.

Pourtant Clifford épousa Constance, et eut, avec elle, son mois de lune de miel. C'était la terrible année 1917. Leur intimité fut celle de deux naufragés sur un vaisseau qui coule. Il s'était marié vierge ; et le côté physique du mariage ne signifiait pas grand-chose pour lui. Ils étaient si près l'un de l'autre, elle et lui, pour tant d'autres raisons ! Et Constance était assez fière de cette intimité au-delà du sexe, au-delà de la « satisfaction » de l'homme. Clifford, d'ailleurs, tenait moins que beaucoup d'hommes à cette « satisfaction ». Non, l'intimité était plus profonde, plus personnelle que cela. L'acte physique n'était qu'un accident, ou une adjonction ; une de ces curieuses fonctions organiques qui persistent grossièrement, mais ont perdu leur nécessité. Pourtant Constance voulait des enfants : quand ce n'eût été que pour fortifier sa position envers sa belle-sœur.

Mais, au début de 1918, Clifford fut renvoyé du front complètement brisé. Et il n'y avait pas d'enfant. Et Sir Geoffrey mourut de chagrin.

## II

Constance et Clifford rentrèrent à Wragby en automne 1920. Miss Chatterley, qui gardait encore rancune à son frère de sa défection, était partie et vivait dans un petit appartement à Londres.

Wragby était une vieille habitation longue et basse, en pierre brune, commencée environ au milieu du XVIIIe siècle, mais augmentée à toutes les époques jusqu'à devenir un vaste dédale sans grande distinction. Le château était placé sur une éminence, au milieu d'un assez beau vieux parc planté de chênes. Mais, hélas ! on voyait à peu de distance la cheminée de Tavershall avec ses nuages de vapeur et de fumée et, dans le lointain humide et brumeux de la colline, le village de Tavershall, qui commençait presque aux grilles du parc et traînait, sur une longue et sinistre lieue, sa ligne désordonnée et brutale, d'une laideur désespérée ; des maisons, des rangées de petites maisons de briques, misérables et sales, avec des toits d'ardoise pour couvercles, des angles aigus, et une sorte de volonté de tristesse et d'effacement.

Constance était habituée à Kensington, ou aux montagnes d'Écosse, ou aux dunes du Sussex[19] : c'était là son Angleterre. Avec le stoïcisme de la jeunesse, elle mesura, d'un regard, la laideur absolue, sans âme, de ces Midlands de charbon et de fer, et l'écarta comme une chose incroyable à laquelle il ne fallait pas penser. Des mornes pièces de Wragby, elle entendait le claquement des cribles dans la mine, le pouf-pouf du treuil à vapeur, le cliquetis des tombereaux qui changeaient de voie, le petit sifflet enroué des locomotives.

La houillère de Tavershall brûlait. Elle brûlait depuis des années ; il aurait fallu des milliers de livres pour l'éteindre ; alors on la laissait brûler. Et quand le vent soufflait de là, ce qui arrivait souvent, la maison était pleine de la puanteur qu'exhalait cette sulfureuse combustion des excréments de la terre. Mais, même par les jours calmes, l'air avait toujours une vague odeur de souterrain. Et, même sur les roses de Noël, le charbon tombait en petits flocons noirs, manne[20] de ces cieux maudits.

Ce n'était pas très gai, mais c'était le destin, comme tout le reste ; on ne pouvait pas l'envoyer promener d'un coup. Cela continuait. C'était la vie comme tout le reste. Sur le plafond bas des nuages nocturnes, des taches rouges brûlaient et oscillaient, enflant et se tuméfiant comme des brûlures douloureuses ; c'étaient les hauts fourneaux. Au début, elles avaient eu pour Constance une fascination d'horreur. Puis elle s'y était habituée. Et, le matin, il pleuvait.

Clifford faisait profession de préférer Wragby à Londres. Le pays avait une sorte de sombre obstination et les habitants du cran. Constance se demandait s'ils avaient autre chose ; en tout cas, pas d'yeux et pas d'esprit. Les habitants étaient aussi sauvages, informes et dénués de charme que le pays ; ils n'avaient pas plus de tendresse. Seulement, il y avait dans la dureté et la confusion de leur dialecte, dans le bruit de leurs semelles à clous qu'ils raclaient sur l'asphalte quand ils traînaient en groupes au retour des puits, quelque chose de terrible et d'un peu mystérieux.

Personne n'avait accueilli le jeune maître à son retour ; il n'y avait eu ni festivités, ni députations, pas une seule fleur ; rien qu'une course humide en auto à travers les tristes arbres, par le parc en pente où paissaient des moutons gris, jusqu'à l'éminence où la maison étendait sa façade brun sombre et où la gouvernante et son mari attendaient, prêts à bégayer leur bienvenue.

Il n'y avait aucune communication entre Wragby Hall et le village de Tavershall ; pas de saluts, pas de révérences. Les mineurs se bornaient à regarder fixement ; les boutiquiers soulevaient leur casquette devant Constance comme devant une connaissance quelconque ; ils saluaient Clifford de la tête, l'air embarrassé : c'était tout. Gouffre infranchissable ; et, de part et d'autre, une sorte de rancune paisible. Au début, Constance avait souffert de cette froide et continuelle averse de rancune qui tombait du village. Puis elle s'était endurcie ; elle y avait trouvé une sorte de tonique, quelque chose qui donnait du goût à la vie. On ne pouvait pas dire qu'elle et Clifford fussent impopulaires ; simplement ils étaient d'une tout autre race que les mineurs. Gouffre infranchissable, écart indescriptible, tel qu'il n'en existe peut-être pas au sud de la Trent[21]. Mais, dans le Centre et le Nord industriel, gouffre infranchissable, à travers lequel aucune communication ne peut s'établir. Reste de ton côté, et moi je resterai du mien ! Étrange négation de ce battement qui unit les cœurs des hommes.

Pourtant, dans l'abstrait, le village sympathisait avec Clifford et Constance. Mais dans la chair, c'était : « Laissez-nous tranquilles ! » de part et d'autre.

Le recteur était un aimable homme d'environ soixante ans, plein de ses devoirs et réduit personnellement presque au néant par le silencieux : « Laissez-nous tranquilles ! » du village. Les femmes des mineurs étaient presque toutes méthodistes[22]. Les mineurs n'étaient rien du tout. Mais le peu d'uniforme officiel porté par lui suffisait à les rendre entièrement aveugles au fait qu'il était un homme comme les autres. Non, il était Mr. Ashby, une sorte de machine automatique à prêcher et à prier.

Cette manière obstinée, instinctive de penser toujours : « Vous avez beau être Lady Chatterley, nous considérons que nous vous valons bien ! » commença par surprendre et troubler beaucoup Constance ; l'étrange amabilité, soupçonneuse et fausse, avec laquelle les femmes de mineurs répondaient à ses avances ; cette curieuse hostilité, cette note qu'elle sentait vibrer toujours derrière les voix à demi serviles des femmes, cet air de se dire : « Oh ! mon Dieu, je suis un personnage ; Lady Chatterley cause avec moi ! Mais ce n'est pas une raison pour qu'elle s'imagine que je ne la vaux pas ! », tout cela était insupportable. On ne pouvait pas le surmonter. C'était désespérément et agressivement contraire aux règles.

Clifford ne s'en préoccupait pas ; elle apprit à faire de même : elle passait sans regarder les villageois et ils la regardaient fixement comme une figure de cire. Quand il avait affaire à eux, Clifford restait un peu hautain et dédaigneux ; le temps n'était plus à l'amabilité. En fait il regardait toujours d'assez haut quiconque n'était pas de sa classe. Il gardait sa place sans aucune tentative de conciliation. Et il n'était ni aimé, ni haï ; il faisait partie d'un ordre de choses, comme la mine ou comme Wragby même.

Mais, en réalité, depuis qu'il était estropié, Clifford était devenu très timide. Il détestait voir des gens, sauf ses domestiques personnels, parce qu'il devait rester assis dans un fauteuil roulant ou une sorte de petite voiture. Cependant ses coûteux tailleurs l'habillaient toujours avec le même soin ; et il portait, comme par le passé, les belles cravates de Bond Street ; et le haut de sa personne gardait son chic impressionnant d'autrefois. Il n'avait jamais été un de ces jeunes gens efféminés, fréquents de nos jours ; il était même plutôt campagnard, avec son teint coloré et ses larges épaules. Mais sa voix très calme et hésitante, et ses yeux à la fois audacieux et craintifs, asservis et incertains, révélaient sa vraie nature. Sa manière d'être était souvent hostilement hautaine ; et puis redevenait modeste, effacée, presque tremblante.

Constance et lui étaient attachés l'un à l'autre à la façon moderne, en gardant des distances.

Profondément atteint par le choc qui l'avait mutilé, il avait perdu sa légèreté et son aisance. Il était une chose qui souffrait. Et, pour autant, Constance tenait passionnément à lui.

Mais elle ne pouvait s'empêcher de sentir combien peu il communiquait avec autrui. Les mineurs, en un sens, étaient ses hommes à lui. Mais il les voyait comme des objets plutôt que comme des êtres, comme partie des puits plutôt que partie de la vie, comme de grossiers phénomènes plutôt que comme des hommes semblables à lui. Il en avait peur en quelque façon et ne pouvait supporter d'être vu par eux maintenant qu'il était estropié. Et leur curieuse et grossière existence lui semblait aussi peu naturelle que celles des hérissons.

Il s'intéressait à eux de loin, mais comme s'il les voyait par un microscope ou un télescope.

Il n'avait pas de contact avec eux. Il n'avait de vrai contact avec rien, ni personne, sauf, par tradition, avec Wragby, et, par la force des liens de famille, avec Emma. Au-delà, rien ne le touchait vraiment. Constance elle-même sentait qu'elle ne l'atteignait pas, du moins pas d'une atteinte véritable. Peut-être, en définitive, n'y avait-il rien à atteindre ; peut-être n'y avait-il que la négation de tout contact humain.

Et pourtant, il dépendait entièrement d'elle ; il avait besoin d'elle à chaque instant. Tout grand et fort qu'il était, il ne pouvait rien faire seul. Il pouvait aller et venir dans un fauteuil roulant et il avait une sorte de petite voiture à moteur pour faire le tour du parc ; mais seul, il n'était qu'une chose perdue. Il avait besoin de la présence de Constance pour se persuader qu'il vivait encore.

Il avait pourtant de l'ambition. Il s'était mis à écrire des nouvelles ; des nouvelles curieuses, très personnelles, sur les gens qu'il avait connus, habiles, méchantes, et pourtant mystérieusement dépourvues de signification. Un esprit d'observation très spécial, extraordinaire ; et pourtant rien qu'on pût toucher, qu'on pût atteindre vraiment ; tout avait l'air de se passer dans le vide. Et comme, de nos jours, le champ de la vie est en grande partie une scène artificiellement éclairée, ces nouvelles étaient curieusement fidèles à l'esprit de la vie moderne ou, plutôt, de la psychologie moderne.

Clifford était d'une susceptibilité presque morbide sur le sujet de ses nouvelles. Il aurait voulu que tout le monde les trouvât bonnes, excellentes, incomparables. Elles paraissaient dans les revues les plus modernes ; et, comme d'habitude, suscitaient des louanges et des critiques. Mais, pour Clifford, les critiques étaient une torture, des coups de couteau dans sa chair. Il semblait que tout son être eût passé dans ses nouvelles.

Constance l'aidait tant qu'elle pouvait. Au début elle s'y était passionnée. Il lui expliquait toute l'histoire avec monotonie, avec insistance, avec persistance ; et elle dépensait toutes ses forces à répondre, à comprendre : c'était comme si toute son âme, tout son corps, tout son sexe, s'éveillaient et passaient dans ces nouvelles de Clifford. Elle en était passionnément intéressée et absorbée.

Leur vie matérielle comptait très peu. Elle surveillait la maison. Mais la gouvernante avait servi Sir Geoffrey pendant des années et la créature desséchée, sans âge, superlativement correcte, qu'on pouvait à peine appeler une première femme de chambre, ni même une femme tout court, et qui servait à table, était dans la maison depuis quarante ans. Même les chambrières n'étaient plus jeunes. C'était affreux ! Que faire dans un tel endroit sinon laisser aller les choses ? Cette suite sans fin de chambres dont personne ne se servait, toute cette routine des Midlands, ces ordres mécaniques, cette mécanique propreté ! Tout se passait en assez bon ordre, avec une stricte propreté, une stricte ponctualité, et même une assez stricte honnêteté. Et pourtant, pour Constance, ce n'était qu'une anarchie organisée. Aucune chaleur de sentiment ne donnait d'unité profonde à cet organisme. La maison semblait aussi triste qu'une rue désaffectée.

Que faire, sinon laisser aller les choses. C'est ce que fit Constance. Miss Chatterley venait quelquefois, avec son visage mince et aristocratique, et triomphait parce que rien n'était changé. Jamais elle ne pardonnerait à Constance de l'avoir écartée de cette profonde union avec son frère. C'était elle, Emma, qui aurait dû l'aider à produire ses nouvelles, ses livres ; les nouvelles Chatterley, quelque chose de tout nouveau dans le monde, d'apporté par eux seuls, par les Chatterley. Il n'y avait aucune commune mesure, aucun lien organique entre cela et la pensée et l'expression employées jusqu'alors. Il y avait seulement quelque chose de nouveau dans le monde : les livres Chatterley, purement personnels.

Le père de Constance, quand il venait en courant faire une visite à Wragby, disait à sa fille :

— Quant à la littérature de Clifford, elle est habile ; mais il n'y a rien au fond ; ça ne durera pas.

Et Constance regardait le corpulent Écossais, le « Knight[23] » qui avait si bien su mener sa vie, et ses yeux, ses grands yeux bleus toujours étonnés devenaient vagues. « Il n'y a rien au fond ! » Que voulait-il dire ? Si les critiques louaient l'œuvre de Clifford, si le nom de Clifford était presque célèbre, si même il gagnait de l'argent... Que voulait dire son père en affirmant qu'il n'y avait rien au fond de cette littérature de Clifford ? Que voulait-il qu'il y eût ?

Car Constance avait adopté le point de vue des jeunes. Le moment présent était tout. Et les moments se suivaient sans nécessairement dépendre les uns des autres.

Ce fut pendant son second hiver à Wragby que son père lui dit un jour :

— J'espère, Constance, que tu ne permettrais pas aux circonstances de t'obliger à rester *demi-vierge* *.

— *Demi-vierge ?* répondit Constance. Pourquoi ? Et pourquoi pas ?

— À moins que cela ne te plaise, ajouta-t-il en hâte.

Il dit la même chose à Clifford :

— J'ai peur que cela ne convienne pas tout à fait à Constance d'être une *demi-vierge.*

— Une demi-vierge ! répliqua Clifford, en traduisant l'expression en anglais pour en mieux saisir le sens.

Il réfléchit un moment puis devint très rouge. Il était fâché et offensé.

* En français dans le texte (*N. d. T.*).

— En quoi cela ne lui convient-il pas tout à fait ? demanda-t-il avec raideur.

— Elle maigrit... elle devient anguleuse. Ce n'est pas son style. Elle n'a pas le genre sardine, mince et sec ; c'est une bonne truite d'Écosse.

— Sans les taches naturellement, dit Clifford.

Plus tard il voulut parler de tout cela à Constance. Il ne put s'y résoudre. Il était à la fois trop et trop peu intime avec elle. Il était tout près d'elle par l'esprit ; mais, par le corps, ils n'existaient pas l'un pour l'autre ; et aucun des deux ne pouvait supporter l'idée de discuter le *corpus delicti*[24]. Ils étaient si intimes et pourtant si lointains.

Constance, toutefois, devina que son père avait parlé et que Clifford gardait quelque chose sur l'esprit. Elle savait qu'il était indifférent à Clifford qu'elle fût demi-vierge, ou demi-mondaine, tant qu'il n'en serait pas absolument certain et qu'on ne l'obligerait pas à savoir. Ce que les yeux ne voient pas, ce que l'esprit ne sait pas n'a pas d'existence.

Constance et Clifford avaient passé maintenant deux ans à Wragby, vivant de cette vie vague, tout absorbée en Clifford et en son travail. Leurs intérêts à tous deux n'avaient cessé de se concentrer sur ce travail. Ils parlaient et combattaient, tout aux angoisses de la composition, et ils finissaient par croire que quelque chose se passait, se passait réellement, remplissait le vide.

Et, pour autant qu'ils travaillaient ensemble, c'était bien une vie — une vie dans le vide. Tout le reste n'existait pas. Il y avait Wragby, les domestiques... mais c'étaient des spectres, non des choses vivantes, des êtres vivants. Constance allait se promener dans le parc et dans les bois avoisinants ; elle en sentait la solitude et le mystère, chassait du pied les feuilles brunes de l'automne ou cueillait les primevères du printemps. Mais tout cela n'était qu'un songe; ou plutôt un simulacre de la réalité. Les feuilles des chênes lui semblaient des feuilles de chêne aperçues dans un miroir; elle-même était comme quelqu'un dont on a lu l'histoire, cueillant des primevères qui n'étaient que des ombres ou des souvenirs, ou des mots. Rien, pour elle : aucune substance, aucune atteinte, aucun contact! Seulement cette vie avec Clifford, ce sempiternel dévidage d'écheveaux d'histoires, ces menus détails psychologiques, ces nouvelles dont Sir Malcolm disait qu'il n'y avait rien au fond, et qu'elles ne dureraient pas. Pourquoi y aurait-il quelque chose au fond? Pourquoi dureraient-elles? À chaque jour suffit sa peine[25]. À chaque moment suffit *l'apparence* de la réalité.

Clifford avait pas mal d'amis, qui n'étaient plutôt que des connaissances, et il les invitait à Wragby. Il invitait toutes sortes de gens, des critiques et des écrivains, des gens qui chanteraient les louanges de ses livres. Et ils étaient flattés d'être invités à Wragby — et ils chantaient ses louanges. Constance comprenait parfaitement tout cela. Mais pourquoi pas? C'était un des reflets fugitifs dans le miroir. Elle n'y voyait aucun mal.

Elle recevait tous ces gens, pour la plupart des hommes. Elle recevait aussi les quelques relations aristocratiques de Clifford. Douce, le teint coloré, d'aspect campagnard, avec une tendance aux taches de rousseur, de grands yeux bleus, des cheveux bruns et bouclés, et des reins solides et féminins, on la trouvait un peu démodée et trop « femme ». Elle n'était pas « une petite sardine » semblable à un garçon, avec la poitrine plate d'un garçon et de petites fesses. Elle était trop féminine pour être tout à fait chic.

Ainsi les hommes, surtout ceux qui n'étaient plus

jeunes, étaient très empressés auprès d'elle. Mais, sachant quelle torture serait pour le pauvre Clifford le moindre signe d'un flirt, elle ne les encourageait jamais. Elle demeurait paisible et vague. Elle n'avait aucun contact avec eux et entendait n'en point avoir. Clifford était extrêmement fier de lui-même.

La parenté de Clifford la traitait avec gentillesse. Elle savait que cette gentillesse venait de ce qu'elle ne leur faisait pas peur et que ces gens-là ne vous respectent pas tant qu'on ne les effraie pas un peu. Mais là aussi il n'y avait pas de contact. Elle acceptait leur gentillesse et leur dédain ; elle leur faisait sentir qu'ils n'avaient aucun besoin d'être sur la défensive. Elle n'avait aucun vrai rapport avec eux.

Le temps passait. Et, quoi qu'il arrivât, rien n'arrivait réellement, parce qu'elle était si merveilleusement détachée de tout. Elle et Clifford vivaient dans leurs idées et dans ses livres. Elle recevait... Il y avait toujours des gens dans la maison. Le temps passait comme avance une pendule : il est huit heures et demie au lieu de sept heures et demie.

## III

Cependant Constance éprouvait une inquiétude croissante. À cause de son détachement de tout, une inquiétude s'emparait d'elle comme une démence. Cette inquiétude lui tiraillait les membres quand elle aurait voulu rester tranquille, lui redressait le dos quand elle aurait préféré se reposer confortablement, palpitait en elle, dans son corps, dans ses entrailles, quelque part, au point de la faire sauter à l'eau et nager pour s'en débarrasser. Le cœur lui battait violemment sans raison ; et elle maigrissait.

Ce n'était que de l'inquiétude. Parfois elle traversait le parc en courant, elle abandonnait Clifford, s'étendait à plat ventre dans les fougères. Pour fuir la maison... fuir la maison et tout le monde : il le fallait. Le bois était son seul refuge, son sanctuaire.

Mais le bois n'était pas réellement un refuge, un sanctuaire, parce qu'elle n'avait aucun vrai rapport avec lui. Il n'était qu'un endroit où elle pouvait fuir tout le reste. Elle ne touchait jamais vraiment l'esprit du bois, à supposer qu'il y eût rien d'aussi absurde.

Vaguement elle se sentait dépérir ; vaguement elle se savait détachée de tout : elle avait perdu contact avec ce qu'il y a de substantiel et de vital dans le monde. Il n'y avait que Clifford et ses livres ; et ils n'existaient pas : il n'y avait rien au fond ! Vide sur vide. Elle le savait vaguement. Mais c'était comme si elle se frappait la tête contre une pierre.

Son père lui donna un nouvel avertissement :

— Pourquoi, Constance, ne te paies-tu pas un soupirant ? Ça te ferait le plus grand bien.

Cet hiver-là, Michaelis vint passer quelques jours à Wragby. Ce jeune Irlandais avait déjà gagné une grosse fortune en faisant jouer ses pièces en Amérique. Il avait été accueilli avec enthousiasme par la clique mondaine élégante de Londres parce qu'il écrivait d'élégantes pièces mondaines. Puis peu à peu le monde s'était rendu compte qu'il avait été tourné en ridicule par un misérable petit rat d'égout de Dublin, ce qui avait amené une réaction. Michaelis était devenu le dernier mot de l'impossible, et de l'à-côté. On découvrit qu'il était anti-anglais ; et, aux yeux de la classe qui venait de faire cette découverte, il n'y avait pas de crime plus sordide. On se mit à l'ignorer ; et son cadavre fut jeté à la boîte à ordures.

Cependant Michaelis avait un appartement à Mayfair[26], et passait dans Bond Street avec tous les signes extérieurs du gentleman ; car même les meilleurs tailleurs refusent de tourner le dos à leurs clients de bas étage quand ces clients les paient.

Ce jeune homme de trente ans passait par une bien mauvaise période. Pourtant Clifford n'hésita pas à l'inviter. Michaelis avait probablement plusieurs millions de lecteurs ou d'auditeurs ; et, dans son état de paria social, il serait sans doute reconnaissant d'être invité à Wragby alors que tout le reste du monde l'ignorait. Et sa reconnaissance le pousserait sans doute à aider à la célébrité de Clifford là-bas, en Amérique.

D'habiles louanges peuvent rapporter beaucoup de réputation, surtout « là-bas ». Clifford était un écrivain d'avenir ; et il avait un remarquable instinct de publicité. En fin de compte Michaelis le peignit admirablement dans une de ses comédies ; et Clifford devint une sorte de héros populaire ; jusqu'au jour où il s'aperçut qu'on s'était moqué de lui.

Constance s'étonnait un peu de ce besoin aveugle, impérieux, de célébrité, de devenir célèbre dans ce vaste monde amorphe qu'il ne connaissait pas lui-même et qui lui inspirait malaise et frayeur ; d'être connu comme écrivain, d'être coté comme un écrivain moderne de premier ordre. Constance savait bien, par l'exemple du vieux Sir Malcolm, cordial et bluffeur, combien les artistes pratiquent la réclame et savent faire valoir leur marchandise. Mais son père se servait de moyens tout faits, employés par tous les autres peintres de l'Académie Royale qui vendaient leurs tableaux. Tandis que Clifford découvrait des moyens nouveaux de publicité, toutes sortes de moyens. Il invitait toutes sortes de gens à Wragby, sans aller jusqu'à s'abaisser lui-même. Mais, décidé à s'édifier une réputation aussi vite que possible, il jugeait bons tous les matériaux.

Michaelis arriva dûment, dans une très jolie voiture, avec un chauffeur et un valet de chambre. On ne pouvait pas être plus Bond Street ! Mais à sa vue, dans l'âme du hobereau qu'était malgré tout Clifford, il y eut une sorte de recul. Ce Michaelis n'était pas... n'était pas tout à fait... à vrai dire, il n'était pas du tout... ce qu'annonçait son apparence. Ceci, pour Clifford, était suffisant et définitif. Il fut très poli ; plein d'attentions pour le succès prodigieux de cet homme. La déesse-chienne[27], comme on l'appelle, du succès, rôdait, protectrice et montrant les dents, aux talons de Michaelis à demi humble, à demi arrogant, et tenait Clifford complètement en échec : car il voulait lui aussi se prostituer à la déesse-chienne du succès, pourvu qu'elle voulût bien de lui.

Manifestement Michaelis n'était pas anglais, malgré les tailleurs, coiffeurs, chapeliers, bottiers du tout premier quartier de Londres. Non, il n'était manifestement pas anglais ; il avait justement le visage pâle et plat et la façon d'être qu'il ne faut pas et la rancune qu'il ne faut pas ! Il avait du ressentiment et de la rancune : c'était manifeste aux yeux d'un vrai gentleman anglais qui aurait eu honte de laisser de tels sentiments paraître dans son maintien. Le pauvre Michaelis avait reçu beaucoup de coups de pied ; en sorte que, maintenant encore, il portait un peu la queue entre les jambes. Il avait fait son chemin par son seul instinct, plus encore par sa seule effronterie, jusqu'à la scène, jusqu'au premier plan de la scène. Ses pièces avaient conquis le public. Et il avait cru que l'époque des coups de pied était passée. Hélas ! elle ne l'était pas ; elle ne le serait jamais. C'est que lui-même, en quelque sorte, demandait les coups. Il n'avait qu'une idée : vivre dans un milieu qui n'était pas le sien, dans le grand monde anglais. Ah ! comme ils avaient du plaisir à lui donner des coups de pied ! Et comme il les haïssait !

Cependant il voyageait avec son valet de chambre et sa jolie voiture, ce chien bâtard de Dublin.

Il y avait en lui quelque chose qui plaisait à Constance. Il ne prenait pas de grands airs ; il n'avait aucune illusion sur lui-même. Il parlait à Clifford raisonnablement, brièvement, pratiquement, de tout ce que Clifford désirait savoir. Il n'insistait pas, ne se laissait pas aller. Il savait qu'on l'avait invité à Wragby pour le mettre à contribution et, comme un vieil homme d'affaires judicieux et presque indifférent, il se laissait interroger et répondait en perdant le moins de temps possible en sentiments.

— L'argent ! disait-il, l'argent est une sorte d'instinct. Gagner de l'argent est, chez un homme, une sorte de don naturel. Peu importe ce qu'on fait. Il n'y a pas de truc. C'est comme un continuel accident qui vous arrive. Une fois qu'on a commencé à gagner de l'argent, on continue ; jusqu'à un certain point, je suppose.

— Mais il faut commencer, dit Clifford.

— Oui certes. Il faut entrer dans la ronde. Rien à faire tant qu'on reste en dehors. Il faut se battre pour entrer. Mais, alors, rien ne peut plus vous empêcher.

— Mais auriez-vous pu gagner de l'argent autrement qu'en écrivant des comédies ? demanda Clifford.

— Probablement pas. Bon ou mauvais, je suis un écrivain, et un écrivain de théâtre ; je ne puis pas être autre chose. Il n'y a aucun doute là-dessus.

— Et vous croyez que vous ne pouvez pas vous empêcher d'être un auteur de pièces à succès ? demanda Constance.

— Voilà ; c'est exactement cela, dit-il, en se tournant vers elle avec un soudain élan. Tout cela n'est rien. Le succès n'est rien ; et même le public n'est rien. Il n'y a vraiment rien dans mes pièces qui puisse en *faire* des pièces à succès. Là n'est pas la question. Simplement elles *sont* des pièces à succès ; elles sont comme le temps qu'il fait ; il faut qu'elles soient... du moins pour le moment.

Il tourna vers Constance ses yeux lents et légèrement saillants, qui s'étaient noyés dans une désillusion sans fond ; et elle trembla un peu. Il avait l'air si vieux, infiniment vieux, fait de couches successives de désillusions qui avaient été déposées sur lui, génération après génération, comme des dépôts géologiques ; et, en même temps, il était comme un enfant abandonné. Un paria, en un sens, mais avec le courage désespéré de son existence de rat.

— En tout cas, quelle belle carrière pour votre âge ! dit Clifford d'un air pensif.

— J'ai trente ans... Oui, j'ai trente ans, dit Michaelis vivement, avec un rire singulier ; un rire creux, triomphant et amer.

— Et vous êtes seul ? demanda Constance.

— Que voulez-vous dire ? Est-ce que je vis seul ? J'ai mon domestique. Il se dit Grec — et ne sait rien faire. Mais je le garde. Et puis je vais me marier. Oh ! oui, il faut que je me marie.

— Vous parlez de vous marier comme de vous faire enlever les amygdales, dit Constance en riant. Sera-ce si difficile ?

Il la regarda avec admiration.

— Eh bien, Lady Chatterley, oui, ce sera difficile. Je trouve... excusez-moi... je trouve que je ne puis épouser une Anglaise, pas même une Irlandaise.

— Essayez d'une Américaine, dit Clifford.

— Oh ! une Américaine ! — Il rit d'un rire creux. — Non, j'ai demandé à mon domestique de me trouver une Turque ou quelqu'un... quelqu'un de plus proche de l'orientale.

Constance était un peu surprise par ce curieux et mélancolique exemple de réussite extraordinaire. On disait que, d'Amérique seulement, il tirait un revenu de cinquante mille dollars. Par moments, il était beau ; par moments, quand il regardait de côté, quand il regardait vers le sol et que la lumière tombait sur lui, il avait la silencieuse et durable beauté d'un masque nègre d'ivoire sculpté, avec ses yeux un peu saillants, ses sourcils vigoureux et curieusement arqués, sa bouche immobile et comprimée ; cette immobilité momentanée mais révélatrice, cette immobilité affranchie du temps, à laquelle aspire le Bouddha et que les nègres expriment quelquefois sans la rechercher ; quelque chose de vieux, de vieux et de soumis à la race ! Des siècles de soumission à la destinée de la race, au lieu de notre résistance individuelle. Et puis quelque chose qui nageait tout au travers, comme des rats dans une rivière sombre.

Constance se sentit un soudain, un étrange élan de sympathie pour lui, un élan où il y avait de la compassion et un peu de dégoût, un élan qui était presque de l'amour. Le paria, l'homme à côté ! Et on l'appelait vulgaire ! Combien Clifford paraissait plus vulgaire, plus à cheval sur ses droits ! Et combien plus stupide !

Michaelis sut tout de suite qu'il avait fait de l'impression sur elle. Il tourna vers elle ses yeux un peu saillants, couleur de noisette, en un regard de parfait détachement. Il la mesurait, elle et l'étendue de l'impression qu'il avait faite sur elle. Avec les Anglais, rien ne pourrait l'empêcher d'être toujours un homme à côté, rien pas même l'amour. Pourtant, les femmes lui cédaient quelquefois ; oui, et même les Anglaises.

Il connaissait exactement sa position en face de Clifford. Ils étaient comme deux chiens de races différentes qui voudraient se montrer les dents, et qui se font des grâces, par nécessité. Mais, avec la femme, il savait moins bien où il en était.

On servait le petit déjeuner dans les chambres ; Clifford n'apparaissait jamais avant le déjeuner ; et la salle à manger était un peu triste. Après le café, Michaelis, seul, incertain et inquiet, se demanda ce qu'il pourrait bien faire. C'était une belle journée de novembre ; belle pour Wragby. Il jeta les yeux sur le parc mélancolique. Grand Dieu, quel endroit !

Il fit demander par un domestique s'il pourrait rendre le moindre service à Lady Chatterley. Il songeait à aller en auto à Sheffield. Lady Chatterley fit répondre qu'il voulût bien monter jusqu'à son petit salon.

Constance avait un petit salon au second et dernier

étage du corps central. Les appartements de Clifford étaient, naturellement, au rez-de-chaussée. Michaelis fut flatté d'être invité dans le petit salon particulier de Lady Chatterley. Il suivit, sans rien voir, le domestique. Il ne remarquait jamais ce qui l'entourait, ne prenait pas contact avec les choses. Pourtant, dans le petit salon, il jeta un vague coup d'œil aux belles reproductions allemandes de Renoir et de Cézanne.

— Quelle jolie pièce, dit-il, avec son sourire étrange, qui lui découvrait les dents, comme si sourire lui faisait mal. Vous avez raison de vivre en haut de la maison.

— N'est-ce pas ? dit-elle.

Son salon était la seule pièce gaie et moderne du château, le seul endroit de Wragby où sa personnalité se révélait un peu. Clifford ne l'avait jamais vu ; et elle y faisait monter très peu de monde.

Maintenant Michaelis et elle étaient assis de chaque côté de la cheminée et causaient. Elle le questionna sur lui-même, sur sa mère, son père, ses frères ; les autres avaient toujours pour elle de l'intérêt et du mystère, et, quand sa sympathie était éveillée, elle perdait tout préjugé de classe. Michaelis parlait de lui-même avec franchise, avec une franchise entière, sans affectation, révélant simplement son âme, amère, indifférente de chien perdu, puis montrait, en un éclair, l'orgueil vengeur de son succès.

— Mais pourquoi êtes-vous si solitaire ? demanda Constance.

Et il la regarda encore de ses yeux saillants, curieux, couleur de noisette.

— Il y a des gens qui sont solitaires, répondit-il.

Puis avec une nuance d'ironie familière :

— Mais vous-même, vous me faites assez l'effet d'être solitaire aussi !

— Non, je ne vous hais pas. Vous me plaisez.

— Ah ! lui dit-il furieusement, comme je préfère cela à vous entendre dire que vous m'aimez ! Cela signifie tellement plus ! Adieu donc, à cet après-midi. J'ai de quoi réfléchir jusqu'alors.

Il lui baisa les mains humblement et partit.

— Je ne crois pas que je puisse supporter ce jeune homme, dit Clifford pendant le déjeuner.

— Pourquoi ? demanda Constance.

— Il est si inadmissible sous son vernis et tout prêt à nous sauter dessus.

— Mais tout le monde a été si méchant avec lui.

— En êtes-vous surprise ? Et pensez-vous qu'il passe son temps en actes de gentillesse et de bonté ?

— Je crois qu'il a une sorte de générosité.

— Envers qui ?

— Je ne sais pas trop.

— Naturellement, vous ne savez pas. J'ai peur que vous ne preniez le manque de scrupule pour de la générosité.

Constance se tut. Était-ce vrai ? Peut-être. Et pourtant le manque de scrupule chez Michaelis avait de l'attrait pour elle. Il faisait des lieues là où Clifford n'avançait que de quelques pas timides. En un sens, il avait conquis le monde ; et c'était précisément ce que Clifford désirait faire. Il y avait la manière, il y avait les moyens... Est-ce que ceux de Michaelis étaient plus méprisables que ceux de Clifford ? Est-ce que la manière dont le pauvre homme sans appui s'était poussé en avant de lui-même et par les portes de derrière était pire que celle de Clifford essayant d'atteindre le premier rang par la réclame ?

La déesse-chienne du succès était suivie par des milliers de chiens, la gueule ouverte et tirant la langue. Celui qui la possédait le premier était le vrai

— C'est le dernier moment que je choisirais pour vous haïr, dit-elle avec rancune.

— Je sais ! Je sais ! C'est aussi que cela devait être ! Que vous êtes bonne pour moi ! cria-t-il misérablement.

Elle s'étonnait qu'il fût malheureux.

— Ne voulez-vous pas vous rasseoir ? dit-elle.

Il jeta un regard à la porte.

— Sir Clifford ! dit-il, ne sera-t-il pas... ?

Elle réfléchit un instant :

— Peut-être, dit-elle.

Puis, levant les yeux vers lui, elle ajouta :

— Je ne veux pas que Clifford sache, pas même qu'il soupçonne, ça le blesserait tant. Mais il n'y a aucun mal, n'est-ce pas ?

— Du mal ! Dieu, non ! Vous êtes seulement trop infiniment bonne pour moi... je puis à peine le supporter.

Il détourna la tête et elle vit qu'il était sur le point de pleurer.

— Mais il n'y a pas besoin que Clifford sache rien, insista-t-elle. Cela lui ferait si mal. Et s'il ne sait jamais, ni soupçonne jamais, cela ne fera de mal à personne !

— Moi ! cria-t-il presque férocement, il ne saura rien par moi ! Je vous en réponds bien ! Moi me trahir ! Ha ! Ha !

À cette idée, il rit de son rire creux, cynique. Elle le regardait, pleine de surprise.

Il lui dit :

— Puis-je vous baiser la main et m'en aller ? J'irai en auto à Sheffield, j'y déjeunerai, si vous le voulez bien, et je rentrerai pour le thé. Puis-je rien faire pour vous ? Puis-je être sûr que vous ne me haïssez pas ? — et que vous ne me haïrez pas ?

Il termina sur une note désespérée et cynique.

cha et s'agenouilla devant elle et prit ses pieds dans ses mains et ensevelit son visage dans ses genoux, sans bouger. Elle était complètement hypnotisée, contemplant avec une sorte de consternation sa nuque assez douce, et sentant son visage lui presser les genoux. Dans sa brûlante stupeur, elle ne put se défendre de poser la main, avec douceur et compassion, sur cette nuque sans défense; et il se mit à trembler avec un profond frisson.

Alors, il leva vers elle ses yeux brillants, pleins de ce terrible appel. Elle ne put y résister. De sa poitrine coula vers lui un immense désir qui répondait au sien. Elle lui donnerait ce qu'il voudrait, tout ce qu'il voudrait.

C'était un étrange et très délicat amant, très délicat avec la femme, tremblant, sans contrôle, et, en même temps, détaché, aux écoutes, sensible à tous les sons du dehors.

Pour elle, elle ne voyait rien que le don qu'elle lui faisait d'elle-même. Et, peu à peu, il cessa de trembler, demeura tranquille, tout à fait tranquille. Puis, avec des doigts endormis et pitoyables, elle lui caressa la tête qu'il avait posée sur sa poitrine.

Quand il se leva, il lui baisa les deux mains, puis les deux pieds, les deux pieds dans leurs mules de peau de Suède, et, en silence, s'en alla à l'autre bout de la chambre, où il demeura debout, lui tournant le dos. Puis, il revint vers elle comme elle avait repris sa place au coin du feu.

— Et maintenant, je suppose que vous allez me haïr, dit-il, d'un ton paisible, inéluctable.

Elle le regarda en hâte.

— Pourquoi vous haïr ? demanda-t-elle.

— C'est ce qui arrive généralement, dit-il.

Puis, se corrigeant, il ajouta :

— Je veux dire... c'est ce qu'on attend des femmes.

Constance, un peu surprise, réfléchit un instant, puis répondit :

— En partie, peut-être, mais pas entièrement, comme vous !

— Suis-je entièrement solitaire ? demanda-t-il avec son curieux sourire en rictus, comme s'il avait mal aux dents.

Quel sourire grimaçant ! Et ses yeux étaient si parfaitement, si inaltérablement mélancoliques, ou stoïques, ou désillusionnés, ou effrayés !

— Mais, dit-elle, perdant un peu le souffle en le regardant, vous l'êtes, n'est-ce pas ?

Elle sentait venir de lui jusqu'à elle un appel terrible qui lui faisait presque perdre l'équilibre.

— Oui, vous avez bien raison ! dit-il, détournant la tête, avec un regard de côté, abaissé, avec cette étrange immobilité d'une vieille race, qui se tient à l'écart et vit du passé.

C'était cela vraiment qui empêchait Constance de le voir en le détachant d'elle-même.

Il leva sur elle ces yeux saillants qui voyaient tout, qui enregistraient tout. En même temps, l'enfant qui pleurait dans la nuit[28], criait vers elle du fond de son être, avec un cri qui la troublait jusque dans ses entrailles.

— Vous êtes bien gentille de penser à moi, dit-il laconiquement.

— Pourquoi ne penserais-je pas à vous ? s'écria-t-elle presque à bout de souffle.

Il rit de ce petit rire tordu, sifflant, rapide :

— Oh ! de cette façon-là !... Puis-je vous tenir la main un instant ? demanda-t-il soudain en fixant les yeux sur elle avec une force presque hypnotique, et jetant vers elle un appel qu'elle sentait au fond de ses entrailles.

Elle le regardait, fascinée, transpercée et il s'appro-

C'est qu'au fond, tout au fond de son âme, il était vraiment à côté, et antisocial, et qu'il le savait malgré tout son chic extérieur acheté à Bond Street. Son isolement était une nécessité pour lui, tout comme une apparence de conformisme et la compagnie des gens élégants lui était aussi une nécessité.

Mais un peu d'amour, de temps à autre, comme un calmant et un réconfortant, était aussi une bonne chose, et il n'était pas ingrat. Au contraire, il avait une reconnaissance brûlante, poignante, pour tout acte de gentillesse naturelle et spontanée : il en pleurait presque. Sous son visage pâle, immobile, désillusionné, son âme d'enfant sanglotait de gratitude envers la femme ; il brûlait de retourner auprès d'elle ; et en même temps son âme de paria savait qu'il ne s'embarrassait pas vraiment d'elle.

Il trouva l'occasion de lui dire, comme ils allumaient leurs bougies dans le hall avant de monter se coucher :

— Puis-je venir ?

— Non, c'est moi qui irai vous rejoindre.

— Très bien.

Il attendit longtemps... mais elle vint.

Il appartenait à cette sorte d'amants tremblants et nerveux dont la jouissance vient vite et finit vite. Il y avait quelque chose de curieusement enfantin et sans défense dans son corps nu : il était comme un enfant qui est nu. Toutes ses défenses venaient de son esprit et de sa ruse, ses profonds instincts de ruse ; et quand ces instincts étaient assoupis, il avait l'air doublement nu, doublement pareil à un enfant, à la chair inachevée et tendre, et qui s'efforce désespérément.

Il excitait chez Constance une sorte d'attendrissement, de compassion sauvage, un sauvage et misérable désir physique. Il ne satisfaisait pas en elle le désir physique, sa jouissance était si rapide, si vite termi-

chien parmi les chiens, si l'on juge par le succès? Aussi Michaelis pouvait-il porter la queue haute.

Chose curieuse, il ne le faisait pas. Il rentra vers l'heure du thé avec un grand bouquet de violettes et de lis et cette même expression de chien battu. Constance se demandait parfois si cette expression, tellement elle était fixe, n'était pas une sorte de masque pour désarmer ses adversaires. Était-il réellement à ce point chien battu?

L'expression de chien battu persista toute la soirée bien que Clifford sentît au travers pointer l'effronterie intérieure. Cette effronterie, Constance ne la sentait pas, peut-être parce qu'elle n'était pas dirigée contre les femmes, mais contre les hommes seulement, contre leur présomption et leurs prétentions. C'était l'indestructible effronterie intérieure de ce maigre personnage qui excitait si fort les hommes contre lui. Sa seule présence, toute déguisée qu'elle était sous des manières d'emprunt, était une offense à un homme bien.

Constance était amoureuse de lui, mais elle sut rester assise avec sa tapisserie et laisser parler les hommes sans se trahir. Quant à Michaelis, il fut parfait, exactement le même jeune homme mélancolique, attentif, distant que le soir précédent, à des millions de lieues de ses hôtes, répondant à leurs avances pour autant qu'on l'attendait de lui, mais ne se rapprochant jamais d'eux un instant. Constance pensait qu'il avait dû oublier la matinée. Il n'avait pas oublié. Mais il savait où il se trouvait... toujours à cette même place, au-dehors, là où sont ceux qui sont nés au-dehors, à côté. Il ne donnait à l'étreinte de la matinée aucune valeur personnelle. Il savait qu'elle ne le transformerait pas de chien sans maître, à qui chacun reproche son collier d'or, en confortable chien de salon.

bien, pas tout à fait, aimer sans espoir. Et lui, toujours sans espoir, ne pouvait jamais aimer tout à fait.

Ainsi ils continuèrent assez longtemps, s'écrivant, et se rencontrant quelquefois à Londres. Elle désirait toujours cette vive sensation sexuelle qu'elle éprouvait avec lui, par ses propres moyens, après qu'il avait eu sa petite jouissance. Et lui voulait toujours la lui donner. Et cela suffisait à maintenir leurs rapports. Et cela suffisait à lui donner cette sorte de subtile sûreté d'elle-même, quelque chose d'aveugle et d'un peu arrogant. C'était une sorte de confiance presque mécanique en ses propres forces, et cela s'accompagnait de beaucoup de bonne humeur.

À Wragby, elle était d'une terrible bonne humeur. Et elle se servait de toute sa bonne humeur, de toute sa satisfaction ainsi éveillées pour stimuler Clifford, en sorte qu'à cette époque, il écrivit mieux que jamais et fut presque, à sa manière, étrangement, aveuglément, heureux. En réalité, il récoltait le fruit de la satisfaction physique qu'elle tirait de la passivité de Michaelis fermement dressée en elle. Naturellement, il ne le sut jamais. Et s'il l'avait su, il n'aurait pas dit merci !

Et pourtant, quand ces jours de joyeuse et stimulante bonne humeur furent passés, tout à fait passés, et qu'elle devint maussade et irritable, comme Clifford les regretta ! S'il avait su, peut-être aurait-il désiré qu'elle revienne à Michaelis.

née ; puis il s'abandonnait sur sa poitrine et retrouvait un peu de son effronterie, tandis qu'elle restait engourdie, désappointée, perdue.

Mais bientôt elle apprit à le tenir, à le garder là, en elle, quand il avait cessé de jouir. Alors, il se montrait généreux et curieusement puissant ; il restait ferme en elle, abandonné à elle, pendant qu'elle était active... sauvagement, passionnément active, provoquant elle-même sa propre jouissance. Et comme il la sentait accomplir frénétiquement sa propre jouissance sur sa passive fermeté, il éprouvait un curieux sentiment d'orgueil et de satisfaction.

— Ah ! que c'est bon ! murmura-t-elle d'une voix tremblante. Et elle s'attachait à lui, maintenant tout à fait tranquille. Et lui demeurait là, dans son isolement, mais non sans fierté.

Il ne resta cette fois que trois jours ; son attitude envers Clifford fut exactement la même que le premier soir ; envers Constance aussi. Rien ne pouvait entamer la façade de l'homme extérieur.

Il écrivit à Constance sur ce même ton plaintif et mélancolique, parfois avec esprit, toujours avec une note de curieuse affection sans sexe. Il semblait éprouver pour elle une sorte d'affection sans espoir, toujours avec la même essentielle distance. Il était sans espoir jusqu'au tréfonds de lui-même, et il voulait être sans espoir. Il avait une sorte de haine pour l'espoir. Il avait lu quelque part : « Une immense espérance a traversé la terre *[29]. » Et il avait ajouté : « Et elle a rudement noyé tout ce qui valait quelque chose. »

Constance ne le comprit jamais vraiment ; mais, à sa manière, elle l'aimait. Et, tout le temps, elle sentait en lui le reflet de ce désespoir. Elle ne pouvait pas

* En français dans le texte (*N. d. T.*).

d'émotion et de sympathie qui convient, il faut coucher avec elle, dit May. La seule chose à faire, c'est de coucher avec elle. De même que, si on a un sujet de conversation intéressante en commun avec quelqu'un, la seule chose à faire c'est d'en parler. On ne se mord pas pudiquement la langue. On dit ce qu'on a à dire. De même en amour.

— Non, dit Hammond, c'est faux. Vous, par exemple, May, vous dissipez la moitié de vos forces avec des femmes. Vous ne ferez jamais ce que vous devriez faire, doué comme vous l'êtes. Vos talents passent trop par l'autre côté.

— Peut-être. Et trop peu des vôtres passent de ce côté-là, mon cher Hammond, que vous soyez marié ou non. Vous gardez peut-être l'honnêteté et la pureté de votre esprit, mais il se dessèche. Votre bel esprit, si pur, devient plus sec qu'un morceau de bois, pour autant que j'en puis voir. Vous le rabaissez à force de parler.

Tommy Dukes éclata de rire.

— Allez-y donc, ô purs esprits ! Regardez-moi... Je n'accomplis aucun noble travail mental, je me borne à quelques notations. Et pourtant je ne me marie pas et je ne cours pas après les femmes. Je trouve que Charlie a parfaitement raison. S'il a envie de courir après les femmes, il reste tout à fait libre de ne pas le faire trop souvent. Mais ce n'est pas moi qui l'empêcherai de courir. Quant à Hammond, il a le sens de la propriété, en sorte que la route resserrée et la porte étroite [30] sont ce qu'il lui faut. Vous le verrez devenir le vrai Homme de Lettres anglais ; A. B. C. de la tête aux pieds. Et puis il y a moi. Je ne suis rien. Rien qu'une pensée. Et que dire de vous, Clifford ? Trouvez-vous que l'amour n'est qu'une dynamo pour aider un homme à réussir dans le monde ?

Clifford, dans ces occasions, parlait peu. Ses idées

m'arrêterait désastreusement. Et, de même, la répression de mes besoins sexuels m'arrête. Que faire ?

— Je vous imaginais plutôt souffrant d'une indigestion sexuelle, dit Hammond, ironiquement.

— Certes pas ; je ne fais d'excès ni en nourriture ni en couchage. Mais vous voudriez me réduire à la famine.

— Pas du tout. Vous n'avez qu'à vous marier.

— Et qui vous dit que je puisse me marier ? Peut-être que le mariage ne convient pas au mécanisme de mon esprit. Le mariage pourrait le réduire, le réduirait certainement à l'absurde. Je ne suis pas conditionné pour le mariage... Dois-je donc être enchaîné à une niche comme un moine ? Quelle folie, mon cher. Il faut que je vive et que je fasse mes calculs. J'ai quelquefois besoin de femmes. Ce n'est pas une telle affaire, et je rejette les condamnations et les prohibitions morales de qui que ce soit. J'aurais honte de voir une femme aller et venir comme une malle avec mon nom et mon adresse sur une étiquette.

Ces deux hommes se gardaient rancune, à cause du flirt avec Julia.

— J'aime assez cette idée, Charles, dit Dukes, que l'amour n'est qu'une forme de conversation où les mots sont mis en action au lieu d'être parlés. Ça me paraît très juste. Je pense que nous pourrions échanger beaucoup de sensations et d'émotions avec les femmes, comme nous échangeons nos idées sur le temps qu'il fait. L'amour pourrait être une sorte de conversation normale et physique entre un homme et une femme. On ne parle à une femme que si on a une conversation désintéressée. Et de même, à moins d'avoir de l'émotion et de la sympathie en commun avec une femme, on ne couche pas avec elle. Mais si on en a...

— Si vous partagez avec une femme le genre

qu'un. Et votre étiquette à vous porte : « Arnold B. Hammond, aux bons soins de M$^{me}$ Arnold B. Hammond. » Oh ! vous avez parfaitement raison ! La vie intérieure a besoin d'une maison confortable et d'une bonne cuisine. Vous avez parfaitement raison. Elle a même besoin de la postérité. Mais elle tourne autour de l'instinct de réussite qui est le pivot de toutes choses.

Hammond semblait un peu piqué. Il tirait quelque orgueil de son honnêteté d'esprit ; il se flattait de ne pas être asservi aux goûts du jour. Et pourtant, il désirait la réussite.

— C'est vrai, on ne peut vivre sans argent, dit May. On n'est même pas libre de penser sans argent, sinon l'estomac vous arrête. Mais il me semble que vous pourriez, en amour, supprimer les étiquettes. Nous pouvons parler à n'importe qui ; pourquoi ne pourrions-nous pas faire la cour à n'importe quelle femme qui nous plaît ?

— Ainsi parle le Celte libidineux, dit Clifford.

— Libidineux ! eh bien, pourquoi pas ? Je ne vois pas en quoi je fais plus de mal à une femme en couchant avec elle qu'en dansant avec elle, ou même en lui parlant de la pluie ou du beau temps. C'est simplement un échange de sensations au lieu d'un échange d'idées. Alors, pourquoi pas ?

— La promiscuité des lapins ! dit Hammond.

— Pourquoi pas ? Que reprochez-vous aux lapins ? Sont-ils pires qu'une humanité névrosée et révolutionnaire, rongée de rage nerveuse ?

— Cependant, nous ne sommes pas des lapins, dit Hammond.

— Précisément ! Il y a tout de même l'esprit. J'ai certains calculs à faire sur certains sujets d'astronomie, qui sont presque pour moi une question de vie ou de mort. Parfois, ma digestion m'arrête ; la faim

cation ; c'est seulement une question de curiosité mal placée.

— Très bien, Hammond, très bien ! Mais si quelqu'un se met à faire la cour à Julia, vous commencez à bouillir ; et, s'il continue, vous éclatez.

Julia était la femme de Hammond.

— Mais certainement ! Et j'éclaterais aussi si quelqu'un commençait à uriner dans un coin de mon salon. Chaque chose à sa place !

— C'est-à-dire que cela vous serait égal qu'on fît l'amour avec Julia dans une alcôve secrète ?

Charles May ne parlait pas sans ironie. Il avait flirté un peu avec Julia et Hammond en avait été très piqué.

— Bien sûr que ça ne me serait pas égal. L'amour est une affaire privée entre Julia et moi, et naturellement, je ne tiens pas à ce que personne s'en mêle.

— Pour tout dire, dit Tommy Dukes qui, maigre et couvert de taches de rousseur, avait l'air beaucoup plus irlandais que May, pâle et assez gras, pour tout dire, Hammond, vous avez l'instinct de la propriété très développé, un grand désir de vous affirmer et un grand besoin de succès. Depuis que je suis définitivement dans l'armée, j'ai un peu oublié le train-train du monde ; et maintenant je vois combien ardemment les hommes désirent s'affirmer et réussir. Avec quel excès notre individualité s'est développée dans ce sens-là ! Et, naturellement, des hommes comme vous s'imaginent qu'ils réussiront mieux avec l'aide d'une femme. C'est pourquoi vous êtes si jaloux. Voilà ce qu'est pour vous la sexualité... une petite dynamo vitale entre vous et Julia, qui doit vous apporter la réussite. Si vous ne réussissez plus, vous commencerez à flirter comme Charles, qui n'a jamais réussi. Les gens mariés de votre espèce ont des étiquettes comme des malles. L'étiquette de Julia porte : « Madame Arnold B. Hammond », comme une malle qui appartient à quel-

pour ne pas déranger les spéculations immensément importantes de ces messieurs hautement intellectuels. Mais sa présence les aidait. Sans elle, leurs idées ne coulaient pas si aisément. Quand elle n'était pas là, Clifford devenait plus irritable et nerveux, avait plus vite froid aux pieds; la conversation languissait. Tommy Dukes était le plus éloquent : la présence de Constance l'inspirait un peu. Elle n'aimait pas beaucoup Hammond, qui lui semblait mentalement si égoïste. Et Charles May, bien qu'elle eût un certain goût pour lui, la dégoûtait un peu, malgré ses étoiles.

Que de soirées Constance avait passées à écouter les conférences de ces quatre hommes, et d'un ou deux autres! Leurs discours ne les menaient à rien; mais elle n'en était pas profondément troublée. Elle aimait à écouter ce qu'ils avaient à dire, surtout quand Tommy était là. C'était amusant. Au lieu de vous embrasser et de vous toucher avec leurs corps, ils vous révélaient leurs esprits. C'était même très amusant. Mais comme ils avaient l'esprit froid!

Et c'était aussi un peu agaçant. Elle avait plus de respect pour Michaelis, sur lequel ils répandaient des flots de mépris, qu'ils traitaient de petit bâtard arriviste, de plébéien sans éducation. Bâtard ou non, il allait tout droit au but. Il ne se promenait pas seulement autour d'eux avec des millions de mots pour faire étalage de son intellect.

Constance ne détestait pas la pensée; elle en tirait un vif agrément. Mais elle trouvait qu'on en exagérait un peu l'intérêt. Elle aimait à rester là, parmi la fumée de ces fameuses « soirées des copains » comme elle les appelait à part elle-même. Elle était infiniment amusée et même flattée de voir qu'ils ne venaient pas à bout de leur conversation sans sa silencieuse présence. Elle avait le plus grand respect pour la pensée... et ces gens, du moins, essayaient de penser honnêtement.

manquaient de force. Elles étaient trop confuses, trop émotionnelles. La question de Dukes le fit rougir, inconfortablement.

— Eh bien, dit-il, étant moi-même *hors de combat* *, il ne me semble pas que j'aie rien à dire sur le sujet.

— Au contraire, dit Dukes. Le haut de votre personne n'est nullement hors de combat. La vie de l'esprit est chez vous saine et intacte. Quelles sont donc vos idées ?

— Eh bien, balbutia Clifford, quoi qu'il en soit, il me semble que je n'ai guère d'idées là-dessus. Je pense que : « mariez-vous et n'en parlons plus », serait à peu près mon opinion. Bien que, naturellement, le couchage soit une chose très importante entre un homme et une femme qui s'aiment.

— Comment, importante ? dit Tommy.

— Oh !... c'est un moyen de rendre l'intimité plus parfaite, dit Clifford, que ce genre de conversation mettait mal à l'aise comme une femme.

— Eh bien, Charlie et moi, nous croyons que le couchage est un moyen de communiquer, comme la conversation. Si une femme commence une conversation sexuelle avec moi, il est naturel que je la termine avec elle au lit, le moment venu. Malheureusement, aucune femme ne commence jamais. Alors je vais seul au lit ; et je ne m'en porte pas plus mal — du moins je l'espère ; car, comment pourrais-je le savoir ? Mais du moins je n'ai pas de calculs en train qui puissent être interrompus, ni d'ouvrages immortels à écrire. Je ne suis qu'un pauvre type qui se cache dans l'armée...

Le silence tomba. Les quatre hommes fumaient. Et Constance restait là et ajoutait un point à sa broderie... Oui, elle restait là ! Elle restait là sans rien dire. Il fallait bien rester là, tranquille comme une souris,

* En français dans le texte (*N. d. T.*).

— Allons, mettons le bolchevisme en hachis ! dit Dukes.

— J'ai peur que le bolchevisme ne soit un vaste sujet, dit Hammond, secouant gravement la tête.

— Le bolchevisme, il me semble, dit Charlie, n'est que la haine suprême de ce qu'ils appellent bourgeois ; mais qu'est-ce qu'ils appellent bourgeois ? Cela reste dans le vague. C'est le capitalisme, entre autres choses. Les sentiments et les émotions sont aussi tellement bourgeois qu'il faut inventer un homme qui en soit dépourvu.

« Ensuite l'homme individuel et surtout l'homme-personne est bourgeois : il faut donc le supprimer. Il faut s'immerger dans cette grande chose : l'État social soviétique. Un organisme même est bourgeois : l'idéal, c'est la machine. La seule chose qui soit une, non organique, composée de plusieurs parties différentes mais essentielles, c'est la machine. Chaque homme partie de la machine, et la machine actionnée par la haine de ce qui est bourgeois : voilà pour moi le bolchevisme.

— Certainement, dit Tommy. Mais cela me paraît aussi une parfaite description de l'idéal industriel. C'est, en quelques mots, l'idéal du propriétaire d'usine ; sauf qu'il n'admettrait pas qu'il est actionné par la haine. Et c'est pourtant de la haine, haine de la vie même. Regardez ces Midlands : la haine n'y est-elle pas inscrite partout... ? Mais c'est une partie de la vie mentale ; c'en est le développement logique.

— Je nie que le bolchevisme soit logique ; il rejette la majeure partie des prémisses, dit Hammond.

— Mais, mon cher, il admet les prémisses matérielles ; c'est ce qu'admet aussi le pur esprit ; c'est même les seules choses qu'il admette.

— En tout cas, le bolchevisme est descendu jusqu'au fond des choses, dit Charlie.

— Je ne parlais pas de science, dit Dukes, je parlais de vie mentale. La vraie science vient de tout l'ensemble de votre être conscient, de votre ventre et de votre pénis autant que de votre cerveau et de votre esprit. L'esprit ne peut qu'analyser et expliquer. Une fois que vous avez permis à l'esprit et à la raison de dominer tout le reste, ils ne peuvent plus qu'étouffer tout sous la critique.

« C'est *tout* ce qu'ils peuvent faire. Et c'est d'une très grande importance. Grand Dieu, le monde, aujourd'hui, a besoin de critique... de critique qui tue. Ainsi, vivons votre vie mentale, et exultons dans notre malveillance, et démasquons la mauvaise vieille farce. Mais, remarquez-le bien, voici ce qui se passe : tant que vous *vivez* votre vie, vous faites en même temps partie organique de toute vie. Mais une fois que vous vous êtes lancé dans la vie mentale, vous avez cueilli le fruit. Vous avez rompu le lien entre le fruit et l'arbre : le lien organique. Et si vous n'avez rien dans votre vie que la vie mentale, vous n'êtes plus vous-même qu'une pomme cueillie... Vous êtes tombé de l'arbre. Et alors, vous devenez nécessairement et logiquement malveillant, de même que la pomme cueillie pourrit nécessairement et logiquement. »

Clifford ouvrait de grands yeux. Tout cela n'avait aucun sens pour lui. Constance se riait secrètement à elle-même.

— Eh bien, nous sommes tous des pommes cueillies, dit Hammond avec un peu d'acidité et d'irritation.

— Devenons donc du cidre, dit Charlie.

— Mais que pensez-vous du bolchevisme ? demanda le jeune homme brun, comme si toute la discussion menait là.

— Bravo ! hurla Charlie. Que pensez-vous du bolchevisme ?

mentaux. Non, il y a dans la vie mentale quelque chose de radicalement faux. Elle a sa racine dans la malveillance et l'envie. On juge de l'arbre d'après son fruit [34].

— Je ne crois pas que nous soyons tout à fait aussi malveillants que ça, protesta Clifford.

— Mon cher Clifford, pensez à la façon dont nous nous disséquons les uns les autres. Je suis moi-même un peu pire que les autres, parce que je préfère infiniment la malveillance spontanée aux décoctions sucrées ; car voilà le vrai poison. Quand je commence à chanter les louanges de Clifford, c'est alors qu'il faut plaindre Clifford. Pour Dieu, vous tous, dites des horreurs sur moi et je saurai que vous avez un peu de considération pour moi. Pas de sucreries, ou c'en est fait de moi !

— Oh ! mais je crois que nous avons sincèrement de l'amitié les uns pour les autres, dit Hammond.

— Il faut bien que nous ayons de l'amitié... Nous disons tant de choses malveillantes les uns sur les autres par-derrière ! Moi plus que tout autre.

— Mais je crois que vous confondez la vie intérieure avec l'esprit critique. Je suis d'accord avec vous. Socrate donna une magnifique avance à l'esprit critique, mais il fit plus que cela, dit Charlie May, assez doctement.

Les « copains » étaient étrangement prétentieux sous leur feinte modestie. Rien n'était plus *ex cathedra*, et rien ne prétendait être plus humble.

Dukes refusa de dire son avis sur Socrate.

— C'est vrai, l'esprit critique et la science ne sont pas la même chose, dit Hammond.

— Naturellement, elles ne le sont pas, insista Berry, jeune homme timide et brun, qui était venu voir Dukes et qui passait la nuit au château.

Tous le regardèrent comme si l'ânesse avait parlé [35]

Mais leurs discours ne menaient à rien. Il y avait un obstacle. Mais quel était cet obstacle, elle n'aurait pour rien au monde pu le dire. Et Mick non plus n'écartait pas l'obstacle.

Mais Mick n'avait d'autre but que de se tirer d'affaire et d'en imposer aux autres autant que les autres essayaient de lui en imposer. Il était vraiment antisocial ; c'est ce que Clifford et ses copains avaient contre lui. Clifford et ses copains n'étaient pas antisociaux ; ils étaient plus ou moins dévoués au salut de l'humanité, ou, du moins, à son instruction.

Le dimanche soir, il y eut une admirable conversation. On en revint à l'amour.

— « Béni soit le lien qui lie nos cœurs en une union [31] », je ne sais plus quoi..., dit Tommy Dukes. Je voudrais bien savoir quel est ce lien. Le lien qui nous unit, nous, en ce moment, c'est une sorte de friction mentale que nous exerçons les uns sur les autres. À part cela, il y a bien peu de lien entre nous. Dès que nous avons le dos tourné, nous disons des horreurs les uns sur les autres, comme tous les autres intellectuels — comme tout le monde — car tout le monde le fait. Et si on ne le fait pas, on cache les horreurs qu'on pense les uns sur les autres sous de fausses sucreries. C'est une chose curieuse que la vie mentale ne semble fleurir que quand ses racines trempent dans la malveillance, dans une malveillance ineffable et sans fond. Et cela a toujours été ainsi ! Voyez Socrate, dans Platon, et sa troupe autour de lui ! Quelle malveillance, quelle joie à déchirer le prochain, quel que fût leur adversaire, Protagoras [32] ou tout autre ! Et Alcibiade [33] et tous les autres petits chiens de disciples se joignant à la rixe ! Je dois dire qu'on en arrive à préférer Bouddha tranquillement assis sous son figuier, ou Jésus racontant à ses disciples de petites histoires édifiantes, paisiblement, sans feux d'artifice

— Mais alors, vous croyez à l'amour, Tommy, n'est-ce pas ?

— Aimable enfant ! dit Tommy. Non, mon chérubin, neuf fois sur dix, non ! L'amour, de nos jours, est encore une de ces comédies imbéciles. Des godelureaux aux tailles ondoyantes baisant de petites filles qui dansent le jazz et ont de petites fesses de garçons semblables à deux boutons de col ! Est-ce ce genre d'amour dont vous parlez ? ou le genre propriété commune, en-vue-de-réussir, mon-mari-ma-femme ? Non, mon bon ami, je n'y crois pas du tout.

— Mais croyez-vous à quelque chose ?

— Moi ? Intellectuellement, je crois à la nécessité d'avoir un bon cœur, un pénis en bonne forme, une intelligence vive, et le courage de dire « merde » devant une dame.

— Eh bien, tout cela, vous l'avez, dit Berry.

Tommy Dukes éclata de rire.

— Cher ange ! Si seulement je l'avais ! Si seulement ! Non, mon cœur est aussi inerte qu'une pomme de terre, mon pénis pend et ne lève jamais la tête, j'aimerais mieux le couper net que de dire « merde » devant ma mère ou ma tante, qui sont de vraies dames, remarquez-le bien ; et je ne suis pas réellement intelligent. Je ne suis qu'un adepte de la vie mentale. Que ce serait beau d'être intelligent ! On serait vivifié dans toutes les parties de son être, les nommables et les innommables. Le pénis lève la tête et dit bonjour à toute personne vraiment intelligente. Renoir disait qu'il peignait des tableaux avec son pénis[37] ; et c'était vrai, et quels beaux tableaux ! Je voudrais bien faire quelque chose avec le mien. Grand Dieu ! Quand on ne peut que parler ! Encore une torture ajoutée à l'enfer ! Et c'est Socrate qui a commencé.

— Il y a pourtant des femmes bien dans le monde, dit Constance, levant la tête et parlant enfin.

— Jusqu'au fond ! Un fond qui n'a pas de fond ! Les bolchevistes, dans peu de temps, auront la meilleure armée du monde, et le meilleur équipement matériel.

— Mais cela ne peut pas continuer... toute cette haine. Une réaction doit se produire..., dit Hammond.

— Eh bien, nous avons attendu des années ; nous attendrons encore. La haine est une chose qui croît, comme tant d'autres choses. C'est le résultat inévitable de cette violence imposée à nos instincts les plus profonds ; nous violentons nos sentiments les plus profonds pour les rendre conformes à certaines idées. Nous nous actionnons par une formule, comme une machine. L'esprit logique prétend gouverner tout le reste, et le reste se tourne en pure haine. Nous sommes tous bolchevistes, seulement nous sommes des hypocrites. Les Russes sont des bolchevistes sans hypocrisie.

— Mais il y a bien d'autres manières, dit Hammond, que la manière soviétique. Les bolchevistes ne sont pas vraiment intelligents.

— Naturellement pas. Mais il est parfois intelligent d'être imbécile : si du moins vous voulez arriver à quelque chose. Personnellement, je juge le bolchevisme imbécile ; mais notre vie sociale en Occident est imbécile aussi ; et notre fameuse vie mentale, elle-même, est imbécile. Nous sommes tous de froids crétins, des idiots sans passion. Nous sommes tous bolchevistes — seulement nous nous donnons d'autres noms. Nous croyons que nous sommes des dieux, des hommes semblables à des dieux[36]. C'est du bolchevisme ! Il faut être humain ; il faut avoir un cœur et une queue si on veut éviter d'être un dieu ou un bolcheviste. Car dieu et bolcheviste, c'est la même chose : c'est trop beau pour être vrai.

Au milieu d'un silence désapprobateur s'éleva l'anxieuse voix de Berry :

Les hommes lui en voulurent. Elle aurait dû faire semblant de ne rien entendre. Il leur était pénible de penser qu'elle avait suivi de si près une telle conversation.

— Grand Dieu !

*Si elles ne sont pas gentilles avec moi,*
*Que m'importe qu'elles soient gentilles*[38] ?

« Non, il n'y a rien à faire. Je ne puis simplement pas vibrer à l'unisson avec une femme. Il n'y a aucune femme que je puisse désirer vraiment si je suis face à face avec elle, et je ne veux tout de même pas m'y forcer... Ah ! non ! Je resterai comme je suis et mènerai la vie mentale. C'est la seule chose honnête que je puisse faire. Je puis prendre le plus grand plaisir à *causer* avec des femmes ; mais c'est un plaisir absolument pur, désespérément pur ! Que dites-vous, Hildebrand, mon petit enfant ?

— C'est beaucoup moins compliqué si l'on reste pur, dit Berry.

— Ah ! oui, la vie est bien trop simple !

## V

Par une matinée de gel éclairée d'un pâle soleil de février, Clifford et Constance faisaient une promenade à travers le parc jusqu'au bois. Clifford manœuvrait sa petite voiture à moteur et Constance marchait à côté de lui.

L'air dur avait encore une odeur de soufre ; mais ils y étaient habitués tous deux. Autour du proche horizon tournait un brouillard opalescent de gel et de fumée ; et, au sommet, se tenait le petit ciel bleu ; en sorte qu'on était comme enfermé dans un endroit clos, toujours enfermé.

La vie était toujours un rêve, ou une folie, enfermée dans un endroit clos.

Les moutons toussaient dans l'herbe dure et sèche du parc ; le gel bleuissait la base des touffes. À travers le parc, comme un beau ruban rose, serpentait le sentier qui menait à la grille du bois. Clifford l'avait fait couvrir récemment d'un fin gravier tamisé pris au bord du puits. Quand le roc et les détritus du monde souterrain avaient brûlé et rendu leur soufre, il devenait rose vif, couleur de crevette les jours secs, et plus foncé, couleur de crabe, par le temps humide. Maintenant il était crevette pâle, recouvert d'une couche bleuâtre de givre. Constance aimait toujours ce sol

bien tamisé et d'un rose vif. À quelque chose malheur est bon.

Clifford conduisait prudemment sur la pente de la colline où se dressait le château. Et Constance gardait la main sur la voiture. Devant eux s'étendait le bois, d'abord les fourrés de noisetiers, plus loin l'épaisseur pourprée des chênes. On voyait, à la lisière du bois, sauter et grignoter les lapins. Les corneilles s'élevaient soudain en une ligne noire et traînaient sur le petit ciel.

Constance ouvrit la grille du bois et Clifford s'avança sur l'allée cavalière qui montait la côte entre les taillis nettement dessinés des noisetiers. Le bois était un reste de la grande forêt où Robin Hood[39] chassait, et cette allée était une très ancienne route qui traversait le pays. Mais maintenant ce n'était plus qu'une allée cavalière à travers ce bois privé. La route de Mansfield tournait vers le nord.

Dans le bois, tout était immobile ; les feuilles sèches sur le sol gardaient le givre à leur envers. Un geai poussait son cri rauque; plusieurs petits oiseaux battaient des ailes. Mais il n'y avait pas de gibier, pas de faisans. Ils avaient été tués pendant la guerre et le bois était resté sans défense ; mais maintenant Clifford avait repris son garde-chasse.

Clifford adorait le bois ; il adorait les vieux chênes. Il sentait qu'ils lui appartenaient, à travers les générations. Il voulait les protéger. Il voulait ce lieu inviolé, enfermé, séparé du monde.

La petite voiture gravissait lentement la côte, cahotant sur les mottes gelées. Et, soudain, sur la gauche, il y eut une clairière où il n'y avait rien qu'un fouillis de fougère morte, quelques minces arbrisseaux penchés de-ci, de-là, quelques gros troncs sciés, montrant leurs sommets et leurs racines prenantes, sans vie ; et des

taches noires, là où les bûcherons avaient brûlé du sous-bois et des déchets.

C'était un des endroits que Sir Geoffrey avait déboisés pendant la guerre pour garnir les tranchées. Toute l'éminence, qui s'élevait doucement à droite de l'avenue, était dénudée et comme étrangement perdue. Sur le sommet, là où s'étaient dressés les chênes, il n'y avait plus rien ; et de là on pouvait, par-dessus les arbres, voir le chemin de fer des mines et les nouvelles usines de Stacks Gate. Constance, debout, regardait. C'était une brèche dans la pure retraite du bois, une brèche qui laissait pénétrer le monde extérieur. Mais Constance n'en dit rien à Clifford.

Cet endroit dénudé excitait toujours étrangement la colère de Clifford. Il avait fait la guerre, il avait vu ce que c'était. Mais la guerre ne l'avait pas mis en colère, jusqu'à ce qu'il eût vu cette colline nue. Il la faisait replanter. Mais elle excitait sa haine contre Sir Geoffrey.

Clifford montait lentement dans sa petite voiture, le regard fixe. Il ne voulait pas s'aventurer sur la longue pente très cahoteuse. Il regardait l'ouverture verdâtre que l'allée, en descendant, faisait à travers la fougère et les chênes.

Elle tournait au bas de la colline et disparaissait ; mais sa courbe, si jolie et si aisée, évoquait des chevaliers à cheval et des dames sur leurs palefrois.

— Je considère que ceci est réellement le cœur de l'Angleterre, dit Clifford à Constance, comme il était assis là dans le pâle soleil de février.

— Vraiment ? dit-elle, en s'asseyant dans sa robe de tricot bleue, sur un tronc au bord du sentier.

— Oui ! C'est bien là la vieille Angleterre, le cœur de l'Angleterre ! et j'ai l'intention de le garder intact.

— Oui, dit-elle.

Mais tout en le disant, elle entendait les sirènes de

onze heures qui hurlaient à Stacks Gate. Clifford y était trop habitué pour y prendre garde.

— Je veux que ce bois soit parfait... intact. Je veux que personne n'y passe sans permission.

Il y avait un peu d'inconsciente et ironique tristesse dans ces paroles.

Le bois gardait encore quelque chose du mystère de la sauvage vieille Angleterre. Mais les coupes de Sir Geoffrey lui avaient porté un coup. Comme les arbres étaient tranquilles, avec leurs rameaux tendus, innombrables, contre le ciel, et leurs troncs gris, obstinés, s'élevant de la fougère brune ! Avec quelle tranquillité les oiseaux voletaient parmi eux !

Autrefois, il y avait eu des cerfs et des archers et des moines trottant sur des ânes. L'endroit se souvenait, se souvenait encore.

Clifford était assis dans le pâle soleil qui éclairait ses cheveux lisses, presque blonds, sa figure pleine, colorée, difficile à déchiffrer.

— C'est surtout quand je viens ici que je regrette de ne pas avoir de fils, dit-il.

— Mais le bois est plus vieux que votre famille, dit doucement Constance.

— Oui, dit Clifford. Mais nous l'avons conservé. Sans nous, il disparaîtrait. Il aurait disparu déjà comme le reste de la forêt. Il faut bien conserver un peu de la vieille Angleterre.

— Le faut-il ? dit Constance. Même si elle ne peut pas se conserver seule, même s'il faut la conserver contre l'Angleterre nouvelle ? C'est triste, je le sais.

— Si on ne conserve pas un peu de la vieille Angleterre, il n'y aura plus d'Angleterre du tout, dit Clifford. Et nous qui possédons ces terres et qui les aimons, nous devons la conserver.

Il y eut un triste silence.

— Pendant quelque temps, dit Constance.

— Pendant quelque temps ! C'est tout ce que nous pouvons faire. Nous ne pouvons donner que notre petite part. Je sens que chaque homme de ma famille a donné ici sa petite part, depuis que nous possédons cette terre. On peut s'affranchir de la convention ; il faut maintenir la tradition !

Il y eut un nouveau silence.

— Quelle tradition ? demanda Constance.

— La tradition de l'Angleterre ! de tout ceci !

— Oui, dit-elle lentement.

— C'est pourquoi il est utile d'avoir un fils. On n'est qu'un anneau dans une chaîne.

Constance n'aimait pas beaucoup les chaînes, mais elle ne dit rien. Elle trouvait ce désir d'avoir un fils curieusement impersonnel.

— Je regrette que nous ne puissions pas avoir de fils, dit-elle.

Il la regarda fixement de ses yeux bleu pâle.

— Il serait presque à désirer que vous ayez un enfant d'un autre homme, dit-il. Si nous l'élevions à Wragby, il nous appartiendrait, à nous et à la terre. Je ne crois pas énormément à la paternité. Si nous élevions l'enfant, il serait à nous, et il nous continuerait. Est-ce que cela ne vaut pas la peine qu'on y songe ?

Constance leva enfin les yeux sur lui. L'enfant, son enfant à elle, n'était pour lui qu'un enfant, une chose.

— Mais l'autre homme ? demanda-t-elle.

— Est-ce que cela a beaucoup d'importance ? Est-ce que ce genre de choses vous touche vraiment beaucoup ? Vous avez eu cet amant en Allemagne. Qu'en reste-t-il maintenant ? Rien, presque. Il me semble que ce ne sont pas ces petites actions, ces petites liaisons que nous formons dans la vie qui comptent beaucoup. Tout cela passe. Où ?... Où sont les neiges d'antan ?... C'est ce qui dure à travers la vie

qui compte. Ma propre vie compte pour moi, dans sa longue continuité et dans son développement. Mais que comptent les liaisons occasionnelles, et surtout les liaisons sexuelles ? Si on ne les grandit pas ridiculement, elles passent comme l'accouplement des oiseaux. Et c'est bien ainsi. Qu'est-ce que cela peut faire ? Ce qui compte, c'est la longue union de toute une vie ; c'est la vie en commun de tous les jours, et non le lit en commun de quelques nuits. Vous et moi, nous sommes mariés, quoi qu'il nous arrive. Nous avons l'habitude l'un de l'autre. Et l'habitude, à mon sens, est d'une importance plus vitale que toute excitation passagère. La chose longue, lente, durable, voilà ce qui fait notre vie, et non un spasme éprouvé par hasard, quel qu'il puisse être. Peu à peu, à force de vivre ensemble, deux êtres parviennent à une sorte d'unisson, tant leurs sensations sont intimement mêlées. C'est cela qui est le vrai secret du mariage, et non l'acte physique, non surtout la simple fonction sexuelle. Vous et moi, nous sommes mêlés l'un à l'autre par un mariage. Si nous maintenons l'essentiel, il me semble que nous pourrions trouver un moyen de résoudre la question physique (ce n'est pas plus difficile que d'aller chez le dentiste), puisque la destinée nous a physiquement faits échec et mat.

Constance écoutait dans une sorte de stupeur et avec une sorte de crainte. Elle ne savait s'il avait tort ou raison. Elle aimait Michaelis ; du moins elle se le disait à elle-même. Mais son amour n'était qu'une sorte d'excursion loin de son mariage avec Clifford — le mariage, cette longue, lente habitude d'intimité formée par des années de souffrance et de patience. Peut-être que l'âme humaine a besoin d'excursions, et qu'il ne faut pas les lui refuser. Mais qui dit excursion dit retour.

— Et l'homme dont j'aurais un enfant ?... demanda-t-elle.

— Mais, Constance, j'aurais confiance en votre bon goût. Vous serez incapable de vous laisser toucher par un homme du mauvais genre.

Elle songea à Michaelis ! Il était le type même de ce que Clifford appelait un homme du mauvais genre.

— Mais les hommes et les femmes se font d'un homme du mauvais genre des conceptions différentes, dit-elle.

— Non, dit-il. Vous m'avez trouvé à votre goût. Je ne pense pas que vous pourriez jamais trouver à votre goût un homme qui me fût absolument contraire. Votre rythme vous l'interdirait.

Elle se tut. La logique pouvait bien être inattaquable : elle était si complètement fausse !

— Et voudriez-vous que je vous dise ?... demanda-t-elle en le regardant presque furtivement.

— Pas du tout. Il vaudrait mieux que je ne sache pas... Mais vous êtes bien d'accord, n'est-ce pas, que l'acte physique, accompli de temps à autre, n'est rien comparé à une longue vie vécue ensemble ? Ne croyez-vous pas qu'on peut subordonner la question sexuelle aux nécessités d'une longue vie ? En faire usage, puisque c'est à cela que nous sommes réduits ? Après tout, ces frissons passagers comptent-ils vraiment ? Est-ce que tout le problème de la vie n'est pas de créer longuement une personnalité complète à travers les années ? de vivre une vie où tout se tienne ? Une vie incomplète n'a pas de sens. Si la privation d'amour physique vous rend incomplète, allez donc et ayez une liaison avec un homme. Si le manque d'enfant vous rend incomplète, alors ayez un enfant si vous le pouvez. Seulement, faites ces choses pour avoir une vie complète, une vie qui soit chose durable et harmonieuse. Et vous et moi nous pouvons le faire ensem-

ble... ne croyez-vous pas ?... Nous le pouvons si nous nous adaptons aux nécessités et si nous faisons passer cette adaptation dans le tissu même de notre vie continuellement vécue ensemble. N'est-ce pas votre avis ?

Constance était un peu ahurie par ces paroles. Elle savait qu'il avait raison en théorie. Mais, en pratique, quand elle considérait la vie vécue continuellement avec lui... elle hésitait. Était-ce vraiment sa destinée de se laisser absorber dans la vie de cet homme pendant tout le reste de sa vie à elle ? N'y aurait-il rien d'autre ?

N'y avait-il que cela ? Il fallait qu'elle se contentât de tisser une vie continue avec lui, en un seul tissu, broché, peut-être, de temps à autre, par la fleur d'une aventure. Mais comment pouvait-elle savoir ce qu'elle ressentirait l'année prochaine ? Comment pouvait-on jamais savoir ? Comment pouvait-on dire : oui ! pour de longues années ? Ce petit oui, passé dans un souffle ! Pourquoi serait-on obligé, par ce petit mot, léger comme un papillon ? Il fallait bien que ce petit mot s'envolât et disparût, pour être suivi par d'autres oui et d'autres non ! Comme un vol de papillons qui passent.

— Je crois que vous avez raison, Clifford. Et, pour autant que j'en puis juger, je suis d'accord avec vous. Seulement la vie peut tout changer.

— Mais en attendant que la vie change tout, vous êtes bien d'accord ?

— Oh ! oui, je crois vraiment que oui.

Elle considérait un épagneul brun qui avait débouché d'un sentier de traverse et qui regardait de leur côté, le museau levé, aboyant doucement. Un homme qui portait un fusil suivait le chien à pas doux et rapides, fonçant sur eux comme s'il voulait les attaquer. Au lieu de fuir, il s'arrêta et salua : puis, il se

tourna pour descendre la colline. C'était seulement le nouveau garde-chasse. Mais il avait effrayé Constance; il avait surgi tout à coup. C'est ainsi qu'elle l'avait vu; comme une menace soudaine, venue de nulle part.

C'était un homme vêtu de futaine verte, avec des guêtres vertes. Il avait le style d'autrefois : une figure rouge, une moustache rousse et un regard distant. Il descendit rapidement la colline.

— Mellors ! cria Clifford.

L'homme se retourna avec légèreté et fit le salut militaire d'un rapide petit geste de soldat.

— Voulez-vous tourner la voiture et la mettre en marche ? Ce sera plus facile, dit Clifford.

L'homme immédiatement jeta le fusil sur son épaule et approcha de la même curieuse allure, rapide et douce à la fois, comme s'il voulait se rendre invisible. Il était de taille moyenne, un peu maigre, et silencieux. Il ne regarda pas Constance, ne s'occupa que de la voiture.

— Constance, c'est le nouveau garde-chasse, Mellors. Vous n'avez pas encore parlé à madame, Mellors ?

— Non, monsieur.

La réponse fut prompte et neutre.

L'homme souleva son chapeau et découvrit ses cheveux épais, presque blonds. Il regarda Constance en plein dans les yeux, d'un regard parfait, impersonnel, sans crainte, comme s'il voulait voir comment elle était. Il l'intimidait. Elle inclina la tête timidement et, prenant son chapeau dans sa main gauche, il lui fit un léger salut, comme un monsieur. Mais il ne dit rien du tout. Il resta immobile un instant, son chapeau à la main.

— Mais vous êtes ici depuis quelque temps, n'est-ce pas ? lui demanda Constance.

— Huit mois, madame, répondit-il ; puis se corrigeant avec calme : *Your Ladyship*[40].

— Aimez-vous ce pays ?

Elle le regarda dans les yeux. Ses yeux se fermèrent à demi, avec ironie, peut-être avec impudence.

— Mais oui, merci, madame ! J'ai été élevé ici...

Il fit de nouveau un léger salut, se tourna, mit son chapeau et saisit la petite voiture. Sa voix, en prononçant les derniers mots, avait pris le ton lourd et traînant du dialecte... peut-être aussi par moquerie. Car il n'y avait pas eu trace de dialecte au début. Il aurait presque pu être un gentleman. Quoi qu'il en fût, c'était un gaillard singulier, éveillé, individuel, solitaire, mais sûr de soi.

Clifford mit le petit moteur en marche ; l'homme tourna soigneusement la voiture et la plaça face à la pente qui s'incurvait doucement vers les sombres fourrés de noisetiers.

— Est-ce tout, Sir Clifford ? demanda-t-il.

— Non. Il vaudrait mieux nous accompagner, au cas où la voiture refuserait d'avancer. Le moteur n'est pas en réalité assez fort pour ces montées.

L'homme chercha son chien du regard, un regard de sollicitude. L'épagneul regarda son maître et branla la queue. Un petit sourire, moqueur ou taquin, pourtant gentil, éclaira un moment les yeux de l'homme, puis s'effaça ; son visage perdit toute expression. Ils descendirent la pente assez vite, l'homme avec sa main sur le dossier de la petite voiture pour la modérer. Il avait plutôt l'air d'un soldat que d'un domestique. Quelque chose en lui rappelait à Constance Tommy Dukes.

Quand ils arrivèrent au bosquet de noisetiers, Constance soudain courut en avant et ouvrit la grille du parc. Comme elle la tenait ouverte, les deux hommes en passant la regardèrent, Clifford, d'un air

critique, l'autre homme avec un curieux étonnement mêlé de sang-froid et de détachement : il voulait seulement voir comment elle était. Et elle vit dans son œil bleu et impersonnel un air de souffrance et de détachement, et pourtant une certaine chaleur. Mais pourquoi était-il si distant, si lointain ?

Clifford arrêta la voiture quand ils eurent dépassé la grille et l'homme accourut poliment pour la refermer.

— Pourquoi vous hâter de l'ouvrir ? demanda Clifford de sa voix calme, tranquille, qui trahissait son déplaisir. Mellors aurait pu le faire.

— Je pensais que vous passeriez sans vous arrêter, dit Constance.

— En vous laissant courir après nous pour nous rejoindre ? demanda Clifford.

— Oh ! mais j'aime assez à courir quelquefois.

Mellors se remit à la voiture avec l'air de ne rien entendre ; mais Constance sentait qu'il prenait note de tout. En poussant la voiture sur la pente assez raide du parc, il soufflait un peu fort, les lèvres écartées. Il n'était pas très vigoureux. Étrangement plein de vitalité, mais pas très vigoureux et un peu desséché. Son instinct de femme le devina.

Constance resta en arrière et laissa continuer la voiture. La journée s'était embrumée ; le petit ciel bleu qui s'était posé très bas sur le bord circulaire du brouillard avait disparu ; le couvercle était refermé ; il faisait froid et âpre. Il allait neiger. Tout était gris, tout gris ! Le monde avait l'air exténué.

La voiture attendait au bout du sentier rose. Clifford se tourna pour voir venir Constance.

— Pas fatiguée ? demanda-t-il.

— Non, non, dit-elle.

Mais elle l'était. Un étrange sentiment de fatigue, un besoin de quelque chose, un vague mécontentement la remplissaient. Clifford ne s'en aperçut pas : ce n'était

pas un genre de choses qu'il remarquât. Mais l'étranger le sentit. Pour Constance, tout, dans ce monde, dans sa vie, semblait usé ; et son mécontentement était plus vieux que les montagnes.

Ils arrivèrent à la maison, poussèrent jusqu'à la porte de derrière où il n'y avait pas de marches. Clifford réussit à se projeter de la petite voiture jusqu'au fauteuil à roulettes qu'il employait dans la maison. Il était très fort et très agile de ses bras. Puis Constance souleva le poids de ses jambes mortes.

Le garde-chasse, attendant qu'on le congédiât, regardait tout en détail, ne perdait rien. Il pâlit, pris d'une sorte de crainte, quand il vit Constance soulever ces jambes inertes dans ses bras et les placer dans le fauteuil pendant que Clifford tournait sur lui-même. Il avait peur.

— Merci, Mellors, pour votre aide, dit Clifford d'un air détaché, en poussant son fauteuil dans le corridor qui menait à l'office.

— Vous n'avez plus besoin de rien, monsieur ? dit la voix neutre, comme une voix de songe

— Non, merci. Bonjour !

— Bonjour, monsieur.

— Bonjour ! C'est gentil à vous d'avoir poussé la voiture le long de cette colline. J'espère que vous ne l'avez pas trouvée lourde, dit Constance en regardant le garde qui avait repassé la porte.

Ses yeux rencontrèrent les siens, tout de suite, comme si elle les avait éveillés. Et il était conscient de sa présence.

— Oh ! non, pas lourde du tout, dit-il vite.

Et sa voix retomba aux sons lourds du dialecte.

— Bonjour, madame.

Au déjeuner, Constance demanda :

— Qui est votre garde-chasse ?

— Mellors ! Vous l'avez vu, dit Clifford.

— Oui, mais d'où vient-il ?

— De nulle part. C'était un garçon de Tavershall, le fils d'un mineur, je crois.

— Et il a été lui-même mineur ?

— Forgeron de la mine, je crois. Forgeron en chef. Mais il a été garde ici, pendant deux ans, avant la guerre. Mon père avait toujours eu bonne opinion de lui ; aussi, quand il est revenu demander une place de forgeron dans la mine, je l'ai repris comme garde. J'étais enchanté de l'avoir... C'est presque impossible de trouver ici un bon garde... et il faut quelqu'un qui connaisse la population.

— Il n'est pas marié ?

— Il l'a été. Mais sa femme est partie avec... avec différents hommes, mais finalement avec un mineur de Stacks Gate. Et je crois qu'elle y est encore.

— Alors, cet homme est seul ?

— Plus ou moins. Sa mère vit dans le village... et il a un enfant, je crois.

Clifford regardait Constance de ses yeux pâles, un peu saillants, où paraissait un certain vague. À la surface il avait l'air éveillé, mais par-derrière, c'était comme l'atmosphère des Midlands ; brume et fumée. Et le brouillard semblait avancer en rampant. Aussi, comme il regardait fixement Constance de cette étrange façon, tout en lui donnant des renseignements précis, elle sentit, par-derrière, l'esprit de Clifford se remplir de brouillard et de néant. Et elle eut peur. Tant d'impersonnalité approchait de l'idiotie.

Et, vaguement, elle percevait une des grandes lois de l'âme humaine : quand l'être reçoit un choc violent qui ne tue pas le corps, l'âme semble guérir en même temps que le corps. Mais ce n'est qu'une apparence. Il n'y a plus que le mécanisme de l'habitude reprise. Lentement, lentement, la blessure de l'âme commence à se manifester, comme une meurtrissure d'abord légère, mais qui, à la longue, enfonce toujours plus profondément sa douleur, jusqu'à remplir l'âme entière. Et, quand nous croyons que nous sommes guéris et que nous avons oublié, c'est alors que le terrible contrecoup se fait le plus cruellement sentir.

Il en était ainsi pour Clifford. Quand il fut « remis », quand il fut rentré à Wragby, écrivant ses nouvelles et se croyant sûr de la vie malgré tout, il sembla avoir oublié, avoir retrouvé tout son équilibre mental. Mais, maintenant, comme les années passaient, lentement, lentement, Constance sentait la blessure de peur et d'horreur remonter et s'étendre en lui. Pendant longtemps, la blessure avait été si profonde qu'elle était invisible, et comme inexistante. Maintenant, lentement, elle se faisait sentir en une traînée de peur, presque de paralysie. Mentalement il restait bien portant ; mais la paralysie — la blessure causée par ce choc trop violent — se répandait peu à peu dans son moi sensible.

Et comme elle se répandait en lui, Constance la sentait se répandre en elle. Une crainte intérieure, un vide, une indifférence à tout se répandaient peu à peu dans son âme. Quand Clifford était en bonne forme, il pouvait encore causer avec verve et, pour ainsi dire, commander l'avenir. C'est ainsi que, dans le bois, il lui avait parlé d'avoir un enfant et de donner un héritier à Wragby. Mais le jour suivant toutes ces belles paroles ne semblaient plus que des feuilles mortes, recroquevillées et tombant en poudre, sans signification et emportées au premier souffle de vent. Ce n'était pas les paroles verdoyantes d'une vie véritable, pleine de jeune énergie, une partie vivante de l'arbre. C'était une troupe de feuilles tombées d'une vie sans but.

Tout paraissait sans but. Les mineurs de Tavershall parlaient de nouveau de faire grève[41]. Et il semblait à Constance que là non plus il n'y avait aucune manifestation d'énergie; c'était plutôt la blessure de la guerre, qui, cachée quelque temps, montait à la surface et causait cette grande souffrance d'inquiétude, de stupeur, de mécontentement. La blessure était profonde, si profonde, la blessure de cette guerre fausse, inhumaine. Il faudrait bien des années pour que le sang vivace des générations pût dissoudre l'immense caillot noir de sang malade, au fond de leurs âmes et de leurs corps. Il faudrait une nouvelle espérance.

Pauvre Constance! À mesure que les années passaient, elle tremblait devant le néant de sa vie. La vie mentale de Clifford et la sienne semblaient peu à peu un pur néant. Leur mariage, cette vie complète fondée sur une habitude d'intimité, cette vie dont il se vantait, il y avait des jours où elle devenait un pur désert, un pur néant. C'étaient des mots, rien que des mots. La seule réalité était le néant, sous une couche hypocrite de mots.

Certes, il y avait la réussite de Clifford : la déesse-chienne! Il était presque célèbre. Ses livres lui rapportaient mille livres par an; ses photographies paraissaient partout. Il y avait un buste de lui dans une galerie de peinture, un portrait de lui dans deux autres galeries. Il semblait la plus moderne des voix modernes. Grâce à son instinct de réclame, ce curieux instinct d'infirme, il était devenu, en quatre ou cinq ans, un des plus connus parmi les jeunes « intellectuels ». Constance ne voyait pas bien en quoi consistait l'intellect. Certes, Clifford était habile à manier cette analyse un peu humoristique qui dissèque les gens, dépiste les motifs, et, à la fin, réduit tout en petits morceaux. Mais cela ressemblait un peu au jeu d'un jeune chien qui met en pièces les coussins du canapé; sauf que cela n'était pas jeune, et n'avait rien d'un jeu; c'était étrangement vieux et obstinément vaniteux. C'était bizarre, et ce n'était rien du tout. Voilà ce que Constance se disait et se répétait au fond d'elle-même. Ce n'était rien. Un merveilleux étalage de néant. Et, cependant, un étalage ! un étalage ! un étalage !

Michaelis s'était emparé de Clifford, avait fait de lui le personnage central d'une pièce. Déjà il avait esquissé l'intrigue et écrit le premier acte. Car Michaelis était plus habile même que Clifford à cet étalage de néant. C'était tout ce qui restait de passion chez ces hommes : la passion d'étaler. Sexuellement, ils étaient sans passions, morts même. Et maintenant, ce n'était plus l'argent que désirait Michaelis. Clifford n'avait jamais désiré, avant tout, l'argent, bien qu'il fût heureux de le ramasser quand il pouvait, parce que l'argent est le signe et le sceau de la réussite. Et c'était la réussite qu'ils voulaient. Ils voulaient, tous deux, faire un bel étalage ; tout l'étalage qu'un homme peut faire de soi-même, pour capturer quelque temps la faveur du public.

C'était curieux, cette prostitution à la déesse-chienne. Pour Constance, depuis qu'elle y était devenue étrangère, et qu'elle avait cessé d'en ressentir le frisson, ce n'était plus que néant. Même cette prostitution à la déesse-chienne, même si les hommes se prostituaient à elle d'innombrables fois, même cela n'était que néant.

Michaelis écrivit à Clifford pour lui parler de sa pièce. Constance était au courant de la chose depuis longtemps. Et Clifford fut enchanté. On allait, une fois de plus, le mettre à l'étalage, et, cette fois-ci, c'est un autre qui ferait l'étalage, un étalage bien flatteur. Il invita Michaelis à venir à Wragby lire le premier acte.

Michaelis vint : c'était l'été ; il portait un complet pâle et des gants de daim blancs ; il avait des orchidées mauves, ravissantes, pour Constance ; et le premier acte eut un grand succès. Même Constance fut ravie, ravie pour autant qu'elle pouvait l'être encore. Et Michaelis, ravi par son pouvoir de ravir, fut merveilleux — et très beau, aux yeux de Constance. Elle vit en lui l'antique immobilité d'une race qui n'a plus aucune illusion à perdre, un extrême d'impureté, peut-être, qui est pur. Au point le plus éloigné de sa suprême prostitution à la déesse-chienne, il semblait pur, pur comme un masque d'ivoire africain qui, à force d'y rêver, rend l'impureté pure dans ses surfaces et ses courbes d'ivoire.

Ce moment de parfait ravissement où il enthousiasma les deux Chatterley fut un des moments suprêmes de sa vie. Il avait réussi ; il les avait enthousiasmés. Même Clifford était momentanément amoureux de lui... si l'on peut ainsi dire.

Le matin suivant vit Mick plus agité que jamais : inquiet, dévoré, ses mains agitées plongées dans ses poches. Constance ne l'avait pas rejoint pendant la nuit ; et il n'avait pas su où la trouver. Coquetterie !... Au moment même de son triomphe.

Le matin, il monta chez elle. Elle savait qu'il viendrait. Elle voyait son agitation. Il lui demanda son avis sur la pièce. Était-elle bonne ? Il avait le besoin pressant de s'entendre louer : la louange lui donnait le dernier mince frisson de passion, au-delà de tout spasme sexuel. Et elle le couvrit de louanges extasiées. Et pourtant, tout le temps, au fond d'elle-même, elle savait que ce n'était rien.

— Écoutez, dit-il enfin, pourquoi est-ce que vous et moi ne faisons pas ce qui est tout indiqué ? Pourquoi est-ce que nous ne nous marions pas ?

— Mais je suis mariée, dit-elle avec stupeur, et, pourtant, sans rien ressentir.

— Oh ! ça n'a pas d'importance. Il vous accordera bien le divorce. Pourquoi est-ce que vous et moi ne nous marions pas ? J'ai envie de me marier. Je sais que ce serait la meilleure chose pour moi... Me marier et mener une vie régulière. Je mène une vie idiote qui me ruine l'esprit et le corps. Écoutez. Vous et moi, nous sommes faits l'un pour l'autre ; la main et le gant. Alors pourquoi ne pas nous marier ? Voyez-vous aucune raison pour ne pas le faire ?

Constance le regardait, stupéfaite. Et pourtant, elle ne sentait rien. Les hommes étaient tous les mêmes : ils omettaient l'essentiel. Ils s'élevaient en l'air comme des fusées et s'attendaient à ce qu'on les suive au ciel, eux et leurs petits bâtons.

— Mais je suis déjà mariée, répéta-t-elle. Vous savez bien que je ne puis quitter Clifford.

— Pourquoi pas ? mais pourquoi pas ? Il s'apercevra à peine de votre absence, au bout de six mois. Aucune existence ne compte pour lui, sauf la sienne. Vous ne lui servez à rien pour autant que je puis voir : il pense uniquement à lui-même.

Constance sentait bien la vérité de ces paroles. Mais elle sentait aussi que Mick n'était guère un exemple d'altruisme.

— Est-ce que tous les hommes ne pensent pas uniquement à eux-mêmes ? demanda-t-elle.

— Oui, plus ou moins, je l'admets. Il le faut pour être bon à quelque chose. Mais là n'est pas la question. Ce qui importe c'est le bonheur qu'un homme peut donner à une femme ; peut-il ou ne peut-il pas la rendre heureuse ? S'il ne le peut pas, il n'a aucun droit sur elle...

Il se tut et la regarda de ses yeux noisette, qui l'hypnotisaient presque.

— Eh bien, je considère que je puis donner à une femme tout le bonheur qu'elle demande. Je me porte garant de moi-même.

— Et quelle sorte de bonheur ? demanda

Constance, en le regardant toujours avec une espèce de stupeur qui semblait presque passionnée et qui, par-dessous, n'était rien du tout.

— Tout le bonheur, tout le plaisir possibles. Des robes, des bijoux jusqu'à un certain point, toutes les boîtes de nuit imaginables, toutes les relations que vous voudrez, toutes les choses à la mode, les voyages, une situation sociale partout... Enfin tous les bonheurs, tous les plaisirs...

Il parlait avec une sorte d'éloquence triomphante, et Constance le regardait, comme étourdie ; et en réalité, elle ne sentait rien du tout. Toutes ces brillantes promesses ne la touchaient même pas à la surface de son être. Même la partie la plus extérieure d'elle-même qui, en d'autres temps, aurait frémi de plaisir, ne réagissait pas aux paroles de Mick. Elle n'éprouvait aucun sentiment quelconque. Elle ne pouvait pas « partir ». Elle restait assise, et semblait éblouie, et n'éprouvait rien ; seulement, quelque part, elle sentait l'affreuse odeur de la déesse-chienne.

Mick était comme sur le gril, penché en avant sur sa chaise, fixant sur elle des regards presque hystériques. Et désirait-il par vanité qu'elle dît : oui, ou tremblait-il de peur qu'elle le dît ? Qui aurait pu le savoir ?

— Il faudrait que j'y songe, dit-elle. Je ne puis pas répondre maintenant. Vous pouvez penser que Clifford ne compte pas. Mais il compte. Quand on songe à tout ce qui lui manque...

— Grand Dieu, si on se met à faire état de ce qui nous manque, je pourrais commencer à dire combien je suis solitaire, et l'ai toujours été, et à sortir tout ce genre de sentimentalités. Si un homme n'a plus rien pour le recommander que ce qui lui manque...

Il se détourna, les mains furieusement enfoncées dans ses poches.

Ce soir-là il lui dit :

— Vous viendrez dans ma chambre, n'est-ce pas ? Je ne sais pas où est la vôtre.

— Très bien, dit-elle.

Il fut, ce soir-là, amant plus énervé que jamais, en son étrange et délicate nudité de petit garçon. Il fut impossible à Constance de jouir avant qu'il eût terminé sa jouissance. Et il excitait en elle une sorte d'ardeur passionnée, par sa nudité et sa douceur de petit garçon. Quand il eut terminé, elle continua, dans le tumulte sauvage et la palpitation de ses reins, tandis que lui se tenait héroïquement dressé et présent en elle, de toute sa volonté, dans le don complet de lui-même, jusqu'à ce qu'elle eût réussi à jouir avec de petits cris étranges.

Quand enfin il se détacha d'elle, il dit d'une petite voix amère, presque sarcastique :

— Vous ne pourriez pas jouir en même temps que moi, par hasard ? Il faut que vous vous fassiez jouir vous-même ? Au moment que vous choisissez ?

Ce petit discours, à ce moment-là, la bouleversa comme peu de choses l'avaient bouleversée dans sa vie. C'est que cette façon passive dont il se donnait était si manifestement son seul vrai mode de communiquer avec les autres !

— Que voulez-vous dire ? dit-elle.

— Vous savez bien ce que je veux dire. Vous continuez des heures après que j'ai joui... Et il faut que je reste là, les dents serrées, jusqu'à ce que vous vous fassiez jouir par vos propres efforts !

Elle fut consternée par cette brutalité inattendue. Et juste à ce moment où elle était toute brûlante d'une sorte de plaisir au-delà des mots, et d'une sorte d'amour pour lui. Après tout, comme tant d'hommes de nos jours, il avait fini presque avant de commencer, ce qui obligeait la femme à être elle-même active.

— Mais ne voulez-vous pas que je continue, que je trouve ma satisfaction ? dit-elle.

Il rit, d'un rire sombre.

— Je veux ! dit-il. Vous en avez de bonnes ! Vous croyez que je tiens à rester là, les dents serrées, pendant que vous vous ruez sur moi ?

— Mais ne le voulez-vous pas ?

Il évita de répondre.

— Toutes les femmes sont les mêmes, dit-il. Ou bien elles ne jouissent pas du tout, comme si elles étaient mortes, ou bien elles attendent qu'on ait fini, et se mettent à se faire jouir elles-mêmes, et on doit rester là à attendre. Je n'ai jamais encore eu une femme qui jouisse en même temps que moi.

Constance n'entendit qu'à moitié cette information masculine, nouvelle pour elle. Elle fut seulement stupéfaite par le sentiment qu'il éprouvait contre elle, par son incompréhensible brutalité.

— Mais vous voulez bien que je trouve mon plaisir, aussi ? répéta-t-elle.

— Je ne demande pas mieux. Mais si vous croyez que c'est bien amusant de rester immobile en attendant qu'une femme jouisse !...

Ce discours fut un des coups les plus cruels que Constance eût jamais reçus. Quelque chose fut tué en elle. Elle n'avait pas tellement tenu à Michaelis. Elle semblait n'avoir jamais positivement envie de lui. Mais, quand il avait commencé, elle trouvait tout naturel qu'elle eût sa jouissance avec lui. Elle l'avait presque aimé pour cela ; et ce soir elle l'aimait presque, et désirait l'épouser.

Peut-être le savait-il instinctivement ; et était-ce la raison de cette brutalité qui, d'un coup, détruisait tout, tout le château de cartes. Tout son sentiment sexuel pour lui, ou pour quelque homme que ce fût, fut détruit cette nuit-là. Sa vie se sépara de celle de Michaelis comme s'il n'avait jamais existé.

Et elle continua son existence languissante. Il n'y avait plus rien maintenant que le mécanisme vide de ce que Clifford appelait la vie complète, cette longue existence en commun de deux êtres qui ont l'habitude d'être ensemble dans la même maison.

Néant ! Accepter le grand néant de vivre semblait être le seul but de la vie. Toutes les petites choses affairées et importantes qui composent le grand total du néant !

## VI

— Pourquoi est-ce que les hommes et les femmes n'ont plus vraiment de sympathie les uns pour les autres, de nos jours ? demanda Constance à Tommy Dukes qui était plus ou moins son oracle.

— Mais ils en ont bel et bien ! Je ne crois pas que depuis que l'espèce humaine a été inventée, il y ait jamais eu une époque où les hommes et les femmes se soient aimés autant qu'aujourd'hui ; aimés d'une affection véritable. J'en suis un exemple ; réellement je préfère les femmes aux hommes ; elles ont plus de courage ; on peut être plus franc avec elles.

Constance réfléchit :

— Ah ! oui ; mais vous n'avez jamais affaire à elles !

— Moi ? Qu'est-ce que je fais en ce moment sinon causer tout à fait sincèrement avec une femme ?

— Oui, causer...

— Et que pourrais-je faire de plus avec vous, si vous étiez un homme, que vous parler tout à fait sincèrement ?

— Rien, peut-être. Mais une femme...

— Une femme veut qu'on l'apprécie et qu'on lui parle, et, en même temps, qu'on l'aime et qu'on la désire ; et il me semble que les deux choses s'excluent.

— Mais elles ne devraient pas s'exclure ?

— Sans doute l'eau ne devrait pas être si humide ;

elle exagère son humidité. Mais que faire ? Je goûte les femmes et je leur parle ; c'est pourquoi je ne les aime ni ne les désire. Les deux choses ne coïncident pas chez moi.

— Je trouve qu'elles le devraient.

— Très bien. Mais le fait que les choses devraient être autre chose que ce qu'elles sont n'est pas de mon département.

Constance réfléchit.

— Ce n'est pas vrai, dit-elle. Les hommes peuvent aimer les femmes et leur parler. Je ne comprends pas qu'ils puissent aimer *sans* parler, sans être affectueux et intimes. Comment le peuvent-ils ?

— Eh bien, dit-il, je n'en sais rien. Pourquoi généraliser ? Je ne connais que mon propre cas. Je goûte les femmes mais je ne les désire pas. J'aime leur parler ; mais bien que leur parler me rapproche d'elles d'une certaine façon, cela ne me donne pas la moindre envie de les embrasser. Voilà ! Mais ne me prenez pas pour un cas général ; je ne suis probablement qu'un cas particulier, un de ces hommes qui goûtent les femmes mais ne les aiment pas, et les détestent même si elles les obligent à une parodie d'amour ou à une apparence d'intrigue.

— Mais cela ne vous afflige pas ?

— Pourquoi ? Pas le moins du monde ! Quand je considère Charlie May et tant d'autres hommes qui ont des liaisons... Non, je ne les envie pas le moins du monde ! Si la destinée m'envoyait une femme que je puisse aimer et désirer, très bien. Mais puisque je n'ai jamais encore rencontré cette femme-là, je pense que je suis froid ; mais j'*apprécie* réellement beaucoup certaines femmes.

— Est-ce que vous m'appréciez, moi ?

— Beaucoup. Et vous voyez qu'il n'est pas, entre nous, question de s'embrasser !

— Non, certes, dit Constance. Mais n'est-ce pas un tort ?

— Pourquoi, au nom du Ciel ? J'apprécie Clifford ; mais que diriez-vous si je courais l'embrasser ?

— Mais n'est-ce pas différent ?

— Où est la différence, du moins en ce qui nous concerne ? Nous sommes tous des êtres humains doués d'intelligence ; et les rapports entre mâle et femelle passent au second plan. Que diriez-vous si je me mettais tout à coup à jouer les mâles du Continent et à parodier le désir ?

— Cela me ferait horreur.

— Vous voyez bien. Si tant est que je sois le moins du monde un mâle, je ne rencontre jamais une femelle de mon espèce. Et elle ne me manque pas. J' « apprécie » les femmes, c'est tout. Qui donc va me forcer à les aimer ou à faire semblant de les aimer, à jouer le jeu du sexe ?

— Pas moi. Mais n'est-ce pas un tort ?

— Quel tort ? Vous le sentez peut-être ; moi pas.

— Oui, je sens qu'il y a quelque chose qui ne va plus entre les hommes et les femmes. La femme n'a plus de prestige et d'enchantement pour l'homme.

— Et l'homme pour la femme ?

Elle considéra l'autre face de la question.

— Pas beaucoup, répondit-elle, sincèrement.

— Alors, n'en parlons plus. Soyons seulement simples et honnêtes les uns avec les autres, comme de braves êtres humains. Et quant à l'obligation de parodier l'amour, je la rejette absolument.

Constance savait bien qu'il avait raison. Et pourtant ce qu'il disait la laissait si à l'abandon et à la dérive ; elle se sentait comme un fétu à la dérive sur un étang désert.

C'était sa jeunesse qui se révoltait. Ces hommes semblaient si vieux, si froids. Tout semblait vieux et froid. Et Michaelis était si décevant ; il n'était bon à rien. Les hommes ne vous désiraient pas. Ils n'avaient vraiment aucun besoin d'une femme. Même Michaelis.

Et ces goujats qui faisaient semblant et déclenchaient le jeu du sexe, ils étaient pires que tout. Quelle misère ! Et il fallait s'en accommoder.

Rien de plus vrai : les hommes n'avaient aucun véritable prestige, aucun enchantement pour les femmes. Le mieux qu'on pouvait faire était de se tromper soi-même au point de leur en prêter, comme elle avait fait pour Michaelis. En attendant on ne faisait que durer ; et cela n'avait aucun sens. Elle comprenait très bien la raison des cocktails-parties, du jazz, du charleston, de tout ce tourbillon. Il fallait bien ouvrir une soupape à la jeunesse, sinon elle vous dévorait ; mais quelle chose abominable, cette jeunesse ! On se sentait aussi vieux que Mathusalem ; et pourtant cette chose bouillait, quelque part, et vous empoisonnait. Quelle existence sans noblesse ! Et rien à espérer ! Elle regrettait presque de ne pas être partie avec Mick et de ne pas avoir fait de son existence une longue cocktail-party, une longue nuit de jazz. C'eût été mieux, du moins, que de rêvasser en attendant la mort.

Par un de ses mauvais jours, elle sortit seule pour se promener dans le bois, laborieusement, sans rien remarquer, sans savoir même où elle était. Le bruit d'un coup de fusil assez proche la fit tressaillir et la mit en colère.

Puis, comme elle avançait, elle entendit des voix et recula. Des gens ! Elle ne voulait pas rencontrer des gens ! Mais son oreille agile saisit un autre son et elle tressaillit. Un enfant pleurait. Elle écouta. Quelqu'un maltraitait un enfant. Elle descendit rapidement l'avenue mouillée ; sa mauvaise humeur et sa colère la portaient. Elle se sentait toute prête à faire une scène.

Débouchant au tournant, elle vit deux formes devant elle dans l'avenue : le garde-chasse et une petite fille vêtue d'un manteau violet et d'un bonnet de toile cirée ; l'enfant pleurait.

— Ah ! tais-toi donc, petite menteuse ! criait l'homme en colère.

L'enfant pleurait plus fort. Constance s'approcha, les yeux étincelants. L'homme se retourna et la salua avec calme. Mais il était pâle de colère.

— Qu'y a-t-il donc ? Pourquoi pleure-t-elle ? demanda Constance, péremptoire mais un peu hors d'haleine.

Un léger sourire, comme de dérision, passa sur le visage de l'homme.

— Oui, dit-il brutalement, dans son dialecte le plus lourd, il faut le lui demander.

Constance eut l'impression qu'il la frappait au visage ; et elle pâlit.

— C'est à vous que je le demande, dit-elle, palpitante.

Il lui fit un singulier petit salut en soulevant son chapeau.

— En effet, madame, dit-il correctement.

Puis, reprenant son dialecte, il ajouta :

— Mais je ne puis vous le dire.

Et il redevint un soldat, impénétrable, mais pâle d'agacement.

Constance se tourna vers l'enfant, une petite fille de neuf ou dix ans, au visage coloré, aux cheveux noirs.

— Qu'est-ce qu'il y a, ma petite ? Dis-moi pourquoi tu pleures ? dit-elle avec toute la douceur de convention que demandait la circonstance.

Les sanglots augmentèrent, plus voulus. Nouvelles tendresses de Constance.

— Allons, allons, ne pleure plus... Dis-moi ce qu'on t'a fait.

Intense tendresse dans l'accent. En même temps elle chercha dans la poche de sa jaquette tricotée, et, heureusement, trouva une pièce de six pence.

— Ne pleure pas, dit-elle en se penchant sur l'enfant. Vois-tu ce que j'ai pour toi ?

Sanglots, reniflages, poing ôté du visage gonflé de larmes. Un œil alerte se tourne, une seconde, sur les six pence.

Nouveaux sanglots, mais moins forts.

— Allons, dis-moi ce que tu as, dis-moi ! dit Constance en mettant la pièce dans la main potelée, qui se referma sur elle.

— C'est le... c'est le... minet !

Frissons et sanglots apaisés.

— Quel minet, ma petite ?

Après un silence, le poing timide, fermé sur les six pence, montra un buisson de ronces.

— Là !

Constance regarda et, en effet, elle vit un grand chat noir étendu, taché de sang.

— Oh ! dit-elle avec dégoût.

— Un braconnier, madame, dit l'homme ironiquement.

Elle le regarda avec colère.

— Pas étonnant que l'enfant ait pleuré, si vous avez tiré sur le chat devant elle.

Il regarda Constance dans les yeux, laconique, dédaigneux, ne cachant point ses sentiments. De nouveau Constance rougit. Elle sentit qu'elle venait de faire une scène, et que cet homme ne la respectait pas.

— Comment t'appelles-tu ? dit-elle gentiment à l'enfant. Ne veux-tu pas me dire ton nom ?

L'enfant renifla ; puis d'une voix affectée et chantante :

— Connie Mellors !

— Connie Mellors ! Eh bien, quel joli nom ! Et tu es sortie avec ton papa, et il a tiré sur le minet. Mais c'était un méchant minet !

L'enfant la regarda, avec des yeux audacieux et sombres qui la scrutaient, la mesuraient, elle et sa sympathie.

— Je voulais rester avec ma grand-maman, dit la petite fille.

— Mais où est ta grand-maman ?

L'enfant leva un bras, montra l'avenue :

— Au cottage.

— Au cottage ? Et voudrais-tu retourner chez elle ?

Frissons soudains, souvenirs de sanglots.

— Oui !

— Viens donc ! Veux-tu que je te conduise ? Veux-tu que je te conduise à ta grand-maman ? Ton père pourra faire ce qu'il a à faire.

Elle se tourna vers l'homme :

— C'est votre petite fille, n'est-ce pas ?

Il salua, et fit un petit signe de tête en guise de réponse.

— Je pense que je puis la ramener au cottage ?

— Comme madame voudra.

De nouveau il la regarda dans les yeux, de ce regard calme, scrutateur, détaché. Un homme très seul, occupé à ses affaires.

— Veux-tu venir avec moi au cottage, chez ta grand-maman.

L'enfant chantonna de nouveau en minaudant :

— Oui.

Elle déplaisait à Constance, cette petite fille gâtée et sournoise. Pourtant elle lui essuya la figure et lui prit la main. Le garde salua, sans rien dire.

— Au revoir, dit Constance.

Il y avait presque un mille jusqu'au cottage. Et

Constance avant d'arriver à la pittoresque petite habitation du garde eut le temps d'en avoir plus qu'assez de Connie. L'enfant était maligne comme un singe et si pleine d'assurance.

La porte du cottage était ouverte et l'on entendait du bruit à l'intérieur.

Constance ralentit. L'enfant lui glissa de la main et courut dans la maison.

— Grand-maman, grand-maman !

— Comment, tu es déjà de retour ?

La grand-mère venait de noircir son fourneau à la mine de plomb. C'était samedi matin. Elle vint à la porte dans son tablier de grosse toile, une brosse noire à la main, une tache noire sur le nez. C'était une petite femme un peu sèche.

— Mon Dieu, dit-elle, en s'essuyant le visage d'une main, quand elle vit Constance debout devant le cottage.

— Bonjour, dit Constance. Elle pleurait et je l'ai ramenée à la maison.

La grand-mère jeta un regard rapide à l'enfant.

— Mais où est ton papa ?

La petite fille s'accrocha aux jupes de sa grand-mère en minaudant.

— Il était avec elle, dit Constance. Mais il a tué un chat en maraude ; et la petite a eu peur.

— Oh ! vous avez eu tort de vous déranger, Lady Chatterley ; c'est trop de bonté, vous n'auriez pas dû vous déranger. A-t-on jamais vu ça !

Elle se tourna vers l'enfant :

— Lady Chatterley a pris toute cette peine pour toi ! Ah ! Madame n'aurait pas dû se déranger !

— Ça ne m'a pas dérangée du tout ; ça m'a fait faire une promenade, dit Constance en riant.

— Vous êtes trop bonne. Alors, elle pleurait ? J'étais sûre qu'il se passerait quelque chose avant qu'ils soient allés bien loin. Elle a peur de lui, voilà tout. Il semble un étranger pour elle, tout à fait un étranger ; et je ne vois pas qu'ils puissent bien s'entendre, ces deux-là. Il a de drôles de façons.

Constance ne savait que dire.

— Regarde, grand-maman, minauda l'enfant.

La vieille vit les six pence dans la main de la petite fille.

— Et un six pence encore ! Vraiment, madame n'aurait pas dû. Tu vois comme Lady Chatterley est bonne pour toi ! Ma parole, tu as de la chance ce matin !

Elle prononçait le nom comme les gens du peuple : Chat'ley.

— Comme Lady Chat'ley est bonne pour toi !

Constance ne pouvait s'empêcher de regarder le nez de la vieille femme qui, de nouveau, s'essuya vaguement du revers de son poignet, mais sans atteindre la tache noire.

Constance s'éloignait.

— Merci beaucoup, Lady Chat'ley. Dis merci à Lady Chat'ley !

— Merci, chantonna l'enfant.

— Très bien, dit en riant Constance.

Et elle s'éloigna trop contente d'échapper. Il lui semblait curieux que cet homme mince et fier eût pour mère cette petite femme sèche.

Et la vieille femme, dès que Constance fut partie, courut au petit miroir de la cuisine pour s'y regarder. Elle frappa du pied avec impatience.

— Naturellement, il fallait qu'elle m'attrape avec mon gros tablier, et une figure sale ! Elle aura une jolie idée de moi !

Constance rentra lentement à la maison. La maison ! C'était un beau nom, bien chaud, pour cette grande baraque triste. Mais c'était un mot qui avait fait son temps. Il n'avait plus de sens. Tous les grands mots, semblait-il, avaient perdu leur sens pour les gens de sa génération : amour, joie, bonheur, maison, père, mère, mari, tous ces grands mots puissants étaient à moitié morts aujourd'hui, et mouraient chaque jour davantage. La maison n'était plus qu'un lieu où on vivait ; l'amour était une chose qui ne trompait plus ; joie était un mot qu'on appliquait à un bon charleston ; bonheur était un terme hypocrite qu'on employait pour tromper les autres ; un père était une personne qui jouissait de sa propre voie ; un mari était un homme avec qui on vivait et qu'on maintenait de bonne humeur. Et quant à l'amour, le dernier des grands mots, ce n'était qu'une sorte de nom de cocktail appliqué à une petite excitation qui vous amusait un instant et vous laissait plus loqueteux qu'avant. Usé ! C'était comme si l'étoffe dont on était fait était à bon marché et s'élimait jusqu'à n'être plus rien.

La seule chose qui restât, c'était un stoïcisme têtu. Et il y avait plaisir à le pratiquer. Dans la connaissance du néant de la vie, phase après phase, *étape* * après *étape,* il y avait une certaine satisfaction morose. Et voilà ! C'était toujours le dernier mot : maison, amour, mariage, Michaelis. Et voilà ! Et en mourant, le dernier adieu à la vie serait : Et voilà !

L'argent ? C'était peut-être autre chose. On avait toujours besoin d'argent. Argent, réussite, la déesse-chienne, comme Tommy Dukes — d'après Henry James[42] — persistait à l'appeler, c'était là une nécessité permanente. On ne pouvait pas dépenser son dernier sou et dire, en fin de compte : Et voilà ! Non, même si on ne vivait plus que dix minutes on aurait besoin de quelques sous encore. Rien que pour faire

* En français dans le texte (*N. d. T.*).

marcher le mécanisme de la vie, il fallait de l'argent. Il fallait en avoir. Il faut avoir de l'argent. On n'a besoin de rien autre, au fond. Et voilà !

Ce n'est pas notre faute si nous vivons, et dès l'instant que nous vivons, l'argent est une nécessité, la seule nécessité absolue. On peut se passer de tout le reste. On ne peut pas se passer d'argent. Évidemment : Et voilà !

Elle songea à Michaelis, et à tout l'argent qu'elle aurait pu avoir avec lui ; et cela même, elle ne le désirait pas. Elle préférait les sommes plus modestes qu'elle aidait Clifford à gagner par sa littérature. Car vraiment elle l'aidait à en gagner. « Clifford et moi, nous gagnons douze cents livres par an en écrivant », se disait-elle. Gagner de l'argent ! En gagner ! En tirer de nulle part ! L'arracher à l'air diaphane ! C'est la dernière action dont il soit encore permis de se vanter. Et se ficher pas mal de tout le reste.

Ainsi, elle s'en retournait auprès de Clifford, pour se joindre à lui une fois encore, et tirer une nouvelle du néant : une nouvelle c'était de l'argent. Clifford semblait se soucier beaucoup que ces nouvelles fussent considérées comme de la littérature de premier ordre. Mais elle, elle ne s'en préoccupait nullement. « Il n'y a rien au fond », disait son père. « Douze cents livres l'an dernier ! » Telle était sa réponse, simple et décisive.

Si on était jeune, on serrait les dents, on se mordait les lèvres, on attendait que l'argent commençât à affluer de l'invisible. C'était une affaire de force ; c'était une question de volonté ; une émanation subtile, puissante de la volonté, sortie de vous et qui vous faisait sentir le mystérieux néant de l'argent : un mot, sur un bout de papier. C'était une espèce de sortilège ; certainement, c'était un triomphe. La déesse-chienne ! Eh bien, s'il fallait se prostituer, que ce fût du moins à une déesse-chienne ! On pouvait toujours se consoler en la méprisant, même pendant le temps qu'on se prostituait à elle.

Clifford avait encore beaucoup de tabous et de fétiches. Il voulait passer pour un « vrai écrivain », ce qui n'était que sottise. Le vrai écrivain, c'était celui qui trouvait des lecteurs. À quoi cela pouvait-il servir d'être un « vrai écrivain » et de rester sans public ? La plupart des « vrais écrivains » ressemblent à des gens qui ratent l'autobus. Après tout, on ne vivait qu'une fois, et, si on ratait l'autobus, on restait sur le trottoir avec tous les autres ratés.

Constance avait le projet de passer un hiver à Londres avec Clifford, l'hiver prochain. Ils avaient, l'un et l'autre, bel et bien sauté dans l'autobus. En sorte qu'ils pouvaient se payer le luxe de parader un peu sur l'impériale.

Le pis était que Clifford avait une tendance croissante au vague, aux absences, aux crises de vide et de dépression. C'était la blessure de son âme qui apparaissait. Mais Constance en était exaspérée. Oh ! Dieu ! si le mécanisme de la conscience se dérangeait, que faudrait-il faire ? On faisait ce qu'on pouvait. Fallait-il qu'on vous enlevât absolument tout courage ?

Parfois elle pleurait amèrement. Mais, tout en pleurant, elle se disait : « Idiote ! Mouiller des mouchoirs ! Comme si ça pouvait me mener à rien ! »

Depuis son aventure avec Michaelis, elle jugeait qu'elle n'avait besoin de rien. C'était la solution la plus simple à ce qui n'avait pas d'autre solution. Elle n'avait besoin de rien de plus que de ce qu'elle avait. Seulement cela, elle voulait le mener à bien. Clifford, les nouvelles, Wragby, sa position de Lady Chatterley, l'argent, la célébrité, elle voulait mener tout cela à bien ! L'amour, le sexe, tout ce genre de choses n'était que de l'eau sucrée. Il fallait l'avaler et l'oublier. Si on n'y appesantissait pas son esprit, ce n'était rien. L'amour physique, surtout... rien ! Résignez-vous à ce que ce ne soit rien, et vous avez résolu le problème. L'amour et un cocktail : les deux choses duraient à peu près autant l'une que l'autre, avaient le même effet, et à peu près la même signification.

Mais un enfant ! avoir un enfant ! C'était encore une sensation à éprouver. Elle ne s'y aventurerait qu'avec beaucoup de prudence. Il fallait d'abord trouver l'homme ; et, chose curieuse, il n'y avait pas un homme au monde dont elle aurait voulu un enfant. Un enfant de Mick ? Quelle pensée repoussante ! Autant avoir un enfant d'un lapin ! Tommy Dukes ?... Il était charmant, mais on ne pouvait pas penser à lui sur le plan des enfants, d'une nouvelle génération. Il finissait en lui-même. Et, parmi toutes les relations, assez étendues, de Clifford, elle ne voyait pas un homme qu'elle ne méprisât dès qu'elle pensait à avoir un enfant de lui. Quelques-uns auraient fait des amants très acceptables, même Mick. Mais avoir un enfant de l'un d'eux ? Pouah ! Humiliation et abomination.

Et voilà !

Et pourtant, l'enfant était la pensée de derrière la tête de Constance. Attendre ! Elle ferait passer par son crible des générations d'hommes et verrait bien si elle n'en trouverait pas un qui ferait l'affaire. « Promenez-vous par les rues de Jérusalem, et vous enquérez sur ses places, si vous trouvez un homme[43]. » Il avait été impossible de trouver un homme dans la Jérusalem du prophète, bien qu'il y eût des milliers d'êtres du sexe mâle. Mais un *homme ! C'est bien une autre chose*[*].

Elle pensait que, peut-être, il faudrait que ce fût un

* En français dans le texte (*N. d. T.*).

étranger : pas un Anglais, moins encore un Irlandais. Un vrai étranger.

Mais attendre, attendre! L'hiver prochain, elle mènerait Clifford à Londres. L'hiver suivant, elle le mènerait dans le Midi ou en Italie. Attendre! Elle n'était nullement pressée dans cette question de l'enfant. C'était son affaire à elle, qui ne regardait qu'elle, le seul sujet où, bien femme en cela, elle fût sérieuse jusqu'au fond de l'âme. Là, elle ne se fierait à aucun hasard. On pouvait prendre un amant presque n'importe quand; mais l'homme qui vous donnerait un enfant, c'était une tout autre affaire. « Promenez-vous par les rues de Jérusalem, et vous enquérez sur ses places... » Ce n'était pas une question d'amour; il fallait trouver un *homme*. En somme, on pouvait même le haïr un peu personnellement. Mais, s'il était bien l'homme qu'il fallait, qu'importerait un peu de haine personnelle? Ce n'était pas une question de haine ou d'amour.

Il avait plu comme d'habitude, et les sentiers étaient trop détrempés pour la voiture de Clifford; mais Constance voulait sortir quand même. Elle se promenait maintenant tous les jours seule, surtout dans le bois, où elle était vraiment seule. Elle n'y rencontrait personne.

Ce jour-là, Clifford voulait envoyer un message au garde-chasse. Et comme le petit domestique avait la grippe — il semblait qu'il y eût toujours quelqu'un de grippé à Wragby — Constance dit qu'elle passerait au cottage.

L'air était doux et mort, comme si le monde mourait lentement. Tout était gris, et gluant et silencieux. On n'entendait même pas le bruit des mines qui, aujourd'hui, ne marchaient pas. C'était comme la fin de toutes choses!

Dans le bois, il n'y avait aucune vie, aucun mouvement. Seules de grosses gouttes tombaient des buissons avec un petit bruit vide. Partout ailleurs, dans les vieux arbres, il n'y avait que d'infinies profondeurs de gris, d'inertie sans remède, de silence, de néant.

Constance avançait. De ce bois antique venait à elle une ancienne mélancolie qui la calmait un peu, qui valait mieux que la dure insensibilité du monde extérieur. Elle aimait tout ce qu'il y avait d'*intérieur* dans ce reste de forêt, la réticence muette des vieux arbres. Ils semblaient être une puissance de silence, et pourtant une présence vitale. Eux aussi attendaient ; ils attendaient obstinément, stoïquement, et exhalaient une vertu de silence. Peut-être n'attendaient-ils que d'être abattus et emportés : la fin de la forêt, pour eux la fin de toutes choses ! Mais peut-être que leur silence puissant et aristocratique, leur silence d'arbres puissants, signifiait autre chose.

Comme elle sortait du bois du côté nord, elle aperçut le cottage du garde, un cottage un peu sombre, brun, bâti en pierre, avec un pignon et une belle cheminée; il avait l'air inhabité, tant il était silencieux et solitaire. Mais un fil de fumée s'élevait de la cheminée et le petit jardin, entouré d'une balustrade, qui se trouvait devant la maison, était sarclé et très bien tenu. La porte était fermée.

Maintenant qu'elle était là, elle se sentait un peu intimidée par cet homme aux yeux perspicaces. Il lui déplaisait de lui apporter des ordres, et elle avait envie de repartir. Elle frappa doucement à la porte. Personne ne vint. Elle frappa de nouveau, mais encore assez doucement. Pas de réponse. Elle regarda par la fenêtre et vit la petite pièce obscure, d'une intimité presque sinistre et qui semblait repousser tout envahisseur.

Elle restait là à écouter, et il lui semblait que des sons venaient de derrière la maison. N'ayant pas réussi à se faire entendre, elle se piqua au jeu, voulut avoir le dernier mot. Elle contourna la maison. Derrière le cottage, le terrain s'élevait à pic, en sorte que la cour était en contrebas et fermée par un petit mur de pierre. Elle tourna encore et s'arrêta. Dans la petite cour, à deux pas devant elle, l'homme était en train de se laver, inconscient d'aucune présence étrangère. Il avait le torse nu ; sa culotte de futaine glissait le long de ses reins étroits. Et son dos mince et blanc était penché sur une cuvette d'eau de savon où il se trempait la tête, qu'il secouait d'un petit mouvement étrange et rapide, levant ses bras minces et blancs, pressant l'eau de savon hors de ses oreilles, rapide, subtil comme une belette qui joue avec l'eau et sûr d'être tout à fait seul. Constance revint devant la maison et rentra dans le bois. En dépit d'elle-même, elle était vivement émue. Après tout, ce n'était qu'un homme en train de se laver. Rien de plus ordinaire.

Et pourtant, curieusement, ce fut pour elle une véritable vision : elle en avait été comme frappée au milieu du corps. Elle voyait la lourde culotte glissant des reins purs, délicats, blancs où les os se voyaient un peu ; et ce sentiment de solitude d'une créature si purement seule la bouleversait. Nudité parfaite, pure, solitaire, d'un être qui vit seul, et seul aussi en lui-même. Et, au-delà encore, la beauté d'un être pur ; non pas la matière de la beauté, pas même le corps de la beauté, mais une irradiance, la flamme chaude, blanche d'une vie solitaire révélée en contours qu'on pouvait toucher : un corps !

Cette vision était entrée d'un coup dans ses entrailles ; et elle le savait ; la vision était gravée en elle. Mais son esprit inclinait à la moquerie : un homme en train de se laver dans une cour ! Sans doute avec du savon jaune qui sentait mauvais !

Elle était un peu agacée. Pourquoi fallait-il qu'elle fût tombée sur ces intimités vulgaires ?

Elle se mit à marcher — à marcher loin d'elle-même. Mais, après un moment, elle s'assit sur un tronc. Elle était trop troublée pour réfléchir. Mais, au milieu de son trouble, elle restait décidée à remettre au garde le message de Clifford. Elle ne se laisserait pas arrêter. Il fallait lui donner le temps de se rhabiller, mais non celui de sortir, car il se préparait sans doute à sortir.

Elle retourna lentement vers le cottage, l'oreille aux aguets. Le cottage était toujours le même. Un chien aboya, et elle frappa à la porte, le cœur battant malgré elle.

Elle l'entendit descendre l'escalier d'un pas léger. Il ouvrit vivement la porte, et elle sursauta. Lui-même semblait mal à l'aise ; mais, tout de suite, il se mit à rire !

— Lady Chatterley ! dit-il, voulez-vous entrer ?

Sa façon d'être était si correcte et aisée qu'elle passa le seuil et pénétra dans la petite pièce un peu triste.

— Je suis venue seulement pour vous donner un message de Sir Clifford, dit-elle de sa voix douce, un peu haletante.

Il la regardait de ses yeux bleus qui voyaient tout et l'obligeaient à détourner un peu la tête. Il la trouvait charmante, presque belle dans sa timidité, et il se rendit tout de suite maître de la situation.

— Voulez-vous vous asseoir ? demanda-t-il, pensant qu'elle n'accepterait pas.

La porte était restée ouverte.

— Non, merci. Sir Clifford voulait vous demander si...

Et elle lui donna le message, les yeux de nouveau fixés sur les siens. Et maintenant ces yeux semblaient chauds et bons, d'une bonté qui s'adressait surtout aux femmes, merveilleusement chauds et bons et tranquilles.

— Très bien, madame. Je m'en occupe tout de suite.

En prenant l'ordre, il sembla changer entièrement, se couvrir d'une sorte de vernis de dureté et d'éloignement. Constance hésitait. Elle aurait dû partir. Mais elle promenait ses yeux sur la petite pièce propre, ordonnée, un peu triste, avec une sorte de découragement.

— Vous vivez seul ici ? demanda-t-elle.

— Tout à fait seul, madame.

— Mais votre mère ?

— Elle a un cottage à elle, dans le village.

— Avec l'enfant ? demanda Constance.

— Avec l'enfant !

Et son visage sans beauté, un peu usé, prit un air indéfinissable de dérision. C'était un visage qui changeait sans cesse, qui désorientait.

— Non, dit-il, voyant que Constance ne comprenait pas. Ma mère vient nettoyer le samedi. Je fais le reste moi-même.

Constance le regarda encore. Ses yeux souriaient de nouveau, un peu moqueurs, mais chauds et bleus, et bons malgré tout. Il la regardait avec étonnement. Il était en pantalon et en chemise de flanelle, avec une cravate grise ; il avait les cheveux doux et humides, la figure pâle et usée. Quand ses yeux cessaient de rire, ils avaient l'air d'avoir beaucoup souffert, sans perdre pourtant leur chaleur. Mais une pâleur d'isolement l'envahit : ce n'était pas pour lui qu'elle était là.

Elle voulait dire tant de choses et elle ne put rien dire. Seulement, elle le regarda encore et ajouta :

— J'espère que je ne vous ai pas dérangé ?

Le léger sourire moqueur lui rétrécit les yeux.

— Je me peignais seulement les cheveux. Je vous demande pardon d'être sans veste, mais je ne savais pas qui frappait. Personne ne frappe jamais ici, et l'inattendu semble menaçant.

Il la précéda sur le sentier du jardin pour lui ouvrir la grille. En chemise, dans l'épaisse vareuse de futaine, elle vit de nouveau combien il était mince, un peu courbé. Pourtant, comme elle passait devant lui, il y avait quelque chose de jeune et d'alerte dans ses cheveux blonds et dans ses yeux vifs. Il devait avoir trente-sept ou trente-huit ans.

Elle marcha avec peine jusqu'au bois, sachant qu'il la regardait s'éloigner. Il la troublait tellement, en dépit d'elle-même.

Et lui, en rentrant, pensait : « Elle est charmante, elle est vraie ! Elle est plus charmante qu'elle ne le sait. »

Elle se demandait bien des choses sur son compte. Il avait si peu l'air d'un garde-chasse, si peu l'air de toute façon d'un ouvrier, bien qu'il eût une certaine ressemblance avec les gens du pays ; mais la différence frappait plus encore.

— Mellors, le garde-chasse, est un drôle de personnage, dit-elle à Clifford. Il pourrait presque être un gentleman.

— Vraiment ? dit Clifford. Je ne m'en étais pas aperçu.

— Mais n'y a-t-il pas quelque chose d'assez spécial en lui ? insista Constance.

— Je le trouve très bien, mais je sais peu de chose sur son compte. Il n'a quitté l'armée que l'année dernière — il y a moins d'un an. Il venait des Indes, je crois. Il peut avoir acquis certaines façons d'être là-bas. Peut-être était-il ordonnance d'un officier, ce qui a pu le décrasser un peu. C'est arrivé à beaucoup de soldats. Mais ce n'est pas bon pour eux. Il faut bien qu'ils reprennent leur ancienne position quand ils rentrent chez eux.

Constance contemplait Clifford. Elle voyait en lui cette antipathie étroite, particulière à sa classe, elle le savait, pour tout homme du peuple qui a des chances de s'élever.

— Mais, ne trouvez-vous pas qu'il y a quelque chose de spécial en lui ? demanda-t-elle.

— Franchement, non ; je n'ai rien remarqué.

Il la regarda curieusement, mal à l'aise, à moitié soupçonneux. Et elle sentit qu'il ne lui disait pas toute la vérité. Ou plutôt, c'est à soi-même qu'il ne disait pas toute la vérité. Il détestait toute idée d'un être humain vraiment exceptionnel. Il fallait qu'on fût plus ou moins à son niveau ou au-dessous.

Constance sentit de nouveau l'étroitesse, la pauvreté des hommes de sa génération. Ils étaient si étroits, si effrayés par la vie !

## VII

Quand Constance monta dans sa chambre, elle fit ce qu'elle n'avait pas fait depuis longtemps. Elle enleva tous ses vêtements et se regarda nue dans l'immense miroir. Elle ne savait ce qu'elle regardait, ou ce qu'elle cherchait, pourtant, elle déplaça la lampe jusqu'à ce que la lumière tombât en plein sur elle.

Et elle pensa ce qu'elle avait déjà pensé si souvent : quelle chose délicate, facilement blessée, un peu pitoyable qu'un corps humain quand il est nu ! Quelle chose à peine terminée, incomplète !

On lui avait trouvé, autrefois, une assez jolie tournure. Mais, maintenant, elle était démodée : un peu trop femme, pas assez semblable à un jeune garçon. Elle n'était pas très grande, un peu écossaise et courte, mais elle avait une certaine grâce fuyante, tombante, qui aurait pu être de la beauté. Sa peau était teintée de brun, ses membres parés d'une certaine paix ; son corps aurait dû avoir une richesse, une plénitude fuyante et tombante ; mais il y manquait quelque chose.

Au lieu de mûrir en ses courbes fermes et tombantes, son corps s'aplatissait, devenait rêche. C'était comme s'il n'avait pas eu assez de soleil et de chaleur, il était grisâtre et sans sève.

Déçu dans sa vraie féminité, il n'avait pas réussi à

devenir un corps de garçon, sans substance et transparent ; au contraire, il était devenu opaque.

Ses seins étaient plutôt petits et pendants, en forme de poire. Mais ils étaient un peu amers ; ils pendaient là sans maturité, sans signification. Et son ventre avait perdu l'éclat frais et arrondi qu'il avait eu dans sa jeunesse, au temps de son jeune amant allemand qui l'avait vraiment aimée, physiquement. Alors son corps était jeune, en attente, avec un air bien à lui. Maintenant, il se relâchait et devenait un peu plat, plus mince, mais d'une minceur relâchée. Ses cuisses aussi, qui avaient été si alertes et mobiles en leur rondeur féminine, devenaient plates, relâchées, sans signification.

Son corps perdait sa signification, devenait ennuyeux, opaque, n'était plus que de la matière insignifiante. Elle en était infiniment démoralisée. Quel espoir y avait-il ? Elle était vieille, vieille à vingt-sept ans, sans éclat, sans étincelle dans la chair. Vieille par négligence et par sacrifice, oui, par sacrifice. Les femmes à la mode soignaient leurs corps comme une délicate porcelaine, en maintenaient l'éclat par des soins extérieurs. Il n'y avait rien sous la porcelaine. Mais elle n'avait même pas cet éclat d'emprunt. La vie mentale ! Soudain elle la détesta, d'une rage furieuse, cette tromperie, cette imposture !

Elle regarda dans l'autre miroir, qui était placé derrière elle, sa taille, ses reins. Elle s'était amincie, mais cette minceur ne lui allait pas. Le pli de sa taille, qu'elle voyait en se tournant, était un peu fatigué ; jadis il était si joyeux ! Et la longue chute de ses hanches et de ses fesses avait perdu son éclat, son air de richesse. Tout cela était parti. Seul son jeune amant allemand l'avait aimée ; et il était mort depuis dix ans bientôt. Comme le temps passait ! Mort depuis dix ans, et elle n'avait que vingt-sept ans ! Ce garçon plein de santé, avec sa fraîche et maladroite sensualité, qu'elle avait traitée de si haut ! Où la retrouverait-elle maintenant ! Les hommes n'en étaient plus capables. Ils avaient leurs pitoyables petits spasmes de deux secondes, comme Michaelis... Mais aucune sensualité vraiment humaine qui réchauffe le sang et rafraîchisse tout l'être.

Pourtant elle trouvait que la plus belle partie de son corps c'était la longue chute des hanches, à partir de la naissance du dos, et la rondeur paisible, endormie, des fesses. Comme des collines de sable, disent les Arabes, douces et descendant en longue pente. Là il y avait encore en elle quelque espoir de vie. Mais là aussi elle était plus mince, moins mûre, un peu aigre.

Mais le devant de son corps la désespérait, commençait déjà à se relâcher, d'une sorte de minceur lâche, presque flétrie, vieille, avant d'avoir jamais vraiment vécu. Elle songea à l'enfant qu'elle pourrait peut-être concevoir. Était-elle prête et capable ?

Elle se glissa dans sa chemise de nuit et se mit au lit, où elle pleura amèrement. Et, au fond de son amertume brûlait une froide indignation contre Clifford, sa littérature, sa conversation : contre tous les hommes de cette espèce qui frustraient les femmes même de leur corps !

C'était injuste, injuste ! Le sentiment d'une profonde injustice physique brûlait jusqu'au fond de son âme.

Mais, tout de même, le lendemain matin, elle se leva à sept heures et descendit auprès de Clifford. Elle devait l'aider à faire sa toilette intime ; il n'avait pas de valet de chambre, et ne voulait pas être aidé par une servante. Le mari de la gouvernante, qui l'avait connu tout enfant, aidait à le soulever. Mais Constance donnait tous les soins intimes, et les donnait volontiers. C'était très astreignant. Mais elle avait voulu faire ce qu'elle pouvait.

Aussi ne quittait-elle presque jamais Wragby, et jamais pour plus d'un jour ou deux ; alors c'était la gouvernante qui faisait le service de Clifford. Lui, comme cela devait arriver à la longue, trouvait naturel tout ce que Constance faisait pour lui. Et il était naturel qu'il le trouvât.

Et pourtant, au fond d'elle-même, Constance commençait à nourrir un sentiment d'injustice, le sentiment d'être frustrée. Le sentiment physique de l'injustice est un sentiment dangereux, une fois qu'il est éveillé. Il faut qu'il trouve une issue, sinon il dévore celui qui le nourrit. Pauvre Clifford ! ce n'était pas sa faute. Il était bien plus à plaindre que Constance. Mais tout cela faisait partie de la catastrophe générale.

Et pourtant, n'était-il pas aussi à blâmer ? Ce manque de chaleur, ce manque de contact simple, chaud, physique, n'en était-il pas responsable ? Il n'était jamais chaleureux, ou même gentil ; il n'avait que de la courtoisie et des égards, un ton bien élevé et froid. Mais jamais rien de cette chaleur qu'un homme peut avoir envers une femme, comme le père de Constance pouvait en avoir envers elle ; la chaleur d'un homme qui ne pense qu'à soi, et n'a l'intention de penser qu'à soi, mais qui, tout de même, peut réchauffer une femme d'un peu de son rayonnement masculin.

Mais Clifford n'était pas ainsi. Toute sa race était différente. Ils étaient tous au fond durs et indifférents, et pour eux la chaleur était de mauvais goût. Il fallait s'en passer et garder son terrain ; c'était parfait, pour ceux de la même classe et de la même race. Alors ils pouvaient rester froids et garder leur terrain, et se réjouir de le garder. Mais si on était d'une autre classe et d'une autre race, c'était différent ; ce n'était pas drôle de garder son terrain, simplement, et de sentir qu'on appartenait à la classe dirigeante.

Quel sens cela avait-il, puisque même les aristocrates les plus élégants n'avaient vraiment aucun terrain bien à eux à garder, et que leur règle était une farce et non pas vraiment une règle ? Quel sens y avait-il dans tout cela ? Ce n'était que froide sottise.

Un sentiment de froide rébellion couvait en Constance. Quelle était l'utilité de tout cela ? Quelle était l'utilité de son sacrifice, le sacrifice de toute sa vie à Clifford ? Que servait-elle ? Un esprit de froide vanité, dépourvu de toute chaleur humaine, de tout contact avec les hommes, aussi corrompu que celui du juif le plus bas, dans son désir de se prostituer à la déesse-chienne de la réussite. Même Clifford, si froid, si détaché, si sûr d'appartenir à la classe dirigeante, ne pouvait s'empêcher de tirer la langue en haletant après la déesse-chienne. Après tout, Michaelis avait plus de dignité ; et sa réussite était autrement grande. Vraiment, à le regarder de près, Clifford n'était qu'un pantin ; et il est plus humiliant d'être un pantin qu'un cuistre.

Et de ces deux hommes, c'était Michaelis à qui elle pouvait être le plus utile. Il avait plus besoin d'elle que Clifford. N'importe quelle bonne garde-malade peut soigner des jambes paralysées. Et s'il s'agissait d'héroïsme, Michaelis était un rat héroïque, Clifford plutôt un caniche qui faisait le beau.

Il y avait des invités à la maison, et, parmi eux, une tante de Clifford, Lady Bennerley, la tante Eva. C'était une femme mince, de soixante ans, avec un nez rouge, veuve, assez *grande dame* * encore. Elle appartenait à une des meilleures familles, et avait un caractère à la

* En français dans le texte (*N. d. T.*).

hauteur de la situation. Constance l'aimait bien ; elle était si parfaitement simple et franche (pour autant qu'elle voulait être franche), et superficiellement bonne. Au fond, elle était passée maîtresse dans l'art de garder son terrain, et de le garder un peu au-dessus du terrain des autres. Bien trop sûre d'elle-même pour être snob, elle était de première force au jeu de garder avec sang-froid son terrain, et d'obliger les autres à lui céder le pas.

Elle était très aimable pour Constance, et tâchait de lui percer l'âme avec la pointe aiguisée de ses observations de bon ton.

— Je vous trouve admirable, dit-elle à Constance. Vous avez opéré des miracles pour Clifford. Je n'avais jamais soupçonné l'éclosion de son génie. Et le voilà qui fait fureur !

Tante Eva était pleine de condescendance et d'orgueil pour les succès de Clifford. Une plume de plus au panache de la famille ! Quant à ses livres, elle s'en moquait parfaitement. Et pourquoi pas ?

— Oh ! je ne crois pas que j'y sois pour rien, dit Constance.

— Mais si. Qui d'autre y serait pour quelque chose ? Et je ne trouve pas que vous en soyez assez récompensée.

— Comment ?

— Voyez comme vous êtes enfermée ici ! J'ai dit à Clifford : « Si cette enfant se révolte un jour ou l'autre, vous n'aurez que ce que vous méritez ! »

— Mais Clifford ne me refuse jamais rien, dit Constance.

— Écoutez, ma chère petite — et Lady Bennerley posa sa main étroite sur le bras de Constance —, il faut bien qu'une femme vive sa vie, ou bien le jour viendra où elle se repentira de ne pas l'avoir vécue. Croyez-moi !

Et elle prit encore une gorgée de cognac, ce qui était peut-être pour elle une forme de la repentance.

— Mais, est-ce que je ne vis pas ma vie ?

— Non, pas à mon avis. Clifford devrait vous conduire à Londres et vous permettre d'aller et de venir. Le genre d'amis qu'il a est très bien pour lui ; mais pour vous ? Si j'étais vous, je voudrais mieux. Vous allez laisser passer votre jeunesse ; et vous passerez votre vieillesse, et votre maturité aussi, à le regretter.

Et la grande dame retomba dans un silence contemplatif, calmée par le cognac.

Mais Constance n'avait pas grand désir d'aller à Londres et d'être pilotée dans le monde élégant par Lady Bennerley. Elle se sentait peu douée pour les élégances sociales. Tout cela ne l'intéressait pas. Et elle sentait trop bien cette froideur spéciale, flétrissante, qu'il y avait par-dessous, comme le sol du Labrador qui laisse pousser de petites fleurs brillantes à sa surface, mais qui est gelé à trois pieds au-dessous.

Tommy Dukes était à Wragby ; et il y avait aussi Harry Winterslow et Jack Strangeways avec sa femme Olive. La conversation était beaucoup plus décousue que quand il n'y avait que les vieux copains ; et on s'ennuyait un peu, parce qu'il faisait mauvais temps, et qu'on n'avait, pour s'amuser, que le billard et la danse au son du pianola.

Olive lisait un livre sur l'époque future où les enfants seraient cultivés dans des bouteilles et les femmes « immunisées ».

— Très bonne affaire, dit-elle. Alors, les femmes pourront vivre leur propre vie.

Strangeways désirait des enfants ; elle, pas.

— Comment voudriez-vous être immunisée ? demanda-t-il avec un vilain sourire.

— J'espère que je le suis naturellement, dit-elle. De

toute façon, l'avenir sera plus raisonnable que le présent, et les femmes ne seront plus abîmées par leurs « fonctions ».

— Peut-être s'évaporeront-elles entièrement dans l'espace, dit Tommy Dukes.

— Il me semble, en tout cas, qu'une civilisation digne de ce nom devrait éliminer beaucoup de faiblesses physiques, dit Clifford. Toute la question de l'amour, par exemple, pourrait bien disparaître ! Je pense qu'elle disparaîtrait si nous cultivions les enfants dans des bouteilles.

— Non ! cria Olive. Les bouteilles laisseraient seulement plus de place pour s'amuser.

— Je pense, dit Lady Bennerley d'un air pensif, que, si l'amour disparaissait, quelque chose d'autre prendrait sa place. La morphine, peut-être. Un peu de morphine partout répandue dans l'air. Ce serait merveilleusement rafraîchissant pour tout le monde.

— Le gouvernement lâchant de l'éther dans l'air le samedi pour assurer un joyeux dimanche ! dit Jack. Très bien ; mais où serions-nous le mercredi ?

— On est heureux tant qu'on peut oublier son corps, dit Lady Bennerley, et, dès qu'on est conscient de son corps, on est malheureux. Donc, si la civilisation sert à quelque chose, il faut qu'elle nous aide à oublier notre corps ; et le temps passe agréablement sans que nous nous en doutions.

— Aidez-nous à nous débarrasser entièrement de notre corps, dit Winterslow. Il est grand temps que l'homme commence à améliorer sa nature, surtout le côté physique.

— Ah ! Si nous pouvions flotter comme des fumées de cigarettes ! dit Constance.

— Pas de danger, dit Dukes. Notre vieille parade va finir ; notre civilisation va tomber ! Elle tombe dans le puits sans fond, dans l'abîme. Et, croyez-moi, le seul pont sur l'abîme sera le phallus !

— Bien, général, je vous en prie, dites des horreurs ! cria Olive.

— Oui, je crois que notre civilisation va s'effondrer, dit tante Eva.

— Et qu'est-ce qui viendra après ? demanda Clifford.

— Je n'en ai pas la moindre idée, mais quelque chose, je pense, dit la vieille dame.

— Constance dit : des gens pareils à des volutes de fumée, et Olive dit : des femmes immunisées et des enfants dans des bouteilles ; et Dukes dit que le phallus est le pont qui doit nous mener à l'avenir. Je me demande ce qui arrivera vraiment, dit Clifford.

— Oh ! ne vous en préoccupez pas, dit Olive. Dépêchez-vous seulement de produire des bouteilles à élever les enfants et laissez-nous tranquilles, nous autres pauvres femmes.

— Il pourrait même y avoir de vrais hommes, dans la période à venir, dit Tommy, de vrais hommes, intelligents et sains, et des femmes saines et gentilles ! Ne serait-ce pas un changement, un immense changement ? *Nous* ne sommes pas des hommes, et les femmes ne sont pas des femmes. Nous ne sommes que des expédients doués de pensée, des expériences mécaniques et intellectuelles. Il peut même advenir une civilisation de vrais hommes et de vraies femmes, au lieu de notre petite troupe de pantins adroits, qui ont tout le développement d'un enfant de sept ans. Ce serait plus surprenant encore, que des hommes fumée et des bébés dans les bouteilles.

— Oh ! quand les hommes commencent à parler de vraies femmes, j'abandonne la partie, dit Olive.

— Certainement, la seule chose qui ait quelque valeur en nous, c'est l'esprit.

— Des spiritueux[44] ! dit Jack, en buvant son whisky-soda.

— Croyez-vous ? Moi, je tiens pour la résurrection des corps ! dit Dukes. Mais cela viendra quand nous aurons un peu repoussé la pierre cérébrale[45] : l'argent et le reste. Alors nous aurons une démocratie de contact au lieu d'une démocratie de porte-monnaie.

Quelque chose vibra dans le cœur de Constance : « Moi je suis pour la démocratie de contact, pour la résurrection des corps ! » Elle ne savait pas du tout ce que cela voulait dire, mais cela lui faisait du bien, comme font, parfois, les choses incompréhensibles ! D'ailleurs tout était affreusement bête et elle était exaspérée par tout, par Clifford, par tante Eva, par Olive et Jack, et Winterslow et même par Dukes. Des mots, des mots, des mots. Quel enfer, cette éternelle crécelle !

Et puis, quand tout le monde était parti, c'était presque pis. Elle continuait ses tristes promenades, mais l'exaspération et l'irritation s'étaient emparées de ses jambes ; elle ne pouvait y échapper. Les jours passaient en grinçant et lui faisaient mal. Il n'arrivait rien. Seulement elle maigrissait ; même la gouvernante s'en était aperçue et lui avait demandé si elle était souffrante. Même Tommy Dukes lui répétait qu'elle n'allait pas bien, malgré ses protestations. Seulement elle commençait à avoir peur des sinistres pierres tombales blanches, de cette affreuse blancheur particulière au marbre de Carrare, aussi abominables que des fausses dents, qui se dressaient sur la colline, au-dessous de l'église de Tavershall et qu'elle voyait très nettement du parc. Le hérissement, sur la colline, de ces hideuses tombes semblables à des dents fausses, lui causait une sorte d'horreur. Elle sentait le temps approcher où elle-même serait enterrée là, ajoutée à la troupe sinistre qui dormait sous les pierres et les monuments, dans ces affreux Midlands.

Elle avait besoin de secours. Elle le savait. Elle écrivit un petit *cri du cœur** à sa sœur Hilda : « Je ne suis pas bien depuis quelque temps, et je ne sais pas ce que j'ai. »

Hilda accourut d'Écosse, où elle avait planté sa tente. Elle vint en mars, seule, conduisant elle-même une agile petite voiture à deux places. Elle monta l'avenue à grand bruit de trompe, puis tourna autour du gazon ovale, flanqué de deux grands hêtres sauvages, qui s'étendait devant la maison.

Constance avait couru à sa rencontre sur le perron. Hilda arrêta sa voiture, en sortit, et embrassa sa sœur.

— Mais, Constance, dit-elle, qu'est-ce qui ne va pas ?

— Rien, dit Constance, un peu gênée.

Mais elle savait combien l'aspect de sa sœur, en contraste avec le sien, l'avait fait souffrir. Les deux sœurs avaient la même peau un peu dorée, lumineuse, les mêmes cheveux bruns, la même chaleur, la même vigueur naturelle. Mais maintenant Constance était maigre et terreuse, son cou sortait de la blouse, décharné et jaunâtre.

— Mais tu es malade, enfant ! dit Hilda de cette voix douce un peu haletante qu'avaient les deux sœurs. Hilda avait à peu près, pas tout à fait, deux ans de plus que Constance.

— Non, pas malade. Peut-être que je m'ennuie, dit Constance, d'un ton un peu pitoyable.

L'excitation du combat brilla sur le visage de Hilda. D'aspect doux et tranquille, c'était pourtant une

* En français dans le texte ; seulement Lawrence a écrit : *Cri de cœur* (*N. d. T.*).

femme du vieux type amazone, incapable de s'accorder avec les hommes.

« L'horrible endroit ! » dit-elle doucement, en regardant le pauvre vieux Wragby avec une véritable haine. Elle avait l'air douce et tiède, comme une poire mûre, et pourtant c'était une amazone de la race antique.

Elle alla tranquillement trouver Clifford. Il remarqua combien elle était belle ; en même temps elle l'effrayait un peu. Les parents de sa femme n'avaient pas le même genre de manières et d'étiquette que lui. Il les trouvait un peu à côté. Mais il fallait compter avec eux.

Il était assis sur sa chaise, carré, très soigné, les cheveux blonds et luisants, le visage frais, les yeux bleus et pâles, un peu proéminents ; son expression était indéchiffrable et absolument correcte, mais Hilda la trouva maussade et stupide. Il attendait, avec un air d'aplomb ; mais Hilda se moquait bien de son air ! Elle était prête pour la bataille ; il aurait pu être le pape ou l'empereur qu'elle n'en aurait pas été intimidée.

— Constance a l'air très souffrante, dit-elle de sa voix douce, en le regardant fixement de ses magnifiques yeux gris étincelants.

Elle avait, comme aussi Constance, l'air si virginal ! Mais il savait bien quel ton d'obstination écossaise il y avait par-dessous.

— Elle a un peu maigri, dit-il.

— Et n'avez-vous rien fait ?

— Croyez-vous que ce soit nécessaire ? demanda-t-il de son ton le plus anglais, roide et suave. Les deux choses vont souvent ensemble.

Hilda le regardait fixement sans répondre. Elle était comme Constance : la repartie n'était pas son fort.

Elle se bornait à le regarder fixement, ce qui le mettait plus mal à l'aise que tout ce qu'elle aurait pu dire.

— Il faut que je la conduise chez un docteur. En connaissez-vous un bon dans le voisinage ?

— Non, j'en ai peur.

— Alors, je la conduirai à Londres où nous en avons un en qui nous avons confiance.

Quoique bouillant de rage, Clifford ne dit rien.

— Je pense qu'il vaut mieux que je passe la nuit ici, dit Hilda en enlevant ses gants. Et je la conduirai à Londres demain matin.

Clifford était jaune de rage ; et, le soir, le blanc même de ses yeux était un peu jaune. Son foie le troublait. Mais Hilda fut inébranlablement modeste et virginale.

— Vous devriez avoir une infirmière pour votre service personnel. Le mieux serait un valet de chambre, dit Hilda, comme ils prenaient le café avec un calme apparent, après le dîner.

Elle parlait de sa voix douce, presque suave en apparence. Mais Clifford sentait bien qu'elle le frappait sur la tête avec une massue.

— Vous croyez ? dit-il froidement.

— J'en suis sûre ! C'est nécessaire. Sinon il faudra que papa et moi nous emmenions Constance pour quelques mois. Les choses ne peuvent continuer ainsi.

— Qu'est-ce qui ne peut pas continuer ?

— N'avez-vous pas regardé cette pauvre enfant ? dit Hilda les yeux fixés sur lui.

Elle trouvait en ce moment qu'il ressemblait un peu à une énorme écrevisse bouillie.

— Constance et moi, nous en parlerons, dit-il.

— J'en ai déjà parlé avec elle, dit Hilda.

Clifford avait été assez longtemps aux mains des infirmières. Il les détestait, parce qu'elles détruisaient toute intimité. Quant à un valet de chambre !... Il ne pouvait supporter la présence d'un homme auprès de lui. Plutôt n'importe quelle femme. Mais pourquoi pas Constance ?

Les deux sœurs partirent le lendemain matin. Constance avait un peu l'air d'un agneau de Pâques, un peu petite à côté de Hilda qui tenait le volant. Sir Malcolm n'était pas à Londres, mais la maison de Kensington était ouverte.

Le docteur ausculta Constance soigneusement et lui demanda toutes sortes de détails sur sa vie.

— Je vois parfois votre photographie et celle de Sir Clifford dans les magazines. Vous êtes presque des célébrités, n'est-ce pas ? Voilà ce que deviennent les petites filles bien sages, bien que vous ne soyez encore qu'une petite fille bien sage, malgré les magazines. Non, non, il n'y a aucun mal organique ! Mais ça ne peut pas continuer ainsi ! Dites à Sir Clifford qu'il faut qu'il vous amène à Londres, ou à l'étranger, et qu'il vous procure des distractions. Il faut que vous vous distrayiez, il le faut ! Vous avez beaucoup trop peu de vitalité, aucune réserve. Les nerfs du cœur sont déjà dans un drôle d'état. Oui, oui, rien que les nerfs ! Un mois de Cannes ou de Biarritz vous remettrait. Mais ça ne peut pas, ça ne peut pas continuer comme ça, sinon je ne puis répondre de l'avenir. Vous dépensez votre vie sans la renouveler. Il vous faut de la distraction, une distraction convenable et saine ! Vous dépensez de la vitalité et vous n'en refaites pas. Ça ne peut pas continuer ainsi : De la dépression ! Évitez la dépression !

Hilda serra les mâchoires, ce qui voulait dire quelque chose.

Michaelis apprit qu'elles étaient à Londres et accourut avec des roses.

— Comment, qu'est-ce qui ne va pas ? s'écria-t-il. Vous n'êtes plus que l'ombre de vous-même. Mais je n'ai jamais vu un tel changement ? Pourquoi ne m'en avez-vous rien dit ? Venez à Nice avec moi ! Venez en Sicile ! Allons, venez en Sicile avec moi ; il y fait ravissant en ce moment. Il vous faut du soleil ! Il vous faut de la vie ! Vous dépérissez ! Venez avec moi ! Venez en Afrique ! Au diable, Sir Clifford ! Plantez-le là et venez avec moi. Je vous épouse dès que vous aurez divorcé. Venez donc, essayez de vivre. Grand Dieu, ce Wragby tuerait n'importe qui ! Affreux endroit, sinistre endroit ! Venez avec moi au soleil ! C'est le soleil qu'il vous faut, le soleil et un peu de vie normale.

Mais Constance ne pouvait admettre la pensée d'abandonner ainsi Clifford sur-le-champ. Elle ne le pouvait pas. Non... non ! C'était impossible. Il fallait rentrer à Wragby.

Michaelis était furieux. Hilda ne l'aimait pas. Mais elle le préférait *presque* à Clifford. Les sœurs retournèrent dans les Midlands.

Hilda parla à Clifford, dont les yeux étaient toujours jaunes. Lui aussi, à sa façon, était surmené ; mais il lui fallut bien écouter tout ce que lui dit Hilda, tout ce que le docteur avait dit ; non pas, naturellement, ce que Michaelis avait dit. Et il écouta tout l'ultimatum sans répondre un mot.

— Voici l'adresse d'un bon valet de chambre qui a été au service d'un malade que soignait le docteur et qui est mort il y a un mois. C'est un excellent domestique, et qui viendrait certainement.

— Mais je ne suis pas un malade et je ne veux pas de valet de chambre, dit Clifford, pauvre diable.

— Et voici l'adresse de deux femmes ; j'ai vu l'une d'elles. Elle ferait très bien l'affaire ; c'est une femme d'environ cinquante ans, tranquille, robuste, gentille et cultivée à sa façon...

Clifford boudait et refusait de répondre.

— Très bien, Clifford. Si rien n'est décidé d'ici à

demain, je télégraphierai à papa et nous emmènerons Constance.

— Est-ce qu'elle partira ? demanda Clifford.

— Elle n'en a pas envie, mais elle sait qu'il faudra bien le faire. Notre mère est morte d'un cancer, à la suite de désordres nerveux. Nous n'allons pas courir le même risque.

Le lendemain, Clifford suggéra Mrs. Bolton, l'infirmière paroissiale de Tavershall. C'était la gouvernante qui avait pensé à elle. Mrs. Bolton était justement en train d'abandonner ses occupations paroissiales pour devenir infirmière privée. Clifford avait une peur curieuse de se mettre entre les mains d'une étrangère. Mais cette Mrs. Bolton l'avait soigné une fois lors d'une scarlatine, et il la connaissait.

Les deux sœurs allèrent tout de suite voir Mrs. Bolton, qui habitait une maison presque neuve dans une rue très élégante pour un endroit comme Tavershall. Elles trouvèrent une femme assez belle, dans la quarantaine, habillée en infirmière, avec un col et un tablier blancs. Elle était en train de faire du thé dans un petit salon encombré.

Mrs. Bolton était pleine d'attention et très jolie, semblait très bien, parlait avec assez d'accent, mais un anglais lourdement correct ; et, pour s'être fait obéir par les mineurs malades pendant bien des années, avait pris une excellente idée d'elle-même et pas mal d'assurance. Bref, dans son petit monde, elle représentait la classe dirigeante du village et était très respectée.

— C'est vrai, Lady Chatterley a mauvaise mine. Comment donc ! elle qui était si bien autrefois, n'est-ce pas ? Mais elle a dépéri tout l'hiver ? Pauvre Sir Clifford ! Ah ! cette guerre, elle est responsable de bien des maux !

Mrs. Bolton promit de venir à Wragby tout de suite,

le docteur Shardlow pouvait se passer d'elle. Elle avait encore du travail pour quinze jours dans la paroisse, mais on pourrait peut-être lui trouver une remplaçante.

Hilda courut voir le docteur Shardlow ; et, le dimanche suivant, Mrs. Bolton arriva à Wragby dans un fiacre, avec deux malles. Hilda eut de longues conversations avec elle. Mrs. Bolton était toujours prête à causer. Elle avait l'air si jeune ! L'émotion rougissait soudain ses joues pâles. Elle avait quarante-sept ans.

Son mari, Ted Bolton, avait été tué dans la mine, il y avait eu vingt-deux ans à la Noël, la laissant seule avec deux enfants, dont l'un à la mamelle. Oh ! le bébé, Édith, était mariée maintenant à un jeune homme employé dans une pharmacie Boots de Sheffield[46]. L'autre était maîtresse d'école à Chesterfield, et venait voir sa mère du samedi au lundi quand elle n'était pas invitée ailleurs. Les jeunes gens s'amusaient de nos jours ; ce n'était pas comme dans sa jeunesse à elle, Ivy Bolton.

Ted Bolton, racontait sa veuve, avait vingt-huit ans quand il avait été tué par une explosion dans la mine. Le camarade qui était devant eux leur avait crié de s'étendre par terre, et tous l'avaient fait, sauf Ted ; c'est ce qui l'avait tué. Puis, pendant l'enquête, on prétendit, du côté des patrons, que Ted avait eu peur, avait essayé de fuir, n'avait pas obéi et que, en réalité, il était mort par sa propre faute. Et ils n'avaient pas voulu lui payer, à elle, tout l'argent à la fois. Elle aurait voulu prendre une petite boutique. Mais ils avaient dit qu'elle dépenserait l'argent, peut-être à boire ! Elle avait dû se contenter de recevoir trente shillings par semaine. Oui, elle avait dû aller, chaque lundi, au bureau et rester debout deux heures à attendre son tour ; oui, pendant presque quatre ans, elle était allée tous les lundis ! Et que pouvait-elle faire avec deux petits enfants sur les bras ? Mais la mère de Ted avait été très bonne pour elle. Quand les enfants avaient pu se traîner, elle les prenait souvent chez elle pendant une journée, pendant qu'elle, Ivy Bolton, allait à Sheffield suivre son cours d'ambulance ; et puis, la quatrième année, elle avait pu même suivre un cours de garde-malades et avait obtenu un diplôme. Elle était décidée à ne dépendre de personne et à garder ses enfants. Elle avait donc été assistante à l'hôpital de Uthwaite, pendant quelque temps. Mais quand la Compagnie des mines de Tavershall, en réalité Sir Geoffrey, avait vu qu'elle se tirait d'affaire toute seule, on avait été très bon pour elle, on lui avait donné cette place dans la paroisse, et on l'avait soutenue, il fallait bien qu'elle le dît. Et elle avait travaillé là depuis lors, jusqu'à maintenant ; mais cela devenait un peu fatigant pour elle ; il lui fallait quelque chose d'un peu moins astreignant ; il y avait tant à trimer pour une infirmière de paroisse !

« Oui, la Compagnie a été très bonne pour moi, je le dis toujours. Mais je n'oublierai jamais ce qu'ils ont dit de Ted ; car personne de plus courageux et de plus sûr n'était jamais entré dans l'ascenseur de la mine, et ce qu'ils disaient, ce n'était rien de moins que l'accuser de lâcheté. Mais voilà, il était mort, et ne pouvait plus se défendre. »

Un curieux mélange de sentiments se trahissait dans ses propos. Elle aimait les mineurs qu'elle avait soignés si longtemps ; mais elle se sentait très supérieure à eux. Elle se sentait presque de la classe dirigeante et, en même temps, un ressentiment contre la classe dirigeante couvait en elle. Les patrons ! Dans une contestation entre ouvriers et patrons, elle était toujours pour les ouvriers. Mais, quand tout allait bien, elle désirait ardemment être supérieure, appartenir aux classes dirigeantes. Les classes dirigeantes la fascinaient, attisaient en elle cette passion si anglaise pour les grandeurs sociales. Elle était ravie de venir à Wragby ; ravie de parler à Lady Chatterley, ma parole, bien différente des femmes de mineurs. Elle l'avouait franchement. Et pourtant on sentait pointer en elle une rancune contre les Chatterley ; la rancune contre les patrons.

« Eh, mais, naturellement, Lady Chatterley doit être surmenée. C'est une chance qu'elle ait eu une sœur pour venir à son aide. Les hommes n'y pensent pas. Ils sont tous les mêmes, grands et petits, ils trouvent tout naturel ce qu'une femme fait pour eux. Je l'ai dit bien souvent aux mineurs. Mais c'est bien dur pour Sir Clifford, estropié comme il l'est. Ils ont toujours été hautains, les Chatterley, regardant les autres de haut, comme c'était leur droit. Mais alors, recevoir un tel coup ! Et c'est très dur aussi pour Lady Chatterley, peut-être plus dur pour elle. Tout ce dont elle est privée ! Je n'ai eu Ted que trois ans, mais, ma parole, tant que je l'ai eu, j'ai eu un mari que je n'ai jamais pu oublier. Il n'avait pas son égal entre mille, et joyeux comme un beau jour. Qui aurait jamais pensé qu'il serait tué ? Je ne le crois pas, même aujourd'hui ; je n'ai jamais pu le croire, bien que j'aie lavé son corps de mes propres mains. Mais il n'a jamais été mort pour moi, il ne l'a jamais été. Je ne l'ai jamais admis. »

Cette voix était nouvelle à Wragby, toute nouvelle pour Constance. Elle l'écoutait avec un intérêt tout nouveau.

Au début, cependant, Mrs. Bolton fut très calme à Wragby. Elle perdit son assurance, son ton d'autorité, devint craintive. Avec Clifford, elle fut timide, presque effrayée, et silencieuse. Il aimait cela, et il reprit bientôt tout son empire sur lui-même, la laissant s'affairer pour lui sans même s'en apercevoir.

« C'est une nullité utile », disait-il.

Constance ouvrit les yeux tout grands, mais ne le contredit pas. Comme les impressions varient d'une personne à l'autre !

Et bientôt, il prit avec la garde des airs très magnifiques, très maître et seigneur. Elle s'y attendait ; et, sans qu'elle le sût, il remplissait son attente, tant nous sommes enclins à faire précisément ce qu'on attend de nous. Les mineurs avaient été si semblables à des enfants, lui parlant, lui contant leurs maux pendant qu'elle leur faisait des pansements ou les soignait. Elle s'était toujours sentie si grande dame auprès d'eux, presque surhumaine dans les soins qu'elle donnait ! Maintenant, auprès de Clifford, elle se sentait humble, semblable à une domestique, et elle acceptait la situation sans dire un mot, s'adaptant aux exigences des grands.

Elle venait, silencieuse, les yeux baissés dans son long et beau visage, pour lui prodiguer ses soins. Et elle disait, très humblement !

— Ferai-je ceci maintenant, Sir Clifford ? Ferai-je cela ?

— Non, laissez cela pour l'instant, je le ferai faire plus tard.

— Bien, Sir Clifford.

— Revenez dans une demi-heure.

— Bien, Sir Clifford.

— Emportez ces vieux papiers, s'il vous plaît.

— Bien, Sir Clifford.

Elle s'en allait doucement et, au bout d'une demi-heure, elle revenait doucement. On la bousculait, mais cela lui était égal. Elle faisait l'expérience des classes supérieures. Elle n'avait contre Clifford ni rancune ni antipathie ; il faisait partie d'un phénomène, le phénomène de la classe supérieure, inconnue d'elle jusqu'ici, mais que maintenant il fallait apprendre à connaître. Elle était plus à l'aise avec Lady Chatterley ; et après tout, c'est la dame de la maison qui importe le plus.

Mrs. Bolton aidait Clifford à se mettre au lit le soir, couchait dans une chambre séparée de la sienne par un couloir, et venait s'il la sonnait pendant la nuit. Elle l'aidait aussi le matin, et bientôt elle lui fit toute sa toilette, le rasant même, avec des mouvements doux et féminins. Elle était très bonne, très habile et sut bientôt le tenir en main. Il n'était pas, après tout, si différent des mineurs, quand on lui couvrait les joues de mousse de savon et qu'on lui frottait doucement les piquants de la barbe. Les airs distants et le manque de franchise ne la troublaient pas ; c'était une aventure nouvelle.

Clifford cependant, dans son for intérieur, ne pardonna jamais tout à fait à Constance d'avoir confié à des mains étrangères et mercenaires les soins qu'elle lui donnait autrefois. Elle avait tué, se disait-il, la belle fleur de leur intimité. Mais Constance y était bien indifférente. La belle fleur de leur intimité lui semblait une sorte d'orchidée, un bulbe parasite attaché à l'arbre de sa vie, une fleur assez pauvre.

Maintenant qu'elle avait plus de liberté, elle pouvait doucement jouer du piano là-haut chez elle et chanter.

*Ne touchez pas à la ronce...*
*Car les liens de l'amour sont difficiles à dénouer*[47].

Elle n'avait pas compris, jusqu'à maintenant, combien ils étaient durs à détacher, ces liens de l'amour. Mais, grâce au Ciel, elle les avait détachés ! Elle était si heureuse d'être seule, de n'avoir pas toujours à parler à Clifford. Quand il était seul il tapait, tapait sur sa machine à écrire, à l'infini. Mais quand il ne « travaillait » pas et qu'elle était auprès de lui, il parlait, il parlait toujours ; de toutes petites analyses de gens et de choses ; de motifs, de caractères, de personnalités : elle n'en pouvait plus. Pendant des années elle avait aimé tout cela, jusqu'à en être saturée ; et puis, tout à coup, elle n'en pouvait plus. Elle était reconnaissante d'être seule.

Il semblait que des milliers et des milliers de petites racines et de petits filaments poussés de part et d'autre du fond de leurs deux êtres se fussent si bien embrouillés en une masse compacte qu'il ne pouvait plus s'y en ajouter et que la plante mourait. Maintenant, tranquillement, subtilement, elle débrouillait l'écheveau, cassant doucement les fils un à un, avec patience, avec impatience, pressée de se rendre libre. Mais les liens d'un tel amour sont plus durs à dénouer que tant d'autres liens, bien que la venue de Mrs. Bolton eût été d'un grand secours.

Cependant il voulait toujours, comme autrefois, les soirées de causerie intime avec Constance : conversation ou lecture à haute voix. Mais maintenant elle pouvait demander à Mrs. Bolton de venir les interrompre à dix heures. À dix heures Constance pouvait monter chez elle et être seule. Clifford était en sûreté, aux mains de Mrs. Bolton.

Mrs. Bolton prenait ses repas avec Mrs. Betts dans la chambre de la gouvernante ; cet arrangement convenait à tout le monde.

Autrefois si lointaine, l'office s'était étrangement rapprochée ; elle semblait maintenant à la porte du bureau de Clifford. Car la gouvernante venait parfois s'asseoir dans la chambre de Mrs. Bolton, et Constance les entendait causer à voix basse et il lui semblait sentir l'autre vie, la forte vie des gens de service palpiter et envahir les pièces de réception, quand elle et Clifford étaient seuls. Tel était le changement opéré à Wragby par la seule venue de Mrs. Bolton.

Et Constance se trouvait libérée, entrée dans un autre monde ; elle se sentait respirer autrement. Mais elle se demandait encore avec crainte combien de ses racines, peut-être des racines vitales, restaient emmêlées à celles de Clifford. Pourtant elle respirait plus librement ; une nouvelle phase allait commencer dans sa vie.

# VIII

Mrs. Bolton couvait aussi Constance d'un œil maternel. Elle se sentait le devoir d'étendre jusqu'à la dame du logis sa protection d'infirmière et de femme. Elle conseillait sans cesse à madame de faire une promenade, de se faire conduire à Uthwaite, d'aller sentir l'air. Car Constance avait pris l'habitude de rester près du feu, feignant de lire, ou de coudre un peu, ne sortant presque plus.

Par un jour de vent, peu après le départ de Hilda, Mrs. Bolton lui dit :

— Pourquoi n'allez-vous pas vous promener à travers le bois et voir les jonquilles derrière le cottage du garde ? C'est le plus joli tableau qu'on puisse voir. Vous pourriez en mettre dans votre chambre. C'est si gai les jonquilles sauvages, ne trouvez-vous pas ?

Constance prit ce discours en bonne part. Des jonquilles sauvages ! Après tout, pourquoi cuire dans son jus ? Le printemps revenait... « Les saisons reviennent ; mais pour moi ne revient pas le Jour, ou la douce approche du Soir ou du Matin[48]. »

Et le garde ! Son corps mince et blanc comme le pistil solitaire d'une invisible fleur ! Elle l'avait oublié dans son indicible dépression. Mais maintenant quelque chose s'éveillait...

« Pâle, au-delà du porche et du portail[49]... » Ce qu'il

fallait faire, c'était de passer les porches et les portails.

Elle avait regagné des forces. Elle marchait plus facilement ; le vent ne serait pas si fatigant dans le bois qu'à travers le parc où il se collait à elle. Elle voulait oublier, oublier le monde, toutes ces affreuses gens aux corps de charogne. « Il faut que vous naissiez de nouveau[50] ! Je crois à la résurrection du corps[51] ! Si le grain de froment tombant dans la terre ne meurt point, il demeure seul[52] !... Quand le crocus viendra, moi aussi j'émergerai et verrai le soleil ! » Dans le vent de mars, des phrases sans fin lui passaient par l'esprit.

De petits éclairs de soleil passaient, étrangement brillants, et éclairaient, à la lisière du bois, sous les noisetiers, les renoncules qui étincelaient comme des paillettes jaunes. Et le bois était tranquille, si tranquille, agité pourtant par des éclairs de soleil passager. Les premières anémones étaient en fleur, et le bois semblait tout pâle de leur pâleur innombrable qui constellait le sol. « Le monde a pâli sous ton souffle[53]. » Mais, cette fois-ci, c'était le souffle de Perséphone[54] ; elle était sortie des Enfers par un matin froid. Des souffles de vent froid passaient, et, par-dessus, c'était la fureur du vent emmêlé, accroché aux rameaux. Lui aussi, le vent, tâchait de s'arracher, de se libérer, comme Absalon[55]. Que les anémones semblaient avoir froid, en haussant leurs blanches épaules nues sur leurs crinolines de verdure ! Mais elles tenaient bon. Il y avait aussi quelques petites primevères décolorées, les premières, près du sentier, et des boutons jaunes qui s'ouvraient.

La fureur du vent était au-dessus. Plus bas, il n'y avait que quelques courants froids. Constance était étrangement vivifiée par le bois ; le rose affluait à ses joues, le bleu à ses yeux. Elle marchait difficilement, cueillant quelques primevères violettes au parfum doux et froid, si doux et froid. Elle avançait sans savoir où elle était.

Elle arriva enfin à la clairière, tout au bout du bois, et vit le cottage aux pierres verdies, qui avait l'air presque rose, comme l'intérieur d'un champignon, ses pierres réchauffées par un éclair de soleil. Et il y avait un éclat de jasmin jaune près de la porte, de la porte fermée. Mais aucun son ; aucune fumée au toit ; aucun aboiement de chien.

Elle alla tranquillement derrière la maison, là où la colline s'élevait à pic. Elle avait l'excuse de chercher les jonquilles.

Et elles étaient là, les fleurs à la courte tige, bruissant et tremblant et frissonnant, si brillantes et vivantes, mais ne sachant où cacher leurs visages qu'elles détournaient du vent.

Elles secouaient leurs brillants petits chiffons ensoleillés, dans des accès de détresse. Mais peut-être qu'en réalité elles étaient contentes ; peut-être qu'elles étaient contentes d'être ainsi malmenées.

Constance s'assit contre le tronc d'un jeune sapin qui palpitait contre elle d'une vie étrange, élastique, puissante, montante. Dressé, vivant, son sommet dans le soleil ! Et elle regardait les jonquilles prendre une couleur dorée dans un éclair de soleil qui réchauffait ses genoux et ses mains. Elle percevait même la légère odeur de goudron des fleurs. Alors, si tranquille et solitaire, elle se sentait rentrer dans le courant de sa propre destinée. Elle avait été attachée par une corde, ballottée et secouée comme un bateau dans ses entraves. Maintenant elle était libre de voguer.

Le soleil fit place au froid. Les jonquilles plongeaient dans l'herbe couverte d'ombre. Elles plongeaient ainsi pendant le reste du jour et la longue nuit froide, si fortes en leur faiblesse.

Elle se leva, un peu raide, prit quelques jonquilles,

et s'éloigna. Elle n'aimait pas briser la tige des fleurs ; mais elle en voulait seulement une ou deux pour lui tenir compagnie. Il faudrait retourner à Wragby, à ses murs. Ah ! comme elle haïssait ce lieu ! Comme elle haïssait surtout ses murs épais ! Des murs ! Toujours des murs ! Et pourtant ils étaient nécessaires, par ce vent.

À son retour, Clifford lui demanda :

— Où êtes-vous allée ?

— Droit à travers le bois ! Regardez, est-ce que les petites jonquilles ne sont pas adorables ? Quand on pense qu'elles sortent de la terre !

— Tout autant que de l'air et du soleil, dit-il.

— Mais modelées dans la terre, reprit-elle, un peu surprise d'être si prompte à le contredire.

L'après-midi suivant, elle retourna dans le bois. Elle suivit la large avenue qui tournait et montait à travers les mélèzes jusqu'à une source qu'on appelait John's Well[56]. Il faisait froid sur cette côte et il n'y avait pas une fleur dans l'ombre des mélèzes. Mais la petite source glacée s'élevait de son minuscule lit de cailloux purs, d'un blanc rougeâtre. Comme elle était claire et glacée ! Et brillante ! Le nouveau garde avait sans doute mis des cailloux frais. Elle entendit le léger tintement de l'eau qui débordait et coulait le long de la pente. Plus haut même que la lourde rumeur du bois de mélèzes qui répandait sur la pente sa sombreur bruissante, défeuillée et sauvage, elle entendait comme le tintement de petites cloches d'eau.

L'endroit était un peu sinistre, froid, humide. Pourtant, depuis des siècles, on avait dû venir boire à cette fontaine. Plus personne n'y venait boire maintenant. La petite clairière qui l'entourait était verte, froide et triste.

Elle se leva et s'en revint lentement au château. Tout en marchant, elle entendit un vague bruit à sa droite, et s'arrêta pour écouter. Était-ce un marteau ou un pic ? Non, c'était sûrement un marteau.

Elle continua sa marche, tendant l'oreille. Alors elle remarqua un étroit sentier entre les jeunes sapins qui cédaient bientôt la place aux vieux chênes. Elle suivit le sentier et le bruit de marteau se rapprocha dans le silence du bois plein de vent, car les arbres font du silence, même au milieu de leur bruit de vent.

Elle vit une petite clairière secrète, et une petite cabane secrète, faite de poteaux rustiques. Elle comprit que c'était l'endroit paisible où on élevait les jeunes faisans ; le garde, en bras de chemise, était à genoux, et frappait du marteau. Le chien s'avança avec un aboiement court et rapide, et le garde leva soudain les yeux et la vit. Il la regarda d'un air saisi.

Il se redressa et fit le salut militaire, l'examinant en silence, comme elle avançait chancelante. Il lui en voulait de violer cette solitude qu'il aimait comme sa seule, sa dernière liberté dans la vie.

— Je me demandais ce qu'était ce bruit de marteau, dit-elle.

Elle se sentait faible, hors d'haleine, et un peu effrayée par lui qui la regardait en plein visage.

— Je prépare les paniers pour les jeunes oiseaux, dit-il dans le patois le plus rude.

Et elle ne savait que dire, et se sentait faible.

— Je voudrais m'asseoir un peu, dit-elle.

— Venez vous asseoir ici dans la cabane, dit-il.

Et il la précéda, poussa de côté des débris de bois et avança une chaise rustique faite de bâtons de noisetier.

— Faut-il vous faire un peu de feu ? demanda-t-il, dans son dialecte naïf.

— Non, non, ce n'est pas la peine, répondit-elle.

Mais il regarda ses mains : elles étaient un peu bleues. Alors il porta vite des rameaux de mélèze dans la petite cheminée de brique qui se trouvait dans un coin de la cabane ; et, tout de suite, une flamme jaune monta dans la cheminée. Il lui fit place près du foyer de brique.

— Asseyez-vous là et chauffez-vous un peu, dit-il.

Elle obéit. Il avait cette sorte d'autorité et de bonté protectrices qui forcent tout de suite l'obéissance. Elle s'assit donc et se réchauffa les mains à la flamme, et ajouta des bûches au feu, tandis qu'il tapait toujours du marteau au-dehors. Elle n'avait pas vraiment envie de rester assise, enfouie dans un coin près du feu. Elle aurait préféré regarder ce qu'il faisait de la porte. Mais on se préoccupait d'elle : il fallait obéir.

La cabane était très confortable, boisée de sapin non verni ; outre la chaise, il y avait une petite table et un tabouret rustiques, un banc de charpentier, une grande caisse, des outils, des planches neuves, des clous, et toutes sortes de choses suspendues à des crochets : une hache, des pièges, des choses dans des sacs, sa veste. Il n'y avait pas de fenêtre. La lumière venait de la porte ouverte. C'était un amas d'objets hétéroclites ; et en même temps, c'était une sorte de petit sanctuaire.

Elle écoutait le bruit du marteau ; ce n'était pas un bruit heureux. L'homme était triste. C'était là une atteinte à sa liberté et à sa solitude, une intrusion dangereuse ! Une femme ! Il était arrivé à cet état où tout ce qu'on veut sur terre, c'est d'être seul. Et pourtant, il était impuissant à défendre sa solitude ; il n'était qu'un homme à gages ; et ces gens-là étaient ses maîtres.

Et surtout, il ne voulait pas entrer encore en contact avec une femme. Il en avait peur, car d'anciens contacts lui avaient laissé une large blessure. Il sentait que, s'il ne pouvait être seul, si on ne pouvait le laisser seul, il mourrait. Il s'était complètement retiré du monde extérieur ; son dernier refuge était le bois : se cacher là !

Constance s'était réchauffée auprès du feu qu'elle avait trop vivement attisé. Elle avait maintenant trop chaud. Elle alla s'asseoir sur le tabouret près de la porte, et regarda travailler l'homme. Il semblait ne pas s'en apercevoir, mais il la savait là. Penché vers le sol, il examinait la solidité des barreaux : quelques-uns se brisèrent dans ses mains ; il commença à retirer les clous ; puis il retourna la cage et se mit à réfléchir sans montrer, par le moindre signe, qu'il s'apercevait de la présence de la femme.

Constance le regardait attentivement. Et cette même solitude qu'elle avait sentie en lui quand il était nu, elle la sentait sous ses vêtements : solitaire, appliqué, comme un animal qui travaille seul ; mais méditatif aussi, comme une âme qui s'écarte, qui s'écarte de tout contact humain. En ce moment même, silencieusement, patiemment, il s'écartait d'elle. C'était cette tranquillité, cette sorte de patience infinie qui touchaient Constance aux entrailles. Elle voyait sa tête penchée, ses mains rapides et calmes, la courbe de ses reins minces et sensibles : quelque chose de patient, de retiré. Elle sentait que l'expérience de cet homme avait été plus profonde que la sienne ; bien plus profonde, plus large, et peut-être plus mortelle. Et cela la soulageait du poids d'elle-même ; elle se sentait presque irresponsable.

Ainsi elle restait assise à la porte de la cabane, perdue dans un rêve, tout à fait inconsciente du temps et des circonstances. Elle était si absente qu'il la regarda tout à coup et vit sur son visage cet air parfait de calme et d'attente. Pour lui c'était un regard d'attente. Et une petite langue de feu glissa soudain dans ses reins, à la racine de son dos, et il gémit dans son cœur. Il redoutait, avec une répulsion presque mortelle, tout nouveau contact humain. Il désirait, par-dessus tout, qu'elle s'en allât, qu'elle le laissât à sa solitude. Il redoutait sa volonté, sa volonté féminine, son insistance de femme moderne. Et, surtout, il redoutait son impudence tranquille de femme du monde qui n'en veut faire qu'à sa tête. Car, après tout, il n'était qu'un domestique. Il haïssait sa présence dans la cabane.

Constance revint à elle, brusquement mal à l'aise. Elle se leva. L'après-midi inclinait vers le soir. Et pourtant elle ne pouvait partir. Elle s'approcha de l'homme qui se tint comme au garde-à-vous, le visage creusé, raide et vide, les yeux fixés sur elle.

— C'est si agréable ici, si reposant, dit-elle. Je n'y étais jamais venue encore.

— Non ?

— Je crois que je viendrai m'asseoir ici quelquefois.

— Oui !

— Est-ce que vous fermez la cabane à clef quand vous n'y êtes pas ?

— Oui, madame.

— Croyez-vous que je pourrais, moi aussi, avoir une clef, pour venir m'y asseoir quelquefois ? Y a-t-il deux clefs ?

— Pas que je sache.

Il était retombé à son patois. Constance hésita : il s'opposait à elle. Mais était-ce sa cabane, après tout ?

— Ne pourrions-nous pas avoir une autre clef? demanda-t-elle de sa voix douce qui cachait à peine le ton tranchant d'une femme décidée à obtenir ce qu'elle demande.

— Une autre ? dit-il en la regardant avec un éclair de colère mêlé de moquerie.

— Oui, un double, dit-elle en rougissant.

— Peut-être que Sir Clifford le saurait, dit-il en patois.

— Oui, dit-elle, il se peut qu'il en ait une autre. Sinon, nous pourrions en faire faire une d'après la vôtre. Ça ne prendrait guère plus d'un jour, je présume. Vous pourriez vous passer de votre clef pendant ce temps-là ?

— Je ne puis vous dire, madame. Je ne connais personne qui fasse de clefs dans le voisinage.

Constance soudain rougit de colère.

— Très bien, dit-elle, je m'en occuperai moi-même.

— Bien, madame.

Leurs regards se croisèrent. Celui du garde était froid et mauvais, plein d'antipathie, de mépris, et d'indifférence à ce qui pourrait advenir; celui de Constance, haineux et rageur.

Mais Constance souffrait. Elle voyait combien elle lui déplaisait quand elle lui résistait. Elle voyait cet homme avec une sorte de désespoir.

— Au revoir.

— Au revoir, madame !

Il fit le salut militaire, tourna sur ses talons et partit. Elle avait éveillé en lui la vieille colère vorace qui dormait, la colère contre la femelle obstinée. Et il était sans pouvoir, sans aucun pouvoir. Il le savait.

Et elle s'irritait contre l'obstination du mâle. Un domestique par-dessus le marché ! Elle rentra, sombre et rancunière.

Elle trouva Mrs. Bolton qui l'attendait sous le grand hêtre.

— Je me demandais justement si vous n'alliez pas venir, madame, dit-elle gaiement.

— Suis-je en retard ? demanda Constance.

— Oh !... Seulement Sir Clifford attendait son thé.

— Pourquoi ne l'avez-vous pas fait vous-même ?

— Oh ! je ne trouve pas que ce soit bien mon rôle. Je ne crois pas du tout que Sir Clifford serait content, madame.

— Je ne comprends pas pourquoi, dit Constance.

Elle rentra dans la maison et rejoignit Clifford dans son bureau où la vieille bouilloire de cuivre bouillait sur le plateau.

— Suis-je en retard, Clifford ? dit-elle.

Elle déposa les quelques fleurs qu'elle avait cueillies et prit la boîte à thé ; elle se tenait debout près du plateau, en chapeau et l'écharpe au cou.

— Je suis désolée. Pourquoi n'avez-vous pas demandé à Mrs. Bolton de faire le thé ?

— Je n'y ai pas pensé, dit-il ironiquement. Je ne la vois pas très bien présidant à la table à thé.

— Oh ! il n'y a rien de sacro-saint dans une théière d'argent, dit Constance.

Il la regarda curieusement.

— Qu'avez-vous fait tout l'après-midi ?

— J'ai fait une promenade et me suis assise dans un endroit habité. Savez-vous qu'il y a encore des baies sur le grand houx ?

Elle enleva son écharpe, mais garda son chapeau et s'assit pour faire le thé. Le toast serait certainement mou. Elle mit le molleton sur la théière et se leva pour chercher un petit verre où mettre ses violettes. Les pauvres fleurs pendaient au bout de leurs tiges flasques.

— Elles reprendront vite, dit-elle en mettant le verre devant lui pour qu'il les sentît.

— « Plus douces que les paupières de Junon[57] », cita-t-il.

— Je ne vois aucun rapport entre ce vers et les vraies violettes, dit-elle. Les élisabéthains sont tout de même un peu boursouflés.

Elle lui versa du thé.

— Croyez-vous qu'il y ait une autre clef pour cette petite cabane qui est près de John's Well et où on élève les faisans ?

— C'est possible. Pourquoi ?

— Je l'ai découverte aujourd'hui par hasard. Je ne l'avais jamais vue auparavant. Je trouve que c'est un adorable endroit. Je pourrais m'y asseoir quelquefois, n'est-ce pas ?

— Est-ce que Mellors était là ?

— Oui. C'est le bruit de son marteau qui m'a fait découvrir la cabane. Il n'a pas eu l'air de goûter du tout mon intrusion. Il a presque été grossier quand j'ai demandé s'il y avait une seconde clef.

— Qu'a-t-il dit ?

— Oh ! rien. C'était sa manière d'être ; et puis il a dit que les clefs n'étaient pas son affaire.

— Il se peut qu'il y en ait une dans le bureau de mon père. Betts les connaît toutes ; elles sont toutes là ; je lui dirai de chercher.

— Oh ! s'il vous plaît ! dit-elle.

— Alors Mellors a été presque grossier !

— Oh ! ce n'est pas la peine d'en parler ! Mais je ne crois pas que ça lui plaise que j'aie l'entrée libre dans sa forteresse.

— Non, sans doute.

— Mais pourquoi pas ? Ce n'est pas sa maison après tout. Ce n'est pas son habitation particulière. Je ne vois pas pourquoi je n'irais pas m'y asseoir si ça me plaît.

— En effet, dit Clifford. Il pense trop à lui-même, cet homme.

— Croyez-vous ?

— J'en suis sûr. Il croit qu'il est quelqu'un d'exceptionnel. Vous savez qu'il avait une femme avec laquelle il ne s'entendait pas, de sorte qu'en 1915 il s'enrôla et fut envoyé aux Indes, je crois. Quoi qu'il en soit, il fut maréchal-ferrant dans la cavalerie en Égypte[58] pendant quelque temps ; il a toujours eu affaire aux chevaux ; il s'y entend. Puis un colonel à l'armée des Indes le prit en affection et on en fit un lieutenant. Oui, on en fit un officier. Je crois qu'il retourna aux Indes avec son colonel, eut un poste à la frontière nord-ouest. Il tomba malade. Il a une pension. Il n'a quitté l'armée que l'an dernier, je crois. Et, naturellement, ce n'est pas facile pour un homme comme lui de se remettre à son niveau d'autrefois. Mais il fait bien ce qu'il a à faire, du moins ce qui me concerne. Seulement je ne veux pas voir apparaître le côté lieutenant Mellors.

— Comment a-t-on pu en faire un officier ? Il parle patois.

— Oh ! il ne parle patois que quand ça lui convient. Il sait parfaitement l'anglais, pour un homme comme lui. Je pense qu'il se figure que, étant retombé dans le rang, il fait mieux de parler comme on parle dans le rang.

— Pourquoi ne m'avez-vous pas raconté tout cela plus tôt ?

— Oh ! ces histoires romanesques m'assomment. Elles sont la ruine de toute espèce d'ordre. C'est mille fois regrettable qu'elles aient lieu.

Constance était très disposée à penser de même. À quoi bon ces mécontents qui ne trouvaient leur place nulle part ?

Le temps continuait à être beau. Clifford décida d'aller, lui aussi, au bois. Le vent était froid mais très supportable, et le soleil était chaud et plein de vie.

— C'est extraordinaire, dit Constance, comme on se sent différent par un jour vraiment frais et beau. Généralement, il semble que l'air soit mort. Les gens sont en train de tuer l'air même.

— Vous croyez ?

— Oui. Le flot de tant d'ennui, de mécontentement, de colère qui sort des gens tue la vitalité de l'air. J'en suis sûre.

— Peut-être que c'est l'état de l'air qui diminue la vitalité des hommes ?

— Non ; c'est l'homme qui empoisonne l'univers.

— Il empoisonne son propre nid, dit Clifford.

La petite voiture avançait. Dans les taillis de noisetiers, les chatons d'or pâle pendaient et, dans les endroits ensoleillés, les anémones des bois s'épanouissaient extasiées par la joie de vivre, comme aux jours passés où les hommes pouvaient s'extasier avec elles. Elles sentaient vaguement la fleur de pommier. Constance en cueillit quelques-unes pour Clifford.

Il les prit, les examina avec curiosité. Il cita :

— « Ô toi, épouse encore inviolée du calme[59]... » Cela semble convenir à des fleurs tellement mieux qu'à des vases grecs.

— Violé est un si vilain mot ! dit-elle. Ce sont les hommes qui violent les choses.

— Oh ! je ne sais pas. Les escargots...

— Les escargots les mangent seulement et les abeilles ne violent pas.

Elle s'irritait contre cette manie de tout mettre en mots. Les violettes étaient les paupières de Junon et les anémones des épouses inviolées. Comme elle détestait les mots qui se mettaient toujours entre elle et la vie : c'étaient eux les violateurs, ces mots tout faits qui suçaient la sève des choses vivantes.

Cette promenade avec Clifford ne réussissait guère. Entre lui et Constance il y avait une tension que chacun d'eux faisait semblant de ne pas remarquer mais qui était là tout de même. Soudain, de toute la force de son instinct de femme, elle le repoussait. Elle voulait se libérer de lui et surtout de sa conscience, de ses mots, de cette obsession qu'il avait de lui-même, cette obsession infinie, monotone, mécanique, qu'il avait de lui-même.

Il recommença à pleuvoir. Mais, après un ou deux

jours, elle sortit malgré la pluie et s'en alla au bois. Et, une fois dans le bois, elle s'approcha de la cabane. Il pleuvait mais il ne faisait pas froid, et le bois semblait si silencieux, si à l'écart, si inaccessible dans cette pénombre de pluie.

Elle entra dans la clairière. Personne ! La cabane était fermée à clef. Mais elle s'assit sur la bûche du seuil, sous le porche rustique et s'enveloppa dans sa proche chaleur. Elle restait assise, regardant la pluie, écoutant tous les bruits sans bruit qu'elle fait en tombant, et les étranges soupirs du vent dans le haut des branches, alors qu'il semblait n'y avoir aucun vent. De vieux chênes dressaient alentour leurs troncs gris et puissants, noircis par la pluie, ronds, pleins de vie, lançant de tous côtés des membres audacieux. Le sol était à peu près sans sous-bois, les anémones le jonchaient, et il y avait un ou deux buissons, sureau ou boule de neige, et une broussaille violacée de ronces. Les vieilles fougères roussies disparaissaient presque sous des collerettes vertes d'anémones. Peut-être était-ce là un endroit inviolé. Inviolé ! Le monde entier était violé.

Certaines choses ne peuvent pas être violées. On ne peut pas violer une boîte de sardines. Et tant de femmes sont ainsi. Et tant d'hommes. Mais la terre !

La pluie cessait. Elle ne faisait presque plus de ténèbres parmi les chênes. Constance voulait partir. Et pourtant elle restait assise. Elle avait froid. Mais l'invincible inertie de son ressentiment intérieur la tenait là, comme paralysée.

Violé ! Ah ! on pouvait être violé sans avoir jamais été touché ! Violé par des mots morts devenus ignobles et des idées mortes devenues obsédantes !

Un chien brun mouillé arriva en courant sans aboyer et levant seulement la plume de sa queue. L'homme suivait vêtu d'une veste de toile noire et mouillée, comme celle d'un chauffeur, le visage un peu échauffé. Elle remarqua un léger recul dans sa marche rapide quand il l'aperçut.

Elle se leva dans l'espace étroit qui restait sec sous le porche. Il la salua sans parler, en approchant lentement. Elle s'apprêta à se retirer.

— J'allais partir, dit-elle.

Il répondit en patois :

— Vous auriez voulu entrer ?

Il regardait la cabane, mais pas Constance.

— Non, je me suis seulement assise un moment à l'abri, dit-elle avec une calme dignité.

Il la regarda. Elle avait l'air d'avoir froid.

— Alors Sir Clifford n'a pas d'autre clef ? demanda-t-il.

— Non. Mais ça ne fait rien. Je puis parfaitement rester à l'abri sous ce porche. Bonjour !

Elle haïssait l'excès de son patois.

Il la regarda attentivement, tandis qu'elle s'éloignait. Alors il releva sa veste, mit la main dans la poche de sa culotte et en sortit la clef de la cabane.

— Peut-être qu'il vaut mieux que vous preniez cette clef. Et je trouverai autre chose pour les faisans.

Elle le regarda.

— Que voulez-vous dire ? demanda-t-elle.

— Je veux dire que je pourrais trouver un autre endroit pour les oiseaux. Si vous venez ici, vous ne tiendrez pas à me voir bricoler autour de vous tout le temps.

Elle le regarda, comprenant ce qu'il voulait dire à travers le brouillard du patois.

— Pourquoi ne parlez-vous pas l'anglais de tout le monde ?

— Moi ? Je croyais que c'était l'anglais de tout le monde.

Elle se tut un instant, irritée.

— Alors, si vous voulez la clef, vous feriez mieux de la prendre. Ou peut-être vaudra-t-il mieux que je vous la donne demain, et que je débarrasse l'endroit d'abord. Est-ce que ça vous conviendrait comme ça ?

Elle s'irritait davantage.

— Je ne voulais pas votre clef, dit-elle. Je ne veux pas que vous débarrassiez quoi que ce soit. Je n'ai aucune envie de vous déposséder de votre cabane. Merci beaucoup ! Je voulais seulement pouvoir m'asseoir quelquefois, comme aujourd'hui. Mais je peux très bien rester assise sous le porche. Alors, s'il vous plaît, n'en parlons plus !

Il la regarda encore de ses yeux bleus malicieux.

— Mais, commença-t-il dans son patois lourd et lent, madame est la bienvenue dans la cabane, la clef est à elle et tout le reste aussi. Seulement, à cette saison, il faut s'occuper des oiseaux et il faut que je bricole pas mal ici en m'en occupant. En hiver, j'ai à peine besoin d'approcher de la cabane. Mais c'est le printemps, et Sir Clifford veut élever des faisans... et madame ne voudrait pas sans doute que je sois toujours autour d'elle quand elle viendra ici.

Elle l'écoutait avec une sorte de vague stupeur.

— Pourquoi est-ce que ça me ferait quelque chose que vous soyez là ? demanda-t-elle.

Il la regarda curieusement.

— C'est moi que ça gênerait, dit-il brièvement mais d'un ton décisif.

Elle rougit.

— Très bien, dit-elle. Je ne vous dérangerai pas. Mais je crois que ça ne m'aurait rien fait du tout d'être assise ici et de vous voir vous occuper des oiseaux. Ça m'aurait amusée. Mais puisque vous jugez que c'est une intrusion, je ne vous dérangerai pas, ne craignez rien. Vous êtes le garde de Sir Clifford, non le mien.

La phrase semblait étrange, elle ne savait pourquoi.

— Non, madame. C'est la cabane de madame. C'est comme il plaira à madame. Vous pouvez me renvoyer dans les huit jours. Seulement...

— Seulement quoi ? demanda-t-elle, perplexe.

Il repoussa son chapeau, assez comiquement.

— Seulement, vous pourriez vouloir la cabane pour vous seule, quand vous venez, et préférer que je ne sois pas là à bricoler.

— Mais pourquoi ? dit-elle, irritée. N'êtes-vous pas un être civilisé ? Trouvez-vous que je devrais avoir peur de vous ? Pourquoi voulez-vous que je m'occupe de vous, et que ça me fasse quelque chose que vous soyez là ou non ? Est-ce que cela a la moindre importance ?

Il la regarda, le visage tout illuminé d'un rire méchant.

— Non, madame, pas la moindre, dit-il.

— Alors, pourquoi ?

— Ferai-je faire une autre clef pour madame ?

— Non, merci, je n'en veux pas.

— Je la ferai faire de toute façon. Il vaut mieux avoir deux clefs.

— Quelle insolence ! dit Constance, rouge et un peu hors d'haleine.

— Non, non, dit-il en hâte. Ne dites pas ça. Non, non ! Je n'ai rien voulu dire. Je pensais seulement que, si vous vouliez venir ici, il faudrait que je déménage, et ce serait un grand travail d'installer autre chose. Mais si madame ne s'occupe pas de moi... la cabane est à Sir Clifford, et tout est au service de madame, pourvu que madame ne s'occupe pas de moi pendant que je fais toutes les petites choses que j'ai à faire.

Constance s'éloigna, absolument déconcertée. Elle ne savait si elle venait oui ou non d'être insultée et mortellement offensée. Peut-être n'avait-il pas voulu dire autre chose que ce qu'il avait dit ; peut-être avait-il vraiment voulu dire que, si elle venait à la cabane, elle voudrait y être seule. Comme si elle y avait jamais pensé ! Comme si lui et sa stupide présence importaient tellement !

Elle rentra, dans un grand désarroi d'esprit, ne sachant ni ce qu'elle pensait, ni ce qu'elle ressentait.

# IX

Constance s'étonnait de son sentiment d'aversion pour Clifford. Bien plus, elle sentait que, profondément, il lui avait toujours été antipathique. Ce n'était pas de la haine : il n'y avait aucune passion dans son aversion. C'était une profonde antipathie physique. Il lui semblait presque qu'elle l'avait épousé parce qu'il lui déplaisait d'une façon mystérieuse, physique. Mais, naturellement, elle l'avait épousé en réalité parce qu'il l'attirait mentalement. Il lui avait paru, en quelque sorte, au-delà d'elle-même, son maître.

Maintenant, l'attrait mental s'était usé, elle ne sentait plus que l'aversion physique. Cette aversion s'élevait du tréfonds d'elle-même, et elle comprenait que sa vie en avait été rongée.

Elle se sentait faible et entièrement, désespérément abandonnée. Elle appelait une aide du dehors. Mais, dans le monde entier, il n'y avait aucune aide. La société était terrible, parce qu'elle était insensée. La société civilisée est insensée. L'argent, et ce qu'on appelle l'amour sont ses deux grandes manies; l'argent, de beaucoup la plus grande. L'individu, dans sa folie désordonnée, s'affirme en ces deux modes : l'argent et l'amour. Voyez Michaelis ! Sa vie, son activité n'étaient qu'insanité. Son amour, une sorte d'insanité.

Et Clifford de même. Et toutes ces conversations !

Toute cette littérature! Tous ces furieux efforts pour « arriver ». Ce n'était que de l'insanité. Et cela ne faisait qu'empirer, devenait vraiment maniaque.

Constance se sentait engourdie de peur. Mais, du moins, Clifford exerçait de plus en plus sa tyrannie sur Mrs. Bolton, et elle en était allégée d'autant. Il ne le savait pas. Comme pour beaucoup d'insensés, on pouvait mesurer sa démence au nombre de choses dont il n'était pas conscient, aux grands espaces désertiques de sa conscience.

Mrs. Bolton était, de bien des manières, admirable. Mais elle avait ce curieux goût de domination, ce besoin infini de s'affirmer soi-même qui est un des signes de la démence chez les femmes modernes. Elle se croyait dévouée, corps et âme, aux autres. Clifford la ravissait parce que toujours, ou si souvent, comme par un instinct plus délicat, il l'empêchait de faire ce qu'elle voulait. Il avait un besoin d'affirmation plus délicat, plus subtil qu'elle. C'était son charme pour elle.

Peut-être que ç'avait été son charme pour Constance aussi.

— Quel beau jour, disait, par exemple, Mrs. Bolton. Je crois qu'une promenade dans votre petite voiture vous ferait plaisir.

— Oui ? Veuillez me donner ce livre-là, le jaune. Et je voudrais qu'on enlève ces jacinthes.

— Oh ! mais elles sont si belles ! et leur parfum est tout simplement merveilleux !

— C'est justement le parfum que je n'aime pas, disait-il. Je le trouve un peu funéraire.

— Trouvez-vous ? s'écriait-elle, surprise, un peu offensée, mais impressionnée.

Et elle emportait les jacinthes, impressionnée par une si extrême délicatesse.

— Voulez-vous que je vous rase, ce matin, ou préférez-vous le faire vous-même ?

Toujours la même voix douce, caressante, serviable, et pourtant si autoritaire.

— Je ne sais pas. Voulez-vous attendre un peu ? Je vous sonnerai quand je serai prêt.

— Très bien, Sir Clifford, disait-elle, si douce, si soumise, en se retirant avec calme.

Mais chaque rebuffade augmentait en elle ses réserves de volonté.

Quand il sonnait, elle paraissait tout de suite. Alors, il lui disait :

— Je crois que je préférerais que vous me rasiez ce matin.

Elle sentait un petit coup au cœur et répondait, avec plus de douceur que jamais :

— Très bien, Sir Clifford.

Elle avait beaucoup d'adresse, un toucher doux, un peu lent, qui s'attardait. Au début, il s'était irrité contre le toucher si doux de ces doigts sur son visage. Maintenant, il le goûtait, avec une volupté croissante. Il se faisait raser par elle presque tous les jours. Elle avait le visage tout près du sien, les yeux attentifs à ce qu'elle faisait. Et, peu à peu, ses doigts apprenaient à connaître parfaitement les joues et les lèvres, le menton et le cou de Clifford. Il était bien nourri ; son visage et son cou étaient assez beaux ; et c'était un gentleman.

Elle était belle aussi, pâle, avec un visage un peu allongé et tout à fait calme, des yeux brillants mais qui ne révélaient rien. Peu à peu, avec une douceur infinie, elle le tenait à la gorge, et il lui cédait.

Elle faisait maintenant presque tout pour lui, et il se sentait plus à l'aise avec elle qu'avec Constance, moins honteux d'accepter de petits services domestiques. Elle aimait à le manier. Elle aimait à se charger de son corps, entièrement, jusqu'à lui rendre les plus humbles soins. Elle dit à Constance un jour :

— Tous les hommes sont des bébés, quand on va au fond d'eux-mêmes. J'ai soigné les plus terribles durs à cuire qui soient jamais descendus dans la mine de Tavershall. Mais que quelque chose n'aille pas, qu'ils aient besoin de vos soins, et ils deviennent des bébés, rien que de grands bébés. Oh ! tous les hommes sont les mêmes !

Au début, Mrs. Bolton avait cru qu'il y avait quelque chose de différent chez un gentleman, un *vrai* gentleman comme Sir Clifford. Grand avantage de Clifford sur elle. Mais, peu à peu, quand elle fut bien allée au fond de lui, pour parler comme elle, elle s'aperçut qu'il était comme les autres, un bébé dans le corps d'un homme ; mais un bébé doué d'une étrange humeur, de belles manières, de pouvoir, et de toutes sortes de curieuses connaissances dont elle n'avait jamais eu la moindre idée et dont il pouvait se servir pour la dominer.

Constance avait parfois envie de dire à Clifford :

— Pour l'amour de Dieu, ne sombrez pas si entièrement dans les mains de cette femme.

Ils avaient gardé l'habitude de passer la soirée ensemble, jusqu'à dix heures. Ils parlaient, lisaient, parcouraient ses manuscrits. Mais le charme était rompu. Ses manuscrits ennuyaient Constance. Elle les lui copiait encore, par devoir, à la machine. Mais bientôt ce serait Mrs. Bolton qui le ferait.

Car Constance avait suggéré à Mrs. Bolton qu'elle devait apprendre à écrire à la machine. Et Mrs. Bolton, toujours prête à tout, avait commencé tout de suite et travaillé assidûment. Et maintenant Clifford lui dictait parfois une lettre qu'elle transcrivait un peu lentement, mais sans fautes. Il était plein de patience, lui épelait les mots difficiles ou les phrases en français quand il y en avait. Elle était enchantée et c'était presque un plaisir de faire son éducation.

Maintenant Constance prétextait parfois une migraine pour monter chez elle après le dîner.

— Peut-être que Mrs. Bolton ferait une partie de piquet avec vous ? disait-elle à Clifford.

— Oh ! tout ira très bien. Allez donc vous reposer dans votre chambre, chérie.

Mais à peine était-elle partie qu'il sonnait Mrs. Bolton et lui demandait de faire sa partie de piquet ou de bésigue ou même d'échecs. Il lui avait enseigné tous ces jeux. Et Constance trouvait très désagréable de voir Mrs. Bolton, rougissante et excitée comme une petite fille, touchant sa reine d'un doigt incertain, puis retirant la main ; et Clifford, souriant vaguement, avec un air à demi taquin de supériorité, lui disant :

— Il faut dire : j'adoube * !

Mrs. Bolton le regardait avec des yeux brillants, surpris, et murmurait, timidement obéissante :

— J'adoube !

Oui, il faisait son éducation. Et il en tirait un agréable sentiment de puissance. Et elle était captivée. Elle s'appropriait peu à peu tout ce que les gens du monde savaient, tout ce qui, outre l'argent, les rendait grands. Et, en même temps, il désirait qu'elle fût là, auprès de lui ; son ravissement était une subtile flatterie qu'elle lui adressait, ce ravissement si sincère.

Pour Constance, Clifford semblait prendre enfin sa vraie couleur : un peu vulgaire, un peu commun, un peu gras, sans génie. Les tours d'Ivy Bolton, son humble tyrannie étaient, eux aussi, transparents. Mais ce qui étonnait Constance, c'était l'excitant plaisir que cette femme tirait de Clifford. On ne

* En français dans le texte (*N. d. T.*).

pouvait dire qu'elle était amoureuse de lui. Elle était troublée, ravie par le contact de cet homme de la société, de ce gentleman titré, de cet auteur qui pouvait écrire des livres et des poèmes et dont la photographie paraissait dans les journaux illustrés. Tout cela excitait en elle une sorte d'étrange passion; l' « instruction » qu'il lui donnait excitait en elle une passion de ravissement et d'émulation, qui allait bien plus loin qu'aucune liaison amoureuse n'eût pu le faire. En réalité, le fait qu'il ne pouvait y avoir de liaison amoureuse entre eux la laissait libre de vibrer jusqu'à la moelle de cette autre passion, la curieuse passion de *savoir*, de savoir comme lui savait.

Il n'y avait pas à s'y tromper. Elle était bien amoureuse de lui en ce sens, quelque force que nous donnions au mot amour. Elle avait l'air si belle, si jeune, et parfois ses yeux gris étaient admirables. En même temps il y avait en elle, par-dessous, une douce satisfaction, presque triomphante, une satisfaction intime. Ah! cette intime satisfaction, comme Constance la haïssait!

Mais il n'était pas surprenant que Clifford fût pris par cette femme! Elle l'adorait, à sa manière, avec persistance, se mettait entièrement à son service, pour qu'il pût user d'elle comme il voulait. Rien d'étonnant qu'il fût flatté.

Constance les entendait longuement causer entre eux. C'était surtout Mrs. Bolton qui parlait. Elle avait libéré pour lui le flot des cancans de Tavershall. C'était plus que des cancans. C'était Mrs. Gaskell[60], George Eliot[61] et Miss Mitford[62] tout ensemble, avec bien d'autres choses encore que ces sages dames avaient omises. Une fois lancée, Mrs. Bolton surpassait tous les livres dans sa science de la vie populaire. Elle connaissait si intimement tous les gens du peuple, elle prenait à leurs affaires un intérêt si spécial, si chaleureux ! C'était merveilleux de l'écouter, quand bien même c'était un peu humiliant. Au début elle ne s'était pas aventurée à « parler Tavershall », comme elle disait, à Clifford. Mais, une fois mise en train, quelle allure ! Clifford cherchait des « matériaux » et il en trouva tant qu'il en voulait. Constance comprenait que son prétendu génie consistait précisément en ceci : un talent perspicace sachant tirer parti des racontars avec beaucoup d'adresse, et une apparence de détachement. Mrs. Bolton, cela va sans dire, était très en train quand elle « parlait Tavershall » ; emballée même. Et que de choses se passaient et qu'elle savait ! Il y avait matière à des douzaines de volumes.

Constance l'écoutait avec ravissement. Mais ensuite elle avait un peu honte. Elle n'aurait pas dû écouter avec cette étrange et rageuse curiosité. Après tout on peut entendre les histoires les plus intimes des autres, mais seulement dans un esprit de respect, un esprit de sympathie délicate et perspicace pour cette chose qui lutte et qui souffre : une âme humaine. Car même la satire est une forme de la sympathie. C'est la manière dont notre sympathie se répand, ou se retire, qui, réellement, détermine nos vies. Et de là l'immense importance du roman, s'il est bien employé. Il peut canaliser le flot de notre sympathie vers de nouveaux endroits et le retirer des choses devenues caduques. Ainsi le roman, bien employé, peut révéler les endroits les plus secrets de la vie. Car c'est dans les endroits les plus secrets de la *passion* surtout que le flot des connaissances sensitives doit couler et pénétrer pour nettoyer et rafraîchir.

Mais le roman, comme le bavardage, peut exciter aussi des sympathies et des dédains sans sincérité, mécaniques, et mortels à l'âme. Le roman peut glorifier les sentiments les plus corrompus, tant qu'ils restent *conventionnellement* « purs ». Alors le roman, comme le bavardage, finit par devenir vicieux, et, comme le bavardage, d'autant plus vicieux qu'il est toujours, en apparence, du côté des anges. Le bavardage de Mrs. Bolton était toujours du côté des anges. « Et il était si *mauvais*, et elle était si *bien* », disait-elle ; et, au contraire, Constance, même d'après les racontars de Mrs. Bolton, se rendait compte que la femme n'avait été qu'une créature doucereuse, l'homme un honnête brutal. Mais une honnêteté brutale rendait un homme « mauvais » ; et des propos doucereux rendaient une femme « bien », dans le canal vicieux et conventionnel où Mrs. Bolton détournait la sympathie.

C'est pourquoi ce bavardage faisait honte ; et c'est pourquoi la plupart des romans, surtout des romans à succès, font honte aussi. Le public ne goûte maintenant que ce qui flatte ses vices.

Cependant les récits de Mrs. Bolton donnaient une nouvelle vision de Tavershall. Quel affreux bouillon de vie sordide ! Rien de cette plate grisaille qu'on imaginait du dehors. Clifford connaissait de vue presque tous les héros de ces récits ; Constance seulement quelques-uns. Mais on se serait cru plutôt dans une jungle d'Afrique centrale que dans un village anglais.

— Je pense que vous avez appris que Miss Allsopp s'est mariée la semaine dernière. Pensez donc ! Miss Allsopp, la fille du vieux James Allsopp, le cordonnier. Vous savez qu'ils avaient construit une maison à Pye Croft. Le vieux est mort l'an dernier d'une chute : quatre-vingts ans, et aussi souple qu'un garçon. Et puis il glissa sur la colline de Bestwood sur une piste de neige que les enfants avaient faite l'hiver dernier et il se cassa la cuisse, ce fut sa fin ; pauvre vieux, n'est-ce pas malheureux ? Eh bien, il laissa tout son argent à Tattie ; il ne laissa pas un sou aux garçons ! Et Tattie, je le sais, a cinq ans de plus... oui, elle a eu cinquante-trois ans l'automne dernier. Et vous savez comme c'était des gens très « chapelle[63] », ma parole ! Elle avait fait l'école du dimanche pendant trente ans, jusqu'à la mort de son père. Alors elle commença à se lier avec un homme de Kinbrook ; je ne sais pas si vous le connaissez, un homme déjà vieux, un peu bellâtre, un certain Willcock, qui travaille à la scierie de Harrison. Eh bien, il a soixante-cinq ans pour le moins ; et pourtant vous les auriez pris pour un couple de tourterelles à les voir bras dessus, bras dessous et s'embrassant à la grille : oui, et elle assise sur ses genoux, à la fenêtre, juste devant la route de Pye Croft d'où n'importe qui pouvait les voir. Et il a des fils de plus de quarante ans, et n'a perdu sa femme qu'il y a deux ans ! Si le vieux James Allsopp n'est pas sorti de la tombe, c'est parce qu'on ne peut pas en sortir : il avait tenu ses enfants si ferme ! Maintenant ils sont mariés et sont allés vivre à Kinbrook et on dit qu'elle va et vient en robe de chambre du matin au soir, un vrai scandale ! Vraiment, la conduite de ces vieux ! Ils sont bien pires, et beaucoup plus dégoûtants que les jeunes. Pour moi, c'est la faute du cinéma. Mais on ne peut pas les retenir. Je dis toujours : Allez voir un bon film instructif, mais pour Dieu, laissez là tous ces mélodrames et ces films d'amour. En tout cas, ne permettez pas aux enfants d'y aller ! Mais voilà : les grandes personnes sont pires que les enfants, et les vieux sont les pires de tous. Parlez de morale ! Personne ne vous écoute, les gens font ce qu'ils veulent, et ils n'ont pas à s'en plaindre, je dois bien le dire. Mais ils sont bien obligés de s'arrêter, maintenant que les mines travaillent si mal et qu'ils n'ont plus d'argent ! Et ce qu'ils se plaignent ! C'est affreux, surtout les femmes. Les hommes sont si sages, si patients ! Que peuvent-ils faire, pauvres diables ? Mais les femmes ! Tout pour la pose ! Elles donnent des contributions pour un cadeau de mariage à la princesse Mary[64] ; et, quand elles voient tous les cadeaux magnifiques que la princesse a reçus, elles deviennent folles : « Qu'est-elle, vaut-elle mieux que nous ? — Pourquoi est-ce que Swan et Edgar[65] ne me donnent pas un manteau de fourrure au lieu de lui en donner six ? Je regrette bien de ne pas avoir gardé mes dix shillings ; et qu'est-ce qu'elle va me donner, elle, je me le demande ? Je ne puis même pas me payer un manteau de printemps, tellement mon père gagne peu, et elle en reçoit des charretées. Il est temps que les pauvres aient de l'argent à dépenser ; les riches en ont depuis assez longtemps. J'ai besoin d'un nouveau manteau de printemps, et comment l'avoir ? »

« Je leur dis : " Soyez reconnaissantes d'être bien nourries et bien vêtues sans toutes ces fanfreluches que vous désirez. " Et elles se retournent contre moi : " Pourquoi est-ce que la princesse Mary ne se contente pas de ses vieux haillons ? Les gens comme elle reçoivent des charretées de vêtements, et je ne puis pas avoir un nouveau manteau de printemps. C'est honteux. Une princesse ! en voilà des histoires ! C'est l'argent qui compte, et parce qu'elle en a des masses, on lui en donne davantage ! Personne ne m'en donne, et j'ai le droit d'en avoir autant qu'une autre. Ne me parlez pas d'éducation. C'est l'argent qui compte. J'ai besoin d'un nouveau manteau de printemps, et je ne l'aurai pas, parce qu'il n'y a pas d'argent. " C'est tout ce qui compte pour elles : la toilette. Elles trouvent tout naturel de donner sept ou huit guinées pour un manteau d'hiver — de simples filles de mineurs — et deux guinées pour un chapeau d'enfant. Et elles vont à la chapelle méthodiste avec leur chapeau de deux guinées[66] ces filles qui, de mon temps, auraient été fières d'en avoir un de trois shillings ! Il y aura cette année l'anniversaire de l'église méthodiste, et on bâtira une sorte de grande tribune, presque aussi haute que le plafond, pour les enfants de l'école du dimanche. Eh bien, j'ai entendu Miss Thompson, qui dirige la première classe de filles à l'école du dimanche, dire qu'il y aura sur cette plate-forme pour plus de mille livres de nouveaux vêtements du dimanche ! Et les temps sont ce qu'ils sont ! Mais on ne peut pas les arrêter. Elles sont folles de toilette. Et les garçons aussi. Les garçons dépensent pour eux-mêmes tous les sous qu'ils gagnent : vêtements, cigarettes, boisson, courses à Sheffield deux ou trois fois par semaine. Ah ! le monde est bien changé. Et ils n'ont peur de rien, ils ne respectent rien, tous ces jeunes ! Les vieux sont si sages, si patients ; ils se laissent tout prendre par les femmes. Et voilà à quoi ça mène. Les femmes sont de vrais démons. Mais les jeunes gens ne sont pas comme leurs pères. Ils ne se privent de rien ; c'est : tout pour moi. Si on leur dit qu'ils devraient mettre quelque chose de côté pour se marier, ils répondent : " Ça peut attendre, je veux m'amuser pendant que je le peux. Le reste peut attendre. " Ah ! ce qu'ils sont brutaux et égoïstes ! Tout retombe sur les vieux ; et tout va mal partout. »

Clifford commençait à voir son village sous un jour nouveau. Il en avait toujours eu peur ; mais il le croyait de tout repos. Maintenant... ?

— Y a-t-il beaucoup de socialisme et de bolchevisme parmi les villageois ? demandait-il.

— Oh ! répondait Mrs. Bolton, on entend bien quelques bavards. Mais ce sont surtout des femmes qui ont des dettes. Les hommes n'y font pas attention. Je ne crois pas que les hommes de Tavershall deviennent jamais rouges. Ils sont trop honnêtes pour ça. Les jeunes bavardent bien un peu ; mais ils s'en fichent au fond. Tout ce qu'ils veulent, c'est un peu d'argent à dépenser au cabaret[67] ou pour aller perdre leur temps à Sheffield. C'est tout ce qu'ils demandent. Quand ils n'ont pas d'argent, ils écoutent les beaux discours des rouges. Mais dans le fond, personne n'y croit.

— Alors vous croyez qu'il n'y a pas de danger ?

— Oh ! non. Tant que les affaires marcheront, il n'y en aura aucun. Mais si tout allait mal pendant un temps prolongé, les jeunes pourraient se déranger. Je vous le dis : ce sont des égoïstes et des enfants gâtés. Mais je ne vois pas comment ils pourraient faire quoi que ce soit. Ils n'ont aucun sérieux pour rien, excepté pour le faire à la pose sur des motos et pour danser au Palais de Danse de Sheffield. Rien ne peut les rendre sérieux. Les plus sérieux mettent des smokings et vont au Palais s'exhiber à des tas de filles et danser ces nouveaux charlestons et Dieu sait quoi. Souvent l'omnibus est plein de ces garçons en smoking, des fils de mineurs, en route pour le Palais, sans parler de ceux qui vont avec leurs petites amies en auto ou à moto. Ils n'ont aucun sérieux pour rien, sauf pour les courses de Doncaster, et pour le Derby[68] : car ils jouent tous à toutes les courses. Et le football ! Mais même le football n'est plus ce qu'il était, il s'en faut de beaucoup. C'est trop dur, disent-ils. Non, le dimanche après-midi ils préfèrent s'en aller à moto à Sheffield, ou à Nottingham.

— Mais qu'y font-ils quand ils y sont ?

— Oh ! ils se promènent, et prennent le thé dans un endroit chic comme le Mikado, ou vont au Palais de Danse, ou au cinéma, ou à l'Empire avec une jeune fille. Les filles sont aussi libres que les garçons. Elles font tout ce qui leur plaît.

— Et que font-ils quand ils n'ont pas d'argent pour tout cela ?

— Ils semblent toujours se le procurer, d'une manière ou d'une autre. Mais je ne vois pas comment on pourrait avoir le bolchevisme quand tout ce que les garçons demandent ce n'est que de l'argent pour s'amuser et s'acheter des vêtements, et les filles de même. Ils ne sont pas assez intelligents pour devenir socialistes. Ils n'ont pas assez de sérieux et n'en auront jamais assez pour rien prendre au sérieux.

Constance, en entendant tout cela, se disait que les basses classes ressemblaient extrêmement à toutes les autres classes. C'était toujours la même chose : Tavershall, Mayfair ou Kensington ; il n'y avait qu'une seule classe de nos jours : les gens d'argent. On ne différait que par la quantité d'argent qu'on avait ou dont on avait besoin.

Sous l'influence de Mrs. Bolton, Clifford commençait à prendre un nouvel intérêt à ses mines ; il commençait à s'en trouver solidaire. Un nouveau besoin de s'affirmer naissait en lui. Après tout il était le vrai patron à Tavershall ; les mines, c'était lui. Il trouvait là un nouveau sentiment de pouvoir, quelque chose, dont, jusqu'alors, il s'était écarté avec crainte.

Il n'y avait plus que deux mines à Tavershall : celle de Tavershall même, et celle de New London. Tavershall avait été autrefois une mine fameuse, et avait rapporté fameusement d'argent. Mais ses beaux jours étaient passés. New London n'avait jamais été très riche, et, en temps ordinaire, marchait convenablement, sans plus. Mais maintenant les temps étaient durs ; et c'était des mines comme New London qu'on abandonnait.

— Beaucoup d'hommes de Tavershall sont partis et sont allés à Stacks Gate et à Whiteover, disait Mrs. Bolton. Vous n'avez pas vu les nouvelles usines à Stacks Gate, ouvertes après la guerre, Sir Clifford ? Oh ! il vous faut y aller une fois ; c'est quelque chose de tout à fait nouveau. Une grande usine chimique au sommet du puits ; cela n'a pas l'air du tout d'une mine de charbon. On dit qu'ils tirent plus d'argent des produits chimiques que du charbon — j'oublie ce que c'est. Et les nouvelles maisons pour les mineurs, de vrais palais ! Naturellement, cela a amené pas mal de racaille des environs. Mais beaucoup d'hommes de Tavershall y sont allés, et y gagnent bien leur vie, bien mieux que nos hommes. On dit que c'en est fait de Tavershall. Encore quelques années, et il faudra fermer. Et New London fermera d'abord. Ma parole, comme ce sera drôle quand la mine de Tavershall ne marchera plus ! C'est déjà bien assez triste en temps de grève, mais, ma parole, si ça ferme pour de bon, ce sera comme la fin du monde. Même quand j'étais jeune, c'était la meilleure mine du pays, et on se jugeait heureux d'y travailler. Oh ! on en a fait de l'argent, à Tavershall ! Et maintenant les mineurs disent que c'est un navire qui coule, et qu'il est temps que tous la quittent. N'est-ce pas affreux ? Mais naturellement il y en a beaucoup qui ne partiront pas avant d'y être forcés. Ils n'aiment pas ces nouvelles mines si profondes, et travaillées aux machines. Il y en a qui sont terrifiés par ces hommes de fer, comme ils les appellent, ces machines pour casser le charbon, ce qui était toujours fait par des hommes, autrefois. Mais ce qu'ils disent, on l'avait déjà dit quand il avait fallu abandonner les vieux métiers à tisser les bas. Je me rappelle en avoir encore vu un ou deux. Mais, ma parole, plus il y a de machines, plus il y a de gens à ce qu'il semble ! Ils disent qu'on ne peut pas tirer du charbon de Tavershall les mêmes matières chimiques que de celui de Stacks Gate, chose curieuse puisque les deux mines ne sont pas à trois milles l'une de l'autre. Enfin, c'est ce qu'on dit. Mais tout le monde dit que c'est grand dommage qu'on ne puisse pas entreprendre quelque chose pour faire vivre les hommes un peu mieux, et employer les filles. Toutes ces filles qui filent chaque jour pour Sheffield ! Ma parole, quel beau sujet de conversation, si la mine de Tavershall reprenait vie après que tout le monde a dit que c'était fini, que c'était un bateau qui coule, et qu'il fallait la quitter comme des rats quittent un bateau qui coule ! Mais on dit tant de choses ! Naturellement il y a eu un boom pendant la guerre. C'est alors que Sir Geoffrey s'est constitué fidéicommissaire et s'est assuré tout l'argent pour toujours, je ne sais pas comment ; c'est du moins ce qu'on raconte ! Mais on dit que même les patrons et les propriétaires n'en tirent pas grand-chose aujourd'hui. On peut à peine le croire, n'est-ce pas ? J'avais toujours cru que les mines continueraient au siècle des siècles. Qui l'aurait cru quand j'étais jeune ? Mais New England est fermé, et Colwick Wood aussi. Oui, c'est un beau spectacle de traverser ce petit bois et de voir Colwick Wood abandonné parmi les arbres, l'ouverture du puits envahie de buissons, et les rails rouges de rouille. Une mine de charbon morte, c'est comme la mort elle-même. Mon Dieu, que deviendrions-nous, si Tavershall fermait ? On ne peut pas y penser. Toujours cette foule et cette presse, sauf pendant les grèves, et même alors les ventilateurs ne chômaient pas tant qu'on n'avait pas fait monter les poneys. Quelle drôle de chose que le monde. Tout change d'une année à l'autre, et on ne sait plus où on en est.

Ce fut la conversation de Mrs. Bolton qui éveilla un nouvel esprit de lutte chez Clifford. Son revenu, comme elle le lui avait dit, grâce au fidéicommis institué par son père, était assuré, sinon considérable. Au fond, les mines ne le touchaient pas. C'était l'autre monde qu'il avait voulu gagner, le monde de la littérature et de la gloire : le monde du succès, non pas le monde du travail.

Maintenant il comprenait la différence entre la réussite de la popularité et la réussite du travail, entre la populace du plaisir et la populace du travail. Lui, en tant qu'individu, avait pourvu aux besoins de la populace du plaisir. Et il avait réussi. Mais, sous cette populace du plaisir, il y avait la populace du travail, sinistre, noire, terrible. Elle aussi demandait des pourvoyeurs. Et c'était une tâche bien plus sinistre de pourvoir aux besoins de cette populace-là qu'à ceux de l'autre. Tandis qu'il écrivait ses nouvelles et « parvenait » de ce côté-là, Tavershall allait au diable.

Il comprenait maintenant que la déesse-chienne de la réussite avait deux appétits principaux : un appétit de flatterie, d'adulation et de caresse, toutes choses que lui donnaient les artistes et les écrivains. Mais l'autre était un appétit de viande et d'os. Et la viande et les os destinés à la déesse-chienne étaient procurés par les hommes qui ont de l'argent dans l'industrie.

Oui, il y avait deux grandes troupes de chiens qui couraient après la déesse-chienne, la troupe des flatteurs, de ceux qui lui offraient des amusements, des contes, des films, des comédies, et l'autre troupe, beaucoup moins voyante, beaucoup plus sauvage, qui lui donnait de la viande, la vraie substance de l'argent. Les chiens pomponnés et voyants du plaisir montraient les dents et se disputaient entre eux les faveurs de la déesse-chienne. Mais ce n'était rien auprès de la silencieuse guerre à mort qui faisait rage parmi les indispensables, les pourvoyeurs d'os.

Sous l'influence de Mrs. Bolton, Clifford sentait le désir d'entrer dans cette autre lutte, de s'emparer de la déesse-chienne par le moyen brutal de la production industrielle. Il était monté sur ses ergots. Mrs. Bolton avait fait de lui un homme, bien plus que Constance n'avait jamais pu. Constance le gardait à l'écart, le rendait sensible, et conscient de lui-même et de ses propres états d'âme. Mrs. Bolton ne l'intéressait qu'aux choses extérieures. Au-dedans, il commençait à mollir. Mais au-dehors il commençait à exister.

Il se força même à retourner à la mine, et quand il fut arrivé au puits, il descendit dans un baquet et on le traîna dans un baquet par les couloirs. Des choses qu'il avait vues avant la guerre, et semblé oublier tout à fait, lui revenaient maintenant. Il était là, dans son baquet, estropié, et le directeur lui montrait le filon à la lumière d'une lampe puissante. Il disait peu de choses. Mais son esprit commençait à travailler.

Il commença à relire ses ouvrages techniques sur l'industrie des mines de charbon ; il étudia les rapports du gouvernement, et il lut avec soin les dernières publications allemandes sur les mines, la chimie du charbon et du schiste. Naturellement les découvertes les plus profitables étaient autant que possible gardées secrètes. Mais, quand on commençait des recherches dans le domaine de l'industrie minière, une étude des méthodes et des moyens, et de toutes les possibilités chimiques du charbon, on était stupéfié par l'ingéniosité, l'habileté presque maléfique de l'esprit technique moderne, comme si le diable lui-même avait prêté une intelligence démoniaque aux techniciens scientifiques de l'industrie. C'était bien plus intéressant, cette science technique de l'industrie, que l'art et que la littérature, pauvres matières soumises aux émotions et bonnes pour les faibles d'esprit. Dans ce domaine les hommes étaient semblables à des dieux, ou à des démons inspirés, et faisant de leurs inspirations des découvertes. Là, certains hommes étaient parvenus à un âge mental qu'on ne pouvait plus calculer. Mais Clifford savait que, dès qu'il s'agissait de la vie humaine, des émotions humaines, ces mêmes hommes, mentalement, ne dépassaient pas treize ou quatorze ans : c'étaient de pauvres petits garçons. Le décalage était énorme, effarant.

Mais tant pis. Que l'humanité, en ce qui concerne l'esprit et les émotions « humaines », tombât au dernier échelon de la stupidité, Clifford n'en avait cure. Tout cela pouvait aller au diable ! Ce qui l'intéressait c'était la technique de l'industrie minière du charbon, et le sauvetage de Tavershall.

Il allait au puits jour après jour, il étudiait, il mettait tous les directeurs et les ingénieurs à une épreuve qu'ils n'avaient jamais imaginée. La puissance ! Un nouveau sentiment de puissance l'animait : puissance sur tous ces hommes, sur ces centaines et ces centaines de mineurs. Il cherchait, il trouvait : et peu à peu il prenait les choses en main.

Et, en vérité, il semblait renaître. La vie, *maintenant,* revenait en lui. Il s'était vu mourir peu à peu, avec Constance, dans la vie privée solitaire de l'artiste et de l'être conscient. Maintenant, tout cela, il le laissait aller, il le laissait dormir. Il sentait la vie affluer vers lui, la vie du charbon, la vie du puits. Même l'air malsain de la mine lui était meilleur que l'oxygène, lui donnait un sentiment de puissance. Il faisait quelque chose. Il allait vaincre, vaincre ! Non pas comme il avait vaincu avec sa littérature, pauvre victoire de réclame dans un grand épuisement d'énergie et de malice, mais une victoire d'homme.

Il crut d'abord qu'il trouverait la solution du problème dans l'électricité : convertir le charbon en force électrique. Puis il eut une autre idée. Les Allemands avaient inventé une locomotive qui permettait de se passer de chauffeur. Il fallait l'alimenter avec un nouveau combustible qui se consumait très lentement en dégageant, dans certaines conditions, beaucoup de chaleur.

Ce fut cette idée d'un nouveau combustible concentré, brûlant avec lenteur et dureté et dégageant une chaleur intense qui, tout d'abord, attira Clifford. Un stimulant extérieur, d'une espèce ou d'une autre, serait nécessaire ; une provision d'air ne suffirait pas. Il commença à faire des expériences, il se procura l'aide d'un jeune homme qui avait brillamment réussi des études de chimie.

Il triomphait. Il était enfin sorti de lui-même. Il avait réalisé son éternel et secret désir de sortir de lui-même. L'art ne lui avait servi de rien ; l'art n'avait fait qu'empirer les choses. Maintenant il avait réalisé son désir.

Il ne savait pas combien Mrs. Bolton le soutenait. Il ne savait pas combien il dépendait d'elle. Mais il n'en était pas moins évident que, dès qu'il était avec elle, sa voix prenait une note de facile intimité, presque un peu vulgaire.

Avec Constance, il montrait un peu de raideur. Il sentait qu'il lui devait tout, et il lui témoignait tout le respect, toute la considération possibles tant qu'elle lui témoignait, elle, un simple respect extérieur. Mais il était évident qu'il avait d'elle une crainte secrète. Le nouvel Achille qu'il y avait en lui restait vulnérable au talon ; et, par ce talon, la femme, une femme comme Constance, son épouse, pouvait le blesser fatalement. Il allait, plein d'une crainte à demi consciente, très aimable avec elle. Mais sa voix était un peu tendue quand il lui parlait ; et il restait souvent silencieux quand elle était présente.

Seul avec Mrs. Bolton, il se sentait vraiment maître et seigneur, et il bavardait avec presque autant de facilité et de faconde qu'elle-même. Et il lui permettait de le raser, et de lui passer l'éponge sur tout le corps, comme s'il avait été un enfant, réellement comme s'il avait été un enfant.

# X

Constance était souvent seule. Il venait moins de gens à Wragby. Clifford ne désirait plus de visites. Il préférait la radio, qu'il avait fait installer assez coûteusement et qui avait fini par marcher assez bien. Il obtenait parfois Madrid ou Francfort, malgré l'atmosphère troublée des Midlands.

Et il pouvait rester des heures à écouter hurler le haut-parleur. Constance en était ahurie. Il restait là, halluciné, le regard vide, comme quelqu'un qui perd l'esprit, à écouter ou à sembler écouter cette chose innommable.

Écoutait-il vraiment ? Ou n'était-ce qu'une sorte de soporifique qu'il prenait pendant qu'autre chose se passait en lui, par-dessous ? Constance ne le savait pas. Elle s'enfuyait dans sa chambre, ou dans le bois. Une sorte de terreur la prenait parfois, une terreur de cette insanité qui envahissait toute l'humanité civilisée.

Mais maintenant que Clifford s'engageait dans cette nouvelle maladie d'activité industrielle, devenait presque un animal, avec, au-dehors, une dure carapace d'efficacité, et, au-dedans, une pulpe molle, un de ces extraordinaires animaux, crabes ou langoustes, du monde moderne, industriel et financier, invertébrés de l'ordre des crustacés, avec des carapaces d'acier, comme des machines, et des intérieurs de pulpe molle, Constance elle-même se sentait complètement perdue.

Elle n'était même pas libre, car Clifford la voulait auprès de lui. Il semblait avoir une terreur nerveuse d'être abandonné par elle. La pulpe molle, au-dedans de lui, avait besoin d'elle, un besoin d'enfant, presque un besoin d'idiot. Il fallait qu'elle fût là, à Wragby, Lady Chatterley, sa femme. Sinon, il serait perdu comme un idiot sur une lande.

Constance comprenait, avec une sorte d'horreur, cette dépendance où elle vivait. Elle entendait Clifford parler à ses directeurs, à son conseil d'administration, à de jeunes savants, et elle était consternée par sa perspicacité, et par sa puissance, son étrange puissance matérielle sur ce qu'on appelle des hommes pratiques. Il était devenu un homme pratique lui-même, extraordinairement perspicace et puissant, un maître. Constance voyait l'influence de Mrs. Bolton dans cette crise de la vie de Clifford.

Mais cet homme perspicace et pratique devenait presque un idiot quand il retombait à sa propre vie émotive. Il adorait Constance comme une divinité, elle était sa femme, un être supérieur, et il lui vouait une curieuse, une abjecte idolâtrie, comme un sauvage, un culte fondé sur la peur immense, et même sur la haine que lui inspirait le pouvoir de l'idole, de l'idole redoutée. Tout ce qu'il demandait, c'était que Constance ne l'abandonnât pas.

— Clifford, lui dit-elle (mais ce fut quand elle eut obtenu la clef de la cabane), voudriez-vous vraiment que j'aie un jour un enfant ?

Il la regarda ; ses yeux pâles, un peu proéminents, trahissaient quelque inquiétude.

— Ça me serait égal, si rien n'était changé entre nous.

— Comment, rien ? demanda-t-elle.

— Rien de changé entre vous et moi, à notre amour l'un pour l'autre. Si quelque chose était changé, ça ne me serait pas égal du tout. D'ailleurs, je pourrais avoir un jour un enfant à moi.

Elle le regarda, ahurie.

— Je veux dire que cela pourrait me revenir un jour.

Elle le regardait toujours, consternée, et il se sentait mal à l'aise.

— Alors, vous ne seriez pas content si j'avais un enfant ? dit-elle.

— Je vous le répète, dit-il en hâte, comme poussé dans ses derniers retranchements, je ne demande pas mieux, pourvu que votre amour pour moi n'en soit pas atteint ; sinon j'y suis violemment opposé.

Constance ne pouvait que se taire, froide de crainte et de mépris. De tels propos étaient vraiment un bavardage d'idiot. Il ne savait plus ce qu'il disait.

— Oh ! ça ne changerait rien à mes sentiments pour vous, dit-elle avec une certaine ironie.

— Bien, dit-il, tout est là ! Dans ce cas, je n'y vois aucun inconvénient. Ce serait charmant d'avoir un enfant trottant par la maison et de sentir qu'on lui assurerait un avenir. Mes efforts auraient un but ; et je saurais que c'est votre enfant, n'est-ce pas, chérie ? Et il me semblerait tout à fait que c'est le mien. Parce que, en ces matières, c'est vous qui comptez. C'est bien votre avis, n'est-ce pas ? Moi, je n'ai pas d'importance ; je suis un zéro. C'est vous qui êtes le grand Être en matière de vie. N'est-ce pas, c'est bien ainsi ? Je veux dire que, sauf par vous, je ne suis absolument rien. Je vis pour vous et pour votre avenir. Je ne suis rien par moi-même.

Constance l'écoutait, avec toujours plus de contrariété et de répulsion. Ce qu'il disait était une des abominables demi-vérités qui empoisonnent l'existence humaine. Un homme dans son bon sens pourrait-il dire de telles choses à une femme ? Mais les hommes ne sont pas dans leur bon sens. Quel homme doué d'une parcelle d'honneur mettrait sur le dos d'une femme cet abominable fardeau de responsabilité, et la laisserait là, dans le vide ?

D'ailleurs, une demi-heure plus tard, Constance entendait Clifford causer avec Mrs. Bolton d'une voix chaude, animée qui le révélait lui-même, qui révélait cette sorte de passion sans passion qu'il éprouvait pour sa garde, comme si elle était à moitié sa maîtresse, à moitié sa nourrice. Et Mrs. Bolton l'habillait soigneusement pour le soir, car il y avait des invités, des hommes d'affaires importants.

À cette époque, Constance se sentait souvent près de mourir. Elle se sentait mortellement écrasée par des mensonges maléfiques, par une stupéfiante et cruelle idiotie. La curieuse importance, la curieuse habileté de Clifford dans les affaires l'effrayaient, et son prétendu culte pour elle la terrorisait. Il n'y avait plus rien entre eux. Elle ne le touchait plus jamais, aujourd'hui, et lui ne la touchait jamais... Il ne lui prenait même jamais la main amicalement. Non, et parce qu'ils étaient si parfaitement séparés, il la torturait par ses déclarations d'idolâtrie. C'était la cruauté de l'impuissance complète. Et elle sentait qu'elle allait perdre la raison, ou mourir.

Elle s'enfuyait le plus possible dans le bois. Un après-midi, comme elle était assise à réfléchir et à regarder l'eau bouillonner froidement dans John's Well, le garde apparut tout à coup près d'elle.

— Je vous ai fait faire une clef, madame, dit-il, en lui faisant le salut militaire.

Et il lui tendit la clef.

— Ah ! merci, dit-elle.

— La cabane n'est pas très en ordre, dit-il. Excusez-moi, j'ai fait ce que j'ai pu.

— Mais je ne voulais pas que vous vous dérangiez, dit-elle.

— Oh! il n'y a eu aucun dérangement. Je vais installer les poules dans une semaine environ. Mais elles n'auront pas peur de vous. Il faudra que je m'en occupe matin et soir; mais je vous dérangerai le moins possible.

— Mais vous ne me dérangez pas, insista-t-elle. Je préfère ne jamais entrer dans la cabane, si c'est moi qui vous dérange.

Il la regarda de ses vifs yeux bleus. Il avait l'air gentil, mais distant. Au moins il était sain de corps et d'esprit, bien qu'il eût l'air maigre et malade. Il toussa.

— Vous toussez ? dit-elle.

— Ce n'est rien ; un rhume. Ma dernière pneumonie m'a laissé une toux ; mais ce n'est rien.

Il restait distant, refusait de se rapprocher d'elle.

Elle alla assez souvent à la cabane le matin et le soir. Sans doute l'évitait-il exprès. Il voulait garder sa solitude et sa liberté.

Il avait mis de l'ordre dans la cabane, placé la petite table et la petite chaise près de la cheminée, laissé une pile de bois et de rondins, et repoussé les outils et les pièges le plus loin possible, pour effacer les traces de sa présence. Au-dehors, près de la clairière, il avait élevé un petit hangar de buissons et de paille, pour servir d'abri aux faisans et sous lequel se trouvaient les cinq cages. Et, un jour, quand elle arriva, elle trouva deux poules brunes, féroces et sur le qui-vive, assises sur des œufs de faisans, toutes fières et ébouriffées, méditant dans toute la chaleur de leur sang de femelles. Constance en eut presque le cœur brisé. Elle-même était si perdue, sans emploi, pas même une femelle, rien qu'un pauvre être de terreurs.

Bientôt les cinq cages furent occupées. Il y avait trois poules brunes, une grise et une noire. Toutes les cinq se pressaient sur les œufs, dans leur lourde et douce fonction de femelles, leur nature de femelles, ébouriffant leurs plumes. Et, de leurs yeux brillants, elles surveillaient Constance qui s'agenouillait devant elles, et elles poussaient de brefs petits cris de colère et de peur, mais surtout de féminine colère, à se voir approcher.

Constance trouva du grain dans la cabane. Elle leur en offrit dans la main. Elles ne voulurent pas le prendre. Seule une des poules lui piqua la main de son bec, ce qui lui fit peur. Mais elle mourait d'envie de leur donner quelque chose, à ces mères couveuses qui ne mangeaient ni ne buvaient. Elle apporta de l'eau dans une petite écuelle, et fut ravie quand une des poules en but une gorgée.

Maintenant, chaque jour, elle venait voir les poules. C'était la seule chose au monde qui lui réchauffât le cœur. Les protestations de Clifford lui faisaient froid de la tête aux pieds. La voix de Mrs. Bolton lui faisait froid, comme aussi le bruit des hommes d'affaires qui venaient. Les lettres qu'elle recevait parfois de Michaelis lui causaient le même frisson glacé. Elle sentait qu'elle allait mourir si rien de nouveau ne survenait.

Pourtant c'était le printemps et les campanules fleurissaient dans le bois et les bourgeons de noisetiers s'ouvraient et ressemblaient à une pluie de gouttes vertes. N'était-ce pas terrible que ce fût le printemps et que tout fût glacé, sans cœur ? Seules les poules, si merveilleusement ébouriffées sur les œufs, étaient chaudes de toute la chaleur de leurs corps de femelles couveuses !

Constance se sentait sans cesse au bord de l'évanouissement.

Et puis, un jour, un délicieux jour de soleil où de larges touffes de primevères fleurissaient sous les buissons, où d'innombrables violettes tachaient les sentiers, elle arriva dans l'après-midi à la cabane ; et, devant une des cages, un tout petit poussin impertinent marchait en rond à tout petits pas ; et la mère gloussait de terreur. Le mince petit poussin était gris-brun, marqué de taches sombres, et c'était bien le petit être le plus vivant qu'il y eût sur terre à ce moment-là. Constance se baissa pour le surveiller, perdue en une sorte d'extase. La vie, la vie ! La nouvelle vie, pure, éclatante, sans peur ! Même quand il rentra en titubant dans la cage et disparut sous les plumes de la poule, obéissant aux cris d'alarme de la mère poule, il n'avait pas peur ; il jouait seulement au jeu de vivre. Pendant un instant, à travers les plumes brun doré de la poule, une toute petite tête pointa, contemplant le Cosmos.

Constance était comme sous le charme. Et, en même temps, elle n'avait jamais senti plus fort son désespoir de femme abandonnée. Cela devenait intolérable.

Elle n'avait plus qu'un désir maintenant : aller à la clairière dans le bois. Le reste n'était qu'un rêve pénible. Mais parfois elle était retenue tout le jour à Wragby par ses devoirs de maîtresse de maison. Et il lui semblait qu'elle aussi se vidait de tout, devenait vide et insensée.

Un soir, sans se préoccuper qu'il y eût ou non des invités, elle s'échappa après le thé. Il était tard. Elle courut à travers le parc, comme si elle craignait d'être rappelée. Le soleil rose se couchait quand elle entra dans le bois ; mais elle se hâta parmi les fleurs. La lumière durerait longtemps encore.

Elle arriva à la clairière, en nage et à demi inconsciente. Le garde était là en bras de chemise, et il fermait les cages pour que les jeunes oiseaux fussent en sûreté pendant la nuit ; mais un petit trio de poussins trottait encore sur ses petites pattes, minuscules créatures brunâtres et pleines de vie, refusant d'obéir aux cris d'appel de la mère alarmée.

— Je n'ai pas pu m'empêcher de venir voir les poussins ! dit-elle, haletante, jetant des regards timides au garde, presque inconsciente de sa présence. Y en a-t-il de nouveaux ?

— Trente-six jusqu'à présent, dit-il. Ce n'est pas trop mal.

Il prenait un singulier plaisir à voir sortir les jeunes bêtes.

Constance s'accroupit devant la dernière cage. Les trois poussins étaient rentrés. Mais leurs têtes impertinentes pointaient encore à travers les plumes jaunes ; puis elles se retirèrent, et l'on ne vit plus qu'une seule petite tête dardant encore des regards brillants du fond du vaste corps maternel.

— Je voudrais tant les toucher, dit-elle.

Et elle passa craintivement les doigts à travers les barreaux de la cage. Mais la mère poule la piqua férocement de son bec, et Constance recula, surprise et effrayée.

— Comme elle m'attaque ! Elle me hait ! dit-elle d'un air étonné. Mais je ne leur ferais aucun mal !

L'homme, debout auprès d'elle, se mit à rire, puis s'accroupit à son côté, les genoux écartés et passa la main avec confiance, lentement, à travers les barreaux. La vieille poule le piqua du bec, mais avec moins de férocité. Et lentement, doucement, de ses doigts sûrs et légers, il tâta parmi les plumes de la vieille poule et ramena dans sa main à demi fermée un poussin qui regardait vaguement à travers.

— Voilà, dit-il en lui tendant le poussin.

Elle prit le petit animal brunâtre dans sa main ; le poussin se tenait là sur ses incroyables petites jambes en allumettes, son atome de vie tremblante palpitant à travers ses pattes presque sans poids, jusque dans la main de Constance. Mais le poussin leva sa belle petite tête nettement dessinée, jeta des regards aigus autour de lui, et fit entendre un petit cri.

— Si adorable, dit-elle doucement, si impertinent !

Le garde, accroupi à côté d'elle, regardait le petit animal courageux qu'elle tenait sur sa main. Soudain il vit une larme tomber sur son poignet.

Et il se releva et s'en alla vers l'autre cage. Car tout à coup il sentait l'ancienne flamme qui lui poignait et lui traversait les reins, la flamme qu'il avait crue éteinte pour toujours. Il lutta contre elle, tournant le dos à Constance. Mais la flamme rampait, descendait, et lui encerclait les genoux.

Il se retourna pour la regarder. Elle était agenouillée, tendant les deux mains, lentement, aveuglément, pour que le poussin retournât vers la mère poule. Et il y avait en elle quelque chose de si muet, de si perdu, que ses entrailles s'émurent de compassion pour elle.

Sans savoir ce qu'il faisait, il se rapprocha soudain, s'agenouilla de nouveau auprès d'elle, prit le poussin, parce qu'elle avait peur de la poule, et le remit dans la cage. Et au fond de ses reins, le feu éclata soudain, plus impérieux.

Il la regarda avec crainte. Elle avait détourné la tête et pleurait aveuglément, dans toute l'angoisse de sa génération perdue. Son cœur fondit soudain, comme une goutte de feu, et il tendit la main et lui toucha le genou.

— Ne pleurez pas, dit-il doucement.

Mais alors elle se cacha la tête dans les mains, le cœur brisé, indifférente à tout.

Il lui posa la main sur l'épaule et doucement,

légèrement, il lui glissa la main le long du dos, aveuglément, d'un mouvement caressant, aveugle, jusqu'à la courbe des reins. Et là, doucement, doucement, il lui caressa le flanc, d'une aveugle et instinctive caresse.

Elle avait trouvé son petit mouchoir et essayait aveuglément de s'essuyer le visage.

— Venez dans la cabane, dit-il d'une voix tranquille et neutre.

Et, lui prenant doucement d'une main le haut du bras, il la releva de terre et la conduisit lentement à la cabane, ne la lâchant pas avant qu'il l'eût fait entrer. Puis il mit de côté la table et la chaise, tira du coffre aux outils une couverture militaire brune, l'étendit par terre lentement. Debout, immobile, elle le regardait au visage.

Il avait le visage pâle et sans expression, comme celui d'un homme qui se soumet au destin.

— Couchez-vous ici, dit-il.

Et il ferma la porte, en sorte qu'il fit nuit, nuit complète dans la cabane.

Avec une étrange obéissance, elle s'étendit sur la couverture. Alors elle sentit la main douce, errante, désespérément avide, qui lui touchait le corps, qui lui cherchait le visage. La main lui caressait doucement le visage, doucement, infiniment calmante et rassurante, et enfin il y eut le doux contact d'un baiser sur sa joue.

Elle restait étendue, parfaitement immobile, dans une sorte de sommeil, dans une sorte de rêve. Puis elle tressaillit en sentant la main errant doucement, avec une curieuse et hésitante maladresse, parmi ses vêtements. Et pourtant la main savait aussi comment la dévêtir là où elle le voulait. Il fit descendre le mince fourreau de soie, lentement, soigneusement, presque sur ses pieds. Alors, avec un frémissement d'intense plaisir, il toucha ce corps doux et chaud, et, un instant, lui effleura le nombril d'un baiser. Et il lui fallut entrer en elle tout de suite, entrer dans la paix sur terre qu'était son corps doux et immobile. Ce fut pour lui un moment de paix parfaite, cette entrée dans le corps de la femme.

Elle restait immobile, dans une sorte de sommeil, toujours dans une sorte de sommeil. Toute l'activité, tout l'orgasme, venait de lui ; elle ne pouvait plus rien pour elle-même. Même l'étreinte de ses bras autour d'elle, même l'intense mouvement de son corps, et le flot de sa semence en elle, tout n'était qu'une sorte de sommeil dont elle ne commença à s'éveiller que quand il eut fini et se tint doucement, tout haletant contre sa poitrine.

Alors elle s'étonna et se demanda vaguement pourquoi. Pourquoi cela était-il nécessaire ? Pourquoi cela lui avait-il enlevé ce grand poids de nuages et donné la paix ? Était-ce vrai, était-ce bien vrai ?

Son esprit tourmenté de femme moderne ne se calmait pas. Était-ce vrai ? Et elle savait que si elle se donnait à cet homme, ce serait vrai, mais que, si elle se gardait à elle-même, ce n'était rien. Elle était vieille ; elle se sentait vieille de millions d'années. Et, enfin, elle ne pouvait plus supporter le poids d'elle-même. Il n'y avait qu'à la prendre. Qu'à la prendre.

L'homme restait étendu, en une mystérieuse immobilité. Qu'éprouvait-il ? À quoi pensait-il ? Elle ne le savait pas. Il était comme un étranger pour elle ; elle ne le connaissait pas. Elle ne pouvait qu'attendre, car elle n'osait troubler son immobilité mystérieuse. Il était là, les bras autour d'elle, son corps sur le sien, son corps humide touchant le sien, si proche. Et complètement inconnu. Et pourtant pacifiant. Son immobilité même était pacifiante.

Elle le comprit quand, enfin, il s'anima et se retira

d'elle. Ce fut comme s'il l'avait abandonnée. Il lui recouvrit les jambes de sa robe et resta debout un instant, rajustant ses propres vêtements. Puis il ouvrit tranquillement la porte et sortit.

Elle vit une petite lune qui brillait vivement au-dessus du couchant, au-dessus des chênes. Vite, elle se leva et se revêtit. Puis elle alla vers la porte de la cabane.

Tout le bas du bois était dans l'ombre, presque dans les ténèbres. Pourtant, au-dessus, le ciel était de cristal. Mais il ne donnait presque aucune clarté.

De l'ombre, il vint vers elle, le visage levé semblable à une tache pâle.

— Venez-vous ? dit-il.

— Où ?

— Je vous accompagnerai jusqu'à la grille.

Il arrangeait les choses à sa manière. Il ferma à clef la porte de la cabane, et la suivit.

— Vous ne regrettez pas ? demanda-t-il, comme il marchait à côté d'elle.

— Non, non. Et vous ? dit-elle.

— Regretter cela ? non, dit-il.

Puis, après un moment, il ajouta :

— Mais il y a tout le reste.

— Quel reste ? dit-elle.

— Sir Clifford. D'autres gens. Toutes les complications.

— Quelles complications ? demanda-t-elle, déçue.

— C'est toujours ainsi. Pour vous aussi bien que pour moi. Il y a toujours des complications.

Il marchait à pas fermes dans l'ombre.

— Regrettez-vous ? dit-elle.

— En un sens, répliqua-t-il en regardant le ciel. Je croyais que j'en avais fini avec toutes ces choses. Maintenant j'ai recommencé.

— Recommencé quoi ?

— La vie.

— La vie, répéta-t-elle, avec un étrange frisson.

— C'est la vie, dit-il. Il n'y a pas moyen de l'éviter. Et, si on l'évite, autant mourir.

Elle ne voyait pas les choses tout à fait ainsi. Pourtant...

— C'est l'amour, dit-elle joyeusement.

— Quelle que soit la chose qu'on appelle ainsi, répondit-il.

Ils avancèrent en silence dans le bois qu'envahissaient les ténèbres jusqu'à ce qu'ils fussent parvenus à la grille.

— Mais vous ne me détestez pas ? dit-elle, un peu inquiète.

— Non, non.

Et soudain, il la serra de nouveau fortement sur sa poitrine, avec l'antique passion qui unit les êtres.

— Non, pour moi, ce fut bon, ce fut bon. Et pour vous ?

— Oui, pour moi aussi, répondit-elle, pas tout à fait sincère, car elle n'avait pas ressenti grand-chose.

Il l'embrassa doucement, avec une douce chaleur.

— Si seulement il n'y avait pas tant d'autres gens dans le monde, dit-il lugubrement.

Elle rit. Ils étaient arrivés à la grille du parc. Il l'ouvrit.

— Je n'irai pas plus loin, dit-il.

— Non !

Elle lui tendit la main ; mais il la prit dans les deux siennes.

— Reviendrai-je ? demanda-t-elle un peu inquiète.

— Oui ! oui !

Elle le quitta et traversa le parc. Resté en arrière, il la regarda traverser le parc, contre la pâleur de l'horizon. Il la regardait aller, presque avec amertume.

Elle l'avait rattaché à l'humanité, alors qu'il voulait rester seul. Elle lui avait coûté cette amère indépendance de l'homme qui ne veut plus qu'être seul.

Il s'enfonça dans les ténèbres du bois. Tout était tranquille, la lune s'était couchée. Mais il entendait les bruits de la nuit, les machines à Stacks Gate, la circulation sur la grande route. Lentement il gravit la colline dénudée. Du sommet il pouvait voir le pays, de brillantes rangées de lumières à Stacks Gate, de petites lumières au puits de Tavershall, les lumières jaunes de Tavershall, et des lumières partout, ici et là, sur le pays, avec la rougeur lointaine des hauts fourneaux, légère et rosée, parce que la nuit était claire, le rose que dégageait le flot du métal chauffé à blanc. Les lumières électriques, aiguës et mauvaises de Stacks Gate ! Quel indéfinissable éclat de méchanceté il y avait en elles ! Et tout le malaise, et l'éternelle crainte des nuits industrielles des Midlands. Il entendait les treuils à vapeur de Stacks Gate qui faisaient descendre l'équipe de sept heures. La mine employait trois équipes.

Il redescendit dans l'ombre et la retraite du bois. Mais il savait que la retraite du bois était illusoire. Les bruits industriels en troublaient la solitude ; les lumières aiguës, bien qu'invisibles, la raillaient. Il n'y avait plus de solitude pour personne, plus de retraite. Le monde ne tolère plus d'ermites. Et maintenant il avait pris cette femme et attiré sur lui un nouveau cycle de douleur et de condamnation. Car il savait par expérience ce que cela voulait dire.

Ce n'était pas la faute de la femme, pas même la faute de l'amour, ni la faute des rapports sexuels. La faute venait de là-bas, de ces maléfiques lumières, du diabolique vacarme des machines. Là, dans ce monde de mécanisme avide, si avide, d'une avidité mécanique, brillant de lumières, vomissant du métal chaud, et éclatant des mille bruits du trafic ; là gisait le mal immense, prêt à détruire tout ce qui ne s'adaptait pas. Bientôt il détruirait le bois, et les campanules ne fleuriraient plus. Toutes les choses vulnérables devaient périr sous la ruée du fer.

Il songea avec une tendresse infinie à la femme Pauvre être perdu, elle valait bien plus qu'elle ne le savait ; et combien elle valait trop pour la clique vulgaire à laquelle elle était mêlée ! Pauvre petite, elle aussi avait un peu de la délicatesse vulnérable des jacinthes sauvages ; elle n'était pas tout entière caoutchouc et platine, comme la femme moderne. Et ils auraient le dessus sur elle, c'était trop certain, comme ils avaient le dessus sur toute vie naturelle et tendre. Tendre ! Il y avait quelque chose de tendre en elle, tendre de la tendresse des jeunes jacinthes, quelque chose qui n'existait plus dans tout le celluloïd de la femme moderne. Mais il la protégerait de son cœur pendant un peu de temps. Pendant un peu de temps, avant que le monde de fer insensible et le monde de la convoitise mécanisée eussent le dessus sur eux, sur elle aussi bien que sur lui.

Il rentra, avec son fusil et son chien, au cottage obscur, alluma la lampe, fit le feu, et mangea son souper de pain et de fromage, de jeunes oignons et de bière. Il était seul, dans un silence qui lui était cher. Sa chambre était propre, en ordre, mais un peu froide. Pourtant le feu brillait dans le foyer blanc, la lampe à pétrole suspendue au-dessus de la table répandait sa clarté sur la toile cirée blanche. Il essaya de lire un livre sur l'Inde, mais, ce soir, il ne pouvait pas lire. Il resta assis près du feu, en bras de chemise, sans fumer, un gobelet de bière à portée de la main. Et il pensait à Constance.

À vrai dire, il regrettait ce qui s'était passé, pour elle plus que pour lui-même. Il y voyait un présage, non du tout un mal ou un péché ; sa conscience ne le troublait pas dans cet ordre de choses. Il savait que la conscience n'est, le plus souvent, que la peur de la société ou la peur de soi-même. Il n'avait pas peur de lui-même. Mais il avait très nettement peur de la société qu'instinctivement il savait être une bête malveillante, à demi folle.

La femme ! Si elle avait pu être là, avec lui, et avec personne autre au monde ! Le désir s'éleva de nouveau en lui. Son pénis commença à frémir comme un oiseau vivant. En même temps, il était accablé par la crainte de s'exposer lui-même et de l'exposer, elle, à cette chose extérieure qui brillait maléfiquement dans les lumières électriques. Elle, pauvre jeune être, n'était pour lui qu'une jeune créature femelle; mais une jeune créature femelle qu'il avait pénétrée et qu'il désirait de nouveau.

Il s'étira, avec un curieux bâillement de désir ; car il avait vécu seul sans hommes et sans femmes pendant quatre ans ; puis, se levant, il reprit sa veste et son fusil, baissa la lampe, et sortit avec le chien dans la nuit étoilée. Poussé par le désir et par la crainte de la chose malveillante du dehors, il fit son tour du bois, lentement, doucement. Il adorait les ténèbres et s'en enveloppait. Elles convenaient à la roideur gonflée de son désir qui, malgré tout, était une richesse; la palpitante inquiétude de son pénis, le feu palpitant de ses reins ! Oh ! si seulement on pouvait s'allier à d'autres hommes pour combattre cette chose du dehors étincelante et électrique, pour préserver la tendre douceur de la vie, la tendre douceur des femmes, la richesse naturelle du désir ! Mais les hommes étaient tous là-bas, au-dehors, ivres de la Chose, triomphants, ou abattus par le flot de convoitise mécanisée, de mécanisme avide.

Constance, elle, était rentrée en hâte par le parc.

Elle ne pensait à rien pour l'instant. Elle serait à temps pour le dîner.

Elle fut agacée, cependant, de trouver la porte fermée et d'avoir à sonner. Mrs. Bolton vint ouvrir.

— Ah ! vous voilà, madame. Je commençais à me demander si vous étiez perdue ! dit-elle avec un peu de malice. Mais Sir Clifford ne vous a pas réclamée. Il est avec Mr. Linley, à parler de je ne sais quoi. Je pense qu'il restera pour le dîner, n'est-ce pas, madame ?

— Probablement, dit Constance.

— Faut-il retarder le dîner d'un quart d'heure ? Ça vous donnera le temps de vous habiller tranquillement.

— Ce serait peut-être mieux.

Mr. Linley était le directeur général des mines, un homme du Nord, déjà âgé, et un peu trop mou, au gré de Clifford, pas très à la page, mal adapté aux conditions d'après-guerre, comme aussi aux mineurs d'après-guerre, à leur credo prudent et brutal. Mais Constance aimait bien Mr. Linley, quoiqu'elle fût enchantée que les obséquiosités de sa femme lui fussent épargnées.

Linley resta pour dîner, et Constance se montra la maîtresse de maison que les hommes aimaient tant, si modeste et pourtant si pleine d'attentions et de petits soins, avec ses larges yeux bleus et son air de douce tranquillité qui cachait suffisamment ce qu'elle pensait au fond. Constance avait tant joué ce rôle, qu'il était devenu pour elle presque une seconde nature. Et, bien que ce ne fût qu'une seconde nature, pendant qu'elle jouait ce rôle elle perdait conscience de tout.

Elle attendit patiemment le moment de pouvoir monter chez elle et se livrer à ses propres pensées. Elle attendait toujours : c'était apparemment son point fort.

Une fois enfermée chez elle, elle se sentit encore

dans le vague et la confusion d'esprit. Elle ne savait que penser. Quelle espèce d'homme était-il, au fond ? Avait-il vraiment de la sympathie pour elle ? Elle ne le croyait guère. Pourtant il était gentil. Il y avait quelque chose en lui, une sorte de chaleureuse et naïve gentillesse, étrange et soudaine, qui forçait presque ses entrailles de femme à s'ouvrir pour lui.

Mais elle sentait que, cette gentillesse, il pourrait la témoigner à n'importe quelle femme. Et pourtant, même ainsi, c'était un apaisement, un réconfort. Et puis il était passionné, sain et passionné. Peut-être n'était-il pas assez individuel : il serait sans doute avec n'importe quelle femme ce qu'il avait été avec elle. Il n'y avait rien de personnel en lui. Elle n'était au fond pour lui qu'une femelle.

Mais, peut-être, c'était mieux ainsi. Et, après tout, en elle, c'était la femelle qu'il aimait, ce qu'aucun homme n'avait fait jusque-là. Les hommes avaient aimé en elle la personne et non la femelle, qu'ils avaient assez cruellement méprisée, ou ignorée tout à fait. Les hommes s'empressaient pour Constance Reid ou Lady Chatterley ; mais ils dédaignaient son sexe. Et lui il dédaignait complètement Constance ou Lady Chatterley ; il caressait doucement ses reins et ses seins.

Le lendemain, elle alla au bois. C'était un après-midi gris et calme ; la mercuriale, d'un vert foncé, s'étendait sous les buissons de noisetiers ; tous les arbres s'efforçaient silencieusement d'ouvrir leurs bourgeons. Aujourd'hui elle sentait presque dans son sang la poussée immense de la sève qui montait dans les arbres massifs, plus haut, toujours plus haut jusqu'au bout des bourgeons pour y éclater enfin en petites feuilles de chêne semblables à de petites flammes de bronze. C'était comme une marée qui montait et se répandait sur le ciel.

Elle arriva à la clairière, mais il n'y était pas. Elle ne s'attendait qu'à moitié à le trouver. Les poussins couraient, légers comme des insectes, loin des cages où les poules jaunes caquetaient anxieusement. Constance s'assit pour les contempler, et attendit. Elle attendait seulement. Elle ne voyait même presque pas les poussins. Elle attendait.

Le temps passait avec lenteur, comme en rêve, et il ne venait pas. Elle ne l'attendait qu'à demi. Il ne venait jamais l'après-midi. Il fallait rentrer pour le thé. Mais elle dut se forcer pour partir.

Comme elle rentrait une fine pluie se mit à tomber.

— Est-ce qu'il pleut de nouveau ? dit Clifford en la voyant secouer son chapeau.

— À peine. Un peu de bruine.

Elle versa le thé en silence, absorbée en une sorte d'obstination. Elle voulait voir le garde aujourd'hui, pour savoir si c'était vraiment vrai. Si c'était vraiment vrai.

— Est-ce que je vous ferai un peu la lecture ensuite ? demanda Clifford.

Elle le regarda. Soupçonnait-il quelque chose ?

— Le printemps me rend drôle. Je voulais me reposer un peu.

— Comme vous voudrez. Vous n'êtes pas vraiment souffrante ?

— Non. Seulement un peu fatiguée. C'est le printemps. Voulez-vous que Mrs. Bolton vienne jouer à un jeu avec vous ?

— Non ! je crois que j'écouterai la radio.

Elle remarqua une curieuse note de satisfaction dans sa voix. Elle monta chez elle. De là elle entendit le haut-parleur hurler en une sorte de voix idiotement prétentieuse et douceâtre ; c'était une imitation des cris de la rue, une imitation écœurante des vieux crieurs. Elle mit son vieux manteau de pluie violet et se glissa dehors par une porte de côté.

La bruine était comme un voile sur le monde, mystérieux, étouffé, mais pas froid. Elle s'échauffa beaucoup en se hâtant à travers le parc. Elle dut ouvrir son léger manteau de pluie.

Le bois était silencieux, tranquille et secret dans la bruine du soir, plein du mystère des œufs, des bourgeons à demi épanouis, des fleurs entrouvertes. Dans tout ce vague, les arbres brillaient, nus et sombres, comme s'ils étaient dévêtus ; et tout le vert du sol semblait chantonner de verdeur.

Il n'y avait toujours personne dans la clairière. Presque tous les poussins étaient rentrés sous les plumes des mères poules ; un ou deux seulement, plus aventureux, picoraient de-ci, de-là, à l'abri du toit de chaume. Ils n'étaient pas trop rassurés.

Bien ! Il n'était pas venu. Il faisait exprès de ne pas venir. Ou bien, quelque chose n'allait pas. Peut-être ferait-elle bien d'aller voir au cottage.

Mais elle était née pour attendre. Elle ouvrit la cabane avec sa clef. Tout était en ordre, le grain dans la huche, les couvertures pliées sur la tablette, la paille bien rangée dans un coin. Il y avait aussi un nouveau paquet de paille. La lanterne pendait à un clou. La table et la chaise avaient été replacées là où elle s'était couchée.

Elle s'assit sur un tabouret dans l'embrasure de la porte. Comme tout était tranquille ! La pluie fine tombait douce, mince, mais le vent ne faisait pas de bruit. Il n'y avait aucun son. Les arbres se dressaient comme des êtres puissants, vagues, crépusculaires, silencieux et vivants. Comme tout était vivant !

La nuit approchait de nouveau. Il faudrait s'en aller. Il l'évitait.

Mais soudain il entra à grands pas dans la clairière,

vêtu d'une veste de toile cirée, comme un chauffeur, tout brillant d'humidité. Il jeta un rapide regard vers la cabane, fit un demi-salut, tourna et s'approcha des cages. Il s'accroupit en silence, surveillant tout, avec soin, puis enfermant les poules et les poussins à l'abri pour la nuit.

Enfin il s'approcha lentement d'elle. Elle était toujours assise sur son tabouret. Il se tenait devant elle sous le porche.

— Alors, vous êtes venue, dit-il, usant des intonations patoises.

— Oui, dit-elle en le regardant. Vous êtes en retard.

— Oui, répondit-il en détournant les yeux vers les bois.

Elle se leva lentement, repoussant le tabouret.

— Voulez-vous entrer ? demanda-t-elle.

Il lui jeta un regard pénétrant.

— Ne va-t-on pas penser quelque chose, si vous venez ici chaque soir ? dit-il.

— Pourquoi ?

Elle le regarda sans comprendre.

— J'ai dit que je viendrais. Personne ne sait.

— On le saura bientôt, reprit-il. Et alors, quoi ?

Elle ne savait que répondre.

— Pourquoi saurait-on ? dit-elle.

— On sait toujours, dit-il d'un ton décisif.

Sa lèvre trembla un peu. Elle hésitait :

— Eh bien, je n'y peux rien.

— Oui, dit-il. Vous pouvez ne pas venir, si vous le voulez.

— Mais je ne le veux pas, murmura-t-elle.

Il se tut, les regards détournés vers le bois.

— Mais que ferez-vous quand on saura ? demanda-t-il enfin. Pensez-y. Quelle humiliation ! Un domestique de votre mari !

Elle regarda son visage détourné.

— Est-ce, balbutia-t-elle, est-ce que vous ne me voulez pas ?

— Pensez-y, dit-il, que ferez-vous, si on l'apprend ? Sir Clifford et... tout le monde...

— Eh bien, je pourrai m'en aller.

— Où ?

— N'importe où ! J'ai de l'argent à moi. Ma mère m'a laissé vingt mille livres ; et je sais que Clifford ne peut pas y toucher. Je pourrai m'en aller.

— Mais si par hasard vous ne vouliez pas partir ?

— Si, si. Je me moque de ce qui peut m'arriver.

— Ah ! vous le croyez ! Mais vous ne vous en moquerez pas. Personne ne peut s'en moquer. N'oubliez pas que vous êtes Lady Chatterley et moi garde-chasse. Ce serait différent si j'étais un gentleman. Non, non, vous ne vous en moqueriez pas.

— Si, je m'en moquerais. Je me moque d'être Lady Chatterley ; j'en ai l'horreur. Chaque fois qu'on m'appelle *mylady,* je sens qu'on ne garde pas son sérieux. Même vous ne le gardez pas, quand vous m'appelez ainsi.

— Moi ?

Pour la première fois il la regarda en plein dans les yeux.

— Je ne me moque pas de vous, dit-il.

Comme il la regardait, elle vit que ses yeux devenaient sombres, tout à fait sombres, les pupilles dilatées.

— Vous vous moquez de tout risque ? dit-il d'une voix sourde. Vous ne devriez pas. N'attendez pas qu'il soit trop tard.

Il y avait dans sa voix une curieuse prière, un avertissement.

— Mais je n'ai rien à perdre, dit-elle avec dépit. Si vous saviez ce que c'est, vous comprendriez que je serais bien aise de le perdre. Mais avez-vous peur pour vous-même ?

— Oui, dit-il brièvement. J'ai peur. J'ai peur de certaines choses.

— Quelles choses ?

Il rejeta la tête en arrière pour indiquer le monde extérieur.

— Les choses ! Tout le monde ! Eux tous !

Puis il se pencha, et, soudain, il embrassa son visage malheureux.

— Mais, dit-il, je m'en moque ! Profitons-en. Et tant pis pour le reste ! Mais si un jour vous en venez à le regretter !...

— Ne me rejetez pas, pria-t-elle.

Il lui toucha la figure de ses doigts et soudain l'embrassa de nouveau.

— Laissez-moi entrer, dit-il doucement. Et enlevez votre manteau.

Il suspendit son fusil, glissa hors de sa veste mouillée et prit les couvertures sur la tablette.

— J'ai apporté une autre couverture, dit-il, pour que nous puissions nous couvrir si nous le voulons.

— Je ne puis rester longtemps, dit-elle, le dîner est à sept heures et demie.

Il lui jeta un coup d'œil rapide, puis regarda sa montre.

— Très bien, dit-il.

Il ferma la porte et alluma une petite lumière dans la lanterne.

Il arrangea soigneusement les couvertures, l'une, pliée, pour la tête. Puis il s'assit un moment sur le tabouret et l'attira à lui ; d'une main il la tenait ferme, de l'autre il cherchait son corps. Elle l'entendit reprendre son souffle quand il l'eut trouvé. Sous son mince jupon, elle était nue.

— Ah ! ce que c'est de te toucher ! dit-il en caressant

de ses mains la peau délicate, chaude, secrète de sa taille et de ses hanches.

Il baissa la tête, et de sa joue, il lui frotta le ventre et les cuisses, encore et encore. Et, une fois encore, elle s'étonna de cette sorte de ravissement où il était plongé. Elle ne comprenait pas cette beauté qu'il trouvait en elle, à toucher son corps nu, cette sorte d'extase de beauté. Seule la passion peut le comprendre. Et, quand la passion est absente ou morte, alors la merveilleuse vibration que donne la beauté est incompréhensible et même un peu méprisable; beauté chaude, vivante du toucher, tellement plus profonde que la beauté de la vue. Elle sentit sur ses cuisses, son ventre, ses fesses, le doux glissement de la joue et le frottement dru de la moustache et des cheveux doux et épais; et ses genoux se mirent à trembler. Très loin, au fond d'elle-même, elle sentit palpiter quelque chose de nouveau, émerger une nudité nouvelle. Et elle eut presque peur. Elle aurait presque voulu qu'il ne la caressât pas ainsi. Elle se sentait encerclée, prise. Et pourtant elle attendait, attendait.

Et quand il entra en elle, avec une intensité de soulagement et d'assouvissement qui était une pure paix pour lui, elle attendit encore. Elle se sentait un peu oubliée... Et elle savait que c'était en partie sa faute. Elle voulait garder ainsi sa distance. Peut-être que maintenant elle était condamnée à la garder toujours. Elle restait immobile; elle le sentait se mouvoir en elle, elle sentait cette attention profondément enfouie, et ce soudain frisson qui le traversa quand il répandit sa semence, puis une poussée plus lente et plus calme. Cette poussée des fesses, n'était-ce pas un peu ridicule? Si on était femme et si on regardait toute l'affaire d'un peu loin, certes, cette poussée des fesses était suprêmement ridicule; certes l'homme était intensément ridicule dans cette posture et dans cet acte !

Mais elle restait immobile, sans reculer. Même quand il eut fini, elle ne s'anima pas pour tâcher d'obtenir sa propre satisfaction, comme elle avait fait avec Michaelis ; elle restait immobile et les larmes remplissaient lentement ses yeux et en débordaient.

Il restait immobile, lui aussi, mais il la serrait ferme et tâchait de lui réchauffer les jambes, ces pauvres jambes nues, en les couvrant avec les siennes. Il était couché sur elle et l'enveloppait d'une chaleur toute proche qui ne laissait place à aucun doute.

— As-tu froid ? demanda-t-il d'une petite voix douce, comme si elle était proche, toute proche, tandis qu'elle se sentait distante, absente.

— Non ! mais il faut que je parte, dit-elle doucement.

Il soupira, la serra davantage, puis relâcha son étreinte.

Il n'avait pas deviné ses larmes. Il la croyait là, avec lui.

— Il faut que je parte, dit-elle encore.

Il se souleva, s'agenouilla à côté d'elle un moment, baisa l'intérieur de ses cuisses, rabaissa ses jupes, puis rajusta ses propres vêtements sans y penser, sans même se détourner, dans la faible, faible lueur de la lanterne.

— Il faudra que tu viennes un jour au cottage, dit-il en la regardant d'un regard chaud, sûr, plein d'aisance.

Mais elle restait là inerte, et le regardait et méditait. Étranger ! Étranger ! Elle lui en voulait même un peu.

Il mit sa veste, chercha son chapeau qui était tombé, suspendit son fusil à son épaule.

— Viens donc ! dit-il en la regardant de ses yeux chauds et paisibles.

Elle se leva lentement. Elle n'avait pas envie de partir. Elle ne voulait pas non plus rester. Il l'aida à mettre son mince manteau de pluie et à se rajuster.

Puis il ouvrit la porte. Il faisait tout à fait sombre au-dehors. Le chien fidèle, qui l'attendait sous le porche, se leva avec joie en le voyant. La bruine tombait, toute grise, contre les ténèbres. Il faisait tout à fait sombre.

— Il faut que tu prennes la lanterne, dit-il, il n'y aura personne.

Il marchait droit devant elle dans l'étroit sentier, balançant la lanterne près du sol, révélant l'herbe humide, les racines brillantes comme des serpents, les fleurs pâles. Tout le reste n'était que nuage de pluie et ténèbres complètes.

— Il faudra que tu viennes une fois au cottage, dit-il, n'est-ce pas ? Autant être pendu pour un mouton que pour un agneau.

Elle était surprise qu'il la désirât avec cette curieuse persistance, alors qu'il n'y avait rien de commun entre eux, qu'il ne parlait jamais vraiment ; et elle lui en voulait de son patois. « Il te faudra venir » en grossier patois semblait s'adresser non pas à elle mais à quelque fille du peuple. Elle vit les feuilles de digitale dans l'allée cavalière et reconnut, à peu près, l'endroit où ils se trouvaient.

— Il est sept heures moins le quart, dit-il. Vous arriverez à temps.

Il avait changé de voix, comme s'il la sentait distante. Comme ils prenaient la dernière courbe de l'allée, juste avant la haie de noisetiers et la grille, il éteignit la lumière.

— À partir d'ici, nous pourrons voir, dit-il en la prenant doucement par le bras.

Ce n'était pas facile. La terre était mystérieuse sous leurs pas. Mais il trouvait son chemin à tâtons : il en avait l'habitude. À la grille, il lui donna sa lampe de poche.

— Il fait un peu plus clair dans le parc. Mais prenez-la pour ne pas perdre le sentier.

C'était vrai. Il y avait dans le parc une sorte de grise lueur fantomale. Soudain, il l'attira à lui, glissa sa main de nouveau sous sa robe, passant sa main humide et froide sur son corps chaud.

— Toucher une femme comme toi ! Tu me fais mourir ! dit-il d'une voix rauque. Si tu pouvais rester encore un moment...

— Non, il faut que je coure ! dit-elle, un peu affolée.

— Bien, dit-il, changeant soudain de ton et la laissant aller.

Elle partit, mais, tout de suite, se retourna.

— Embrasse-moi.

Invisible, il se pencha sur elle et l'embrassa sur l'œil gauche. Elle tendit la bouche et il la baisa doucement, puis, immédiatement, retira ses lèvres. Il détestait les baisers sur la bouche.

— Je viendrai demain, dit-elle en s'éloignant.

Et elle ajouta :

— Si je peux.

— Oui, mais pas si tard, répondit-il du fond de l'ombre.

Déjà elle ne le voyait plus du tout.

— Bonsoir, dit-elle.

— Bonsoir, madame, répondit sa voix.

Elle s'arrêta et regarda dans l'ombre humide. Elle pouvait juste discerner sa silhouette dans la nuit.

— Pourquoi avez-vous dit ça ? cria-t-elle.

— Non, dit-il. Bonsoir, donc. Courez !

Elle s'enfonça dans la nuit sombre et tangible. Elle trouva la petite porte ouverte et se glissa jusqu'à elle sans être vue. Comme elle refermait la porte, elle entendit le gong. Mais elle était décidée à prendre son bain tout de même. Il lui fallait son bain. « Mais c'est la dernière fois que je suis en retard, se dit-elle. C'est trop agaçant. »

Le lendemain, elle n'alla pas au bois. Elle accompagna Clifford à Uthwaite. Il pouvait maintenant sortir quelquefois en auto. Il avait un jeune chauffeur solide qui pouvait, le cas échéant, l'aider à sortir de la voiture. Il désirait particulièrement voir son parrain, Leslie Winter, qui demeurait à Shipley Hall, près d'Uthwaite. Winter était un vieux monsieur riche, un des riches propriétaires des mines de charbon qui avaient fleuri sous le règne du roi Édouard[69]. Le roi Édouard était venu plus d'une fois à Shipley pour la chasse. C'était un beau vieux château de stuc, disposé et meublé avec beaucoup d'élégance, car Winter était vieux garçon et se vantait de sa tenue de maison. Mais le château était assiégé par les mines. Leslie Winter avait de l'attachement pour Clifford ; mais, personnellement, il n'avait pas grand respect pour lui, à cause de sa littérature et des photos dans les journaux illustrés. Le vieux monsieur était un dandy de l'école du roi Édouard qui jugeait que la vie est la vie[70], mais qu'écrivailler est une tout autre affaire. Envers Constance, le Squire[71] se montrait toujours assez galant. Il la trouvait attirante, virginale, réservée, et trop bonne pour Clifford qui n'en faisait rien. C'était mille fois dommage qu'il n'y eût aucune chance pour elle de procurer un héritier à Wragby. Lui-même n'avait pas d'héritier.

Constance se demandait ce qu'il dirait s'il savait que le garde-chasse de Clifford avait une liaison avec elle et lui disait en patois : « Il faudra que tu viennes un jour au cottage. » Il la détesterait et la mépriserait, car il en était presque venu à haïr cette poussée en avant de la classe ouvrière. Si elle avait pour amant un homme de sa classe, il ne lui en voudrait pas, car

Constance avait reçu de la nature cet aspect de virginité modeste et soumise, et peut-être qu'elle était faite pour l'amour. Winter l'appela : chère enfant, et lui donna une jolie miniature du XVIIIe siècle, un peu malgré elle.

Mais Constance était préoccupée par sa liaison avec le garde. Après tout, Mr. Winter, qui était vraiment un gentleman et un homme du monde, la traitait comme une personne, comme un individu distinct. Il ne la mêlait pas à toute la tourbe des femelles humaines, avec des « tu » et des « toi ».

Elle n'alla pas au bois le lendemain, ni le surlendemain, ni le jour suivant. Elle n'y alla pas tant qu'elle sentit ou crut sentir que l'homme l'attendait, la désirait. Mais le troisième jour la trouva terriblement troublée et agitée. Elle se refusait encore à retourner au bois pour ouvrir ses jambes à cet homme. Elle imagina tout ce qu'elle pourrait faire : course à Sheffield, visites à des voisins, et la pensée de ces choses lui faisait horreur. Enfin elle décida de faire une promenade, non au bois, mais dans la direction opposée ; elle irait à Marehay, par la petite grille de fer, de l'autre côté de la barrière du parc. C'était un jour de printemps calme et gris, presque chaud. Elle allait sans rien voir, absorbée par des pensées dont elle était à peine consciente. Elle fut vivement tirée de sa rêverie par les aboiements bruyants du chien de ferme de Marehay. La ferme de Marehay ! Ses pâturages s'étendaient jusqu'à la clôture du parc de Wragby, en sorte que les propriétaires étaient des voisins ; mais il y avait quelque temps que Constance n'y avait pas fait visite.

— Bell ! dit-elle au grand bull-terrier blanc. Bell ! m'as-tu oubliée ? Tu ne me reconnais pas ?

Elle avait peur des chiens ; Bell reculait en aboyant ;

et elle désirait traverser la cour de la ferme pour atteindre le chemin de la garenne.

Mrs. Flint parut. C'était une femme de l'âge de Constance. Elle avait été maîtresse d'école; mais Constance la soupçonnait d'être une petite personne assez fausse.

— Comment, c'est Lady Chatterley!

Et les yeux de Mrs. Flint brillèrent et elle rougit comme une jeune fille :

— Bell! Bell! Comment! Est-ce qu'on aboie Lady Chatterley! Bell! tranquille!

Elle se précipita et frappa le chien d'une serviette blanche qu'elle tenait à la main; puis elle s'approcha de Constance.

— Elle me connaissait autrefois, dit Constance, tendant la main.

Les Flint étaient fermiers des Chatterley.

— Bien sûr qu'elle connaît madame. Elle veut seulement faire son petit effet, dit Mrs. Flint brillante d'accueil et regardant Constance avec une sorte de rougissante confusion. Mais il y a si longtemps qu'elle ne vous a vue. J'espère tant que vous allez mieux!

— Merci, je vais très bien.

— On vous a à peine vue de tout l'hiver. Voulez-vous entrer pour voir le bébé?

— Mais..., dit Constance en hésitant. Eh bien, un moment seulement.

Mrs. Flint se précipita dans la maison pour faire de l'ordre, et Constance la suivit lentement, hésitant un peu dans la cuisine obscure où la bouilloire bouillait près du feu. Mrs. Flint reparut.

— Excusez-moi, je vous en prie. Voulez-vous passer par ici?

Elles entrèrent dans le living-room, où un bébé était assis sur le tapis devant le foyer, et où la table était servie sans soin pour le thé. Une jeune servante, timide et gênée, se retirait à reculons dans le couloir.

Le bébé était une petite créature très éveillée, d'environ un an, avec des cheveux roux comme son père et des yeux effrontés bleu pâle. C'était une petite fille. Elle était assise parmi des coussins, avec des poupées de chiffon et des jouets en excessive abondance, comme le veut la mode actuelle.

— Quel amour ! dit Constance. Et comme elle a grandi ! Une grande fille ! Une grande fille !

Elle avait donné à l'enfant un châle à sa naissance et des canards en celluloïd à Noël.

— Eh bien, Joséphine ! Qui est-ce qui est venu te voir ? Qui est-ce, Joséphine ? Lady Chatterley ? Tu connais Lady Chatterley, n'est-ce pas ?

La drôle de petite créature effrontée regardait tranquillement Constance. Les « Ladyships[72] » ne lui faisaient encore aucune impression.

— Viens, ne veux-tu pas venir vers moi ? dit Constance au bébé.

Comme le bébé marquait une parfaite indifférence, Constance le ramassa et le mit sur ses genoux. Que c'était chaud et charmant d'avoir un enfant sur ses genoux ! Les petits bras si doux, les petites jambes inconscientes et impertinentes !

— Je prenais justement le thé sans cérémonie, toute seule. Luc est allé au marché, en sorte que je puis le prendre quand je veux. N'en prendriez-vous pas une tasse, Lady Chatterley ? Je pense que vous êtes habituée à mieux, mais enfin ?...

Constance accepta, bien qu'elle goûtât peu ce rappel de ses habitudes. Il y eut un grand déballage des plus belles tasses et de la plus belle théière.

— Si seulement vous ne vous donniez pas toute cette peine ! dit Constance.

Mais, si Mrs. Flint ne se donnait pas de peine, où

serait le plaisir ? Constance joua avec l'enfant, et s'amusa de sa petite obstination féminine, et tira de cette jeune et douce chaleur un voluptueux plaisir. Cette jeune vie ! Et sans aucune peur ! Sans peur parce que sans défense. Les grandes personnes étaient étriquées par la peur !

Constance prit une tasse de thé, qui était un peu trop fort, d'excellentes tartines et des conserves de prunes. Mrs. Flint rougissait et brillait de ravissement comme si Constance était quelque galant chevalier. Et elles eurent une vraie conversation de femmes qui les enchanta toutes deux.

— C'est un bien misérable petit thé, dit Mrs. Flint.

— C'est bien mieux qu'à la maison, dit Constance sincèrement.

— Oh ! dit Mrs. Flint qui, naturellement, n'en croyait rien.

Mais Constance se leva enfin.

— Il faut que je parte, dit-elle. Mon mari ne sait pas où je suis. Il va s'imaginer Dieu sait quoi.

— Il ne croira jamais que vous êtes ici, dit Mrs. Flint, ravie. Il va envoyer le crieur public.

— Adieu, Joséphine, dit Constance en embrassant le bébé et en caressant ses boucles rousses.

Mrs. Flint voulut absolument ouvrir la grande porte, qui était fermée à clef et verrouillée et Constance passa dans le petit jardin, qui s'étendait devant la maison et qu'entourait une haie de troènes. Il y avait, le long du sentier, deux rangées d'oreilles-d'ours, belles et veloutées.

— Quelles jolies oreilles-d'ours ! dit Constance.

Mrs. Flint se mit à en cueillir avec ardeur.

— Assez, assez ! dit Constance.

Elles parvinrent à la petite grille du jardin.

— De quel côté allez-vous ? demanda Mrs. Flint.

— Par la garenne.

— Voyons... Oh ! oui, les vaches sont dans l'enclos, mais elles ne sont pas levées encore. La grille est fermée à clef ; il faudra grimper par-dessus.

— Je sais grimper, dit Constance.

— Je puis peut-être aller avec vous jusqu'au bout de l'enclos.

Elles traversèrent le pauvre pâturage ravagé par les lapins. Dans le bois, les oiseaux chantaient triomphalement leurs chants du soir. Un homme rappelait les dernières vaches qui traînaient lentement sur le pâturage usé comme un chemin.

— Ils sont en retard pour traire, ce soir, dit Mrs. Flint sévèrement. Ils savent que Luc ne rentrera pas avant la nuit.

Elles arrivèrent à la palissade, derrière laquelle s'étendait le bois de jeunes sapins, hérissé et touffu. À l'intérieur, sur l'herbe, il y avait une bouteille vide.

— Voici la bouteille vide du garde-chasse ; c'est pour son lait. Nous l'apportons jusqu'ici, et il vient la prendre lui-même.

— Quand ? dit Constance.

— Oh ! quand il passe de ce côté. Souvent le matin. Eh bien, au revoir, Lady Chatterley. Et revenez bientôt. J'ai eu le plus grand plaisir à vous avoir.

Constance grimpa par-dessus la palissade et s'engagea dans l'étroit sentier, entre les jeunes sapins épais et hérissés. Mrs. Flint rentra en courant à travers le pâturage, sous son chapeau de jardin de maîtresse d'école. Constance n'aimait pas cette nouvelle partie du bois ; elle la trouvait trop touffue, sinistre, étouffante. Elle se hâtait, la tête baissée, pensant au bébé de Mrs. Flint. C'était un amour, mais qui aurait les jambes un peu courbes, comme son père. On s'en apercevait déjà, mais cela passerait peut-être. Quelle chaleur, quelle satisfaction d'avoir un enfant, et comme Mrs. Flint s'en était parée ! Elle avait une chose du moins que Constance n'avait pas, qu'apparemment elle ne pourrait pas avoir. Oui, Mrs. Flint avait fait étalage de sa maternité. Et Constance avait été un peu, rien qu'un petit peu jalouse. Elle n'y pouvait rien.

Elle fut brusquement tirée de sa rêverie et poussa un petit cri. Un homme était là.

C'était le garde. Il se tenait sur le sentier comme l'ânesse de Balaam[73] et lui barrait le chemin.

— Comment, vous ? dit-il, étonné.

— Comment êtes-vous venu ? demanda-t-elle en haletant.

— Mais vous ? Êtes-vous allée à la cabane ?

— Non, non, je suis allée à Marehay.

Il la regarda d'un regard curieux, inquisiteur ; et elle baissa la tête, avec un léger sentiment de faute.

— Et alliez-vous à la cabane maintenant ? demanda-t-il d'un ton un peu sévère.

— Non, je ne puis pas. Je me suis arrêtée à Marehay. Personne ne sait où je suis. Je suis en retard. Il faut que je coure.

— Vous me lâchez, dit-il avec un sourire vaguement ironique.

— Non ! non, pas cela. Seulement...

— Comment, quoi d'autre ? dit-il.

Et il s'approcha d'elle et l'entoura de ses bras. Elle sentait le devant de son corps terriblement près d'elle, et vivant.

— Oh ! pas maintenant, pas maintenant, cria-t-elle, essayant de le repousser.

— Pourquoi pas ? Il n'est que six heures. Vous avez une demi-heure. Non, non, je vous veux.

Il la tenait ferme, et elle sentait l'urgence de son désir. L'antique instinct la poussait à lutter pour sa liberté. Mais il y avait aussi, en elle, quelque chose d'inerte et de lourd. Le corps de l'homme, serré contre elle, la pressait, la voulait ; et elle ne se sentait pas le courage de combattre.

— Venez, venez ici, par ici, dit-il en perçant du regard les épais jeunes sapins qui n'avaient pas atteint plus de la moitié de leur grandeur.

Il se retourna pour la regarder. Elle vit ses yeux, intenses, brillants, sauvages, sans tendresse. Mais elle avait perdu toute liberté. Un poids étrange pesait sur ses membres. Elle cédait, elle s'abandonnait.

Il la conduisit, à travers le mur d'arbres piquants, malaisés à traverser, jusqu'à un endroit où il y avait un peu d'espace et un tas de buissons morts. Il en coucha un ou deux par terre, mit sa veste par-dessus et l'obligea à s'étendre là, sous les buissons, comme une bête, tandis qu'il attendait, en chemise et en culotte, la regardant d'un regard hanté. Mais, toujours prévoyant, il la fit s'étendre commodément, avec soin. Pourtant il brisa la ceinture de ses dessous, car elle ne l'aidait pas, demeurait inerte.

Lui aussi avait dénudé le devant de son corps, et elle sentit le contact de sa peau nue quand il entra en elle. Pendant un moment il demeura immobile en elle, turgide et palpitant. Alors, comme il commençait à bouger dans l'orgasme soudain où elle s'abandonnait, de nouveaux frissons s'éveillèrent en elle, qui couraient en elle en frémissant. En frémissant, frémissant, frémissant, comme le battement léger de douces flammes, douces comme des plumes, s'élevant parfois à des points éclatants, fines, subtiles, et qui la fondaient et la laissaient toute fondante au-dedans. C'était comme un son de cloche montant de vague en vague jusqu'à un point suprême. Elle restait là, inconsciente des petits cris sauvages qu'elle poussait, qu'elle poussa jusqu'à la fin. Mais la fin vint trop vite ; et elle ne pouvait plus, par ses propres forces, s'obliger elle-même à conclure. Cette fois, c'était différent, différent. Elle ne pouvait rien faire. Elle ne pouvait plus se durcir et s'accrocher à lui pour obtenir sa propre jouissance. Elle ne pouvait qu'attendre, attendre et gémir en pensée, tandis qu'elle le sentait se retirer, s'éloigner, se contracter, tout près du moment terrible où il glisserait hors d'elle pour toujours. Et son corps restait doucement ouvert, se plaignant doucement, comme une anémone de mer sous le flux, le rappelant, lui demandant de revenir en elle et de la satisfaire. Elle s'attachait à lui, perdue dans une passion inconsciente, et il ne glissa pas tout à fait hors d'elle, et elle sentit le mâle bourgeon de chair frémir doucement en elle, et d'étranges rythmes monter en un étrange mouvement rythmique, s'étendre et se gonfler jusqu'à remplir tout le vide béant de sa conscience et alors recommença l'ineffable mouvement qui n'était pas vraiment un mouvement, mais de purs, de profonds tourbillons de sensations, qui tournoyaient et s'enfonçaient toujours plus avant à travers sa chair et sa conscience, jusqu'à ce qu'elle ne fût plus qu'un flot concentrique de sensations, étendue là, poussant des cris inarticulés et inconscients. Cette voix sortie des plus profondes ténèbres de la nuit : la vie ! l'homme l'entendit sous lui avec une sorte de terreur. Tandis que sa semence jaillissait en elle. Et, comme la voix s'apaisait, lui aussi s'apaisa et demeura étendu, parfaitement immobile, sans rien savoir, tandis qu'elle relâchait aussi son emprise sur lui et gisait inerte. Et ils restaient là, et ne savaient plus rien, même rien l'un de l'autre, perdus tous les deux. Jusqu'à ce qu'enfin il se ranimât et s'aperçût de sa nudité sans défense, et qu'elle aussi sentît qu'il relâchait son étreinte. Il s'écartait ; mais, dans son cœur, elle sentait qu'elle ne pourrait supporter qu'il la laissât découverte. Il devrait désormais la couvrir pour toujours.

Mais il s'éloigna d'elle enfin, l'embrassa, la recouvrit et commença à se recouvrir lui-même. Elle restait étendue, regardant l'arbre, incapable de bouger. Il était debout fixant sa culotte, regardant autour de lui. Tout était silencieux et mort excepté la chienne effrayée qui restait étendue le nez entre les pattes. Il se rassit sur les broussailles et prit en silence la main de Constance.

— Nous avons joui ensemble cette fois, dit-il.

Elle ne répondit pas.

— C'est bon, quand c'est comme ça. La plupart des gens passent toute leur vie sans le savoir, dit-il en parlant un peu comme dans un rêve.

Elle regarda son visage rêveur.

— Vraiment, dit-elle. Êtes-vous heureux ?

Il tourna les yeux vers elle.

— Heureux, dit-il, oui. Mais tais-toi.

Il ne voulait pas parler. Il se pencha sur elle et l'embrassa ; et elle sentait qu'il devait l'embrasser ainsi pour toujours.

Elle se leva enfin.

— Est-ce rare qu'on jouisse ensemble ? demanda-t-elle avec une curiosité naïve.

— Assez rare. Ça se voit à l'air dur et sec des gens.

Il parlait à contrecœur, regrettant d'avoir commencé.

— Avez-vous joui ainsi avec d'autres femmes ?

Il la regarda d'un air amusé.

— Je ne sais pas, dit-il, je ne sais pas.

Et elle comprit qu'il ne lui dirait jamais que ce qu'il voudrait lui dire. Elle regarda son visage, et sa passion pour lui s'émut dans ses entrailles. Elle y résista tant qu'elle put, car elle se sentait perdue pour elle-même.

Il mit son gilet et sa veste, et fraya leur chemin à travers les sapins jusqu'au sentier.

Les derniers rayons horizontaux du soleil touchaient le bois.

— Je ne vous accompagnerai pas, dit-il. Cela vaut mieux.

Elle le regarda ardemment avant qu'il partît. Son chien attendait son départ avec impatience et il semblait n'avoir plus rien à dire : il ne restait rien.

Constance rentra lentement, comprenant la profondeur de cette autre chose qui était en elle. Un autre moi vivait en elle, fondant, brûlant et doux dans ses entrailles ; et, de tout ce moi, elle adorait son amant. Elle l'adorait jusqu'à sentir en marchant faiblir ses genoux. Dans ses entrailles, elle était contente et vivante et vulnérable et sans défense dans son adoration pour lui, comme la femme la plus naïve. C'est comme un enfant, se disait-elle ; c'est comme s'il y avait un enfant en moi. Et c'était vrai, c'était comme si ses entrailles, qui avaient toujours été fermées, s'étaient ouvertes et emplies d'une vie nouvelle, qui était presque un fardeau, et pourtant adorable.

« Si j'avais un enfant ! pensait-elle ; si je le sentais, lui, en moi sous forme d'un enfant ! » Et ses membres fondaient à cette pensée, et elle comprenait l'immense différence qu'il y a entre avoir un enfant à soi seule, ou avoir un enfant d'un homme pour qui vos entrailles s'émeuvent de désir. Cela n'était qu'ordinaire, mais ceci, l'idée d'avoir un enfant d'un homme qu'on adore dans ses entrailles et dans son sein, semblait la transformer, la rendre différente de ce qu'elle était auparavant, la faire plonger profondément jusqu'au centre le plus profond de la féminité, jusqu'au sommeil de la création.

Ce n'était pas la passion qui lui était nouvelle, c'était cette avide adoration. Elle l'avait toujours redoutée, sachant qu'elle y perdrait ses forces; elle la redoutait encore; elle craignait, si elle adorait trop, de se perdre elle-même, de s'effacer, et elle ne voulait pas s'effacer, devenir une esclave, comme une femme sauvage. Il ne fallait pas qu'elle devînt une esclave. Elle redoutait cette adoration, et pourtant elle ne voulait pas la combattre tout de suite. Elle savait qu'elle pouvait la combattre. Elle avait dans son sein un démon d'obstination qui aurait pu combattre la grandissante adoration de ses entrailles, et l'écraser. Maintenant encore elle pouvait vaincre, du moins elle le croyait, et s'emparer de sa passion et la diriger au gré de sa propre volonté.

Ah oui! être passionnée comme une bacchante, comme une bacchante fuyant à travers les bois à la recherche d'Iacchos[74], le brillant phallos qui n'a pas de personnalité derrière soi mais n'est que le pur serviteur-dieu de la femme! L'homme, l'individu, il fallait interdire son intrusion. Il n'était qu'un acolyte, le porteur et le gardien du brillant phallos, qui lui appartenait à elle.

Ainsi, dans le flux de sa nouvelle naissance, l'antique, la dure passion brûla quelque temps en elle, et l'homme se réduisit à un méprisable objet, un simple porteur de phallos qui serait taillé en morceaux[75] quand il aurait accompli son office. Elle sentait, dans ses membres et dans son corps, la force de la bacchante, de la femme ardente et rapide qui terrasse le mâle; mais en sentant tout cela, elle avait le cœur lourd. Elle ne voulait pas tout cela, qui était sans mystère, dénudé, stérile; c'était l'adoration qui était son trésor; si insondable, si douce, si profonde, si inconnue! Non, non; elle renoncerait à sa dure et brillante puissance féminine, qui la fatiguait et l'endurcissait; elle plongerait dans le nouveau bain de sa vie, dans les profondeurs de ses entrailles qui chantaient la chanson sans voix de l'adoration. Il était trop tôt pour commencer à craindre l'homme.

— J'ai marché jusqu'à Marehay et j'ai pris le thé avec Mrs. Flint, dit-elle à Clifford. Je voulais voir l'enfant. Il était adorable, avec ses cheveux comme des toiles d'araignées rouges. Quel amour ! Flint était allé au marché, en sorte qu'elle et moi avons pris le thé ensemble. Vous êtes-vous demandé où j'étais ?

— Oui, je me le suis demandé, mais j'ai bien pensé que vous étiez restée quelque part pour le thé, dit Clifford jalousement.

Avec une sorte de double vue, il flairait quelque chose de nouveau en elle, quelque chose qui lui était tout à fait incompréhensible ; mais il l'attribuait au bébé. Il croyait que ce qui faisait du mal à Constance c'était seulement de ne pas avoir d'enfant, de ne pas en produire un mécaniquement, pour ainsi dire.

— Je vous ai vue traverser le parc jusqu'à la grille de fer, madame, dit Mrs. Bolton ; en sorte que j'ai pensé que vous aviez peut-être fait visite au presbytère.

— J'ai failli y aller, et puis j'ai marché jusqu'à Marehay.

Les regards des deux femmes se croisèrent : ceux de Mrs. Bolton gris, brillants et inquisiteurs ; ceux de Constance bleus, voilés, et étrangement beaux. Mrs. Bolton était presque sûre que Constance avait un amant ; mais comment était-ce possible ? Où y avait-il un homme ?

— Oh ! c'est si bon pour vous de sortir et de voir un peu de monde quelquefois, dit Mrs. Bolton. Je disais à Sir Clifford que cela ferait tout le bien du monde à madame de voir un peu plus de gens.

— Oui, je suis contente d'être allée à Marehay ; et quel amour d'enfant, si drôle et effronté ! dit Constance. Il a les cheveux tout à fait comme des toiles d'araignées, orange vif, et des yeux de porcelaine bleue, si drôles et effrontés ! Naturellement c'est une fille, sinon il ne serait pas si hardi, plus hardi qu'un petit Sir Francis Drake[76].

— Vous avez raison, madame ; c'est un vrai petit Flint. Ils ont toujours été effrontés et rouquins, dit Mrs. Bolton.

— Ne voudriez-vous pas le voir, Clifford ? Je les ai invités pour le thé pour que vous puissiez le voir.

— Qui ? demanda-t-il très mal à l'aise, en regardant Constance.

— Mrs. Flint et le bébé, lundi prochain.

— Vous pourrez les recevoir, en haut, chez vous, dit-il.

— Comment, vous ne voulez pas voir le bébé ? s'écria-t-elle.

— Oh ! je veux bien le voir. Mais je ne me soucie pas de rester avec eux pendant tout le thé.

— Oh ! dit Constance en le regardant de ses grands yeux voilés.

Elle ne le voyait pas vraiment. Il était quelqu'un d'autre.

— Vous pourrez avoir un bon petit thé, chez vous, madame, et Mrs. Flint sera plus à son aise que si Sir Clifford était là, dit Mrs. Bolton.

Elle était sûre que Constance avait un amant et quelque chose dans son âme exultait. Mais qui était-ce ? Qui ? Peut-être que Mrs. Flint lui procurerait un fil conducteur.

Constance ne voulut pas prendre de bain ce soir-là. Le sentiment qu'il l'avait touchée de sa chair, et même le sentiment de sa chair collant contre elle lui était cher, et presque sacré.

Clifford était très mal à l'aise. Il ne voulut pas la laisser partir après le dîner ; et elle aurait tant désiré être seule! Elle le regarda, mais se montra étrangement soumise.

— Jouerons-nous à un jeu, ou vous ferai-je la lecture? demanda-t-il, mal à l'aise.

— Faites-moi la lecture, dit Constance.

— Que voulez-vous que je lise, des vers, de la prose, du théâtre?

— Lisez-moi du Racine, dit-elle.

Ç'avait été une de ses spécialités autrefois de lire Racine avec toute la pompe du grand siècle français; mais il n'était plus entraîné maintenant et un peu intimidé. En réalité, il préférait le haut-parleur. Mais Constance était en train de coudre; elle cousait un petit vêtement de soie jaune, coupé dans une de ses robes, pour le bébé de Mrs. Flint. Entre son retour de promenade et le dîner elle l'avait coupé; et elle restait là, dans un paisible et doux ravissement, à coudre, tandis qu'il continuait à lire.

En elle-même, elle sentait le bourdonnement de la passion, comme l'écho de cloches profondes.

Clifford lui dit quelque chose sur Racine. Elle saisit un peu tard le sens de ses paroles.

— Oui, dit-elle en levant les yeux sur lui, c'est admirable.

Il fut effrayé de nouveau par le profond éclat bleu de ses yeux, et sa douce immobilité. Elle était assise là, et n'avait jamais semblé si douce et si immobile. Elle le fascinait, le laissait sans force, comme grisé par un parfum émanant d'elle. Sans force, il continuait sa lecture. Et le son guttural du français était pour elle comme le vent dans les cheminées. Elle ne saisissait pas une syllabe de Racine.

Elle était partie dans la douceur de ses propres rêves, comme une forêt qui gémit, du gémissement vague et heureux d'un printemps bourgeonnant.

Elle sentait, avec elle dans ce monde nouveau,

l'homme, l'homme sans nom, qui avançait sur ses pieds, beau de tout le mystère phallique. Et en elle même, dans toutes ses veines, elle le sentait, comme son enfant. Elle sentait l'enfant de l'homme répandu dans toutes ses veines, comme un crépuscule.

« Car elle n'a ni mains, ni yeux, ni pieds, ni trésor doré de chevelure[77]... »

Elle était comme une forêt, comme le sombre réseau des chênes, murmurant silencieusement de leurs myriades de bourgeons verdissants. En même temps, les oiseaux du désir étaient endormis dans le vaste réseau de son corps.

Mais la voix de Clifford résonnait toujours, en sons inaccoutumés, claquants et gargouillants. Que c'était extraordinaire ! Qu'il était extraordinaire, penché sur son livre, étrange, rapace, civilisé, avec ses larges épaules, et pas de jambes ! Quel être étrange, doué de la volonté nette, froide, inflexible d'un oiseau, et sans chaleur, sans chaleur aucune ! Une de ces créatures de l'avenir, qui n'ont point d'âme mais une volonté froide et hyper-consciente. Elle frissonna un peu, ayant peur de lui. Seulement la douce et chaude flamme de vie était plus forte que lui, et les choses véritables étaient cachées à cet homme.

La lecture cessa. Elle sursauta. Elle leva les yeux et sursauta davantage en voyant Clifford la regarder d'un regard pâle et sinistre, un regard de haine.

— Oh ! Merci ! Vous lisez Racine si bien ! dit-elle doucement.

— Presque aussi bien que vous l'écoutez, dit-il cruellement.

— Que faites-vous ? demanda-t-il.

— Je fais une robe d'enfant pour le bébé de Mrs. Flint.

Il détourna la tête. Un enfant ! Un enfant ! Elle ne pensait qu'à ça.

— Après tout, dit-il, d'un ton déclamatoire, on trouve dans Racine tout ce dont on a besoin. Des émotions ordonnées et stylisées sont plus utiles que des émotions en désordre.

Elle le regardait de ses larges yeux vagues et voilés.

— Oui, certainement, dit-elle.

— Le monde moderne a seulement vulgarisé l'émotion en lui laissant la bride sur le cou. Ce qu'il nous faut, c'est la retenue classique.

— Oui, dit-elle lentement.

Et elle le voyait écoutant avec un visage sans expression les idioties sentimentales de la radio.

— Les gens font semblant d'avoir des émotions et, en réalité, ils ne sentent rien. Je pense que c'est ce qui s'appelle être romantique.

— Parfaitement ! dit-il.

À vrai dire, il était las. Cette soirée l'avait fatigué. Il aurait préféré la compagnie de ses livres techniques, ou de son directeur de mines, ou de la radio.

Mrs. Bolton entra, tenant deux verres de lait au malt ; l'un était destiné à Clifford, pour l'aider à dormir, l'autre à Constance pour la faire engraisser. C'était un vrai petit souper qu'elle avait introduit à Wragby.

Constance fut heureuse de s'en aller, quand elle eut avalé son verre, et de ne pas avoir à aider Clifford à se coucher.

— Bonsoir, Clifford. Dormez bien ! On est pénétré par les vers de Racine comme dans un rêve. Bonsoir !

Elle était arrivée à la porte. Elle partait sans lui avoir donné le baiser du soir. Il la regardait d'un œil aigu et froid. Bien, bien ! Elle ne lui donnait même pas le baiser du soir, après qu'il avait passé la soirée à lui faire la lecture. Quelles profondeurs d'insensibilité ! Même si ce baiser n'était qu'une forme, c'était sur de telles formes que reposait la vie. Elle était bolcheviste dans le fond ! Ses instincts étaient bolchevistes. Il regardait avec une froide colère la porte par laquelle elle venait de sortir. Colère !

Et, de nouveau, il fut envahi par la peur de la nuit. Il n'était qu'un paquet de nerfs ; et, quand il ne s'excitait pas à travailler dans un débordement d'énergie, ou quand il n'était pas à sa radio et donc totalement livré à lui-même, alors une angoisse le hantait, le sentiment d'un vide dangereux et menaçant. Il avait peur. Et Constance aurait pu le protéger si elle avait voulu. Mais elle ne le voulait pas ; évidemment, elle ne le voulait pas. Elle était dure, froide, insensible à tout ce qu'il faisait pour elle. Il lui donnait sa vie ; et elle était dure pour lui. Elle ne voulait qu'agir à sa guise.

Maintenant c'était l'idée d'un enfant qui l'obsédait ; elle voulait que ce fût son enfant à elle seule, non le sien, à lui !

Clifford était si sain, malgré tout. Il avait si bonne mine, le visage rose, les épaules larges et solides, la poitrine profonde. Il engraissait. Pourtant, en même temps, il avait peur de la mort. Un vide terrible semblait le menacer quelque part, de quelque façon, un abîme ; et dans cet abîme, son énergie s'écroulerait. Sans énergie, il se sentait mort parfois, vraiment mort.

Aussi ses yeux un peu proéminents avaient-ils un singulier regard, furtif, pourtant un peu cruel, si froid ; et, en même temps, presque impudent. C'était un air très curieux, cet air d'impudence, comme s'il triomphait de la vie malgré la vie : « Qui peut connaître les mystères de la volonté, car elle triomphe même sur les anges[78]. »

Mais ce qu'il craignait le plus, c'étaient les nuits où il ne pouvait dormir. Alors c'était vraiment terrible ; le néant l'assiégeait de toutes parts. Et c'était sinistre d'exister sans avoir aucune vie ; sans vie, dans la mort — d'exister.

Mais maintenant il pouvait sonner Mrs. Bolton. Elle venait toujours. C'était un grand réconfort, elle venait en robe de chambre, une natte de cheveux dans le dos, curieusement jeune fille, bien que la natte brune fût mêlée de gris. Elle lui faisait du café ou du thé de camomille, ou bien jouait aux échecs ou au piquet avec lui. Elle avait cette curieuse facilité féminine pour les jeux, et jouait même aux échecs assez bien quand elle était à demi endormie, assez bien pour qu'il valût la peine de la battre. Ainsi, dans la silencieuse intimité de la nuit, ils restaient assis, ou elle restait assise et lui couché sur son lit, éclairés par la lueur solitaire de la lampe de bureau, elle perdue de sommeil, lui perdu de peur ; et ils jouaient, jouaient ensemble ; puis ils prenaient ensemble une tasse de café et un biscuit, parlant à peine, dans le silence de la nuit, mais se rassurant l'un l'autre.

Et, cette nuit-là, elle se demandait qui était l'amant de Lady Chatterley. Et elle songeait à son Ted, mort depuis si longtemps, jamais tout à fait mort pour elle. Et, quand elle pensait à lui, les vieilles, vieilles rancunes contre le monde se réveillaient, mais surtout contre les patrons qu'elle accusait de l'avoir tué. Ce n'était pas vrai qu'ils l'avaient tué. Mais, pour elle, sentimentalement, c'était vrai. Et, quelque part, au tréfonds d'elle-même à cause de cela, elle était nihiliste et vraiment anarchiste.

Dans son demi-sommeil, la pensée de son Ted et la pensée de l'amant inconnu de Lady Chatterley se mêlaient : et alors elle sentait qu'elle partageait avec l'autre femme un grand grief contre Sir Clifford et tout l'ordre de choses qu'il représentait. En même temps, elle jouait au piquet avec lui, et ils jouaient des six pence ; et c'était une source de satisfaction de jouer au piquet avec un baronet, et même de perdre des six pence en jouant avec lui.

Quand ils jouaient aux cartes, ils jouaient toujours pour de l'argent. Cela l'aidait à s'oublier lui-même ; et il gagnait généralement, ce soir il gagnait. En sorte qu'il ne voudrait pas s'endormir avant l'aube. Heureusement l'aube commençait à quatre heures et demie environ.

Constance était au lit, et profondément endormie, pendant tout ce temps. Mais le garde, lui non plus, ne pouvait pas reposer. Il avait fermé les cages, fait sa ronde dans le bois et était rentré chez lui pour souper. Il était resté près du feu et songeait.

Il songeait à son enfance à Tavershall et à ses cinq ou six années de mariage. Il songeait à sa femme, et, comme toujours, avec amertume. Elle avait été si brutale ! Mais il ne l'avait pas revue depuis 1915, le printemps où il s'était engagé. Et elle vivait toujours là à moins de trois milles de distance, et plus brutale que jamais. Il espérait ne jamais la revoir de sa vie.

Il songeait à sa vie au loin, aux Indes, en Égypte, et de nouveau aux Indes : cette vie aveugle, insouciante, avec les chevaux ; le colonel qui l'avait aimé et qu'il avait aimé ; les quelques années où il avait été officier, lieutenant destiné à devenir capitaine. Puis la mort du colonel emporté par une pneumonie, et le grand danger de mort où il avait été lui-même ; sa santé compromise, sa profonde inquiétude ; sa démission de l'armée et son retour en Angleterre pour reprendre sa condition d'ouvrier.

Il avait temporisé avec la vie. Il avait cru qu'il serait en sûreté, en tout cas pour quelque temps, dans son bois. On n'y chassait pas ; son seul rôle serait d'élever les faisans. Il serait seul, hors de la vie, et il ne désirait pas autre chose. Il fallait bien qu'il se fixât quelque part ! et ce lieu était le lieu de sa naissance. Même sa mère y vivait encore : c'était quelque chose, bien qu'il n'eût jamais beaucoup tenu à elle. Il pourrait continuer à vivre, sans rapport avec personne, et sans espoir.

Il était parfaitement désemparé. Depuis qu'il avait été officier quelques années, et s'était mêlé aux autres officiers et aux fonctionnaires civils, à leurs femmes et à leurs familles, il avait perdu toute ambition d' « arriver » Il y avait dans la haute classe et la classe moyenne, telles qu'il les avait connues, une dureté, une singulière dureté de caoutchouc, un manque de vie, qui le glaçaient et lui faisaient sentir combien il était différent lui-même.

Alors il était revenu à sa propre classe; pour y trouver ce qu'il avait oublié pendant ces années d'absence, une petitesse de sentiments et une vulgarité de manières qui lui semblaient très déplaisantes. Il admettait maintenant la grande importance des manières. Il admettait aussi combien il était important même de faire semblant de ne pas se soucier des gros sous et des petites choses de la vie. Mais, parmi les gens du peuple, il n'y avait aucune feinte. Un sou de plus ou de moins sur le prix du lard était plus important qu'un changement dans l'Évangile. Quelle misère!

Et puis, il y avait la question des salaires. Ayant vécu au sein de la classe possédante, il savait combien il était vain d'espérer une solution à la question des salaires. Il n'y avait pas d'autre solution que la mort. Tout ce qu'on pouvait faire c'était de ne pas s'en préoccuper, de ne pas se préoccuper des salaires.

Et pourtant, si on était pauvre et misérable, on était bien forcé de s'en préoccuper... Quoi qu'il en fût, cela commençait à être la seule préoccupation des hommes. Le *souci* de l'argent, comme un vaste cancer, rongeait les individus de toutes classes. Il se refusait à se soucier d'argent.

Mais quoi alors ? Qu'offrait l'existence en dehors des préoccupations d'argent ? Rien.

Pourtant il pouvait vivre seul, avec la pâle satisfaction d'être seul, et d'élever des faisans qui finiraient par être tués après déjeuner par de gros messieurs. Quelle vanité ! Quelle vanité à la nième puissance

Mais pourquoi se soucier, pourquoi se préoccuper ? Et il avait vécu sans soucis et sans préoccupations jusqu'au moment où cette femme était entrée dans sa vie ! Il avait dix ans de plus qu'elle ; et il avait mille ans de plus en expérience. Le lien se resserrait entre eux ; il voyait venir le moment où ils ne pourraient plus le dénouer et où ils seraient forcés de refaire leur vie l'un avec l'autre :

« Car les liens de l'amour sont difficiles à dénouer[79] ! »

Qu'arriverait-il alors ? Qu'arriverait-il ? Faudrait-il recommencer, sans rien de ce qu'il faut pour recommencer ? Faudrait-il entraîner cette femme ? Faudrait-il avoir cette horrible dispute avec le mari infirme ? et aussi quelque horrible dispute avec sa propre femme, si brutale et qui le haïssait ? Misère, que de misère ! Et il n'était plus jeune ; il n'avait plus de souplesse. Et il n'était pas non plus de la race des insouciants. Toute amertume et toute laideur le blesseraient : et la femme !

Mais même s'ils se débarrassaient de Sir Clifford et de sa femme à lui, même s'ils obtenaient leur liberté, que feraient-ils ? Que ferait-il lui-même ? Que ferait-il de sa vie ? Il faudrait bien faire quelque chose. Il ne pouvait pas être une sorte de parasite, vivant de l'argent de cette femme et de sa très modique pension.

Problème insoluble. Il ne pouvait songer qu'à chercher en Amérique un air nouveau. Il n'avait aucune foi dans le dollar. Mais il y avait peut-être autre chose, peut-être.

Il ne pouvait ni se reposer, ni même se coucher. Après être resté assis jusqu'à minuit perdu dans ses pensées amères, il se leva tout à coup, et prit sa veste et son fusil.

« Viens, petite fille, dit-il à sa chienne, nous serons mieux dehors. »

La nuit était étoilée, mais sans lune. Il fit une ronde lente, scrupuleuse, à pas légers et furtifs. La seule chose dont il avait à se défendre c'étaient les pièges que les mineurs, surtout les mineurs de Stacks Gate, tendaient aux lapins, du côté de Marehay. Mais c'était la saison des amours et même les mineurs la respectaient un peu. Néanmoins cette ronde furtive à la recherche des braconniers calma ses nerfs et le détourna de ses pensées.

Mais, quand il eut fait lentement, prudemment, le tour de tout son domaine — c'était une promenade de presque cinq milles — il se sentit fatigué. Il monta au sommet de la colline et regarda tout alentour. Il n'y avait pas de bruit, sauf le vague bruit irrégulier de la mine de Stacks Gate, où le travail ne cessait jamais ; et il n'y avait presque pas de lumières, sauf la brillante rangée de lumières électriques aux usines. Le monde dormait, sombre et fumeux. Il était deux heures et demie. Mais, même dans son sommeil, c'était un monde agité, cruel, animé par le bruit d'un train ou de quelque gros camion passant sur la route, et brillant de l'éclair rosé des hauts fourneaux. C'était un monde de fer et de charbon ; ah ! la cruauté du fer, la fumée du charbon, et la sempiternelle convoitise qui menait tout ! Rien que la convoitise, la convoitise qui s'agitait tout en dormant.

Il faisait froid ; il toussait. Un courant d'air froid soufflait sur la colline. Il pensait à la femme. Maintenant il aurait donné tout ce qu'il possédait, tout ce qu'il pourrait jamais posséder, pour l'avoir auprès de lui, pour la tenir chaudement enveloppée avec lui dans une seule couverture et dormir, dormir seulement. Il lui semblait que dormir avec la femme dans ses bras était la seule nécessité.

Il alla à la cabane, s'enveloppa dans la couverture et s'étendit par terre pour dormir. Il ne le put. Il avait froid. Et d'ailleurs il sentait cruellement l'insuffisance de sa solitude. Il la voulait, pour la toucher, pour la tenir serrée contre lui dans un parfait moment de plénitude et de sommeil.

Il se releva et sortit, se dirigeant, cette fois, vers les grilles du parc ; puis, lentement, par le sentier, vers le château. Il était près de quatre heures ; il faisait clair et froid ; mais l'aube ne paraissait pas encore. Il était si habitué aux ténèbres qu'il y voyait sans peine.

Lentement, lentement le château l'attirait comme un aimant. Il voulait être près d'elle. Ce n'était pas du désir, mais autre chose. C'était le cruel sentiment d'une solitude insuffisante que seule la présence d'une femme silencieuse dans ses bras pourrait parfaire. Peut-être qu'il pourrait la trouver ; peut-être qu'il pourrait même l'appeler à lui, ou trouver un moyen de parvenir jusqu'à elle. Car le besoin était impérieux.

Lentement, silencieusement, il gravit la pente qui menait au château. Puis il arriva au sommet de la colline, contourna les grands arbres, gagna l'avenue qui faisait une noble courbe autour d'un losange de gazon, devant l'entrée. Déjà il pouvait voir les deux magnifiques hêtres qui s'élevaient dans ce grand losange plat, devant la maison, et se détachaient, sombres, sur l'air sombre.

Voici la maison basse, longue, obscure, avec une seule lumière au rez-de-chaussée, dans la chambre de Sir Clifford.

Mais dans quelle chambre était-elle, la femme dont la main tenait le bout du fil fragile qui l'attirait si impitoyablement ? Il ne le savait pas.

Il s'approcha un peu, le fusil à la main, et se tint immobile dans l'avenue, surveillant la maison. Peut-être que, maintenant encore, il pourrait la trouver, l'atteindre de quelque façon. La maison n'était pas imprenable ; il était aussi adroit qu'un cambrioleur. Pourquoi ne pas aller jusqu'à elle ?

Il était là, immobile, dans l'attente, tandis que l'aube pâlissait imperceptiblement derrière lui. Il vit l'unique lumière s'éteindre. Mais il ne vit pas Mrs. Bolton s'approcher de la fenêtre, écarter les vieux rideaux de soie bleu foncé, espérant le clair-obscur du jour naissant, espérant l'aube tant désirée, attendant, attendant que Clifford fût bien certain que le jour était là. Car, alors seulement, il s'endormirait tout de suite.

Elle se tenait là, aveuglée de sommeil, dans l'attente. Et, tout à coup, elle sursauta et faillit pousser un cri. Car il y avait un homme là-bas, dans l'avenue, silhouette obscure dans le crépuscule. Elle se réveilla tout à fait, se mit à guetter, mais sans faire le moindre bruit qui pût troubler Sir Clifford.

La lumière du jour commença à envahir le monde en frissonnant, et la sombre silhouette sembla se rapetisser et se préciser. Elle discerna le fusil, les guêtres, la veste trop large. N'était-ce pas Olivier Mellors, le garde-chasse ? Oui, car son chien était auprès de lui, flairant de-ci, de-là comme une ombre, et attendant son maître.

Mais que voulait-il ? Voulait-il éveiller la maison ? Pourquoi restait-il piqué là, comme transpercé, contemplant le château comme un chien malade d'amour devant la maison où la chienne est enfermée ?

Grand Dieu ! La vérité traversa Mrs. Bolton comme un éclair. C'était lui, l'amant de Lady Chatterley ! Lui, lui !

Quelle histoire ! Mais elle, Ivy Bolton, avait été elle-même un petit peu amoureuse de lui ; il avait seize ans et elle vingt-six. C'était quand elle faisait ses études d'infirmière ; il l'avait beaucoup aidée, pour l'anatomie et pour d'autres matières qu'elle devait apprendre. C'était un garçon intelligent, il avait obtenu une bourse pour le collège de Sheffield, avait appris le français, etc. ; et puis, après tout, il était devenu maréchal-ferrant, parce que, disait-il, il aimait les chevaux ; mais en réalité parce qu'il avait peur d'affronter le monde ; seulement il ne l'aurait pas avoué pour un empire.

Mais c'était un gentil garçon, très gentil ; et il l'avait beaucoup aidée ; il était si habile à vous faire comprendre les choses. Il était tout aussi intelligent que Sir Clifford ; et il était toujours bien avec les femmes, mieux avec les femmes qu'avec les hommes, disait-on.

Et puis, il avait bêtement épousé cette Bertha Coutts, comme par dépit. Il y a des gens ainsi, qui se marient par dépit, parce qu'ils ont eu une déception. Et rien d'étonnant à ce que ça n'eût pas marché. Il avait été absent pendant des années, pendant tout le temps de la guerre ; il était devenu lieutenant ; il avait joué au gentleman. Et ensuite revenir à Tavershall pour être garde-chasse ! Vraiment il y a des gens qui ne savent pas profiter de leur chance ! Et il parlait de nouveau le patois le plus lourd, le patois du bas peuple, alors qu'elle, Ivy Bolton, savait qu'il pouvait parler comme un gentleman, quand il le voulait.

Alors Lady Chatterley avait succombé à son charme ! Eh bien, elle n'était pas la première... il y avait un je-ne-sais-quoi en lui. Mais tout de même ! Un garçon de Tavershall, né et élevé au village, amant de Lady Chatterley de Wragby Hall ! Ma parole, quel camouflet à ces hauts et puissants Chatterley !

Mais lui, le garde, à mesure que le jour grandissait, il avait compris : cela ne sert de rien. « Cela ne sert de rien de vouloir sortir de ta solitude. Il faut t'y cramponner toute ta vie. Le vide ne sera rempli que de temps à autre. De temps à autre ! Mais il faut attendre le moment. Accepte ta propre solitude et t'y cramponne toute ta vie. Et accepte aussi les moments où le vide sera rempli, quand ces moments viendront. Mais il faut qu'ils viennent d'eux-mêmes. Tu ne peux pas les forcer à venir. »

Soudain, d'un coup, le désir déchirant qui l'attirait à elle se brisa. Il l'avait brisé parce que cela devait être ainsi. Il fallait que chacun fît un pas vers l'autre. Si elle ne se rapprochait pas de lui, il ne la poursuivrait pas. Il ne le fallait pas. Il fallait s'en aller, jusqu'à ce qu'elle vînt.

Il se tourna pour partir, méditant, acceptant de nouveau son isolement. Il savait que cela valait mieux ainsi. Il fallait qu'elle vînt à lui ; cela ne servait de rien de traîner après elle. Cela ne servait de rien !

Mrs. Bolton le vit disparaître, son chien courant après lui.

« Bien, bien ! dit-elle. Je n'avais jamais pensé à lui ! et c'est justement à lui que j'aurais dû penser. Il fut très gentil pour moi, après que j'eus perdu Ted. Bien, bien. Mais lui, que dirait-il, s'il savait ? »

Elle jeta un regard triomphant sur Clifford déjà endormi et sortit doucement de la chambre.

## XI

Constance était en train de mettre de l'ordre dans un grenier. Il y en avait plusieurs à Wragby. Le château était un vrai garde-meuble ; et on ne vendait jamais rien. Le père de Sir Geoffrey avait aimé la peinture, et la mère de Sir Geoffrey les meubles italiens du XVIe siècle. Sir Geoffrey lui-même avait aimé les vieux coffres sculptés, les coffres de sacristie. Et ainsi de suite de génération en génération. Clifford, lui, collectionnait des tableaux modernes, à des prix très modérés.

Il y avait dans le grenier de mauvais Landseer[80], et de tristes nids d'oiseaux de William Henry Hunt[81], tout un déballage de médiocre académisme, propre à effrayer la fille d'un membre de l'Académie Royale. Elle décida de passer tout cela en revue un jour et d'y mettre de l'ordre. Et les meubles lourdement sculptés l'amusèrent.

Elle trouva, soigneusement enveloppé pour le mettre à l'abri des coups et de la poussière, le vieux berceau de famille en palissandre. Elle le déballa ; il avait un certain charme. Elle le regarda longuement.

— C'est mille fois dommage qu'il ne puisse pas servir, dit Mrs. Bolton qui aidait Constance ; bien que ce genre de berceau soit démodé aujourd'hui.

— Il pourrait servir encore, je pourrais avoir un

enfant, dit Constance d'un air détaché, comme s'il s'agissait d'un nouveau chapeau.

— Vous voulez dire que Sir Clifford pourrait aller mieux ? balbutia Mrs. Bolton.

— Non, même dans l'état où il est. Après tout, il n'a qu'une paralysie musculaire. Il n'en est pas affecté *lui-même,* dit Constance, mentant comme on respire.

Clifford lui avait mis cette idée en tête. Il avait dit : « Naturellement, je puis encore avoir un enfant. Je ne suis pas vraiment mutilé. L'impuissance peut facilement cesser, même si les muscles des hanches et des jambes restent paralysés. Et alors le sperme peut être transféré. »

Il lui semblait vraiment, dans ces périodes d'énergie où il travaillait si assidûment le problème des mines, que son impuissance sexuelle allait cesser. Constance l'avait regardé avec terreur. Mais elle était assez fine pour trouver une arme dans cette suggestion de Clifford. Car elle aurait un enfant si elle le pouvait ; mais pas un enfant de Clifford.

Mrs. Bolton s'arrêta un instant, stupéfaite, le souffle coupé. Puis elle vit que c'était une ruse, qu'il ne fallait pas y croire. Pourtant les médecins faisaient ce genre de choses aujourd'hui : ils pourraient bien faire des sortes de greffes de sperme.

— Eh bien, Madame, je ne puis qu'espérer et prier que cela arrive. Quelle joie pour vous, et pour tout le monde ! Ma parole, un enfant à Wragby, quelle différence cela ferait !

— N'est-ce pas ? dit Constance.

Et elle choisit trois tableaux encadrés de membres de l'Académie Royale qu'elle enverrait à la duchesse de Shortlands pour sa prochaine kermesse. On l'appelait la « duchesse des kermesses » et elle demandait toujours à tout le comté de lui envoyer des objets pour ses ventes. Elle serait enchantée par ces cadres et ces signatures de membres de l'Académie Royale. Elle viendrait peut-être même faire une visite de remerciement. Comme ses visites enrageaient Clifford !

« Mais, grand Dieu ! songeait Mrs. Bolton, est-ce un enfant d'Olivier Mellors que vous nous préparez à accueillir ? Mon Dieu, mon Dieu, ce serait en vérité un enfant de Tavershall dans le berceau de Wragby. Et le berceau n'aurait pas à s'en plaindre ! »

Parmi les monstruosités qui encombraient le grenier il y avait une boîte assez grande, de laque noire, très soigneusement et ingénieusement faite soixante ou soixante-dix ans auparavant et qui contenait toutes les choses possibles et imaginables. Sur le dessus, il y avait un nécessaire de toilette rassemblé : brosses, flacons, miroirs, peignes, boîtes, et même trois magnifiques petits rasoirs dans des étuis de sûreté, des bols à savon et tout ce qu'il faut pour se faire la barbe. Au-dessous il y avait une sorte d'écritoire : buvards, plumes, encriers, papier, enveloppes, agenda ; plus bas encore, une boîte à ouvrage complète avec des ciseaux de trois grandeurs, des dés, des aiguilles, de la soie et du fil, une boule à ravauder, tout cela de la meilleure qualité et du plus beau fini. Puis il y avait une petite pharmacie avec des bouteilles vides mais dont les étiquettes portaient : laudanum, teinture de myrrhe, essence de girofle. Rien n'avait jamais servi. Et toute la boîte, une fois fermée, avait la dimension d'un petit sac de nuit. À l'intérieur toutes les pièces se complétaient comme les morceaux d'un puzzle. Les flacons n'auraient pas pu se renverser : ils n'en auraient pas eu la place.

Le nécessaire était merveilleusement combiné et exécuté, c'était un excellent travail de l'époque victorienne. Et pourtant c'était un monstre. Le Chatterley qui l'avait fait faire s'en était sans doute rendu compte : on ne s'en était jamais servi ; l'âme en était à jamais absente.

Pourtant Mrs. Bolton était transportée.

— Regardez les belles brosses, si coûteuses, et même les blaireaux à barbe ; il y en a trois : c'est la perfection. Non ! Et ces ciseaux ! On ne fait rien de mieux ! Oh ! c'est ravissant !

— Vous trouvez ? dit Constance. Eh bien, prenez-le.

— Oh ! non, madame.

— Mais oui ! Voulez-vous que cela reste ici jusqu'au jugement dernier ? Si vous ne le prenez pas, je l'enverrai à la duchesse avec les tableaux ; et elle n'en mérite pas tant. Si, si, prenez-le.

— Oh ! Madame ! Je ne sais pas comment vous remercier.

— Eh bien, n'essayez pas, dit Constance en riant.

Et Mrs. Bolton redescendit majestueusement, la grande boîte noire dans les bras, et toute rose de ravissement.

Mr. Betts la conduisit en voiture chez elle au village, avec la boîte. Et il *fallut* inviter quelques amies pour la montrer : la maîtresse d'école, la femme du pharmacien, et Mrs. Weedon, la femme du sous-caissier. Quand on eut admiré dûment la boîte, on commença à chuchoter que Lady Chatterley allait avoir un enfant.

— Les miracles ne cesseront jamais, dit Mrs. Weedon.

Mais Mrs. Bolton était convaincue que, si l'enfant naissait, ce serait l'enfant de Sir Clifford. Et voilà.

Peu de temps après, le recteur dit doucement à Clifford :

— Et pouvons-nous réellement espérer la venue d'un héritier à Wragby ? Ah ! ce serait une marque de la miséricorde divine.

— Eh bien, nous pouvons *espérer*, dit Clifford avec

une vague ironie et, en même temps, une certaine conviction.

Il commençait à croire que l'enfant pourrait même être *le sien*.

Puis, un après-midi, on vit venir le squire Winter, comme chacun l'appelait : soixante-dix ans, maigre, immaculé, gentleman de la tête aux pieds, comme Mrs. Bolton le dit à Mrs. Betts. Et, avec son accent un peu démodé, un peu hao-hao ! il semblait plus désuet qu'un seigneur à cadenette. Le temps en fuyant laisse choir ces belles vieilles plumes.

Ils discutèrent des mines. L'idée de Clifford était que son charbon, même la moins bonne qualité, était transformable en un combustible concentré qui pourrait dégager une très forte chaleur si on le nourrissait d'air humide et acidulé à une assez forte pression. On avait remarqué depuis longtemps que, quand soufflait un certain vent violent et humide, la mine dégageait une flamme très brillante qui ne répandait presque aucune odeur, et laissait une fine poussière de cendre au lieu du gros gravier rose.

— Mais où trouverez-vous des machines propres à consommer votre combustible ? demanda Winter.

— Je les fabriquerai moi-même et j'emploierai moi-même mon combustible. Et je vendrai la force électrique. Je suis sûr que c'est faisable.

— Si vous y parvenez, eh bien, parfait, parfait, mon garçon. Hao ! Parfait ! Si je puis vous être du moindre secours, je serai enchanté. J'ai peur de ne pas être très à la page, ni moi, ni mes mines. Mais qui sait ? quand je serai parti, il peut se trouver des hommes comme vous. Parfait ! Cela fera de nouveau travailler tous les ouvriers et il n'y aura plus à se préoccuper de vendre ou de ne pas vendre le charbon. Excellente idée : et j'espère qu'elle réussira. Si j'avais des fils, ils auraient sans doute des projets nouveaux pour Shipley : sans doute ! Entre parenthèses, mon cher garçon, y a-t-il aucun fondement dans le bruit qui court ? Pouvons-nous espérer un héritier à Wragby ?

— Il y a donc un bruit qui court ?

— Eh bien, mon cher, Marshall, de Fillingwood, m'a demandé, à *moi*, si c'était vrai. C'est tout ce que j'en puis dire. Naturellement, je ne voudrais pour rien au monde le répéter si c'était sans fondement.

— Eh bien, dit Clifford un peu mal à l'aise, mais les yeux brillants, il y a un espoir ; il y a un espoir.

Winter traversa la pièce et serra la main de Clifford.

— Mon cher enfant, mon cher ami, pouvez-vous vous représenter la joie que j'en éprouve ? Penser que vous travaillez avec l'espoir d'avoir un fils ! et que peut-être un jour vous occuperez de nouveau tous les hommes de Tavershall ! Ah ! mon garçon, maintenir le niveau de la race, et avoir du travail tout prêt, pour quiconque voudra travailler !...

Le vieillard était vraiment ému.

Le lendemain Constance arrangeait de grandes tulipes jaunes dans un vase de verre.

— Constance, dit Clifford, saviez-vous que le bruit court que vous allez donner un héritier à Wragby ?

Constance frémit de peur. Mais elle continua à s'occuper tranquillement des fleurs.

— Non, dit-elle. Est-ce une plaisanterie ? ou de la médisance ?

Il se tut un instant, puis répondit :

— Ni l'une ni l'autre, je l'espère. J'espère que c'est une prophétie.

Constance continua son bouquet.

— J'ai reçu une lettre de papa, ce matin, dit-elle. Il me demande si je n'ai pas oublié qu'il a accepté pour moi une invitation de Sir Alexandre Cooper à la villa Esmeralda, à Venise, pour juillet et août.

— Juillet et août ? dit Clifford.

— Oh ! je ne resterai pas si longtemps. Êtes-vous bien sûr que vous ne viendrez pas aussi ?

— Je ne veux pas voyager hors d'Angleterre, dit promptement Clifford.

Elle porta ses fleurs vers la fenêtre.

— Est-ce que ça vous ennuie que je parte ? dit-elle. Vous savez que c'était promis, pour cet été.

— Combien de temps resterez-vous ?

— Peut-être trois semaines.

Il y eut quelques instants de silence.

— Eh bien, dit Clifford lentement et un peu tristement, je suppose que je pourrais supporter une absence de trois semaines, si j'étais absolument sûr que vous voudrez revenir.

— Certes, je voudrai revenir, dit-elle, avec une tranquille simplicité, lourde de conviction — car elle pensait à l'autre homme.

Clifford sentit la conviction ; et il la crut ; il crut que c'était pour lui. Il se sentit merveilleusement soulagé, et soudain très heureux.

— Dans ce cas, dit-il, je pense que ce serait parfait, n'est-ce pas ?

— Oui, dit-elle.

— Ce déplacement vous amuserait ?

Elle le regarda avec d'étranges yeux bleus.

— J'aimerais beaucoup revoir Venise, dit-elle, et prendre des bains dans une de ces îles de la Lagune, aux rives couvertes de galets. Mais vous savez que je hais le Lido ! Et je ne crois pas que je goûterai beaucoup Sir Alexandre Cooper et Lady Cooper. Mais si Hilda est là, et si nous avons une gondole pour nous, oui, ce sera charmant. Je voudrais tant que vous veniez vous aussi.

Elle le dit sincèrement. Elle aurait tant voulu le rendre heureux, par de petites choses de ce genre-là.

— Oh ! mais imaginez-moi à la gare du Nord, ou sur le quai de Calais !

— Mais pourquoi pas ? On voit d'autres blessés de guerre portés sur des litières. D'ailleurs nous, nous ferions tout le voyage en auto.

— Il faudrait emmener deux domestiques.

— Mais non ! nous nous tirerions d'affaire avec Field. Il y aurait en tout cas un autre domestique là-bas.

Mais Clifford secoua la tête.

— Pas cette année, ma chère, pas cette année. L'année prochaine j'essaierai sans doute.

Elle s'en alla tristement. L'année prochaine ! Que lui apporterait l'année prochaine ? Elle-même ne désirait pas vraiment aller à Venise ; pas maintenant, maintenant qu'il y avait l'autre homme. Mais elle y allait, en quelque sorte, par discipline. Et puis, si elle avait un enfant, Clifford croirait qu'elle avait eu un amant à Venise.

C'était le mois de mai ; mais il faisait de nouveau froid et pluvieux. Un mois de mai humide et froid, bon pour le blé et le foin. Pour ce que le blé et le foin comptent de nos jours ! Constance dut aller à Uthwaite, qui était leur petite ville, la petite ville où ils étaient toujours les Chatterley, les grands Chatterley. Elle y alla seule, conduite par Field.

Malgré la saison et la jeune verdure, la campagne était mélancolique. Il faisait assez froid ; il y avait de la fumée sur la pluie.

On ne pouvait vivre qu'en résistant. Il était tout naturel que les gens fussent laids et durs.

L'auto monta péniblement à travers la longue rangée sordide de Tavershall, les maisons de brique noircie, les toits d'ardoise noire abrupts et luisants, la boue noire de charbon, les pavés humides et noirs. La tristesse semblait avoir tout détrempé. Rien de plus terrible que cette complète négation de toute beauté naturelle, cette parfaite négation de toute joie de vivre, cette absence complète de l'instinct de beauté que possède même un oiseau, même un animal, cette mort complète de toute faculté d'intuition humaine. Les piles de savon dans les boutiques d'épicerie, la rhubarbe et les citrons chez les fruitiers, les hideux chapeaux chez les modistes, défilaient dans toute leur laideur, suivis par la monstruosité plâtre et or du cinéma dont les affiches humides annonçaient : *L'Amour d'une femme!* et la grande nouvelle chapelle primitive[82], certes assez primitive avec ses briques nues et ses fenêtres aux grands panneaux de verre verdâtre et framboise. Plus loin, la chapelle wesleyenne[83], bâtie de brique noircie, s'élevait derrière les grilles de fer et des buissons noircis. La chapelle congrégationaliste[84], qui se jugeait plus noble, était bâtie de grès rustique et s'affublait d'un clocher, d'ailleurs peu élevé. Juste au-delà, il y avait le nouveau bâtiment d'école, construit de brique rose coûteuse avec un préau sablé entouré de grilles de fer, le tout très imposant, mêlant la notion d'église à celle de prison. Des jeunes filles prenaient une leçon de chant ; elles terminaient leurs exercices et entonnaient une petite chanson enfantine. Rien ne ressemblait moins à un chant, à un chant spontané : c'était un étrange hurlement qui suivait le contour d'une mélodie. Les sauvages, du moins, ont des rythmes subtils ; et les animaux quand ils hurlent, ont une raison pour hurler. Mais cela ne ressemblait à rien, et cela s'appelait un chant. Constance, assise dans la voiture pendant que Field faisait provision d'essence, écoutait, le cœur serré. Que pouvait-il bien advenir d'un tel peuple, un peuple qui avait certainement perdu toute vivante faculté d'intuition et ne gardait que de curieux hurlements mécaniques et une sinistre énergie ?

Une charrette de charbon descendait la rue, dans la pluie, avec un bruit de ferraille. Field repartit dans l'autre sens, passant devant les grandes et maussades boutiques des tailleurs et des drapiers, devant la poste, et débouchant sur la petite place du marché à l'abandon où Sam Black, de la porte du « Soleil », qui s'intitulait auberge et non cabaret, surveillait les passants et salua la voiture de Lady Chatterley.

L'église était à gauche, parmi les arbres noirs. L'auto descendit la colline, passa devant le café des « Miners' Arms ». Elle avait déjà passé devant le « Wellington », le « Nelson », les « Trois Tonnes », et le « Soleil » ; elle passait maintenant devant le « Miners' Arms », puis devant le « Hall des Mécaniciens[85] », puis devant le « Bonheur des Mineurs[86] » neuf et presque éclatant, puis enfin devant quelques « villas » neuves, et atteignit enfin la route noircie qui menait à Stacks Gate entre de sombres haies et des prés d'un vert sombre.

Tavershall ! C'était là Tavershall ! La joyeuse Angleterre ! L'Angleterre de Shakespeare ! Non certes, mais l'Angleterre d'aujourd'hui ; Constance s'en rendait bien compte depuis qu'elle était venue y vivre. Cette Angleterre était en train de produire une nouvelle race d'hommes hyper-sensibles à l'argent et au côté politique et social de la vie ; mais pour tout ce qui est spontané ou intuitif, plus morte que des morts. Des demi-cadavres : mais dont la moitié vivante vivait avec une étrange résistance. Il y avait dans tout cela quelque chose de sinistre. C'était un monde souterrain, et imprévisible. Comment pourrions-nous comprendre les réactions d'un demi-cadavre ? Constance vit passer de grands camions pleins d'ouvriers des aciéries de Sheffield, de pauvres petits êtres misérables, tordus, qui ressemblaient à des hommes, en route pour une excursion à Matlock, et elle se sentait défaillir dans ses entrailles ; elle pensait : « Ah ! Dieu, qu'est-ce que l'homme a fait à l'homme ? Qu'est-ce que les dirigeants de l'humanité ont fait à leurs semblables ? Ils les ont retranchés de l'humanité, et maintenant il ne peut plus y avoir de fraternité ! Ce n'est plus qu'un cauchemar ! »

Elle sentit de nouveau, dans une vague de terreur, la grise et grinçante inutilité de tout. Ces créatures-là, c'étaient les masses ouvrières ; et la classe élevée, elle la connaissait bien : il n'y avait rien à espérer. Pourtant elle désirait un enfant, un héritier ! L'héritier de Wragby ! Elle frissonna de peur.

Et Mellors sortait de là ! Oui, mais il en était aussi différent qu'elle-même. Et pourtant, même en lui, il n'y avait point de fraternité. La fraternité était morte ; il n'y avait qu'isolement et désespérance. Et c'était là l'Angleterre, la plus grande masse de l'Angleterre ; elle le savait bien puisque c'en était le centre même d'où elle était venue aujourd'hui en voiture.

L'auto s'élevait vers Stacks Gate. La pluie diminuait ; et l'air était traversé par une étrange et transparente lueur de mai. La campagne déferlait, en longues ondulations, au sud vers le Peak[87], à l'est vers Mansfield et Nottingham. Constance allait vers le sud.

Comme la voiture s'élevait sur le plateau, elle vit, à sa gauche, sur une éminence qui dominait le déferlement de la campagne, la masse sombre et puissante de Warsop Castle, d'un gris foncé, avec, à sa base, les taches rougeâtres des habitations ouvrières encore neuves, et, plus bas, les panaches de sombre fumée et de vapeur blanche de la grande usine qui mettait chaque année un nombre fixe de milliers de livres dans la poche du duc et des autres actionnaires. Le solide vieux château était une ruine ; et pourtant sa masse, détachée sur l'horizon bas, dominait encore les panaches noirs et blancs qui moutonnaient au-dessous, dans l'air humide.

La route fit un coude, et ils s'avancèrent sur le plateau élevé qui mène à Stacks Gate ; Stacks Gate, vu de la route, n'était qu'un énorme et splendide hôtel tout neuf, le Coningsby Arms[88], debout, rouge, blanc et or, dans un isolement barbare, à quelque distance de la route. Mais en regardant mieux, on découvrait sur la gauche des rangées de belles habitations « modernes », posées comme un jeu de dominos, et séparées les unes des autres par des jardins : un curieux jeu de dominos, auquel jouaient d'étranges « maîtres » à la surface de la terre surprise. Et, au-delà de ces blocs de maisons, s'élevaient les étonnantes, effrayantes, aériennes constructions d'une mine vraiment moderne, usines chimiques, longues galeries immenses, et de formes jusque-là inconnues à l'homme. La mine elle-même et le puits comptaient à peine parmi les énormes installations nouvelles. Et, devant cela, le jeu de dominos s'étendait toujours, comme surpris d'exister et attendant qu'on le joue.

C'était là le Stacks Gate qui était apparu à la surface de la terre depuis la guerre. Mais, en fait, même si Constance ne le connaissait pas, plus bas, un demi-mille au-dessous de l'hôtel, il y avait le vieux Stacks Gate, avec une vieille petite mine, et de vieilles habitations de brique noirâtre, une ou deux chapelles, une ou deux boutiques, un ou deux cabarets.

Mais tout cela ne comptait plus. Les grands panaches de fumée et de vapeur s'élevaient des nouvelles usines, et c'était là Stacks Gate : ni chapelles, ni cabarets, ni boutiques même. Rien que les grandes usines qui sont l'olympe moderne, avec des temples à tous les dieux; puis les habitations modèles, puis l'hôtel. L'hôtel, en réalité, n'était rien de plus qu'un cabaret de mineurs, malgré ses airs mondains.

C'était même depuis l'arrivée de Constance à Wragby que ce nouveau village s'était levé à la surface de la terre ; et les habitations modèles s'étaient remplies d'une racaille venue de partout et qui pratiquait, parmi d'autres sports, celui de braconner sur les terres de Clifford.

De la voiture qui roulait sur le plateau, elle voyait déferler le comté dans toute son étendue. Le comté ! Ç'avait été autrefois un comté fier et noble. Devant elle, comme un mirage, se dressait l'immense et magnifique masse de Chadwick Hall, tout ajouré de fenêtres, un des plus célèbres châteaux du règne d'Élisabeth[89]. Il se dressait, seul et noble, au-dessus d'un vaste parc. On l'entretenait encore, mais comme un objet de vanité. « Voyez quels puissants seigneurs étaient nos ancêtres ! »

C'était là le passé. Le présent s'étendait au-dessous. Quant au futur, Dieu seul sait où il se trouve. La voiture suivait déjà la route tournante qui, parmi de noirs petits cottages de mineurs, descend à Uthwaite. Et Uthwaite, par ce jour humide, déployait largement ses panaches de fumée et de vapeur comme un encens à quels dieux inconnus ? Uthwaite, au fond de la vallée, traversé par tous les fils d'acier des voies ferrées qui vont à Sheffield, avec ses mines de charbon et ses aciéries qui exhalent, par de longs tubes, leurs fumées et leurs lueurs, avec son mélancolique petit clocher d'église en tire-bouchon qui va s'écrouler mais qui égratigne encore la fumée. Uthwaite émouvait toujours étrangement Constance. C'était une vieille ville campagnarde, centre des vallons d'alentour. Une des principales auberges s'appelait le Chatterley Arms. Là on disait Wragby, comme si Wragby était tout un pays et non pas seulement une maison. Ce n'était pas Wragby Hall, près Tavershall. C'était Wragby, une « résidence ».

Les cottages noircis s'élevaient à même le pavé, intimes et étroits comme toutes les habitations de mineurs vieilles de plus d'un siècle. Ils bordaient la route ; et la route était devenue une rue ; en y descendant on oubliait tout de suite la grande campagne ouverte où les châteaux s'élevaient encore, mais comme des fantômes. Maintenant Constance était juste au-dessus des voies ferrées dénudées ; des fonderies et d'autres usines s'élevaient tout autour, si hautes qu'on ne sentait plus autour de soi que des murs. Le fer retentissait avec un immense écho ; et d'immenses camions ébranlaient la terre ; et des sifflets hurlaient.

Et pourtant, quand on était descendu jusqu'au cœur tordu et bossu de la ville, derrière l'église, on se trouvait dans un monde d'il y a deux cents ans, dans les rues tortueuses, où étaient le Chatterley Arms, et la vieille pharmacie, rues qui menaient jadis à la campagne des châteaux forts et des nobles maisons de plaisance.

Mais, au coin, un sergent de ville leva la main : trois camions, chargés de fer, passaient, secouant la pauvre vieille église. Et ce n'est qu'après qu'ils furent passés, que le sergent de ville put saluer Lady Chatterley.

C'était ainsi. Dans les vieilles rues tortueuses de la ville bourgeoise, se pressaient en hordes les anciennes maisons noircies des mineurs, bordant la route. Puis, tout de suite après, venaient des rangées de maisons plus neuves, plus roses, légèrement plus grandes, collées aux flancs de la vallée : c'étaient les habitations d'ouvriers plus modernes. Et, plus loin encore, dans la vaste campagne ouverte des châteaux, la fumée mêlait ses vagues aux vagues de vapeur, et d'innombrables taches de brique rougeâtre et crue révélaient les nouveaux lotissements miniers, parfois dissimulés dans des creux, parfois intensément visibles, détachés contre l'horizon, sur le contour des pentes. Et au beau milieu de tout cela, il y avait les restes déguenillés de la vieille Angleterre des diligences et des cottages, même de l'Angleterre de Robin Hood[90], où les mineurs étalaient, quand ils n'étaient pas au travail, leur triste oisiveté de sportifs aux instincts refoulés !

Angleterre, mon Angleterre ! Mais quelle est *mon* Angleterre ? Les nobles châteaux d'Angleterre font très bien en photographie et maintiennent un lien illusoire entre nous et les Élisabéthains. Les beaux vieux manoirs sont là, comme aux temps de la bonne reine Anne[91] et de Tom Jones[92]. Mais la fumée a noirci leur stuc brun qui, depuis longtemps, n'est plus d'un jaune doré. Et, un à un, comme les nobles châteaux, on les abandonne. On commence même à les démolir. Quant aux cottages d'Angleterre, les voici désormais : de grands emplâtres de brique sur la campagne désolée.

Maintenant on démolit les nobles châteaux ; les manoirs georgiens[93] s'en vont aussi. Fritchley, magnifique vieille demeure georgienne, on était en train de le démolir au moment même où Constance passait devant en voiture. Il était en parfait état ; jusqu'à la guerre les Weatherley y avaient vécu avec magnificence. Mais maintenant, il était devenu trop grand, trop coûteux, et le pays d'alentour trop antipathique. La noblesse partait pour des lieux plus plaisants où elle pouvait dépenser son argent sans voir d'où lui venait cet argent.

Ça, c'est l'histoire. Une Angleterre en efface une autre. Les mines avaient enrichi les manoirs. Maintenant elles les effaçaient comme elles avaient effacé les cottages. L'Angleterre industrielle efface l'Angleterre agricole ; une signification en efface une autre. La nouvelle Angleterre efface la vieille Angleterre. Et la continuité n'est pas organique, mais mécanique.

Constance, qui appartenait à la classe riche, s'était accrochée aux restes de l'ancienne Angleterre. Il lui avait fallu des années pour comprendre qu'en réalité elle était effacée déjà par cette terrible, cette sinistre, cette nouvelle Angleterre, et qu'elle serait effacée encore jusqu'à ce qu'il n'en restât rien. Fritchley avait disparu, Eastwood avait disparu, Shipley allait disparaître, le Shipley bien-aimé du squire Winter.

Constance s'arrêta un moment à Shipley. Les grilles du parc, derrière la maison, s'ouvraient tout près du passage à niveau du chemin de fer de la mine ; la mine de Shipley était juste derrière les arbres. Les grilles étaient ouvertes parce qu'il y avait à travers le parc un droit de passage dont usaient les mineurs. Ils erraient aussi autour du parc.

L'auto passa devant les pièces d'eau dans lesquelles les mineurs jetaient leurs vieux papiers, et prit l'allée particulière qui menait au château. C'était une charmante habitation de stuc, du milieu du XVIIIe siècle. Il y avait une magnifique allée d'ifs menant jadis à une maison plus ancienne ; et le manoir, déployant sa façade avec une noble sérénité, souriait joyeusement de toutes ses croisées georgiennes. Derrière il y avait d'admirables jardins.

L'intérieur plaisait à Constance beaucoup plus que Wragby. C'était plus clair, plus vivant, d'une élégante distinction. Les pièces étaient boisées de panneaux peints en crème, les plafonds relevés d'or. Un ordre exquis et strict y régnait ; la disposition en était parfaite ; partout on avait dépensé sans compter. Les couloirs mêmes trouvaient moyen d'être larges et charmants, incurvés avec grâce et pleins de vie.

Mais Leslie Winter était seul. Il avait passionnément aimé sa maison. Mais son parc était bordé par trois de ses propres mines. Il avait été généreux dans ses conceptions. Les mineurs avaient presque été les bienvenus dans son parc. Ne l'avaient-ils pas enrichi ? Aussi, quand il voyait des troupes d'hommes mal venus errant autour de ses pièces d'eau (non pas dans le jardin privé, non, là s'arrêtait sa complaisance), il disait : « Les mineurs ne sont sans doute pas aussi décoratifs que des biches, mais ils sont beaucoup plus rentables. »

Mais c'était la seconde moitié du règne de la reine Victoria[94] : un âge d'or — financièrement. Les mineurs étaient alors d' « honnêtes travailleurs ».

Winter avait fait ce petit discours un peu pour s'excuser auprès de son hôte, le prince de Galles. Et le prince avait répondu, dans son anglais légèrement guttural :

— Vous avez bien raison. S'il y avait du charbon sous le parc de Sandringham[95], j'ouvrirais une mine dans la pelouse, et je croirais faire d'excellent jardinage. Oh ! je ne demande pas mieux que d'échanger les biches contre des mineurs, à ce prix. Vos ouvriers sont d'ailleurs de braves gens, à ce qu'on me dit.

Le prince s'exagérait peut-être un peu la beauté de l'argent et les bienfaits de l'industrie.

Mais le prince était devenu roi, et le roi était mort[96], et maintenant il y avait un autre roi dont la fonction principale semblait être d'inaugurer des soupes populaires[97].

Et les « braves travailleurs » étaient en train d'assiéger Shipley. De nouveaux villages pullulaient dans le parc, et le squire voyait que la population lui devenait étrangère. Autrefois, avec bonne humeur et condescendance, il se sentait maître et seigneur de son propre domaine et de ses propres mineurs. Maintenant, un nouvel esprit soufflait subtilement ; et il se sentait évincé. C'était lui qui n'appartenait plus au domaine. On ne pouvait s'y tromper. Les mines, l'industrie avaient leur volonté bien à elles ; et cette volonté était opposée au propriétaire grand seigneur. Tous les mineurs participaient à cette volonté ; et il devenait difficile de s'y opposer. Elle vous chassait de la place ou vous chassait de la vie.

Le squire Winter, qui avait été soldat, avait tenu bon. Mais il ne se souciait plus de se promener dans le parc après le dîner. Il se cachait presque dans la maison. Un soir, il avait accompagné Constance, nu-tête, en souliers vernis et en chaussettes de soie violette, presque jusqu'à la grille ; il lui parlait avec son bel accent mondain un peu « hao-hao ». Mais quand il fallut passer devant des groupes de mineurs qui ne saluaient même pas, Constance sentit le beau vieux monsieur, si mince, frémir, comme frémirait une élégante antilope devant le regard indiscret du vulgaire. Les mineurs ne lui étaient pas personnellement hostiles, certes non. Mais tout leur esprit allait contre lui. Et, tout au fond, ils lui en voulaient sourdement. Dans leur laideur, ils lui en voulaient de cette existence élégante, polie, cultivée. « Qui se croit-il ? » C'était de la *différence* qu'ils lui en voulaient.

Et, tout au fond dans le secret de son cœur d'Anglais et de soldat, il trouvait qu'ils avaient raison de lui en vouloir de cette différence.

Il se sentait un peu dans son tort d'avoir tous les avantages. Mais il représentait un système, et il ne voulait pas se laisser évincer.

Excepté par la mort. Et la mort le prit soudain, peu après la visite de Constance. Il n'avait pas oublié Clifford dans son testament.

Les héritiers tout de suite donnèrent l'ordre de démolir Shipley. C'était trop cher à entretenir. Personne ne voulait vivre dans ce pays ; le château fut détruit. On abattit la belle avenue d'ifs, on dénuda le parc de ses arbres ; on lotit la propriété, qui était assez près d'Uthwaite. Dans cet étrange désert dénudé, dans ce nouveau *no mans' land,* on éleva des rangées de petites villas « avec tout le confort » : la cité de Shipley Hall.

Un an après la visite de Constance, tout était accompli. Le domaine de Shipley Hall n'était plus qu'un déploiement de petites « villas » dans des rues neuves. Personne n'aurait pu croire que, douze mois auparavant, le beau château de stuc avait régné là.

Mais ceci est une nouvelle période du jardinage cher au roi Édouard, l'espèce de jardinage qui veut qu'une mine de charbon décore la pelouse.

Une Angleterre en efface une autre. L'Angleterre des squires Winter et des Wragby Halls était finie, morte ; seulement leur disparition n'était pas encore tout à fait accomplie.

Que viendrait-il après ? Constance ne pouvait l'imaginer. Elle ne pouvait que voir les nouvelles rues de briques s'étendre dans les champs, les nouvelles constructions s'élever autour des mines, les nouvelles ouvrières porter leurs bas de soie, les nouveaux ouvriers s'en aller au Palais de la Danse. La nouvelle génération était tout à fait ignorante de la vieille Angleterre. Il y avait un arrêt dans la continuité de la conscience ; un arrêt presque américain : en réalité industriel. Que viendrait-il après ?

Il semblait toujours à Constance qu'il n'y avait point d'après. Elle aurait voulu se cacher la tête dans le sable : ou, du moins, sur la poitrine d'un homme vivant.

Le monde était si compliqué, si étrange, si sinistre ! Le peuple était si nombreux, et, en vérité si terrible ! Ainsi pensait-elle, en rentrant à la maison et en voyant les mineurs s'éloigner des puits, gris-noir, tordus, une épaule plus haute que l'autre, dans le bruit de leurs lourdes chaussures ferrées. Visages gris d'un monde souterrain, yeux qui montraient le blanc, nuques courbées par le toit des puits, épaules déformées. Des hommes, des hommes ! Hélas ! à certains égards, des hommes patients et bons. À d'autres égards, inexistants. Quelque chose, qu'il faut que les hommes possèdent, avait été extirpé de leur nature. Pourtant, c'étaient des hommes. Ils engendraient des enfants. On pourrait avoir des enfants d'eux. Terrible, terrible pensée ! Ils étaient bons et gentils. Mais ils n'étaient que des moitiés d'hommes ; de grises moitiés d'êtres humains. Ils étaient « sages » jusqu'à présent ; mais c'était la sagesse de leur insuffisance. Ah ! si les morts qu'ils étaient s'éveillaient jamais ! Mais non, c'était trop terrible à imaginer. Constance redoutait terriblement les masses industrielles parce qu'elles lui paraissaient si incompréhensibles. Une vie sans ombre de beauté, sans intuition, toujours « dans le puits ».

Des enfants de tels hommes ! Oh ! Dieu !

Et pourtant Mellors était le fils d'un de ces hommes. Pas tout à fait. Quarante années avaient marqué une différence, une énorme différence dans l'humanité. Le fer et le charbon avaient profondément dévoré le corps et l'âme des hommes.

Elles vivaient pourtant, ces incarnations de la laideur ! Qu'en adviendrait-il ? Peut-être qu'avec la disparition du charbon on les verrait disparaître aussi de la surface de la terre. Étrange faune, peut-être, des filons, qui était apparue, innombrable, à l'appel du charbon. Créatures d'un autre monde, élémentaires, serviteurs du charbon, comme les ouvriers du métal, élémentaires eux aussi, étaient les serviteurs du fer. Des hommes qui n'étaient pas des hommes, mais des esprits du charbon, du fer, de la glaise. Faune des éléments : carbone, fer, silicium. Élémentaires, ils avaient peut-être un peu de l'étrange et inhumaine beauté des minéraux, du fer, du charbon, le poids, le bleuté, la résistance du fer, la transparence du verre ! Créatures élémentaires, étranges et tordues, du monde minéral ! Ils appartenaient au charbon, au fer, à la glaise, comme les poissons appartiennent à la mer et les vers au bois mort. Esprits de la désagrégation minérale !

Constance fut heureuse de rentrer, de s'enfoncer la tête dans le sable. Elle fut heureuse même de bavarder avec Clifford. Car la peur de ces Midlands de fer et de mines lui causait une singulière impression qui lui envahissait tout le corps, comme la grippe.

— Naturellement, il a fallu que je prenne le thé dans la boutique de Miss Bentley.

— Vraiment ! Winter vous aurait offert le thé.

— Oh ! oui ; mais je n'aurais pas osé décevoir Miss Bentley.

Miss Bentley était une vieille fille jaunâtre dotée d'un grand nez et d'un tempérament romantique, qui servait le thé comme un sacrement avec une soigneuse ardeur.

— A-t-elle demandé de mes nouvelles ? dit Clifford.

— Naturellement. « Oserais-je demander à madame comment va Sir Clifford ? » Je crois qu'elle vous met dans son estime plus haut que Miss Cavell[98].

— Et je pense que vous avez répondu que je me portais à merveille ?

— Oui ! Et elle a eu l'air aussi transportée que si je lui avais dit que les cieux s'étaient ouverts pour vous recueillir. Je lui ai dit que, si jamais elle venait à Tavershall, il fallait venir vous voir.

— Moi ! Mais pourquoi ? Me voir !

— Mais oui, Clifford. Vous ne pouvez pas vous laisser adorer ainsi sans donner un petit signe de reconnaissance. Saint Georges de Cappadoce[99] n'était rien auprès de vous, à ses yeux.

— Et croyez-vous qu'elle viendra ?

— Oh ! elle a rougi et elle est devenue presque belle pendant un instant, pauvre créature ! Pourquoi les hommes n'épousent-ils pas les femmes qui les adoreraient vraiment ?

— Les femmes se mettent à adorer trop tard. Mais a-t-elle dit qu'elle viendrait ?

— Oh ! dit Constance en imitant la voix entrecoupée de Miss Bentley. « Oh ! Madame, je n'oserais jamais me permettre ! »

— Oser se permettre ! Quelle absurdité ! Mais j'espère bien qu'elle n'apparaîtra pas un beau jour ! Et comment était son thé ?

— Oh ! du thé Lipton[100] et *très* fort ! Mais, Clifford, savez-vous bien que vous êtes le *Roman de la Rose*[101] de Miss Bentley et d'un tas d'autres vieilles filles ?

— Croyez-vous donc que cela me flatte ?

— Elles gardent comme des trésors les portraits de vous qui paraissent dans les journaux illustrés ; et probablement qu'elles prient pour vous chaque soir. C'est assez extraordinaire.

Elle monta s'habiller.

Ce soir-là, il lui dit :

— Vous trouvez bien, n'est-ce pas, qu'il y a quelque chose d'éternel dans le mariage ?

Elle le regarda.

— Mais, Clifford, vous parlez de l'éternité comme d'un couvercle, ou d'une longue, longue chaîne qu'on traînerait après soi si loin qu'on pourrait aller !

Il parut agacé.

— Ce que je veux dire, dit-il, c'est que, si vous allez

à Venise, vous n'irez pas dans l'espoir de quelque aventure que vous pourriez prendre *au grand sérieux* *.

— Une aventure à Venise *au grand sérieux* ? Non, je vous assure ! Je ne prendrai jamais une aventure à Venise qu'*au très petit sérieux.*

Elle avait un ton de singulier mépris. Il fronça les sourcils, en la regardant.

Le lendemain matin, en descendant de chez elle, elle trouva la chienne du garde, Flossie, assise dans le corridor devant la porte de Clifford et pleurnichant faiblement.

— Eh bien, Flossie, dit-elle doucement, que fais-tu là ?

Et elle ouvrit calmement la porte. Clifford était assis dans son lit, sa table de chevet et sa machine à écrire poussées de côté. Et le garde était debout, attentif, au pied du lit ; Flossie entra en courant. D'un léger geste de la main, Mellors lui ordonna de ressortir, et elle se glissa dehors.

— Oh ! bonjour, Clifford, dit-elle. Je ne savais pas que vous étiez occupé.

Puis elle se tourna vers le garde-chasse et lui dit bonjour. Il murmura une réponse, en la regardant d'un air vague. Mais, de sa seule présence, émanait jusqu'à elle un effluve de passion.

— Est-ce que je vous ai interrompu, Clifford ? Pardon.

— Non. Ça n'a aucune importance.

Elle se glissa hors de la chambre et monta au boudoir bleu du premier étage. Elle s'assit à la fenêtre et le vit descendre l'avenue de sa curieuse allure silencieuse, effacée. Il avait une sorte de distinction tranquille, d'orgueil distant, et aussi un certain air de délicatesse physique. Un domestique ! Un des domes-

* En français dans le texte (*N. d. T.*).

tiques de Clifford ! « La faute, cher Brutus, n'en est pas à nos étoiles, mais à nous-mêmes, si nous sommes des inférieurs[102]. »

Était-il un inférieur ? L'était-il ? Et que pensait-il d'*elle* ?

C'était un beau jour de soleil ; Constance travaillait dans le jardin et Mrs. Bolton l'aidait. Pour quelque obscure raison, les deux femmes s'étaient rapprochées en un de ces inexplicables flux de sympathie qui se produisent entre les êtres. Elles attachaient des œillets à des tuteurs et repiquaient de petites plantes pour l'été. C'était un travail que toutes deux goûtaient. Constance surtout ressentait un vif plaisir à mettre les tendres racines des jeunes plantes dans une petite mare noire, et à les y enfoncer doucement. Par ce matin de printemps, elle sentait frémir ses entrailles aussi, comme si le soleil les avait touchées et rendues heureuses.

— Y a-t-il beaucoup d'années que vous avez perdu votre mari ? demanda-t-elle à Mrs. Bolton en prenant une autre petite plante et en l'enfonçant dans son trou.

— Vingt-trois ! dit Mrs. Bolton, en séparant l'une de l'autre les jeunes plants d'ancolies. Vingt-trois ans depuis qu'on l'a ramené à la maison !

Le cœur de Constance bondit devant la terrible fatalité de ce « ramené à la maison ! ».

— Pourquoi s'est-il laissé tuer, pensez-vous ? demanda-t-elle. N'était-il pas heureux avec vous ?

C'était une question de femme à femme. Mrs. Bolton repoussa une mèche du revers de sa main.

— Je ne sais pas, madame ! Il ne voulait jamais céder ; et ne voulait pas marcher avec les autres. C'était une sorte d'obstination : mourir plutôt que céder. Vous comprenez, tout lui était égal. J'en accuse le puits. Il n'aurait jamais dû descendre dans le puits.

Mais son père l'y avait forcé ; et, quand on a plus de vingt ans, ce n'est pas très facile de changer.

— Disait-il qu'il haïssait d'y descendre ?

— Oh ! non. Jamais ! Il ne disait jamais qu'il haïssait quoi que ce soit. Seulement, il faisait une drôle de tête. Il était de ceux qui ne veulent pas prendre garde : comme certains des jeunes gens qui les premiers partirent si joyeusement pour la guerre et furent tués tout de suite. Il n'avait pas la tête troublée, mais il ne voulait pas prendre garde. Je lui disais : « Tu ne tiens à rien, ni à personne ! » Mais ce n'était pas vrai ! Oh ! son silence et son immobilité quand j'eus mon premier enfant, et son regard, une sorte de regard fatal, quand tout fut fini ! J'avais beaucoup souffert, mais c'est lui qu'il fallut réconforter. Je lui dis : « Tout va bien, mon gars, tout va bien ! » Et il me regarda avec ce drôle de sourire. Il ne dit jamais rien. Mais je crois qu'ensuite il n'eut jamais aucun plaisir avec moi la nuit ; il ne voulait jamais se laisser aller. Je lui disais : « Oh ! laisse-toi donc aller ! » Il ne répondait rien. Mais il ne voulait pas ou ne pouvait pas se laisser aller. Il ne voulait pas que j'aie d'autres enfants. J'ai toujours blâmé sa mère qui l'avait laissé entrer dans la chambre. Il n'aurait pas dû y être. Les hommes exagèrent tout dès qu'ils se mettent à réfléchir.

— Ça lui faisait vraiment tant que ça ? dit Constance étonnée.

— Oui, il ne pouvait pas trouver que c'était naturel toute cette douleur. Et cela gâtait le plaisir qu'il aurait dû prendre à l'amour conjugal. J'avais beau lui dire : « Si ça m'est égal, qu'est-ce que ça peut bien te faire ? Il me semble que ça me regarde. » Il répondait seulement : « Ce n'est pas juste. »

— Peut-être qu'il était trop sensible, dit Constance.

— C'est cela ! Quand on commence à connaître les hommes, on s'aperçoit qu'ils sont trop sensibles, là où il ne faudrait pas l'être. Et je crois que, sans le savoir lui-même, il haïssait le puits, le haïssait terriblement. Il avait l'air si calme après sa mort, comme s'il s'était libéré. C'était un si joli garçon ! J'eus le cœur brisé en le voyant si paisible, si pur, comme s'il avait désiré mourir. Oh ! oui, j'eus le cœur brisé. Mais c'était la faute du puits.

Elle versa quelques larmes amères, et Constance pleura davantage. C'était un jour de printemps, chaud, plein d'un parfum de terre et de fleurs jaunes ; les plantes bourgeonnaient et la sève même du soleil inondait le jardin tranquille.

— Quelle horreur pour vous ! dit Constance.

— Oh ! Madame. Au début je ne compris pas bien. Je ne pouvais que répéter : « Mon petit, pourquoi as-tu voulu me quitter ? » Je ne trouvais rien d'autre à dire. Mais je ne pouvais m'empêcher de croire qu'il reviendrait.

— Mais ce n'est pas vrai qu'il voulait vous quitter, dit Constance.

— Oh ! non, madame. C'est par bêtise que je criais ça ! Et je continuais à croire qu'il reviendrait. Surtout la nuit. Je me réveillais sans cesse et je pensais : « Pourquoi n'est-il pas dans le lit avec moi ? » C'était comme si mes sentiments ne voulaient pas croire à sa mort. Il fallait qu'il revînt se coucher contre moi, et que je le sentisse avec moi. C'est tout ce que je demandais, de le sentir là, tout chaud contre moi... Ah ! quel temps il me fallut pour comprendre qu'il ne reviendrait pas ! Il me fallut des années !

— Le contact de son corps, dit Constance.

— C'est cela, madame ! Le contact de son corps ! Je n'en suis pas remise, aujourd'hui encore ; et je ne le serai jamais. Et s'il y a un Ciel, il sera là, il se couchera contre moi pour que je puisse dormir.

Constance regardait avec effroi ce beau visage

perdu dans ses pensées. Encore un être de passion sorti de Tavershall ! Le contact de son corps ! « Car les liens de l'amour sont difficiles à dénouer[103]. »

— C'est terrible d'avoir un homme dans le sang, dit-elle.

— Oh ! Madame, c'est ce qui vous donne tant d'amertume. On sent que les autres *voulaient* qu'il fût tué. On sent que les puits *voulaient* le tuer. Oh ! je sentais que, sans le puits, sans les possesseurs du puits, il n'aurait jamais pu me quitter. Mais tous, ils *veulent* séparer un homme et une femme qui sont ensemble.

— Ensemble physiquement, dit Constance.

— Vous avez raison, madame. Il y a dans ce monde un tas de gens au cœur dur. Et chaque matin, quand il se levait et partait pour le puits, je sentais que c'était mal, mal. Mais que pouvait-il faire d'autre ? Qu'est-ce qu'un pauvre homme peut faire ?

Une curieuse haine brûlait en elle.

— Mais un contact peut-il durer si longtemps ? demanda soudain Constance. Est-il possible que vous l'ayez senti si longtemps ?

— Oh ! Madame, qu'y a-t-il d'autre qui puisse durer ? Les enfants grandissent et nous quittent. Mais l'homme, ah !... Mais même *cela,* ils voudraient le tuer en vous, la seule pensée de ce contact. Même vos propres enfants ! Ah bien, qui sait ? Nous aurions pu nous séparer. Mais le sentiment est quelque chose d'autre. Peut-être qu'il vaudrait mieux ne jamais tenir à personne. Mais quand je vois des femmes qui n'ont jamais été réchauffées de part en part par un homme, elles me paraissent de pauvres hiboux ; ah ! elles ont beau se couvrir d'oripeaux, et courir la prétentaine. Non, rien ne me fera changer d'avis. Je ne respecte guère le monde.

## XII

Constance alla au bois tout de suite après le déjeuner. C'était une très belle journée; les pissenlits faisaient des soleils dans l'herbe parmi les pâquerettes si blanches. Le fourré de noisetiers était une dentelle de feuilles entrouvertes et de chatons poussiéreux. Des anémones jaunes fleurissaient de toutes parts, grandes ouvertes, dans le nouvel éclat de leur lustre jaune; c'était le jaune, le jaune puissant de l'été qui commence. Et les primevères s'épanouissaient largement, en un pâle abandon, d'épaisses touffes de primevères qui avaient perdu leur timidité. Le vert luxuriant et sombre des jacinthes était comme une mer d'où s'élevait le bleu pâle des boutons; tandis que, dans l'allée cavalière, les myosotis ébouriffaient leurs plantes et que les ancolies dépliaient leurs ruches d'un violet d'encre; et il y avait des morceaux de coquilles d'œufs bleues sous un buisson. Partout, les bourgeons, et l'élan de la vie!

Le garde n'était pas à la cabane. Tout y était tranquillité, et les poussins bruns couraient en plein bonheur. Constance s'en alla vers le cottage; elle voulait le voir.

Le cottage était inondé de soleil, hors de l'ombre du bois. Dans le petit jardin, les jonquilles doubles s'élevaient en touffes, près de la porte grande ouverte, et les pâquerettes doubles bordaient de rouge le sentier. Un chien aboya : Flossie accourut.

La porte était grande ouverte! Ainsi, il était chez lui. Et le soleil tombait sur le dallage de brique rouge! Comme elle traversait le jardin, elle le vit par la fenêtre, assis à sa table, en bras de chemise, et mangeant. Le chien grognait doucement et agitait lentement la queue.

Il se leva, vint à la porte en s'essuyant la bouche d'un mouchoir rouge, et en mâchant encore.

— Puis-je entrer ? dit-elle.

— Entrez !

Le soleil brillait dans la pièce nue où demeurait l'odeur d'une côtelette qu'il avait fait cuire dans une poêle sur le feu ; la poêle était encore sur le garde-feu ; et, à côté, noire sur le foyer blanc, il y avait la casserole à pommes de terre, posée sur un morceau de papier. Le feu était rouge, un peu bas ; la crémaillère était baissée, la bouilloire chantait.

Sur la table, il y avait son assiette avec des pommes de terre et des restes de côtelette ; il y avait aussi un panier à pain et un gobelet bleu plein de bière. La nappe était de toile cirée blanche. Il se tenait dans l'ombre.

— Vous êtes en retard, dit-elle, continuez donc votre repas.

Elle s'assit sur une chaise de bois, au soleil, près de la porte.

— J'ai dû aller à Uthwaite, dit-il en s'asseyant à table, mais sans manger.

— Mais mangez donc, dit-elle.

Il ne touchait à rien.

— Voulez-vous quelque chose, dit-il en patois, voulez-vous une tasse de thé ? L'eau bout dans la bouilloire.

Il se releva à demi.

— Seulement si vous me le laissez faire moi-même, dit-elle en se levant.

Il semblait triste, et elle sentait qu'elle l'ennuyait.

— Eh bien, la théière est là, dit-il en montrant une petite armoire brune en encoignure. Et les tasses. Et le thé est sur le manteau de la cheminée, au-dessus de votre tête.

Elle prit la théière noire et la boîte à thé de fer-blanc. Elle rinça la théière avec de l'eau chaude et s'arrêta un instant, cherchant où elle pourrait la vider.

— Versez dehors, dit-il, voyant son incertitude ; c'est de l'eau propre.

Elle alla à la porte et jeta l'eau sur le sentier. Quel charme dans cet endroit si paisible, si vraiment sylvestre ! Les chênes ouvraient de petites feuilles couleur d'ocre. Dans le jardin les pâquerettes étaient comme des boutons de peluche rouge. Elle regarda le grand bloc de grès évidé qui formait le seuil, franchi maintenant par si peu de pas.

— Mais c'est charmant ici, dit-elle. Une telle tranquillité, une tranquillité si pleine de vie !

Il s'était remis à manger, un peu lentement et à contrecœur, et elle le sentait découragé. Elle se fit du thé en silence, et mit la théière sur la plaque du foyer comme elle savait qu'on devait le faire. Il repoussa son assiette, sortit un instant par-derrière ; elle entendit le bruit d'un verrou, et il revint avec du fromage et du beurre sur une assiette.

Elle plaça les deux tasses sur la table : il n'y en avait que deux.

— Prendrez-vous une tasse de thé ? dit-elle.

— Si vous voulez. Le sucre est dans l'armoire ; et il y a aussi un petit pot. Le lait est dans la dépense.

— Faut-il enlever votre assiette ? demanda-t-elle.

Il la regarda avec un léger sourire ironique.

— Mais... si vous voulez, dit-il en mangeant lentement du pain et du fromage.

Elle alla derrière la cuisine dans l'appentis, où il y avait la pompe. À gauche, elle vit une porte, sans doute celle de la dépense. Elle l'ouvrit, et sourit presque en voyant ce qu'il appelait la dépense : ce n'était qu'un long placard étroit blanchi à la chaux. Mais il trouvait moyen d'y faire tenir un petit tonneau de bière, et quelques morceaux de nourriture sur des plats. Elle prit un peu de lait dans le pot jaune.

— Comment vous procurez-vous votre lait ? lui demanda-t-elle quand elle fut de nouveau près de la table.

— Les Flint. Ils déposent une bouteille au bout de la garenne. Vous savez, là où je vous ai rencontrée.

Mais il était découragé !

Elle versa le thé, puis éleva le pot à crème.

— Pas de lait, dit-il.

Il parut entendre un bruit et regarda vivement par la porte ouverte.

— Je crois qu'il vaut mieux fermer, dit-il.

— C'est dommage, répondit-elle. Personne ne viendra, n'est-ce pas ?

— Ce serait une fois sur mille, mais on ne sait jamais.

— Et même si quelqu'un venait, qu'est-ce que cela pourrait faire ? Ce n'est qu'une tasse de thé. Où sont les cuillers ?

Il se pencha et ouvrit le tiroir de la table. Constance était assise à la table, dans le soleil.

— Flossie, dit-il à la chienne qui était couchée sur une petite natte au bas de l'escalier. Va guetter, va.

Il leva le doigt. Le chien partit en éclaireur.

— Est-ce que vous êtes triste aujourd'hui ? demanda-t-elle.

— Triste, non, mais ennuyé ! J'ai dû envoyer des

assignations à deux braconniers que j'ai pris, et... eh bien, je n'aime pas du tout ce genre de choses.

Il parlait en un anglais froid et correct, et il y avait de la colère dans sa voix.

— Détestez-vous être garde-chasse? demanda-t-elle

— Être garde-chasse? non. Tant qu'on me laisse tranquille. Mais quand il me faut courir stupidement au commissariat de police et à divers autres endroits et attendre qu'un tas d'imbéciles veuillent bien s'occuper de moi... alors, je deviens enragé.

Et il sourit avec un léger humour.

— Ne pourriez-vous pas être vraiment indépendant? demanda-t-elle.

— Moi? Sans doute; si vous voulez dire que je pourrais trouver moyen de vivre de ma pension. Je le pourrais! Mais il faut que je travaille; sinon je mourrais. C'est-à-dire que j'ai besoin de quelque chose qui m'occupe. Et j'ai trop mauvais caractère pour travailler pour moi-même. Il faut que ce soit un travail pour quelqu'un d'autre; sinon j'enverrais tout promener, au bout d'un mois, par mauvaise humeur. En sorte que, tout compte fait, je suis très bien ici. Surtout ces temps derniers...

Il rit de nouveau, avec un air de légère raillerie.

— Mais pourquoi êtes-vous de mauvaise humeur? Voulez-vous dire que vous êtes *toujours* de mauvaise humeur?

— Presque toujours, dit-il en riant. Je ne digère pas bien ma bile.

— Mais quelle bile? dit-elle.

— Ma bile! Ne savez-vous pas ce que c'est?

Elle se tut, déçue. Il ne semblait pas prendre garde à elle.

— Je pars pour quelque temps le mois prochain, dit-elle.

— Vous partez ? Pour où ?

— Venise.

— Venise ? Avec Sir Clifford ? Pour combien de temps ?

— Pour un mois environ. Clifford ne m'accompagne pas.

— Il restera ici ? demanda-t-il.

— Oui. Il déteste voyager dans l'état où il est.

— Oui, le pauvre diable ! dit-il avec sympathie.

Il y eut un silence.

— Vous ne m'oublierez pas en mon absence, n'est-ce pas ? demanda-t-elle.

Il releva les yeux et la regarda en plein visage.

— Vous oublier ? dit-il. Vous savez bien que personne n'oublie. Ce n'est pas une question de mémoire.

Elle voulut dire : « De quoi donc alors ? » mais se retint. Elle dit seulement, d'une voix étouffée :

— J'ai dit à Clifford que j'aurais peut-être un enfant.

Il se mit à la regarder vraiment, avec une intense curiosité.

— Vous lui avez dit ça ? dit-il enfin. Et qu'a-t-il répondu ?

— Oh ! ça lui serait égal ; il serait même content pourvu que l'enfant parût être de lui.

Elle n'osait pas lever les yeux sur lui. Il garda le silence un long moment, puis, de nouveau, il la regarda en plein visage.

— Aucune mention de moi, naturellement ? dit-il.

— Non. Aucune mention de vous, dit-elle.

— Non. Il aurait un peu de peine à m'admettre comme remplaçant. Alors où serez-vous censée avoir pris cet enfant ?

— Je pourrais avoir une aventure à Venise.

— En effet. C'est donc pour cela que vous y allez ?

— Mais non, pas pour avoir une aventure, dit-elle en le regardant d'un air suppliant.

— Seulement l'apparence, dit-il.

Nouveau silence. Il regardait par la fenêtre avec un vague et muet ricanement, à demi moqueur, à demi amer. Elle détestait son ricanement.

— Vous n'avez donc pas pris de précautions pour éviter d'avoir un enfant ? dit-il tout à coup. Parce que moi, je n'en ai pris aucune.

— Non, dit-elle. J'aurais horreur de ça.

Il la regarda, puis détourna les yeux vers la fenêtre, le visage animé de son subtil ricanement muet. Il y eut un silence tendu. Enfin il se tourna vers elle et lui dit d'un ton sarcastique :

— C'est donc pour ça que vous me vouliez ? Pour avoir un enfant ?

Elle baissa la tête.

— Non, pas au fond, dit-elle.

— Et pour quoi alors, au fond ? demanda-t-il d'un ton mordant.

Elle le regarda d'un air de reproche.

— Je ne sais pas.

Il éclata de rire.

— Eh bien, du diable si je le sais, moi !

Il y eut un long moment de silence, de froid silence.

— Eh bien, dit-il enfin, ce sera comme il plaira à madame. Si vous avez un enfant, je serai heureux de l'offrir à Sir Clifford. Je n'y perdrai rien. Au contraire ; j'ai eu une très agréable aventure, tout à fait agréable !

Il s'étira en une sorte de bâillement à demi réprimé. Puis :

— Si vous vous êtes servie de moi, ce n'est pas la première fois que cela m'arrive et je ne pense pas que ç'ait jamais été plus agréable que cette fois-ci, bien que ce ne soit pas particulièrement flatteur pour ma dignité.

Il s'étira de nouveau, d'une curieuse façon, les muscles tremblants, la mâchoire serrée.

— Mais je ne me suis pas servie de vous, supplia-t-elle.

— Comme madame voudra.

— Non. Votre corps me plaisait.

— Vraiment ? répliqua-t-il. Eh bien, alors nous sommes quittes, parce que le vôtre me plaisait aussi.

Il la regarda avec des yeux étranges, assombris.

— Voulez-vous monter maintenant ? demanda-t-il d'une voix étranglée.

— Non, pas ici. Pas maintenant ! dit-elle pesamment. Et pourtant, s'il avait le moins du monde insisté, elle aurait cédé, car elle était sans force contre lui.

Il détourna de nouveau le visage et sembla l'oublier.

— Je veux vous toucher comme vous m'avez touchée, dit-elle. Je n'ai jamais vraiment touché votre corps.

Il la regarda et sourit de nouveau.

— Maintenant ? dit-il.

— Non, non ! Pas ici ! À la cabane. Ça ne vous ennuie pas ?

— Comment est-ce que je vous touche ?

— Quand vous me caressez.

— Et vous aimez que je vous caresse ?

— Oui, et vous ?

— Oh ! moi.

Puis il changea de ton :

— Oui, dit-il. Vous le savez sans que je vous le dise.

Et c'était vrai.

Elle se leva, ramassa son chapeau.

— Il faut que je m'en aille, dit-elle.

— Vous vous en allez ? répondit-il poliment.

Elle voulait qu'il la touchât, qu'il lui dît quelque chose. Mais il ne disait rien. Il attendait, poliment.

— Merci pour le thé, dit-elle.

— Je n'ai pas remercié madame de l'honneur qu'elle m'a fait en se servant de ma théière, dit-il.

Elle descendit le sentier, et il resta dans l'embrasure de la porte, ricanant vaguement. Flossie accourut, la queue en l'air. Et Constance dut marcher en silence jusqu'au bois, sachant qu'il était là, debout, à la regarder, avec ce ricanement incompréhensible sur le visage.

Elle rentra chez elle très découragée et ennuyée. Pourquoi avait-il dit qu'on s'était servi de lui ? En un sens, c'était vrai. Mais il n'aurait pas dû le dire. En sorte que, une fois de plus, elle était divisée entre deux sentiments : une rancune contre lui et un besoin de se réconcilier avec lui.

Après le thé, qui fut pénible et irritant, elle monta tout de suite chez elle. Mais elle ne pouvait tenir en place. Il fallait faire quelque chose. Il fallait aller à la cabane ; s'il n'y était pas, tant mieux.

Elle se glissa dehors et marcha droit vers la cabane, d'une humeur assez sombre. Quand elle arriva à la clairière, elle se sentait terriblement troublée. Mais il y était de nouveau, en bras de chemise, accroupi, ouvrant les cages pour faire sortir les poules parmi les poussins devenus un peu grands et niais, mais beaucoup plus dégrossis que des poussins de poules.

Elle vint droit à lui.

— Vous voyez que je suis venue, dit-elle.

— Oui, je le vois, dit-il en se redressant et en la regardant d'un air légèrement amusé.

— Vous faites sortir les poules maintenant ? demanda-t-elle.

— Oui ; elles sont restées assises jusqu'à ce qu'il ne leur reste plus que la peau et les os. Et maintenant, elles n'ont aucune envie de sortir et de se nourrir. Le moi n'existe plus chez une poule couveuse ; elle est tout entière dans ses œufs ou dans ses poussins.

Pauvres mères poules ! Quel amour aveugle ! et pour des œufs qui n'étaient même pas les leurs ! Constance les regardait avec compassion. Un silence morne tomba entre l'homme et la femme.

— On entre dans la cabane ? demanda-t-il.

— Me désirez-vous ? demanda-t-elle avec une sorte de défiance.

— Oui, si vous voulez venir.

Elle entra avec lui dans la cabane. Une obscurité complète y régna quand il eut fermé la porte, en sorte qu'il alluma une petite lumière dans la lanterne, comme l'autre fois.

— Avez-vous enlevé vos dessous ? lui demanda-t-il.

— Oui.

— Eh bien, alors, je vais enlever aussi mes affaires.

Il étendit les couvertures sur le sol. Elle enleva son chapeau, secoua ses cheveux. Il s'assit, enleva ses souliers et ses guêtres, déboutonna sa culotte de futaine.

— Couchez-vous donc, dit-il, quand il fut en chemise.

Elle obéit en silence, et il s'étendit auprès d'elle et tira une des couvertures sur leurs corps.

— Voilà, dit-il.

Et il releva sa robe jusqu'à ce qu'il atteignît ses seins. Il les baisa doucement, prenant les bouts entre ses lèvres, en de petites caresses.

— Ah ! que tu es bonne, que tu es bonne, dit-il soudain en lui frottant le ventre de son visage, d'un mouvement câlin.

Et elle lui mit les bras autour du corps, sous la chemise ; mais elle avait peur, peur de ce corps mince, lisse et nu qui semblait si puissant ; elle avait peur de ces muscles violents. Elle avait peur.

Et quand il lui dit, dans une sorte de petit soupir : « Ah ! tu es bonne », quelque chose en elle frissonna et quelque chose, dans son esprit, se raidit, prêt à la résistance, résistance devant cette terrible intimité physique et devant la hâte étrange de sa possession. Et cette fois-ci, elle ne fut pas étourdie par l'extase aiguë de sa propre passion. Elle restait là, les mains inertes posées sur le corps de l'homme en mouvement ; et, quoi qu'elle fît, elle ne pouvait empêcher son esprit de contempler froidement, de haut, ce qui se passait ; et le mouvement de boutoir de ces hanches lui semblait ridicule, et risible cette sorte de frénésie du pénis acharné à obtenir sa petite crise d'évacuation. Oui, c'était donc l'amour, ce ridicule bondissement des fesses, et cette défaillance du pauvre petit pénis insignifiant et moite. C'était là le divin amour ! Après tout, les modernes avaient raison dans leur mépris de cette comédie ; car c'était une comédie. Comme c'était vrai, ce que certains poètes avaient dit : le dieu qui a créé l'homme dut avoir un humour sinistre pour en faire une créature raisonnable et l'obliger en même temps à cette posture ridicule, et le pousser aveuglément à désirer cette ridicule comédie. Même un Maupassant jugeait l'amour une chute humiliante[104].

Froid, moqueur, son curieux esprit de femme restait détaché et, bien qu'elle demeurât parfaitement immobile, son instinct la poussait à soulever les reins, à expulser l'homme, à échapper à cette sordide étreinte et aux coups de boutoir de ces hanches ridicules qui la chevauchaient. Ce corps d'homme était une chose absurde, impudente, imparfaite, un peu dégoûtante, inachevée, grossière. Certes, une humanité parfaitement évoluée éliminerait cette comédie, cette « fonction ».

Et pourtant, quand il eut fini, très vite, et qu'il

demeura étendu, si tranquille, enfoncé dans son silence, dans un éloignement étrange et immobile, loin, si loin, au-delà de ce qu'elle pouvait atteindre, elle se mit à pleurer dans son cœur. Elle le sentait refluer, refluer loin d'elle et l'abandonner comme un caillou sur la plage. Il se retirait; il la quittait en esprit. Il savait.

Et, prise d'une vraie douleur, elle se mit à pleurer. Il n'y prit pas garde; il ne savait même pas, peut-être, qu'elle pleurait. La tempête de ses sanglots s'élevait et la secouait et secouait.

— Oui, dit-il, c'est raté, cette fois-ci. Vous étiez absente.

Ainsi il savait. Elle pleura plus fort.

— Mais qu'as-tu? dit-il. C'est toujours ainsi de temps en temps.

— Je... Je ne puis pas vous aimer, dit-elle en pleurant, car elle sentait son cœur se briser.

— Tu ne peux pas? Eh bien, ne t'en occupe pas. Il n'y a pas de lois qui t'y obligent. Prends les choses pour ce qu'elles sont.

Il avait toujours la main sur sa poitrine; mais elle ne lui tenait plus le corps de ses deux mains.

Ce qu'il disait ne la consolait guère. Elle sanglotait tout haut.

— Non, non, dit-il. Il faut accepter la balle avec le grain. Cette fois-ci, c'est un peu de balle.

Elle pleurait amèrement :

— Mais je voudrais vous aimer, disait-elle en sanglotant, et je ne puis pas. Ah! tout cela est horrible!

Il rit un peu, à demi amer, à demi amusé.

— Ce n'est pas horrible, dit-il, même si tu le trouves horrible. Et tu ne peux pas le rendre horrible. Ne t'occupe pas de m'aimer ou de ne pas m'aimer. Tu ne peux pas t'y forcer. Dans un panier de noix, il y en a toujours une mauvaise. Il faut prendre la mauvaise avec la bonne.

Et, retirant sa main, il cessa de la toucher. Et maintenant qu'il ne la touchait plus, elle se sentait perversement satisfaite. Elle haïssait son patois : et ces *tu*, ces *toi*, ces *tiens*. Il pouvait se lever s'il le voulait, et se tenir debout juste au-dessus d'elle, reboutonnant cette absurde culotte de futaine, droit devant elle. Après tout, Michaelis avait eu la décence de se retourner. Cet homme était si sûr de lui-même qu'il ne soupçonnait même pas qu'on pût le juger grossier, sans éducation.

Et pourtant, tandis qu'il se retirait en silence pour se lever et la quitter, elle s'accrocha à lui, terrifiée.

— Ne pars pas ! ne pars pas ! ne me laisse pas ! Ne sois pas fâché contre moi ! Tiens-moi ! Tiens-moi fort ! murmurait-elle en proie à une frénésie aveugle, sans savoir même ce qu'elle disait, et s'accrochant à lui avec une sorte de démence.

C'est d'elle-même qu'elle voulait être sauvée, de cette rage, de cette résistance qu'elle sentait en elle-même. Et pourtant quelle force dans cette résistance !

Il la reprit dans ses bras et l'attira à lui, et soudain elle devint petite dans ses bras, petite et câline. C'était fini, la résistance était finie, et elle commença à fondre en une paix merveilleuse. Et, comme elle fondait merveilleusement et devenait toute petite dans ses bras, elle lui devint infiniment désirable ; toutes ses veines semblèrent brûler d'un intense et pourtant tendre désir pour elle, pour sa douceur, pour cette pénétrante beauté qu'elle avait dans ses bras et qui lui passait dans le sang. Et doucement, de cette merveilleuse et vertigineuse caresse de sa main animée d'un doux et pur désir, doucement, il caressait la pente soyeuse de ses reins, plus bas, plus bas encore, entre ses fesses douces et chaudes, plus près, plus près encore de ce qu'il y avait en elle de plus vivant. Et elle le sentait comme une flamme de désir, tendre pourtant, et elle se sentait fondre dans la flamme. Elle se laissait aller. Elle sentit le pénis se dresser contre elle avec une force extraordinaire, une silencieuse assertion, et elle se laissa aller à lui. Elle céda avec un frisson qui ressemblait à la mort, elle s'ouvrit tout entière à lui. Ah ! s'il n'était pas tendre envers elle maintenant, quelle cruauté, car elle était ouverte à lui tout entière, et toute à sa merci !

Elle frissonna de nouveau à cette entrée en elle, puissante, inexorable, si étrange, si terrible ! Ce serait peut-être un coup de sabre dans son corps doucement ouvert, et alors elle mourrait. Elle s'accrocha à lui, en proie à une soudaine et terrible angoisse. Mais ce fut une lente caresse de paix, la sombre caresse de paix, de puissante et primordiale tendresse, comme celle qui créa le monde aux origines. Et la terreur s'apaisa dans sa poitrine. Sa poitrine se laissa aller en paix ; elle-même ne retint plus rien. Elle laissa tout aller, elle se laissa aller elle-même, tout entière, dans le flot.

Et il lui sembla qu'elle était comme la mer, toute en sombres vagues s'élevant et se gonflant en une montée puissante jusqu'à ce que, lentement, toute sa masse obscure fût en mouvement et qu'elle devînt un océan roulant sa sombre masse muette. Et, tout en bas, au tréfonds d'elle-même, les profondeurs de la mer se séparaient et roulaient de part et d'autre, en longues vagues qui fuyaient au loin, et, toujours, au plus vif d'elle-même, les profondeurs se séparaient et s'en allaient en roulant de chaque côté du centre où le plongeur plongeait doucement, plongeait de plus en plus profond, la touchant de plus en plus bas ; et elle était atteinte de plus en plus profond, de plus en plus profond, et les vagues d'elle-même s'en allaient en roulant vers quelque rivage, la laissant découverte ;

et, de plus en plus près, plongeait l'inconnu palpable, et de plus en plus loin roulaient loin d'elle les vagues d'elle-même qui l'abandonnaient, jusqu'à ce que soudain, en une douce et frémissante convulsion, le fluide même de son corps fût touché ; elle se sut touchée ; tout fut consommé ; elle disparut. Elle avait disparu, elle n'était plus, elle était née : une femme.

Ah ! trop beau, trop charmant ! Dans le reflux, elle comprit toute cette beauté. Maintenant tout son corps s'accrochait avec un tendre amour à l'homme inconnu, et, aveuglément, au pénis défaillant qui, tendrement, faiblement, sans le savoir, se retirait, après le furieux assaut de sa puissance. Comme il se retirait, chose secrète et sensible, et abandonnait son corps, elle poussa un cri inconscient, un cri de pure perte, et elle essaya de le remettre. Ç'avait été si parfait ; elle en avait eu tant de joie !

Et maintenant seulement, elle comprenait la petitesse du pénis, sa délicatesse, sa réticence de bourgeon, et un petit cri d'émerveillement et de douleur lui échappa encore ; le cri de son cœur de femme émerveillé par la délicate fragilité de ce qui avait été la puissance.

— Que c'est beau ! gémit-elle. Que c'est bon !

Mais il ne dit rien ; il l'embrassait seulement doucement, couché sans mouvement sur elle. Et elle gémit avec une sorte de béatitude, comme une victime, comme une chose qui vient de naître.

Et maintenant dans son cœur s'éveillait l'étrange émerveillement qu'elle avait de lui. Un homme ! L'étrange puissance de la virilité sur elle ! Ses mains erraient sur lui, encore un peu craintives devant cette chose, étrange, hostile, légèrement repoussante qu'il avait été pour elle : un homme. Et maintenant elle le touchait, et c'étaient les fils de Dieu avec les filles des hommes [105]. Qu'il était beau, d'un tissu si pur !

Combien beau et charmant, fort, et pourtant pur et délicat ! Quelle immobilité du corps sensible ! Quelle absolue immobilité, l'immobilité de la puissance et de la chair délicate. Qu'il était beau ! Elle lui glissa craintivement les mains le long du dos jusqu'aux globes doux et serrés des fesses. Beauté ! Quelle beauté ! Une nouvelle petite flamme de compréhension la traversa. Comment était-ce possible, cette beauté, la même où elle avait naguère senti tant de répulsion ? L'ineffable beauté de ces fesses chaudes et vivantes qu'elle touchait ! La vie dans la vie, la simple beauté, puissante et chaude ! Et le poids étrange de ses couilles entre ses jambes ! Quel mystère ! Quel poids étrange, lourd de mystère, qu'on pouvait tenir ainsi doux et lourd, dans ses mains ! C'étaient les racines, la racine de tout ce qui est beau, la racine primitive de toute beauté complète.

Elle s'accrocha à lui avec un soupir d'émerveillement qui était presque un soupir de crainte, de terreur. Il la tenait fort, mais ne disait rien. Il ne disait jamais rien. Elle se glissa plus près de lui encore, plus près, seulement pour être tout près de ce miracle sensuel qui était lui. Et, du fond de son absolue, de son incompréhensible immobilité elle sentit de nouveau la lente, et fatale montée du phallus, de l'autre puissance. Et son cœur fondit et s'écroula dans une sorte de terreur.

Et, cette fois, la présence de l'homme en elle ne fut que douceur et chatoiement, si pure qu'elle devenait insaisissable. Tout son être frémit, inconscient et vivant, comme du protoplasme. Elle ne pouvait savoir ce que c'était. Elle ne pouvait se rappeler ce que ç'avait été ; seulement que ç'avait été plus délicieux que rien autre ne pourrait jamais l'être. Seulement cela. Après, elle resta entièrement tranquille, entièrement sans connaissance. Elle n'aurait pu dire combien de temps. Et il était tranquille comme elle, plongé avec elle dans un insondable silence. Et de tout cela, ils ne parleraient jamais.

Quand elle commença à reprendre conscience, elle s'accrocha à sa poitrine en murmurant : « Mon amour ! Mon amour ! » et il la serra silencieusement. Et elle se blottit sur sa poitrine parfaite.

Mais il gardait un silence insondable. Il la tenait comme on tient des fleurs, si étrange et silencieux. Elle murmura :

— Où es-tu ? Où es-tu ? Parle-moi ! Dis-moi quelque chose !

Il l'embrassa doucement et murmura :

— Oui, ma petite !

Mais elle ne savait pas ce qu'il voulait dire. Elle ne savait pas où il était. Il semblait perdu pour elle dans son silence.

— Tu m'aimes, n'est-ce pas ? murmura-t-elle.

— Mais oui, tu le sais bien ! dit-il.

— Mais dis-le-moi ! supplia-t-elle.

— Oui, oui. Ne l'as-tu pas senti ? dit-il lointainement, mais doucement et sûrement.

Et elle se serrait plus fort contre lui. Il était tellement plus paisible qu'elle en amour. Et elle voulait être rassurée.

— N'est-ce pas, tu m'aimes ! affirma-t-elle.

Et il la caressa doucement de ses mains, comme si elle était une fleur, sans un frémissement de désir, mais avec une délicate et proche intimité. Mais elle était encore hantée par l'angoisse de laisser échapper l'amour.

— Dis que tu m'aimeras toujours, supplia-t-elle.

— Oui, dit-il, l'esprit ailleurs.

Elle sentait qu'en le questionnant ainsi elle l'éloignait d'elle.

— Ne faut-il pas nous lever ? dit-il enfin.

— Non ! dit-elle.

Mais elle sentait qu'il lui échappait, qu'il écoutait les bruits du dehors.

— Il fera presque nuit, dit-il.

Et elle entendit les nécessités de la vie parler par sa voix. Elle l'embrassa avec le chagrin d'une femme qui cède un moment de bonheur.

Il se leva, aviva la flamme dans la lanterne, et commença à remettre ses vêtements ; très vite, il fut rhabillé. Alors il se tint là, au-dessus d'elle, fixant sa culotte et la regardant, avec de larges yeux sombres, le visage un peu échauffé, les cheveux en désordre, étrangement chaud, tranquille et beau dans la vague lumière de la lanterne, plus beau qu'elle ne voudrait jamais le lui dire. Elle avait envie de s'accrocher à lui, de le tenir, car il y avait dans sa beauté une chaleur et un éloignement de demi-sommeil qui la poussaient à crier et à s'accrocher à lui, pour bien le posséder. Elle ne le posséderait jamais. Aussi, elle restait étendue sur la couverture, ses hanches nues doucement incurvées ; et, lui, il n'avait aucune idée de ce qu'elle pensait, mais elle aussi lui semblait belle, cette douce et merveilleuse créature en qui il pouvait entrer et se perdre au-delà de toutes choses.

— Je t'aime de pouvoir entrer en toi, dit-il.

— Est-ce que je te plais ? dit-elle, le cœur battant.

— Tout va bien, puisque je puis entrer en toi. Je t'aime d'être ouverte à moi. Je t'aime de pouvoir entrer ainsi en toi.

Il se pencha et lui embrassa le flanc, y frotta ses joues, puis la recouvrit.

— Et tu ne m'abandonneras jamais ? dit-elle.

— Ne demande pas ces choses ! dit-il.

— Mais tu crois bien, n'est-ce pas, que je t'aime ? dit-elle.

— Tu m'aimes en ce moment plus que tu n'aurais

jamais pensé m'aimer. Mais qui sait ce qui arrivera quand tu te mettras à y réfléchir ?

— Non, ne dis pas ces choses-là ! Et tu ne crois pas vraiment, n'est-ce pas, que j'ai voulu me servir de toi !

— Comment ?

— Pour avoir un enfant ?...

— De nos jours n'importe qui peut avoir n'importe quel enfant, dit-il en s'asseyant pour fixer ses guêtres.

— Ah ! non, cria-t-elle. Est-ce bien vrai ?

— Eh bien, dit-il en la regardant sous ses sourcils, ce que nous venons de faire, voilà l'essenticl.

Elle ne bougeait pas. Il ouvrit doucement la porte. Le ciel était d'un bleu sombre, avec un bord cristallin couleur de turquoise. Il sortit pour enfermer les poules. Il parlait bas à son chien. Et elle songeait au miracle de la vie et de l'être.

Quand il rentra, elle était encore étendue, éclatante comme une bohémienne. Il s'assit sur un tabouret auprès d'elle.

— Il faut que tu viennes une nuit au cottage, avant de partir pour Venise, n'est-ce pas ? demanda-t-il, levant les sourcils pour la regarder, les mains pendant entre ses genoux.

— N'est-ce pas ? dit-elle en imitant son patois *.

Il sourit.

— Oui, n'est-ce pas ? répéta-t-il.

— Oui, dit-elle, imitant encore le son du patois.

— Et tu dormiras avec moi. Il le faut. Quand viendras-tu ?

— Quand viendrai-je ? dit-elle en l'imitant.

— Non, tu ne sais pas parler patois. Mais quand viendras-tu ?

* J'ai dû abréger cette scène proprement intraduisible où Constance s'essaie maladroitement à imiter le patois de Mellors (*N. d. T.*).

— Peut-être dimanche.

— Bien, dit-il.

Il se moquait d'elle.

— Non, tu ne peux pas m'imiter.

— Pourquoi donc ? dit-elle.

Il riait. Elle était si comique en essayant d'imiter le patois.

— Viens donc, il faut partir ! dit-il.

Il était penché vers elle et lui caressait doucement le visage.

— Tu es un bon con, tout de même. Le meilleur petit con qui reste sur la terre. Quand tu le veux bien !

— Qu'est-ce que ça veut dire, con ?

— Comment, tu ne le sais pas ? Con ! C'est toi, là en bas.

— Alors, le con, c'est comme baiser ?

— Non, non. Baiser, c'est seulement ce qu'on fait. Les animaux baisent. Le con, c'est beaucoup plus que ça. C'est toi-même, comprends-tu ? Et tu es bien autre chose qu'un animal, même en baisant. Con ! C'est ce qui te rend si belle, ma petite !

Elle se leva et l'embrassa entre les yeux, ces yeux qui la regardaient, ces yeux si sombres et si doux, d'une ineffable chaleur, d'une insoutenable beauté.

— Tu m'aimes ? dit-elle.

Il l'embrassa sans répondre.

— Va-t'en maintenant, dit-il.

Il la caressa de la main, sur toutes les courbes de son corps, fermement, sans désir, mais avec une douce et intime connaissance.

Comme elle rentrait à la maison en courant dans le crépuscule, le monde semblait un rêve ; les arbres du parc se gonflaient et s'élevaient comme les voiles d'un navire à l'ancre et la pente qui montait au château était soulevée de vie.

# XIII

Le dimanche, Clifford voulut aller dans le bois C'était une matinée charmante ; les fleurs de poirier et de prunier avaient soudain fait leur apparition dans le monde, ici et là, en un miracle de blancheur.

Il était cruel pour Clifford, tandis que le monde fleurissait, de se faire transporter d'un fauteuil roulant à une petite voiture. Mais il avait oublié, et semblait même tirer quelque orgueil de son infirmité. Constance souffrait encore de voir soulever et mettre en place ses jambes inertes. C'était Mrs. Bolton ou Field qui s'en chargeait maintenant.

Elle l'attendit au haut de l'avenue, au bord du paravent formé par les hêtres. Il avançait dans sa petite voiture, à grand ronflement de moteur, avec toute la lenteur d'un malade d'importance. Comme il rejoignait sa femme, il dit :

— Sir Clifford sur son coursier qui écume !

— Qui piaffe, du moins ! dit-elle en riant.

Il s'arrêta et contempla la façade de la longue maison basse et brune.

— Wragby n'a pas sourcillé ! dit-il. Et pourquoi sourcillerait-il ? Je monte un chef-d'œuvre de l'esprit humain ; et cela vaut bien un cheval.

— Apparemment. Et l'âme de Platon[106] montant

jadis au ciel sur un chariot à deux chevaux y monterait maintenant dans une Ford, dit-elle.

— Ou une Rolls ! Platon était un aristocrate.

— C'est vrai. Plus de cheval noir à cravacher et à maltraiter. Platon n'aurait jamais imaginé que nous irions plus loin que son coursier noir et son coursier blanc, et que nous n'aurions plus de coursiers du tout, rien qu'un moteur !

— Rien qu'un moteur et de l'essence ! dit Clifford... J'espère que je pourrai faire faire quelques réparations à la vieille bicoque l'an prochain. Je crois que j'aurai à peu près mille livres en réserve pour cela : mais le travail est si cher ! ajouta-t-il.

— Oh ! très bien, dit Constance. Pourvu qu'il n'y ait pas de nouvelles grèves[107] !

— Quel intérêt auraient-ils à se remettre en grève ? Ils ruineraient l'industrie, du moins ce qui en reste, voilà tout. Ils doivent commencer à s'en rendre compte.

— Peut-être que ça leur est égal de ruiner l'industrie, dit Constance.

— Ah ! ne parlez pas comme une femme ! L'industrie leur remplit le ventre, même si elle ne fait pas déborder leurs poches, dit-il, usant de certains tours de langage qui rappelaient Mrs. Bolton.

— Mais ne disiez-vous pas, l'autre jour, que vous étiez anarchiste-conservateur ? demanda-t-elle naïvement.

— Et n'avez-vous pas compris ce que je voulais dire ? répliqua-t-il. Je voulais seulement dire qu'on peut être et sentir et agir comme on veut dans le privé, pourvu qu'on garde intacts la forme et le mécanisme de la vie.

Constance fit quelques pas en silence. Puis elle dit, avec obstination :

— C'est comme si vous disiez qu'un œuf peut être

pourri tant qu'il voudra pourvu qu'il garde sa coquille entière. Mais les œufs pourris éclatent d'eux-mêmes.

— Je ne crois pas que les gens soient des œufs, dit-il, pas même des œufs d'ange, ma chère petite évangéliste.

Il était d'assez bonne humeur par ce beau matin. Les alouettes égrenaient leurs trilles au-dessus du parc ; dans le creux du vallon la mine lointaine exhalait une vapeur silencieuse. On pouvait presque se croire revenu aux jours anciens, aux jours d'avant-guerre. Constance n'avait pas vraiment envie de discuter. Mais elle n'avait pas non plus envie d'aller au bois avec Clifford. Et elle marchait à côté de la petite voiture, l'esprit vaguement buté.

— Non, dit-il, il n'y aura plus de grèves, si les choses sont bien menées.

— Et pourquoi n'y en aura-t-il plus ?

— Parce que les grèves seront rendues à peu près impossibles.

— Mais les ouvriers vous le permettront-ils ? demanda-t-elle.

— Nous ne leur demanderons pas leur avis. Nous agirons pendant qu'ils auront le dos tourné : pour leur propre bien, pour sauver l'industrie.

— Pour votre bien aussi, dit-elle.

— Naturellement ! Pour le bien de tout le monde. Mais pour leur bien plus encore que pour le mien. Je puis vivre sans les mines. J'ai d'autres ressources.

Ils regardèrent, au haut de la vallée peu profonde, la mine, et derrière, les maisons aux toits noirs de Tavershall qui rampaient le long de la colline comme un serpent. De la vieille église brune venait la voix des cloches : dimanche, dimanche, dimanche !

— Mais les ouvriers se laisseront-ils imposer des conditions ? dit-elle.

— Ma chère, ils y seront bien forcés, si l'on s'y prend avec tact.

— Mais ne pourrait-il pas y avoir une entente entre eux et vous ?

— Certes : quand ils comprendront que l'industrie passe avant l'individu.

— Mais faut-il que vous possédiez l'industrie ? dit-elle.

— Je ne la possède pas. Mais, pour autant que je la possède, oui, il *faut* que je la possède. Le problème de la propriété est devenu maintenant un problème religieux : comme il l'a toujours été depuis le temps de Jésus et de saint François[108]. La question n'est plus : Prends tout ce que tu possèdes et donne-le aux pauvres[109] ; mais : Sers-toi de tout ce que tu possèdes pour encourager l'industrie et donner du travail aux pauvres. C'est le seul moyen de nourrir toutes les bouches et de vêtir tous les corps. Donner tout ce qu'on possède équivaut à la famine pour les pauvres aussi bien que pour nous. Et la famine universelle n'est pas un but bien désirable. Même la pauvreté universelle n'a rien de charmant. La pauvreté est laide.

— Mais l'inégalité ?

— C'est le destin. Pourquoi l'étoile Jupiter est-elle plus grande que l'étoile Neptune ? Vous ne pouvez pas commencer à changer la structure des choses !

— Mais quand cette envie, cette jalousie, ce mécontentement sont excités..., commença-t-elle.

— Faites de votre mieux pour les calmer. Il faut bien que quelqu'un soit le chef de troupe.

— Mais qui est le chef de troupe ? demanda-t-elle.

— Les hommes qui possèdent et qui exploitent les industries.

Il se fit un long silence.

— Il me semble qu'ils sont de mauvais chefs, dit-elle.

— Eh bien, dites-leur ce qu'ils doivent faire.

— Ils ne prennent pas leur situation de chefs avec assez de sérieux.

— Ils la prennent avec beaucoup plus de sérieux que vous ne prenez votre situation de lady, dit-il.

— Mais cette situation m'est imposée. Je ne la désire nullement, dit-elle, presque sans le vouloir.

Il arrêta la voiture et regarda Constance.

— Qui est-ce qui repousse ses responsabilités maintenant ? Qui est-ce qui essaie de fuir, *maintenant,* les responsabilités de sa situation de chef, comme vous dites ?

— Mais je ne tiens pas à cette situation, protesta-t-elle.

— Ah ! mais c'est de la lâcheté. Cette situation, vous l'avez ; le destin vous y a mise. Vous devriez vous y tenir. Qui est-ce qui a donné aux mineurs tout ce qu'ils ont d'un peu bien : toute leur liberté politique, et leur éducation, quelque médiocre qu'elle soit, les conditions sanitaires où ils vivent, leurs livres, leur musique, tout ? Qui le leur a donné ? Est-ce les mineurs qui l'ont donné aux mineurs ? Non ! Tous les Wragby et les Shipley d'Angleterre ont donné leur part et doivent continuer à la donner. Voilà votre responsabilité.

Constance devint toute rouge en l'écoutant.

— Je voudrais bien donner quelque chose, dit-elle ; mais on ne me le permet pas. Tout est vendu et acheté maintenant ; et toutes les choses dont vous parlez, Wragby et Shipley les *vendent* au peuple, à beaux deniers comptant. Vous ne donnez pas un seul battement de cœur, pas une once de sympathie. Et, d'ailleurs, qui est-ce qui a enlevé au peuple sa vie et sa virilité naturelles pour lui donner en échange ces horreurs industrielles ? Qui a fait cela ?

— Et que voulez-vous que je fasse ? dit-il, devenu vert. Leur demander d'accourir et de mettre ma maison au pillage ?

— Pourquoi Tavershall est-il si laid, si hideux ? Pourquoi leurs vies sont-elles si désolées ?

— Ils ont bâti eux-mêmes leur Tavershall. C'est une façon de faire montre de leur liberté. Ils se sont bâti pour eux-mêmes leur charmant Tavershall ; et ils vivent leurs charmantes vies. Je ne puis pas vivre leur vie à leur place. Chaque insecte doit vivre sa propre vie.

— Mais vous les faites travailler pour vous. Ils vivent de votre mine.

— Pas du tout. Chaque insecte trouve sa propre nourriture. Il n'y a pas un seul ouvrier qui soit forcé de travailler pour moi.

— Leurs vies sont industrialisées et désolées ; et les nôtres aussi, cria-t-elle.

— Je ne crois pas que ce soit vrai. Ce que vous dites n'est qu'une figure de rhétorique, un reste du romantisme à évanouissements et à maladies de langueur. Vous n'avez pas l'air du tout en ce moment d'une héroïne désolée, ma chère Constance.

Et c'était vrai. Car ses yeux bleu foncé jetaient des éclairs, la rougeur brûlait ses joues, et elle semblait pleine d'une fureur de rébellion bien opposée au découragement du désespoir. Elle remarquait, dans les parties épaisses de l'herbe, de jeunes primevères cotonneuses qui se dressaient, encore empêtrées de leur duvet. Et elle se demandait avec rage pourquoi, sentant que Clifford avait tellement *tort,* elle ne pouvait pas le lui dire, ne pouvait pas dire exactement *en quoi* il avait tort.

— Ce n'est pas étonnant que les ouvriers vous haïssent, dit-elle.

— Ils ne me haïssent pas. Et ne vous y trompez pas,

ce ne sont pas des « hommes » dans le sens que vous donnez à ce mot. Ce sont des animaux que vous ne comprenez pas, que vous ne pourriez jamais comprendre. Ne prêtez pas vos illusions aux autres. Les masses ont toujours été les mêmes, et le seront toujours. Les esclaves de Néron différaient extrêmement peu de nos mineurs ou des mécaniciens de Ford. Je parle des esclaves qui travaillaient dans les mines et dans les champs. Ce sont les masses : on ne les change pas. Un individu peut émerger des masses, mais ce fait exceptionnel ne change rien. On ne peut pas changer les masses. C'est là un des faits les plus importants de la science sociale. *Panem et circenses*[110] ! L'éducation moderne n'est qu'un mauvais succédané du cirque. Ce qui nous perd aujourd'hui, c'est que nous avons fait de larges coupures dans la partie cirque du programme, et empoisonné nos masses avec un peu d'éducation.

Quand Clifford montrait ses vrais sentiments à l'égard du peuple, Constance avait peur. Il y avait quelque chose d'effroyablement vrai dans ce qu'il disait. Mais c'était une vérité homicide.

Clifford, la voyant pâle et silencieuse, remit sa petite voiture en marche. Et plus rien ne fut dit jusqu'à ce qu'il s'arrêtât de nouveau devant la grille du bois, qu'elle ouvrit.

— Et ce qu'il nous faut saisir maintenant, ce sont des fouets et non des sabres. Les masses ont été gouvernées depuis le commencement des âges et, jusqu'à la fin des âges, il faudra bien qu'elles le soient. C'est une plaisanterie hypocrite de dire qu'elles peuvent se gouverner elles-mêmes.

— Mais êtes-vous capable de les gouverner ?

— Moi ? Certes. Mon esprit ni ma volonté ne sont paralysés. Et je ne gouverne pas avec mes jambes. Je puis prendre ma part de gouvernement, toute ma part. Et donnez-moi un fils, et il saura prendre la sienne après moi.

— Mais il ne serait pas votre vrai fils; il n'appartiendrait pas à votre classe dirigeante; ou peut-être pas, bégaya-t-elle.

— Je ne me préoccupe pas de ce que peut être le père, pourvu que ce soit un homme normal, doué d'une intelligence normale. Donnez-moi le fils de n'importe quel homme sain, normalement intelligent, et j'en ferai un Chatterley parfaitement capable de tenir sa place. Ce qui compte ce n'est pas l'homme qui nous a engendré, mais la place que le destin nous donne. Placez un enfant quelconque dans les classes dirigeantes, et il deviendra, pour autant qu'il en sera capable, un maître. Placez des enfants de rois ou de ducs dans les masses, et ils deviendront de petits plébéiens, des produits de la masse. C'est l'influence irrésistible du milieu.

— Alors le peuple n'est pas une race, et les aristocrates ne sont pas un sang, dit-elle.

— Non, mon enfant. Tout cela est une illusion romantique. L'aristocratie est une fonction, une part du destin. Et les masses sont le fonctionnement d'une autre part du destin. L'individu compte à peine. Ce qui compte c'est la fonction pour laquelle vous êtes élevé, à laquelle vous êtes adapté. Ce ne sont pas les individus qui forment une aristocratie, c'est le fonctionnement du tout aristocratique. Et c'est le fonctionnement de toute la masse qui fait l'homme du peuple tel qu'il est.

— Alors, il n'y a pas de commune humanité entre nous tous?

— Comme il vous plaira. Nous avons tous besoin de nous remplir le ventre. Mais dès qu'il s'agit du fonctionnement expressif ou exécutif, je crois qu'il y a un gouffre absolu entre les classes dirigeantes et les classes servantes. Les deux fonctions sont opposées. Et c'est la fonction qui détermine l'individu.

Constance le regardait, abasourdie.

— Ne voulez-vous pas continuer votre promenade ? dit-elle.

Il remit la petite voiture en mouvement. Il avait dit ce qu'il avait à dire. Il retombait maintenant dans cette apathie et ce vide qui lui étaient particuliers, et que Constance trouvait si irritants. Et, de toute façon, elle était décidée à ne pas discuter dans le bois.

Devant eux s'ouvrait la trouée de l'allée cavalière entre les murs des noisetiers et les beaux arbres gris. La petite voiture avançait lentement, passant sur les myosotis qui couvraient l'avenue comme d'une écume de lait, au-delà de l'ombre des noisetiers. Clifford conduisait au milieu, là où les pieds des passants avaient formé un sentier à travers les fleurs. Mais Constance, qui marchait derrière, voyait les roues passer sur la reine-des-bois et sur la bugle, et écraser les petites cloches jaunies de l'herbe aux écus. Maintenant elles faisaient un sillage à travers les myosotis.

Toutes les fleurs étaient là ; les premières campanules formaient des étangs bleus, comme de l'eau immobile.

— Vous avez raison de dire que c'est admirable, dit Clifford. Que peut-il y avoir de plus délicieux qu'un printemps anglais !

En entendant ces mots, il sembla à Constance que même le printemps fleurissait par acte du Parlement. Un printemps anglais ! pourquoi pas un printemps irlandais, ou juif ? La petite voiture avançait lentement dans les touffes de vigoureuses campanules qui se dressaient comme des avoines, et écrasait les feuilles grises des bardanes. Quand ils arrivèrent à l'endroit où les arbres avaient été abattus, une lumière un peu crue tomba sur eux. Et les campanules formaient des nappes d'un bleu vif tirant çà et là sur le lilas et le violet. Et, au milieu d'elles, les fougères levaient leurs têtes brunes et bouclées, comme des légions de jeunes serpents prêts à murmurer à Ève un nouveau secret.

Clifford fit avancer sa voiture jusqu'au sommet de la colline. Constance suivait lentement. Les bourgeons des hêtres s'ouvraient, doux et bruns. La vieille dureté de l'hiver cédait partout à la douceur. Même les chênes revêches et rugueux poussaient de douces jeunes feuilles, étendaient de petites ailes minces et brunes semblables à des ailes de jeunes chauves-souris traversées par la lumière. Pourquoi les hommes n'avaient jamais en eux aucune nouveauté, aucune fraîcheur, pour se rajeunir ! Quelle sécheresse !

Clifford arrêta la voiture au sommet de la colline et regarda au-dessous d'eux. Les campanules inondaient d'un flot bleu la large avenue, et éclairaient le bas des collines d'une lueur chaude et bleue.

— C'est une très belle couleur en soi, dit Clifford, mais inutilisable dans un tableau.

— C'est vrai ! dit Constance sans prendre aucun intérêt à ce qu'il disait.

— Faut-il m'aventurer jusqu'à la source ? dit Clifford.

— Est-ce que la voiture pourra remonter ? dit-elle.

— Essayons. Qui ne hasarde rien ne gagne rien.

Et la voiture commença à descendre lentement, cahotant dans la large et magnifique avenue qu'inondaient les envahissantes jacinthes bleues. Ô dernier des navires sur les bas-fonds de jacinthes ! Ô barque sur les dernières eaux sauvages, voguant pour le dernier voyage de notre civilisation ! Où donc, ô absurde vaisseau à roues, où te mène ta lente course [111] ? Paisible et satisfait, Clifford tenait le gouvernail de l'aventure, coiffé de son vieux chapeau noir, et vêtu de son veston de tweed, immobile et prudent. Ô capitaine, mon capitaine, notre merveilleux voyage est terminé[112] ! Pas tout à fait cependant ! Dans le sillage, venait Constance en sa robe grise, regardant la petite voiture qui avançait en cahotant.

Ils passèrent devant l'étroit sentier qui menait à la cabane. Dieu merci, il n'était pas assez large pour la petite voiture : il était à peine assez large pour une seule personne. La voiture atteignit le bas de la pente, et disparut. Et Constance entendit derrière elle un sifflement étouffé.

Elle se retourna : le garde descendait la pente vers elle, son chien sur les talons.

— Est-ce que Sir Clifford va au cottage ? dit-il, en la regardant dans les yeux.

— Non, seulement à la fontaine.

— Ah ! tant mieux ! Je n'aurai pas besoin de me montrer. Mais je vous verrai ce soir. Je vous attendrai à la grille du parc vers dix heures.

De nouveau il la regarda en plein dans les yeux.

— Oui, dit-elle en hésitant.

Ils entendirent l'appel de la trompe : Constance répondit d'un long cri. Une petite grimace passa sur le visage du garde ; et, de la main, il frôla doucement la poitrine de Constance, de bas en haut. Elle le regarda, effrayée, et se mit à courir jusqu'au bas de la pente, criant encore pour répondre à Clifford. L'homme la regardait d'en haut ; puis il s'enfonça dans son petit sentier en ricanant vaguement.

Elle trouva Clifford en train de monter lentement vers la source qui était à mi-côte dans le sombre bois de mélèzes. Il l'avait atteinte quand elle le rejoignit.

— Elle a très bien marché jusqu'ici, dit-il en parlant de la petite voiture.

Constance regardait les grandes feuilles grises et fantomales de bardane qui croissaient au bord du bois de mélèzes. On les appelait la rhubarbe de Robin Hood[113]. Que tout était silencieux et mélancolique autour de la fontaine ! Et pourtant l'eau bouillonnait avec une si merveilleuse gaieté ! Et il y avait des brins d'euphraise et de forte bugle bleue. Et là, sur le bord de la source, la terre jaune bougeait : une taupe ! Elle émergea, aveugle, ramant de ses mains roses et agitant son museau en vrille, la pointe de son petit nez rose tourné en l'air.

— Elle semble voir avec le bout de son nez, dit Constance.

— Mieux qu'avec ses yeux ! dit-il. Voulez-vous boire ?

— Et vous ?

Elle prit un gobelet d'émail qui pendait à un rameau et se pencha pour le remplir. Il but en plusieurs gorgées. Puis elle se pencha encore et but un peu d'eau, elle-même.

— Que c'est glacé ! dit-elle en reprenant son souffle.

— C'est bon, n'est-ce pas ? Avez-vous fait un vœu ?

— Et vous ?

— Oui, j'ai fait un vœu. Mais je ne veux pas le dire.

Elle perçut le bruit d'un pic, puis le bruit du vent doux et mystérieux parmi les mélèzes. Elle leva la tête. Des nuages blancs traversaient l'azur.

— Des nuages ! dit-elle.

— Seulement des moutons blancs, répondit-il.

Une ombre traversa la petite clairière. La taupe avait abordé sur la terre douce et jaune.

— Vilaine petite bête, dit Clifford, nous devrions la tuer.

— Regardez, elle a l'air d'un pasteur en chaire, dit-elle.

Elle cueillit quelques brins de reine-des-bois et les lui apporta.

— Foin coupé ! dit-il. Est-ce que cela ne sent pas

comme les dames romantiques du siècle dernier, qui n'étaient pas si folles que ça ?

Elle regardait les nuages blancs.

— Je me demande s'il pleuvra, dit-elle.

— Pourquoi ? désirez-vous la pluie ?

Ils prirent le chemin du retour. Clifford cahotait prudemment en descendant la pente. Ils arrivèrent au bas, tournèrent à droite, et, après quelques minutes, ils commencèrent à grimper la longue pente où les campanules s'épanouissaient dans la lumière.

— Allons ! dit Clifford, en mettant la voiture en marche.

La grimpée fut rude et cahotante. La voiture avançait lentement, avec peine, de mauvaise grâce. Pourtant ils arrivèrent bientôt à un endroit où les jacinthes foisonnaient. La voiture sembla s'accrocher dans les fleurs, elle lutta, fit une embardée, s'arrêta.

— Le mieux serait de corner pour appeler le garde, dit Constance. Il pourrait pousser un peu la voiture. D'ailleurs je puis pousser moi-même. Ça aide.

— Laissons-la respirer, dit Clifford. Pourriez-vous mettre un étai sous la roue ?

Constance trouva une pierre. Et ils attendirent. Au bout d'un moment, Clifford mit le moteur en marche, et voulut faire partir la voiture. Elle lutta, hésita comme une chose détraquée en émettant des bruits étranges.

— Laissez-moi pousser, dit Constance.

— Non ! ne poussez pas ! dit-il avec colère. À quoi sert cette sacrée machine, s'il faut la pousser ? Mettez la pierre dessous.

Nouvel arrêt ; nouveau départ, mais plus manqué encore que le précédent.

— Il faut que vous me laissiez pousser, dit-elle. Ou bien cornez pour appeler le garde.

— Attendez !

Elle attendit. Il essaya encore, mais en faisant plus de mal que de bien.

— Cornez donc, puisque vous ne voulez pas que je pousse, dit-elle.

— Mais fichez-moi la paix ! Restez donc un moment tranquille.

Elle resta un moment tranquille. Il secouait furieusement le moteur.

— Voyons, Clifford, vous ne ferez qu'abîmer complètement la machine, sans compter toute cette dépense d'énergie nerveuse.

— Si seulement je pouvais sortir et examiner de près cette sacrée voiture, dit-il, exaspéré.

Et il corna violemment.

— Peut-être, ajouta-t-il, que Mellors pourra voir ce qui ne va pas.

Ils attendirent parmi les fleurs écrasées, sous un ciel qui se coagulait doucement en nuages. Dans le silence, un ramier commença son lent roucoulement doux. Clifford, d'un coup de trompe, le fit taire.

Le garde apparut tout de suite, au coin du chemin. Il fit le salut militaire, demanda ce qu'il y avait.

— Est-ce que vous vous y connaissez en moteurs ? demanda Clifford d'un ton tranchant.

— Je crains que non. Est-ce que la voiture est dérangée ?

— Apparemment, trancha Clifford.

L'homme s'accroupit attentivement près de la roue et regarda le petit moteur.

— Malheureusement je n'entends rien à ces choses mécaniques, Sir Clifford, dit-il avec calme. Si elle a suffisamment d'huile et d'essence...

— Regardez soigneusement pour voir s'il n'y a rien de cassé, dit Clifford d'un ton tranchant.

L'homme déposa son fusil contre un arbre, enleva sa veste et la jeta auprès. La chienne brune s'assit en sentinelle. Puis il s'accroupit sur ses talons et regarda sous la voiture, plantant le doigt dans le petit moteur graisseux, irrité par les taches qu'il faisait à sa chemise du dimanche.

— Rien ne semble cassé, dit-il.

Et il se leva, repoussant son chapeau pour se frotter le front, et étudiant la machine.

— Avez-vous examiné les tringles de dessous ? Voyez si elles sont en bon état !

Le garde s'étendit à plat ventre, la tête rejetée en arrière, se démenant sous la voiture et enfonçant le doigt dans le moteur. Constance se disait que l'homme est une chose bien misérable et faible et petite quand il est couché à plat ventre sur la vaste terre.

La voix étouffée du garde parvint jusqu'à eux :

— Tout m'a l'air en bon état, dit-il.

— Je pense que vous ne pourrez rien faire, dit Clifford.

— Apparemment pas.

Et il se leva et se rassit sur les talons, à la façon des mineurs.

— Certainement on ne voit rien de cassé.

Clifford mit le moteur en marche, puis embraya : la voiture refusa de bouger.

— Poussez le moteur un peu fort, suggéra le garde.

Cette intervention irrita Clifford. Pourtant il fit bourdonner son moteur comme une mouche. La voiture toussa, renâcla, sembla montrer de meilleures dispositions.

— Je crois qu'elle va marcher, dit Mellors.

La voiture fit une embardée de malade et avança faiblement.

— Si je la pousse un peu, elle marchera, dit le garde en se plaçant derrière la voiture.

— N'y touchez pas, cria Clifford. Elle marchera toute seule !

— Mais, Clifford, interrompit Constance qui était restée près de la fontaine, vous savez que la voiture ne peut pas avancer toute seule. Pourquoi tant d'obstination ?

Clifford était pâle de rage : il donna de grands coups aux leviers. La voiture se précipita, roula encore en vacillant sur quelques mètres, puis s'arrêta dans une touffe particulièrement épaisse de campanules.

— C'est fini, dit le garde. Elle n'a pas assez de force.

— Elle est déjà venue ici, dit Clifford froidement.

— Elle n'avancera pas cette fois-ci, dit le garde.

Clifford ne répondit pas. Il commença de curieuses manœuvres sur son moteur, l'accélérant et le ralentissant comme s'il voulait en tirer une mélodie. Le bois faisait écho à ces bruits étranges. Puis il débraya d'un coup brusque, ayant brusquement lâché les freins.

— Vous allez la mettre en pièces, dit le garde.

La voiture fit une embardée vers le fossé.

— Clifford ! s'écria Constance en courant vers lui.

Mais le garde avait saisi la petite voiture par la barre. Clifford toutefois, en pressant de toute sa force, parvint à ramener la voiture dans l'avenue et, avec un bruit étrange, elle attaqua la montée. Mellors la poussait fermement par-derrière ; et elle montait avec aisance, comme pour se réhabiliter.

— Vous voyez, elle marche, dit Clifford triomphalement, en regardant derrière lui.

Alors il vit la tête du garde.

— Est-ce que vous la poussez ?

— Elle ne marcherait pas sans cela.

— Laissez-la tranquille ! Je vous avais demandé de n'y pas toucher !

— Elle ne marchera pas.

— *Laissez-la essayer !* dit Clifford avec emphase.

Le garde se retira et s'en alla chercher sa veste et son fusil. Immédiatement la voiture parut s'étrangler.

Elle s'arrêta, inerte. Clifford, prisonnier sur elle, était pâle d'humiliation. Il poussa les leviers avec les mains ; ses pieds ne lui servaient de rien. Il en tira des bruits étranges. Plein d'une furieuse impatience, il fit mouvoir de petites poignées et obtint d'autres bruits étranges. Mais la voiture se refusait à bouger. Non, elle ne voulait pas bouger. Il arrêta le moteur et resta là, roide de colère.

Constance s'assit sur le bord de la fontaine et regarda les malheureuses campanules écrasées. « Rien n'est si charmant qu'un printemps anglais. » « Je puis prendre ma part de gouvernement. » « Ce qu'il nous faut, ce sont des fouets et non des sabres. » « Les classes dirigeantes ! »

Le garde s'approcha avec sa veste et son fusil, Flossie le suivant prudemment. Clifford lui demanda de faire quelque chose à la machine. Constance, qui ne comprenait rien à la technique des moteurs et qui avait l'expérience des pannes, restait patiemment assise sur le bord de la fontaine, comme si elle n'existait pas. Le garde était de nouveau à plat ventre. Les classes dirigeantes, les classes servantes !

Il se releva et dit patiemment :

— Essayez encore.

Il parlait d'une voix calme presque comme à un enfant.

Clifford essaya la machine, et Mellors se mit vite derrière la voiture et commença à pousser. Elle marchait : le moteur faisait environ la moitié du travail, l'homme le reste.

Clifford tourna la tête, pâle de rage.

— Voulez-vous bien laisser la voiture tranquille !

Le garde lâcha la voiture tout de suite et Clifford ajouta :

— Comment puis-je savoir si elle marche !

L'homme déposa son fusil et remit sa veste.

La voiture commença à reculer lentement.

— Clifford, les freins ! cria Constance.

La voiture s'arrêta. Il y eut un moment de silence complet.

— Évidemment je suis à la merci de tout le monde, dit Clifford.

Pas de réponse. Mellors suspendait son fusil à son épaule, le visage sans expression, sauf un curieux air de patience distraite. La chienne Flossie se tenait sur ses gardes, presque entre les jambes de son maître, bougeait nerveusement, très perplexe entre ces trois êtres humains, et regardait la voiture avec une soupçonneuse aversion. Le *tableau vivant* * s'immobilisait parmi les campanules écrasées. Personne ne disait mot.

— Je présume qu'il faudra la pousser, dit enfin Clifford avec une affectation de sang-froid.

Pas de réponse. Le visage distrait, Mellors semblait n'avoir rien entendu. Constance le regarda avec inquiétude. Clifford aussi se tourna pour le regarder.

— Voulez-vous la pousser jusqu'au château, Mellors ? dit-il d'un ton dégagé et supérieur. J'espère n'avoir rien dit qui vous ait offensé, ajouta-t-il sans chaleur.

— Rien du tout, Sir Clifford. Voulez-vous que je pousse cette voiture ?

— S'il vous plaît.

L'homme approcha ; mais cette fois-ci ce fut en vain. Les freins étaient bloqués. Ils poussèrent et tirèrent, et le garde enleva de nouveau son fusil et sa veste. Enfin le garde éleva le derrière de la voiture au-dessus du sol et, d'un coup de pied rapide, essaya de dégager les roues. Vainement ; la voiture retomba.

* En français dans le texte (*N. d. T.*).

Clifford s'accrochait aux côtés. L'homme haletait sous le poids.

— Ne faites pas ça ! lui cria Constance.

— Si vous pouviez pousser la roue de ce côté, ainsi ! lui dit-il, en lui montrant comment faire.

— Non, ne soulevez pas la voiture. Vous vous ferez du mal, dit-elle, rouge maintenant de colère.

Mais il la regarda dans les yeux et lui fit un petit signe. Et elle fut bien forcée de saisir la roue, prête à agir. Il souleva la voiture, elle tira sur la roue, et la voiture vacilla.

— Pour l'amour du Ciel ! cria Clifford terrifié.

Mais tout allait bien. Le frein avait lâché prise. Le garde mit une pierre sous la roue et alla s'asseoir au bord de la fontaine, tout pâle de l'effort qu'il avait fait, ayant presque perdu connaissance. Constance le regarda et faillit crier de colère. Il y eut un intervalle de complet silence. Elle vit ses mains qui tremblaient sur ses cuisses.

— Vous êtes-vous fait mal ? lui demanda-t-elle en approchant.

— Non, non !

Il se détourna presque avec colère.

Silence de mort. La tête blonde de Clifford ne bougeait pas. Même la chienne restait immobile. Le ciel s'était couvert de nuages.

À la fin, le garde poussa un soupir et se moucha dans son mouchoir rouge.

— Cette pneumonie m'a enlevé beaucoup de force, dit-il.

Pas de réponse. Constance calculait la grandeur de l'effort qu'il avait fallu faire pour soulever la voiture et l'épais Clifford : trop, beaucoup trop. S'il n'en mourait pas !...

Mellors se leva, reprit sa veste et la suspendit à la poignée de la voiture.

— Êtes-vous prêt, Sir Clifford ?

— Quand vous le serez !

Il se courba, enleva la pierre et poussa de tout son poids contre la voiture. Jamais Constance ne l'avait vu si pâle, ni si absent. Clifford était lourd, et la pente roide. Constance se mit à côté du garde.

— Je vais pousser aussi ! dit-elle.

Et elle commença à pousser avec la turbulente énergie d'une femme en colère. La voiture avança plus fort. Clifford se retourna.

— Est-ce bien nécessaire ? dit-il.

— Très nécessaire. Voulez-vous donc tuer cet homme ? Si vous aviez laissé marcher le moteur pendant qu'il pouvait encore marcher...

Elle ne continua pas. Déjà elle perdait le souffle. Elle ralentit un peu ; l'effort était considérable.

— Allons, pas si fort ! dit le garde en souriant vaguement.

— Êtes-vous bien sûr que vous ne vous êtes fait aucun mal ? dit-elle farouchement.

Il secoua la tête. Elle regardait sa main, une main assez petite, courte, vivante, brunie par l'air. C'était cette main qui l'avait caressée. Elle ne l'avait même pas regardée encore. Elle paraissait si tranquille, comme lui, d'une curieuse tranquillité intérieure qui donnait envie à Constance de la saisir, comme si elle eût été inaccessible. Toute son âme fut soudain emportée vers lui ; il était si silencieux, si hors d'atteinte ! Et il sentit ses membres revivre. Poussant la voiture de sa main gauche, il posa la droite sur le poignet rond et blanc de Constance, lui entourant doucement le poignet comme une caresse. Et une flamme de force descendit dans son dos et ses reins et le ranima. Et elle se pencha soudain et baisa sa main. Cependant, la nuque de Clifford demeurait immobile devant eux.

Au sommet de la colline, ils se reposèrent et Constance fut contente de lâcher prise. Elle avait parfois rêvé d'une amitié entre ces deux hommes : l'un, son mari, l'autre, le père de son enfant. Elle voyait maintenant la criante absurdité de ses rêves. Ces deux mâles étaient aussi hostiles l'un à l'autre que le feu et l'eau. Ils s'exterminaient l'un l'autre. Et elle comprit pour la première fois l'étrangeté et la subtilité de la haine. Pour la première fois, elle avait consciemment et décidément haï Clifford, d'une vive haine : elle aurait voulu le voir effacé de la surface de la terre. Et, chose curieuse, de le haïr ainsi et de s'avouer sa haine lui donnait une impression de liberté et de plénitude. « Maintenant que je l'ai haï, je ne pourrai plus continuer à vivre avec lui. » Telle était la pensée qui lui traversait l'esprit.

Sur le plateau, le garde pouvait pousser la voiture tout seul. Clifford causa un peu avec Constance pour bien montrer combien il était à son aise : il lui parla de tante Éva, qui était à Dieppe, et de Sir Malcolm, qui avait écrit pour demander si Constance l'accompagnerait à Venise dans sa petite auto ou si elle irait par le train avec Hilda.

— Je préférerais beaucoup aller par le train, dit Constance. Je n'aime pas les longs trajets en auto, surtout quand il y a de la poussière ! Mais je verrai ce que Hilda voudra faire.

— Elle voudra aller dans sa propre voiture et vous prendre avec elle, dit-il.

— C'est bien probable ! Il faut que j'aide ici ; vous ne vous représentez pas le poids de cette voiture.

Elle alla derrière la voiture à côté du garde, et la poussa le long du sentier rose. Il lui importait fort peu qu'on la vît.

— Pourquoi ne me laisseriez-vous pas attendre ici

pendant que vous iriez chercher Field ? Il est assez fort pour pousser la voiture tout seul, dit Clifford.

— C'est si près ! dit-elle en haletant.

Mais elle et Mellors essuyèrent la sueur de leurs visages quand ils arrivèrent au sommet. Ce travail en commun les avait curieusement rapprochés l'un de l'autre.

— Merci mille fois, Mellors, dit Clifford, quand ils furent devant la porte du château. Il faudra que je fasse changer mon moteur, voilà tout. Ne voulez-vous pas aller à la cuisine et déjeuner ? Il doit être à peu près l'heure.

— Merci, Sir Clifford. J'allais dîner chez ma mère aujourd'hui. C'est dimanche.

— Comme vous voudrez.

Mellors enfila sa veste, regarda Constance, salua et disparut. Constance, furieuse, monta chez elle.

Au déjeuner, elle ne put retenir ses sentiments.

— Pourquoi manquez-vous à ce point d'égards, Clifford ? dit-elle.

— D'égards envers qui ?

— Envers le garde ! Si c'est là la conduite de ce que vous appelez les classes dirigeantes, je vous plains.

— Pourquoi ?

— Un homme qui a été malade, et qui n'est pas fort ! Ma parole, si j'étais de la classe servante *, je vous garantis que je vous ferais attendre mes services !

— J'en suis bien persuadé.

— Si c'était lui qui avait été assis dans une petite voiture, les jambes paralysées, qu'auriez-vous fait pour *lui* ?

— Ma chère évangéliste, cette confusion de personnes et de personnalités est de mauvais goût.

— Et votre manque de la plus élémentaire sym-

* En français dans le texte (*N. d. T.*).

pathie, si mesquine, si stérile, est du goût le plus abominable. *Noblesse oblige* *. Ah ! vous et votre classe dirigeante !

— Et à quoi ma noblesse devrait-elle m'obliger ? À éprouver un tas d'émotions inutiles au sujet de mon garde-chasse ? Je m'y refuse. Je laisse tout cela à mon évangéliste.

— Comme s'il n'était pas un homme tout autant que vous !

— Il est mon garde-chasse par-dessus le marché, et je le paie deux livres par semaine et lui donne une maison.

— Vous le payez ! Que croyez-vous que vous payez avec deux livres par semaine et une maison ?

— Ses services.

— Allons donc ! Je vous dirais de garder vos deux livres et votre maison !

— Il serait sans doute enchanté de me le dire ! Mais c'est un luxe qu'il ne peut pas se payer.

— Vous, et votre désir de *gouverner* ! dit-elle. Vous ne gouvernez pas, ne vous faites aucune illusion là-dessus. Vous avez seulement plus d'argent que les autres et vous les faites travailler à raison de deux livres par semaine, sous peine de mourir de faim. Gouverner ! Et que pourriez-vous en fait de gouvernement ? Vous êtes complètement desséché. Tout ce que vous faites, c'est de profiter des autres, grâce à votre argent, comme n'importe quel Juif ou Schieber [114].

— Vous vous exprimez avec une élégance, Lady Chatterley !...

— Et vous donc ! Je vous assure que vous étiez d'une suprême élégance, tout à l'heure, dans le bois ! J'avais honte de vous. Mais mon père est deux fois plus humain que vous, gentleman que vous êtes !

* En français dans le texte (*N. d. T.*).

Il sonna pour appeler Mrs. Bolton. Mais il était livide.

Constance monta chez elle, furieuse. Elle se disait : « Lui ! il achète donc les gens ! Eh bien, il ne m'achète pas, et je n'ai donc aucun besoin de rester avec lui. Poisson mort de gentleman, avec son âme de celluloïd ! Et comme ils font illusion, avec leurs belles manières et leurs faux airs de gentillesse ! Ils ont à peu près autant de sentiment que du celluloïd. »

Elle fit son plan pour la nuit, et décida de ne plus penser à Clifford. Elle ne voulait pas le haïr. Elle ne voulait se sentir trop intimement unie à lui d'aucune façon, même par la haine. Elle ne voulait pas qu'il sût quoi que ce fût d'elle ; et surtout quoi que ce fût de ses sentiments pour le garde. Cette dispute sur son attitude envers les domestiques ne datait pas d'aujourd'hui. Il la trouvait trop familière ; elle le trouvait stupidement insensible, et dur comme du caoutchouc, quand il s'agissait des autres.

Elle descendit calmement, avec son petit air modeste, à l'heure du dîner. Il était encore jaune ; il commençait une de ces crises de reins qui le rendaient si étrange et absurde. Il était en train de lire un livre français.

— Avez-vous jamais lu du Proust ? dit-il.

— J'ai essayé, mais il m'assomme.

— Il est vraiment très extraordinaire.

— C'est bien possible ! Mais il m'assomme : toutes ces complications ! Il n'a pas de sentiments ; il n'a que des flots de paroles à propos de sentiments. Je suis lasse de ces mentalités qui s'admirent elles-mêmes.

— Préférez-vous des animalités qui s'admirent ?

— Peut-être ! Mais ne pourrait-on pas trouver quelque chose qui ne s'admire pas soi-même ?

— Enfin, j'aime la subtilité de Proust, son anarchie bien élevée.

— Oh ! cela enlève toute vie !

— Voilà bien ma petite femme évangélique !

Ainsi ils recommençaient leurs éternelles discussions. Mais elle ne pouvait s'empêcher de le combattre. Il était assis là comme un squelette, émettant contre elle une *volonté* grise et froide de squelette. Il lui semblait presque qu'elle sentait le squelette la saisir et la serrer contre sa cage de côtes. Le squelette aussi était prêt au combat : et elle en avait un peu peur.

Elle monta chez elle aussitôt que possible et se mit au lit de très bonne heure. Mais, à neuf heures et demie, elle se leva et sortit de sa chambre pour écouter. On n'entendait aucun bruit. Elle mit une robe de chambre et descendit. Clifford et Mrs. Bolton jouaient aux cartes. Ils continueraient sans doute jusqu'à minuit.

Constance remonta dans sa chambre, jeta son pyjama sur le lit défait, mit une mince chemise de nuit, et, par-dessus, une robe de laine. Elle se chaussa de souliers de tennis à semelles de caoutchouc et enfila un léger manteau. Si elle rencontrait quelqu'un, elle dirait qu'elle sortait pour un moment. Et le matin, quand elle rentrerait, elle pourrait prétendre qu'elle était allée faire une petite promenade dans la rosée, comme elle faisait assez souvent avant déjeuner. Le seul danger était que quelqu'un vînt dans sa chambre pendant la nuit. Mais c'était bien peu probable : une chance sur cent.

Betts n'avait pas encore fermé les portes à clef. Il verrouillait la maison à dix heures, et rouvrait les portes à sept heures du matin. Elle se glissa dehors, sans être vue ni entendue. Une demi-lune brillait au ciel ; assez pour éclairer un peu la terre, pas assez pour trahir la femme qui passait dans son manteau sombre. Elle traversa rapidement le parc, en proie moins à l'excitation du rendez-vous qu'à une rage de rébellion qui lui brûlait le cœur. Fâcheuses dispositions pour une rencontre d'amour. Mais *à la guerre comme à la guerre* * !

* En français dans le texte (*N. d. T.*).

## XIV

Quand elle fut près de la grille du parc, elle entendit le déclic de la serrure. Il était donc là et l'avait vue !

— Vous venez de bonne heure, dit-il. Tout a bien marché ?

— Très facilement.

Il referma la grille tranquillement après qu'elle eut passé. Sa lampe de poche faisait une tache de lumière sur le sol, éclairant les pâles fleurs encore ouvertes dans la nuit. Ils avançaient à quelque distance l'un de l'autre, en silence.

— Êtes-vous bien sûr que vous ne vous êtes pas fait de mal ce matin avec la petite voiture ? demanda-t-elle.

— Non, non !

— Quand vous avez eu cette pneumonie, qu'est-ce que ça vous a fait ?

— Oh ! rien. Je n'ai plus le cœur si solide ni les poumons si élastiques. Mais c'est toujours ainsi après une pneumonie.

— Et vous ne devriez pas faire de violents efforts physiques.

— Pas trop souvent.

Elle avançait, silencieuse et irritée.

— Est-ce que vous avez haï Clifford ? dit-elle enfin

— Lui ? non ! J'ai rencontré trop d'hommes comme

lui pour me donner l'ennui de les haïr. Je sais, une fois pour toutes, que je n'aime pas ce type d'homme. Voilà tout.

— Quel type ?

— Vous le savez mieux que moi. Le type des vagues jeunes gens un peu dames et sans couilles.

— Sans quoi ?

— Sans couilles, des couilles d'homme.

Elle réfléchit.

— Mais est-ce qu'il s'agit de cela ? dit-elle, un peu agacée.

— Vous dites qu'un homme n'a pas de cervelle, quand il est bête ; et qu'il n'a pas de cœur, quand il est vil ; et qu'il n'a pas d'estomac, quand il est lâche. Et, quand il n'a pas cette petite étincelle sauvage de virilité, vous dites qu'il n'a pas de couilles... Quand il est trop apprivoisé...

Elle réfléchit.

— Est-ce que Clifford est apprivoisé ?

— Oui, apprivoisé. Et fort désagréable en même temps ; comme la plupart de ces gens-là quand on les contrarie.

— Et jugez-vous que vous n'êtes pas apprivoisé, vous ?

— Peut-être pas tout à fait.

De loin elle aperçut une lumière jaune.

— Il y a de la lumière ? dit-elle.

— Je laisse toujours une lumière dans la maison.

Elle continua à marcher à côté de lui, sans le toucher ; et elle se demandait pourquoi d'ailleurs elle était avec lui.

Il ouvrit et ils entrèrent ; puis il verrouilla la porte. « Comme une prison ! » se dit-elle. La bouilloire chantait près du feu rougeoyant ; il y avait des tasses sur la table.

Elle s'assit sur le fauteuil de bois près de la table. Il faisait chaud après le froid du dehors.

— Je vais enlever mes souliers. Ils sont mouillés, dit Constance.

Elle posa ses pieds déchaussés sur le brillant garde-feu d'acier. Il alla chercher de la nourriture à la dépense : du pain, du beurre et de la langue froide. Elle avait chaud. Elle enleva son manteau. Il le suspendit sur la porte.

— Prendrez-vous du cacao, du thé ou du café ? demanda-t-il.

— Je n'ai envie de rien, merci. Mais mangez, vous.

— Non, je n'y tiens pas. Je donnerai seulement à manger au chien.

Il allait et venait sur le sol de brique avec le calme de la certitude, préparant une écuelle de nourriture pour la chienne. L'épagneule le regardait faire avec inquiétude.

— Voyons, voilà ton souper; tu n'as pas besoin de prendre ces airs de victime, dit-il.

Il plaça l'écuelle sur le paillasson au bas de l'escalier et s'assit sur une chaise près du mur pour enlever ses guêtres et ses souliers. La chienne, au lieu de manger, revint auprès de lui, s'assit, et le regarda, troublée.

Il défit lentement ses guêtres. La chienne s'approcha davantage.

— Qu'est-ce qui ne va pas ? Tu t'agites parce qu'il y a quelqu'un d'autre ici ? Ah ! tu es bien femme ! Va donc manger ton souper.

Il lui mit la main sur la tête et la chienne pressa son museau contre lui. Il tira lentement, doucement les longues oreilles soyeuses.

— Là, dit-il, là ! Va manger ton souper, va donc !

Il tourna sa chaise vers l'écuelle et la chienne s'en alla humblement et se mit à manger.

— Vous aimez les chiens ? demanda Constance.

— Non, pas beaucoup. Je les trouve trop apprivoisés, trop tendres.

Il avait enlevé ses guêtres et délaçait ses gros souliers. Constance s'était retournée. Comme la petite pièce était nue ! Et pourtant sur le mur pendait une affreuse photographie agrandie qui représentait deux jeunes mariés, lui sans doute, et une jeune femme au visage hardi qui devait être sa femme.

— Est-ce que c'est vous ? demanda Constance.

Il se tourna et regarda le portrait qui pendait au-dessus de sa tête.

— Oui. Cette photo a été prise avant notre mariage, quand j'avais vingt et un ans.

Il regardait la photo d'un air impassible.

— Est-ce que vous l'aimez ? demanda Constance.

— Si je l'aime ? Non, je n'ai jamais aimé ce portrait. Mais elle avait tout arrangé pour le faire faire.

Il se remit à enlever ses souliers.

— Si vous ne l'aimez pas, pourquoi le gardez-vous là ? Peut-être que votre femme serait contente de l'avoir.

Il la regarda soudain en ricanant.

— Elle a emporté dans une carriole tout ce qui valait la peine d'être pris ; mais ça, elle l'a laissé !

— Alors pourquoi le gardez-vous ? Pour des raisons sentimentales ?

— Non, je ne le regarde jamais. Je savais à peine qu'il y était encore. Il pend là depuis que nous sommes venus dans cette maison.

— Pourquoi ne le brûlez-vous pas ?

Il se retourna encore et regarda la photographie. Elle était encadrée dans un cadre brun et or, hideux. On y voyait un jeune homme sans moustache, vif, l'air très jeune, avec un faux col assez haut, et une jeune femme un peu boulotte, hardie, dans une blouse de satin foncé.

— En effet, ce ne serait pas une mauvaise idée, dit-il.

Il avait enlevé ses souliers et mis des pantoufles. Il monta sur la chaise et détacha la photographie du mur. Un grand carré pâle apparut sur le papier verdâtre.

— Plus de poussière à enlever maintenant, dit-il en plaçant le portrait contre le mur.

Il alla à la dépense et en revint avec un marteau et des pinces. Il se rassit et se mit à arracher le papier du large cadre, et à enlever les pointes qui maintenaient la planche de derrière. Il travaillait avec l'air calme et absorbé qui lui était particulier.

Il eut bientôt enlevé les clous. Il retira la planche, puis la photographie elle-même dans son lourd passe-partout blanc. Il la regarda d'un air amusé.

— Voilà bien ce que j'étais, dit-il : un jeune curé, et voilà ce qu'elle était : une bravache. Le puceau et la bravache.

— Laissez-moi voir, dit Constance.

Il avait l'air, en effet, très rasé, très net et très propre; un de ces jeunes gens propres d'il y a vingt ans. Mais, même dans la photographie, il avait des yeux vifs et indomptables. Et la femme n'était pas uniquement une bravache, malgré sa lourde mâchoire. Il y avait en elle aussi quelque chose d'assez touchant.

— Il ne faudrait jamais garder ces choses-là, dit Constance.

— On ne devrait jamais les garder, certes, mais on ne devrait surtout jamais les faire faire.

Il cassa sur son genou la photographie et le passe-partout ; et, quand les morceaux furent assez menus, il les posa sur le feu.

— Seulement ça va gâter le feu, dit-il.

Il brisa le cadre de quelques coups de marteau, en faisant sauter le plâtre. Puis il emporta les morceaux dans la dépense.

— Nous brûlerons cela demain, dit-il. Il y a trop de moulures et de plâtre dessus.

Quand il eut desservi la table, il s'assit.

— Aimiez-vous votre femme ? demanda-t-elle.

— Aimer ? dit-il. Aimiez-vous Sir Clifford ?

Mais elle voulait avoir le dernier mot.

— Mais vous teniez à elle ?

— Tenir ? dit-il en ricanant.

— Peut-être que vous tenez à elle maintenant encore, dit-elle.

— Moi ? — Ses yeux s'élargirent. — Ah ! non. Je ne puis pas penser à elle, dit-il tranquillement.

— Pourquoi ?

Mais il ne répondit pas, secoua seulement la tête.

— Alors pourquoi ne divorcez-vous pas ? Elle reviendra un jour, dit Constance.

Il la regarda vivement.

— Pour rien au monde ! Elle a bien plus de haine pour moi que moi pour elle.

— Vous verrez qu'elle reviendra.

— Jamais. C'est bien fini. J'aurais horreur de la voir.

— Vous la verrez. Et vous n'êtes même pas séparés légalement, n'est-ce pas ?

— Non.

— Ah ! bien, elle reviendra. Et vous serez forcé de la reprendre.

Il regarda fixement Constance. Puis il hocha la tête, de ce curieux mouvement qui lui était habituel.

— Vous avez peut-être raison. J'ai été un imbécile de jamais revenir ici. Mais je me sentais échoué, perdu : il fallait bien aller quelque part. Rien de plus lamentable qu'un vagabond. Mais vous avez raison, j'obtiendrai mon divorce et ma liberté. J'ai mortellement horreur de ces choses : fonctionnaires, tribunaux, juges. Mais il faudra en venir là. Je divorcerai.

Il serra les mâchoires. Elle exultait en elle-même.

— Je crois que je prendrai une tasse de thé maintenant, dit-elle.

Il se leva pour faire le thé. Mais son expression restait fixe.

Comme ils étaient assis à table, elle lui demanda :

— Pourquoi l'avez-vous épousée ? Elle était votre inférieure. Mrs. Bolton m'a parlé d'elle. Elle n'a jamais pu comprendre pourquoi vous l'aviez épousée.

Il la regarda fixement.

— Je vais vous le dire, dit-il. C'est à seize ans que j'ai commencé à courtiser la première maîtresse que j'ai eue. C'était la fille d'un maître d'école d'Ollerton ; elle était jolie, très belle même. J'avais la réputation d'être un jeune homme intelligent ; je venais du collège de Sheffield, je savais un peu de français et d'allemand, j'étais très sûr de ma supériorité. Elle était romantique et détestait tout ce qui est commun. Elle me poussa vers la poésie et la lecture ; en un sens elle me forma. Je lus et je pensai avec rage, pour elle. J'étais jeune, employé aux bureaux de Butterley, mince, pâle, tout bouillonnant de tout ce que je lisais. Je lui parlais de tout, absolument de tout. Nos conversations nous menaient de Persépolis [115] à Tombouctou. En cherchant dans dix comtés, on n'aurait pas trouvé de couple plus littéraire, plus cultivé que nous. Je la haranguais avec extase, à la lettre, avec extase. Je flottais sur les nues. Et elle m'adorait. Mais il y avait un serpent caché dans l'herbe : c'était la question sexuelle. Elle n'avait aucun tempérament, en tout cas pas là où on s'attend à le rencontrer. Je devenais de plus en plus maigre et fou. Alors je lui dis qu'il fallait que nous fussions amants. Je l'en persuadai, comme d'habitude, à force de paroles. Mais elle n'en avait aucune envie, aucun besoin. Elle m'adorait, elle adorait m'entendre parler, se laisser embrasser par moi. Le reste, elle n'en voulait pas. Et il y a beaucoup de femmes comme elle. Et moi, c'était justement le reste que je voulais. Ce fut la rupture. Je fus cruel et je la quittai. Alors j'eus une liaison avec une autre jeune femme, une maîtresse d'école qui venait de faire du scandale ; elle avait été la maîtresse d'un homme marié auquel elle avait presque fait perdre la raison. C'était une femme douce, blanche et douce, plus âgée que moi et qui jouait du violon. Et c'était un démon. Elle aimait tout de l'amour, sauf l'amour même. Elle était câline et caressante ; elle s'insinuait en vous de toutes les manières ; mais si on la forçait à aller plus loin, elle grinçait des dents, elle exhalait de la haine. Je l'obligeai à me céder. Et elle m'assassina de sa haine. Je fus déçu une fois encore. Je détestais toutes ces histoires. Ce qu'il me fallait c'était une femme qui me voulût, et qui voulût *cela*.

« Alors vint Bertha Coutts. Les Coutts avaient vécu porte à porte avec nous quand j'étais un petit garçon, en sorte que je les connaissais bien. On ne pouvait pas être plus communs. Bertha était allée en place à Birmingham — comme dame de compagnie, prétendait-elle ; mais tout le monde disait que c'était une femme de chambre, ou quelque chose d'analogue, dans un hôtel. Quoi qu'il en soit, juste comme j'en avais plus qu'assez de cette autre fille, Bertha rentra à la maison, avec de grands airs, et des grâces, et des toilettes chic, et une sorte d'éclat, cette sorte d'éclat sensuel qu'on voit partout à une femme ou à un tramway. Moi, j'étais prêt à tout casser. Je lâchai ma place à Butterley parce que je trouvais mon travail d'employé indigne de moi et je m'engageai comme maître forgeron à Tavershall. J'avais surtout à ferrer des chevaux. Ç'avait été le métier de mon père, avec qui j'avais toujours travaillé. J'aimais avoir affaire aux chevaux ; ça me convenait ; je m'y trouvais à l'aise. Je cessai donc de parler « fin », comme ils disent, c'est-à-dire en bon anglais, et je retournai au patois. Je continuai à lire, à la maison, mais je ferrais des chevaux et j'avais une voiture et un poney à moi. Mon père me laissa trois cents livres quand il mourut. Alors je me liai avec Bertha, et je l'aimai d'être commune. Je voulais être commun moi-même. Je l'épousai, et, au début, elle ne fut pas mal pour moi. Les autres femmes « pures » m'avaient presque privé de couilles. Mais Bertha n'avait rien à se reprocher de ce côté-là. Elle me voulait, et n'y allait pas par quatre chemins. Et j'étais aux anges. C'était ce que je voulais : une femme qui voulait être baisée. Aussi je la baisais tant et plus ; et je crois qu'elle me méprisait un peu d'y prendre tant de plaisir, et de lui apporter parfois son déjeuner au lit. Elle laissait aller les choses, n'avait pas toujours un dîner convenable à m'offrir quand je rentrais du travail, et, si je disais quelque chose, m'agonisait de sottises. Et je me défendais avec bec et ongles. Elle me jetait une tasse à la tête, et je la prenais par la nuque et l'étranglais à moitié. Et ainsi de suite. Elle me traitait avec insolence. Elle en était arrivée à ne plus jamais vouloir coucher avec moi quand j'en avais envie : jamais. Elle me repoussait toujours brutalement. Et, quand elle m'avait dégoûté d'elle, et que je ne la voulais plus, elle revenait avec des chatteries et je lui cédais. Et quand je couchais avec elle, elle ne jouissait jamais en même temps que moi. Jamais ! Elle attendait. Si je me retenais pendant une demi-heure, elle se retenait plus longtemps. Et quand j'avais vraiment fini, alors elle se mettait en train, et il fallait que je reste en elle jusqu'à ce qu'elle eût joui, avec des cris et des bonds de plaisir; elle s'accrochait et s'agrippait là en bas, et alors elle jouissait avec extase. Et elle disait : " Que c'était bon ! " Peu à peu, je me dégoûtai de cela, et elle devint pire. Elle devint de plus en plus difficile à faire jouir, et elle me déchirait là en bas, comme si elle avait eu un bec. Grand Dieu ! on croit que les femmes sont douces comme des figues[116] là en bas. Mais je peux vous dire que les vieilles drôlesses ont des becs entre les jambes et vous déchirent avec, jusqu'à ce qu'on n'en puisse plus. Moi, moi, moi ! Elles ne pensent qu'à elles-mêmes, et hurlent et déchirent. Elles parlent de l'égoïsme des hommes; mais qu'est-ce auprès de cet aveuglement et de cette dureté des femmes, une fois qu'elles ont pris ce pli. Comme de vieilles putains ! Et c'était plus fort qu'elle. Je lui en parlai, je lui dis combien j'en avais horreur. Et elle essaya même de se corriger. Elle essayait de rester tranquille et de me laisser agir, moi. Elle essayait. Mais ça ne servait à rien. Il lui fallait agir elle-même, moudre elle-même son propre café. Et cela la reprenait comme une crise inévitable; il fallait qu'elle se laisse aller; et elle déchirait, déchirait comme si elle n'avait plus de sensation qu'au bout de son bec, tout au fin bout de ce bec qui frottait et déchirait. C'est ainsi qu'étaient, dit-on, les vieilles courtisanes. C'était en elle une obstination vile, une sorte d'obstination démente, comme chez une femme qui boit. Mais à la fin je ne pus plus y tenir. Nous fîmes chambre à part. Elle-même, dans un moment de crise où elle ne voulait plus me voir, et prétendait que je la tyrannisais, avait voulu avoir une chambre à elle. Mais le temps vint où je ne voulus plus la laisser entrer dans ma chambre. Je ne la voulais pas.

« J'avais horreur de tout cela. Et elle avait horreur de moi. Grand Dieu, comme elle me détesta avant la naissance de cet enfant ! Je pense souvent qu'elle le conçut dans la haine. D'ailleurs, après la naissance de l'enfant, je la laissai tranquille. Puis vint la guerre et je m'enrôlai. Et je ne rentrai pas avant d'avoir appris qu'elle était avec ce type de Stacks Gate. »

Il s'interrompit, tout pâle.

— Et comment est l'homme de Stacks Gate ? demanda Constance.

— Une sorte de grand type un peu bébé, très ordurier. Elle le bouscule et ils boivent tous les deux.

— Ah ! mais si elle revenait ?

— Ah ! mon Dieu ! Je partirais, je disparaîtrais de nouveau.

Le silence tomba. Les morceaux de carton n'étaient plus sur le feu que des cendres grises.

— Ainsi, quand vous avez enfin trouvé une femme qui vous désirait, dit Constance, vous en avez eu très vite plus qu'assez !

— Oui. En effet. Et pourtant même ainsi, j'aimais mieux Bertha que les « pures » qui ne voulaient jamais, jamais : l'amour candide de mon adolescence et ce lis au parfum de poison, et les autres.

— Les autres ?

— Les autres ? il n'y en a pas d'autres. Seulement, je crois par expérience que la plupart des femmes sont ainsi : elles veulent un homme, mais ne veulent pas le côté physique de l'amour ; elles s'y résignent comme à un mal nécessaire. Les moins à la page restent simplement étendues comme des souches et vous laissent faire. Ensuite, ça leur est égal ; elles vous aiment bien. Mais la chose elle-même n'est rien pour elles, un peu déplaisante seulement. Et la plupart des hommes aiment assez qu'il en soit ainsi. Moi, j'en ai horreur. Mais les fines mouches qui sont ainsi font semblant de ne pas l'être. Elles font semblant d'être passionnées et d'éprouver de grands frissons. Mais c'est du chiqué, une pure pose. Et puis il y a celles qui aiment tout, toutes les sensations, toutes les caresses, toutes les jouissances. Elles vous font toujours jouir quand vous n'êtes pas dans le seul endroit où on devrait être quand on jouit. Et puis il y a les dures, comme ma femme, qu'il faut la croix et la bannière pour faire jouir, et qui se font jouir elles-mêmes. Elles veulent jouer le rôle actif. Et puis il y a celles qui sont mortes au-dedans, complètement mortes. Et elles le savent. Et puis il y a celles qui vous font sortir avant que vous ayez vraiment joui, et qui continuent à se trémousser des reins jusqu'à ce qu'elles jouissent contre vos cuisses. Mais celles-là sont surtout des lesbiennes. C'est étonnant combien les femmes sont lesbiennes, consciemment ou inconsciemment. Il me semble qu'elles sont presque toutes lesbiennes.

— Et ça vous fait quelque chose ?

— Je voudrais les tuer ! Quand je suis avec une femme qui est vraiment lesbienne, je hurle en moi-même et je voudrais la tuer.

— Et que faites-vous ?

— Je m'en vais le plus vite possible.

— Mais trouvez-vous que les lesbiennes soient pires que les hommes homosexuels ?

— Oui, moi je le trouve. Parce que j'en ai plus souffert moi-même. En théorie, je n'en sais rien. Quand je me trouve avec une lesbienne, consciente ou inconsciente, je vois rouge. Non, non ! Mais je ne voulais plus avoir affaire à aucune femme. Je voulais me garder à moi-même ; je voulais garder mon quant-à-moi et ma correction.

Il était pâle, le front sourcilleux.

— Et avez-vous regretté de me rencontrer ? demanda-t-elle.

— J'en ai eu du regret et de la joie.

— Et maintenant ?

— Maintenant, je redoute tout ce qui peut venir du dehors, les complications, les accusations, toutes les laideurs inévitables qui nous attendent. J'y pense dans mes moments de dépression. Mais quand mon sang se ranime, alors je suis heureux. Je suis même triomphant. J'étais en train de devenir amer. Je croyais qu'il n'y avait plus d'amour, qu'il n'y avait plus de femmes qui pussent tout naturellement suivre l'homme dans la sensation physique ; sauf les noires, et... enfin nous sommes des blancs, et les noires sont un peu comme de la boue.

— Et maintenant, êtes-vous content de moi ?

— Oui ! quand je peux oublier le reste. Quand je ne puis pas l'oublier, j'ai envie de me cacher sous la table et de mourir.

— Pourquoi sous la table ?

— Pourquoi ? dit-il en riant, pour jouer à cache-cache, sans doute. Bébé !

— Vous semblez vraiment avoir eu de terribles mécomptes avec les femmes, dit-elle.

— C'est que, voyez-vous, je n'ai jamais pu me tromper moi-même. La plupart des hommes se trompent. Ils adoptent une attitude, acceptent un mensonge. Je n'ai jamais pu me tromper moi-même. Je savais ce que je voulais d'une femme ; et je n'ai jamais pu me dire que je l'avais quand je ne l'avais pas.

— Mais l'avez-vous maintenant ?

— On le dirait presque.

— Alors pourquoi êtes-vous si pâle et maussade ?

— Trop de souvenirs ! Et puis, j'ai peut-être peur de moi-même.

Elle restait silencieuse. Il se faisait tard. Elle lui dit :

— Et vous trouvez que c'est une chose qui compte, un homme et une femme ?

— C'est une chose qui compte pour moi. Pour moi il

n'y a rien de plus important que d'avoir avec une femme les rapports qu'il faut.

— Et si vous ne les aviez pas ?

— Alors il faudrait bien que je m'en passe.

Elle réfléchit encore avant de demander :

— Et croyez-vous que vous avez toujours bien agi envers les femmes ?

— Dieu, non ! C'est moi qui ai permis à ma femme d'en arriver au point où elle est, c'est en grande partie ma faute. Je l'ai gâtée. Et puis je suis très défiant. Il faut vous y attendre. J'ai beaucoup de peine à avoir confiance en qui que ce soit, profondément. Alors, peut-être que moi aussi, je suis un imposteur. Je me défie. On ne se méprend pas sur la tendresse.

Elle le regarda.

— Vous ne vous défiez pas avec votre corps, quand votre sang s'anime, dit-elle. N'est-ce pas, vous ne vous défiez pas alors ?

— Hélas, non ! C'est comme ça que j'ai eu tous mes ennuis. Et c'est pourquoi mon esprit est si complètement méfiant.

— Laissez-le se défier ! Qu'est-ce que cela fait ?

Le chien, inquiet, soupira sur le paillasson. Le feu, étouffé par les cendres, s'affaissa.

— Nous sommes un couple de guerriers vaincus, dit Constance.

— Êtes-vous vaincue vous aussi ? dit-il en riant. Et voici que nous retournons au combat !

— Oui. J'ai vraiment peur.

— Oui !

Il se leva, mit les souliers de Constance à sécher, essuya les siens, les plaça près du feu. Il les graisserait le lendemain matin. Il tisonna le feu pour en faire tomber le plus possible la cendre du carton.

— Même brûlé, c'est ignoble, dit-il

Puis il apporta des bûches pour rallumer le feu le matin. Puis il sortit un instant avec le chien.

Quand il fut rentré, Constance dit :

— Je veux sortir aussi un instant.

Elle sortit seule dans les ténèbres. Il y avait des étoiles au ciel. Elle sentait des parfums de fleurs dans l'air nocturne. Et elle sentait que ses souliers mouillés se mouillaient davantage. Mais elle avait envie de s'en aller, de s'en aller tout droit, loin de lui et de tout le monde.

Il faisait froid. Elle frissonna et retourna au cottage. Il était assis près du feu mourant.

— Quel froid ! dit-elle en frissonnant.

Il mit les bûches sur le feu, en chercha d'autres, jusqu'à ce que la cheminée fût toute rouge d'un grand feu craquant. Les flammes jaunes qui dansaient et couraient les rendaient heureux, leur réchauffant le visage et l'âme.

Mais il demeurait silencieux et lointain.

— Ne vous tourmentez pas, dit-elle en lui prenant la main. On fait ce qu'on peut.

— Oui.

Il soupira, et sourit d'un petit sourire tordu.

Elle se glissa jusqu'à lui, se mit dans ses bras.

— Oubliez donc, dit-elle. Oubliez.

Il la tenait tout près de lui, dans la chaleur mouvante du feu. La flamme elle-même était comme un oubli. Et le poids de la femme, doux, chaud, mûr ! Lentement son sang tourna, reflua vers la force, la vigueur, le courage.

— Et peut-être que les femmes auraient, au fond, voulu se rapprocher de vous et vous aimer vraiment ; seulement elles ne le pouvaient peut-être pas. Peut-être que ce n'était pas entièrement leur faute, dit-elle.

— Je le sais bien. Croyez-vous que je ne sache pas

assez ce que j'étais moi-même : un pauvre serpent foulé aux pieds et dont on a brisé l'échine ?

Elle le serra soudain plus fort. Elle n'avait pas voulu recommencer à parler de tout cela. Mais une sorte de malignité l'y poussait.

— Mais vous n'êtes plus comme cela maintenant. Vous n'êtes plus un pauvre serpent à l'échine brisée.

— Je ne sais pas ce que je suis. Il y aura encore de mauvais jours.

— Mais non, protesta-t-elle. Pourquoi, pourquoi ?

— Il y aura de mauvais jours pour nous tous et pour tout le monde, répéta-t-il avec une mélancolie prophétique.

— Non. Il ne faut pas parler ainsi.

Il se tut. Mais elle sentait en lui un trou sombre de désespoir. C'était là la mort de tout désir, la mort de tout amour : ce désespoir était comme une caverne sombre au fond des hommes ; et leur esprit s'y perdait.

— Et vous parlez si froidement de l'acte sexuel, dit-elle. Vous en parlez comme si vous n'aviez cherché que votre propre plaisir et votre propre satisfaction.

Elle s'élevait vivement contre lui.

— Non, dit-il. Je voulais tirer mon plaisir et ma satisfaction d'une femme ; et je n'y suis jamais parvenu. Je ne voulais pas tirer mon plaisir et ma satisfaction d'elle sans qu'elle tire les siens de moi en même temps. Et ce n'est jamais arrivé. Il faut être à deux à ce jeu-là.

— Mais vous n'avez jamais cru aux femmes que vous avez eues. Au fond, vous ne croyez même pas à moi.

— Je ne sais pas ce que c'est que de croire à une femme.

— Vous voyez ! Voilà le mal.

Elle était toujours blottie sur ses genoux. Mais il avait l'esprit vague et absent ; il n'était pas là pour elle. Et tout ce qu'elle disait le repoussait plus loin encore.

— Mais à quoi donc croyez-vous ? insista-t-elle.

— Je ne sais pas.

— À rien. Vous êtes comme tous les hommes que j'ai connus.

Ils se turent. Puis il se ranima et dit :

— Si, je crois tout de même à quelque chose. Je crois à la nécessité d'avoir du cœur. Je crois surtout à la nécessité d'avoir du cœur en amour, en faisant l'amour, en baisant. Je crois que si les hommes pouvaient baiser avec du cœur, et si les femmes acceptaient leur amour avec du cœur, tout irait bien. Mais tout ce couchage glacé et sans cœur n'est que mort et stupidité.

— Mais vous ne me baisez pas froidement et sans cœur ? dit-elle.

— Je n'ai pas envie de vous baiser du tout. Mon cœur est aussi froid que des pommes de terre froides, en ce moment.

— Oh ! dit-elle en l'embrassant et en riant, ayons plutôt des pommes de terre *sautées* *.

Il rit et se redressa sur sa chaise.

— C'est un fait, dit-il. Tout pour un peu de chaleur et de cordialité. Mais les femmes n'en veulent pas. Même vous, au fond, vous n'en voulez pas. Vous aimez un bon couchage, aigu, perçant, froid, sans cœur ; et vous dites ensuite que c'est tout sucre et miel. Où est votre tendresse pour moi ? Vous vous méfiez de moi autant qu'un chat d'un chien. Je vous le dis : il faut être deux même pour être tendres et avoir du cœur. Vous aimez baiser, certes : mais vous voulez que cela porte un nom magnifique et mystérieux, pour mieux flatter l'importance que vous vous donnez. L'impor-

* En français dans le texte (*N. d. T.*).

tance que vous vous donnez compte plus pour vous, cent fois plus, qu'aucun homme ou aucun rapport avec un homme.

— Mais c'est précisément ce que je vous reprocherais à vous. L'importance que vous vous donnez est tout pour vous.

— Très bien, n'en parlons plus, dit-il.

Il fit un mouvement pour se lever.

— Restons chacun de notre côté, continua-t-il. J'aimerais mieux mourir que de continuer à baiser ainsi sans chaleur et sans cœur.

Elle glissa loin de lui. Et il se leva.

— Et croyez-vous que je le veuille, moi ? dit-elle.

— J'espère que non, répondit-il. Mais quoi qu'il en soit, allez vous coucher là-haut et moi je dormirai ici.

Elle le regarda. Il était pâle, le front ombrageux. Il était aussi loin d'elle que le pôle. Les hommes étaient tous les mêmes.

— Je ne puis pas rentrer avant le matin, dit-elle.

— Non. Allez vous coucher là-haut. Il est une heure moins le quart.

— Certainement pas, dit-elle

Il alla ramasser ses souliers.

— Eh bien, je sortirai ! dit-il.

Il commença à mettre ses souliers. Elle le regardait fixement.

— Attendez ! balbutia-t-elle. Attendez. Qu'est-ce qui est venu se mettre entre nous ?

Il était penché et laçait ses souliers, et ne répondit pas. Les minutes passaient. Une sorte de vague envahit Constance, elle crut s'évanouir. Elle perdit toute conscience et resta là, les yeux grands ouverts, le regardant du fond de l'inconnu, et n'ayant plus connaissance de rien.

Il leva la tête, à cause de ce silence et il la vit les yeux grands ouverts, et perdue. Et, comme fouetté par le vent, il se leva et tituba sur elle, un pied chaussé, l'autre sans soulier, et il la prit dans ses bras, et la serra contre son corps qui lui faisait mal de part en part. Et il la tint là ; et là elle demeura.

Alors ses mains la cherchèrent aveuglément, la cherchèrent et l'atteignirent sous son vêtement, là où elle était lisse et chaude.

— Ma petite, murmura-t-il en patois, ma petite fille ! Ne nous battons pas ! Ne nous battons jamais. Je t'aime, j'aime te toucher ! Ne discute pas avec moi. Non, non, non ! Soyons ensemble.

Elle leva la tête et le regarda.

— Ne te tourmente pas, dit-elle calmement. Ça ne sert à rien de se tourmenter. Veux-tu vraiment que nous soyons ensemble ?

Elle le regardait au visage, de ses yeux larges et calmes. Il se pencha, s'immobilisa, détourna la tête. Mais il ne s'écarta pas.

Puis il releva la tête, et la regarda dans les yeux avec son curieux ricanement moqueur et dit :

— Oui. Soyons ensemble sur serment.

— Mais vraiment ? dit-elle, ses yeux se remplissant de larmes.

— Oui, vraiment. Soyons ensemble, cœur, ventre et queue.

Il sourit légèrement en la regardant ; il y avait dans ses yeux une étincelle d'ironie et une touche d'amertume.

Elle pleurait en silence et il se coucha auprès d'elle et la prit là, sur le tapis devant le foyer, et ils retrouvèrent un peu de calme.

Puis ils montèrent vite se coucher, car il commençait à faire froid, et ils s'étaient épuisés l'un l'autre. Et elle se blottit auprès de lui, toute petite dans ses bras, et ils s'endormirent tout de suite, perdus tous deux dans le même sommeil. Ainsi ils reposèrent, sans bouger jamais jusqu'à ce que le soleil se levât au-dessus du bois et que commençât le jour.

Alors il s'éveilla et regarda la lumière. Les rideaux étaient tirés. Il écouta les appels sauvages des merles et des grives dans le bois. Ce devait être un matin éclatant ; il était cinq heures et demie, l'heure où il se levait d'ordinaire. Comme il avait dormi profondément ! C'était un jour si nouveau ! La femme était encore blottie tendrement dans son sommeil. Il lui passa la main sur le corps, et elle ouvrit des yeux bleus et étonnés ; et elle sourit, encore inconsciente, en le regardant.

— Êtes-vous réveillé ? lui dit-elle.

Il la regardait dans les yeux. Il sourit et l'embrassa. Et soudain, elle s'éveilla tout à fait et s'assit sur le lit.

— Dire que je suis ici ! dit-elle.

Elle jeta un regard circulaire sur la petite chambre blanchie à la chaux, avec son plafond en pente et sa fenêtre ouverte dans le pignon et sur laquelle les rideaux blancs étaient tirés. La chambre n'avait d'autres meubles qu'une petite commode peinte en jaune et une chaise ; et le petit lit blanc où elle était couchée avec lui.

— Dire que nous sommes ici, dit-elle en le regardant.

Il était étendu et la contemplait, et lui caressait les seins de ses doigts sous la mince chemise. Quand il était ainsi chaud et détendu, il avait l'air jeune et beau. Et ses yeux pouvaient sembler parfois si chauds ! Et elle était fraîche et jeune comme une fleur.

— Je veux enlever ceci, dit-il en rassemblant les plis de la légère chemise de batiste et en la lui retirant par-dessus la tête.

Elle était assise, les épaules nues, ses seins un peu longs vaguement dorés. Il s'amusait à faire osciller ses seins comme des cloches.

— Il faut que tu enlèves ton pyjama, toi aussi, dit-elle.

— Mais non.

— Si, si, ordonna-t-elle.

Et il enleva sa vieille veste de pyjama en coton, et repoussa le pantalon. Sauf aux mains, aux poignets, au cou et au visage, il était blanc comme du lait, d'une belle chair fine et musclée. Soudain, Constance lui trouva de nouveau une beauté poignante, comme cet après-midi où elle l'avait vu en train de se laver.

L'or du soleil toucha les rideaux blancs tirés. Elle sentit que le soleil voulait entrer.

— Oh ! ouvrons donc les rideaux ! Les oiseaux chantent si fort ! Laisse donc entrer le soleil ! dit-elle.

Il se glissa hors du lit, le dos tourné à Constance, nu et mince et s'en alla à la fenêtre, un peu courbé. Il ouvrit les rideaux, et regarda au-dehors un moment. Son dos était blanc et fin, ses petites fesses d'une exquise et délicate virilité, sa nuque brunie et délicate, et pourtant solide.

Il y avait une force intérieure, non extérieure, dans ce beau corps délicat.

— Mais tu es beau, dit-elle. Si pur et si fin ! Viens !

Elle tendit les bras.

Il avait honte de se tourner vers elle à cause de sa nudité dressée.

Il saisit sa chemise par terre et s'en couvrit pour approcher d'elle.

— Non, dit-elle, écartant toujours ses beaux bras minces de ses seins pendants. Je veux te regarder.

Il laissa tomber la chemise et se tint immobile, le regard tourné vers elle. Le soleil, par la fenêtre basse, lançait un rayon qui éclairait les hanches et le ventre mince, et le phallos dressé, qui s'élevait, sombre et chaud, du petit nuage éclatant de poils rouge et doré. Elle était surprise et effrayée.

— Étrange, dit-elle lentement. Comme il a l'air étrange, là, si grand ! Si sombre et sûr de soi ! Est-il bien ainsi ?

Le regard de l'homme descendit le long de son corps mince et blanc, et il rit. Entre ses seins minces, les poils étaient sombres, presque noirs. Mais à la racine du ventre, là où s'élevait le phallos épais et recourbé, ils étaient d'un rouge doré, brillant en un petit nuage.

— Si fier, murmura-t-elle, inquiète. Et si seigneurial ! Maintenant je comprends pourquoi les hommes sont si arrogants. Mais, au fond, si beau ! Comme un être différent de toi ! Un peu terrifiant, mais beau, au fond ! Et c'est à moi qu'il vient !

Elle mordit sa lèvre inférieure, craintive et troublée.

L'homme regardait en silence le phallos tendu qui ne changeait pas.

— Oui, dit-il enfin, d'une petite voix *, oui, mon fils ! tu es bien un peu là, en effet. Tu peux lever la tête, tu es là chez toi, et tu ne dois de comptes à personne. Es-tu le maître ? Es-tu mon maître ? Eh bien, tu es plus vif que moi, et tu parles moins. John Thomas ! Est-ce elle que tu veux ? Est-ce que tu veux Lady Jane [117] ? Tu m'as fait plonger de nouveau, et tu peux t'en vanter. Oui, et tu te dresses en souriant. Prends-la donc ! Prends Lady Jane ! Dis : « Portes, élevez vos linteaux et le roi de gloire entrera [118] ! » Ah ! quelle effronterie ! Un con, voilà ce qu'il te faut. Dis à Lady Jane que tu veux un con, John Thomas, et le con de Lady Jane !...

— Oh ! ne le taquine pas ! dit Constance en rampant sur ses genoux dans le lit, en entourant de ses bras les reins étroits de son amant en l'attirant à elle, en sorte

* Tout ce discours, en patois, est à peu près intraduisible. Le français en accentue terriblement la grossièreté (*N. d. T.*).

que ses seins pendants et oscillants touchaient la pointe du phallos dressé.

Elle tenait l'homme fermement serré.

— Couche-toi, dit-il. Laisse-moi venir !

Il était pressé maintenant.

Et ensuite, après qu'ils furent restés parfaitement tranquilles quelque temps, la femme voulut découvrir l'homme de nouveau, pour contempler le mystère du phallos.

— Et maintenant, il est tout petit et tendre comme un petit bourgeon de vie. N'est-ce pas qu'il est beau ! Si indépendant, si étrange ! Et si innocent ! Et il entre en moi si profond ! Il ne faut jamais l'offenser, tu sais. Il est à moi aussi ! Il n'est pas à toi seulement. Il est à moi ! Si beau et si innocent !

Et elle tenait le pénis doucement dans sa main.

Il rit :

— « Béni soit le lien qui unit nos cœurs dans un même amour [119] », dit-il.

— Sans doute ! dit-elle. Même quand il est petit et tendre, je sens mon cœur entièrement enchaîné à lui. Et comme tes poils sont beaux ici. Tout différent des autres !

— C'est le poil de John Thomas, et non le mien, dit-il.

— John Thomas, John Thomas !

Et elle donna un baiser rapide au tendre pénis qui recommençait à frémir.

— Oui ! dit l'homme, en s'étirant presque douloureusement. Il a sa racine dans mon âme. Et, parfois, je ne sais pas que faire de lui. Il est opiniâtre et difficile à satisfaire. Et pourtant je ne voudrais pas le perdre.

— Je comprends pourquoi les hommes en ont toujours eu peur ! dit-elle. Il est terrible.

Un frisson parcourut le corps de l'homme, tandis que le flot de vie changeait de direction, tournait vers le bas. Et il était sans force, tandis que le pénis, en lentes et douces ondulations, gonflait, s'élevait, montait, durcissait et se tenait là, dur et présomptueux, curieusement dressé, comme une tour. La femme aussi tremblait un peu en le contemplant.

— Là. Prends-le ! Il est à toi, dit l'homme.

Et elle frémit, et son esprit fondit et s'évanouit. Aiguës et douces, des vagues d'indicible plaisir roulèrent sur elle, comme il la pénétrait, faisant naître ce long frisson, cette fusion qui se répandait en elle et l'emportait à l'extrémité de tout, dans une dernière extase aveugle.

Il entendit les sirènes de Stacks Gate, qui annonçaient sept heures. Il frissonna un peu et, la tête entre ses seins, il pressa ces doux seins contre ses oreilles pour ne rien entendre.

Elle n'avait rien entendu. Elle restait étendue, complètement immobile, l'âme transparente et comme lavée.

— Il faut te lever, n'est-ce pas ? murmura-t-il.

— Quelle heure ? demanda-t-elle d'une voix sans timbre.

— Sept heures.

— Oui, je pense qu'il faut partir.

Elle s'irritait, comme toujours, contre les nécessités extérieures.

Il se leva et regarda par la fenêtre, sans voir.

— Tu m'aimes, n'est-ce pas ? demanda-t-elle avec calme.

Il la regarda :

— Tu sais ce que tu sais. Que veux-tu donc ? dit-il, un peu agacé.

— Je veux que tu me gardes, que tu ne me laisses pas partir, dit-elle.

Les yeux de l'homme semblaient pleins de chaudes et douces ténèbres, incapables d'aucune pensée.

— Quand ? Maintenant ?

— Maintenant dans ton cœur. Puis je veux venir vivre avec toi pour toujours, bientôt.

Il était assis sur le lit, nu, la tête basse, incapable de penser.

— Est-ce que tu ne le veux pas aussi ? demanda-t-elle.

— Oui.

Puis, de ces même yeux assombris par une flamme de vie qui ressemblait presque au sommeil, il la regarda.

— Ne me demande rien maintenant, dit-il. Laisse-moi. Je t'aime bien ! Je t'aime quand tu es couchée là. Une femme est une bien bonne chose quand on peut la baiser profond. Je t'aime, tes jambes et cette forme que tu as, et cette féminité que tu as. J'aime cette féminité que tu as. Je t'aime de toutes mes couilles et de tout mon cœur. Mais ne me demande rien maintenant. Ne m'oblige pas à rien dire maintenant. Tu pourras tout me demander ensuite. Maintenant laisse-moi, laisse-moi *.

Et doucement, il lui posa la main sur le mont de Vénus, sur les poils doux et bruns ; et lui-même resta assis sur le lit, le visage immobile, figé dans une abstraction physique, presque comme un visage de Bouddha. Immobile, dans la flamme invisible d'une vie différente, il restait assis, sa main posée sur elle, et il attendait la reprise.

Au bout d'un moment, il atteignit sa chemise, la mit, s'habilla rapidement en silence, regarda une fois la femme étendue sur le lit, nue et vaguement dorée comme une Gloire de Dijon[120], et disparut. Elle l'entendit qui ouvrait la porte.

* Toute cette réplique est en patois intraduisible (*N. d. T.*).

Elle restait là à rêver, rêver. Qu'il était difficile de partir ! De sortir de ses bras !

Il cria du bas de l'escalier :

— Sept heures et demie !

Elle soupira et se leva. Oh ! la petite chambre nue ! Aucun meuble, sauf la petite commode et le lit étroit. Mais le plancher était bien récuré. Et, dans le coin, près de la fenêtre, il y avait une tablette avec des livres, et quelques volumes d'une bibliothèque de prêt. Elle les regarda. Il y en avait sur la Russie bolcheviste, des livres de voyage, un volume sur l'atome et l'électron, un autre sur la composition des couches terrestres et la cause des tremblements de terre ; puis quelques romans ; puis trois livres sur l'Inde. Ainsi il était liseur, malgré tout !

Le soleil tomba par la fenêtre sur ses membres nus. Dehors elle voyait tourner la chienne Flossie. La fougère s'embrumait de vert ; et, par-dessous, il y avait des mercuriales d'un vert sombre. C'était une matinée claire et nette, pleine d'oiseaux qui volaient et chantaient triomphalement. Si seulement elle pouvait rester ! Si seulement il n'y avait pas cet autre monde, ce monde sinistre de fumée et de fer ! Si seulement il pouvait lui créer un monde pour elle !

Elle descendit l'escalier de bois, long et étroit. Elle se contenterait bien de cette petite maison, si seulement elle était placée dans un monde à part.

Il était lavé et frais. Et le feu brûlait.

— Voulez-vous manger quelque chose ? dit-il.

— Non ! Prêtez-moi seulement un peigne.

Elle le suivit dans l'arrière-cuisine et se peigna les cheveux devant l'étroit miroir. Elle était maintenant prête à partir.

Elle se tenait devant la maison, dans le petit jardin, regardant les fleurs humides de rosée, le massif tout gris d'œillets déjà en boutons.

— Je voudrais voir disparaître tout le reste du monde, et vivre avec toi, ici.

— Il ne disparaîtra pas, dit-il.

Ils traversèrent presque sans parler le magnifique bois plein de rosée. Mais ils étaient ensemble, dans un monde à eux.

Il lui était amer de rentrer à Wragby.

— Je veux venir bientôt vivre entièrement avec toi, dit-elle en le quittant.

Il sourit sans répondre.

Elle rentra tranquillement. Personne ne la vit passer. Et elle monta chez elle.

# XV

Une lettre de Hilda était posée sur le plateau du déjeuner.

« Papa part pour Londres cette semaine, et je viendrai te chercher ce jeudi en huit, le dix-sept juin. Sois prête pour que nous puissions partir tout de suite. Je ne veux pas perdre de temps à Wragby. C'est un horrible endroit. Je passerai probablement la nuit à Retford, chez les Coleman ; en sorte que je pourrai te rejoindre jeudi pour le déjeuner. Nous pourrons partir après le thé et coucher peut-être à Grantham. Inutile de passer une soirée avec Clifford, ça ne lui ferait aucun plaisir, puisqu'il est furieux que je t'emmène. »

Ainsi, une fois de plus, on la poussait sur l'échiquier.

Clifford avait horreur de la voir partir ; mais c'était seulement parce qu'il ne se sentait aucune sécurité en son absence. Sa présence, il ne savait trop pourquoi, lui donnait un sentiment de sécurité ; il se sentait libre d'aller à ses occupations. On le voyait très souvent aux puits ; il luttait en esprit avec le problème presque insoluble d'extraire son charbon de la façon la plus économique et de le vendre ensuite. Il savait qu'il fallait trouver un moyen d'employer lui-même le charbon, ou de le convertir en autre chose pour ne pas

171. Mammon : dieu syrien des richesses, symbole dans la Bible des biens injustement acquis.

*Page 488.*

172. Le jour de la Pentecôte, l'Esprit Saint descendit sur les apôtres sous la forme de « langues qu'on eût dites de feu ; elles se partageaient et il s'en posa une sur chacun d'eux » (Actes des Apôtres, 2:3). Pour désigner les flammes qui se partagent, la King James Bible emploie l'expression de *cloven tongues* (« langues fendues »), que Lawrence reprend ici sous la forme de *forked flame* (« flamme fourchue »).

DOSSIER

avoir à le vendre ou s'attrister de ne l'avoir pas vendu. Mais s'il le convertissait en force électrique, pourrait-il se servir lui-même de cette force, ou la vendre ?

Quant à le convertir en huile, c'était pour le moment trop coûteux et trop difficile. Pour faire vivre l'industrie, il fallait toujours de nouvelles industries ; c'était comme une sorte de démence. Oui, c'était de la démence et un fou seul pouvait y réussir. Eh bien, n'était-il pas un peu fou ? C'était l'avis de Constance. L'ardeur et la subtilité qu'il apportait aux affaires des mines semblaient à Constance une manifestation de folie ; et même ses trouvailles étaient les trouvailles de la démence.

Il lui parlait de tous ses grands projets, et elle l'écoutait avec une sorte de stupeur et le laissait parler. Puis le flot de paroles cessait, il se tournait vers le haut-parleur et ne disait plus rien, tandis que ses projets apparemment se repliaient en lui comme une sorte de rêve.

Et chaque soir, maintenant, il jouait au *pontoon* [121], ce jeu des Tommies, avec Mrs. Bolton ; ils jouaient des six pence. Et là aussi, en jouant, il se perdait dans une sorte d'inconscience, ou de griserie du vide, ou de vide de la griserie. Constance ne pouvait pas supporter de le voir ainsi. Mais, quand elle était montée se coucher, lui et Mrs. Bolton jouaient parfois jusqu'à deux ou trois heures du matin, tranquillement, avec une étrange volupté.

Mrs. Bolton se laissait entraîner tout autant que Clifford et d'autant plus qu'elle perdait presque toujours.

Elle dit un jour à Constance :

— J'ai perdu vingt-trois shillings en jouant avec Sir Clifford cette nuit.

— Et a-t-il accepté votre argent ?

— Mais naturellement, madame ! Dette d'honneur !

Constance fit de vifs reproches à tous deux. Le résultat fut que Clifford augmenta les gages annuels de Mrs. Bolton de cent livres ; elle pourrait désormais jouer et perdre. Cependant il semblait à Constance que Clifford devenait de plus en plus mort.

Elle lui dit enfin qu'elle partait le dix-sept.

— Le dix-sept ! dit-il. Et quand rentrez-vous ?

— Vers le vingt juillet, au plus tard.

— Oui, le vingt juillet.

Il la regardait étrangement, vaguement, avec le regard vide d'un enfant, mais aussi avec le regard rusé d'un vieillard.

— Vous ne me ferez pas faux bond maintenant, n'est-ce pas ? dit-il.

— Comment ?

— Pendant votre absence. N'est-ce pas, je puis être bien sûr que vous reviendrez ?

— J'en suis aussi sûre que d'aucune chose au monde.

— Oui ! Eh bien, le vingt juillet !

Il la regardait si étrangement ! Et pourtant, dans le fond, il désirait qu'elle partît. C'était étrange. Il désirait positivement qu'elle partît, qu'elle eût ses petites aventures, et, peut-être, qu'elle revînt enceinte. En même temps, il redoutait son départ.

Elle frémissait ; elle attendait son heure pour le quitter définitivement ; elle attendait que le temps, qu'elle-même, que lui-même fussent mûrs.

Elle parlait un jour au garde de son voyage.

— Et alors, quand je rentrerai, je pourrai dire à Clifford que je dois le quitter. Et nous pourrons partir tous les deux. Personne n'a besoin de savoir que c'est vous. Nous pourrons aller dans un autre pays, voulez-vous ? En Afrique, ou en Australie. Voulez-vous ?

Elle s'excitait sur ses projets.

— Vous n'avez jamais été aux colonies, n'est-ce pas ? lui demanda-t-il.

— Non, et vous ?

— J'ai été aux Indes, en Afrique du Sud et en Égypte.

— Pourquoi n'irions-nous pas en Afrique du Sud ?

— Oui, et pourquoi pas ? dit-il lentement.

— Ça ne vous plairait pas ? demanda-t-elle.

— Ça m'est égal. Tout ce qui peut m'arriver m'est assez égal.

— Ça ne vous fait pas plaisir ? Pourquoi ? Nous ne serons pas pauvres. J'ai à peu près six cents livres de rentes. J'ai écrit à la banque pour m'en informer. Ce n'est pas beaucoup. Mais c'est assez, n'est-ce pas ?

— C'est une fortune pour moi.

— Oh ! ce sera merveilleux !

— Mais il faudra que j'obtienne mon divorce et vous le vôtre ; sinon, nous aurons des complications !

Il y avait ample matière à réflexion.

Un autre jour, elle l'interrogeait sur lui-même. Ils étaient dans la cabane pendant un orage.

— Étiez-vous heureux quand vous étiez un lieutenant, un officier et un gentleman ?

— Heureux ? Mais oui. Mon colonel me plaisait beaucoup.

— Est-ce que vous l'aimiez ?

— Oui, je l'aimais.

— Et lui, vous aimait-il ?

— Oui ! en un sens, il m'aimait.

— Parlez-moi de lui.

— Qu'y a-t-il à dire ? Il était sorti du rang. Il avait le culte de l'armée. Et il ne s'était jamais marié. Il avait vingt ans de plus que moi. C'était un homme très intelligent et solitaire parmi ses camarades, comme l'est toujours un homme de ce genre : et passionné à sa façon, et un officier très intelligent. Tant que je fus avec lui, je vécus sous son charme. Je lui laissais tout diriger dans ma vie. Et je ne regrette jamais de l'avoir fait.

— Avez-vous beaucoup souffert quand il est mort ?

— J'étais tout près de la mort moi-même. Mais quand je revins à moi, je compris qu'une partie de moi-même avait pris fin. Mais j'avais toujours su que cela finirait par la mort. Toutes choses finissent par la mort, d'ailleurs.

Elle méditait. Le tonnerre grondait au-dehors. Elle avait l'impression d'être dans une petite arche pendant le Déluge.

— Vous semblez avoir tant de choses derrière vous ! dit-elle.

— Vous trouvez ? Il me semble que je suis mort une ou deux fois déjà. Et pourtant me voici toujours en vie, et prêt à de nouveaux ennuis.

— Étiez-vous heureux comme officier et comme gentleman après la mort de votre colonel ?

— Non ; mes camarades étaient d'assez pauvres sires. Le colonel disait parfois : « Mon garçon, les Anglais de la bourgeoisie sont obligés de mâcher chaque bouchée trente fois, parce que leurs boyaux sont si étroits qu'un petit pois les boucherait. Un tas d'oiseaux efféminés, pleins de vanité et d'admiration pour eux-mêmes, effrayés si leurs cordons de chaussures ne sont pas en ordre, pourris comme du gibier faisandé ; et toujours sûrs d'avoir raison. C'est ce qui m'achève ! Ces lèche-cul, dont la langue a durci à force de lécher, sont toujours sûrs d'avoir raison. Et des pédants par-dessus le marché. Des pédants ! Une génération de pédants efféminés avec une demi-couille chacun... »

Constance se mit à rire. La pluie tombait à verse.

— Il les haïssait !

— Non, dit-il. Ça lui était bien égal. Seulement, il

ne les aimait pas. Il y a une différence. Parce que, disait-il, les simples soldats sont en train de devenir aussi pédants, aussi dépourvus de couilles, aussi étroits de boyaux. C'est le sort de l'humanité, de devenir ainsi.

— Même les gens du peuple, les ouvriers ?

— Tous. Leur énergie est morte. Les autos, les cinémas, les aéroplanes leur sucent tout ce qui leur reste. Croyez-moi : chaque génération engendre une génération plus abâtardie, avec des tubes de caoutchouc en guise de boyaux, et des jambes et des visages de fer-blanc. Un peuple de fer-blanc ! C'est une sorte de bolchevisme qui est en train de tuer tranquillement la chose humaine pour adorer la chose mécanique. L'argent, l'argent, l'argent ! Tout le monde moderne n'a qu'une idée, au fond, c'est de tuer chez l'homme le vieux sentiment humain, et de hacher le vieil Adam et la vieille Ève[122] en chair à pâté. Ils sont tous les mêmes. Tout le monde fait la même chose : anéantir la réalité humaine — une livre pour chaque prépuce, deux livres pour chaque paire de couilles ! L'amour même n'est qu'une machine à baiser. C'est partout la même chose. Donnez-leur de l'argent pour qu'ils coupent la queue au monde. Donnez-leur de l'argent, de l'argent, de l'argent, pour enlever tout le nerf de l'humanité et ne laisser que de petites machines trépidantes !

Il était assis là, dans la cabane, le visage tiraillé par l'ironie et la moquerie. Mais, même ainsi, il tendait une oreille aux bruits de l'orage sur le bois qui lui donnaient une telle impression de solitude.

— Mais est-ce que cela ne finira jamais ? dit-elle.

— Oui, certes. Le monde accomplira son propre salut. Quand le dernier homme, vraiment homme, aura été tué, et que tous seront apprivoisés, devenus tous des animaux apprivoisés de toutes couleurs, blancs, noirs, jaunes, alors tous seront insensés. Parce que la santé de l'esprit a sa racine dans les couilles. Alors, ils seront tous insensés, et feront leur grand autodafé. Savez-vous que *autodafé* signifie acte de foi ? Eh bien, ils feront leur magnifique petit acte de foi ; ils s'immoleront l'un l'autre.

— Vous voulez dire qu'ils se tueront l'un l'autre ?

— Oui, ma chère. Au taux où nous vivons, dans cent ans il n'y aura plus dix mille habitants dans cette île : il n'y en aura peut-être même pas deux. Ils se seront gentiment effacés l'un l'autre.

Les grondements de tonnerre s'éloignaient.

— Ce sera charmant ! dit-elle.

— Délicieux ! Rien n'est plus calmant que d'imaginer l'extermination de l'espèce humaine et le long intervalle qui s'écoulera avant que naisse une autre race. Et si nous continuons ainsi, si tout le monde, intellectuels, artistes, gouvernements, industriels, ouvriers, si tout le monde continue à tuer frénétiquement tout ce qui reste de sentiments humains, le dernier vestige d'intuition, le dernier bon instinct, si cela continue ainsi en progression algébrique, alors, adieu à l'espèce humaine ! Adieu, mon amour ! Le serpent se dévore lui-même et laisse un vide, terriblement en désordre, mais non pas irréparable. Tout à fait charmant ! Des chiens sauvages aboieront dans Wragby et des chevaux sauvages fouleront le bord du puits de Tavershall ! *Te Deum laudamus*[123] !

Constance riait, mais sans beaucoup de gaieté.

— Alors, vous devriez être content qu'ils soient tous bolchevistes. Vous devriez être content qu'ils se hâtent vers la fin !

— J'en suis charmé. Je ne les arrête pas. Parce que je ne le pourrais pas, même si je le voulais.

— Alors, pourquoi êtes-vous si amer ?

— Je ne suis pas amer ! Si mon coq chante pour la dernière fois [124], je m'en moque !

— Mais si vous avez un enfant ?

Il courba la tête.

— Mais, dit-il enfin, je trouve que c'est une mauvaise action que de mettre un enfant au monde, dans un monde comme le nôtre.

— Non, ne dites pas cela, ne dites pas cela ! supplia-t-elle. Je crois que je vais en avoir un. Dites que vous en seriez heureux.

Elle posa la main sur sa main.

— Je suis heureux que vous soyez heureuse, dit-il. Mais, pour moi, cela me semble un acte de sinistre traîtrise envers cette créature à naître.

— Ah ! non, dit-elle, choquée. Alors, vous ne pouvez pas vraiment me vouloir. Vous ne pouvez pas me vouloir si vous sentez cela.

Il se tut encore, le visage sombre. Au-dehors, il n'y avait que le battement de la pluie.

— Ce n'est pas tout à fait vrai, murmura-t-il, ce n'est pas tout à fait vrai. Il y a une autre vérité.

Elle sentait que, s'il était amer en ce moment, c'était en partie parce qu'elle partait pour Venise. Et elle en était heureuse.

Elle ouvrit d'un coup ses vêtements, lui découvrit le ventre et lui baisa le nombril. Puis elle lui posa la joue sur le ventre et lui entoura les reins de ses bras, ces reins chauds et silencieux. Ils étaient seuls dans le Déluge.

— Dis-moi que tu veux un enfant — en espérance ! murmura-t-elle en lui pressant le ventre de son visage. Dis-le-moi !

— Eh bien, dit-il enfin, et elle sentit l'étrange changement, l'étrange détente qui traversaient en frémissant le corps de son amant. J'ai pensé quelquefois que si on essayait seulement, même ici, parmi les mineurs ! Ils n'ont pas beaucoup de travail maintenant, et ils gagnent peu. Si quelqu'un pouvait leur dire : « Pensez désormais à autre chose qu'à l'argent. S'il ne s'agit que de besoin, nous n'avons pas besoin de beaucoup. Ne vivons pas pour l'argent... »

Elle lui frotta doucement le ventre avec sa joue, et lui prit les couilles dans la main. Le pénis frémit doucement, mais ne se dressa pas. La pluie battait cruellement au-dehors.

— « Vivons pour autre chose. Que notre seul but ne soit pas de gagner de l'argent, ni pour nous-mêmes, ni pour qui que ce soit. Maintenant, nous y sommes forcés. Nous sommes forcés de gagner un peu d'argent pour nous et beaucoup pour les patrons. Renonçons-y ; peu à peu, renonçons-y. Nul besoin de rage et de folie. Peu à peu, abandonnons toute la vie industrielle, et retournons en arrière. Contentez-vous de très peu d'argent ; au fond, il vous en faut très peu. Prenez-en la ferme résolution, et vous sortirez de ce pétrin. »

Il s'arrêta un instant. Puis il continua :

— Je leur dirais : « Regardez Joe ! Regardez comme il va et vient, vif et alerte. Il est superbe ! Et regardez Jonas ! Il est lourd, il est laid, parce qu'il ne s'anime jamais. Regardez-vous, regardez-vous donc vous-mêmes : une épaule plus haute que l'autre, des jambes tordues, des pieds tout déformés ! Qu'avez-vous fait, qu'êtes-vous devenus à tant travailler ? Vous vous êtes abîmés. Nul besoin de tant travailler. Enlevez vos vêtements et regardez-vous. Vous devriez être vivants et beaux, et vous êtes laids et à moitié morts. » Je leur dirais cela. Et j'obligerais les hommes à porter d'autres vêtements : peut-être des pantalons collants, rouges[125], d'un rouge vif, et une petite veste blanche. Ah ! si les hommes avaient de belles jambes rouges, cela seul les ferait changer en un mois. Ils redeviendraient des hommes, des hommes ! Et les femmes pourraient s'habiller comme elles voudraient. Parce que si les hommes s'avançaient sur des jambes d'un rouge vif, avec des fesses écarlates qu'on verrait sous une petite veste blanche, alors les femmes commenceraient à être femmes. C'est parce que les hommes ne sont pas des hommes que les femmes sont forcées d'être viriles. Et, ensuite, détruire Tavershall et bâtir quelques beaux bâtiments qui nous contiendraient tous ! Et nettoyer le pays ! Et ne pas avoir beaucoup d'enfants, parce que le monde est surpeuplé.

« Mais je ne ferais pas des prêches aux hommes. Je les mettrais nus, simplement, et leur dirais : " Regardez-vous ! Voilà ce que c'est que de travailler pour de l'argent. Et c'est pour de l'argent que vous avez travaillé jusqu'ici ! Regardez Tavershall ! C'est horrible !... C'est parce qu'il a été construit pendant que vous travailliez pour de l'argent. Regardez vos femmes ! Elles ne tiennent pas plus à vous que vous ne tenez à elles. C'est parce que vous avez passé tout votre temps à travailler et à ne tenir qu'à l'argent. Vous ne pouvez ni parler, ni bouger, ni vivre ; vous êtes incapables de vous tenir avec une femme. Vous n'êtes pas vivants. Regardez-vous ! " »

Un silence complet tomba. Constance écoutait à demi, et, penchée sur le ventre de son amant, tressait dans ses poils dorés quelques myosotis qu'elle avait cueillis en venant à la cabane. Au-dehors, le monde était devenu calme et un peu glacé.

— Tu as quatre espèces de poils, lui dit-elle. Sur la poitrine ils sont presque noirs ; et tes cheveux ne sont pas foncés ; mais ta moustache est dure et d'un rouge sombre ; et tes poils, ici, tes poils d'amour, sont un petit buisson d'or rouge. Ce sont les plus beaux de tous.

Il abaissa son regard et vit les petits myosotis laiteux dans les poils de son aine.

— Oui. Voilà où il faut mettre des myosotis ! Mais est-ce que l'avenir ne t'intéresse pas ?

— Oh ! si, énormément, dit-elle en tournant son regard vers lui.

— Parce que, moi, quand je sens que l'espèce humaine s'est condamnée elle-même par sa propre bassesse, alors je trouve que les colonies ne sont pas encore assez loin. La lune même ne serait pas assez loin. Parce que, là encore, on pourrait regarder en arrière et voir la terre sale, basse, insipide parmi les étoiles : rendue ignoble par les hommes. Alors je sens que j'ai avalé de la bile et qu'elle me dévore les entrailles, et qu'aucun endroit n'est assez loin pour qu'on s'y réfugie. Mais quand je trouve un emploi, j'oublie tout cela. Et pourtant, c'est une honte ce qu'on a fait aux gens ces cent dernières années : les hommes transformés en insectes de travail, privés de toute virilité, de toute leur vraie vie. Je balaierais les machines à la surface de la terre et terminerais l'ère industrielle absolument comme si elle n'avait été qu'une noire erreur. Mais puisque je ne le puis pas et que personne ne le peut, je n'ai qu'à rester tranquille et tâcher de vivre ma propre vie —, si j'ai une vie à vivre, ce dont je doute un peu.

Le tonnerre avait cessé au-dehors. Mais la pluie qui avait diminué recommença à tomber à verse ; il y eut un dernier éclair, un dernier roulement de l'orage qui s'éloignait. Constance n'était pas contente. Il avait parlé si longtemps et, au fond, c'est à lui-même qu'il avait parlé, non à elle. Il semblait complètement envahi par le désespoir, tandis qu'elle se sentait heureuse et haïssait le désespoir. Elle savait que son départ pour Venise, dont il venait seulement de sentir la réalité, l'avait replongé dans cet état d'âme. Et elle triomphait un peu.

Elle ouvrit la porte et regarda la pluie lourde et droite, semblable à un rideau d'acier, et elle eut tout à coup l'envie de s'élancer dans la pluie, de s'élancer et de fuir

Elle se leva et se mit à enlever rapidement ses bas, puis sa robe et ses dessous ; et il retenait son souffle. Ses seins pointus et aigus d'animal pointaient et bougeaient à chacun de ses mouvements. Elle était couleur d'ivoire dans la lumière verte. Elle remit ses souliers de caoutchouc, et sortit en courant, avec un petit rire sauvage, présentant ses seins à la lourde pluie et étendant les bras et dansant, indistincte dans la pluie, ces danses eurythmiques[126] qu'elle avait apprises il y avait si longtemps à Dresde. Elle courait de-ci, de là, étrange forme pâle, s'élevant et se baissant et se courbant, en sorte que la pluie tombait et brillait sur ses hanches pleines, se relevant et s'avançant de nouveau à travers la pluie, le ventre en avant, puis se baissant encore, de sorte que seuls ses fesses et ses reins s'offraient à l'homme en une sorte d'hommage, d'acte sauvage, d'obédience.

Il rit d'un rire faux et enleva lui aussi ses vêtements. C'en était trop. Il s'élança, nu et blanc, avec un petit frisson, dans la lourde averse. Flossie sauta devant lui avec un petit aboiement frénétique. Constance, les cheveux tout mouillés et collant à sa tête, tourna son visage échauffé et le vit. Ses yeux bleus étincelèrent et elle s'élança en un curieux mouvement de charge, hors de la clairière et dans le petit sentier, fouettée par les buissons mouillés. Elle courait et il ne voyait rien qu'une tête ronde et mouillée, un dos mouillé, penché en avant dans sa fuite, et des fesses arrondies, brillantes de pluie : une admirable et peureuse nudité de femme en fuite.

Elle était presque arrivée à la large allée cavalière quand il l'atteignit et jeta son bras nu autour d'elle, autour de sa taille douce, nue et mouillée. Elle poussa un cri et se redressa et la masse de sa chair douce et fraîche tomba contre lui. Il la pressa tout entière contre lui, follement, cette masse de chair féminine, douce et froide, que le contact rendit bientôt chaude comme le feu. La pluie tombait sur eux, à torrents, si bien que leurs corps fumaient. Il prit les seins charmants et lourds de Constance, un dans chaque main, et les pressa contre lui, frénétiquement, immobile et frémissant dans la pluie. Puis soudain il la souleva et tomba avec elle sur le sentier dans le silence retentissant de la pluie, et prestement, promptement, il la prit là, comme un animal.

Il se releva tout de suite, essuyant la pluie qui lui coulait dans les yeux.

— Rentre, dit-il.

Et ils se mirent à courir vers la cabane. Il courait droit et vite : il n'aimait pas la pluie. Mais elle venait plus lentement, cueillant des myosotis, des pensées sauvages et des campanules, courant un moment, puis s'arrêtant pour le voir fuir loin d'elle.

Quand elle arriva à la cabane avec ses fleurs, toute haletante, elle vit le feu déjà allumé, dont les brindilles craquaient. Ses seins aigus s'élevaient et retombaient, ses cheveux étaient collés sur elle par la pluie, sa figure était toute rouge et son corps brillait et ruisselait. Les yeux larges ouverts, haletante, sa petite tête mouillée et ses hanches pleines, naïves et ruisselantes, elle semblait un autre être. Il prit le vieux drap de lit et l'en essuya du haut en bas; elle se tenait droite, comme un enfant. Puis il s'essuya lui-même, après avoir fermé la porte de la cabane. Le feu s'élevait en hautes flammes. Elle s'enveloppa la tête dans un coin de drap et s'essuya les cheveux.

— Nous nous essuyons ensemble dans la même serviette : présage de dispute, dit-il.

Elle tourna un instant vers lui sa tête ébouriffée.

— Non, dit-elle, les yeux grands ouverts, ce n'est pas une serviette, c'est un drap de lit.

Encore haletants de tant d'exercice, enveloppés chacun dans une couverture militaire, mais le devant du corps exposé au feu, ils étaient assis côte à côte sur une bûche devant la flamme pour se reposer. Constance détestait le contact de la couverture sur sa peau ; mais le drap était tout mouillé.

Elle laissa tomber la couverture et s'agenouilla sur l'âtre d'argile, avançant la tête vers le feu et secouant ses cheveux pour les sécher. Il contemplait la belle chute arrondie des hanches. C'était cela qui l'enchantait aujourd'hui. Comme elles descendaient en belle pente jusqu'à la lourde rondeur de ses fesses ! Et au milieu, cachées dans la secrète chaleur, les entrées secrètes !

Et ils continuèrent tous deux à se frotter activement la tête.

Il lui caressa de la main le bas du dos, suivant longuement, subtilement, les courbes et les rondeurs des globes.

— Quel joli cul tu as, lui dit-il dans son patois guttural et caressant. Tu as le plus beau cul qu'on puisse voir ; c'est le plus beau, le plus beau cul de femme qu'il y ait. Chaque parcelle crie la femme, rien que la femme ! Tu n'es pas une de ces filles à cul en bouton, qui devraient être des garçons ! Tu as un de ces vrais derrières doux et courbes, comme les hommes les aiment et qui les émeuvent. C'est un derrière qui pourrait porter le monde.

Et, tout en parlant, il caressait délicatement ces belles rondeurs jusqu'à ce qu'il lui semblât qu'un feu glissant venait d'elles jusqu'à lui. Et ses doigts touchaient les deux ouvertures secrètes, l'une après l'autre, d'un petit frôlement de feu.

— Et si tu chies, et si tu pisses, tant mieux. Je ne veux pas une femme qui ne puisse ni chier, ni pisser.

Constance ne put retenir un soudain éclat de rire étonné. Mais il continua, sans y prendre garde :

— Tu es vraie ; ah ! oui, tu es vraie et même un peu putain. Là tu chies, et là tu pisses : et je pose la main aux deux endroits et je t'aime de tout cela. Tu as un vrai cul de femme, fier de lui-même. Il n'a pas honte de lui-même.

Il posa la main fermement, étroitement, sur ces places secrètes, en une sorte d'intime salutation.

— J'aime ça, dit-il. J'aime ça. Et si je ne vivais que dix minutes et caressais ton cul et apprenais à le connaître, je jugerais que j'ai vécu toute une vie. Tu comprends ? Et tant pis pour le système industriel ! Ceci est un des grands moments de ma vie.

Elle se retourna, grimpa sur ses genoux, s'attacha à lui.

— Embrasse-moi, murmura-t-elle.

Et elle comprit que l'idée de leur séparation était au fond de leurs deux esprits ; et une tristesse, enfin, l'envahit.

Elle était assise sur les cuisses de son amant, la tête contre sa poitrine, ses jambes d'ivoire brillant, mollement entrouvertes ; et le feu jetait sur eux des clartés inégales. La tête baissée, il regardait à la lueur du feu les plis de ce corps de femme et cette toison de doux poils bruns qui pendait en pointe entre les cuisses ouvertes. Il tendit la main vers la table et prit le bouquet de fleurs qu'elle avait cueillies, si mouillées encore que des gouttes de pluie tombèrent sur elle.

— Les fleurs restent dehors par tous les temps, dit-il. Elles n'ont pas de maison.

— Pas même une cabane ! murmura-t-elle.

De ses doigts tranquilles, il tressa quelques myosotis dans la belle toison brune du mont de Vénus.

— Là ! dit-il. Voilà des myosotis à la place où ils doivent être.

Elle regarda les drôles de petites fleurs laiteuses parmi les poils bruns, à la pointe de son corps.

— Que c'est joli ! dit-elle.

— Joli comme la vie, répondit-il.

Et il ajouta à la tresse un bouton rose de pensée sauvage.

— Là ! Ceci me représente, à l'endroit où tu ne m'oublieras pas : Moïse parmi les roseaux [127] !

— Ça ne te fait rien, n'est-ce pas, que je parte ? dit-elle avec inquiétude, en le regardant dans les yeux.

Mais son visage était indéchiffrable sous les épais sourcils, vide, sans rien qu'on y pût lire.

— Fais ce que tu voudras.

Il avait repris son anglais correct.

— Mais je n'irai pas si tu ne le veux pas, dit-elle en se serrant à lui.

Il y eut un silence. Il se pencha et mit encore une bûche sur le feu. La flamme éclaira son visage silencieux, absorbé. Elle attendait. Mais il ne dit rien.

— Seulement, il me semblait que ce serait un premier pas vers une rupture avec Clifford. J'ai si envie d'un enfant. Et ce serait pour moi une occasion de, de..., continua-t-elle.

— De leur faire croire quelques mensonges, dit-il.

— Oui. Cela aussi, parmi d'autres choses. Veux-tu qu'ils sachent la vérité ?

— Je me moque de ce qu'ils peuvent croire.

— Pas moi. Je ne veux pas qu'ils me dissèquent avec leurs esprits glacés, du moins pas tant que je serai à Wragby. Ils pourront penser ce qu'ils voudront quand je serai définitivement partie...

Il ne répondit pas tout de suite.

— Mais Sir Clifford compte que vous reviendrez ?

— Oh ! il faut que je revienne, dit-elle.

Le silence retomba.

— Et l'enfant naîtrait-il à Wragby ? demanda-t-il.

Elle lui mit un bras autour du cou.

— Si vous ne vouliez pas m'emmener, il le faudrait bien, dit-elle.

— Vous emmener où ?

— N'importe où ! Mais loin, loin de Wragby.

— Quand ?

— Mais, quand je serai rentrée.

— Mais à quoi sert de rentrer une fois que vous serez partie ? Ce sera faire deux fois la même chose, dit-il.

— Oh ! il faut que je rentre. Je l'ai promis. Je l'ai promis si solennellement. D'ailleurs, c'est à vous que je reviendrais, au fond.

— Vous reviendriez au garde-chasse de votre mari ?

— Qu'est-ce que ça peut faire ?

— Ah !

Il réfléchit un instant :

— Et quand pensez-vous que vous partiriez alors, définitivement ? Fixez une date exacte.

— Je ne sais pas. Je reviendrais de Venise. Et alors nous préparerions tout.

— Comment, nous préparerions ?

— Oh ! je dirais tout à Clifford. Il le faudrait bien.

— Vraiment ?

Il se tut. Elle lui mit les bras autour du cou.

— Ne me rendez pas les choses difficiles, supplia-t-elle.

— Quelles choses ?

— Mon départ pour Venise, et tout ce qu'il faudra arranger ensuite.

Un petit sourire, à demi ricaneur, passa sur son visage.

— Je ne vous rends pas les choses difficiles, dit-il. Je tâche seulement de découvrir quelles sont vos intentions. Mais vous ne le savez pas bien vous-même. Vous voulez gagner du temps, vous éloigner et regarder la situation à distance. Je ne vous en blâme pas. Je crois que c'est une marque de sagesse. Vous pourriez préférer rester maîtresse de Wragby. Je ne vous en blâme pas. Je n'ai pas de Wragby à vous offrir. Vous savez ce que vous pouvez tirer de moi. Non, non. Je trouve que vous avez raison, parfaitement raison. Et je ne tiens pas du tout à aller vivre de votre argent, à être entretenu par vous. Il y a cela aussi à considérer.

Elle avait l'impression, sans bien savoir en quoi, qu'il lui rendait la monnaie de sa pièce.

— Mais vous voulez de moi, n'est-ce pas ? dit-elle.

— Et vous, voulez-vous de moi ?

— Vous le savez ; c'est trop évident.

— Bien. Et *quand* me voulez-vous ?

— Nous pourrons tout arranger quand je serai de retour. Maintenant je ne sais plus trop où j'en suis. Il faut que je me calme et que je me recueille.

— Très bien. Calmez-vous, recueillez-vous !

Elle était un peu offensée.

— Mais vous avez confiance en moi, n'est-ce pas ? dit-elle.

— Oh ! absolument.

Elle sentit une nuance de moquerie dans sa voix.

— Dites-moi donc, dit-elle d'un ton découragé, croyez-vous qu'il vaudrait mieux que je n'aille pas à Venise ?

— Je suis sûr qu'il vaut beaucoup mieux que vous y alliez, dit-il de sa voix calme, un peu moqueuse.

— Vous savez que je pars jeudi prochain ?

— Oui !

Elle réfléchit quelque temps, et dit enfin :

— Et nous saurons mieux à quoi nous en tenir sur nous-mêmes à mon retour, n'est-ce pas ?

— Oh ! sûrement.

Quel étrange abîme de silence entre eux.

— J'ai été chez le notaire à propos de mon divorce, dit-il avec une certaine contrainte.

Elle frissonna légèrement.

— Ah ! dit-elle. Et qu'a-t-il dit ?

— Il a dit que j'aurais dû m'en occuper plus tôt. Cela peut créer des difficultés. Mais puisque j'ai été à l'armée, il pense que tout marchera. Pourvu qu'*elle* ne me retombe pas sur les bras !

— Faut-il qu'elle en sache rien ?

— Oui ! Elle recevra une assignation. Et l'homme qui vit avec elle aussi.

— Quelle horreur, toutes ces formalités ! Je pense qu'il me faudra en passer par là aussi avec Clifford !

Ils se turent un moment.

— Et, naturellement, dit-il, il faut que je mène une vie exemplaire pendant les six ou huit mois qui vont suivre. En sorte que, si vous allez à Venise, la tentation me sera épargnée pendant deux ou trois semaines au moins.

— Je suis donc une tentation ! dit-elle en caressant son visage. Je suis si heureuse d'être une tentation pour vous ! N'y pensons plus ! Vous me faites peur quand vous commencez à penser ; vous m'aplatissez. N'y pensons pas. Nous aurons tout le temps d'y penser quand nous serons loin l'un de l'autre. Tout est là ! J'y ai bien réfléchi : il faut absolument que je passe encore une nuit avec vous avant mon départ. Il faut que j'aille une fois encore au cottage. Puis-je venir jeudi soir ?

— Mais n'est-ce pas le soir où votre sœur sera là ?

— Oui. Mais elle a dit que nous partirions à l'heure du thé. Nous pourrions, en effet, partir à l'heure du thé. Mais elle coucherait quelque part, je ne sais pas où, et moi je coucherais avec vous.

— Mais alors, il faudrait qu'elle sache ?

— Oh ! je compte tout lui dire. Je le lui ai d'ailleurs déjà plus ou moins dit. Elle me sera très utile ; elle est si raisonnable.

— Alors, vous partiriez de Wragby à l'heure du thé, comme si vous alliez à Londres ? Par où comptez-vous passer ?

— Par Nottingham et Grantham.

— Et votre sœur vous déposerait quelque part, et vous reviendriez ici à pied ou en auto ? Ça me paraît bien risqué.

— Croyez-vous ? Eh bien, Hilda pourrait me ramener. Elle pourrait passer la nuit à Mansfield ; elle me ramènerait ici le soir et viendrait me chercher le lendemain matin.

— Et les gens qui vous verront ?

— Je porterai des lunettes et un voile.

Il réfléchit quelque temps.

— Eh bien, dit-il, faites ce qu'il vous plaira, comme d'habitude.

— Mais est-ce que cela ne vous plaira pas à vous ?

— Oh ! oui. Certainement cela me plaira, dit-il, un peu renfrogné. Autant battre le fer pendant qu'il est chaud.

— Savez-vous à quoi j'ai pensé ? dit-elle. Tu es le chevalier du Brûlant Pilon [128] !

— Oui ? Et toi, es-tu la dame du Mortier Rouge ?

— Oui ! dit-elle. Oui ! Tu es Sir Pilon et je suis Lady Mortier.

— Très bien. Me voilà donc sacré chevalier. John Thomas est le Sir John de ta Lady Jane.

— Oui ! John Thomas est sacré chevalier ! Je suis la dame de la Toison brune. Et il faut que tu aies des fleurs, toi aussi. Oui !

Elle tressa deux pensées roses dans le buisson de poils dorés au-dessus de son pénis.

— Là, dit-elle. Charmant ! Charmant ! Sir John !

Et elle enfonça un brin de myosotis dans les poils noirs de sa poitrine.

— Et tu ne m'oublieras pas là, n'est-ce pas ?

Elle l'embrassa sur la poitrine et fit tenir les deux myosotis sur sa poitrine, un au-dessus de chaque téton ; et elle l'embrassa encore.

— Fais de moi un calendrier, dit-il.

Il rit, et les fleurs tombèrent de sa poitrine.

— Attends un peu ! dit-il.

Il se leva et ouvrit la porte de la cabane. Flossie, qui était couchée sous le porche, se leva et le regarda.

— Oui, c'est moi, dit-il.

La pluie avait cessé. Il régnait une paix lourde et parfumée. Le soir tombait.

Il sortit et descendit le petit sentier. Constance regardait s'éloigner sa forme blanche et mince ; c'était comme un fantôme, comme une apparition qui s'éloignait d'elle.

Quand il eut disparu, elle frissonna. Elle restait debout à la porte de la cabane, enveloppée d'une couverture, devant le silence immobile et trempé.

Mais déjà il revenait en courant d'un pas étrange, les mains pleines de fleurs. Il lui faisait un peu peur, comme s'il n'était pas tout à fait humain. Et, quand il fut tout près, il la regarda dans les yeux, sans qu'elle pût comprendre ce que son regard voulait dire.

Il avait apporté des ancolies, des pensées sauvages, du foin coupé, des touffes de chêne et de chèvrefeuille en boutons. Il attacha de jeunes tiges de chêne duveteuses autour de ses seins, en y mêlant des touffes de campanules et de pensées ; et il posa une fleur rose de pensée sur son nombril ; et dans ses poils elle avait des myosotis et des reines des bois.

— Vous voilà dans toute votre gloire ! dit-il. Lady Jane le jour de son mariage avec John Thomas.

Et il planta des fleurs aussi dans les poils de son corps, s'entoura le pénis d'une branche d'herbe aux écus et se mit une seule cloche de jacinthe dans le nombril. Elle le regardait faire, amusée par son étrange ardeur. Et elle lui enfonça une fleur de pensée dans la moustache, où elle resta prise, lui pendant sous le nez.

— Voici les noces de John Thomas et de Lady Jane, dit-il. Et il nous faut prendre congé de Constance et d'Oliver. Peut-être...

Il étendit la main pour faire un geste, mais il éternua et l'éternuement fit tomber les fleurs de son nez et de son nombril. Il éternua encore.

— Peut-être quoi ? dit-elle, attendant la suite de la phrase commencée.

Il la regarda, un peu pris de court.

— Rien, dit-il.

— Peut-être quoi ? Continue ce que tu allais dire, insista-t-elle.

— Mais, qu'est-ce que j'allais dire ?

Il avait oublié. Et ce fut pour elle une déception profonde qu'il n'eût jamais terminé ce qu'il avait commencé à dire.

Un rayon de soleil jaune brilla au-dessus des arbres.

— Du soleil ! dit-il. Et il est temps que tu partes. Qu'est-ce qui vole sans ailes, madame ? Le temps, le temps !

Il prit sa chemise.

— Dis bonsoir à John Thomas, dit-il, en jetant un regard à son pénis. Il est en sûreté dans les bras de l'herbe aux écus ! Très peu Pilon Brûlant en ce moment !

Et il éleva au-dessus de sa tête la chemise de flanelle.

— Le moment le plus dangereux pour un homme, dit-il, quand sa tête eut émergé, est celui où il entre dans sa chemise. Alors, il se met la tête dans un sac. C'est pourquoi je préfère ces chemises américaines qu'on met comme une veste.

Elle continuait à le regarder. Il enfila son caleçon court et le boutonna autour de sa taille.

— Regarde, Jane! dit-il. Toutes ces fleurs! Qui mettra des fleurs sur toi l'an prochain, Jeannette ? Moi ou un autre? « Adieu, ma campanule, porte-toi bien[129] ! » J'ai horreur de cette chanson; elle me rappelle les premiers temps de la guerre.

Il s'assit et commença à mettre ses chaussettes. Elle restait là sans bouger. Il posa la main sur la chute de ses fesses.

— Jolie petite Lady Jane, dit-il. Peut-être, à Venise, trouverez-vous un homme qui mettra un jasmin dans votre toison, et une petite fleur de grenade dans votre nombril. Pauvre petite Lady Jane !

— Ne dis pas ces choses, dit-elle. Tu ne les dis que pour me blesser.

Il courba la tête; puis il ajouta en patois :

— Peut-être, peut-être. Eh bien, donc, je ne dirai rien, et me tairai. Mais il faut t'habiller et retourner à ta noble demeure. L'heure de Sir John et de la petite Lady Jane est passée. Mets ta chemise, Lady Chatterley. Tu pourrais être n'importe qui, debout ainsi, sans chemise et couverte seulement de quelques fleurs pendantes. Je vais te dévêtir, jeune grive sans queue.

Et il enleva les feuilles qu'elle avait dans les cheveux, en baisant ses cheveux humides et les fleurs qu'elle avait aux seins, en baisant ses seins et son nombril, et sa toison, où il laissa les fleurs qu'il y avait tressées.

— Il faut qu'elles y restent tant qu'elles voudront, dit-il. Voilà ! Te voilà nue de nouveau, rien qu'une fille nue ! Et maintenant mets ta chemise, car il faut que tu partes, sinon Lady Chatterley va être en retard pour dîner ! « Et où as-tu été, ma belle enfant [130] ? »

Elle ne savait jamais comment lui répondre quand il bavardait ainsi en patois populaire. Elle s'habilla et se prépara à rentrer, un peu ignominieusement, à Wragby. C'est du moins ce qu'elle ressentait : elle rentrait un peu ignominieusement à la maison.

Il voulut l'accompagner jusqu'à l'allée cavalière. Les jeunes faisans n'avaient rien à craindre sous leur abri.

Quand ils débouchèrent tous deux dans l'allée, ils tombèrent sur Mrs. Bolton, pâle et hors d'haleine.

— Oh ! Madame. Nous nous demandions s'il était arrivé quelque chose !

— Non ! il n'est rien arrivé du tout.

Mrs. Bolton regarda le garde. Il avait un visage lisse et rafraîchi par l'amour. Elle rencontra son regard riant et moqueur. Il riait toujours devant les difficultés de la vie. Mais il la regardait avec gentillesse.

— Bonsoir, Mrs. Bolton. Madame ne risque plus rien maintenant, en sorte que je puis la laisser. Je dis bonsoir à madame ! Bonsoir, Mrs. Bolton !

Il fit le salut militaire et partit.

# XVI

En rentrant, Constance eut à subir tout un interrogatoire. Clifford, qui était dehors à l'heure du thé, n'était rentré que juste avant l'orage. Où était madame ? Personne n'en savait rien. Seule Mrs. Bolton supposait qu'elle était allée se promener dans le bois. Dans le bois par un temps pareil !

Clifford, cette fois, se laissa aller à une sorte de crise de nerfs. Il tressaillait à chaque éclair, pâlissait à chaque coup de tonnerre. Il regardait l'averse orageuse et glacée comme si c'était la fin du monde. Et il s'énervait de plus en plus.

Mrs. Bolton essayait de le calmer.

— Elle s'est sans doute abritée dans la cabane. Ne vous agitez pas. Il n'est rien arrivé du tout à madame.

— Je n'aime pas qu'elle soit dans le bois par un tel orage ! D'ailleurs, je n'aime pas qu'elle soit toujours dans le bois. Elle est dehors maintenant depuis plus de deux heures. Quand est-elle sortie ?

— Un peu avant que vous ne rentriez.

— Je ne l'ai pas vue dans le parc. Dieu sait où elle est et ce qui lui est arrivé !

— Oh ! il ne lui est rien arrivé du tout. Vous verrez. Elle rentrera dès que la pluie aura cessé. C'est seulement la pluie qui la retient.

Mais madame ne rentra pas dès que la pluie eut

cessé. Le temps passa, le soleil se montra, en un dernier rayon jaune ; et elle ne paraissait toujours pas. Le soleil se coucha, il commençait à faire sombre et le premier gong avait sonné pour le dîner.

— Tant pis, dit Clifford, frénétique, je vais envoyer Field et Betts pour la chercher !

— Oh ! ne faites pas cela ! cria Mrs. Bolton. On va croire à un suicide, à Dieu sait quoi ! Oh ! ne mettez pas les racontars en train ! Laissez-moi aller jusqu'à la cabane et voir si elle n'y est pas. Je la trouverai certainement.

Clifford se laissa persuader et Mrs. Bolton se mit en route.

Et ainsi Constance tomba sur elle dans l'avenue où elle attendait, pâle, n'osant avancer[131].

— Il ne faut pas m'en vouloir d'être venue vous chercher, madame ! Sir Clifford s'était mis dans un tel état ! Il était persuadé que vous aviez été frappée par la foudre ou tuée par la chute d'un arbre. Et il était décidé à envoyer Field et Betts dans le bois pour chercher le corps. Alors j'ai pensé que je ferais mieux de venir, plutôt que de laisser mettre toute l'office en rumeur.

Elle parlait nerveusement. Elle voyait encore sur le visage de Constance la douceur et le demi-rêve de la passion. Et elle la sentait irritée contre elle.

— Très bien, dit Constance ; et elle ne trouva pas autre chose à ajouter.

Les deux femmes avançaient péniblement dans le monde mouillé. Elles ne parlaient pas. De grandes gouttes tombaient avec un bruit d'explosion. Quand elles arrivèrent au parc, Constance prit les devants. Mrs. Bolton était un peu hors d'haleine : elle engraissait.

— Quelle bêtise de faire tant d'histoires ! dit enfin Constance.

En réalité elle se parlait à elle-même.

— Oh ! vous savez comment sont les hommes ! Ils aiment à se mettre dans tous leurs états. Mais il se calmera tout à fait dès qu'il verra madame.

Constance était très irritée que Mrs. Bolton sût son secret : car elle le savait certainement.

Soudain, Constance s'arrêta dans le sentier.

— C'est monstrueux qu'on se permette de me suivre ! dit-elle, ses yeux jetant des éclairs.

— Oh ! Madame, ne dites pas cela ! Il aurait certainement envoyé les deux hommes et ils seraient allés tout droit à la cabane. Moi, je ne savais pas bien où elle était.

À cette idée, Constance devint pourpre de rage. Pourtant, elle ne pouvait pas mentir. Elle ne pouvait même pas faire semblant qu'il n'y eût rien entre elle et le garde. Elle regardait l'autre femme qui se tenait là, l'air rusé, la tête basse et qui pourtant, femme elle aussi, était une alliée.

— Eh bien, dit-elle. Puisque c'est ainsi, il n'y a rien à faire. Tant pis !

— Mais vous n'avez rien à craindre, madame. Vous vous êtes seulement abritée dans la cabane. Il n'y a rien à dire du tout.

Elles arrivèrent au château. Constance pénétra dans le bureau de Clifford, furieuse contre lui, furieuse contre sa figure pâle et altérée, contre ses yeux proéminents. Elle éclata :

— Je dois dire que je ne vois pas de quel droit vous vous permettez de me faire suivre par des domestiques !

Il éclata à son tour :

— Grand Dieu ! Et où donc avez-vous été ? Vous avez été absente, pendant des heures et des heures, dans ce sacré bois ! Que signifie cette expédition ! Et il y a des heures, des heures que la pluie a cessé ! Savez-vous l'heure qu'il est ? Il y a de quoi devenir enragé. « D'où venez-vous ? Qu'avez-vous fait ? »

— Et s'il ne me convient pas de vous le dire ?

Elle arracha son chapeau et secoua ses cheveux.

Il la regardait, les yeux hors de la tête, le blanc tournant au jaune. Ces rages lui faisaient le plus grand mal : Mrs. Bolton en supportait les conséquences pendant des jours. Constance eut un soudain remords.

— Mais vraiment, dit-elle, radoucie, on dirait que j'ai été Dieu sait où ! Je suis simplement restée assise dans la cabane tout le long de l'orage ; j'ai fait un petit feu et passé des heures charmantes.

Elle parlait maintenant avec aisance. Après tout, pourquoi l'enrager davantage ? Il la regardait d'un air soupçonneux.

— Et vos cheveux ! dit-il, et l'état où vous êtes !

— Oui, dit-elle avec calme. J'ai couru sans vêtements dans la pluie.

Il la regarda, stupéfait.

— Êtes-vous devenue folle ? dit-il.

— Pourquoi ? Qu'y a-t-il de fou à aimer une douche de pluie ?

— Et comment vous êtes-vous séchée ?

— Avec une vieille serviette près du feu.

Il la regardait toujours fixement, d'un air stupéfait.

— Et si quelqu'un était venu ?

— Qui aurait pu venir ?

— Qui ? Mais n'importe qui ! Et Mellors ! Ne vient-il pas ? Il doit venir le soir.

— Oui, il est venu plus tard, après l'averse, pour nourrir les faisans.

Elle parlait avec une désinvolture merveilleuse. Mrs. Bolton, qui écoutait de la chambre voisine, en concevait la plus grande admiration. Dire qu'une femme pouvait s'en tirer avec un tel naturel !

— Et s'il était arrivé pendant que vous couriez dans la pluie, toute nue, comme une folle ?

— Je présume qu'il serait mort de peur et aurait fui au plus vite.

Clifford la regardait toujours, subjugué. Ce qu'il pensait, au fond, il ne le saurait jamais. Et il était trop abasourdi pour que son esprit pût former aucune idée claire. Il acceptait simplement ce qu'elle disait, sans réfléchir davantage. Et il l'admirait. Il ne pouvait s'empêcher de l'admirer. Elle avait l'air si échauffée et belle et lisse ; toute lissée par l'amour.

— En tout cas, dit-il, en se calmant, vous aurez de la chance si vous vous en tirez avec un gros rhume.

— Oh ! je n'ai pas pris de rhume ! répondit-elle.

Elle pensait aux paroles de l'autre : « Tu as le plus beau cul de femme ! » Elle aurait voulu, elle aurait tant voulu pouvoir répéter à Clifford qu'on lui avait dit cela pendant le fameux orage. Elle prit un peu une attitude de reine offensée et monta chez elle pour se changer.

Ce soir-là, Clifford fit des efforts pour être aimable. Il était en train de lire un des derniers livres scientifico-religieux[132] : il y avait en lui une veine de religion sans sincérité ; il s'intéressait égoïstement à la vie future de son propre moi. Ses lectures étaient comme ses conversations littéraires avec Constance, depuis qu'entre eux la conversation devait être créée de toutes pièces, presque chimiquement. Ils étaient presque obligés de la cuisiner chimiquement dans leur tête.

— Que pensez-vous de cela ? dit-il en ouvrant son livre. Vous auriez moins besoin de rafraîchir l'ardeur de votre corps en courant dans la pluie si nous avions derrière nous quelques éons de plus d'évolution. Ah ! voici : « L'Univers nous montre deux aspects : d'un côté, il s'use physiquement, de l'autre il monte spirituellement. »

Constance attendait la suite. Mais Clifford ne lisait pas plus avant. Elle le regarda, surprise.

— Et s'il monte spirituellement, dit-elle, que laisse-t-il en dessous, là où était autrefois sa queue ?

— Ah ! dit-il, tâchez de comprendre ce que l'auteur veut dire. « Monter » est pour lui le contraire de « s'user », j'imagine.

— Physiquement éteint, pour ainsi dire.

— Non, mais sérieusement, que pensez-vous de cela ?

Elle le regarda de nouveau :

— S'user physiquement ? dit-elle. Je vous vois devenir plus gras ; et moi je ne m'use guère. Croyez-vous que le soleil soit plus petit que jadis ? Pas pour moi. Et j'imagine que la pomme qu'Ève offrit à Adam n'était réellement pas plus grande qu'une de nos reinettes. Qu'en pensez-vous ?

— Eh bien, écoutez la suite : « L'univers passe ainsi lentement, avec une lenteur insaisissable à nos mesures du temps, vers de nouvelles conditions créatrices parmi lesquelles le monde physique, tel que nous le connaissons aujourd'hui, sera représenté par une onde légère qu'il sera à peine possible de distinguer du néant. »

Elle écoutait avec un éclair de gaieté. Toutes sortes d'inconvenances lui venaient à l'esprit. Mais elle dit simplement :

— Quelle stupide charabia ! Comme si sa pauvre petite conscience pouvait concevoir ce qui se passe avec une telle lenteur ! Tout cela signifie seulement qu'il est lui-même un ratage physique ; et alors il veut faire de tout l'univers un ratage physique ! Quelle impertinente pédanterie !

— Oh ! mais écoutez ; n'interrompez pas les paroles

solennelles du grand homme : « L'ordre présent du monde a pris naissance dans un passé inimaginable et prendra fin dans un inimaginable futur. Il nous reste le royaume inépuisable des formes abstraites, et la force créatrice avec ses sautes toujours déterminées de nouveau par ses propres créations, et Dieu, de la sagesse de qui dépendent tous les divers ordres. » Voilà la conclusion !

Constance écoutait, pleine de mépris.

— Il est spirituellement éteint, dit-elle. Quelle absurdité ! Ces choses inimaginables, ces ordres divers dans des tombes, ces royaumes de formes abstraites, ces forces créatrices qui ont des sautes, et Dieu mêlé à des ordres divers ! Mais c'est idiot !

— Je reconnais que c'est un agglomérat un peu vague, une sorte de mélange de gaz, dit Clifford. Pourtant, je crois que tout n'est pas faux dans cette idée que l'univers est en train de s'user physiquement et de monter spirituellement.

— Vraiment ? Eh bien, je le laisse monter, pourvu qu'il me laisse physiquement saine et solide ici-bas.

— Aimez-vous votre être physique ? demanda-t-il.

— Je l'adore.

Et elle se rappelait les paroles du garde : « C'est le plus joli cul de femme, le plus joli qu'il y ait. »

— Mais vous m'étonnez un peu. Parce que, vraiment, l'être physique est plutôt un embarras. Mais je pense que les femmes ne prennent pas un suprême plaisir à la vie de l'esprit.

— Suprême plaisir ? dit-elle en levant les yeux vers lui. Est-ce que ce genre d'idiotie est le suprême plaisir de la vie de l'esprit ? Merci bien ! Donnez-moi plutôt le corps. Je crois que la vie du corps est une plus grande réalité que la vie de l'esprit : à condition que le corps soit réellement éveillé à la vie. Mais tant de gens, comme votre fameuse machine à vent, n'ont qu'un esprit accroché à un cadavre.

Il la regardait avec stupeur.

— La vie du corps, dit-il, n'est que la vie des animaux.

— Et cela même vaudrait mieux que la vie des cadavres doctoraux. Mais ce n'est pas vrai ! Le corps humain commence seulement à s'éveiller à la vraie vie. Chez les Grecs ce ne fut qu'une charmante étincelle vite obscurcie par Platon et par Aristote, et définitivement éteinte par Jésus. Mais, maintenant, le corps revient vraiment à la vie, il ressuscite vraiment des morts. Et quelle belle vie ce sera dans le bel univers, cette vie du corps humain.

— Ma bonne amie, vous parlez comme si c'était vous qui deviez l'introduire sur la terre ! Il est vrai que vous partez en vacances ; mais je vous en prie, gardez un peu de décence. Croyez-moi, s'il y a un Dieu, quel qu'il soit, il élimine lentement du corps les boyaux et le tube digestif pour produire un être plus élevé et plus spirituel.

— Pourquoi voulez-vous que je vous croie, Clifford, quand je sens que, s'il y a un Dieu, il s'est éveillé enfin dans mes boyaux et y circule avec toute la joyeuse ardeur d'une aurore ? Pourquoi croire ce que vous dites, puisque c'est justement le contraire que je crois ?

— Ah ! vraiment ? Mais qu'est-ce qui a bien pu amener en vous un si extraordinaire changement ? Est-ce d'avoir couru toute nue dans la pluie, et joué à la bacchante ? ou le désir de sensations nouvelles ? ou la perspective d'aller à Venise ?

— C'est tout cela ! Trouvez-vous que ce soit très mal de ma part d'être si excitée à l'idée du départ ?

— Pas très gentil de le montrer si franchement.

— Alors je le cacherai.

— Oh ! ce n'est pas la peine ! Vous me communiquez presque votre excitation. Il me semble presque que c'est moi qui pars.

— Eh bien, pourquoi ne venez-vous pas avec moi ?

— Nous avons déjà parlé de tout cela. Et, d'ailleurs, j'imagine que votre excitation vient surtout de ce que vous pouvez dire adieu, pour quelque temps, à tout ceci. Rien de plus excitant, pour l'instant, que cet adieu. Mais tout départ mène à une rencontre ; et toute rencontre est un nouveau lien.

— Je ne veux aucun nouveau lien.

— Ne vous vantez pas, pendant que les dieux écoutent [133], dit-il.

Elle s'arrêta court.

— Non, je ne veux pas me vanter, dit-elle.

Mais elle n'en était pas moins excitée par le départ, par la rupture des liens. Elle ne pouvait s'en empêcher.

Clifford, qui ne pouvait dormir, joua toute la nuit avec Mrs. Bolton, jusqu'à la faire presque mourir de sommeil.

Et le jour vint qui devait amener Hilda. Constance avait décidé avec Mellors que, si tout s'annonçait bien pour leur nuit d'amour, elle suspendrait un châle vert à sa fenêtre. Si les choses allaient mal, un châle rouge.

Mrs. Bolton aida Constance à faire ses emballages.

— Ce sera si bon pour madame de changer d'air.

— Oui, je le crois. Ça vous sera égal d'avoir à vous occuper toute seule de Sir Clifford pendant quelque temps ?

— Oh ! oui. Je me tire très bien d'affaire avec lui. Je veux dire que je puis faire tout ce dont il a besoin. Ne trouvez-vous pas qu'il va mieux qu'autrefois ?

— Beaucoup mieux. Vous opérez des miracles.

— Hélas ! non. Mais tous les hommes sont les mêmes : de simples bébés. Et il faut les flatter et les cajoler et leur laisser croire qu'ils n'en font qu'à leur tête. Ne trouvez-vous pas, madame ?

— Je crains de ne pas avoir beaucoup d'expérience.

Constance s'arrêta un instant d'emballer.

— Et votre mari ? Vous fallait-il aussi le flatter et le cajoler comme un bébé ? dit-elle en regardant l'autre femme.

Mrs. Bolton s'arrêta aussi.

— Eh bien, dit-elle, oui, il me fallait pas mal le cajoler lui aussi. Mais il voyait toujours à quoi j'en voulais venir, je l'avoue. Mais il me cédait généralement.

— Il ne prenait jamais l'attitude maître et seigneur ?

— Non. Mais enfin il y avait parfois dans ses yeux un certain air ; et alors je savais qu'il fallait céder. Mais, généralement, c'est lui qui cédait. Non ; il n'était jamais maître et seigneur. Ni moi non plus. Je savais jusqu'où je pouvais aller avec lui ; et alors je cédais, quoiqu'il m'en coûtât pas mal parfois.

— Et que serait-il arrivé si vous lui aviez tenu tête ?

— Oh ! je n'en sais rien. Je ne l'ai jamais fait. Même quand il avait tort, je le sentais buté, je cédais. Vous comprenez, je n'aurais jamais voulu briser ce qu'il y avait entre nous. Et si on s'obstine à contrarier un homme, tout se brise. Si on aime un homme, il faut lui céder, quand il est décidé ; qu'on ait tort ou raison, il faut céder, sinon on brise quelque chose. Mais je dois reconnaître que Ted me cédait quelquefois, quand il me voyait résolue, même si j'étais dans mon tort. Alors je suppose que c'est la même chose des deux côtés.

— Et c'est ainsi que vous êtes avec tous vos malades ? demanda Constance.

— Oh ! ça, c'est autre chose. Je ne tiens pas à eux de la même manière. Je sais ce qui est bon pour eux, ou je tâche de le savoir ; et je cherche à le leur faire faire. Ce n'est pas comme quelqu'un qu'on aime vraiment. C'est tout à fait différent. Quand on a aimé une fois un homme, on peut témoigner de l'affection à presque n'importe quel homme, pour peu qu'il ait besoin de vous. Mais ce n'est pas la même chose. On ne l'aime pas vraiment. Si on a vraiment aimé une fois, je me demande si on peut vraiment aimer de nouveau.

Ces paroles firent peur à Constance.

— Croyez-vous qu'on ne puisse aimer qu'une fois ? demanda-t-elle.

— Ou jamais. La plupart des femmes n'aiment jamais, ne commencent jamais à aimer. Elles ne savent pas ce que cela veut dire. Ni les hommes non plus. Moi, quand je vois une femme qui aime, j'ai le cœur serré de compassion pour elle.

— Et croyez-vous que les hommes s'offensent facilement ?

— Oui, si on les blesse dans leur orgueil. Mais les femmes ne sont-elles pas de même ? Seulement ce sont des orgueils un peu différents.

Constance pesa ces paroles. Elle se demandait de nouveau si elle avait raison de partir. Après tout, ne lâchait-elle pas son homme avec une certaine désinvolture, quand même ce n'était que pour peu de temps ? Il le savait. C'était la cause de ses drôles d'airs sarcastiques.

Et, pourtant, la vie humaine est bien souvent déterminée par le jeu des circonstances extérieures. Constance était en proie à ce jeu. Elle n'avait pas la possibilité d'y échapper en cinq minutes. Elle n'en avait même pas le désir.

Hilda arriva à l'heure dite le jeudi matin, dans une agile petite machine à deux places, avec sa valise solidement fixée derrière par des courroies. Elle avait, comme toujours, un air réservé et virginal ; mais elle avait aussi, comme toujours, une invincible ténacité. Elle avait une ténacité du diable. Son mari s'en était aperçu ; et il avait demandé le divorce. Et elle lui facilitait les choses, bien qu'elle n'eût pas d'amant. Pour l'instant, les hommes ne lui disaient plus rien. Il lui suffisait d'être sa propre maîtresse et la maîtresse de ses deux enfants qu'elle avait l'intention d'élever « convenablement », quel que soit le sens de ce terme.

Constance, elle aussi, n'eut le droit de prendre qu'une seule valise. Mais elle avait envoyé une malle à son père qui voyageait en chemin de fer. Pourquoi prendre une auto à Venise ? D'ailleurs, il faisait beaucoup trop chaud en Italie pour circuler en voiture. Il irait confortablement en chemin de fer. Il venait d'arriver d'Écosse à Londres.

Ainsi, comme un maréchal virginal et arcadien, Hilda organisait la partie matérielle du voyage. Elle et Constance bavardaient ensemble dans le petit salon d'en haut.

— Mais, Hilda, fit Constance, un peu effrayée de ce qu'elle allait dire, je veux passer la nuit près d'ici ; non pas ici : près d'ici.

Hilda fixa sur sa sœur des yeux gris, indéchiffrables. Elle semblait si calme ; et elle était capable de telles colères.

— Où donc, près d'ici ? demanda-t-elle avec douceur.

— Tu sais, n'est-ce pas, que j'aime quelqu'un ?

— Oui, j'ai bien compris qu'il se passait quelque chose.

— Eh bien, il demeure près d'ici. Et je veux passer cette dernière nuit avec lui. Il le faut ! J'ai promis.

Elle insistait.

Hilda pencha en silence sa tête de Minerve[134]. Puis, levant les yeux :

— Ne veux-tu pas me dire qui c'est ! dit-elle.

— C'est notre garde-chasse, balbutia Constance ; et elle rougit violemment comme un enfant pris en faute.

— Constance ! dit Hilda en relevant un peu le nez d'un air de dégoût.

Elle tenait ce geste de sa mère.

— Je sais. Mais il est charmant, je t'assure. Il comprend vraiment la tendresse, dit Constance, essayant d'excuser son amant.

Hilda, comme une Athéna[135] au teint riche et frais, pencha la tête et réfléchit. En vérité, elle était dans une violente colère. Mais elle n'osait pas le montrer ; parce que Constance, qui tenait de son père, aurait vivement protesté.

Certes, Hilda n'aimait pas Clifford, et sa ridicule et froide certitude d'être quelqu'un ! Elle trouvait qu'il profitait de Constance honteusement et impudemment. Elle avait espéré que sa sœur le quitterait. Mais, appartenant à la bonne et solide bourgeoisie écossaise, elle avait horreur qu'on s'abaissât, ou qu'on abaissât sa famille.

— Tu t'en repentiras, dit-elle.

— Non, je ne m'en repentirai pas ! s'écria Constance en rougissant. Il n'est pas du tout comme les gens de sa classe. Je l'aime vraiment. C'est un merveilleux amant.

Hilda réfléchissait toujours.

— Tu t'en lasseras tout de suite ; et ensuite tu auras honte de toi-même à cause de lui.

— Non, non, j'espère que je vais avoir un enfant de lui.

— Voyons, Constance ! s'écria Hilda, dure comme un coup de marteau et pâle de colère.

— Je ferai tout mon possible pour en avoir un. Je serais follement fière si j'avais un enfant de lui.

Hilda comprit l'inutilité de toute discussion.

— Est-ce que Clifford ne soupçonne rien? demanda-t-elle.

— Oh! non. Pourquoi soupçonnerait-il quelque chose?

— Je suis bien sûre que tu ne lui as pas épargné les occasions de soupçon.

— Mais pas du tout.

— Et l'équipée de cette nuit me semble de la folie pure. Où vit cet homme?

— Dans le cottage, à l'autre bout du bois.

— Célibataire?

— Non, sa femme l'a quitté.

— Quel âge?

— Je ne sais pas. Plus âgé que moi.

Hilda, à chaque réponse de Constance, devenait plus furieuse, furieuse comme le devenait sa mère, jusqu'au paroxysme. Mais elle le cachait encore.

— Je renoncerais à l'escapade de ce soir si j'étais toi, conseilla-t-elle avec calme.

— Impossible. Il faut que je sois avec lui cette nuit sinon je ne pourrai pas aller à Venise du tout.

Hilda reconnut la voix de son père. Et elle céda, mais seulement par diplomatie.

Elle consentit à aller avec Constance dîner à Mansfield, à ramener Constance au bout du sentier du cottage à la nuit tombante, et à l'y rechercher le lendemain matin. Elle-même coucherait à Mansfield qui n'était qu'à une demi-heure en auto, à bonne allure. Mais elle était furieuse de ce changement de projet, et elle en gardait rancune à Constance.

Constance jeta un châle vert émeraude sur sa fenêtre.

Dans sa colère contre sa sœur, Hilda inclinait à l'indulgence envers Clifford. Après tout, c'était une intelligence. Et si, physiquement, il était incapable d'amour, tant mieux; raison de moins pour se quereller ! Hilda rejetait résolument l'amour physique qui change les hommes en petits monstres d'égoïsme. Constance avait une vie plus facile que la plupart des femmes. Elle ne connaissait pas son bonheur.

Et Clifford décida que Hilda, après tout, était indiscutablement une femme intelligente, qu'elle serait une aide et une compagne de premier ordre pour un homme, qui voudrait, par exemple, faire de la politique. Non, elle n'était pas capable d'enfantillage comme Constance, sur laquelle on ne pouvait pas absolument compter.

On prit le thé, de bonne heure, dans le hall dont les portes étaient ouvertes pour laisser entrer le soleil. Tout le monde semblait un peu haletant.

— Adieu, Constance, petite fille ! Revenez-nous saine et sauve.

— Adieu, Clifford. Oui, je reviendrai bientôt, dit Constance presque avec tendresse.

— Adieu, Hilda. Ayez l'œil sur elle.

— J'aurai même les deux yeux sur elle. Elle ne pourra s'égarer beaucoup.

— C'est promis ?

— Adieu, Mrs. Bolton ! Je sais que vous veillerez noblement sur Sir Clifford.

— Je ferai mon possible, madame.

— Écrivez-moi, pour me donner des nouvelles de Sir Clifford.

— Très bien, madame, je n'y manquerai pas. Et amusez-vous bien et revenez bientôt nous distraire.

On agita des mouchoirs. L'auto démarra. Constance se retourna et vit Clifford assis dans son fauteuil roulant au haut des marches. Après tout, il était son mari ; Wragby était sa maison ; les circonstances en avaient ainsi décidé.

Mrs. Chambers tint la grille ouverte et souhaita à madame un bon voyage.

L'auto glissa hors du sombre taillis qui masquait le parc et gagna la grand-route où les mineurs rentraient chez eux en traînant. Hilda prit la route de Crosshill, qui n'était pas une grand-route, mais qui menait à Mansfield. Constance mit des lunettes. Elles filaient le long de la voie ferrée qui était dans une tranchée au-dessous d'elles. Puis elles traversèrent la tranchée sur un pont.

— Voici le petit chemin qui mène au cottage, dit Constance.

Hilda regarda le chemin avec irritation.

— Quel dommage que nous ne puissions pas aller tout droit, dit-elle. Nous aurions pu être dans Pall Mall[136] vers neuf heures.

— Je le regrette pour toi, dit Constance à l'abri de ses lunettes.

Elles arrivèrent bientôt à Mansfield, cette ville de mineurs, jadis pittoresque, maintenant désespérément triste. Hilda s'arrêta à l'hôtel recommandé par le guide, et prit une chambre. Toute cette aventure lui paraissait sans le moindre intérêt, et elle était presque trop irritée pour parler. Mais Constance ne pouvait s'empêcher de lui raconter un peu l'histoire de son amant.

— *Lui, lui !* Comment l'appelles-tu ? Tu ne dis que : lui, dit Hilda.

— Nous ne nous sommes jamais appelés l'un l'autre d'aucun nom. Nous disons quelquefois Lady Jane et John Thomas. Mais son nom est Oliver Mellors.

— Et ça te plairait d'être Mrs. Oliver Mellors au lieu de Lady Chatterley ?

— Beaucoup.

Rien à espérer de Constance. D'ailleurs, si cet homme avait été lieutenant dans l'armée pendant quatre ou cinq ans, il devait être à peu près présentable. Apparemment il avait du caractère. Hilda commençait à s'adoucir un peu.

— Mais tu seras fatiguée de lui dans peu de temps, dit-elle, et alors tu auras honte de ta liaison avec lui. On ne peut pas se mêler aux gens du peuple.

— Mais toi, la grande socialiste, tu es toujours du côté des gens du peuple.

— Je puis être de leur côté dans une crise politique ; mais précisément parce que je suis de leur côté je sais combien il est impossible de mêler sa vie à la leur. Non pas par snobisme ; mais simplement parce que tout leur rythme est différent du nôtre.

Hilda avait vécu avec les vrais intellectuels politiques, en sorte que ce qu'elle disait était déplorablement sans réplique.

La vague soirée passait lentement, puis vint un vague dîner d'hôtel. Après dîner, Constance glissa quelques effets dans un petit sac de soie, et se brossa une dernière fois les cheveux.

— Après tout, Hilda, dit-elle, l'amour peut être merveilleux. Quand on sent qu'on vit, qu'on est au centre de la création.

Elle avait l'air de se vanter.

— Je pense que chaque moustique en pense autant, dit Hilda.

— Tu crois ? Tant mieux pour lui !

La soirée était merveilleusement claire ; la lumière s'attardait même dans la petite ville. Il ferait à moitié jour toute la nuit. Le visage durci par un masque de ressentiment, Hilda mit son auto en marche, et les deux sœurs revinrent sur leurs pas, mais par l'autre route, qui passait à Bolsover. Constance, cachée sous ses lunettes et son bonnet, ne disait rien. L'opposition de Hilda la rejetait violemment aux côtés de l'homme qu'elle aimait ; elle se disait que rien au monde ne pourrait la séparer de lui.

Hilda avait allumé les phares quand elles traversèrent Crosshill ; et le petit train éclairé, qui passait dans la tranchée, donnait une impression de nuit. Hilda avait calculé qu'elle tournerait dans le petit chemin au bout du pont. Elle ralentit un peu brusquement et fila, au tournant de la route, dans le chemin dont les phares éclairèrent soudain le sol envahi par les herbes. Constance regarda et vit une silhouette sombre. Elle ouvrit la portière.

— Nous y voilà ! dit-elle à voix basse.

Mais Hilda avait éteint les phares et reculait pour tourner.

— Il n'y a rien sur le pont ? demanda-t-elle d'un ton bref.

— Non, tout va bien, dit la voix de l'homme.

Elle recula sur le pont, tourna, fit avancer la voiture de quelques mètres sur la route puis recula dans le petit chemin, sous l'orme pleureur, écrasant l'herbe et la fougère. Puis toutes les lumières s'éteignirent. Constance descendit de voiture. L'homme était debout sous les arbres.

— Avez-vous attendu longtemps? demanda Constance.

— Pas trop, répondit-il.

Ils attendaient tous deux que Hilda descendît. Mais Hilda referma la portière et ne broncha pas.

— Voici ma sœur Hilda. Ne voulez-vous pas venir lui parler ? Hilda ! C'est M. Mellors.

Le garde souleva son chapeau mais n'approcha pas.

— Hilda, viens donc avec nous jusqu'au cottage, implora Constance. Ce n'est pas loin.

— Mais l'auto ?

— On les laisse souvent sur les routes. Tu as la clef.

Hilda ne disait rien. Elle se demandait ce qu'il fallait faire. Puis elle regarda le petit chemin derrière elle.

— Puis-je reculer derrière ce buisson ? dit-elle.

— Très bien, dit le garde.

Elle recula lentement, fit avancer la voiture derrière le buisson, la ferma à clef et descendit.

Il faisait nuit, mais l'ombre était lumineuse. De chaque côté du petit chemin abandonné les haies se dressaient, hautes et sauvages. Il y avait dans l'air un parfum doux et frais. Le garde les précédait ; Constance marchait derrière lui ; puis, venait Hilda. Personne ne parlait. Aux endroits difficiles on s'arrêtait, et il éclairait le chemin avec sa lampe de poche, puis on repartait. Un hibou ululait doucement au-dessus des chênes. Personne ne pouvait parler ; il n'y avait rien à dire.

Constance vit enfin la lumière jaune de la maison, et le cœur lui battit violemment. Elle avait un peu peur. Ils continuèrent à avancer en file indienne.

Il tourna la clef, ouvrit la porte, et les précéda dans la petite pièce chaude mais nue.

La table était mise. Il y avait deux assiettes et deux verres posés, cette fois-ci, sur une nappe blanche. Hilda secoua ses cheveux et jeta un regard circulaire sur la pièce nue et triste. Puis elle prit son courage à deux mains et regarda l'homme. Il était de taille moyenne et mince ; elle le trouva bien de sa personne. Il restait sur la réserve, et semblait ne pas vouloir dire un mot.

— Assieds-toi donc, Hilda, dit Constance.

— Je vous en prie, dit-il. Qu'est-ce que je puis vous donner ? Du thé ou autre chose ? Ou voulez-vous un verre de bière ? Elle est assez fraîche.

— De la bière ! dit Constance.

— Oui, de la bière, s'il vous plaît, dit Hilda avec une sorte de feinte timidité.

Il la regarda et cligna des yeux.

Il prit un pot bleu et passa dans l'arrière-cuisine.

Quand il revint, apportant la bière, son expression avait de nouveau changé.

Constance s'assit près de la porte et Hilda sur la chaise du garde, le dos au mur, contre le coin de la fenêtre.

— C'est sa place, dit Constance doucement, et Hilda se releva comme si la chaise la brûlait.

— Restez assise, restez assise. Prenez la chaise que vous voulez. Personne ici n'est le grand ours [137], dit-il en patois, avec une parfaite tranquillité.

Il apporta un verre pour Hilda et la servit la première.

— Quant aux cigarettes, je n'en ai pas. Mais vous en avez peut-être. Je ne fume pas. Voulez-vous manger quelque chose ?

Il se tourna vers Constance :

— Veux-tu manger quelque chose ? Tu ne refuses pas, en général, un morceau.

Il parlait patois avec une curieuse et calme assurance comme s'il était le patron de l'auberge.

— Qu'y a-t-il à manger ? demanda Constance, en rougissant.

— Du jambon bouilli, du fromage, des noix, si vous voulez. Pas grand-chose.

— Oui, dit Constance. Ne veux-tu rien, Hilda ?

Hilda leva les yeux vers lui :

— Pourquoi parlez-vous en patois du Yorkshire ? dit-elle doucement.

— Ce n'est pas le patois du Yorkshire, c'est celui de Derby [138].

Il la regardait avec ce vague ricanement distant.

— Eh bien, pourquoi parlez-vous en patois de Derby ? Vous avez parlé tout d'abord l'anglais de tout le monde.

— Vraiment ? Et ne puis-je pas changer si ça m'amuse ? Non, non ; laissez-moi parler en patois de

Derby si ça me convient. Vous n'avez rien contre, j'imagine ?

— Cela semble un peu affecté, dit Hilda.

— Peut-être ! Et, à Tavershall, c'est vous qui auriez l'air affectée.

Il la regarda encore d'un regard qui glissait le long de ses pommettes, et calculait curieusement les distances, comme pour dire : « Mais qui êtes-vous donc ? »

Il alla au garde-manger chercher la nourriture.

Les sœurs se taisaient. Il apporta une autre assiette, et un couvert. Puis il dit :

— Et, si vous le permettez, j'enlèverai ma veste, comme je le fais toujours.

Il enleva sa veste, la suspendit au crochet, puis s'assit à table en bras de chemise.

— Servez-vous, dit-il, servez-vous donc. N'attendez pas qu'on vous en prie.

Il coupa le pain, puis resta immobile. Hilda sentit, comme Constance l'avait senti naguère, son pouvoir de silence et d'éloignement. Elle vit sa main, assez petite, sensible, négligemment posée sur la table. Ah ! certes, ce n'était pas un simple ouvrier. Il jouait un rôle, un rôle !

— Tout de même, dit-elle, en prenant un petit morceau de fromage, il serait plus naturel de nous parler en anglais ordinaire qu'en patois.

Il la regarda, sentant quelle volonté diabolique il y avait en elle.

— Vous croyez ? dit-il en anglais. Mais, n'est-ce pas, quoi que nous puissions nous dire, vous et moi ce ne sera jamais tout à fait naturel. Il vous faudrait me dire, d'abord, que vous voudriez me savoir au diable avant que votre sœur me revît jamais ; et il me faudrait vous répondre quelque chose de tout aussi désagréable. Rien d'autre ne pourrait être naturel entre nous.

— Mais si, dit Hilda, de simples bonnes manières seraient tout à fait naturelles.

— Seconde nature, pour ainsi dire ? dit-il.

Et il se mit à rire.

— Non, dit-il en patois, je suis las des manières. Laissez-moi tranquille !

Hilda, franchement en échec, était ivre d'agacement. Après tout il pourrait bien reconnaître l'honneur qu'on lui faisait. Au lieu de quoi, il jouait un rôle, prenant de grands airs, et semblait croire que tout l'honneur était pour elles. Quelle impudence ! Ah ! la pauvre Constance, égarée aux griffes de cet individu.

Ils mangèrent tous trois en silence. Hilda le regardait et surveillait sa manière de se tenir à table. Elle ne pouvait s'empêcher de reconnaître qu'il était, par instants, beaucoup plus délicat et mieux élevé qu'elle-même. Elle avait une certaine maladresse écossaise. Et lui, avait toute l'assurance tranquille et nette d'un Anglais. Il ne céderait devant personne.

Mais elle non plus ne céderait pas devant lui.

— Et croyez-vous vraiment, dit-elle, un peu radoucie, que le jeu en vaille la chandelle ?

— Que quel jeu vaille quelle chandelle ?

— Cette escapade avec ma sœur.

Son ricanement irritant passa sur son visage et il dit en patois :

— C'est à elle qu'il faut le demander.

Constance regarda Hilda.

— Ne chicane pas, Hilda, dit-elle.

— Je n'ai aucune envie de chicaner. Mais il faut bien que quelqu'un prévoie les conséquences. Il faut observer une certaine continuité dans la vie. On ne peut pas simplement faire des bêtises.

Ils se turent pendant un moment.

— Continuité, dit-il enfin ; que voulez-vous dire ? Quelle continuité observez-vous, vous, dans votre vie ? J'ai cru comprendre que vous étiez en train de divorcer. Quelle continuité y a-t-il là-dedans ? Ce n'est que la continuité de votre propre entêtement. Je n'ai guère de doute là-dessus. Et quel avantage en tirerez-vous ? Vous serez bien vite écœurée de votre continuité. Une femme opiniâtre et son entêtement : voilà, certes, une belle continuité. Dieu merci, vos affaires ne me regardent pas !

— De quel droit me parlez-vous sur ce ton ? dit Hilda.

— De quel droit ? Et de quel droit venez-vous embêter les autres avec votre continuité ? Laissez les gens à leurs propres continuités.

— Mon brave homme, croyez-vous que je m'occupe de vous ?

— Oui, dit-il, je le crois. Bon gré, mal gré. Vous êtes plus ou moins ma belle-sœur.

— Oh ! nous n'en sommes pas encore là, je vous assure.

— Et moi, je vous assure que nous n'en sommes pas si loin que vous croyez. J'ai, moi aussi, une sorte de continuité à moi ; et qui vaut bien la vôtre. Et si votre sœur vient à moi pour un peu d'amour et de tendresse, elle sait ce qu'elle fait. Elle a déjà été dans mon lit, ce qui n'est pas le cas pour vous, Dieu merci, avec votre continuité.

Il se tut, puis ajouta :

— Je ne porte pas ma culotte à l'envers. Et quand une aubaine me tombe dessus, j'en remercie le Ciel. Il y a beaucoup de plaisir à tirer d'une belle fille comme celle-ci ; et c'est plus qu'on n'en peut dire de vous et de vos semblables. Et c'est dommage, car vous auriez pu être un bon pommier au lieu d'un joli sauvageon. Les femmes comme vous ont besoin d'être greffées.

Il la regardait avec un drôle de sourire de connaisseur vaguement sensuel.

— Et des hommes comme vous devraient être soigneusement isolés de tout le monde : juste récompense de leur vulgarité et de leurs appétits égoïstes.

— Oui, madame! Il est bien heureux qu'il y ait encore quelques hommes comme moi. Quant à vous, vous avez ce que vous méritez : une sévère solitude.

Hilda s'était levée et approchée de la porte. Il se leva aussi et prit sa veste au crochet.

— Je puis très bien trouver mon chemin toute seule, dit-elle.

— J'en doute beaucoup, répliqua-t-il avec calme.

Ils redescendirent le petit chemin à la queue leu leu. Un hibou ulula encore. Il savait qu'il aurait dû le tuer.

L'auto était un peu humide de rosée. Hilda monta et mit le moteur en marche. Les deux autres attendaient.

— Tout ce que je veux dire, fit-elle du fond de la voiture, c'est que je doute beaucoup que vous tiriez grand avantage de tout ceci.

— Ce qui est régal pour les uns est poison pour les autres, dit-il; mais pour moi c'est le pain et le vin.

Les phares s'allumèrent.

— Ne me fais pas attendre demain matin, Constance.

— Non. Je serai exacte. Bonsoir!

L'auto monta lentement jusqu'à la grand-route, fila, disparut, rendant la nuit au silence.

Constance prit timidement le bras du garde et ils descendirent le petit chemin. Il ne parlait pas. Elle l'arrêta.

— Embrasse-moi, dit-elle.

— Non. Attends un peu. Il faut que la soupe au lait se refroidisse, dit-il.

Elle rit. Elle le tenait toujours par le bras et ils descendirent en hâte vers la maison; sans parler. Elle était si heureuse d'être avec lui maintenant. Elle frissonnait en pensant que Hilda aurait pu l'arracher à lui. Il gardait un silence impénétrable.

Quand elle fut de nouveau au cottage, elle sauta presque de joie à se sentir libre de sa sœur.

— Mais tu as été atroce avec Hilda, lui dit-elle.

— Elle aurait mérité des claques.

— Mais pourquoi ? Elle est si gentille.

Il ne répondit rien. Il vaquait aux travaux du soir avec une sorte de tranquillité et de certitude dans ses mouvements. Il était irrité à la surface, mais pas contre elle. Elle le sentait. Et il prenait dans sa colère une beauté particulière, une profondeur, un lustre qui la ravissaient et faisaient fondre ses membres.

Et toujours, il semblait ne pas faire attention à elle.

Il s'assit enfin et commença à délacer ses souliers. Alors il leva les yeux vers elle, sous ses sourcils encore froncés de colère.

— Ne veux-tu pas monter ? dit-il. Voilà une bougie !

Il indiqua, d'un signe de tête rapide, la bougie qui brûlait sur la table.

Elle obéit et prit la bougie, et il contempla la courbe de sa hanche, tandis qu'elle commençait à monter l'escalier.

Ce fut une étonnante nuit de passion sensuelle ; elle fut un peu effrayée et entraînée presque malgré elle, et pourtant transpercée encore de perçants frissons de sensualité, différents, plus aigus, plus terribles que les frissons de tendresse, mais, au moment même, plus désirables. Quoiqu'un peu effrayée, elle ne s'opposa à rien, et une sensualité sans frein et sans honte la secoua jusqu'au fond d'elle-même, la dépouilla de ses derniers voiles, en fit une femme nouvelle. Ce n'était pas vraiment de l'amour. Ce n'était pas de la volupté. C'était une sensualité aiguë et brûlante comme le feu, et qui transformait l'âme en amadou.

Et ce feu brûlait et détruisait les hontes les plus profondes, les plus vieilles hontes, aux endroits les plus secrets. Il en coûtait à Constance de laisser son amant user d'elle à sa guise. Elle fut une chose passive, consentante, comme une esclave, une esclave physique. Et pourtant la passion la léchait de son feu consumant et, quand cette flamme sensuelle passa étroitement par ses entrailles et sa poitrine, elle crut réellement qu'elle allait mourir : mais quelle poignante, quelle merveilleuse mort.

Elle s'était souvent demandé ce qu'Abélard[139] voulait dire quand il s'écriait que, dans leur année d'amour, Héloïse et lui avaient passé par toutes les étapes et tous les raffinements de la passion. La même chose, mille ans auparavant ; dix mille ans auparavant ! La même sur les vases grecs, partout ! Les raffinements de la passion, les extravagances de la sensualité ! Et c'était nécessaire, à jamais nécessaire pour brûler et détruire les fausses hontes et pour fondre en pureté le lourd minerai du corps. Par le feu de la sensualité toute pure.

Que n'apprit-elle pas au cours de cette brève nuit d'été ! Elle aurait cru qu'une femme serait morte de honte ; au lieu de quoi, c'était la honte qui était morte. La honte, qui est peur, la profonde honte organique, l'antique peur physique qui se tapit aux racines mêmes du corps et qui ne peut en être chassée que par le feu sensuel, enfin elles étaient réveillées et traquées par la battue phallique de l'homme ; et elle se trouva au cœur même de la jungle de son être.

Elle sentait qu'elle était arrivée au soubassement le plus primitif de sa nature, et qu'elle était essentiellement sans honte. Elle était soi-même, dépouillée et sans honte. Ce fut un triomphe, presque une gloire. C'était donc ainsi ! C'était là la vie ! C'était ainsi qu'on était vraiment ! Il ne restait rien qu'il fallût cacher, ou dont on dût rougir. Elle partageait son ultime nudité avec un homme, avec un autre être.

Et cet homme, quel démon sans frein! vraiment semblable à un démon! Il fallait être forte pour le supporter. Mais il était difficile d'atteindre le cœur de la jungle physique, les recoins les plus intimes et les plus reculés de la honte organique. Seul le phallos pouvait l'explorer. Ah! comme il avait pressé sur elle!

Ah, comme, terrifiée, elle avait haï cela, et comme au fond, elle le désirait! Maintenant elle en était sûre. Profondément, dans les assises mêmes de son âme, elle avait secrètement soupiré après cette battue phallique; et elle avait cru qu'elle ne la connaîtrait jamais Et maintenant, soudain, c'était cela; et un homme partageait sa dernière et finale nudité; elle était sans honte.

Quels menteurs, les poètes, et tous les autres! Ils vous font croire qu'on a besoin de sentiment, quand, au contraire, ce dont on a suprêmement besoin, c'est de cette sensualité perçante, consumante, peut-être horrible. Trouver un homme qui sache s'y livrer, sans honte, sans péché, sans remords! S'il avait eu honte ensuite, s'il avait fait partager sa honte, quelle horreur! Quel dommage que la plupart des hommes soient si facilement honteux, comme Clifford! Et même comme Michaelis! Tous les deux étaient, sensuellement, un peu comme des chiens, un peu humiliants. Le suprême plaisir de l'esprit! Qu'est-ce donc pour une femme? Mais qu'est-ce donc, en effet, même pour un homme! Cela ne fait qu'embrouiller les idées. Même pour purifier et clarifier l'esprit, il faut la sensualité sans phrases. La pure, brûlante sensualité, et non un brouillamini d'idées.

Ah! Dieu! Quelle chose rare qu'un homme! Tous sont des chiens qui trottent, et reniflent et s'accouplent. Avoir trouvé un homme qui n'ait pas peur, qui n'ait pas honte ! Elle le regardait dormir, si semblable à un animal sauvage qui dort, perdu, disparu dans l'éloignement du sommeil. Elle se blottit à son côté, pour n'être pas si loin de lui.

En s'éveillant, il l'éveilla tout à fait. Il était assis sur le lit et la regardait. Elle vit sa propre nudité dans ses yeux, connaissance immédiate d'elle-même. Et la virile connaissance qu'il avait d'elle semblait couler, comme un fluide, des yeux de l'homme jusqu'à elle, et l'envelopper voluptueusement. Oh ! qu'il était voluptueux et doux d'être ainsi, les membres et le corps à demi endormis, alourdis et saturés de passion !

— Est-il l'heure de s'éveiller ? dit-elle.

— Six heures et demie.

Il fallait qu'elle fût au bout du petit chemin à huit heures. Toujours, toujours, toujours, cette mainmise des autres sur soi !

— Je pourrais faire le déjeuner et l'apporter ici ?

— Oh ! oui.

Flossie pleurnichait doucement dans la cuisine. Il se leva, jeta son pyjama et se frotta le corps avec une serviette. Quand l'être humain est plein de courage et de vie, qu'il est beau ! Ainsi pensait-elle en le contemplant sans rien dire.

— Tire les rideaux, veux-tu ?

Le soleil brillait déjà sur les tendres feuilles vertes du matin ; et le bois était là, tout près, bleu et frais. Elle s'assit dans le lit ; et elle regardait rêveusement par la fenêtre, poussant de ses bras nus ses seins nus l'un contre l'autre. Lui s'habillait. Elle rêvait à demi de la vie, une vie en commun avec lui : une vie, rien de plus.

Il s'en allait, fuyant cette dangereuse, menaçante nudité.

— Je crois que j'ai complètement perdu ma chemise de nuit, dit-elle.

Il plongea sa main dans le lit et en retira le léger chiffon de soie.

— Je savais bien que je sentais de la soie sur mes chevilles, dit-il.

Mais la chemise était presque fendue en deux.

— Tant pis ! dit-elle. Elle appartient à cette chambre ; je la laisse.

— Oui, laisse-la. Je pourrai la mettre la nuit entre mes jambes ; ce sera une compagnie. Il n'y a ni chiffre ni marque ?

Elle remit la chemise déchirée et se tint debout près de la fenêtre, à rêver. La fenêtre était ouverte, l'air du matin pénétrait dans la chambre avec le chant des oiseaux. Des oiseaux passaient sans cesse. Puis elle vit Flossie qui sortait et rôdait. C'était le matin.

Elle l'entendit faire le feu, prendre l'eau à la pompe, aller à la porte de derrière. Bientôt parvint à elle l'odeur du lard frit, et, enfin, il monta avec un immense plateau noir qui pouvait tout juste passer par la porte. Il posa le plateau et versa le thé. Constance s'accroupit dans sa chemise déchirée et se jeta sur la nourriture. Il était assis sur l'unique chaise, son assiette sur les genoux.

— Comme c'est gentil, dit-elle, de déjeuner ensemble.

Il mangeait sans parler, songeant au temps qui passait si vite. Elle s'en souvint aussi.

— Oh ! que je voudrais pouvoir rester ici avec toi, et que Wragby soit à un million de lieues ! C'est Wragby que je quitte, au fond. Tu le sais bien, n'est-ce pas ?

— Oui.

— Et tu me promets que nous vivrons ensemble, que nous aurons une vie commune, toi et moi ; tu me le promets, n'est-ce pas ?

— Oui, quand nous pourrons.

— Oui ! Et ce sera bientôt, bientôt, n'est-ce pas ?

Elle se pencha vers lui, renversa du thé, lui prit le poignet.

— Oui, dit-il en remettant de l'ordre sur le plateau.

— Il est impossible, désormais, que nous ne vivions pas ensemble, n'est-ce pas ? dit-elle d'un ton suppliant.

Il la regarda avec son léger ricanement :

— Impossible ! Seulement, c'est dans vingt-cinq minutes qu'il te faut partir.

— Déjà ? cria-t-elle.

Tout à coup, il leva le doigt, se dressa sur ses pieds. Flossie avait aboyé une première fois, puis trois fois de suite, plus fort, comme pour avertir.

Silencieusement, il posa son assiette sur le plateau et sortit. Constance l'entendit descendre le sentier du jardin. On percevait le tintement d'un grelot de bicyclette.

— Bonjour, monsieur Mellors. Lettre recommandée !

— Ah ! voyons. Vous avez un crayon ?

— Voilà.

Il y eut un court silence.

— Canada ! dit la voix de l'étranger.

— Oui. C'est un de mes anciens copains établi en Colombie britannique. Qu'est-ce qu'il peut avoir à recommander ?

— Peut-être qu'il vous envoie une fortune.

— Ou plutôt qu'il demande quelque chose.

Silence.

— Eh bien, encore un jour superbe !

— Oui !

— Bonjour !

— Bonjour !

Un moment après, il remonta auprès de Constance, l'air un peu en colère.

— C'était le facteur, dit-il.

— Comme il vient tôt !

— Tournée rurale. Généralement, quand il vient, c'est vers sept heures.

— Est-ce que ton copain t'envoie une fortune ?

— Non ! Seulement quelques photos et des papiers concernant une petite propriété là-bas.

— Tu voudrais y aller ?

— Je pensais que nous le pourrions peut-être.

— Oui. On dit que c'est un très beau pays.

Mais il était agacé par la venue du facteur.

— Ces satanées bicyclettes, elles sont sur vous avant qu'on ait eu le temps de s'en apercevoir. J'espère qu'il n'a rien entendu.

— Mais qu'aurait-il bien pu entendre ?

— Il faut te lever maintenant et te préparer. Je vais seulement regarder un peu dehors.

Elle le vit, avec son chien et son fusil, s'en aller en reconnaissance dans le petit chemin. Elle descendit et fit sa toilette. Elle était prête quand il rentra. Elle portait ses quelques effets dans le petit sac de soie. Il ferma la porte à clef, et ils partirent, mais par le bois et pas par le petit chemin. Il voulait éviter toute imprudence.

— Ne crois-tu pas que des moments comme hier soir comptent dans une vie ?

— Oui ; mais il faut penser aussi à tout le reste du temps, répondit-il un peu sèchement.

Ils avançaient dans le sentier envahi d'herbes ; il marchait devant, sans parler.

— Mais c'est bien sûr, n'est-ce pas, que nous nous ferons une vie à nous ? implora-t-elle.

— Oui ! répondit-il, continuant son chemin sans se retourner. Quand le moment viendra ! Maintenant tu vas à Venise ou Dieu sait où !

Elle le suivait en silence, le cœur serré. Oh ! qu'il lui était douloureux de partir !

Il s'arrêta enfin.

— Je vais couper par là, dit-il en montrant sa droite.

Mais elle lui jeta les bras autour du cou et se serra contre lui.

— Mais, tu garderas ta tendresse pour moi, n'est-ce pas ? murmura-t-elle. J'ai tant aimé la nuit dernière. Mais tu garderas ta tendresse pour moi, n'est-ce pas ?

Il l'embrassa et la tint contre lui un instant. Puis il soupira, et l'embrassa de nouveau.

— Il faut que j'aille voir si la voiture est là.

Il enjamba les ronces basses et les fougères, laissant un sillon dans le fourré. Il disparut quelques minutes, Puis il revint.

— L'auto n'est pas encore là. Mais il y a la carriole du boulanger sur la route.

Il avait l'air inquiet et troublé.

— Écoute !

Ils entendirent une auto approcher en cornant doucement. Elle ralentit sur le pont. Constance plongea avec désespoir dans la traînée qu'il avait ouverte à travers le fourré, et arriva à une énorme haie de houx. Il était juste derrière elle.

— Là, sors par là, dit-il en lui montrant un trou dans la haie. Moi, je ne sortirai pas.

Elle le regarda avec désespoir. Mais il l'embrassa et la fit partir. Désolée, elle se glissa à travers le houx et la palissade de bois, descendit le petit fossé, monta sur le chemin. Hilda y était, et descendait justement de voiture, agacée de ne pas voir Constance.

— Tiens, te voici ! dit Hilda. Et où est-il, lui ?

— Il ne viendra pas.

Le visage de Constance était ruisselant de larmes,

comme elle montait dans l'auto avec son petit sac Hilda saisit le casque et les lunettes et les lui tendit

— Mets-les ! dit-elle.

Constance, le visage masqué, couverte du long manteau d'auto, s'assit dans la voiture, déguisée, inhumaine, impossible à reconnaître. Hilda mit l'auto en marche d'un air affairé. Elles quittèrent le petit chemin, filèrent sur la route. Constance s'était retournée pour le voir une dernière fois. Mais il était invisible. Elle partait ! Des larmes amères coulaient de ses yeux. Le départ était venu si soudain, si inattendu. C'était comme la mort.

— Dieu merci, tu seras séparée de lui pendant quelque temps, dit Hilda, en tournant pour éviter le village de Crosshill.

## XVII

— Tu comprends, Hilda, dit Constance après le déjeuner, comme elles approchaient de Londres, tu n'as jamais connu ni la vraie tendresse, ni la vraie sensualité : quand on les éprouve toutes les deux avec la même personne, c'est admirable.

— Pour l'amour du Ciel, ne te vante pas de tes expériences ! dit Hilda. Ce que j'aurais voulu, c'est un homme capable d'intimité avec une femme, capable de s'abandonner à elle. Je ne l'ai jamais rencontré. Je ne tiens nullement à leur tendresse égoïste et à leur sensualité. Je ne puis me résigner à être la petite poupée chérie d'un homme, ni sa *chair à plaisir* *. Je voulais une intimité complète et je ne l'ai pas obtenue.

Constance pesa ces paroles. Intimité complète ! Elle pensait que cela voulait dire qu'on se disait toujours tout l'un à l'autre. Mais quel ennui. Et quelle maladie que cette incapacité, dans une liaison, de s'oublier jamais soi-même.

— Il me semble que tu ne t'oublies jamais assez toi-même auprès des autres, dit-elle à sa sœur.

— J'espère du moins ne pas avoir une nature d'esclave, dit Hilda.

— Et pourtant, c'est peut-être justement ce que tu

* En français dans le texte (*N. d. T.*).

as. Peut-être que tu es l'esclave de l'idée que tu te fais de toi-même.

Hilda conduisit quelque temps en silence. Cette gamine de Constance ! Quelle insolence inouïe !

— En tout cas, je ne suis pas l'esclave de l'idée que quelqu'un d'autre a de moi, et de quelqu'un qui est le domestique de mon mari, répliqua-t-elle enfin, rageusement.

— Mais tu n'y comprends rien, dit Constance avec calme.

Elle s'était toujours laissé dominer par sa sœur aînée. Maintenant, bien que quelque chose pleurât au fond d'elle-même, elle n'était plus soumise à la domination d'*autres femmes*. Ah ! cela seul était un soulagement, gagner une vie nouvelle. N'être plus soumise à l'étrange domination, à l'obsession d'*autres femmes*. Les femmes, quelle horreur !

Elle fut heureuse de retrouver son père, dont elle avait toujours été la favorite. Elle et Hilda étaient descendues dans un petit hôtel de Pall Mall ; Sir Malcolm logeait à son club. Mais, le soir, il emmena ses filles qui aimaient à sortir avec lui.

Il était encore beau et robuste, bien qu'un peu effrayé par le monde nouveau qu'il voyait surgir autour de lui. Il s'était remarié en Écosse avec une femme plus jeune que lui et plus riche. Mais il prenait le plus de vacances possible, comme il avait fait avec sa première femme.

Constance était assise à côté de lui à l'opéra. Il avait de l'enbonpoint, mais pas trop. Ses cuisses étaient fortes, mais solides encore et agiles ; c'étaient les cuisses d'un homme qui ne s'était pas refusé les plaisirs de la vie. Son égoïsme, sa bonne humeur, son besoin obstiné d'indépendance, son impénitente sensualité, il semblait à Constance qu'elle voyait tout cela dans ses cuisses agiles et droites. Un vrai homme ! Et qui devenait un vieil homme, ce qui est triste. Parce que, dans ses jambes vigoureuses, épaisses, mâles, il n'y avait pas trace de ce vif pouvoir d'émotion et de tendresse qui est l'essence même de la jeunesse et qu'on ne perd jamais si on l'a eu un jour.

Constance, soudain, comprit la signification des jambes. Il lui sembla qu'elles comptaient plus que les visages, qui n'ont plus beaucoup de réalité. Combien il y avait peu de jambes vives et vivantes ! Ce n'étaient guère que de grosses cuisses semblables à des puddings enveloppés dans une serviette, ou de maigres bâtons drapés de drap funéraire, ou des jambes jeunes et bien faites, mais sans aucune signification, incapables de sensualité, de tendresse, d'émotion, tout ce qu'on pouvait, en fait de jambes, imaginer de plus ordinaire. Aucune sensualité même, comme dans les jambes de son père. Elles étaient toutes apprivoisées jusqu'à n'avoir plus de vie.

Mais les femmes n'étaient pas apprivoisées. Ah ! les terribles poteaux de la plupart des femmes, révoltants, dignes d'inspirer le meurtre ! ou les pauvres quilles maigres ! ou les jolies petites jambes en bas de soie sans le moindre atome de vie ! C'était affreux, ces millions de jambes insignifiantes qui paradaient de toutes parts !

Mais Constance ne se sentait pas heureuse à Londres. L'humanité y semblait si spectrale, si vide. Nulle vie, nul bonheur, chez tous ces êtres, quelque vifs ou charmants qu'ils parussent parfois. Tout était vide et mort. Et Constance, aveuglément, avec une avidité de femme, désirait le bonheur, la certitude du bonheur.

À Paris, du moins, elle sentit encore un peu de sensualité. Mais quelle sensualité lasse, fatiguée, usée. Usée par manque de tendresse. Oui, Paris était triste ; une des villes les plus tristes du monde : lasse d'une sensualité désormais mécanique ; lasse de la course éternelle après l'argent, l'argent, l'argent ; lasse même de rancune et de vanité ; et pas encore assez américanisée ou londrifiée pour cacher sa lassitude sous un grincement mécanique ! Oh ! tous ces mâles, ces flâneurs, ces suiveurs, ces mangeurs de bons dîners ! Qu'ils étaient las, las, usés par manque d'un peu de tendresse acceptée et offerte ! Les femmes, si adroites, parfois si charmantes, avaient quelques notions des réalités sensuelles : elles avaient cet avantage sur leurs sœurs anglaises, si sottes. Mais la tendresse leur était plus inconnue encore. Sèches, de l'infinie sécheresse d'une volonté toujours tendue, elles aussi s'usaient. Toute l'humanité devenait usée. Peut-être qu'elle allait devenir férocement destructrice. Une sorte d'anarchie ! Clifford et son anarchie conservatrice ! Peut-être que bientôt elle ne serait plus conservatrice du tout. Peut-être qu'elle deviendrait la plus radicale des anarchies.

Constance se prenait à avoir peur du monde. Parfois elle était heureuse un moment sur les Boulevards, au Bois, ou dans le jardin du Luxembourg. Mais déjà Paris était plein d'Américains et d'Anglais ; d'étranges Américains aux uniformes les plus étranges et de ces ennuyeux Anglais, si insupportables hors de chez eux.

Elle fut contente de continuer son voyage. Le temps était soudain devenu très chaud et Hilda avait décidé de traverser la Suisse, de passer par le Brenner, et de descendre sur Venise par les Dolomites. Hilda aimait conduire l'auto, s'occuper de tout, jouer les premiers rôles. Constance ne demandait pas mieux que de rester dans l'ombre.

Le voyage fut très agréable. Mais Constance se répétait sans cesse : Pourquoi est-ce que tout cela m'est égal ? Pourquoi ne puis-je m'intéresser à rien ? C'est affreux, je ne m'intéresse plus au paysage. C'est affreux. Je suis comme saint Bernard qui pouvait traverser le lac de Lucerne en bateau sans même s'apercevoir qu'il y avait des montagnes et des eaux vertes[140]. Je ne m'intéresse plus au paysage. Pourquoi se forcer à l'admirer ? Pourquoi ? Je m'y refuse.

Non, elle ne trouva rien de vital ni en France, ni en Suisse, ni dans le Tyrol, ni en Italie. Elle se laissait transporter comme un bagage, voilà tout. Tout cela était moins réel que Wragby. Moins réel que l'affreux Wragby.

Quant aux gens ! Ils étaient tous les mêmes, à quelques petites différences près. Tous voulaient vous soutirer de l'argent ; ou, si c'étaient des touristes, ils voulaient du plaisir, à tout prix, dût-on écraser les pierres pour en tirer du sang. Pauvres montagnes, pauvres paysages, il fallait les écraser, les presser, les réduire en poussière pour en tirer un petit plaisir, un petit amusement. Qu'est-ce que tous ces gens voulaient dire avec leur ferme résolution de s'amuser ?

« Non, se disait Constance, je préfère être à Wragby, où je puis aller et venir, et rester tranquille, et ne rien regarder et ne pas m'amuser. Toute cette entreprise d'amusement qu'est le tourisme est trop humiliante, c'est un tel ratage.

Elle voulait rentrer à Wragby, retourner même à Clifford, au pauvre Clifford mutilé. Il n'était du moins pas aussi stupide que ce tas d'imbéciles en vacances.

Mais, dans sa conscience intime, elle restait en contact avec l'autre homme. Il ne fallait pas laisser se briser le lien qui les unissait. Oh ! il ne le fallait pas, sinon elle serait perdue, entièrement perdue dans ce monde de riches freluquets et de bêtes à plaisir. Oh ! les bêtes à plaisir ! Oh ! « s'amuser ! » C'était une forme moderne du mal de cœur.

Elles laissèrent l'auto à Mestre dans un garage et prirent le bateau à vapeur jusqu'à Venise. C'était un bel après-midi d'été. Le vent faisait frissonner la lagune : le grand soleil rendait Venise, qui leur tournait le dos de l'autre côté de l'eau, presque obscure.

Au quai de la gare, elles quittèrent le vapeur, prirent une gondole, et donnèrent l'adresse au gondolier. C'était un vrai gondolier en blouse bleue et blanche, pas très beau, et très peu impressionnant.

— Oui ! La villa Esmeralda ! Oui ! Je la connais ! J'ai été le gondolier d'un monsieur qui y habitait. Mais c'est assez loin.

Il paraissait enfantin et impulsif. Il ramait avec une impétuosité un peu exagérée par les petits canaux aux affreux murs verts et gluants, les canaux qui traversent les quartiers pauvres, où les lessives pendent très haut à des cordes, dans une faible, ou forte, odeur d'égout.

Mais elles arrivèrent enfin à un des canaux largement ouverts, bordés de trottoirs, enjambés de ponts cintrés, qui coupent le Grand Canal à angle droit. Elles étaient assises sous le dais. L'homme était perché plus haut, derrière elles.

— Est-ce que les signorine[141] doivent rester longtemps à la villa Esmeralda ? demanda-t-il, tout en ramant avec aisance, et en essuyant son visage en sueur d'un mouchoir bleu et blanc.

— Environ vingt jours : nous sommes toutes deux des dames mariées, dit Hilda de sa curieuse voix assourdie qui donnait à son italien un accent si étranger.

— Ah ! vingt jours ! dit l'homme.

Il y eut un silence. Puis il demanda :

— Est-ce que les signore[142] désirent un gondolier pour les vingt jours environ qu'elles passeront à la villa Esmeralda ? Par jour, ou par semaine ?

Constance et Hilda hésitaient. À Venise, il vaut toujours mieux avoir sa propre gondole, comme il vaut toujours mieux, sur terre, avoir sa propre auto.

— Qu'y a-t-il à la ville ? Quels bateaux ?

— Il y a un canot automobile et aussi une gondole ; mais...

Ce « mais » signifiait : le canot et la gondole ne seront pas à vous.

— Combien prendriez-vous ?

Il voulait environ trente shillings par jour, ou dix livres par semaine.

— Est-ce le prix habituel ? demanda Hilda.

— Moins, signora, moins. Le prix habituel...

Les sœurs réfléchirent.

— Eh bien, dit Hilda, venez demain matin, et nous nous arrangerons. Comment vous appelez-vous ?

Il s'appelait Giovanni, et demanda à quelle heure il devait venir, et à qui il devait dire qu'il avait affaire. Hilda n'avait pas de cartes. Constance lui donna une des siennes. Il y jeta un regard rapide, de ses yeux chauds, d'un bleu méridional ; puis il regarda de nouveau :

— Ah ! dit-il, et son visage s'éclaira : Milady ! C'est bien Milady, n'est-ce pas ?

— Milady Costanza ! dit Constance.

— Milady Costanza ! répéta-t-il en mettant soigneusement la carte dans sa blouse.

La villa Esmeralda était assez loin, au bord de la lagune, en face de Chioggia. Ce n'était pas une très vieille maison, mais plaisante, avec des terrasses qui regardaient la mer et un assez grand jardin aux arbres sombres, protégé de la lagune par un mur.

Leur hôte était un Écossais lourd, assez grossier, qui avait fait une belle fortune en Italie avant la guerre et qui avait reçu le titre de *Knight*[143] pour son ultra-patriotisme pendant la guerre. Sa femme était une personne maigre, pâle, anguleuse, sans fortune personnelle ; pour son malheur, elle avait à modérer les exploits amoureux, assez sordides, de son mari. Mais il avait eu une légère attaque l'hiver dernier et il était plus facile à diriger.

La maison était assez pleine. Outre Sir Malcolm et ses deux filles, il y avait sept invités : un couple écossais avec également deux filles ; une jeune comtesse italienne, veuve ; un jeune prince géorgien ; et un clergyman anglais encore jeune, qui avait eu une pneumonie et qui, pour le bien de sa santé, servait de chapelain à Sir Alexander. Le prince était beau et sans le sou ; il aurait fait un excellent chauffeur, avec toute l'impudence nécessaire, et basta [144] ! La comtesse était une petite chatte tranquille avec ses petites affaires à elle. Le clergyman était un pauvre homme tout simple, venu d'un presbytère du Buckinghamshire [145] : heureusement, il avait laissé sa femme et ses deux enfants à la maison. Et la famille écossaise, les Guthrie, qui appartenaient à la grosse bourgeoisie d'Édimbourg, jouissait solidement de tout, et osait tout sans prendre aucun risque.

Constance et Hilda exclurent tout de suite le prince. Les Guthrie étaient plus ou moins du même monde qu'elles, cossus, mais ennuyeux. Le chapelain était un bon diable, mais trop cérémonieusement poli. Sir Alexander, depuis sa petite attaque, était d'une jovialité terriblement pesante ; mais il était ravi par la présence de tant de belles jeunes femmes. Lady Cooper, sa femme, était une personne maigre, un peu chattemite, qui ne s'amusait guère et exerçait sur toutes les autres femmes une froide surveillance devenue une seconde nature, et disait de petites méchancetés froides, preuves du peu de cas qu'elle faisait de la nature humaine. Elle traitait ses domestiques avec une calme et venimeuse tyrannie et elle faisait habilement croire à Sir Alexander qu'il était seigneur et maître de toute la smala, avec son gros ventre qui aurait voulu sembler jovial, ses plaisanteries assommantes, toute son humourosité, comme disait Hilda.

Sir Malcolm s'était mis à peindre. Oui, il voulait encore, sans perdre de temps, faire un paysage de la lagune qui ferait contraste avec ses paysages d'Écosse. Tous les matins, il se faisait mener en gondole, lui et une immense toile, à son « site ». Un peu plus tard, la gondole conduisait au cœur de la ville Lady Cooper avec son album et sa boîte à couleurs. Aquarelliste impénitente, elle avait rempli la maison de palais roses, de canaux sombres, de ponts arqués, de façades médiévales. Un peu plus tard encore, les Guthrie, le prince, la comtesse, Sir Alexander et, parfois, Mr. Lind, le chapelain, allaient au Lido pour le bain. Tout le monde rentrait déjeuner tard, vers une heure et demie.

La *house-party*[146], en tant que *house-party*, était d'un parfait ennui. Mais les deux sœurs ne s'en plaignaient pas. Elles étaient loin tout le temps. Leur père les menait à l'exposition : des kilomètres d'ennuyeux tableaux ; il les menait voir tous ses compères de la villa Lucchesi ; il passait les chaudes soirées assis avec elles sur la Piazza à une table du *Florian*[147] ; il les menait au théâtre, voir les pièces de Goldoni[148]. Il y avait des illuminations sur l'eau, il y avait des bals. C'était une ville de vacances, entre toutes les villes de vacances. Le Lido, avec ses kilomètres de corps rosés par le soleil ou vêtus de pyjamas, semblait une plage couverte à l'infini de phoques venus pour s'accoupler. Trop de gens sur la Piazza, trop de troncs et de membres humains au Lido, trop de gondoles, trop de canots automobiles, trop de bateaux à vapeur, trop de pigeons, trop de sorbets, trop de cocktails, trop de domestiques attendant des pourboires, trop de langages différents, trop, beaucoup trop de soleil, trop d'odeur de Venise, trop de barques chargées de fraises, trop de châles de soie, trop d'immenses tranches de melon d'eau étalées, comme du bœuf cru, sur les éventaires, trop d'amusement, ah ! beaucoup trop d'amusement.

Constance et Hilda allaient et venaient dans leurs robes estivales. Elles connaissaient des tas de gens, des tas de gens les connaissaient. Elles tombèrent sur Michaelis : « Hello, où demeurez-vous ? Venez prendre une glace, ou autre chose ! Venez avec moi quelque part dans ma gondole. » Même Michaelis était presque bruni au soleil ; mais cuit au soleil serait un meilleur terme pour définir l'aspect de tant de chair humaine.

C'était amusant à sa façon. C'était presque du plaisir. En tout cas, avec tous les cocktails, tous les bains d'eau tiède, tous les bains de soleil sur le sable brûlant, les danses, au son du jazz, ventre contre ventre, dans la nuit chaude, et toutes les glaces pour se rafraîchir, c'était un parfait narcotique. Et c'était ce qu'ils voulaient tous : une drogue. L'eau lente était une drogue ; le soleil était une drogue ; le jazz, les cigarettes, les cocktails, les glaces, le vermouth, rien que des drogues. Être drogué ! Le plaisir ! Le plaisir !

Hilda aimait assez se sentir droguée. Elle aimait à regarder toutes les femmes, à se demander ce qu'elles étaient, ce qu'elles faisaient. Est-elle en beauté ? Quel homme a-t-elle accroché ? Quel amusement en tire-t-elle ? Les hommes ressemblaient à de grands chiens en pantalons de flanelle blanche, attendant d'être caressés, attendant de se vautrer, attendant de frotter leur ventre contre un ventre de femme, au son du jazz.

Hilda aimait le jazz, parce qu'il lui permettait de se frotter contre le ventre d'un homme, ou présumé tel, de lui laisser, de ce centre viscéral, diriger tous ses mouvements ici et là à travers la salle, et puis de s'éloigner et d'oublier le personnage. On s'était seulement servi de lui. La pauvre Constance s'amusait moins. Elle ne voulait pas danser parce qu'il lui était impossible de se frotter le ventre contre un autre ventre. Elle avait horreur de cet agglomérat de chair nue au Lido. Il y avait à peine assez d'eau pour les mouiller tous. Elle n'aimait pas Sir Alexander et Lady Cooper. Elle ne voulait être pourchassée ni par Michaelis ni par personne.

Ses meilleurs moments étaient ceux où elle persuadait Hilda de l'accompagner à travers la lagune, au loin, dans un lieu solitaire, sur quelque grève de galets où elles pouvaient se baigner toutes seules, la gondole demeurée sur l'autre côté du récif.

Alors Giovanni s'adjoignit un autre gondolier, parce qu'il fallait aller très loin, et qu'il transpirait terriblement au soleil. Giovanni était très gentil, affectueux, à la manière des Italiens, et tout à fait dénué de passion. Les Italiens ne sont pas passionnés : la passion a de profondes réserves. Ils sont facilement émus, et souvent tendres, mais ils ont rarement une passion qui dure.

Ainsi Giovanni était déjà très attaché à ses dames, comme il avait été très attaché à des cargaisons d'autres dames. Il était tout prêt à se prostituer à elles si elles en avaient envie : il espérait secrètement qu'elles en auraient envie. Elles lui feraient un beau cadeau, qui viendrait à point nommé : il allait se marier. Il leur parla de son mariage, et elles se montrèrent dûment intéressées.

Il pensa que cette excursion vers une grève solitaire de l'autre côté de la lagune était une invite aux affaires : les affaires, c'est-à-dire l'*amore*, l'amour. Et il s'adjoignit un compagnon ; car en vérité, il fallait aller très loin, et, après tout, il y avait deux dames. Deux dames, deux maquereaux, excellente arithmétique ! Et de bien belles dames ! Il en était justement fier. Et bien que ce fût la signora qui le payât et lui donnât des ordres, il espérait un peu que ce serait la jeune milady qui le choisirait pour l'*amore*. Elle serait aussi plus généreuse.

Le copain qu'il amena s'appelait Daniele. Ce n'était pas un vrai gondolier ; il n'avait rien du parasite et du prostitué. C'était un conducteur de sandola. Les sandola sont de grandes barques qui apportent à Venise les fruits et autres produits des îles.

Daniele était beau, grand, bien fait, avec une tête claire et ronde, couverte de petites boucles serrées, d'un blond pâle, un beau visage viril, un peu semblable à celui d'un lion, des yeux bleus très écartés. Il n'était pas démonstratif, loquace, buveur, comme Giovanni. Il ne parlait pas et il ramait avec force et aisance, comme s'il avait été seul sur l'eau. Les dames étaient des dames, très loin de lui. Il ne les regardait même pas. Il regardait au-delà.

C'était un vrai homme. Il s'irritait quand Giovanni buvait trop de vin et ramait maladroitement, en donnant avec effusion de grands coups de rames dans l'eau. C'était un homme comme Mellors était un homme, inviolé. Constance plaignait la femme du trop débordant Giovanni. Mais la femme de Daniele devait être une de ces charmantes Vénitiennes du peuple, qu'on voit encore, modestes et semblables à des fleurs, dans les quartiers éloignés de cette ville-labyrinthe.

L'homme prostitue d'abord la femme ; puis la femme prostitue l'homme. Quelle tristesse ! Giovanni brûlait de se prostituer, il bavait comme un chien, il voulait se donner à une femme. Et pour de l'argent !

Constance regardait Venise posée sur l'eau, lointaine, basse et rose. Bâtie par l'argent, mûrie par l'argent, tuée par l'argent. Ah ! cet argent qui portait la mort ! L'argent, l'argent, l'argent. Mort et prostitution.

Pourtant Daniele était encore un homme, et capable de la libre loyauté d'un homme. Il ne portait pas la blouse des gondoliers, mais seulement le petit tricot bleu. Il était un peu sauvage, grossier et fier. Il était au service de ce Giovanni assez vil, qui lui-même était au service de deux femmes. Ainsi va le monde. Quand Jésus refusa l'argent du diable[149], il laissa le diable maître de toute la situation, comme un banquier juif.

Quand Constance rentrait à la maison, à demi hypnotisée par l'éclatante lumière de la lagune, elle trouvait parfois des lettres de Wragby. Clifford lui écrivait régulièrement ; il écrivait très bien ; on aurait pu publier toutes ses lettres. C'est pourquoi Constance ne les trouvait pas très intéressantes.

Elle vivait à demi hypnotisée par la lumière de la lagune, l'enveloppement salé de l'eau, l'espace, le vide, le néant ; mais aussi par une santé parfaite ; et elle éprouvait le demi-sommeil de la santé. C'était très agréable et elle se laissait bercer sans penser à rien. En outre, elle était enceinte. Elle le savait maintenant. En sorte que le demi-sommeil de la lumière, du sel de la lagune, des bains dans la mer, des heures passées sur les galets à chercher des coquillages, des lentes flâneries en gondole, au loin, au loin, était complété par sa grossesse qui était en elle comme une nouvelle plénitude de santé, satisfaisante et endormante.

Elle était depuis quinze jours à Venise, et elle devait y rester encore dix ou quinze jours. Le soleil brouillait sa notion du temps ; et sa plénitude de santé physique rendait l'oubli plus complet. Elle était dans un demi-sommeil de bien-être.

Elle en fut tirée par une lettre de Clifford.

« Nous aussi, nous avons eu nos petits événements locaux. Il paraît que l'épouse vagabonde de Mellors, le garde-chasse, a surgi au cottage pour y trouver un très petit accueil. Il l'a renvoyée et a fermé la porte à clef. Mais on rapporte que, en rentrant du bois, il a trouvé la dame fermement établie dans son lit; *in puris naturalibus*[150], ou, pour mieux dire, *in impuris naturalibus*. Elle avait brisé un carreau pour entrer. Incapable de chasser de sa couche cette Vénus un peu fatiguée, il battit en retraite, et se réfugia, dit-on, dans la maison de sa mère à Tavershall. Cependant la Vénus de Stacks Gate est établie au cottage qu'elle proclame son foyer; et Apollon, apparemment, est domicilié à Tavershall. Ce ne sont là que des on-dit; Mellors n'est pas venu lui-même m'en parler. J'ai eu ces épluchures par notre oiseau de la boîte à ordures, notre ibis, notre avide vautour, Mrs. Bolton. Je n'en aurais rien dit si elle ne s'était pas écriée : " Madame n'ira plus au bois si cette femme est dans le voisinage ! "

« J'aime le tableau que vous me faites de Sir Malcolm entrant dans l'eau, ses cheveux blancs flottant au vent, sa chair rose éclatant au soleil. Je vous envie tout ce soleil. Ici, il pleut. Ce que je n'envie pas à Sir Malcolm, c'est son impénitent, son mortel attachement à la chair. Mais enfin cela sied à son âge. Apparemment, plus on vieillit et plus on devient charnel et mortel. La jeunesse seule goûte l'immortalité... »

Ces nouvelles causèrent à Constance, à demi endormie dans sa béatitude, un agacement voisin de l'exaspération. Fallait-il qu'elle eût maintenant à se préoccuper de cette horrible femme ? Elle n'avait rien reçu de Mellors. Ils avaient convenu de ne pas s'écrire du tout; mais maintenant elle aurait voulu des nouvelles directes. Après tout, il était le père de l'enfant qu'elle portait. Qu'il écrive donc !

Mais quelle horreur ! Quel brouillamini ! Que ces gens du peuple étaient affreux ! Et que ce soleil, ici, et cette indolence, étaient bons, comparés à la morne confusion de ces Midlands anglais ! Après tout, un ciel clair était presque la chose la plus importante de la vie.

Elle ne parla de sa grossesse à personne, pas même à Hilda. Elle écrivit à Mrs. Bolton pour demander des détails.

Duncan Forbes, un artiste de leurs amis, était arrivé à la villa Esmeralda, venant de Rome. Il les accompagnait maintenant dans la gondole, se baignait avec elles de l'autre côté de la lagune, leur servant d'escorte. C'était un jeune homme tranquille, presque taciturne, pratiquant un art très avancé.

Elle reçut une lettre de Mrs. Bolton :

« Vous serez contente, j'en suis sûre, madame, quand vous verrez Sir Clifford. Il a l'air florissant, travaille ferme, est plein d'espoir. Naturellement, il attend votre retour avec impatience.

« En ce qui concerne M. Mellors, je ne sais ce que Sir Clifford vous en a dit. Il paraît que sa femme est revenue tout à coup un après-midi et qu'il l'a trouvée assise sur le seuil comme il rentrait du bois. Elle lui a dit qu'elle était revenue à lui, qu'elle voulait reprendre la vie commune avec lui, étant sa femme légitime, et qu'elle ne divorcerait pas. Parce que, paraît-il, M. Mellors avait demandé son divorce. Mais il n'a rien voulu entendre et ne lui a pas permis d'entrer dans la maison, et n'y est pas rentré lui-même, et il est retourné dans le bois sans avoir ouvert la porte.

« Mais quand il est rentré à la nuit, il a trouvé qu'on avait fait effraction dans la maison. Alors, il est monté dans sa chambre pour voir ce qu'elle avait fait et il l'a trouvée au lit, sans un fil sur le corps. Il lui a offert de l'argent, mais elle a dit qu'elle était sa femme, qu'il fallait qu'il la reprît. Je ne sais pas exactement le genre de scène qu'il y eut entre eux. Sa mère m'en a parlé ; elle est terriblement ennuyée. Enfin, il lui a dit qu'il aimerait mieux mourir que de jamais recommencer à vivre avec elle ; et il a pris ses effets et s'en est allé tout droit chez sa mère à Tavershall. Il y a passé la nuit, et le lendemain il est allé au bois par le parc, sans approcher du cottage. Il paraît qu'il n'a pas vu sa femme de tout ce jour-là. Mais, le lendemain, elle était chez son frère Dan, à Beggarlee, jurant et hurlant, et disant qu'elle était sa femme légitime, et qu'il avait reçu des femmes au cottage, qu'elle avait trouvé un flacon de parfum dans son tiroir et des bouts de cigarettes de luxe sur les cendres du feu, et je ne sais quoi encore. Et il paraît que le facteur, Fred Kirk, raconte qu'il a entendu quelqu'un parler dans la chambre de M. Mellors un matin de bonne heure, et qu'il y avait les marques d'une auto dans le petit chemin.

« M. Mellors est resté chez sa mère ; il allait au bois par le parc, et elle était toujours, paraît-il, au cottage. Alors, pour en finir, M. Mellors et Tom Phillips sont allés au cottage et ont emporté presque tout le mobilier et la literie et ont dévissé le bras de la pompe, en sorte qu'elle a bien été obligée de partir. Mais, au lieu de retourner à Stacks Gate, elle est allée loger chez cette Mrs. Swain à Beggarlee, parce que la femme de Dan ne voulait pas d'elle. Et elle a continué à aller chez la mère Mellors pour tâcher d'attraper le fils ; et puis elle a commencé à jurer qu'il avait couché avec elle au cottage, et elle est allée chez un notaire pour exiger une pension. Elle s'est alourdie, est devenue plus vulgaire que jamais, et elle est aussi forte qu'un taureau. Et elle va répétant partout les plus affreuses choses sur lui, disant qu'il recevait des femmes au cottage, et racontant comme il se conduisait avec elle quand ils étaient mariés, toutes les saletés qu'il lui avait fait subir, enfin je ne sais pas trop quoi. Quelle horreur, le mal qu'une femme peut faire, une fois qu'elle commence à parler. Et si vile qu'elle soit, elle trouvera des gens pour la croire ; et la boue rejaillira. Elle assure que M. Mellors est un de ces hommes bas et brutaux avec les femmes ; et les gens sont seulement trop prêts à croire ce qu'on leur raconte, surtout les choses de ce genre. Elle déclare qu'elle ne le laissera jamais tranquille tant qu'il vivra. Mais je me dis, moi, que, s'il avait été si terrible avec elle, elle ne désirerait pas tant le reprendre. Mais, naturellement, elle approche de son retour d'âge, car elle est bien plus âgée que lui. Et ces femmes vulgaires et violentes deviennent toujours à moitié folles quand elles ont leur retour d'âge... »

Ce fut un vilain coup pour Constance. Ainsi, sur elle aussi, sans aucun doute, allait rejaillir une part de saleté et de boue. Elle s'irritait qu'il ne se fût pas mis à l'abri d'une Bertha Coutts, et même qu'il l'eût jamais épousée. Peut-être avait-il une certaine tendance à la bassesse. Constance se rappela la dernière nuit qu'elle avait passée avec lui ; et elle frissonna. Toute cette sensualité, il l'avait connue aussi avec Bertha Coutts ! C'était vraiment un peu écœurant. Il serait peut-être prudent de se débarrasser de lui, de se mettre à l'abri. Il était peut-être vraiment commun, vraiment bas.

Elle subit une réaction de sentiments; elle se révolta contre toute l'aventure. Elle enviait presque aux petites Guthrie leur niaise inexpérience et leur gauche virginité. Et maintenant, elle redoutait qu'on sût ce qui s'était passé entre elle et le garde. Quelle humiliation indicible! Elle était lasse, elle avait peur, elle aspirait à une vie sans tache. Si Clifford apprenait la chose, quelle indicible humiliation! Elle était effrayée, terrifiée par le monde et sa morsure impure. Elle désirait presque se débarrasser de l'enfant, être tout à fait à l'abri. Bref, elle s'abandonnait à la dépression, à la lâcheté.

Quant à la bouteille de parfum, c'était entièrement sa faute. Elle avait eu la folie et l'enfantillage de parfumer les quelques mouchoirs et les chemises de son amant, dans le tiroir, et elle y avait laissé un petit flacon de Violettes des Bois de Coty[151], à moitié vide. Elle avait voulu se rappeler à lui par ce parfum. Quant aux cigarettes, c'étaient celles de Hilda.

Elle ne put s'empêcher de faire quelques confidences à Duncan Forbes. Elle ne lui dit pas qu'elle avait été la maîtresse du garde, elle lui dit seulement qu'elle l'aimait bien, et lui raconta son histoire.

— Oh! dit Forbes, vous verrez : ils n'auront point de repos qu'ils ne l'aient abattu et traîné à terre s'il a refusé de grimper dans la bourgeoisie quand il en a eu l'occasion; et, si c'est un homme qui se fait le champion de son sexe, alors il est perdu. La seule chose qu'on ne permette pas, c'est la droiture et la franchise dans ces questions-là. On peut être aussi sale qu'on veut; plus on salit l'amour physique et plus on a de chances de plaire. Mais si on a foi en son sexe, si on ne veut pas qu'il soit sali, alors on est perdu. C'est le dernier tabou qui nous reste. On ne veut pas entendre parler du sexe en tant que fonction naturelle et vitale. On ne veut pas en entendre parler. Et on vous tuera avant de vous permettre d'en user. Vous verrez, ils mèneront cet homme à la curée. Et quels sont ses torts, après tout ? S'il a fait l'amour avec sa femme par tous les bouts, n'en avait-il pas bien le droit ? Elle devrait en être fière. Mais, vous voyez, même une créature de la plus basse espèce, comme sa femme, se retourne contre lui et se sert de ses instincts d'hyène pour exciter la populace contre lui. Il faut pleurnicher et se repentir et avoir honte de l'amour physique avant qu'on vous permette de le pratiquer. Oh ! ils mèneront le pauvre diable à la curée.

Constance éprouvait maintenant une réaction dans l'autre sens. Qu'avait-il fait après tout ? Que lui avait-il fait à elle, Constance ? Il lui avait donné un violent plaisir et un sentiment de liberté et de vie ; il avait ouvert les digues à ce flux sexuel, naturel et chaud, qui était captif en elle. Et pour cela, il serait mené à la curée.

Non, cela ne serait pas. Elle le revit, nu et blanc, le visage et les mains brunis, baissant les yeux et parlant à son pénis dressé, comme si c'était une autre personne, et riant de son curieux petit ricanement. Et elle entendit sa voix : « Tu as le plus joli cul de femme !... » Et doucement, elle sentit sa main qui lui caressait la croupe, et les endroits secrets, qui se posait sur elle comme une bénédiction. Et une chaleur lui traversa les entrailles, de petites flammes pétillèrent dans ses genoux, et elle dit : « Oh ! non, il ne faut pas que je recule ! Il ne faut pas que je l'abandonne ! Il faut que je le garde et que je garde ce que j'ai eu par lui, malgré tout. J'ignorais cette vie chaude et enflammée, c'est à lui que je la dois. Je ne veux pas la perdre. »

Elle osa une démarche assez imprudente. Elle joignit un billet pour lui à une lettre qu'elle envoyait à

Mrs. Bolton, en la priant de le lui remettre. Elle disait au garde :

« Je suis désolée d'apprendre tous les ennuis que votre femme vous cause ; mais ne vous faites pas de mauvais sang, c'est une sorte d'hystérie, un feu de paille qui s'éteindra comme il s'est allumé. Mais je suis désolée et j'espère tant que vous ne prenez pas tout cela trop à cœur. Après tout, ça n'en vaut pas la peine. C'est une femme hystérique qui veut vous faire du mal. Je serai rentrée dans dix jours et j'espère que tout ira très bien. »

Quelques jours plus tard vint une lettre de Clifford. Évidemment, il était manifestement contrarié :

« Je suis ravi d'apprendre que vous pensez quitter Venise le 16, mais si vous vous amusez, ne vous pressez pas. Vous nous manquez, vous manquez à Wragby. Mais l'essentiel est que vous ayez tout votre dû de soleil, de soleil et de pyjamas, comme disent les réclames du Lido. Ainsi restez encore un peu si ça vous amuse et peut vous préparer à notre hiver assurément affreux. Même aujourd'hui il pleut.

« Je suis assidûment, admirablement soigné par Mrs. Bolton. C'est un curieux spécimen d'humanité. Plus je vis et plus je me rends compte que les êtres humains sont de curieux animaux. Il y en a qui pourraient tout aussi bien avoir cent pattes comme les scolopendres, ou six comme les homards. La cohérence et la dignité qu'on croyait pouvoir attendre de son prochain semblent en réalité ne pas exister du tout. On en arrive à se demander si elles existent sérieusement en soi-même.

« Le scandale du garde grandit et fait boule de neige. Mrs. Bolton me renseigne. Elle me fait penser à un poisson qui, tant qu'il est en vie, bien que muet, émet par ses branchies de silencieux bavardages. Tout passe par le crible de ses branchies, et rien ne la surprend. On dirait que les affaires des autres sont l'oxygène nécessaire à son existence.

« Elle est très occupée du scandale Mellors ; et, si je la laisse commencer, elle me fait plonger jusqu'aux profondeurs. Elle réserve toute son indignation — qui, même alors, ressemble à l'indignation d'une actrice jouant un rôle — à la femme de Mellors, qu'elle s'obstine à appeler Bertha Coutts. J'ai plongé profondément dans la vie fangeuse des Bertha

Coutts de ce monde ; et quand, libéré de ce flot de bavardages, je remonte lentement à la surface, je regarde la lumière du jour et m'étonne qu'elle ait jamais pu être.

« Il est absolument vrai que ce monde qui nous semble la surface de toutes choses, est, en réalité, le fond d'un océan profond[152] : tous nos arbres sont des végétations sous-marines et nous sommes nous-mêmes une curieuse faune sous-marine, vêtue d'écailles, et qui se nourrit de rebuts, comme les crevettes. À de rares moments, l'âme, qui étouffe, s'élève à travers les incalculables milliers de lieues sous lesquelles nous vivons et monte à la surface de l'éther où règne un air véritable. Je suis convaincu que l'air que nous respirons habituellement est une sorte d'eau et que les hommes sont une variété de poissons.

« Mais il est vrai que, parfois, l'âme s'élève d'un coup d'aile, comme un goéland, vers la lumière, avec extase, après s'être nourrie dans les profondeurs sous-marines. Il est, je suppose, de notre destinée mortelle de dévorer les vies aquatiques de notre prochain dans la jungle sous-marine de l'humanité. Mais notre destinée immortelle nous fait échapper ; et, après avoir avalé notre proie visqueuse, nous émergeons de l'antique océan, et retournons à l'éther brillant et à la vraie lumière. Et alors, nous comprenons que nous avons une nature éternelle.

« Quand j'entends parler Mrs. Bolton, je me sens plonger dans les profondeurs où nagent et se tortillent les poissons des secrets humains. On saisit, par appétit charnel, un morceau de proie ; et puis on remonte, haut, très haut, du brouillard à l'éther, de l'humidité à la sécheresse. À vous, je puis expliquer tout ce processus. Mais, avec Mrs. Bolton, je ne sens que la plongée profonde et horrible dans les algues et parmi les monstres livides de l'extrême fond.

« J'ai bien peur que nous ne perdions notre garde-chasse. Le scandale soulevé par l'épouse vagabonde, au lieu de s'apaiser, prend des proportions de plus en plus vastes. On accuse le mari d'actions innommables et, chose curieuse, la femme a trouvé moyen de mettre presque toute la population féminine, horrible race de poissons, de son côté, et le village est tout pourri de racontars. On me dit que cette Bertha Coutts assiège Mellors dans la maison de sa mère, après avoir mis à sac le cottage et la cabane. Elle s'est emparée un jour de sa propre fille, comme ce charmant rejeton rentrait de l'école ; mais la petite, au lieu de baiser la main d'une tendre mère, l'a rudement mordue et a reçu de l'autre main une gifle qui l'a envoyée rouler dans le ruisseau, dont elle a été tirée par une grand-mère indignée.

« Cette femme a soufflé autour d'elle une étonnante quantité de gaz asphyxiants. Elle a exposé à l'air du dehors tous les détails de la vie conjugale qui, entre mari et femme, restent généralement ensevelis dans le profond tombeau du silence matrimonial. Elle les exhume après dix ans d'ensevelissement : quel déballage ! J'apprends ces détails par Linley et par le docteur, qui s'en amuse. Naturellement, tout cela ne signifie pas grand-chose. L'humanité a toujours recherché avidement les postures sexuelles extraordinaires ; et, si un homme tient à posséder sa femme, comme dit Benvenuto Cellini [153], " à la manière italienne ", pourquoi pas ? C'est une question de goût. Mais je ne pensais pas que notre garde fût capable de ce genre de prouesses. Sans doute, c'est Bertha Coutts qui les lui a d'abord enseignées. Quoi qu'il en soit, ça regarde leur petite fange personnelle, et n'est l'affaire de personne d'autre.

« Toutefois, chacun écoute, comme j'écoute moi-même. Il y a dix ans, la pudeur courante aurait étouffé l'affaire. Mais la pudeur courante n'existe plus, et les femmes des mineurs sont armées de pied en cap et rien ne peut les faire taire. On croirait que depuis cinquante ans l'Immaculée Conception [154] a présidé à toutes les naissances de Tavershall et que toutes nos femmes sont autant d'éclatantes Jeanne d'Arc. Le fait que notre estimable garde-chasse peut avoir quelques tendances rabelaisiennes le rend aux yeux du village plus scandaleux, plus monstrueux qu'un assassin comme Crippen [155]. Et pourtant ces gens de Tavershall sont plutôt de vertu facile, si on en croit les racontars.

« Le pis est que l'exécrable Bertha Coutts ne s'en est pas tenue à sa propre aventure et à ses souffrances personnelles. Elle a découvert et a hurlé partout que son mari " entretenait " des femmes au cottage, et a fait quelques tentatives hasardeuses pour nommer ces femmes. Quelques noms respectables ont été ainsi traînés dans la boue ; et la chose est allée si loin qu'on a dû lancer un mandat d'arrêt contre elle.

« Comme il était impossible d'empêcher sa femme d'aller dans le bois, j'ai été forcé d'avoir un entretien avec Mellors à propos de toute l'affaire. Il va et vient comme d'habitude avec son air de meunier sur la Dee : " Ne vous occupez pas de mes affaires et je ne m'occuperai pas des vôtres [156]. " Et pourtant je le soupçonne de se sentir un peu comme un chien qui a un seau de fer-blanc attaché à la queue. Il fait très habilement semblant de ne pas s'apercevoir du seau. Mais on m'assure que, dans le village, les femmes rappellent les enfants quand il passe, comme s'il était le marquis de Sade en personne. Il persiste dans son impudence ; mais je crains que le seau ne soit solidement fixé à sa queue et qu'il ne se répète en lui-même les paroles de Don Rodrigue dans la ballade espagnole[157] : " Ah ! maintenant je suis mordu là où j'ai le plus péché. "

« Je lui ai demandé s'il pensait pouvoir remplir son office dans le bois et il m'a répondu qu'il ne croyait pas l'avoir négligé. Je lui ai dit qu'il était déplaisant que sa femme se promenât comme chez elle dans mon bois ; à quoi il a répliqué qu'il n'avait aucun pouvoir pour la faire arrêter. Puis j'ai fait allusion au scandale et à la tournure fâcheuse que prenaient les choses. " Oui, a-t-il dit, les gens devraient s'occuper de leurs propres couchages ; et alors ils écouteraient moins tout ce qu'on raconte sur ceux des autres. "

« Il a dit cela avec une certaine amertume ; et il faut avouer que c'est bien un peu vrai. Mais la façon de le dire n'est ni décente, ni respectueuse. Je me suis permis de le faire discrètement remarquer ; alors j'ai entendu le bruit du seau de fer-blanc : " Ce n'est pas un homme dans l'état où vous êtes, Sir Clifford, qui devrait me reprocher d'avoir une queue entre les jambes. "

« Ce genre de choses, dites indifféremment au tiers et au quart, n'améliorent guère son cas, en sorte que le recteur, Linley et Burroughs trouvent qu'il vaudrait mieux qu'il partît.

« Je lui ai demandé si c'était vrai qu'il recevait des dames au cottage, et il m'a répondu : " Qu'est-ce que cela peut vous faire, Sir Clifford ? "

« Je lui ai dit que je voulais que les convenances fussent respectées sur le domaine, à quoi il a répondu : " Alors, il faut boutonner les bouches de toutes les femmes. " Et comme je le poussais un peu sur sa manière de vivre au cottage, il a dit : " Vous pourriez inventer des histoires sur moi et ma chienne Flossie. Voilà un beau sujet. " En vérité, il n'a guère son égal en fait d'impertinence.

« Je lui ai demandé s'il lui serait facile de trouver une autre place. Il a dit : " Rien de plus facile, si c'est une façon de me faire comprendre que vous me mettez à la porte. " Il n'a fait aucune objection à partir à la fin de la semaine prochaine, et il semble prêt à initier un jeune homme, Joe Chambers, à tous les mystères que peut comporter le poste. Je lui ai proposé de lui donner un mois de gages en plus, à son départ. Il a répondu qu'il préférait que je garde mon argent, puisque je n'avais aucune bonne raison de vouloir me mettre la conscience à l'aise. Je lui ai demandé ce qu'il voulait dire et il a répondu : " Vous ne me devez rien en plus, Sir Clifford, ne me payez rien en plus. Si vous me trouvez quelque chose à redire, dites-le-moi donc. "

« Eh bien, l'affaire est terminée pour le moment : la femme est partie ; nous ne savons pas pour où. Mais elle est sous le coup d'un mandat d'arrêt si elle se montre à Tavershall. Et on me dit qu'elle a une peur folle d'être mise en prison, parce qu'elle le mérite si bien. Mellors partira samedi en huit ; et l'endroit reprendra bientôt son aspect coutumier.

« Pendant ce temps, ma chère Constance, si cela vous amusait de rester à Venise ou en Suisse, jusqu'au commencement d'août, je serais heureux de vous sentir loin de toute cette agitation pas très propre ; il n'y en aura plus trace d'ici à la fin du mois.

« Vous le voyez, nous sommes des monstres sous-marins ; et, quand le homard marche sur de la boue, il trouble l'eau pour tout le monde. Il faut bien que nous nous en accommodions avec philosophie. »

L'irritation, l'absence de toute sympathie pour qui que ce fût que dénotait la lettre de Clifford eurent un mauvais effet sur Constance. Mais elle comprit mieux les choses quand elle reçut de Mellors la lettre suivante :

« Le pot aux roses est découvert ; et il y a plus de roses encore qu'on n'aurait cru. Vous aurez su que ma femme Bertha était revenue à mes peu tendres embrassements et avait pris domicile au cottage, où elle a flairé quelque chose sous forme d'un petit flacon de Coty. Elle n'a rien trouvé d'autre, du moins pendant plusieurs jours. Puis elle s'est mise à pousser les hauts cris sur la photo brûlée. Elle avait découvert le verre et le dos du cadre dans la chambre de débarras. Malheureusement quelqu'un avait griffonné sur le dos du cadre de petits croquis et des initiales plusieurs fois répétées : C.S.R. Cette piste, d'abord, n'a mené à rien. Mais bientôt Bertha a envahi la cabane. Là, elle a découvert un de vos livres, une autobiographie de l'actrice Judith[158], avec votre nom, Constance Steward Reid, sur la première page. Après cela, pendant plusieurs jours, elle a crié sur les toits que ma maîtresse n'était rien de moins que Lady Chatterley elle-même. Le bruit en est arrivé bientôt au recteur, M. Burroughs, et à Sir Clifford lui-même. Ils ont procédé alors à des mesures légales contre ma Dame, qui, de son côté, a disparu ayant toujours eu une crainte mortelle de la police.

« Sir Clifford a demandé à me voir et je suis allé le trouver. Il a tourné autour du pot, l'air fâché contre moi. Alors, il m'a demandé si je savais que le nom de Lady Chatterley avait été mentionné. J'ai répondu que je n'écoutais jamais les cancans et que j'étais surpris d'apprendre celui-ci de Sir Clifford lui-même. Il a dit que c'était naturellement une grande insulte et j'ai répondu qu'il y avait une image de la reine Mary[159] sur un calendrier dans l'arrière-cuisine, sans doute parce que Sa Majesté faisait partie de mon harem. Mais il n'a pas semblé goûter la plaisanterie. Il m'a accusé plus ou moins d'être un mauvais drôle et de me promener avec mon pantalon déboutonné, et moi, je lui ai plus ou moins répondu que, de toute façon, il n'avait rien, lui, à déboutonner. En sorte qu'il m'a donné mon congé. Je pars samedi en huit et le lieu où j'étais ne me connaîtra plus.

« J'irai à Londres à mon ancienne pension, chez Mrs. Inger, 17, Coburg Square, qui me donnera ou me trouvera une chambre.

« Il est certain qu'on n'échappe pas à ses péchés, surtout quand on est marié et qu'elle s'appelle Bertha... »

Il n'y avait pas un mot sur elle, ou pour elle. Constance en éprouva du dépit. Il aurait pu lui dire quelque chose pour la consoler ou la rassurer. Mais elle comprit qu'il voulait la laisser libre, libre de retourner à Wragby et à Clifford. Et, de cela aussi, elle éprouva du dépit. Nul besoin d'être si faussement chevaleresque. Elle aurait voulu qu'il dît à Clifford : « Oui, elle m'aime et elle est ma maîtresse et j'en suis fier ! » Mais son courage n'allait pas jusque-là.

Ainsi, à Tavershall, son nom était accouplé à celui du garde-chasse. Affreux mélange ! Mais tout cela serait vite oublié.

Elle était en colère, d'une colère compliquée et embrouillée, qui la rendait incapable d'agir. Elle ne savait ni que faire, ni que dire, en sorte qu'elle ne disait et ne faisait rien. Elle continua sa vie de Venise comme si de rien n'était, se promenant en gondole avec Duncan Forbes, prenant des bains, laissant fuir les jours. Duncan, qui avait nourri pour elle un amour mélancolique il y avait dix ans, était de nouveau amoureux d'elle. Mais elle lui dit : « Je ne demande qu'une chose aux hommes, et c'est qu'ils me laissent tranquille. »

Alors, Duncan la laissait tranquille et n'en était pas fâché. Tout de même il répandait sur elle le tendre flot d'une sorte d'amour étrange et inverti. Il voulait être *avec* elle.

— Avez-vous jamais pensé, lui dit-il un jour, combien peu de rapports il y a entre les êtres ? Regardez Daniele : il est beau comme un fils de soleil. Mais voyez comme il a l'air seul dans sa beauté. Et pourtant, je jurerais qu'il a une femme et une famille qu'il ne pourrait quitter à aucun prix.

— Demandez-le-lui, dit Constance.

Duncan le lui demanda. Daniele répondit qu'il était marié et avait deux enfants, deux garçons de sept et neuf ans. Mais il ne laissa voir aucune émotion.

— Les gens capables d'union intime avec les autres sont les seuls qui semblent ainsi solitaires dans l'univers, dit Constance. Les autres sont un peu gluants ; ils collent à la masse, comme Giovanni.

Et elle ajouta, se parlant à elle-même : « Et comme vous, Duncan. »

## XVIII

Elle dut prendre des décisions. Elle quitterait Venise samedi, le jour même où il quitterait Wragby. Elle arriverait le lundi suivant à Londres, où elle le verrait. Elle lui écrivit à son adresse de Londres pour lui demander de lui envoyer une lettre à l'hôtel Hartland et de venir la voir lundi soir à sept heures.

Elle éprouvait au fond d'elle-même une colère curieuse et compliquée, et toutes ses réactions étaient comme engourdies. Elle ne voulait même pas se confier à Hilda, et Hilda, offensée par ce silence obstiné, s'était liée assez intimement avec une Hollandaise. Constance haïssait ces intimités un peu étouffantes entre femmes ; Hilda, au contraire, les cultivait avec pesanteur.

Sir Malcolm décida de faire le voyage avec Constance. Duncan rentrerait avec Hilda. Le vieil artiste ne se privait jamais de rien ; il prit deux couchettes dans l'Orient-Express, malgré le peu de goût de Constance pour les trains de luxe et leur atmosphère de dépravation vulgaire. Mais enfin, le voyage jusqu'à Paris serait plus court ainsi.

Sir Malcolm était toujours mal à son aise quand il retournait auprès de sa seconde femme ; il avait éprouvé la même chose avec la première. Mais il devait y avoir une *house party* pour chasser la *grouse*[160], et il voulait être arrivé à temps. Constance, belle sous son hâle, oubliait de regarder le paysage.

— Pas très amusant pour toi de rentrer à Wragby, dit son père qui la voyait maussade.

— Je ne suis pas décidée à rentrer à Wragby, dit-elle à brûle-pourpoint, fixant sur son père ses grands yeux bleus.

Et les grands yeux bleus de son père prirent l'expression effrayée d'un homme dont la conscience sociale n'est pas très pure.

— Tu veux dire que tu resteras quelque temps à Paris ?

— Non ! Je veux dire que je ne retournerai jamais à Wragby.

Il avait ses petits ennuis personnels, et espérait bien qu'il n'allait pas être chargé encore de ceux de sa fille.

— Qu'est-ce qui se passe, d'un seul coup ? demanda-t-il.

— Je vais avoir un enfant.

C'était la première fois qu'elle avait dit ces mots à aucun être humain ; et il lui semblait qu'ils séparaient sa vie en deux.

— Comment le sais-tu ? demanda son père.

Elle sourit.

— Comment crois-tu que je le sais ?

— Mais pas l'enfant de Clifford, naturellement ?

— Non, l'enfant d'un autre homme.

Elle s'amusait un peu à le tourmenter.

— Est-ce que je le connais ? demanda Sir Malcolm.

- Non, vous ne l'avez jamais vu.

Il y eut un long silence.

— Et quels sont tes projets ?

— Mais justement, je n'en sais rien.

— Pas moyen d'arranger les choses avec Clifford ?

— Je pense que Clifford accepterait l'enfant, dit

Constance. Il m'a dit, après la dernière conversation qu'il a eue avec vous, que cela lui serait égal que j'eusse un enfant, pourvu que tout se passât discrètement.

— C'était la seule chose raisonnable qu'il pût dire étant donné les circonstances Alors, je pense que tout ira bien.

— Comment ? dit Constance, en regardant son père dans les yeux.

Il avait de grands yeux bleus, assez semblables aux siens, mais hantés d'un certain malaise, comme les yeux d'un petit garçon mal à l'aise ; un air, parfois d'égoïsme morose, mais généralement de bonne humeur et de bon sens.

— Tu peux donner un héritier à tous les Chatterley et installer un autre baronet dans Wragby Hall.

Le visage de Sir Malcolm souriait d'un sourire à demi sensuel.

— Mais je ne crois pas que j'en ai envie, dit-elle.

— Pourquoi pas ? Tu te sens enchaînée à l'autre ? Eh bien, mon enfant, si tu veux que je te dise la vérité, la voici. Le monde continue : Wragby subsiste et continuera à subsister. Le monde est plus ou moins fixe, et nous sommes bien forcés de nous y adapter en apparence. Personnellement, nous pouvons faire ce qui nous plaît. Les émotions changent. Tu peux aimer un homme cette année, un autre l'an prochain. Mais Wragby continue à exister. Sois fidèle à Wragby tant que Wragby te sera fidèle. Pour le reste agis à ta guise. Mais à quoi cela te servira-t-il de faire un éclat ? Tu peux le faire si tu le veux. Tu as de quoi vivre. C'est la seule chose sur laquelle on puisse toujours compter. Mais à quoi cela te servira-t-il ?

Et Sir Malcolm sourit encore. Constance ne répondit pas.

— J'espère que tu as eu un vrai homme enfin, lui dit-il au bout d'un moment, sa sensualité éveillée.

— Oui. Voilà l'ennui. Il n'y a pas tant de vrais hommes autour de nous !

— Ah ! grand Dieu, non ! dit-il rêveusement. Certes pas ! Eh bien, ma chère, j'imagine, à te voir, qu'il n'a pas lieu de se plaindre. Sûrement il ne voudrait pas te causer d'ennuis ?

— Oh ! non, il me laisse entièrement maîtresse de moi-même.

— Naturellement ! Tout homme véritable en ferait autant.

Sir Malcolm était content. Constance était sa fille favorite. Il avait toujours aimé la femme en elle. Elle tenait moins de sa mère que Hilda. De plus, il n'avait jamais aimé Clifford. Il était content, et se montra tendre envers sa fille comme si cet enfant à naître était le sien.

Il l'accompagna en voiture jusqu'à l'hôtel Hartland ; puis, quand elle fut installée, il alla à son club : elle avait refusé sa compagnie pour la soirée.

Elle avait trouvé une lettre de Mellors :

« Je ne veux pas aller à votre hôtel, mais je vous attendrai dans Adam Street, devant le Coq d'Or, à sept heures. »

Et il était là, en effet, grand et mince, et si différent d'aspect dans un complet noir conventionnel. Il avait de la distinction naturelle, mais il lui manquait l'air fait sur mesure des gens du monde. Cependant, elle vit tout de suite qu'il pouvait aller partout. Il avait naturellement bon air, ce qui valait beaucoup mieux que la coupe mondaine et sur mesure.

— Ah ! vous voilà ! Comme vous avez l'air d'aller bien !

— Oui, mais pas vous.

Elle lui scrutait le visage, anxieusement. Il avait maigri et ses pommettes saillaient. Mais il lui souriait des yeux ; et elle se sentait à son aise avec lui. Soudain l'effort de maintenir les apparences se relâcha en elle. Quelque chose de physique émanait de lui, quelque chose qui lui donnait le sentiment intime d'être bien, d'être heureuse, d'être à l'aise. Son instinct de femme attentive au bonheur l'en avait tout de suite avertie : voilà, je suis heureuse quand il est là ! Tout le soleil de Venise ne lui avait pas donné cette expansion, cette chaleur intimes.

— Avez-vous été terriblement embêté par toutes ces histoires ? lui demanda-t-elle quand ils furent confortablement assis à table l'un en face de l'autre.

Il était trop maigre ; elle s'en apercevait maintenant. Elle revoyait sa main telle qu'elle l'avait connue, perdue en une sorte d'oubli d'animal endormi. Comme elle aurait voulu la prendre et l'embrasser ! Mais elle n'osait pas tout à fait aller jusque-là.

— Les gens sont toujours horribles, dit-il.

— Et vous en avez beaucoup souffert ?

— J'en ai souffert, comme j'en souffrirai toujours. Et je savais que j'étais un sot d'en souffrir.

— Est-ce que vous vous sentiez comme un chien qui a un seau de fer-blanc attaché à la queue ? Clifford m'a dit que vous en aviez l'air.

C'était cruel de lui parler ainsi maintenant, car il avait amèrement souffert dans son orgueil.

— Je pense que oui, dit-il.

Elle ne savait pas l'amère et sauvage rancune que lui inspirait toute insulte. Ils se turent un long moment.

— Est-ce que je vous ai manqué ? demanda-t-elle.

— J'étais bien aise que vous soyez loin de tout cela.

Ils se turent encore.

— Mais, est-ce que les gens ont vraiment cru ce qu'on a dit de vous et de moi ?

— Non, je ne le crois pas une minute.

— Et Clifford, l'a-t-il cru ?

— Je ne crois pas. Il s'est efforcé de n'y pas penser. Mais, naturellement, cela lui a donné le désir de ne plus jamais me voir.

— Je vais avoir un enfant.

Il fixa sur elle des yeux assombris dont elle ne pouvait pas comprendre le regard. Toute expression avait disparu de son visage, de tout son corps : c'était comme si une sombre flamme l'avait regardée.

— Dites que vous êtes content ! supplia-t-elle en lui prenant la main ; et elle vit se répandre sur lui un certain air de triomphe. Mais ce triomphe était comme entravé par des choses qu'elle ne comprenait pas.

— C'est l'avenir, dit-il.

— Mais n'êtes-vous pas content ? persista-t-elle.

— Je me méfie tellement de l'avenir.

— Mais vous n'avez nul besoin de vous occuper de vos responsabilités. Clifford prendrait l'enfant à son compte, il en serait heureux.

Elle le vit pâlir à ces mots. Il ne répondit rien.

— Retournerai-je à Clifford et installerai-je un petit baronet à Wragby ? demanda-t-elle.

Il la regarda, pâle et distant. Un petit sourire méchant passa sur son visage.

— Vous ne seriez pas obligée de lui dire qui est le père ?

— Oh ! il prendrait l'enfant même si je lui disais.

Il réfléchit un moment.

— Oui, dit-il, c'est probable.

Ils se turent. Un grand abîme les séparait.

— Mais vous ne voulez pas que je retourne à Clifford, n'est-ce pas ? lui demanda-t-elle.

— Que voulez-vous vous-même ?

— Je veux vivre avec vous, dit-elle simplement.

Malgré lui, il sentit de petites flammes lui parcourir le ventre en entendant cette parole ; et il pencha la tête. Puis il la regarda encore de ses yeux hantés...

— N'avez-vous pas trop à perdre ? dit-il. Je n'ai rien à donner.

— Vous avez plus à donner que la plupart des hommes. Allons, vous le savez bien.

— Oui, je le sais, en un sens.

Il se tut un moment, plongé dans ses pensées. Puis il reprit :

— On me disait autrefois qu'il y avait trop de la femme en moi. Mais ce n'est pas vrai. Ce n'est pas être femme que de ne pas aimer à tirer des oiseaux, à gagner de l'argent et à faire son chemin dans le monde. J'aurais pu faire mon chemin dans l'armée, facilement. Mais je n'aimais pas l'armée. Je me tirais très bien d'affaire avec les hommes ; ils m'aimaient bien et avaient une sainte terreur de mes colères. Non ; c'était l'autorité supérieure, stupide et mécanique, qui faisait de l'armée une chose morte, entièrement stupide et morte. J'aime bien les hommes et les hommes m'aiment bien, mais je ne puis supporter l'impudence prétentieuse et le bavardage des gens qui mènent le monde. Voilà pourquoi je ne puis pas faire mon chemin. Je hais l'impudence de l'argent, et je hais l'impudence de caste. Ainsi, dans ce monde tel qu'il est, que puis-je offrir à une femme ?

— Mais pourquoi offrir ? Ce n'est pas un marché. Nous nous aimons, voilà tout, dit-elle.

— Non, non, c'est plus que cela. Vivre, c'est avancer. Ma vie ne veut pas couler dans les bonnes rigoles ; elle s'y refuse. Donc je ne sers pas à grand-chose par moi-même. Et je n'ai pas le droit de mêler une femme à ma vie, si ma vie n'accomplit rien, n'aboutit à rien ;

du moins au-dedans. Il faut qu'un homme offre à une femme une vie qui ait un sens quelconque, si ce doit être une vie isolée, et si elle est une vraie femme. Je ne puis pas me borner à être votre concubine mâle.

— Mais pourquoi ? dit-elle.

— Mais, parce que je ne le puis pas. D'ailleurs, vous en auriez vite horreur.

— Comme si vous ne pouviez pas compter sur moi, dit-elle.

Le ricanement passa sur son visage.

— L'argent est à vous, dit-il, la situation sociale est à vous ; c'est vous qui déciderez. Après tout, je ne suis pas seulement le sauteur de madame.

— Qu'êtes-vous d'autre ?

— Vous pouvez bien le demander ! C'est sans doute invisible. Mais, pour moi-même du moins, je suis quelque chose. Je comprends le sens de ma propre existence, bien que je comprenne aussi que personne d'autre ne le comprenne.

— Et votre existence aura-t-elle moins de sens si vous vivez avec moi ?

Il se tut un long moment avant de répondre :

— Peut-être, dit-il enfin.

Elle aussi s'attarda à y réfléchir.

— Et quel est le sens de votre existence ?

— Je vous dis qu'il est invisible. Je ne crois ni au monde, ni à l'argent, ni au progrès, ni à l'avenir de notre civilisation. Si l'humanité doit avoir un avenir, il faudra qu'un grand changement s'accomplisse.

— Et que sera le véritable avenir ?

— Dieu sait ! Je sens quelque chose en moi, tout mêlé de beaucoup de colère. Mais ce que c'est exactement, je ne puis pas le dire.

— Voulez-vous que je vous dise, dit-elle en le regardant, voulez-vous que je vous dise ce que vous avez, et que les autres hommes n'ont pas, et qui fera l'avenir ? Vous le dirai-je ?

— Dites-le donc, répondit-il.

— C'est le courage de votre propre tendresse ; c'est ce qui vous fait poser la main sur ma croupe et dire que j'ai une jolie croupe.

Le ricanement passa sur son visage.

— C'est cela ! dit-il.

Puis il se tut pour réfléchir.

— Oui ! reprit-il. Vous avez raison. C'est bien cela. C'est cela en tout. Je le sentais dans mes rapports avec mes hommes. Il fallait rester en contact avec eux, physiquement, et ne pas reculer. Il fallait les traiter comme des êtres physiques, et leur témoigner un peu de tendresse, même si je leur faisais souffrir mort et passion. C'est une question de connaissance intime, comme l'a dit Bouddha. Mais, même Bouddha a reculé devant la connaissance corporelle et cette tendresse physique, qui est ce qui vaut le mieux, même entre hommes, en toute saine virilité. C'est ce qui en fait vraiment des hommes, et non plus seulement des singes. Oui, c'est la tendresse ; c'est la connaissance sexuelle. Le sexe n'est vraiment qu'un contact ; le plus intime de tous les contacts. Et c'est un contact dont nous avons peur. Nous ne sommes qu'à demi conscients, et à demi vivants. Il faut que nous devenions vivants et conscients. Il faut, surtout nous autres Anglais, que nous prenions contact les uns avec les autres, avec un peu de délicatesse et de tendresse. C'est notre besoin le plus criant.

Elle le regarda :

— Alors, pourquoi avez-vous peur de moi ?

Il la regarda longtemps avant de répondre.

— C'est l'argent qui me fait peur ; et la situation ; c'est le monde en vous.

— Mais, n'y a-t-il pas de tendresse en moi ? dit-elle ardemment.

Il la regarda d'un regard assombri, absorbé.

— Oui ! par intermittence, comme chez moi.

— Mais ne pouvez-vous pas croire qu'elle subsistera entre nous ? dit-elle en le regardant anxieusement.

Il s'adoucissait, fondait, perdait son expression de défense.

— Peut-être, dit-il.

— Je veux que tu me tiennes dans tes bras, dit-elle. Je veux que tu me dises que tu es heureux que nous ayons un enfant.

Elle était si charmante, si chaude, si ardente qu'il sentait ses entrailles s'émouvoir pour elle.

— Je pense que nous pouvons aller dans ma chambre. Bien que ce soit un nouvel acte scandaleux.

Mais elle voyait qu'il se laissait envahir de nouveau par l'oubli du monde, et que son visage prenait le doux et pur éclat de la passion tendre.

Ils suivirent des rues écartées jusqu'à Coburg Square. Sa chambre était tout au haut de la maison ; c'était une petite mansarde, convenable et très en ordre. Il y faisait sa cuisine sur un fourneau à gaz.

Elle se dévêtit et le força à se dévêtir aussi. Elle était charmante dans le premier et doux éclat de sa grossesse.

— Je ne devrais pas te toucher, dit-il.

— Si. Aime-moi ! Aime-moi et dis-moi que tu me garderas. Dis-moi que tu me garderas ! Dis-moi que tu ne me laisseras jamais aller, retourner au monde, ou à qui que ce soit.

Elle s'approcha de lui, se colla à son corps mince, vigoureux et nu, le seul havre qu'elle eût jamais connu.

— Eh bien, je te garderai, dit-il. Si tu le veux, je te garderai.

Il la serrait dans ses bras.

— Et dis-moi que tu es heureux que nous ayons un enfant, répéta-t-elle. Embrasse-le. Embrasse mon ventre et dis que tu es heureux qu'il y soit.

Il résistait encore.

— J'ai tellement peur de mettre des enfants au monde ; j'ai tellement peur de ce que sera leur avenir.

— Mais c'est toi qui l'as mis en moi. Sois-lui tendre ; et ce sera déjà son avenir ! Embrasse-le !

Il frémit, car ce qu'elle disait était vrai. « Sois-lui tendre, et ce sera son avenir. »

À ce moment, il n'avait que de l'amour pour elle. Il lui embrassa le ventre et le mont de Vénus, pour être plus près du fœtus qu'elle portait.

— Oh ! tu m'aimes ! tu m'aimes ! dit-elle avec un petit cri, semblable à ses petits cris d'amour, aveugles et inarticulés.

Et il la prit doucement et sentit un flot de tendresse libérée couler de ses entrailles aux entrailles de la femme, entrailles de compassion, enflammées par leur double amour.

Et, en la prenant, il comprit que c'était là son devoir : un tendre contact avec elle, sans que rien de son orgueil, de sa dignité, de son intégrité d'homme fût perdu. En somme, si elle avait de l'argent et s'il n'en avait pas, l'orgueil et l'honneur devaient l'empêcher d'en faire une raison de lui retirer sa tendresse. « Ce que je représente, c'est l'intime connaissance physique des êtres entre eux, se dit-il, et le toucher intime de la tendresse. Et elle est ma compagne. Et ce doit être une lutte contre l'argent, et la machine et l'idéal ignoble, insensible et bestial du monde. Et elle m'aidera dans la lutte. Dieu merci, j'ai une femme ! Dieu merci, j'ai une femme qui est avec moi, qui est tendre, qui me comprend, qui n'est ni tyrannique, ni sotte. Dieu merci, elle est tendre et elle comprend. »

Et, tandis que sa semence jaillissait en elle, son âme aussi jaillissait vers elle, dans cet acte de la création, qui est bien plus que la procréation.

Elle était tout à fait résolue maintenant à ce que rien ne les séparât, elle et lui. Mais les moyens étaient encore à trouver, les dispositions à prendre.

— Aviez-vous horreur de Bertha Coutts ? lui demanda-t-elle.

— Ne m'en parlez pas.

— Si. Il faut me permettre d'en parler, parce que vous l'avez aimée autrefois ; et qu'autrefois vous avez été aussi intime avec elle que vous l'êtes avec moi. Alors, il faut me dire. N'est-ce pas un peu affreux de la haïr à ce point après tout ce qu'il y a eu entre vous ? Comment est-ce possible ?

— Je ne sais pas. Elle semblait toujours toute prête à se retourner contre moi, toujours, toujours : ah ! cette obstination de femelle, cette fureur de liberté ! Cette affreuse liberté des femmes qui finit par une atroce tyrannie ! Ah ! elle me jetait toujours sa liberté, comme du vitriol, à la figure.

— Mais elle n'est pas libérée de vous, même aujourd'hui. Est-ce qu'elle vous aime encore ?

— Non, non ! Si elle s'occupe encore de moi, c'est parce qu'elle est possédée d'une rage folle et qu'elle veut encore tâcher de me faire du mal.

— Mais il y a bien eu un temps où elle vous aimait ?

— Non. Si, peut-être, par moments. Je l'attirais. Et je crois que cela même était pour elle une raison de me haïr. Elle m'aimait par moments. Mais elle se reprenait toujours, et se mettait à me malmener. Son plus profond désir était de me malmener ; il n'y avait rien à faire. Sa volonté était contre moi, dès le début.

— Mais peut-être qu'elle sentait que vous ne l'aimiez pas vraiment et qu'elle voulait vous y contraindre.

— Ah ! Dieu, ça, on peut le dire !

— Mais vous ne l'aimiez pas vraiment, n'est-ce pas ? C'était pour elle un juste grief.

— Qu'aurais-je pu faire ? J'avais commencé par l'aimer. Mais elle... Non, n'en parlons plus. Ce fut un malheur ; et elle-même était une créature de malheur. Cette dernière fois, je l'aurais tuée, comme on tue une bête, si j'avais osé, cette créature furieuse et folle déguisée en femme. Si seulement j'avais pu la tuer et mettre fin à toute cette misère ! Cela devrait être permis. Quand une femme est comme possédée par une ivresse d'obstination, par une volonté obstinément dirigée contre tout, elle devient un être néfaste qu'il faudrait finir par tuer.

— Et les hommes, ne faudrait-il pas les tuer aussi quand ils deviennent possédés d'obstination ?

— Oui, eux aussi ! Mais il faut que je me débarrasse d'elle définitivement, sinon elle me relancera encore. Je voulais vous le dire. Il faut absolument que j'obtienne mon divorce si possible. Soyons prudents. Il ne faut pas qu'on nous voie ensemble, vous et moi. Je ne pourrais jamais, *jamais* supporter qu'elle nous tombe dessus un beau jour.

Constance réfléchit.

— Alors, nous ne pouvons pas vivre ensemble ?

— Non, pendant six mois environ. Mais je crois que mon divorce sera prononcé en septembre. Il faudra attendre jusqu'en mars.

— Mais l'enfant naîtra probablement à la fin de février.

— Ah ! les Clifford, les Bertha, je les voudrais tous morts, dit-il.

— Vous n'êtes guère tendre pour eux.

— Tendre pour eux ? Mais peut-être que ce qu'on

pourrait leur souhaiter de plus tendre, c'est la mort ! Ils ne peuvent pas vivre ! Ils ne font que frustrer la vie. Leurs âmes, au-dedans d'eux, sont affreuses. La mort devrait leur être douce. Et il devrait m'être permis de les tuer.

— Mais vous ne le feriez pas, dit-elle.

— Certes, je le ferais, et avec moins de remords que s'ils étaient des belettes. Les belettes, au moins, sont jolies et solitaire. Eux, ils sont légion... Oh ! certes, je les tuerais.

— Alors, il vaut sans doute mieux que la question ne se pose pas.

— Peut-être.

Il fallait penser à bien des choses. Constance comprenait qu'il voulût être complètement débarrassé de Bertha Coutts ; elle lui donnait raison. La dernière attaque avait été trop dure. Elle vivrait donc seule jusqu'au printemps. Peut-être pourrait-elle divorcer d'avec Clifford. Mais comment ? Si le nom de Mellors était prononcé, son divorce à lui deviendrait impossible. Quelle abomination ! Ne pourrait-on pas s en aller aux extrémités de la terre et être libre ?

On ne le pouvait pas. Les extrémités de la terre sont, de nos jours, à cinq minutes de Charing Cross[161]. Tant que marche la radio il n'y a pas d'extrémités de la terre. Les rois de Dahomey et les lamas du Tibet écoutent Londres et New York.

Patience ! Patience ! Le monde est un vaste et sinistre réseau de machines, et il faut être très prudent pour ne pas s'y laisser prendre.

Constance fit des confidences à son père.

— Vous comprenez, papa ; c'était le garde-chasse de Clifford ; mais il a été officier dans l'armée des Indes. Seulement, il est comme le colonel C. E. Florence[162], qui a préféré rentrer dans le rang.

Mais Sir Malcolm n'avait aucune sympathie pour le

vain mysticisme du fameux C. E. Florence; derrière tant d'humilité, il sentait trop de réclame. C'était le genre de vanité que le vieux peintre détestait le plus; la vanité de l'abaissement volontaire.

— D'où est-il sorti ton garde-chasse? demanda Sir Malcolm avec irritation.

— C'est le fils d'un mineur de Tavershall. Mais il est tout à fait présentable.

L'artiste titré s'irritait davantage.

— Un mineur qui a trouvé le filon, dit-il. Et tu es apparemment une mine d'or facile à exploiter.

— Non, papa. Vous vous trompez. Si vous le voyiez, vous comprendriez. Clifford l'a toujours détesté parce qu'il n'avait pas d'humilité.

— Pour une fois, son instinct ne le trompait pas. Ce que Sir Malcolm ne pouvait pas supporter, c'était l'idée qu'on sût la liaison de sa fille avec un garde-chasse. Il ne blâmait pas la liaison : il blâmait le scandale.

— Je me fiche de l'homme lui-même. Évidemment il a su s'y prendre avec toi. Mais, grand Dieu, pense donc à ce qu'on dira! Pense à ta belle-mère, à l'effet que cela lui fera!

— Je sais, dit Constance. Les bavardages sont une chose affreuse, surtout dans le monde. Et puis, il a tellement envie d'obtenir son propre divorce. J'ai pensé que nous pourrions peut-être dire que l'enfant était d'un autre, et ne pas prononcer du tout le nom de Mellors.

— Un autre? Quel autre?

— Peut-être Duncan Forbes. Il a été notre ami toute sa vie. Et c'est un artiste assez connu. Et il a beaucoup d'affection pour moi.

— Par exemple! Pauvre Duncan! Et que gagnera-t-il à tout cela?

— Je ne sais pas. Ça lui ferait peut-être même un certain plaisir.

— Ah vraiment ! Eh bien, voilà un drôle de bonhomme. Comment, mais tu n'as même jamais été sa maîtresse ?

— Non ; d'ailleurs, il n'en a pas vraiment envie. Il aime seulement que je sois près de lui sans le toucher.

— Grand Dieu, quelle génération !

— Ce qu'il voudrait, surtout, c'est que je lui serve de modèle. Seulement, je n'y ai jamais consenti.

— Dieu lui vienne en aide ! Mais on peut s'attendre à tout d'un être aussi ratatiné.

— Pourtant, vous préféreriez que ce fût de lui qu'on parlât ?

— Mon Dieu, Constance, que de combines et de machinations !

— Je sais ! C'est écœurant ! Mais que faire ?

— Il me semble que j'ai trop vécu. Machinations et combines !

— Allons, papa ! N'avez-vous pas fait vous-même pas mal de combines et machinations en votre temps ?

— Mais c'était autre chose, je t'assure.

— C'est *toujours* autre chose.

Hilda survint et s'irrita, elle aussi, contre la tournure que prenaient les événements.

Elle non plus ne pouvait supporter l'idée que tout le monde sût la liaison de sa sœur avec un garde-chasse. Quelle humiliation !

— Pourquoi ne pourrions-nous simplement disparaître, chacun de notre côté, en Colombie britannique, sans aucun scandale ? dit Constance.

Mais cela ne servirait à rien. Le scandale éclaterait quand même. Et si Constance devait partir avec cet homme, mieux valait qu'elle pût l'épouser. C'était l'opinion de Hilda. Sir Malcolm hésitait. Tout pourrait peut-être encore s'arranger.

— Mais vous le verrez, papa ?

Pauvre Sir Malcolm ! Il n'en avait aucune envie. Et pauvre Mellors ! Il ne le désirait pas davantage. Pourtant, la rencontre eut lieu. Ce fut un déjeuner dans un cabinet particulier du club. Les deux hommes étaient seuls.

Sir Malcolm but pas mal de whisky ; Mellors but aussi. Et ils parlèrent tout le temps des Indes, que le jeune homme connaissait bien.

Cette conversation dura pendant tout le repas. C'est seulement quand le café fut servi, et le serveur sorti, que Sir Malcolm, allumant un cigare, dit, d'un ton cordial :

— Eh bien, jeune homme, et ma fille ?

Le petit sourire effleura le visage de Mellors.

— Eh bien, monsieur, et votre fille ?

— Vous lui avez bel et bien fait un enfant.

— J'ai cet honneur, ricana Mellors.

— Honneur ! Grand Dieu !

Sir Malcolm eut un petit rire gras d'Écossais lubrique.

— Honneur ! répéta-t-il. Comment est-ce que ça a marché, l'amour ? Bien, n'est-ce pas ?

— Très bien.

— J'en mettrais ma main au feu ! Ha ! ha ! Ma fille chasse de race. Moi non plus, je ne me suis jamais repenti d'une bonne fornication. Bien que sa mère... Ah ! dieux du ciel !

Il roula les yeux vers le plafond ; puis :

— Mais vous l'avez réchauffée, oh ! je vois bien que vous l'avez réchauffée ! ha ! ha ! C'est bien mon sang qui coule en elle ! Vous avez su y mettre le feu ! ha, ha, ha ! J'en ai été rudement content, je vous assure. Elle en avait besoin. Oh ! c'est une bonne fille, c'est une bonne fille, et je savais bien que tout marcherait bien si seulement un homme trouvait le moyen de la réchauffer. Ha. ha! ha! Sacré garde-chasse, mon garçon, et fameux braconnier : voilà ce que vous êtes! Ha! ha! Mais, maintenant, blague à part, comment comptez-vous vous tirer de tout cela?

Blague à part, ils n'arrivèrent pas à grand-chose. Mellors, bien qu'un peu ivre, était de beaucoup le moins ivre des deux. Il maintint le plus possible la conversation dans les bornes du bon sens : ce qui n'est pas dire beaucoup.

— Alors, vous êtes garde-chasse! Oh! vous avez bien raison! Cette sorte de chasse-là n'est pas à dédaigner! Quoi donc? La pierre de touche d'une femme, c'est quand on lui pince les fesses. En lui touchant le derrière on peut savoir ce qu'elle vaudra. Ha! ha! Je vous envie, mon garçon. Quel âge avez-vous?

— Trente-neuf ans.

Sir Malcolm leva les sourcils.

— Tant que ça? Eh bien, vous avez encore vingt bonnes années devant vous, à en juger par votre air. Garde-chasse ou non, vous êtes un fameux coq. Ça se voit tout de suite. Ce n'est pas comme ce sacré Clifford : un pauvre malheureux qui n'a jamais eu une goutte de foutre en lui. Vous me plaisez, mon garçon; je gage que vous avez une bonne queue; oui, oui, vous êtes un fameux coq, un coq de combat. Garde-chasse! Pardieu, je ne vous confierais pas mon gibier! Non. Mais, sérieusement, comment allons-nous nous tirer de tout cela? Le monde est plein de sacrées vieilles femmes!

Et, sérieusement, ils ne firent rien du tout, sinon d'établir entre eux l'antique franc-maçonnerie de sensualité masculine.

— Et vous savez, mon garçon, si je puis jamais vous servir à quelque chose, vous pouvez compter sur moi. Garde-chasse! C'est admirable! J'en suis enchanté,

enchanté. Cela prouve que ma fille a du nerf. Quoi donc ? Après tout, vous savez, elle a des rentes à elle, modestes, modestes, mais assez pour ne pas mourir de faim. Et je lui laisserai ce que j'ai. Elle le mérite pour avoir montré du nerf au milieu d'un monde de vieilles femmes. Voilà soixante-dix ans que je lutte pour me débarrasser des jupons des vieilles femmes : et je n'y suis pas parvenu encore. Mais vous êtes homme à le faire, cela se voit tout de suite.

— Je suis très heureux que vous ayez si bonne opinion de moi. On me fait généralement entendre que je suis un singe.

— Oh ! naturellement. Mon cher ami, comment pourriez-vous ne pas sembler un singe à toutes les vieilles femmes ?

Ils se séparèrent les meilleurs amis du monde ; Mellors passa tout le reste du jour à rire en lui-même.

Le lendemain, il déjeuna avec Constance et Hilda, dans un endroit discret.

— C'est grand dommage que la situation soit si déplaisante, de quelque côté qu'on la regarde, dit Hilda.

— J'en ai tiré beaucoup d'agrément, dit-il.

— Il me semble que vous auriez pu éviter de mettre des enfants au monde avant d'être libres tous deux de vous marier et d'en avoir.

— Le Seigneur a soufflé trop vite sur l'étincelle, dit-il.

— Le Seigneur n'a rien à y voir. Naturellement, Constance a assez d'argent pour vous faire vivre tous deux ; mais la situation est intenable.

— Mais vous n'avez vous-même que très peu à vous y tenir, dit-il.

— Si seulement vous étiez de sa classe !

— Ou si j'étais dans une cage au zoo !

La conversation tomba.

— Le mieux, dit Hilda, serait que votre nom ne fût pas prononcé du tout dans toute l'affaire.

— Mais je croyais...

— Je parle de la procédure du divorce.

Il la regarda, stupéfait. Constance n'avait pas osé lui parler du projet Duncan.

— Je ne comprends pas, dit-il.

— Nous avons un ami qui consentirait probablement à être nommé dans le divorce, pour que votre nom ne paraisse pas, dit Hilda.

— Vous parlez d'un homme ?

— Naturellement !

— Mais elle n'a pas un autre... ?

Il regarda Constance, stupéfait.

— Non, non ! dit-elle vivement. Ce n'est qu'une vieille amitié, toute simple, sans amour.

— Mais alors, pourquoi prendrait-il la chose sur lui ? S'il n'en tire aucun profit ?

— Il y a des hommes chevaleresques qui ne comptent pas seulement le profit qu'ils tirent des femmes.

— Ça, c'est une pierre dans mon jardin ! Mais qui est ce héros ?

— Un ami que nous connaissons depuis notre enfance en Écosse, un artiste.

— Duncan Forbes, dit-il tout de suite, car Constance lui avait parlé de Duncan. Mais comment lui ferez-vous endosser la faute ?

— Il faudrait que Constance et lui vivent ensemble à l'hôtel ou même qu'elle aille vivre chez lui.

— Cela me paraît beaucoup d'histoires pour rien, dit-il.

— Et que proposez-vous d'autre ? dit Hilda. Si votre nom paraît, vous n'obtiendrez pas votre divorce ; votre femme me semble une personne absolument infréquentable.

— Ah ! il y a tout ça, dit-il sombrement.

Ils se turent un long moment.

— Nous pourrions simplement disparaître, dit-il.

— Il n'y a pas de disparition possible pour Constance, dit Hilda. Clifford est trop connu.

Nouveau silence, lourd d'impuissance.

— Le monde est ce qu'il est. Si vous voulez vivre ensemble sans être persécutés, il faut que vous vous mariiez. Pour vous marier, il faut que vous soyez tous les deux divorcés. Alors que proposez-vous ?

Il se tut un long moment.

— Et vous, que proposez-vous ? dit-il.

— Nous verrons si Duncan consent à prêter son nom : nous obtiendrons alors de Clifford qu'il demande le divorce. Votre divorce à vous suivra son cours et vous resterez séparés, vous et Constance, jusqu'à ce que vous soyez libres.

— On dirait une maison de fous.

— Peut-être ! Mais c'est vous que le monde traiterait de fous — ou pis encore.

— Qu'y a-t-il de pis ?

— Les criminels, je suppose.

— Eh bien, j'espère me servir encore quelquefois de mon poignard, dit-il en ricanant.

Et il retomba dans un silence irrité.

— Eh bien, dit-il enfin, je consens à tout ce que vous voudrez. Le monde est fou furieux et, j'aurai beau faire, personne ne peut le tuer. Mais vous avez raison. Nous devons faire de notre mieux pour nous tirer d'affaire.

Il regardait Constance avec humiliation, colère, ennui et détresse.

— Ma petite ! dit-il, le monde va te mettre un grain de sel sur la queue.

— Nous saurons bien l'en empêcher, dit-elle.

Toutes ces ruses contre le monde la touchaient moins que lui.

Duncan fut sondé. Il exigea de voir le garde-chasse coupable. Il y eut donc un dîner pour eux quatre dans son appartement. Duncan était une sorte d'Hamlet court sur pattes, large, brun de peau, taciturne, avec des cheveux noirs et plats, et une curieuse vanité de Celte. Son art n'était que tubes, valves, spirales, couleurs étranges : ultra-moderne, mais non sans une certaine puissance, et même une certaine pureté de forme et de ton. Mellors jugea cet art cruel et repoussant. Il ne se hasarda pas à le dire, car Duncan était, sur le sujet de son art, d'une susceptibilité presque maladive. C'était pour lui un culte personnel, une religion.

Ils regardaient les tableaux, dans l'atelier, et Duncan maintenait ses yeux rivés sur l'autre. Il voulait savoir ce que pensait le garde-chasse. Il connaissait déjà l'opinion de Constance et de Hilda.

— C'est comme un véritable meurtre, dit enfin Mellors.

Duncan ne s'attendait nullement à une telle appréciation de la part d'un garde-chasse.

— Et qui est assassiné ? demanda Hilda avec une certaine froideur sarcastique.

— Moi ! Toutes les entrailles de miséricorde qu'on sent en soi sont assassinées.

Une vague de pure haine émana de l'artiste. Il sentait dans la voix de l'autre une note d'antipathie et une note de mépris. Et lui-même ne pouvait souffrir qu'on parlât des « entrailles de miséricorde ». Sentimentalité morbide !

Mellors se tenait debout, grand et mince, l'air fatigué, regardant les tableaux avec un détachement léger qui ressemblait à la danse voltigeante d'une phalène.

— Peut-être est-ce la bêtise qui est assassinée, la bêtise sentimentale, ricana l'artiste.

— Croyez-vous ? Il me semble que tous ces tubes et toutes ces vibrations de tôle ondulée sont plus bêtes que tout, et assez sentimentaux. Ils me paraissent montrer beaucoup d'apitoiement sur soi-même, et beaucoup de vanité nerveuse.

Le visage de l'artiste sembla jaunir sous une nouvelle vague de haine. Mais, avec une sorte de silencieuse hauteur, il tourna les tableaux contre le mur.

— Je crois que nous pouvons passer dans la salle à manger, dit-il.

Ils quittèrent l'atelier dans un morne silence.

Après le café, Duncan dit :

— Je n'ai aucune objection à me faire passer pour le père de l'enfant. Mais c'est seulement à condition que Constance vienne poser pour moi. Il y a des années que je le désire ; mais elle a toujours refusé.

Il avait parlé avec une sombre décision, comme un inquisiteur annonçant un autodafé.

— Ah ! dit Mellors, vous n'acceptez donc que sous condition ?

— Certes ! Je n'accepte qu'à cette condition-là.

L'artiste tenta de mettre dans ce qu'il disait le plus de mépris possible pour l'autre. Il en mit un peu trop.

— Mieux vaut me prendre comme modèle en même temps, dit Mellors. Vous pourriez faire de nous un groupe : Vulcain et Vénus sous le filet de l'art [163]. J'ai été forgeron avant d'être garde-chasse.

— Merci, dit l'artiste, je ne crois pas que l'académie de Vulcain m'intéresse.

— Même tubifiée et pomponnée ?

L'artiste se tut, trop hautain pour répondre.

La morne soirée se prolongea. Duncan, désormais, affecta obstinément d'ignorer la présence de Mellors, et ne parla plus qu'aux deux femmes, et brièvement, comme si les mots étaient arrachés des profondeurs de sa solennelle mélancolie.

— Il ne vous a pas plu ; mais il vaut mieux que cela. Au fond, il est bon, remarqua Constance en s'en allant.

— C'est un petit chien noir qui a la maladie — une maladie de tôle ondulée, dit Mellors.

— C'est vrai ; il n'a pas été agréable aujourd'hui.

— Et vous irez poser pour lui ?

— Oh ! maintenant, ça m'est égal. Il ne me touchera pas. Tout m'est bien égal si c'est un moyen d'obtenir une vie commune entre vous et moi.

— Mais il ne fera que chier sur vous sur une toile.

— Je m'en moque. Il ne peindra que ses propres sentiments pour moi, ce qui m'est bien égal. Je ne voudrais pas qu'il me touche, pour rien au monde. Mais s'il croit qu'il peut faire quelque chose rien qu'en me regardant de son œil de hibou artistique, eh bien, qu'il me regarde. Il peut faire de moi autant de tubes et de tôle ondulée qu'il voudra. C'est tant pis pour lui. Il vous a détesté parce que vous lui avez dit que son art tubulaire est sentimental et vaniteux. Mais naturellement, vous avez raison.

# XIX

« Cher Clifford, je crains que ce que vous aviez prévu ne se soit réalisé. J'aime un autre homme; et j'espère bien que vous consentirez au divorce. J'habite pour le moment chez Duncan. Je vous ai dit qu'il était à Venise avec nous. Je suis désolée pour vous; mais tâchez de prendre les choses avec calme. Au fond, vous n'avez plus besoin de moi; et je ne pourrais pas supporter de retourner à Wragby. Je suis désolée. Mais tâchez de me pardonner et demandez le divorce, et trouvez quelqu'un de mieux que moi. Je ne suis pas vraiment la femme qu'il vous faut; je suis trop impatiente, et trop égoïste. Mais je ne pourrai jamais revenir vivre avec vous. Croyez bien que je suis désolée de tout cela à cause de vous. Mais si vous prenez les choses calmement, vous verrez que ce ne sera pas si terrible. Vous n'avez jamais tenu à moi personnellement. Pardonnez-moi donc, je vous en prie, et débarrassez-vous de moi. »

Clifford, au fond de lui-même, ne fut pas étonné de recevoir cette lettre. Au fond de lui-même, il savait depuis longtemps qu'elle allait le quitter. Mais il s'était absolument interdit toute manifestation extérieure de cette certitude. Ce fut donc pour lui, en apparence, un terrible coup; car la surface de sa confiance en elle n'avait jamais été effleurée.

Et ne sommes-nous pas tous ainsi ? Par un effort de volonté, nous empêchons notre connaissance intuitive et profonde de sortir de l'inconscient. D'où cet état de crainte, d'appréhension qui rend le coup dix fois plus violent quand il nous frappe enfin.

Clifford se conduisit comme un enfant hystérique. Il épouvanta Mrs. Bolton en se dressant dans son lit, l'air sinistre, le regard vide.

— Mais, Sir Clifford, qu'y a-t-il donc ?

Pas de réponse ! Elle eut peur d'une attaque. Elle s'approcha en hâte, lui tâta le visage, lui consulta le pouls.

— Sentez-vous une douleur quelque part ? Dites-moi où vous avez mal ? Je vous en prie, dites-moi !

Pas de réponse.

— Mon Dieu, mon Dieu ! Eh bien, je vais téléphoner à Sheffield pour faire venir le docteur Carrington ; et je prierai le docteur Lecky de venir tout de suite.

Elle gagnait la porte. Il dit d'une voix caverneuse :

— Non !

Elle s'arrêta et le contempla. Il avait le visage jaune, sans expression, semblable à un visage d'idiot.

— Vous préférez que je n'appelle pas le docteur ?

— Oui. Je n'ai pas besoin de lui, dit-il d'une voix sépulcrale.

— Mais, Sir Clifford, vous êtes malade, et je ne puis pas prendre la responsabilité de ne pas faire venir le docteur. C'est moi qu'on blâmerait.

Il y eut un silence. Puis une voix caverneuse s'éleva :

— Je ne suis pas malade. Ma femme ne reviendra pas.

On aurait cru entendre parler une statue.

— Elle ne reviendra pas ? Madame ? s'écria Mrs. Bolton en se rapprochant du lit. N'en croyez rien. Vous pouvez être sûr que madame reviendra. Comptez sur elle.

La statue assise dans le lit ne bougea pas ; elle poussa seulement une lettre sur le couvre-pied.

— Lisez ! dit la voix sépulcrale.

— Mais, si c'est une lettre de madame, je suis sûre que madame ne voudrait pas que je lise ce qu'elle vous écrit, Sir Clifford. Dites-moi vous-même ce qu'elle dit, si vous y tenez.

Mais le visage aux yeux bleus et fixes ne bougea pas.

— Lisez ! répéta la voix.

— Eh bien, dit-elle, c'est pour vous obéir, Sir Clifford.

Et elle lut la lettre.

— Eh bien, je suis bien surprise de la conduite de madame. Elle avait tellement promis de revenir !

L'expression de farouche mais immobile égarement sembla s'intensifier sur le visage. Mrs. Bolton le regardait avec inquiétude. Elle savait contre quoi elle avait à lutter : l'hystérie masculine. Elle avait soigné assez de soldats pour connaître un peu ce mal fort déplaisant.

Elle était légèrement irritée contre Sir Clifford. Tout homme dans son bon sens aurait su que Constance aimait quelqu'un d'autre et qu'elle ne reviendrait pas. Au fond de lui-même, Sir Clifford ne le savait-il pas parfaitement ? Seulement il ne voulait pas se l'avouer. S'il se l'était avoué, s'il s'était préparé ; ou s'il se l'était avoué, et avait lutté avec sa femme pour détourner le coup, c'eût été agir en homme. Mais non ! Il le savait et, en même temps, essayait de se persuader que ce n'était pas. Le diable tordait sa queue devant lui et il feignait de voir le sourire des anges. La situation fausse où il s'était mis amenait maintenant cette crise de fausseté et de dislocation : l'hystérie, qui est une forme de folie. Cela vient, se disait Mrs. Bolton avec un peu de haine contre Clifford, de ce qu'il pense toujours à lui. Il est si entièrement occupé de son moi immortel que, dès qu'il lui arrive quelque chose, il est comme une momie embarrassée dans ses propres bandelettes Mais regardez-le donc !

Seulement l'hystérie est dangereuse. Et, en tant qu'infirmière, c'était son devoir de tirer Clifford de ce mauvais pas. Tout effort pour ranimer sa virilité et son orgueil ne ferait qu'empirer son état : car sa virilité était morte, pour l'instant, sinon pour toujours. Il se tortillerait de plus en plus doucement, comme un ver et se disloquerait de plus en plus.

La seule chose à faire était de l'apitoyer sur lui-même. Comme la dame de Tennyson, il fallait qu'il pleurât ou qu'il mourût[164]. Mrs. Bolton se mit à pleurer la première. Elle se cacha le visage dans les mains et éclata en petits sanglots désordonnés.

« Je n'aurais jamais cru cela de madame, je ne l'aurais jamais cru », pleura-t-elle, en évoquant soudain tout son ancien chagrin, tout le sentiment de son malheur, et en pleurant les larmes amères de sa propre douleur. Une fois mise en train, elle pleurait sincèrement, car elle avait eu de quoi pleurer.

Clifford songeait à la manière dont cette femme, dont Constance l'avait trompé ; et, pris par la contagion de la douleur, ses yeux se remplirent de larmes qui commencèrent à couler sur ses joues. Dès que Mrs. Bolton vit les larmes couler sur ce visage vide, elle essuya en hâte ses propres larmes sur son petit mouchoir et, se penchant vers Clifford :

— Calmez-vous, Sir Clifford ! dit-elle au comble de l'émotion. Calmez-vous donc ; vous allez vous faire du mal !

Il frissonna soudain en ravalant un silencieux sanglot ; et les larmes coulèrent, plus rapides, sur son visage. Elle lui posa la main sur le bras, et laissa tomber de nouvelles larmes. Il frissonna de nouveau, comme pris de convulsions ; et elle lui entoura l'épaule de son bras.

— Allons, allons, calmez-vous, calmez-vous donc, gémissait-elle à travers ses larmes.

Et elle l'attira à elle, et lui entoura les épaules de ses bras ; et il posa son visage sur son sein en sanglotant et en secouant ses énormes épaules, tandis qu'elle caressait ses cheveux blonds en disant :

— Allons, allons donc, calmez-vous, ne vous faites pas de mauvais sang !

Et il l'entoura de ses bras et se serra contre elle comme un enfant, mouillant de ses larmes le devant du tablier blanc amidonné et de la robe de cotonnade bleue. Il s'abandonnait entièrement, enfin.

Alors, au bout d'un moment, elle l'embrassa, et le berça sur sa poitrine ; et elle se disait, en elle-même : « Ô Sir Clifford ! Ô hauts et puissants Chatterley ! En êtes-vous arrivés là ! » Et il finit par s'endormir même comme un enfant. Alors, épuisée, elle s'en alla dans sa chambre, et se mit à rire et à pleurer tout ensemble, en proie, elle aussi, à l'hystérie. C'était si ridicule ! C'était si affreux ! Quelle chute ! Quelle honte ! Et comme c'était bouleversant tout de même !

Désormais la conduite de Clifford envers Mrs. Bolton fut celle d'un enfant.

Il lui tenait la main, lui posait la tête sur la poitrine. Une fois qu'elle l'embrassait légèrement, il s'écria : « Oui ! embrassez-moi donc ! embrassez-moi. » Et quand elle épongeait son grand corps blond, il répétait : « Embrassez-moi donc ! » Et elle embrassait légèrement son corps, au hasard, à moitié par plaisanterie.

Et il restait étendu avec un curieux visage, tout vide et émerveillé comme celui d'un enfant. Il la contemplait avec de larges yeux d'enfant, tout abandonné à ce culte de Madone. C'était un total abandon de sa part, un abandon de toute sa virilité, un retour presque pervers, à un état d'enfance. Il lui passait alors les mains sur la poitrine, lui touchait les seins, les embrassait avec exaltation, l'exaltation perverse d'un homme qui se force à croire qu'il est un enfant.

Mrs. Bolton était à la fois ravie et honteuse ; elle aimait et haïssait en même temps la conduite de Clifford. Jamais elle ne le repoussait et ne le rebutait ; une plus étroite intimité physique s'établissait entre eux, une intimité de perversion qui faisait de lui un enfant candide, perdu dans un émerveillement qui ressemblait presque à de l'exaltation religieuse : c'était l'application littérale et perverse du : « Si vous ne devenez pas comme des enfants[165]. » Elle, cependant, était la Magna Mater[166], pleine de force et de puissance, puissance, qui tenait ce grand homme-enfant blond entièrement à sa merci et sous son pouvoir.

Chose curieuse, quand cet homme-enfant que Clifford était maintenant, qu'il était devenu peu à peu depuis des années, émergeait dans le monde, il se montrait bien plus vif, bien plus adroit que le vrai homme qu'il avait été. Cet homme-enfant perverti était maintenant un vrai homme d'affaires : quand il s'agissait de ses intérêts, il redevenait un vrai mâle, aussi pénétrant qu'une aiguille, aussi impénétrable qu'un morceau d'acier. Quand il était avec d'autres hommes, cherchant à en arriver à ses fins et à tirer tout le profit possible du travail de ses mines, il montrait une astuce, une dureté troublantes et presque sinistres et une étonnante sûreté d'attaque et de défense. Sa passivité même, sa prostitution à la Magna Mater semblaient lui donner une vue plus profonde sur les questions matérielles, lui prêter une sorte de force inhumaine. De ce croupissement dans les émotions intimes, de cet entier abaissement de sa virilité il semblait tirer une seconde nature, froide, presque visionnaire, parfaitement adaptée aux affaires pratiques. En affaires, il se montrait tout à fait inhumain.

Tout cela faisait triompher Mrs. Bolton. « Comme tout lui réussit ! se disait-elle avec orgueil. Et c'est à moi qu'il le doit ! Ma parole, il n'aurait jamais réussi si bien du temps de Lady Chatterley. Elle n'était pas le genre de femme qui sait mettre un homme en avant. Elle était trop exigeante pour elle-même. »

En même temps, dans quelque coin de sa curieuse âme de femme, comme elle le méprisait et le haïssait. Il était pour elle la bête tombée, le monstre abattu. Et, tout en l'aidant et en l'encourageant de tout son pouvoir, très loin, dans le fond le plus caché de sa saine féminité d'autrefois, elle le méprisait d'un mépris sauvage et sans limites. Le plus vil vagabond valait mieux que lui.

Clifford suivit envers Constance une curieuse ligne de conduite. Il demanda avec insistance à la revoir ; bien plus, il exigea qu'elle vînt à Wragby ! Sur ce point-là rien ne put lui faire changer de résolution.

— Mais à quoi cela peut-il servir ? disait Mrs. Bolton. Ne pouvez-vous pas la laisser aller et en être débarrassé ?

— Non ! elle a dit qu'elle reviendrait, et il faut qu'elle vienne.

Mrs. Bolton ne fit plus d'objections. Elle savait à quoi elle avait affaire.

« Je n'ai pas besoin de vous dire l'état où m'a mis votre lettre, écrivit-il à Constance. Peut-être pourrez-vous vous l'imaginer si vous voulez bien vous en donner la peine ; mais sans doute ne vous donnerez-vous pas la peine d'exercer votre imagination sur mon compte.

« Je n'ai qu'une réponse à vous donner : il faut que je vous voie personnellement ici, à Wragby, avant de pouvoir rien décider. Vous avez promis solennellement de revenir à Wragby et je ne vous tiens pas quitte de votre promesse. Je ne puis rien croire, je ne puis rien comprendre avant de vous avoir vue en personne, ici, dans des circonstances normales. Je n'ai pas besoin de vous dire que personne ici ne soupçonne rien, en sorte que votre retour semblerait tout naturel. Alors, après que nous aurons discuté ensemble la situation, si vous ne changez pas d'avis, nous pourrons sans doute arriver à un arrangement. »

Constance montra cette lettre à Mellors.

— Il commence à se venger, dit-il en lui rendant la lettre.

Constance se tut. Elle s'étonnait de sentir qu'elle avait peur de Clifford. Elle avait peur de l'approcher. Elle avait peur de lui comme d'un être malfaisant et dangereux.

— Que faire ? dit-elle.

— Rien, si vous préférez ne rien faire.

Elle écrivit à Clifford, en essayant de renvoyer l'entrevue.

Il répondit :

« Si vous ne revenez pas à Wragby maintenant, je jugerai que vous avez l'intention de revenir un jour, et j'agirai en conséquence. Je continuerai à vous attendre ici, dussé-je attendre cinquante ans. »

Elle eut peur. C'était une façon insidieuse de profiter de la situation Elle ne doutait pas qu'il fût décidé à agir comme il le disait. Il ne demanderait pas le divorce contre elle, et l'enfant serait à lui, à moins qu'elle ne trouvât quelque moyen de prouver son illégitimité.

Après un certain temps de tourment et d'angoisse, elle se décida à aller à Wragby. Hilda l'accompagnerait. Elle en avertit Clifford. Il répondit :

« Votre sœur ne sera pas la bienvenue; mais je ne lui fermerai pas ma porte. Je n'ai aucun doute qu'elle ait contribué à vous faire oublier vos devoirs et vos responsabilités ; ne vous attendez donc pas à ce que je témoigne du plaisir à la voir. »

Elles allèrent à Wragby. Clifford était sorti quand elles arrivèrent. Mrs. Bolton les reçut.

— Oh ! Madame, ce n'est pas l'heureux retour que nous avions espéré, dit-elle.

— Vraiment ? dit Constance.

Ainsi cette femme savait ! Que savaient, que soupçonnaient les autres domestiques ?

Elle pénétra dans la maison qu'elle haïssait maintenant par toutes les fibres de son corps. La grande baraque irrégulière lui sembla malfaisante, comme une menace sur sa tête. Elle n'en était plus la maîtresse, elle en était la victime.

— Je ne puis pas rester ici longtemps, chuchota-t-elle avec terreur à Hilda.

Quelle souffrance d'aller dans sa chambre, d'en reprendre possession comme si rien n'était arrivé ! Elle haïssait chaque minute passée dans les murs de Wragby.

Elles ne rencontrèrent pas Clifford avant de descendre pour le dîner. Il était habillé, portait une cravate noire. Il se montra assez réservé et très grand seigneur. Il fut parfaitement courtois pendant le repas et fit d'aimables efforts de conversation Mais tout semblait marqué de folie.

— Que savent les domestiques? demanda Constance quand la femme de chambre eut quitté la salle à manger.

— De vos intentions ? Rien du tout.

— Mrs. Bolton sait.

Il changea de couleur.

— Mrs. Bolton n'est pas précisément une domestique, dit-il.

— Oh ! ça m'est égal.

Il y eut une certaine tension jusque après le café. Hilda dit alors qu'elle allait monter chez elle.

Clifford et Constance restèrent silencieux quelque temps après son départ. Ni l'un ni l'autre ne voulait parler le premier. Constance était ravie qu'il ne fît pas du sentiment et du drame. Elle tâchait le plus possible de lui faire garder ses grands airs.

— Je pense que vous ne vous repentez nullement d'avoir repris votre parole ? dit-il enfin.

— Je n'y puis rien, murmura-t-elle.

— Mais si vous n'y pouvez rien, qui est-ce qui y peut quelque chose ?

— Personne, sans doute.

Il la regarda avec une rage froide. Il était habitué à elle. Elle faisait, pour ainsi dire, partie de sa vie et de sa volonté et il voulait la garder. Comment osait-elle maintenant lui manquer de parole et détruire tout l'édifice de sa vie quotidienne ? Comment osait-elle bouleverser ainsi sa personnalité ?

— Et quelle est la cause qui vous fait ainsi tout trahir ?

— L'amour ! dit-elle. Il valait mieux s'en tenir à des banalités.

— Votre amour pour Duncan Forbes ? Mais cela ne vous paraissait pas digne de vous quand vous m'avez rencontré. Vous ne me ferez pas croire que vous l'aimez mieux maintenant que tout au monde ?

— On change, dit-elle.

— C'est possible ! C'est possible que vous ayez des caprices. Encore faut-il me convaincre de l'importance du changement. Je me refuse tout simplement à croire à votre amour pour Duncan Forbes.

— Mais pourquoi y croire ? Ce que vous avez à faire, c'est de demander votre divorce, non de croire à mes sentiments.

— Et pourquoi demanderais-je le divorce ?

— Parce que je ne veux plus vivre ici. Et vous non plus, au fond, vous ne voulez plus de moi.

— Pardon ! Moi, je ne change pas. En ce qui me concerne, puisque vous êtes ma femme, je préférerais que vous restiez sous mon toit, dignement et tranquillement. Toute question de sentiment mise à part, et je vous assure que c'est pour moi mettre à part beaucoup, il m'est mortellement amer de voir briser toute cette vie de Wragby, tout ce train de vie respectable, simplement pour satisfaire un caprice.

Ils se turent un moment ; puis elle dit :

— Je n'y puis rien. Il faut que je parte. Je vais sans doute avoir un enfant.

Il se tut, lui aussi.

— Et c'est à cause de l'enfant que vous devez partir ? demanda-t-il à la fin.

Elle fit signe que oui.

— Et pourquoi ? Est-ce que Duncan Forbes tient tellement à son rejeton ?

— Certainement plus que vous n'y tiendriez vous-même, dit-elle.

— Mais, voyons ! J'ai besoin de ma femme et je ne vois aucune raison pour la laisser partir. S'il lui plaît d'avoir un enfant sous mon toit, je n'y vois pas d'inconvénient, et l'enfant sera le bienvenu : pourvu que les convenances et le bon ordre de la vie soient respectés. Prétendez-vous que Duncan Forbes ait plus de prise sur vous ? Je n'en crois rien.

Ils se turent un moment.

— Mais vous ne comprenez pas, dit Constance. Il faut que je vous quitte ; et il faut que je vive avec l'homme que j'aime.

— Non, je ne comprends pas. Je ne donne pas deux sous de votre amour, ni de l'homme que vous aimez. Je ne crois pas à ce jargon sentimental.

— Peut-être ; mais j'y crois, moi.

— Vraiment ? Chère madame, vous êtes trop intelligente pour croire à votre amour pour Duncan Forbes. Croyez-moi, même maintenant, vous me préférez encore à lui. Pourquoi donc céderais-je à cette absurdité ?

Elle ne put s'empêcher de lui donner raison ; et de dire enfin la vérité.

— Pourquoi ? Parce que ce n'est pas Duncan Forbes que j'aime, dit-elle en levant les yeux sur lui. Nous avons dit que c'était Duncan pour épargner vos sentiments.

— Pour épargner mes sentiments ?

— Oui ! Parce que l'homme que j'aime — ah ! vous allez me haïr — c'est M. Mellors, qui était notre garde-chasse.

S'il l'avait pu, il aurait bondi de sa chaise. Sa figure devint jaune et, tandis qu'il la regardait avec fureur, ses yeux, comme s'ils contemplaient une catastrophe, lui sortaient de la tête.

Puis il retomba sur sa chaise, haletant, les regards tournés au plafond.

Il se redressa enfin.

— Et c'est bien la vérité que vous me dites là ? demanda-t-il, prenant un air atroce.

— Oui, vous le savez bien.

— Et quand tout cela a-t-il commencé ?

— Au printemps.

Il se tut, silencieux, comme un animal pris au piège.

— Et c'était donc bien vous qui étiez dans la chambre du cottage ?

Ainsi, au fond de lui-même, il l'avait toujours su.

— Oui !

Il restait penché en avant dans sa chaise, la regardant avec un regard de bête traquée.

— Mon Dieu, des êtres comme vous devraient être exterminés !

— Pourquoi ? murmura-t-elle.

Mais il ne sembla pas l'entendre.

— Cette lie ! Ce manant prétentieux ! Ce misérable voyou ! Dire que vous avez eu des rapports avec lui ici même, quand il était un de mes domestiques ! Mon Dieu, mon Dieu, n'y a-t-il pas de fond à l'ignoble bassesse des femmes ?

Il était hors de lui, comme elle l'avait prévu.

— Et vous dites que vous voulez avoir un enfant de ce voyou ?

— Oui. J'en attends un.

— Vous en attendez ! En êtes-vous bien sûre ? Depuis quand en êtes-vous sûre ?

— Depuis juin.

Il ne pouvait plus parler. Il reprit l'étrange et vague expression d'un enfant.

— On s'étonne, dit-il enfin, que des êtres pareils aient jamais pu naître.

— Quels êtres ? demanda-t-elle.

Il la regarda d'un air égaré, sans répondre. Il était évident qu'il n'admettait pas le fait que l'existence de Mellors pût être en aucune façon mêlée à la sienne. Il n'était plus que haine, haine indicible, impuissante.

— Et vous avez la prétention de l'épouser ? et de porter son nom ignoble ? demanda-t-il enfin

— Oui, c'est ce que je désire.

Il sembla de nouveau comme écrasé.

— Oui, dit-il enfin. Cela prouve la vérité de ce que j'ai toujours pensé de vous : vous n'êtes pas normale ; vous êtes dérangée. Vous êtes une de ces femmes perverties et à moitié folles qui ne peuvent s'empêcher de courir après la dépravation, qui ont la *nostalgie de la boue* * [167]

Il était soudain devenu ardemment moral ; il se

* En français dans le texte (*N. d. T.*).

voyait lui-même comme l'incarnation du bien, et Mellors et Constance comme l'incarnation de la bassesse et du mal. Il semblait s'estomper à demi dans une sorte de nimbe.

— Eh bien, ne pensez-vous pas que le mieux serait de divorcer pour en finir ? dit-elle.

— Non ! Allez où vous voudrez. Je n'ai aucune intention de divorcer, dit-il idiotement.

— Pourquoi pas ?

Il se tut, buté dans son obstination imbécile.

— Vous consentiriez même à ce que l'enfant fût légalement à vous et votre héritier ?

— Je me moque de l'enfant.

— Mais si c'est un garçon, il sera légalement votre fils ; il héritera votre titre et aura Wragby.

— Tout cela ne m'intéresse pas, dit-il.

— Mais il faut que cela vous intéresse ! Je ferai tout mon possible pour empêcher l'enfant d'être à vous légalement. J'aimerais beaucoup mieux qu'il fût illégitime, et à moi, s'il ne peut pas être à Mellors.

— Faites comme il vous plaira.

Rien ne pouvait le faire changer d'avis.

— Mais pourquoi ne pas divorcer ? Duncan peut servir de prétexte ; il n'y a aucun besoin de prononcer le nom de Mellors. Duncan est d'accord.

— Moi, je ne demanderai jamais le divorce, dit-il avec obstination, comme s'il enfonçait un clou.

— Mais pourquoi ? Parce que je le désire ?

— Parce que je veux suivre mon propre penchant et que mon penchant n'est pas de divorcer.

Tout était inutile. Elle monta et raconta à Hilda le résultat de l'entrevue.

— Mieux vaut partir demain, et le laisser revenir tout seul à la raison.

Constance passa la moitié de la nuit à emballer tous ses effets personnels. Le lendemain matin, elle fit envoyer ses malles à la gare, sans le dire à Clifford. Elle décida de ne le revoir que pour lui dire adieu, avant le déjeuner.

Mais elle parla à Mrs. Bolton.

— Il faut que je vous dise adieu, Mrs. Bolton. Vous savez pourquoi. Mais je compte bien que vous ne parlerez pas.

— Oh ! vous pouvez compter sur moi, madame. Ah ! c'est un rude coup pour nous tous. Mais j'espère que vous serez heureuse avec l'autre monsieur.

— L'autre monsieur ! C'est M. Mellors et je l'aime. Sir Clifford est au courant. Mais ne dites rien à personne. Et si un jour vous croyez que Sir Clifford se résigne à divorcer, avertissez-moi, n'est-ce pas ? Je voudrais pouvoir épouser honorablement l'homme que j'aime.

— J'en suis bien sûre, madame. Oh ! vous pouvez compter sur moi. Je serai fidèle à Sir Clifford, et je vous serai fidèle aussi ; car je vois bien que vous avez raison tous les deux, chacun à sa façon.

— Merci ! Tenez ; je voudrais vous donner ceci ; ne voulez-vous pas l'accepter ?

Ainsi Constance quitta de nouveau Wragby et alla en Écosse avec Hilda. Mellors trouva du travail dans une ferme. Son projet était d'obtenir son divorce si possible, quand bien même Constance n'obtiendrait pas le sien.

Pendant six mois il travaillerait aux champs pour que, plus tard, Constance et lui pussent posséder une petite ferme, qui satisferait son besoin d'activité. Car il lui faudrait travailler, et même durement ; et il lui faudrait gagner sa vie, même si l'argent de Constance l'aidait au début.

Ainsi il faudrait attendre le printemps, la naissance de l'enfant, le retour des premiers jours d'été.

« Ferme de la Grange, Old Heanor, 29 septembre.

« J'ai pu trouver du travail ici, après quelques démarches, parce que j'avais connu à l'armée Richards, l'ingénieur de la Compagnie. C'est une ferme qui appartient à la Compagnie des mines Butler et Smitham, qui y fait cultiver du foin et de l'avoine pour les poneys du puits ; ce n'est pas une entreprise privée. Mais il y a des vaches, des porcs et tout le reste, et je gagne trente shillings par semaine comme ouvrier agricole. Rowley, le fermier, m'occupe à toutes sortes de travaux divers, pour que je puisse apprendre le plus possible d'ici à Pâques. Je ne sais rien de Bertha. Je ne m'explique pas pourquoi elle n'a pas paru au divorce ; et j'ignore où elle est et ce qu'elle manigance. Mais si je me tiens tranquille jusqu'en mars, je présume que j'obtiendrai ma liberté. Et vous, ne vous préoccupez pas de Sir Clifford. Un de ces jours, il voudra se débarrasser de vous. C'est déjà beaucoup qu'il vous laisse en paix.

« J'ai un logement dans un vieux cottage très convenable. Mon logeur est un mécanicien de High Park, grand, avec une barbe, et très chapelle[168]. Il a une petite femme genre oiseau, qui aime le " raffinement " et le beau langage et dit tout le temps : " Permettez-moi ! " Mais ils ont perdu leur fils unique à la guerre ; ce qui a fait comme une sorte de trou en eux. Il y a aussi une grande niaise de fille qui fait des études de maîtresse d'école ; et je l'aide quelquefois à préparer ses leçons, en sorte que je suis tout à fait de la famille. Mais ce sont de très braves gens ; et ils ne sont que trop gentils pour moi. Je suis sûrement plus dorloté que vous.

« Mon travail ne me déplaît pas. Ce n'est pas palpitant ; mais je ne tiens pas à palpiter. J'ai l'habitude des chevaux ; et les vaches, bien que très féminines, ont un effet calmant sur moi. Quand je suis assis, la tête posée sur le flanc d'une vache, en train de la traire, je me sens très consolé. Il y a six vaches de Hereford, assez belles bêtes. Nous venons de faire la récolte de l'avoine ; j'en ai eu du plaisir, malgré beaucoup de pluie et des blessures aux mains. Je ne m'occupe pas beaucoup des gens, mais je m'entends assez bien avec eux.

« Les mines marchent mal. Ceci est un pays de charbon, comme Tavershall, mais plus joli. Parfois je cause au cabaret avec les ouvriers. Ils grognent beaucoup, mais sont décidés à ne rien changer. Tout le monde le reconnaît : les mineurs du Nottinghamshire et du Derbyshire ont le cœur bien placé. Mais le reste de leur anatomie doit l'être bien mal dans un monde qui n'a plus besoin d'eux. Je les aime bien, mais ils ne sont pas très encourageants : il leur reste trop peu d'esprit combatif. Ils parlent beaucoup de nationalisation, de la nationalisation des bénéfices, de la nationalisation de l'industrie tout entière[169]. Mais on ne peut nationaliser le charbon sans en faire autant de toutes les autres industries. Ils parlent d'adapter le charbon à de nouveaux usages, comme essaie de le faire Sir Clifford. Cela peut réussir dans certains cas, mais je doute que cela soit faisable partout. Quoi qu'on produise, il faut le vendre. Les ouvriers sont très apathiques. Ils ont l'impression que tout marche à sa perte; et je crois qu'ils n'ont pas tort. Quelques-uns, parmi les jeunes, font des déclamations et demandent un soviet, mais sans beaucoup de conviction. Ils ne sont bien convaincus de rien, sinon que tout marche mal. Même sous un soviet, il faut vendre le charbon; et c'est là qu'est la difficulté.

« Nous avons cette vaste population industrielle, et il faut bien la nourrir; c'est pourquoi la sacrée machine doit continuer à marcher à tout prix. Les femmes parlent beaucoup plus que les hommes, de nos jours, et avec autrement d'assurance. Les hommes sont mous, ils ont un sentiment de fatalité et ils agissent comme s'il n'y avait rien à faire. Et, de toute façon, personne ne sait ce qu'il y aurait à faire, malgré toutes les palabres. Les jeunes gens sont enragés parce qu'ils n'ont pas d'argent à dépenser. Toute leur vie tient à leurs dépenses; et maintenant ils n'ont rien à dépenser. Les puits travaillent deux jours, deux jours et demi par semaine; et il n'y a aucun signe d'amélioration, même pour l'hiver prochain. Comment élever une famille avec un salaire de vingt-cinq à trente shillings? Les femmes sont les plus enragées; mais ce sont aussi les plus enragées à la dépense, de nos jours.

« Si on pouvait seulement leur dire que vivre et dépenser ne sont pas la même chose! Mais cela ne sert à rien. Si seulement on les avait élevés à sentir, au lieu de gagner et de dépenser, ils se tireraient très bien d'affaire avec vingt-cinq shillings. Si les hommes portaient des pantalons écarlates, comme je l'ai dit, ils ne penseraient pas tant à l'argent; s'ils pouvaient danser et sauter et chanter et fanfaronner et être beaux, ils s'accommoderaient de très peu d'argent; et s'ils savaient s'amuser eux-mêmes, et se laisser amuser par les femmes. Ils devraient apprendre à être nus et beaux, et à chanter en masse et à danser les anciennes danses de caractère, et à sculpter les tabourets sur lesquels ils s'assoient, et à broder leurs propres emblèmes. Alors, ils n'auraient plus besoin d'argent. Voilà le seul moyen de résoudre le problème industriel : enseigner au peuple à vivre, et à vivre en beauté, sans avoir besoin de dépenser de l'argent. Mais c'est impossible. Il n'y a plus aujourd'hui que des intelligences bornées. Tandis que la masse du peuple ne devrait même pas essayer de penser, parce qu'elle en est incapable. Elle devrait être vivante et fringante et n'adorer que le Grand Pan[170]. Lui seul sera toujours le dieu de la masse. L'élite peut s'adonner, s'il lui plaît, à des cultes plus élevés. Mais que la masse reste à jamais païenne.

« Mais les mineurs ne sont pas païens, tant s'en faut. C'est un pauvre troupeau de demi-morts, morts à leurs femmes, morts à la vie. Les jeunes gens courent la pretentaine avec des filles sur des motocyclettes et dansent le jazz quand ils en ont l'occasion. Mais ils sont bien morts. Et il leur faut de l'argent. L'argent empoisonne ceux qui en ont et affame ceux qui n'en ont pas.

« Tout cela doit vous assommer. Mais je ne veux pas toujours parler de moi-même; et je n'ai aucun événement à raconter. Je n'aime pas trop penser à vous : cela ne sert qu'à nous embrouiller tous les deux. Mais il va sans dire que le but de ma vie, en ce moment, c'est que nous puissions, vous et moi, vivre ensemble. Au fond, j'ai peur. Je sens le diable dans l'air; et il va tâcher de nous prendre. Ou peut-être est-ce plutôt Mammon[171], qui n'est pas autre chose, je crois, que la volonté collective des hommes qui veulent l'argent et haïssent la vie. Quoi qu'il en soit, je sens dans l'air de grandes mains blanches et avides qui tâchent de saisir à la gorge et de vider de toute vie quiconque cherche à vivre, à vivre au-delà de l'argent. Les mauvais jours sont proches, mes amis, les mauvais jours sont proches! Si les choses continuent à être ce qu'elles sont, l'avenir ne réserve que mort et destruction à ces masses industrielles. Je sens parfois mes entrailles se fondre en eau; et vous voilà, attendant un enfant de moi. Mais tant pis. Toutes les calamités de ce monde n'ont jamais réussi à éteindre les cœurs : pas même l'amour des femmes; en sorte qu'elles ne réussiront pas à éteindre mon désir pour vous ni la petite lueur qu'il y a entre vous et moi. Nous serons ensemble l'an prochain. Et, bien que j'aie peur, j'ai foi en notre union. L'homme doit combattre et trimer de son mieux, et puis se fier à quelque chose qui est au-delà de lui-même. La seule assurance qu'on puisse prendre contre l'avenir, c'est de croire à ce qu'on a de meilleur en soi, et à la puissance qui est au-delà. Alors, je crois à la petite flamme qui brûle entre nous. Pour moi, maintenant, c'est la seule chose qui compte. Je n'ai pas d'amis, pas d'amis intimes. Rien que vous. Et maintenant la petite flamme est la seule chose à quoi je tienne dans la vie. Il y a l'enfant ; mais cela est en dehors de la question. C'est ma Pentecôte[172], cette petite flamme fourchue qui brûle entre vous et moi. L'ancienne Pentecôte n'est pas tout à fait ce qu'elle devrait être. Moi et Dieu, c'est un peu prétentieux, malgré tout. Mais la petite flamme qui brûle entre vous et moi, voilà qui est bien. Voilà à quoi je m'en tiens et m'en tiendrai malgré les Clifford et les Bertha, les compagnies minières et les gouvernements, et les masses avides d'argent.

« Voilà pourquoi je n'aime pas à penser trop à vous en ce moment. Cela ne fait que me torturer et ne sert de rien. J'ai horreur que vous soyez loin de moi. Mais si je commence à me tourmenter, quelque chose s'use et se perd. Il faut de la patience, toujours de la patience. Ceci est mon quarantième hiver. Et je ne peux rien contre tous les hivers qui ont été. Mais cet hiver, je vais m'en tenir étroitement à ma petite flamme de Pentecôte, et connaître un peu de paix. Et je ne permettrai pas à l'haleine du monde de l'éteindre. Je crois à un mystère plus élevé qui ne permet même pas qu'on éteigne un crocus. Et, si vous êtes en Écosse et moi dans les Midlands, et si je ne puis pas vous tenir dans mes bras, je garde tout de même quelque chose de vous. Mon âme palpite doucement avec vous dans la petite flamme de la Pentecôte ; et c'est comme la paix qu'on gagne en faisant l'amour. En faisant l'amour nous avons fait naître une flamme. Même les fleurs sont créées par l'accouplement du soleil et de la terre. Mais c'est une chose délicate qui demande de la patience et une longue attente.

« Et alors j'aime ma chasteté d'aujourd'hui parce que c'est la paix qui vient d'avoir fait l'amour ensemble. J'aime à être chaste aujourd'hui. Je l'aime comme les perce-neige aiment la neige. J'aime cette chasteté qui est un espace de paix dans notre amour, qui est entre nous comme une perce-neige fourchue de blanche flamme. Et quand viendra le vrai printemps, quand viendra notre réunion, alors nous pourrons, en faisant l'amour, rendre la petite flamme bien brillante, bien jaune et brillante. Mais pas maintenant, pas encore ! Maintenant est le temps d'être chaste ; et il est bon d'être chaste ; c'est comme une rivière d'eau fraîche dans mon cœur. J'aime la chasteté, maintenant qu'elle coule entre nous. C'est comme de l'eau fraîche et de la pluie. Comment peut-on désirer courir d'ennuyeuses aventures. Quelle misère d'être, comme Don Juan, impuissant même à tirer la moindre paix de l'amour, quand brille la petite flamme, impuissant, incapable d'être chaste dans les frais intervalles, comme auprès d'une rivière.

« Eh bien, voilà bien des mots, parce que je ne puis pas vous toucher. Si je pouvais dormir en vous tenant dans mes bras, comme l'encre resterait dans la bouteille. Nous pourrions être chastes ensemble, tout aussi bien que faire l'amour ensemble. Mais il faut que nous soyons séparés quelque temps, et c'est sans doute la façon d'agir la plus sage. Si seulement on était sûr.

« Mais tant pis, tant pis, nous n'allons pas nous tourmenter. Nous croyons à la petite flamme et au Dieu sans nom qui l'empêche de s'éteindre. Il y a, au fond, tant de vous ici, avec moi, qu'il est dommage que vous n'y soyez pas tout entière.

« Ne craignez pas Sir Clifford. Si vous ne recevez rien de lui, ne craignez rien. Au fond, il ne peut rien contre vous. Attendez : il finira certainement par vouloir se débarrasser de vous. Et s'il ne le veut pas, nous trouverons bien moyen de ne pas croiser son chemin. Mais il le voudra. À la fin, il voudra vous vomir loin de lui comme une abomination.

« Et maintenant, je ne puis même pas m'arrêter de vous écrire.

« Mais nous sommes réunis déjà par une grande part de nous-mêmes. Il faut nous y tenir, et nous préparer à notre prochaine rencontre. John Thomas dit bonsoir à Lady Jane, la tête un peu pendante, mais le cœur plein d'espoir. »

# POSTFACE

*Son manuscrit terminé, Lawrence laissait à l'éditeur ou à des collaborateurs le soin de couper ce que l'esprit public ne pourrait supporter  on n'est pas le premier romancier de son pays sans savoir qu'il y a lieu de compter avec la bêtise humaine. Mais l'appel de la douleur physique, l'annonce répétée de la mort devaient le jeter tout entier à sa volonté d'écrire et de publier, avant de mourir,* son *livre. Et peut-être ce livre ne prête-t-il nulle part à la confusion plus qu'en France, parce qu'il se fonde sur l'érotisme. Chez nous, l'érotisme s'oppose à d'autres passions, à la vanité surtout (d'où le subtil sadisme des* Liaisons dangereuses*). La maîtrise d'un héros de Nerciat sur ses sensations, d'un Valmont sur celles de ses partenaires, les rend odieux à Lawrence pour qui la conscience exaltée de la sensualité peut seule combattre la solitude humaine. Que Restif, habile et voluptueux en face du viol de Mme Parangon, dans un roman, devienne si bête dans ses ouvrages clandestins peut sembler singulier ; c'est que pour lui, comme pour tous nos auteurs du second rayon, le livre érotique est un moyen dont la sensation est la fin. Ces moyens changent avec les auteurs, mais les siècles les entraînent tous dans un courant étroit.*

*D'abord, à la Renaissance surtout, la technique physique de l'érotisme Puis, vers le* XVIIIe *siècle, la technique psychologique : les hommes de race blanche découvrent que, pour eux, une idée peut être plus excitante qu'un instrument, et même que la beauté d'un corps. Puis, l'individualisation de l'érotisme : le livre parfait de la fin du* XIX*e siècle, en ce domaine, eût été un supplément au* Rouge et le Noir *où Stendhal nous eût dit comment Julien couchait avec Mme de Rénal et Mathilde, et la différence des plaisirs qu'ils y prenaient tous les trois.*

*Chacune de ces phrases grandit l'érotisme ; lui donne une plus grande place dans la vie des hommes. Il s'approche peu à peu de l'individu. Il était le diable, il devient l'homme ; nous allons le voir dépasser l'homme, devenir sa raison d'être. Là est l'intérêt essentiel de ce livre, et aussi son intérêt historique : l'érotisme y cesse d'être* l'expression *de l'individu. Il devient un état de l'âme, un état de vie, comme l'opium pour le Chinois des dernières dynasties : c'est l'individu, maintenant, qui n'est plus qu'un moyen.*

*Il y a en France un individualisme psychologique et un individualisme éthique, presque toujours confondus. Le premier attache ses valeurs à la « différence », au caractère unique de chacun ; le second, à un droit absolu d'agir réclamé par l'individu (Rousseau-Gide d'un côté ; Nietzsche-Balzac de l'autre). Lawrence ignorait le premier ; et quant au second, l'important n'était pas pour lui de défendre sa liberté, mais de savoir ce qu'on en pouvait faire. À ses yeux, ce n'est pas par la conscience de ce qu'il a de particulier que l'individu s'atteint, c'est par la conscience la plus forte de ce qu'il a de commun avec tant d'autres : son sexe. La critique anglaise a vu là surtout un paganisme : quelques myosotis fâcheusement oxfordiens lui en donnaient le droit. Il n'y a pourtant pas de livre moins hédoniste. Il ne s'agit pas là d'échapper au péché, mais d'intégrer l'érotisme à la vie sans qu'il perde cette force qu'il devait au péché ; de lui donner tout ce qui, jusqu'ici, était donné à l'amour :*

d'en faire le moyen de notre propre révélation. Lawrence ne veut être ni heureux, ni grand ; il veut être. Et il croit plus important pour lui d'être homme que d'être individu. Le goût de la différence est alors remplacé par celui d'une intensité déterminée : il s'agit d'être homme — le plus possible. C'est-à-dire de faire de notre conscience érotique, dans ce qu'elle a de plus viril, le système de références de notre vie.

Que devient alors la femme ?

La conscience que l'homme lui prête est toujours la clef du mystère régnant de l'amour. Pour l'Hindou, la femme peut être l'instrument d'un contact avec l'infini, mais comme un paysage ; moyen irresponsable, comme le paysage. Lawrence qui veut que la femme soit totalement responsable, attaque en chacun de nous les traces d'Hindou qu'il y trouve, et son premier ennemi est l'éternel féminin. Jamais le chrétien n'a vu dans la femme un être tout à fait humain.

La sexualité féminine lui échappe, l'expérience sexuelle étant intransmissible d'un sexe à l'autre (c'est toujours l'érotisme de l'autre sexe qui est mystérieux). Irréductiblement différente de nous, avide d'une unité dans laquelle elle se possède plus qu'elle n'est possédée, la femme deviendra donc, dans Le Serpent à plumes, l'indispensable instrument de la possession du monde. Son éternité restaurée est dans son sexe, et non plus dans ses yeux ; éternité quand même. Seul moyen pour l'homme d'atteindre sa vie la plus profonde à travers l'érotisme, seul moyen d'échapper à la condition humaine des hommes de son temps, Lawrence veut posséder la femme par l'esprit comme par la chair ; il l'interroge par la voix de tous ses personnages et lui consacre le livre qu'il écrit lorsqu'il est déjà fasciné par la mort.

Comment passer de cette obsédante méditation charnelle à la vie des créatures ? Toute la technique du roman *tient dans les moyens qu'emploie l'auteur pour substituer à la sexualité la personne vivante de Mellors, ou inversement. Le désir d'être mère qui fait pleurer Constance devant les poussins, et l'amène à coucher pour la première fois avec le garde, est un artifice : il fallait que les rapports entre elle et son nouvel amant fussent impersonnels, il fallait qu'elle devînt sa maîtresse avant de savoir* qui *il est,* avant de lui avoir parlé. *De quoi a-t-elle besoin ? De se révéler à elle-même à l'aide de sa propre sexualité. Peu importe le moyen de cet éveil. Que Mellors se réduise d'abord à un sexe adroit et anonyme : qu'il ne soit, à aucun titre, le séducteur ; le vrai dialogue est entre Lady Chatterley et elle-même. Jamais Mellors ne s'opposera profondément à elle ; il est nuancé, individualisé,* mais non pas autonome. *Un garde-chasse n'est pas nécessairement ancien officier, ni un amant perspicace, homme de valeur. Mellors parle patois, mais avec préméditation, et son sens de la destinée humaine domine celui de Sir Clifford : Lady Chatterley a eu de la chance. Attachée à son sexe contre le dégoût et la mort, elle eût pu ne rencontrer en son amant qu'un fantôme — ou un ennemi. Pour l'homme, qui cherche si passionnément sa raison d'être, je me méfie de garanties cachées au plus profond de la chair et du sang. Je crains alors et leur nature et leur durée. Car une grande saveur de solitude accompagne ces personnages de Lawrence : pour ce prédicateur du couple, l'« autre » ne compte guère. Le conflit ou l'accord s'établit entre l'être et sa sensation.*

*Son art consiste à sauver par la peinture convaincante d'un sentiment primitif et profond — le désir de maternité par exemple — le passage de la fiction à l'affirmation éthique. Et la doctrine est inséparable de cet art, du halètement fiévreux avec lequel il s'efforce de rendre éblouissante la face nocturne de la vie. C'est par cet art surtout que sera affaiblie l'importance de la personnalité du partenaire, partenaire qui n'est plus l'amant, qui ne vaut que par la conscience qu'il a d'un* état *particulier qu'il peut atteindre et donner. Nulle nécessité qu'un tel partenaire soit « unique ». Or, notre amour-passion repose sur ce caractère unique de l'amant, de la maîtresse. Il s'agit de détruire notre mythe de la sexualité : de faire de l'érotisme une* valeur.

*Que pouvons-nous en attendre, dans cette région de mythes. Peut-être plus de conscience. Nous tenons notre attitude vitale pour normale, universelle, humaine. Dès l'Inde, pourtant, elle surprend les Asiatiques. Quand nous leur disons qu'elle est rationnelle, ils nous répondent confusément que notre musique, notre peinture, sont à base érotique, et que notre littérature ne traite presque que de l'amour. Cette érotisation de l'univers que nous prêtent les Asiatiques, qu'en connaissons-nous nous-mêmes ?...*

*Un mythe n'est pas objet de discussion : il vit ou ne vit pas. Il ne fait pas appel en nous à la raison, mais à la complicité. Il nous atteint par nos désirs, par nos embryons d'expérience ; c'est pourquoi l'éthique, depuis un siècle, s'exprime si volontiers par la fiction. Prophétiser de celui-ci serait se livrer au vain travail de prophétiser du monde : les mythes ne se développent pas dans la mesure où ils dirigent les sentiments, mais dans celle où ils les justifient...*

André Malraux.

# DOSSIER

# CHRONOLOGIE
## 1885-1930

1885-1898. Naissance de David Herbert Lawrence le 11 septembre 1885 à Eastwood, ville minière du Nottinghamshire, d'un père mineur et d'une mère qui avait été institutrice. Il est le quatrième de cinq enfants. D'une santé fragile et souvent malade, il grandit dans une atmosphère de conflit entre un père rude, buveur, et parfois violent, et une mère plus instruite, aux principes moraux rigides, et qui cherche à faire échapper son fils à la classe ouvrière et au monde de la mine. Lors des querelles fréquentes entre les parents, les enfants prennent le parti de leur mère, en particulier le jeune Lawrence qui montre pour elle un attachement intense. L'enfant est élevé dans une atmosphère religieuse dominée par un strict puritanisme congrégationaliste.

1898-1901. Grâce à une bourse, Lawrence entre à Nottingham High School. Mais la bourse couvre à peine les dépenses de scolarité et les trajets en train entre Eastwood et Nottingham le fatiguent.

1901. Pour des raisons financières, Lawrence est forcé de quitter l'école et obtient un poste d'employé aux écritures dans une fabrique de prothèses orthopédiques. Il y travaille douze heures par jour, six jours par semaine. Son frère William Ernest, en qui sa mère avait mis de grands espoirs, meurt d'une pneumonie, et c'est le jeune David Herbert qui va prendre sa place dans l'affection maternelle. Atteint lui aussi d'une pneumonie, il sera soigné par sa mère pendant toute la durée de la maladie.

1902-1905. Lawrence est instituteur-stagiaire à Eastwood, puis au centre de formation pédagogique d'Ilkeston. Il lit beaucoup (Blake, Carlyle, Dickens, George Eliot), commence à dessiner et à peindre, et écrit ses premiers poèmes. C'est à cette époque

que commence sa relation avec la fille d'une famille de cultivateurs, Jessie Chambers, qui sera la Miriam de *Sons and Lovers* (*Amants et fils*).

1906-1908. Après avoir obtenu une bourse pour des études universitaires en 1904 et réussi l'examen d'entrée en 1905, Lawrence doit attendre d'avoir économisé les vingt livres de droits de scolarité pour entrer à University College à Nottingham en 1906 et commencer des études en vue du professorat. Il écrit alors ses premiers poèmes et commence à composer *The White Peacock* (*Le Paon blanc*). Il est déçu par les études universitaires qu'il trouve trop conventionnelles et fréquente les milieux féministes et socialistes. Sa mère est hostile à sa relation avec Jessie Chambers et aimerait le voir épouser une femme d'un milieu social plus relevé.

1908. Lawrence obtient son diplôme d'instituteur et quitte l'université. Il enseigne pendant deux ans à Croydon, au sud de Londres. Il lit Nietzsche, Walt Whitman, Ibsen, Maeterlinck.

1909. Quelques-uns de ses poèmes sont acceptés et publiés par *The English Review*. Ford Madox Hueffer, qui dirige la revue, l'introduit dans les milieux littéraires londoniens. Il y rencontre les poètes W. B. Yeats et Ezra Pound, et le romancier H. G. Wells.

1910. Mort de sa mère après une longue maladie. L'événement, qui le bouleverse, tiendra une large place dans *Amants et fils*.

1911. Son premier roman, *Le Paon blanc*, est accepté et publié par l'éditeur Heinemann. Lawrence décide alors de quitter l'enseignement et de se consacrer à la littérature. Il fait lire à Jessie Chambers le premier manuscrit de *Paul Morel* (qui deviendra *Amants et fils*) et celle-ci lui suggère d'importants remaniements. Après une grave pneumonie, il doit abandonner l'enseignement pour raisons de santé.

1912. Publication de son second roman, *The Trespasser* (*La Mort de Siegmund*). En mars 1912, Lawrence pense faire un séjour en Allemagne et y cherche un poste d'enseignant. Il demande conseil à un de ses anciens professeurs, Ernest Weekley, dont la femme, Frieda von Richthofen, est allemande. Plus âgée que Lawrence de six ans et mère de trois enfants, celle-ci est déçue par son mariage. Ce qui commence entre Lawrence et elle comme une liaison devient vite une relation passionnée. En mai 1912 ils s'enfuient ensemble pour la Lorraine, puis pour l'Allemagne. Ils séjournent successivement en Bavière, au Tyrol, puis sur le lac de Garde. Par l'intermédiaire de Frieda, Lawrence s'initie aux idées de Max Weber et Freud.

1913. Publication de *Amants et fils*, dont la première version, *Paul Morel*, a été complètement réécrite sous l'influence de Frieda. Jessie Chambers ressent cela comme une trahison et la rupture est désormais consommée entre elle et Lawrence. Il commence à écrire *The Sisters* (*Les Sœurs*), qui deviendra ensuite deux romans différents, *The Rainbow* (*L'Arc-en-ciel*) et *Women in Love (Femmes amoureuses)*. Publication de *Love Poems (Poèmes d'amour)*. Début de son amitié avec Katherine Mansfield et John Middleton Murry.

1914. Lawrence épouse Frieda à Londres. Le début de la guerre les empêche de retourner en Italie. Lawrence prend des positions ouvertement pacifistes, mais se retrouve rapidement isolé dans les milieux intellectuels anglais. Publication de *The Prussian Officer and Other Stories* (*L'Officier prussien et autres nouvelles*). Lecture de Marinetti et des futuristes italiens.

1915. Lawrence fait la connaissance du romancier Aldous Huxley et du philosophe Bertrand Russell. Il lit des ouvrages d'ethnologie et d'anthropologie, parmi lesquels *Le Rameau d'Or* de Sir James Frazer. Il commence à penser à un grand projet utopique d'une communauté en Amérique. Publication de *L'Arc-en-ciel*. Le livre est déclaré obscène, tous les exemplaires sont saisis par la police et l'éditeur, Methuen, est poursuivi en justice.

1916. Le couple s'installe en Cornouailles. Lawrence est déclaré inapte au service militaire, mais son passage devant les autorités militaires lui laisse un profond sentiment d'humiliation. Il termine la rédaction de *Femmes amoureuses*, mais il lui faudra attendre 1920 pour pouvoir trouver un éditeur à New York. Publication d'essais, *Twilight in Italy* (*Crépuscule sur l'Italie*), ainsi que du recueil de poèmes *Amores*.

1917. Lawrence et Frieda cherchent à partir pour les États-Unis mais on leur refuse un passeport. Les positions pacifistes de Lawrence et la nationalité allemande de Frieda les font soupçonner d'être des espions. En octobre 1917, ils sont expulsés de Cornouailles et doivent demander une aide financière à leurs amis. Publication du recueil des poèmes *Look! We Have Come Through! (Vois! Nous touchons au but!)*.

1917-1919. Lawrence et Frieda résident successivement à Londres, dans le Berkshire et le Derbyshire. Publication en 1918 du recueil *New Poems* (*Nouveaux Poèmes*).

1919. Lawrence tombe gravement malade, victime de l'épidémie de grippe. En novembre 1919, le couple part pour l'Italie et s'installe à Florence. Séjour de deux mois à Capri.

1920. Séjour en Sicile à Taormina. Publication de *Femmes amou-*

*reuses* à New York. Publication de *The Lost Girl* (*La Fille perdue*), qui obtient le prix James Tait Black. Publication de la pièce de théâtre *Touch and Go*.

1921. Séjour en Sardaigne. Publication de *Femmes amoureuses* à Londres, ainsi que de *Sea and Sardinia* (*Sardaigne et Méditerranée*) et de *Psychoanalysis and the Unconscious* (*Psychanalyse et Inconscient*). Lawrence publie aussi, sous le pseudonyme de Lawrence H. Davidson, un manuel scolaire commandé par Oxford University Press, *Movements in European History*.

1922. Publication de *Aaron's Rod* (*La Verge d'Aaron*), ainsi que d'un second volume de nouvelles, *England, My England* (*Île, mon île*) et de *Fantasia of the Unconscious* (*Fantaisie de l'inconscient*). Séjour à Taos, au Nouveau-Mexique, où il est invité par Mabel Dodge Luhan, une riche Américaine qui s'intéresse à la mythologie indienne et aux théories de Jung. En chemin, il s'arrête six semaines à Ceylan, où le bouddhisme le déçoit. De mai à août 1922, il fait un séjour en Australie, dans la province de Nouvelle-Galles du Sud. Il y écrit *Kangaroo* (*Kangourou*) et réécrit en partie le livre de Molly Skinner, *The Boy in the Bush* (*Jack dans la brousse*), qui sera publié l'année suivante.

1923. Retour à Londres. Publication des nouvelles « The Ladybird », « The Fox », « The Captain's Doll » (« La Coccinelle », « Le Renard », « L'Homme et la poupée ») et de *Kangaroo*, ainsi que du recueil de poèmes *Birds, Beasts, and Flowers* (*Des oiseaux, des bêtes et des fleurs*) et de *Studies in Classic American Literature* (*Études sur la littérature classique américaine*). Lors d'un dîner à Londres, Lawrence évoque à nouveau son projet d'une communauté au Nouveau-Mexique.

1924. Second séjour au Nouveau-Mexique. Il réside avec Frieda et Dorothy Brett au Ranch Kiowa, dans les montagnes Rocheuses, où il espère fonder sa communauté idéale, Rananim. Il assiste à des danses rituelles des Indiens Hopi. Il fait un séjour au Mexique, à Oaxaca, où il termine la rédaction de *The Plumed Serpent* (*Le Serpent à plumes*).

1925. Atteint d'une grave crise de malaria, Lawrence apprend de son médecin qu'il est dans un état de tuberculose avancée et n'a plus que peu de temps à vivre. Retour en Italie, où Lawrence et Frieda s'installent à Spotorno, près de Gênes. Publication de *St Mawr*. Difficultés financières grandissantes.

1926. Installation à Scandicci, près de Florence. C'est là que Lawrence commence la première version de *Lady Chatterley's Lover* (*L'Amant de lady Chatterley*). Publication du *Serpent à plumes*, inspiré de son séjour au Nouveau-Mexique. Lawrence fait un séjour dans les Midlands pendant la grève des mineurs et est très abattu par l'image que lui offre sa région natale.

1927. Lawrence travaille à la seconde version de *L'Amant de lady Chatterley*. Visite de tombes étrusques. Sa pièce de théâtre *David* est montée au Regent Theatre en mai 1927. Publication de *Mornings in Mexico* (*Matinées mexicaines*).

1928. *L'Amant de lady Chatterley* est imprimé à Florence et publié par souscription en Angleterre. Mais le roman est rapidement interdit et saisi en Angleterre et aux États-Unis. Il ne sera publié en Angleterre en version non expurgée qu'en 1960, après un procès célèbre. Publication de *The Woman Who Rode Away, and Other Stories* (*L'Amazone fugitive et autres nouvelles*). Le couple Lawrence reprend sa vie errante : Baden-Baden, Suisse, Port-Cros, Bandol.

1929. Bandol, Paris, Palma de Majorque, Baden-Baden, Bandol. Les peintures de Lawrence exposées à Londres à la galerie Warren sont saisies par la police pour obscénité. Le manuscrit des poèmes *Pansies* (*Pensées*) est saisi et l'éditeur sommé de les expurger.

1930. Lawrence accepte de se faire soigner dans un sanatorium à Vence. Il y meurt le 2 mars 1930. Il est enterré au cimetière de Vence.

1931. Publication posthume de l'essai *Apocalypse* et de la nouvelle *The Man Who Died* (*L'Homme qui était mort*).

1932. Publication posthume de *Etruscan Places* (*Promenades étrusques*) et du recueil de nouvelles *The Lovely Lady* (*La Dame exquise*).

1957 Mort de Frieda Lawrence.

1960. Après un procès retentissant pour obscénité au Old Bailey, le palais de justice de Londres, l'éditeur Penguin est autorisé à publier la version intégrale de *L'Amant de lady Chatterley*.

1985 Lors de la célébration du centenaire de Lawrence, une plaque est posée à sa mémoire dans l'abbaye de Westminster

## CHRONOLOGIE DE L'ŒUVRE

1911 *The White Peacock* (*Le Paon blanc*) (roman).

1912. *The Trespasser* (*La Mort de Siegmund*) (roman).

1913. *Sons and Lovers* (*Amants et fils*) (roman).
*Love Poems* (*Poèmes d'amour*).

1914. *The Widowing of Mrs Holroyd* (*Le Veuvage de Mrs. Holroyd*) (théâtre).
*The Prussian Officer, and Other Stories* (*L'Officier prussien et autres nouvelles*).

1915. *The Rainbow* (*L'Arc-en-ciel*) (roman).

1916. *Twilight in Italy* (*Crépuscule sur l'Italie*) (essais).
*Amores* (poèmes).

1917 *Look! We Have Come Through!* (*Vois! Nous touchons au but!*) (poèmes).

1918. *New Poems* (*Nouveaux Poèmes*).

1919. *Bay* (poèmes).

1920. *Touch and Go* (théâtre).
*Women in Love* (*Femmes amoureuses*) (roman).
*The Lost Girl* (*La Fille perdue*) (roman).

1921. *Psychoanalysis and the Unconscious* (*Psychanalyse et Inconscient*) (essais).
*Sea and Sardinia* (*Sardaigne et Méditerranée*) (récit de voyage).
*Movements in European History* (histoire).

1922. *Aaron's Rod* (*La Verge d'Aaron*) (roman).
*Fantasia of the Unconscious* (*Fantaisie de l'inconscient*) (essais).
*England, My England* (*Île, mon île*) (nouvelles).

1923. « The Ladybird », « The Fox », « The Captain's Doll » (« La Coccinelle », « Le Renard », « L'Homme et la Poupée ») (nouvelles).

*Studies in Classic American Literature* (*Études sur la littérature classique américaine*) (essais).
*Kangaroo* (*Kangourou*) (roman).
*Birds, Beasts, and Flowers* (*Des oiseaux, des bêtes et des fleurs*) (poèmes).

1924. *The Boy in the Bush* (*Jack dans la brousse*) (avec M. L. Skinner) (roman).

1925. *St Mawr* (roman).
*The Princess* (nouvelles).
*Reflections on the Death of a Porcupine* (*Réflexions sur la mor d'un porc-épic*) (essai).

1926. *The Plumed Serpent* (*Le Serpent à plumes*) (roman).
*David* (théâtre).
« Sun » (« Soleil ») (nouvelle).

1927 *Mornings in Mexico* (*Matinées mexicaines*) (récit de voyage).

1928 *The Woman Who Rode Away. and Other Stories* (*L'Amazone fugitive et autres nouvelles*).
*Lady Chatterley's Lover* (*L'Amant de lady Chatterley*) (roman).

1929. *The Paintings of D. H. Lawrence* (*Les peintures de D. H. Lawrence*) (introduction de Lawrence).
*Pansies* (*Pensées*) (poèmes).
*Pornography and Obscenity* (essai).

1930. « A Propos of *Lady Chatterley's Lover* » (essai).
*Nettles* (*Orties*) (poèmes).
*The Virgin and the Gipsy* (*La Vierge et le Bohémien*) (nouvelles).
*Love Among the Haystacks* (*L'Amour dans les meules de foin*) (nouvelles).
« Nottingham et le pays minier » (essai).

1931. *Apocalypse* (essai).
*Last Poems* (*Derniers Poèmes*).
« The Man Who Died » (« L'Homme qui était mort ») (nouvelle).

1932. *Etruscan Places* (*Promenades étrusques*) (récit de voyage).
*The Lovely Lady* (*La Dame exquise*) (nouvelles).

1934. *A Collier's Friday Night* (*Le Vendredi soir d'un mineur*) (théâtre)

1935. *The Spirit of Place* (*L'Esprit du lieu*) (essais).

1936. *Phoenix* (essais)

1944. *The First Lady Chatterley* (*La Première Lady Chatterley*) (roman.

1968. *Phoenix II* (essais).

1972. *John Thomas and Lady Jane* (*Lady Chatterley et l'Homme de bois*) (roman).

# NOTICE

## GENÈSE[1]

Lors de son séjour en Angleterre en octobre 1925, Lawrence avait été profondément déprimé par l'image que lui offrait son pays en proie à la crise économique. Sa dernière visite dans les Midlands, en mai 1926, fut encore assombrie par la grève générale qui s'était déclenchée en solidarité avec les mineurs auxquels les propriétaires interdisaient l'entrée des puits pour leur faire accepter une baisse de salaire. Finalement les mineurs durent reprendre le travail après sept mois de grève sans avoir rien obtenu et Lawrence ressentit amèrement leur humiliation. Il put constater aussi combien avaient changé non seulement le paysage de son enfance, mais les mentalités des gens de sa région natale. On mesure à quel point il se sentait désormais coupé d'un monde qui avait nourri ses premières œuvres, en lisant son essai sur Eastwood, « Retour à Bestwood[2] » écrit en septembre 1926, c'est-à-dire juste avant de commencer la première version de *L'Amant de lady Chatterley* :

*Mais après la guerre, les mineurs devinrent silencieux : après 1920. Jusqu'en 1920, il y avait en eux un étrange pouvoir de vie, quelque chose de sauvage et d'insistant, qu'on pouvait entendre dans leurs voix. Ils étaient toujours excités, l'après-midi, lorsqu'ils remontaient à la surface, et excités, le matin, de redescendre. Et ils lançaient des appels dans l'obscurité de leurs voix, fortes, étranges, aux accents évocateurs.* [...]

*Mais maintenant les mineurs qui se rendent au match de football passent en silence comme des fantômes, et du terrain montent de pauvres*

1. Sur la genèse du roman et les différences entre les trois versions, on consultera avec profit les ouvrages de Michael Squires et John Worthen, ainsi que l'article de Marie-Hélène Dollon dans le Cahier de l'Herne sur Lawrence, tous mentionnés dans la bibliographie.

2. « Bestwood » est le nom que Lawrence avait déjà donné à Eastwood dans *Amants et fils*.

*cris effilochés. Ce sont les hommes de ma génération, qui sont allés à l'école avec moi. Et ils sont presque sans voix. Ils vont au club ouvrier et boivent avec une sorte de désespoir.*

*J'ai l'impression que je ne connais presque plus les gens de ma région d'origine, les mineurs du district de la vallée de l'Erewash. Ils ont changé, et je suppose que j'ai changé.* [...] *Et ils ont une conscience d'un nouveau genre, superficielle, toute faite de journaux et de cinéma, dont je me sens coupé. En même temps, ils ont, je pense, une souffrance et une tristesse souterraines qui ressemblent beaucoup à ce que je ressens. Cela doit être vrai, car quand je les vois, je le sens si fortement*[3].

Pourtant, début octobre, de retour à Florence, à la Villa Mirenda, au milieu des vignes et des oliviers de la campagne toscane, Lawrence sentit surgir à nouveau l'énergie créatrice. La première version de son dernier roman va être une réaction de survie à cette laideur mortelle de l'Angleterre.

On peut faire remonter le premier germe du roman à l'idée qu'avait eue Lawrence d'une longue nouvelle ayant pour sujet la liaison d'une aristocrate avec un garde-chasse. Il l'avait écrite en janvier et février 1926, mais avait décidé de ne pas la publier car elle s'inspirait trop de souvenirs personnels des deux filles de Frieda.

La première version de *L'Amant de lady Chatterley* fut écrite très rapidement, commencée vers la mi-octobre 1926 et terminée probablement à la fin de novembre ou vers le début de décembre de la même année. Cette version a été publiée en 1944 sous le titre *La Première Lady Chatterley*. Les grandes lignes du roman sont déjà présentes : Sir Clifford Chatterley, propriétaire de mines, gravement blessé lors de la Première Guerre mondiale, revient chez lui paralysé, et sa femme Constance trouve dans sa liaison avec le garde-chasse, Oliver Parkin, un moyen d'échapper à la stérilité qui l'entoure. Même si les scènes amoureuses sont déjà fort explicites — on trouve dès cette version des termes comme « con » et « baiser », qui feront cataloguer la version finale comme « obscène » — on a un peu l'impression que Lawrence avance dans un territoire inconnu et hésite encore entre réalisme et symbolisme. Il a d'ailleurs dit lui-même que ce premier manuscrit ressemblait un peu à *Amants et fils*. Le personnage de Parkin, beaucoup moins désillusionné et affaibli que ne l'est Mellors dans la version finale, est peut-être un retour aux valeurs de son père, envers qui il pensait rétrospectivement avoir été injuste avec le personnage de Walter Morel dans *Amants et fils*.

Lawrence se mit à travailler sur la seconde version dès décembre 1926, quelques jours à peine après avoir terminé la première, et l'acheva à la fin de février 1927. On notera qu'il ne se contenta pas de

3. *Phoenix II*, pp. 263-264.

réviser les versions successives de son roman, mais que, comme il l'a dit lui-même, il le réécrivit littéralement trois fois : « Je ne veux pas dire par là copier et réviser au fur et à mesure, mais littéralement. Après avoir fini le premier manuscrit, je le mets de côté et j'en écris un autre. Puis je mets le second de côté et j'en écris un troisième. » Il écrivit la seconde version plus lentement et avec davantage de concentration. Cette seconde version fut publiée seulement en 1972 sous le titre *John Thomas et Lady Jane.* Le personnage du garde-chasse Parkin y est davantage creusé, en particulier l'échec de son mariage et ses efforts pour reconstruire sa vie. L'utilisation du dialecte est plus subtile et modulée. Les scènes sexuelles sont beaucoup plus explicites que dans la première version et acquièrent un rôle central. Mrs. Bolton devient un personnage à part entière et les implications symboliques de sa relation perverse avec Clifford apparaissent clairement. On voit aussi s'amorcer un processus qui va s'accentuer dans la dernière version : l'introduction de longues conversations qui vont parfois déséquilibrer le roman. Une fois son manuscrit terminé, Lawrence écrivit à Dorothy Brett : « J'ai terminé mon roman — j'en suis content — mais il est si inconvenant, selon les normes de tous ces pauvres imbéciles conventionnels, qu'il ne sera jamais imprimé. Et il n'est pas question que j'y fasse des coupures » (lettre du 8 mars 1927).

Lawrence ne toucha pas à son roman pendant tout le printemps et l'été de 1927. Il partit d'abord visiter des tombes étrusques avec Earl Brewster, puis en juillet eut de violentes hémorragies pulmonaires. Sa maladie n'allait plus le quitter pendant toute la période où il écrivit la dernière version et son ami Norman Douglas nota qu'il avait l'air d'un « spectre ». La troisième version fut écrite très vite, commencée fin novembre 1927 et terminée début janvier 1928. Ce qui la différencie des deux versions précédentes, c'est l'intrusion de la voix de Lawrence lui-même, prophète et parfois propagandiste de ses propres idées sur la sexualité et l'avenir de la société. Sachant désormais qu'il pouvait faire imprimer le livre à ses frais à Florence, il se sentit libre de développer ses idées sans contrainte et de provoquer un choc chez son lecteur par l'utilisation de termes normalement prohibés. La coupure entre les deux personnages masculins s'accentue : Clifford est traité de façon plus satirique, alors qu'au contraire Mellors prend une plus grande épaisseur humaine et intellectuelle. De plus tout le rapport entre Connie et Mellors prend une orientation nouvelle : c'est Mellors qui initie Connie, dominant et conduisant la relation, jouant un peu le rôle d'un maître qui amène peu à peu la jeune femme à modifier complètement toute sa vision de la vie. C'est d'ailleurs lui qui a le dernier mot, puisque, contrairement à ce qui se passait dans les versions précédentes, le roman se termine sur sa longue lettre-programme. Certains critiques ont vu là une simplification et un appauvrissement de la seconde version, qui leur apparaît finalement la plus réussie des trois.

En mars 1928, le roman fut imprimé à Florence chez l'éditeur Orioli, dans un atelier qui était resté très artisanal et où les typographes faisaient encore la composition à la main. Lawrence envoya lui-même des bulletins de souscription à ses amis. Mais à la mi-mars l'éditeur habituel de Lawrence, Secker, décida qu'il ne pouvait pas publier le roman en Angleterre, même sous forme expurgée, car les risques étaient trop grands. Les premiers exemplaires sortirent des presses d'Orioli fin juin 1928

## RÉCEPTION

Fin août 1928 les douanes américaines décidèrent de confisquer les exemplaires du roman pour obscénité. Et au début de 1929 les agents et éditeurs anglais de Lawrence se plaignirent d'avoir reçu la visite d'inspecteurs de police cherchant des exemplaires du roman et allant même perquisitionner au domicile de certains amis de l'écrivain. De plus, le roman n'étant pas protégé par le copyright, des éditions pirates firent rapidement leur apparition : en décembre 1928 à Philadelphie, en mars 1929 en Allemagne. En mai 1929, pour leur faire obstacle, une édition bon marché, non expurgée, fut publiée à Paris et se vendit bien.

Les réactions de la presse furent dans l'ensemble hostiles. Le *Sunday Chronicle* (14 octobre 1928) écrivit qu'il s'agissait là d' « un des romans les plus répugnants et abominables jamais écrits ». Et surtout, le magazine *John Bull* lança une violente offensive, déclarant que le roman était « le déversement le plus vil qui ait jamais souillé la littérature de notre pays. On sonderait en vain les égouts de la pornographie française pour trouver un équivalent aussi répugnant. [...] Malheureusement pour la littérature tout autant que pour lui-même, M. Lawrence a un esprit malade » (20 octobre 1928). Trois mois plus tard, ce même magazine exhorta les autorités des douanes à « resserrer leur contrôle sur une telle ordure. » (19 janvier 1929).

Les revues littéraires furent plus nuancées. Dans *The Dial* (janvier 1929), Raymond Mortimer reconnaît que le livre contient de « splendides passages », mais y voit « un hymne de haine contre l'intellect ». John Middleton Murry, ami de longue date de Lawrence, fit un compte rendu très élogieux dans *The Adelphi* (n° 2, 1929), voyant dans le roman « un livre positif, vivant et créatif » qui « rayonne dans sa force dynamique ». Quant à Edmund Wilson, il écrivit dans *The New Republic* (3 juillet 1929) que le roman était une parabole sur l'état de l'Angleterre et que « Lawrence a écrit la meilleure description de l'expérience sexuelle qui ait jamais été faite en anglais ».

On notera que Joyce, qui lui aussi avait eu de graves ennuis avec la censure lors de la publication d'*Ulysse* en 1922, critiqua sévèrement le style du roman : « Cet homme écrit vraiment très mal », et dit à Harriet Weaver, directrice de la revue *The Egoist* : « J'ai lu les deux premières pages qui sont comme d'habitude dans un anglais négligé. »

En 1932, deux ans après la mort de Lawrence, les éditeurs anglais (Martin Secker) et américain (Alfred Knopf) se contentèrent de publier une édition expurgée, autorisée par Frieda Lawrence. Cette édition resta la seule disponible pour la majorité des lecteurs jusqu'à la publication de la version intégrale en Grande-Bretagne en 1960.

En 1944, Frieda autorisa la Dial Press de New York à publier la première version du roman sous le titre *La Première Lady Chatterley*. Le livre fut d'abord déclaré obscène et immédiatement saisi, mais après un procès, la publication fut finalement autorisée.

En 1959, Grove Press publia à New York la première édition non expurgée du roman, mais elle fut rapidement interdite à la vente par correspondance par le ministre des Postes. Un procès s'ensuivit et, le juge Frederick van Pelt Bryan ayant conclu que le livre n'était pas obscène, l'interdiction fut retirée.

En 1960, les éditions Penguin publièrent deux cent mille exemplaires de la version non expurgée et furent immédiatement poursuivies. Un procès devant jury se déroula au Old Bailey, le palais de justice de Londres, de fin octobre à début novembre 1960. La défense fit citer des écrivains et critiques prestigieux, parmi lesquels E. M. Forster, Rebecca West, Graham Hough et Richard Hoggart. Finalement le jury décida que le livre n'était pas obscène et trente-deux ans après sa première publication le livre put enfin être vendu librement en Grande-Bretagne. En 1972, l'éditeur Heinemann publia des versions non expurgées de la première et de la deuxième version. Et actuellement, Cambridge University Press prépare une édition critique de l'ouvrage.

# ANNEXES

## DÉDICACE DES ÉDITIONS PENGUIN (1960)

### *DÉDICACE DE L'ÉDITEUR*

Pour avoir publié ce livre, les éditions Penguin ont été poursuivies, en vertu de la loi de 1959 sur les publications obscènes, au Palais de Justice de Londres du 20 octobre au 2 novembre 1960. Cette édition est donc dédiée aux douze jurés, trois femmes et neuf hommes, qui ont rendu un verdict de « Non coupable » et ont ainsi permis au public du Royaume-Uni de disposer pour la première fois du dernier roman de D. H. Lawrence.

## EXTRAITS DE « À PROPOS DE *L'AMANT DE LADY CHATTERLEY* » (1930)

Mais — et ce *mais* pénètre votre cœur comme une balle — le mariage n'est pas un mariage s'il n'est pas, de façon primordiale et permanente, phallique, c'est-à-dire s'il n'est pas relié au soleil et à la terre, à la lune, aux étoiles fixes et aux planètes, selon le rythme des jours, selon le rythme des mois, selon le rythme des trimestres, des années, des décennies et des siècles. Le mariage n'est pas un mariage s'il n'est pas une correspondance du sang. Car le sang est la substance de l'âme et de la conscience la plus profonde. C'est par le sang que nous existons : et c'est par le sang et le foie que nous vivons et bougeons et c'est d'eux que nous tenons notre être. Dans le sang, savoir et être, ou sentir, sont uns et indivisibles : nul serpent et nulle pomme n'ont causé de division. De sorte que c'est seulement quand la conjonction est celle du sang que le mariage est vraiment mariage. Le sang de l'homme et le sang de la femme sont deux flux éternellement différents, qui ne peuvent jamais se mêler. Même scientifiquement nous savons cela. Mais pour cette raison, ce sont les deux rivières qui encerclent la totalité de la vie, et dans le mariage le cercle est complet, et dans le sexe les deux rivières se touchent et se renouvellent l'une l'autre, sans jamais se mélanger ou se confondre. Nous savons cela. Le phallus est une colonne de sang qui remplit la vallée de sang d'une femme. La grande rivière du sang masculin touche jusque dans ses profondeurs la grande rivière du sang féminin — et pourtant aucun des deux ne brise ses frontières. C'est la plus profonde de toutes les communions, comme le savent, en pratique, toutes les religions. Et c'est l'un des grands mystères, en fait le plus grand, comme le montre presque toute initiation, montrant l'accomplissement suprême du mariage mystique.

Et c'est cela, le sens de l'acte sexuel : cette Communion, cette jonction des deux rivières, l'Euphrate et le Tigre — pour utiliser le vieux jargon — enfermant le pays de Mésopotamie où était le Paradis, ou le Parc de l'Éden, où l'homme eut son commencement. C'est cela le mariage, ce circuit des deux rivières, cette communion des deux flux de sang, cela et rien d'autre : comme le savent toutes les religions.

L'homme et la femme sont deux rivières de sang, deux flux distincts éternels qui ont le pouvoir de toucher et de communier et ainsi de régénérer, se renouvelant l'un l'autre sans briser les subtiles frontières, sans confondre ni mélanger. Et le phallus est le lien de connexion entre les deux rivières, qui instaure l'unité des deux flux et engendre de leur dualité un seul circuit pour toujours. Et cela, cette unité accomplie peu à peu tout au long d'une vie de dualité, est le résultat le plus sublime obtenu par le temps ou l'éternité. C'est de lui que naît tout ce qui est humain, enfants, beauté, choses bien faites; toutes les vraies créations de l'humanité. Et tout ce que nous savons de la volonté de Dieu, c'est qu'Il souhaite que cela, cette unité, arrive, s'accomplisse au cours d'une vie, cette unité au sein du grand double flux de sang de l'humanité.

L'homme meurt, et la femme meurt, et peut-être les âmes retournent-elles séparées au Créateur. Qui sait ? Mais nous savons que, pour ce qui est de l'humanité, l'unité du flux de sang de l'homme et de la femme dans le mariage complète l'univers, complète le flux du soleil et le flux des étoiles[4].

Le rythme du cosmos est quelque chose dont nous ne pouvons pas nous éloigner sans appauvrir cruellement notre vie. Les premiers chrétiens essayèrent de tuer l'ancien rythme païen du rituel cosmique, et jusqu'à un certain point réussirent. Ils tuèrent les planètes et

4. *Phoenix II*, pp. 505-506. Les citations des essais et de la correspondance de Lawrence ont été traduites par l'auteur de la notice.

le zodiaque, peut-être parce que l'astrologie s'était déjà dégradée en superstition. Ils voulurent tuer les fêtes annuelles. Mais l'Église, qui sait que l'homme ne vit pas seulement par l'homme, mais par le soleil, la lune et la terre dans leurs révolutions, restaura les jours et les fêtes sacrés presque comme à l'époque des païens, et les paysans chrétiens continuèrent à peu près comme les paysans païens, faisant une pause pour le culte au lever du soleil, au coucher du soleil et à midi, les trois grands moments du soleil dans la journée : puis le nouveau jour sacré, un jour tous les sept de l'ancien cycle : puis Pâques et la mort et la résurrection de Dieu, la Pentecôte, les feux de la Saint-Jean, les morts de novembre et les esprits de la tombe, puis Noël, puis l'Épiphanie. Pendant des siècles la masse du peuple vécut selon ce rythme, sous la domination de l'Église. Et c'est dans les profondeurs de la masse que les racines de la religion sont éternelles. Quand la masse d'un peuple perd le rythme religieux, ce peuple est mort, sans espoir. Mais le protestantisme vint et donna un grand coup au rythme religieux et ritualisé de l'année dans la vie humaine. Les religions non conformistes ont *presque* parachevé l'ouvrage. À présent nous avons un peuple pauvre, aveugle, qui a perdu ses points de repère et n'a plus que la politique et les jours fériés pour satisfaire l'éternel besoin humain de vivre en s'adaptant rituellement aux révolutions du cosmos, en se soumettant éternellement aux grandes lois. Et le mariage, étant l'une des plus hautes nécessités, a souffert tout autant de la perte de pouvoir des grandes lois, ces rythmes cosmiques qui devraient toujours dominer la vie. Il faut que l'humanité revienne au rythme du cosmos et à la permanence du mariage[5].

La sensation d'isolement, suivie par la sensation de menace et de peur, naît inévitablement à mesure que décline le sentiment d'unité et de communauté avec nos semblables et que croît le sentiment d'individualisme et de personnalité lié à l'existence dans l'isolement. Les classes prétendument « cultivées » sont les premières à acquérir « personnalité » et individualisme, et les premières à tomber dans cet état de menace et de peur inconscientes. Les classes travailleuses conservent pendant encore quelques décennies l'ancienne et chaleureuse unité communautaire qui vient du sang. Puis ils la perdent aussi. Alors règnent la conscience de classe et la haine de classe. La haine de classe et la conscience de classe ne sont que le signe de l'effondrement de l'ancienne chaleur du sang, et chaque homme est véritablement conscient de lui-même comme être séparé. Alors nous avons ces regroupements antagonistes d'hommes pour le pur plaisir de l'opposition, du conflit. La guerre civile devient la condition nécessaire de l'affirmation de soi.

5. *Phoenix II*, p. 509.

C'est cela, je le répète, la tragédie de la vie en société aujourd'hui. Dans la vieille Angleterre, l'étrange lien du sang maintenait les classes unies. Les châtelains pouvaient être arrogants, violents, brutaux et injustes, pourtant d'une certaine manière ils étaient *unis* au peuple, faisant partie du même flux de sang. Nous sentons cela chez Defoe, ou Fielding. Puis, chez la mesquine Jane Austen, cela a disparu. Cette vieille fille est déjà le type même de la « personnalité » remplaçant le caractère, la conscience aiguë de la séparation remplaçant la conscience de la communauté, et elle est, à mon sentiment, profondément déplaisante, anglaise dans le mauvais sens, le sens mesquin et snob du mot, tout comme Fielding est anglais au bon sens, au sens généreux du terme[6].

On m'a demandé de nombreuses fois si c'est intentionnellement que j'ai rendu Clifford paralysé, si c'est symbolique. Et des amis dans le monde littéraire disent qu'il aurait mieux valu lui laisser son intégrité et sa puissance sexuelle, et faire en sorte que la femme le quitte malgré tout.

Quant à savoir si le « symbolisme » est intentionnel — je ne sais pas. Sûrement pas à l'origine, lorsque Clifford a été créé. Lorsque j'ai créé Clifford et Connie, je n'avais aucune idée de ce qu'ils étaient ou de la raison pour laquelle ils existaient. Ils ont tout simplement surgi, à peu près tels quels. Mais le roman a été écrit, du début à la fin, trois fois. Et lorsque j'ai lu la première version, j'ai reconnu que l'infirmité de Clifford était symbolique de la paralysie, paralysie plus profonde des émotions et des passions, qui est celle de la plupart des hommes de sa sorte et de sa classe aujourd'hui. Je me rendis compte que c'était peut-être le défavoriser injustement que de le paralyser techniquement. Cela rendait beaucoup plus vulgaire la décision de Connie de le quitter. Pourtant l'histoire a surgi comme ça, d'elle-même, et je n'y ai donc pas touché. Que nous appelions cela du symbolisme ou non, c'est, au sens où c'est arrivé, quelque chose d'inévitable[7].

## EXTRAIT DE « NOTTINGHAM ET LE PAYS MINIER » (1930)

La véritable tragédie de l'Angleterre, selon moi, est la tragédie de la laideur. Le pays est si beau : l'Angleterre faite par les hommes est si ignoble. Je sais que le mineur moyen, lorsque j'étais enfant, avait un sens de la beauté qui lui était propre, venant de sa conscience

6. *Phoenix II*, p. 513.
7. *Phoenix II*, p. 514.

intuitive et instinctive, qui s'éveillait au fond du puits. Et le fait qu'il ne rencontrait que froide laideur et matérialisme cru lorsqu'il remontait à la lumière du jour [...] tuait quelque chose en lui et dans un sens le dégradait en tant qu'homme. La femme se plaignait presque invariablement de détails matériels. C'est ce qu'on lui apprenait à faire ; c'est ce qu'on l'encourageait à faire. C'était le rôle d'une mère de faire en sorte que ses fils « arrivent » et c'était le rôle de l'homme de fournir l'argent. Dans la génération de mon père, avec la vieille Angleterre sauvage derrière eux et le manque d'éducation, l'homme n'était pas écrasé. Mais dans ma génération, les garçons avec qui je suis allé à l'école, maintenant mineurs, ont tous été écrasés, tant par ce qu'on leur répète à l'école communale, que par les livres, les cinémas, les pasteurs, et toute la conscience nationale et humaine qui martèle sur tous les tons l'importance de la prospérité matérielle. [...]

Alors, débarrassez-vous de tout ça. Quoi que cela vous coûte commencez à le changer. Peu importe les salaires et les disputes syndicales. Faites porter votre attention ailleurs. Démolissez mon village natal jusqu'à la dernière brique. Élaborez une cellule première. Fixez un centre. Par un geste élégant, faites rayonner ce centre. Puis édifiez de beaux bâtiments élégants, qui englobent le centre d'une cité. Et meublez-les de choses belles. Et partez absolument de zéro. Prenez les lieux l'un après l'autre. Faites une Angleterre nouvelle. Débarrassez-vous du petit chez-soi ! Débarrassez-vous de cette mesquinerie misérable Regardez les contours du pays et inspirez-vous d'eux pour construire avec suffisamment de noblesse. Les Anglais sont peut-être développés mentalement et spirituellement. Mais en tant que citoyens de splendides cités, ils sont plus vils que des lapins. Et ils se plaignent et se plaignent, encore et toujours, sur la politique, les salaires et tout le reste, comme des commères mesquines et bornées[8]

## EXTRAITS DE LA CORRESPONDANCE DE LAWRENCE

Je suis dans l'embarras pour mon roman *L Amant de lady Chatterley*. Il est ce que le monde appellerait inconvenant Mais vous savez qu'il n'est pas vraiment inconvenant — je travaille toujours à la même chose : rendre la relation sexuelle authentique et précieuse au lieu de honteuse Et c'est dans ce roman que je suis allé le plus loin. Pour moi, il est beau, tendre et frêle comme le moi dans sa nudité, et je recule même devant la perspective de le faire taper (lettre du 12 avril 1927 à Nancy Pearn).

8 *Phoenix* pp 137 et 140.

Je viens de réécrire mon roman pour la troisième fois. C'est fait, sauf le dernier chapitre. Je crois que je vais le rebaptiser *Tendresse* (lettre du 6 janvier 1928 à Dorothy Brett).

C'est — dans la seconde moitié au moins — un roman phallique, mais tendre et délicat. Vous savez que je crois en la réalité phallique et en la conscience phallique : comme distinctes de notre conscience cérébrale irritable d'aujourd'hui. C'est pourquoi je fais ce 'ivre — et ça n'est pas seulement du *sexe*. Le sexe est hélas l'un des pires phénomènes aujourd'hui : tout en réaction cérébrale, tout cela provenant des processus et démangeaisons mentaux, et rien de la véritable insouciance et spontanéité phalliques. Mais il y en a dans mon roman (lettre du 15 mars 1928 à George R. G. Conway).

Je crois en la conscience phallique, opposée à la conscience cérébrale irritable dont nous sommes affligés : et quiconque appelle mon roman un roman malpropre de sexe, est un menteur. Ça n'est même pas un roman de sexe : c'est un roman phallique. Le sexe est quelque chose qui existe dans la tête, ses réactions sont cérébrales et ses processus mentaux. Tandis que la réalité phallique est chaleureuse et spontanée et — mais *basta !* en voilà assez (lettre du 15 mars 1928 à Curtis Brown).

À propos de *Lady C.* — il ne faut pas penser que je prône le sexe perpétuel. Rien ne m'écœure plus que la promiscuité sexuelle à tort et à travers. Mais, avec *Lady C.*, je veux *adapter la conscience* aux réalités physiques premières [...]. À Dieu ne plaise que l'on interprète mon livre comme poussant à une activité sexuelle débridée (lettre du 28 décembre 1928 à Lady Ottoline Morrell).

## POÈMES

### *Gentianes de Bavière*

N'a pas qui veut gentianes en sa maison
quand, dans la douceur de septembre, s'en vient la lente et triste Saint-Michel.

Gentianes de Bavière, grandes et sombres, seule tache sombre
assombrissant le jour, pareilles à des torches d'où émanent les fumées bleues de la nuit plutonienne,
flambeaux nervurés, au sombre flamboiement irradiant le bleu
qui retombe aplati dans les pointes, aplati sous la blanche trajectoire du jour,

fleurs-torches des fumantes ténèbres bleues, bleu nuit aveuglant de Pluton,
lampes obscure des propylées de Dis, qui brûlent d'un bleu sombre,
et diffusent l'ombre, l'ombre bleue, comme les pâles lampes de Demeter diffusent la lumière,
guidez-moi, montrez-moi le chemin.

Tendez-moi une gentiane, donnez-moi un flambeau !
Que la torche bleue fourchue de cette fleur
guide ma descente au long de l'escalier toujours plus sombre
où sur le bleu s'approfondit le bleu,
là même où Perséphone passe à présent des frimas de septembre
au royaume aveugle où l'ombre garde l'ombre éveillée
et Perséphone elle-même n'est qu'une voix
ou une part d'invisibles ténèbres enlacée dans les ténèbres plus intenses
des bras de Pluton, percée par la passion de l'ombre profonde
parmi la splendeur de torches obscures inondant d'obscurité et l'épousée perdue et l'époux.

(*Derniers Poèmes*, 1931 ; traduction de Ginette Katz-Roy,
Cahier de *L'Herne*, 1988.)

## *Phénix*

Es-tu prêt à être effacé, nul, anéanti,
à n'être rien ?
Es-tu prêt à n'être rien ?
Perdu dans l'oubli ?

Sinon, jamais vraiment tu ne changeras.

Le phénix ne retrouve sa jeunesse
que s'il est brûlé, brûlé vif, jusqu'à se faire
chaude et floconneuse cendre.
Alors le frêle remuement d'un frêle être nouveau dans le nid
au duvet léger comme cendre qui vole
montre qu'il a retrouvé pareil à l'aigle sa jeunesse,
Immortel oiseau

(*Derniers Poèmes*, 1931, traduction de Roger Munier
Cahier de *L'Herne*, 1988.)

# BIBLIOGRAPHIE

*Ouvrages de Lawrence en anglais*


LAWRENCE, D. H., *Lady Chatterley's Lover*, with an introduction and notes by John Lyon, Harmondsworth, Penguin, 1990.

LAWRENCE, D. H., *The First Lady Chatterley*, Harmondsworth, Penguin. 1973 (la première version du roman).

LAWRENCE, D. H., *John Thomas and Lady Jane*, Harmondsworth, Penguin, 1973 (la seconde version).

LAWRENCE, D. H., *Phoenix*, edited by E. D. McDonald, Londres, Heinemann, 1961 (contient les essais « Pornographie et Obscénité » et « Nottingham et le pays minier »).

LAWRENCE, D. H., *Phoenix II*, edited by Warren Roberts and Harry T. Moore, Harmondsworth, Penguin, 1978 (contient l'essai « À propos de *L'Amant de lady Chatterley* »).

LAWRENCE, D. H., *The Complete Poems*, édited by V. De Sola Pinto and F. Warren Roberts, Harmondsworth, Penguin, 1977.

LAWRENCE, D. H., *The Letters of D. H. Lawrence*. Six volumes parus (jusqu'à 1928) à Cambridge University Press entre 1979 et 1991


*Ouvrages de Lawrence traduits en français*


LAWRENCE, D. H., *Amants et fils*, traduction de Jeanne Fournier-Pargoire, Gallimard, 1932.

LAWRENCE, D. H., *L'Amant de lady Chatterley*, traduction de F. Roger-Cornaz, Gallimard, 1932.

LAWRENCE, D. H., *Femmes amoureuses*, traduction de Georges Limbour et Maurice Rancès, Gallimard, 1932.

LAWRENCE, D. H., *Lady Chatterley*, traduction d'Annie Brierre, préface de Frieda Lawrence, Presses Pocket, 1980 (la première version)

LAWRENCE, D. H., *Lady Chatterley et l'Homme des bois*, traduction de Jean Malignon, Gallimard, 1977 (la seconde version).
LAWRENCE, D. H., *Défense de lady Chatterley* (traduction de « A Propos of *Lady Chatterley's Lover* »), traduction de J. Benoist-Méchin, Gallimard, 1932.

*Ouvrages critiques en anglais*

HOLDERNESS, Graham, *D. H. Lawrence : History, Ideology, and Fiction*, Londres, Gill and Macmillan, 1982.
HOUGH, Graham, *The Dark Sun : A Study of D. H. Lawrence*, Londres, Duckworth, 1956.
KERMODE, Frank, *Lawrence*, Londres, Fontana (Modern Masters), 1973.
MEYERS, Jeffrey, *D. H. Lawrence*, La Table Ronde, 1992.
MOORE, Harry T., *The Priest of Love*, Londres, Heinemann, 1974.
NEHLS, Edward, ed., *D. H. Lawrence : A Composite Biography*, vol. III (1925-1930), Madison, University of Wisconsin Press, 1959.
SAGAR, Keith, *D. H. Lawrence : Life Into Art*, Athens, University of Georgia Press, 1985.
SQUIRES, Michael, *The Creation of « Lady Chatterley's Lover »*, Baltimore, Johns Hopkins University Press, 1983.
WORTHEN, John, *D. H. Lawrence*, Londres, Edward Arnold, 1991.

*Ouvrages critiques en français*

BURGESS, Anthony, *D. H. Lawrence ou le Feu au cœur*, Grasset, 1985.
*CAHIER DE L'HERNE : D. H. Lawrence*, édité par Ginette Katz-Roy et Myriam Librach, Éditions de l'Herne, 1988.
DELAVENAY, Émile, « Les trois amants de lady Chatterley », *Études Anglaises*, n° 3, 1974.
MAYOUX, Jean-Jacques, « Un roman phallique. La deuxième version de *Lady Chatterley* », *La Quinzaine littéraire*, avril 1978.

# NOTES

*Page 47*

1. Cette préface est un extrait du début de l'essai « À propos de *L'Amant de lady Chatterley* », écrit à l'automne 1929 et publié dans *Phoenix II*, pp. 487-515 (il s'agit ici des pages 489 à 492).

*Page 51.*

2. Allusion à un poème de Jonathan Swift (1667-1745), « The Lady's Dressing Room » (1732). Strephon, l'admirateur de la jeune Celia, visitant le cabinet où elle a passé des heures à s'habiller et n'y trouvant que des traces répugnantes de sa toilette, découvre sa bien-aimée dans toute sa réalité physiologique et s'exclame, écœuré, en partant : « Oh ! Célia, Célia, Célia chie ! » Voir aussi p. 378.

*Page 53.*

3. Lors de l'offensive de 1917 dans les Flandres, les armées britanniques subirent de très lourdes pertes.

*Page 54.*

4. Midlands : région du centre de l'Angleterre dont la partie ouest, aussi appelée le Pays Noir, est une vaste zone industrielle qui s'est développée à partir du bassin houiller.
5. Bond Street : rue du centre de Londres, célèbre pour ses boutiques élégantes.

*Page 55.*

6. D'inspiration socialiste, mais rejetant toute action révolutionnaire violente, la *Fabian Society*, fondée en 1884, était ainsi nommée d'après le général romain Quintus Fabius Maximus surnommé « Cunctator » (« Temporisateur ») à cause de sa tactique essentiellement défensive contre Hannibal. Les Fabiens préconisaient une

évolution progressive de la société et cherchaient avant tout à influencer les sphères gouvernementales en leur proposant des idées par leurs nombreux essais et pamphlets. Proches des premiers *Trade Unions*, ils contribuèrent à la création du parti travailliste. Parmi leurs membres les plus célèbres il y eut George Bernard Shaw, Keir Hardie, H. G. Wells, Sidney et Béatrice Webb.

7. Les préraphaélites : nom que se donnèrent en 1848 un groupe de peintres et de critiques très liés à Ruskin, parmi lesquels J. E. Millais, D. G. Rossetti et W. Holman Hunt. Ils voulaient revenir à la pureté de la peinture du Quattrocento contre ce qu'ils considéraient comme l'influence corruptrice de Raphaël. Leur symbolisme mystique, souvent lié à des thèmes médiévaux, eut une influence profonde sur la peinture et la poésie anglaises pendant toute la seconde moitié du XIX^e^ siècle.

8. Un congrès des sociaux-démocrates allemands se tint à Berlin en 1905 et la Seconde Conférence de la Paix eut lieu à La Haye en 1907.

9. Dresde était à l'époque l'une des villes d'Allemagne les plus célèbres pour sa vie artistique et musicale. C'est à Dresde que va Gudrun après la mort de Gerald, à la fin de *Femmes amoureuses*.

10. « Oiseau migrateur » (allemand). *Wandervögel* était le nom que s'étaient donné des groupes de scouts allemands qui faisaient de vastes randonnées à pied.

*Page 60.*

11. Kensington : quartier résidentiel de l'Ouest de Londres.

12. Pendant la période qui précéda la Première Guerre mondiale, l'université de Cambridge fut le centre d'un groupe d'intellectuels et d'artistes aux idées socialisantes, apôtres d'un néo-paganisme esthétisant et défenseurs de la liberté sexuelle.

13. Westminster : quartier ancien du centre de Londres, où se trouvent le Parlement et les ministères.

*Page 61.*

14. *Kitchener* : maréchal britannique (1850-1916) qui se rendit célèbre lors de la reconquête du Soudan (1898) et mit fin aux ambitions françaises à Fachoda. Devenu ministre de la Guerre en 1914, il réorganisa les armées britanniques et fit appel aux engagements volontaires. Il jouissait d'une grande popularité.

*Page 62.*

15. Tommies : surnom donné aux soldats britanniques.

16. *Lloyd George* : homme politique britannique (1863-1945). Dès le début de la Première Guerre mondiale, il fut l'un des plus farouches adversaires de l'Allemagne. Ministre de la Guerre en 1916, il obligea

Asquith à démissionner et devint Premier ministre la même année. Après avoir formé un cabinet de coalition avec les conservateurs, il engagea toutes les forces du pays dans la guerre. En 1919, il participa à l'élaboration du traité de Versailles, mais dut démissionner en 1922 et devint chef du parti libéral.

*Page 63.*

17. Horatio Bottomley : journaliste et aventurier de la finance (1860-1933), il fut plusieurs fois poursuivi en justice et finalement condamné à sept ans de prison pour escroquerie en 1922. Il était rédacteur en chef de *John Bull*, lorsqu'en 1921 ce magazine réclama des poursuites contre *Femmes amoureuses*.

18. Saint Georges est le saint patron de l'Angleterre.

*Page 66.*

19. Sussex : comté du Sud de l'Angleterre, bordé au sud par la Manche.

*Page 67.*

20. La manne est la nourriture que Yahvé fit pleuvoir du ciel pour soutenir les Hébreux pendant leur marche dans le désert (Exode, 16).

*Page 68.*

21. La Trent : rivière du centre de l'Angleterre qui irrigue les Midlands et est souvent considérée comme la séparation entre le Nord et le Sud de l'Angleterre. Voir aussi n. 60.

*Page 69.*

22. Le méthodisme, prêché par John Wesley (1703-1791) à partir de 1738 et insistant sur la liberté humaine et la conviction intérieure, était beaucoup mieux implanté dans la classe ouvrière que l'Église anglicane.

*Page 73.*

23. *Knight* : chevalier, titre non héréditaire conféré par la Couronne pour raisons de mérite ou pour services rendus, et qui donne droit à l'appellation de « Sir ».

*Page 74.*

24. « Le corps du délit » (latin).

*Page 75.*

25. Évangile selon saint Matthieu, 6:34.

*Page 78.*

26. Mayfair : quartier élégant du centre de Londres, procne de Hyde Park.

*Page 79.*

27. Voir n. 42.

*Page 85.*

28. L'expression « un enfant pleurant dans la nuit » figure à deux reprises dans la dernière strophe de la section 54 du poème de Lord Tennyson (1809-1892), « In Memoriam A.H.H. » (1850).

*Page 91.*

29. C'est ainsi qu'Alfred de Musset salue l'arrivée du christianisme dans son poème « L'Espoir en Dieu » (1838) (vers 88).

*Page 98.*

30. « Car étroite est la porte et resserré le chemin qui mène à la Vie » (Évangile selon saint Matthieu, 7:14).

*Page 101.*

31. Début d'un hymne célèbre de John Fawcett (1740-1817) : « Béni soit le lien qui unit / Nos cœurs dans l'amour chrétien. »

32. Protagoras : adversaire sophiste de Socrate dans le dialogue auquel il donne son nom.

33. Alcibiade : élève favori de Socrate.

*Page 102.*

34. « Prenez un arbre bon : son fruit sera bon ; prenez un arbre gâté : son fruit sera gâté. Car c'est au fruit qu'on reconnaît l'arbre » (Évangile selon saint Matthieu, 12:33).

35. Allusion à l'ânesse de Balaam (Nombres, 22:22-35).

*Page 105.*

36. *Men like gods.* Écho ironique du titre du livre de H. G. Wells (1866-1946), *Men Like Gods (Des hommes semblables à des dieux)* (1923), qui célébrait les conquêtes du progrès technologique.

*Page 106.*

37. En fait, Renoir a dit : « C'est avec mon pinceau que j'aime. » Lawrence détourne de la même manière la phrase de Renoir dans le texte présentant l'exposition de ses propres tableaux, « Introduction to these Paintings » (« Introduction à ces tableaux ») (1929) (*Phoenix*, pp. 562-563).

*Page 107.*

38. Variante du refrain d'un poème de George Withers (1588-1667).

*Page 109.*

39. Robin des Bois vivait, selon la légende, dans la forêt de Sherwood, dans le Nottinghamshire.

*Page 117.*

40. Il n'y a pas vraiment d'équivalent en français pour l'anglais « Your Ladyship », titre que l'on donne à l'épouse d'un *knight* (chevalier). Voir aussi n. 23.

*Page 121.*

41. En mai 1926 une grève générale avait éclaté dans les houillères, menant, en août de la même année, à des affrontements entre les grévistes et la police. Voir Notice.

*Page 139.*

42. C'est ainsi que le philosophe américain William James (1842-1910) — et non pas le romancier Henry James, son frère — appelle le succès : « L'amollissement moral né de la déesse-chienne SUCCÈS. Voilà — en prenant le mot succès dans l'acception financière sordide que nous lui donnons — notre maladie nationale » (lettre à H. G. Wells du 11 septembre 1906).

*Page 142.*

43. « Parcourez les rues de Jérusalem, regardez donc, renseignez-vous, cherchez sur ses places si vous découvrez un homme, un qui pratique le droit, qui recherche la vérité : alors je pardonnerai à cette ville, dit Yahvé » (Jérémie, 5:1).

*Page 159.*

44. Spiritueux : jeu de mots sur *spirit* (« esprit ») et *spirits* (« spiritueux »).

45. Allusion au déplacement de la pierre tombale du Christ (Évangile selon saint Matthieu, 28:2).

*Page 166.*

46. La chaîne de pharmacies Boots avait été fondée à Nottingham en 1877.

*Page 170.*

47. « Touch not the nettle... For the bonds of love are ill to loose. » Chanson écossaise traditionnelle.

*Page 173.*

48. « Seasons return but not to me returns / Day or the sweet approach of Ev'n or Morn », Milton, *Le Paradis perdu* (1667), livre III, vers 41-42. Ces deux vers font partie de la plainte du poète aveugle sur laquelle s'ouvre le livre III.

49. « Pale beyond porch and portal... » Algernon Charles Swinburne (1837-1909), « Le jardin de Proserpine », *Poèmes et Ballades* (1866), vers 49. Il s'agit du jardin des Enfers où Proserpine, équivalent latin de la déesse grecque Perséphone, avait été emportée par Pluton (Hadès). Elle apparaît chez Swinburne comme la gardienne d'un monde de beauté immobile, figé dans la mort et le sommeil. Voir aussi n. 54.

*Page 174.*

50. « Ne t'étonne pas si je t'ai dit : il faut naître à nouveau » (Évangile selon saint Jean, 3:7).

51. Cette phrase figure à la fin du Symbole des apôtres.

52. « En vérité, en vérité, je vous le dis, si le grain de blé tombé en terre ne meurt pas, il demeure seul ; mais s'il meurt, il porte beaucoup de fruits » (Évangile selon saint Jean, 12:24).

53. « The world has grown pale with thy breath. » Adaptation par Lawrence d'un passage du poème de Swinburne « Hymne à Proserpine », *Poèmes et Ballades* (1866), dans lequel le poète se lamente de la défaite des dieux païens devant le christianisme : « Tu es victorieux, Ô pâle Galiléen ; le monde est devenu gris sous ton souffle ; / Nous avons bu les eaux léthéennes et nous sommes nourris à la plénitude de la mort » (vers 35-36).

54. Fille de Zeus et Déméter, Perséphone fut enlevée par Hadès et devint reine des Enfers. Mais Zeus imposa qu'elle se partage entre le monde d'en bas et le monde d'en haut : elle remonte sur la terre au printemps et retourne au monde souterrain à l'époque des semences. Elle fut identifiée par les Romains à Proserpine. Voir le poème « Gentianes de Bavière » dans les Annexes.

55. Fils du roi David, Absalon se révolta contre son père. Alors qu'il était poursuivi par les gardes de David, sa longue chevelure se trouva prise dans la ramure d'un chêne vert et il fut exécuté par Joab (Deuxième Livre de Samuel, 18:9-15).

*Page 176.*

56. C'est-à-dire : « la source de John »

*Page 182.*

57. « Sweeter than the lids of Juno's eyes. » Shakespeare, *Le Conte d'hiver* (IV, 4, 121). Il s'agit des violettes, que Perdita évoque en

énumérant les fleurs que Proserpine laissa tomber du chariot de Pluton lorsqu'elle fut emmenée aux enfers.

*Page 183.*

58. En 1882, la Grande-Bretagne avait occupé l'Égypte, qui était devenue un protectorat britannique en 1914 avant d'obtenir son indépendance en 1922.

*Page 185.*

59. « Thou still unravished bride of quietness. » Premier vers de l' « Ode sur une urne grecque » (1819) de John Keats (1795-1821).

*Page 196.*

60. Elizabeth Gaskell (1810-1865), romancière anglaise dont les œuvres évoquent les conflits sociaux du début de l'époque victorienne. *Mary Barton* (1848) décrit des conflits industriels dans le monde ouvrier de Manchester et *Nord et Sud* (1855) montre le contraste entre les valeurs de l'Angleterre rurale du Sud et le monde des filatures de coton du Nord.

61. George Eliot (1819-1880) recrée dans ses romans, comme *Le Moulin sur la Floss* (1860) ou *Middlemarch* (1872), un véritable microcosme de la vie de province anglaise.

62. Mary Russell Mitford (1787-1855) est surtout connue pour *Notre Village : Tableaux de personnages et paysages de la vie rurale* (1832), recueil de courts tableaux décrivant la vie d'un village du Sud de l'Angleterre proche de Reading, dans le Berkshire, et montrant de remarquables qualités d'observation et d'humour.

*Page 199.*

63. *Chapel people* : les gens qui vont à la *chapel*, c'est-à-dire les membres de sectes dissidentes de l'Église anglicane (comme les méthodistes, les baptistes ou les congrégationalistes), opposés aux gens qui vont *to church* (à l'église anglicane).

*Page 200.*

64. Le mariage, en 1922, de la princesse Mary, fille du roi George V et de la reine Mary, avait donné lieu à des festivités nationales. Il y avait eu des souscriptions dans tout le pays pour l'achat de cadeaux.

65. Swan et Edgar : grand magasin élégant de Londres.

66. Chapelle méthodiste : voir n. 22. Guinées : la guinée représentait 21 shillings, supplément à payer pour les produits de luxe. La livre se décomposait en 20 shillings, le shilling en 12 pence.

*Page 201.*

67. Le texte original évoque à cet endroit *The Miners' Welfare*, salle de réunion et de divertissement pour les mineurs.

*Page 202.*

68. Le Derby : célèbre course de chevaux qui a lieu chaque année à Epsom.

*Page 237.*

69. Édouard VII (1841-1910), roi de Grande-Bretagne et d'Irlande de 1901 à 1910.

70. Avant d'accéder au trône, le roi Édouard avait mené une vie assez dissipée dans les capitales européennes.

71. Le Squire : nom qu'on donnait autrefois, et qu'on donne parfois encore, aux gentilshommes campagnards non titrés.

*Page 240.*

72. Voir n. 40.

*Page 243.*

73. L'ânesse de Balaam refuse d'avancer parce qu'elle voit un ange sur la route (Nombres, 22,22-35).

*Page 248.*

74. Iacchos est le dieu qui conduit la procession des initiés aux mystères d'Éleusis. Il fut ensuite parfois identifié à Bacchus.

75. Lors des cultes dionysiaques (Bacchanales), les femmes qui célébraient le dieu, les Ménades (ou Bacchantes), étaient saisies d'un délire mystique et allaient jusqu'à déchiqueter les corps des hommes qu'elles rencontraient.

*Page 250.*

76. Sir Francis Drake (1540-1596), navigateur anglais, mena de nombreuses expéditions contre les colonies espagnoles. Il était renommé pour son courage.

*Page 252.*

77. « For hands she hath none, nor eyes, nor feet nor golden Treasure of hair. » Il n'a pas été possible d'identifier cette citation

*Page 254.*

78. « Who knoweth the mysteries of the will, for it can triumph even against the angels. » Cette phrase semble adaptée de l'épigraphe du conte d'Edgar Allan Poe (1809-1849), « Ligeia » (1838), attribuée

par Poe à Joseph Glanvill (1636-1680) : « Et il y a là-dedans la volonté, qui ne meurt pas. Qui donc connaît les mystères de la volonté, ainsi que sa vigueur ? Car Dieu n'est qu'une grande volonté pénétrant toutes choses par l'intensité qui lui est propre. L'homme ne cède aux anges et ne se rend entièrement à la mort que par l'infirmité de sa pauvre volonté » (traduction de Charles Baudelaire).

*Page 258.*

79. Voir n. 47

*Page 264.*

80. Sir Edwin Landseer (1802-1873), peintre animalier qui eut un immense succès auprès du public victorien. Certaines de ses toiles se trouvent à la Tate Gallery.

81. William Henry Hunt (1790-1864) est surtout connu pour ses études de nids d'oiseaux.

*Page 272.*

82. Dans les premières années du XIXe siècle se développa à l'intérieur de l'Église méthodiste un mouvement dissident conduit par Hugh Bourne. Exclus en 1810, ses membres se regroupèrent en 1811 sous le nom d'Église méthodiste primitive.

83. La chapelle wesleyenne : du nom du fondateur du mouvement méthodiste, John Wesley (1703-1791).

84. La chapelle congrégationaliste : les congrégationalistes forment l'une des églises dissidentes de l'Église anglicane. Ils refusent toute hiérarchie et insistent sur l'autonomie de chaque communauté locale C'était la religion des parents de Lawrence.

*Page 273.*

85. *The Mechanics' Hall* : salle de réunion et de divertissement pour les ouvriers.

86. *The Miners' Welfare* : voir n. 67.

*Page 274.*

87. Le Peak : région de hauts plateaux et de gorges dans le Derbyshire, au sud de la chaîne des Pennines

*Page 275.*

88. Dans les villages, les auberges avaient souvent pour enseigne les armes de la famille du seigneur.

*Page 276.*

89. Élisabeth Ire (1533-1603), reine d'Angleterre et d'Irlande de 1558 à 1603. Son règne représenta l'apogée de l'architecture Tudor

*Page 278.*

90. Voir n. 39.

91. Anne Stuart (1665-1714), reine d'Angleterre, d'Écosse et d'Irlande de 1702 à 1714. L'Angleterre connut sous son règne prospérité et stabilité intérieure.

92. Tom Jones : héros du roman *Tom Jones* (1749) de Henry Fielding (1707-1754). Ce roman picaresque offre un vaste panorama de l'Angleterre de la première moitié du XVIIIe siècle.

93. Manoirs georgiens : en architecture, ce terme correspond aux règnes de George Ier (1714-1727), George II (1727-1760) et George III (1760-1820), période où triomphèrent les principes palladiens de l'harmonie des proportions.

*Page 280.*

94. Victoria, reine d'Angleterre et d'Irlande (1819-1901) régna de 1837 à 1901.

95. Sandringham : demeure d'Édouard VII, lorsqu'il était prince de Galles, dans le Norfolk.

96. Édouard VII. Voir n. 69.

97. George V (1865-1936), roi d'Angleterre et empereur des Indes, qui régna de 1910 à 1936. Les années qui suivirent la fin de la Première Guerre mondiale furent marquées par une forte inflation, du chômage et des grèves.

*Page 284.*

98. L'infirmière anglaise Edith Cavell (1866-1915) se rendit célèbre par son action auprès des soldats pendant la Première Guerre mondiale. Elle fut fusillée par les Allemands pour avoir fait passer aux Pays-Bas des soldats alliés.

*Page 285.*

99. Lawrence confond peut-être saint Georges, martyr chrétien mort en 337, qui est le saint patron de l'Angleterre, et Georges de Cappadoce, évêque arianiste du IVe siècle dont la légende s'est parfois mêlée à celle de saint Georges.

100. Lipton : marque célèbre fondée par le négociant de Glasgow, Sir Thomas Lipton (1850-1931). Pour Constance, le thé Lipton est un thé tout à fait ordinaire.

101. *Le Roman de la Rose* : poème allégorique du XIIIe siècle dont la première partie fut composée par Guillaume de Lorris et la seconde par Jean de Meung. Bien que le titre soit cité ici en français, Connie joue sur les connotations du titre anglais (*The Romance of the Rose*) et sur le double sens de *romance* en anglais (récit médiéval et roman d'aventures sentimentales).

*Page 287.*

102. « The fault, dear Brutus, is not in our stars, / But in ourselves, that we are underlings. » Ce sont là les paroles de Cassius à Brutus dans *Jules César* (I, 2, 138-139) de Shakespeare.

*Page 290.*

103. Voir n. 47.

*Page 301.*

104. Peut-être un écho d'un passage de *Fort comme la mort* (1889) : « À mon âge, au contraire, l'amour est devenu une habitude d'infirme, c'est un pansement de l'âme, qui, ne battant plus que d'une aile, s'envole moins dans l'idéal » (II, 2).

*Page 305.*

105. Écho de l'histoire des descendants d'Adam dans la Genèse : « Lorsque les hommes commencèrent d'être nombreux sur la face de la terre et que des filles leur furent nées, les fils de Dieu trouvèrent que les filles des hommes leur convenaient et ils prirent pour femmes toutes celles qu'il leur plut » (6:1-2).

*Page 311.*

106. Dans le *Phèdre* (246) de Platon, l'âme humaine est comparée à un cocher conduisant un attelage ailé de deux chevaux, l'un bon, l'autre mauvais

*Page 312.*

107. Voir n. 41

*Page 314.*

108. Saint François d'Assise (1181-1226), surnommé « le petit pauvre », prêcha toute sa vie la pauvreté évangélique.

109. Évangile selon saint Matthieu, 19:21.

*Page 317.*

110. « Du pain et des jeux du cirque » (latin). L'expression est employée par Juvénal (55-140) dans sa Satire X (vers 81), lorsqu'il se moque des dirigeants romains qui conservent leur pouvoir sur le peuple en nourrissant et amusant la plèbe.

*Page 320.*

111. Écho de la première strophe du poème de Robert Bridges (1844-1930) « Un passant ».

*Page 321.*

112. Allusion au premier vers du poème de Walt Whitman (1819-1892) « Ô Capitaine ! Mon Capitaine ! » (*Souvenirs du Président Lincoln,* 1881) : « Ô Capitaine ! mon Capitaine, notre terrible voyage est terminé. »

*Page 322.*

113. Voir n. 39.

*Page 333.*

114. *Schieber* · trafiquant, profiteur (allemand).

*Page 343.*

115. Persépolis : ancienne cité royale de l'empire perse

*Page 346.*

116. Dans son poème « Figues » (*Des oiseaux, des bêtes et des fleurs,* 1923), Lawrence compare le sexe féminin à ce fruit . « La fissure, le yoni, / La plus merveilleuse conductivité moite vers le centre. »

*Page 358.*

117. « John Thomas » et « Lady Jane » sont des noms argotiques respectivement du pénis et du vagin. La seconde version de *L'Amant de lady Chatterley* est intitulée *John Thomas et Lady Jane* (voir Notice).

118. Emprunt au Psaume 24 : « Portes, levez vos frontons, / élevez-vous, portails antiques, / qu'il entre, le roi de gloire ! ». Cet emprunt fut tout particulièrement exploité par l'accusation lors du procès de 1960 contre le roman.

*Page 359.*

119. « Blest be the tie that binds / Our hearts in kindred love » Voir n. 31.

*Page 361.*

120. Gloire de Dijon : variété de rose d'une couleur jaune noisette. Un poème de Lawrence est intitulé « Gloire de Dijon » (*Vois ! Nous touchons au but !,* 1917) : « ses seins qui se balancent / Oscillent comme des gloires de Dijon jaunes et épanouies ».

*Page 365.*

121. *Pontoon* . jeu de cartes.

*Page 369.*

122. Peut-être un écho parodique de saint Paul, pour qui Adam et Ève doivent mourir en chaque homme et faire place au Christ qui rachète le péché originel : « De même en effet que tous meurent en Adam, ainsi tous revivront dans le Christ [...]. C'est ainsi qu'il est écrit : Le premier homme, Adam, a été fait âme vivante : le dernier Adam, esprit vivifiant » (Première Épître aux Corinthiens, 15:22 ; 15:45).

*Page 370.*

123. « Nous te louons, Seigneur » (prière des matines).

*Page 371.*

124. Jeu de mots sur *cock* qui désigne aussi en argot le pénis.

*Page 372.*

125. On trouve la même idée reprise dans un article de 1928, « Pantalons rouges » (*Phoenix II*, pp. 562-564).

*Page 375.*

126. Danses eurythmiques : il s'agit de la méthode de gymnastique rythmée par la danse qui avait été mise au point par le compositeur et pédagogue suisse Émile Jaques-Dalcroze (1865-1950) à partir de 1890. De 1910 à 1914, Jaques-Dalcroze s'était installé à Dresde.

*Page 379.*

127. Voir Exode, 2:3.

*Page 383.*

128. Le chevalier du Brûlant Pilon : allusion à la comédie de Francis Beaumont (1584-1616) et John Fletcher (1579-1625), *Le Chevalier du pilon ardent* (1608).

*Page 386.*

129. « Good bye, my bluebell, farewell to you ! » Écho de la chanson de marche « Campanule » (1905) d'Edward Madden et Theodore Morse.

*Page 387.*

130. « And where have you been to, / My pretty maid ? » Début d'une comptine célèbre : « Belle enfant, belle enfant, / Où es-tu allée ? »

*Page 389.*

131. Reprise du début du poème « La Belle Dame sans merci » (1819) de John Keats (1795-1821) : « Oh, de quoi souffres-tu, Chevalier / Pâle et solitaire, n'osant avancer ? »

*Page 392.*

132. Il s'agit de *Le Devenir de la religion* (1926) d'Alfred North Whitehead (1861-1947), mathématicien, logicien et philosophe anglais qui a étendu ses réflexions à la religion. Rejetant une interprétation exclusivement rationaliste du monde, il préconise une philosophie dynamiste fondée sur un monisme panthéiste qui fait de Dieu une nécessité immanente. Les passages mentionnés par Clifford sont des citations quasi exactes de cet ouvrage.

*Page 396.*

133. Allusion à l'*hubris*, orgueil démesuré des héros des tragédies grecques, qui attire sur eux la justice rétributive des dieux.

*Page 399.*

134. Minerve, équivalent romain d'Athéna, était une divinité guerrière, mais aussi la déesse de la raison.

*Page 400.*

135. Athéna : voir note précédente.

*Page 403.*

136. Pall Mall : large avenue élégante du centre de Londres.

*Page 407.*

137. Allusion au conte « Les Trois Ours », où une petite fille, Boucles d'or, s'introduit dans la maison des trois ours, puis s'y endort. Lors de leur retour, le Grand Ours, puis chacun des deux autres, s'écrient à tour de rôle : « Quelqu'un s'est assis sur ma chaise ! »

138. Le comté de Derbyshire, au nord des Midlands, est bordé au nord par le Yorkshire.

*Page 413.*

139. Pierre Abélard (1079-1142), professeur de théologie et de scolastique, devint l'amant de son élève Héloïse et l'épousa en secret. L'oncle d'Héloïse, Fulbert, le fit castrer et il se retira à l'abbaye de Saint-Denis, tandis qu'Héloïse prenait le voile. Devenue abbesse, Héloïse garda Abélard comme directeur de conscience et échangea avec lui une correspondance qui est restée célèbre pour sa passion et son élévation spirituelle.

*Page 425.*

140. On raconte que saint Bernard de Clairvaux (1091-1153), s'étant promené un jour le long du lac de Genève, dit ensuite à ses compagnons qu'il ne se souvenait même pas avoir vu un lac (*La Légende dorée*, CXVIII).

*Page 426.*

141. Signorine : « demoiselles » (italien).
142. Signore : « dames » (italien).

*Page 427*

143. Voir n. 23.

*Page 428.*

144. Basta : « assez ! » (italien).
145. Buckinghamshire : comté situé au nord-ouest de Londres.

*Page 429.*

146. *House party* : groupe d'invités réunis à la campagne.
147. *Le Florian :* célèbre café sur la place Saint-Marc.
148. Carlo Goldoni (1707-1793), auteur de théâtre italien.

*Page 433.*

149. Peut-être une allusion à la tentation de Jésus par le diable dans le désert (Évangile selon saint Matthieu, 4) ou à l'expulsion des marchands du Temple (Évangile selon saint Jean, 2:13-16).

*Page 434.*

150. C'est-à-dire entièrement nue. Jeu sur le mot latin *naturalia* (« les parties naturelles ») qui désignait les organes sexuels.

*Page 437.*

151. Coty : célèbre marque de parfum.

*Page 440.*

152. Ces deux paragraphes font peut-être écho au *Phédon* (109), où Platon décrit les humains vivant dans des « creux » de la terre comme au fond de marécages : « Or, nous, ce sont donc ces creux que nous habitons sans nous en douter, et nous figurant de cette terre habiter la surface supérieure : semblables à un homme qui, habitant à moitié du fin fond de la pleine mer, se figurerait habiter la surface de la mer, et, apercevant à travers l'eau le soleil et les autres astres, prendrait la mer pour le ciel. [...] ; et cependant, si l'on en atteignait le sommet, ou bien que, devenu un être ailé, on se fût envolé, alors on apercevrait en

levant la tête, oui, comme ici-bas les poissons, quand ils lèvent la tête hors de la mer, voient les choses d'ici, de même on apercevrait celles de là-haut ; à supposer enfin que notre nature fût capable de soutenir cette contemplation, on reconnaîtrait ainsi que là existent, et le ciel authentique, et l'authentique lumière, et la terre selon la vérité! » (Platon, *Œuvres complètes*, Bibliothèque de la Pléiade, I, traduction de Léon Robin, Gallimard, 1950, pp. 843-844).

*Page 441.*

153. C'est ainsi que l'orfèvre et sculpteur italien Benvenuto Cellini (1500-1571) définit la sodomie dans ses *Mémoires*.

154. Le dogme de l'Immaculée Conception, selon lequel la Vierge Marie échappe dès sa conception au péché originel, avait été proclamé par Pie IX en 1854. Mais ici Clifford le confond — erreur répandue — avec la naissance virginale de Jésus.

155. Lors d'un procès à sensation, le médecin américain H. H. Crippen (1862-1910) avait été reconnu coupable du meurtre de sa seconde femme.

156. Allusion au refrain d'une chanson populaire « Le meunier sur la Dee » : « Je ne m'occupe de personne, non, sûrement pas, / Si personne ne s'occupe de moi. »

*Page 442.*

157. Allusion à une ancienne ballade espagnole, « La Pénitence de Don Rodrigue ». Ayant violé la fille d'un de ses vassaux, Don Rodrigue doit pour pénitence dormir dans une tombe où se trouve un serpent à deux têtes. Pendant son sommeil, le serpent mange son cœur et ses organes sexuels.

*Page 443.*

158. L'autobiographie de l'actrice française Julie Bernat (Madame Judith) (1827-1912), *Vie d'une grande comédienne* (1911), avait été traduite en anglais en 1912.

*Page 444.*

159. Mary : l'épouse du roi George V.

*Page 447.*

160. *La grouse :* coq de bruyère.

*Page 459.*

161. Charing Cross : gare du centre de Londres.

162. Jeu de mots sur le nom de T. E. Lawrence (1888-1935) (« Lawrence d'Arabie »), qui, après avoir été lieutenant-colonel pen-

dant la Première Guerre mondiale, s'engagea à nouveau comme simple soldat sous des noms d'emprunt, d'abord dans la Royal Air Force en 1922, puis dans les blindés en 1923.

*Page 468.*

163. Le dieu Vulcain était forgeron Ayant surpris son épouse Vénus avec Mars, son amant, il les enferma dans un filet magique et fit venir tous les dieux de l'Olympe pour les livrer à leurs moqueries.

*Page 473.*

164. Allusion à l'un des poèmes de *The Princess* (1847) de Lord Tennyson (1809-1892), où la dame voit revenir le chevalier mort : « Ils ramenèrent son guerrier mort : / Elle ne s'évanouit pas, ne lâcha pas un cri : / Toutes ses suivantes, l'observant, dirent, " Il faut qu'elle pleure ou elle mourra ". »

*Page 475.*

165. Le Christ dit à ses disciples : « En vérité je vous le dis, si vous ne vous convertissez pas et ne devenez pas comme des petits enfants, vous n'entrerez pas dans le Royaume des Cieux » (Évangile selon saint Matthieu, 18:3).

166. « Grande Mère » (latin). Surnom donné par les Romains à certaines divinités féminines de la fertilité comme Déméter-Cérès ou Cybèle.

*Page 482.*

167. Cette expression figure originellement dans une pièce d'Émile Augier (1820-1889), *Le Mariage d'Olympe* (1855) : « Marquis : — Mettez un canard sur un lac au milieu des cygnes, vous verrez qu'il regrettera sa mare et finira par y retourner. Montrichard : — La nostalgie de la boue ! » (I, 1).

*Page 485.*

168. Voir n. 63.

*Page 486.*

169. La nationalisation de l'industrie minière n'eut lieu qu'en 1946, sous le gouvernement travailliste de Clement Attlee.

*Page 487.*

170. Pan : originellement dieu grec de la fécondité, Pan est devenu ensuite, par rapprochement avec le mot grec *pan* (« tout »), l'incarnation de l'Univers et le symbole du paganisme.

*Ouvrage reproduit*
*par procédé photomécanique.*
*Impression Bussière*
*à Saint-Amand (Cher), le 30 septembre 2007.*
*Dépôt légal : septembre 2007.*
*N° d'édition : 49581.*
*Numéro d'imprimeur : 072920/1.*